羌村

雪漠 著

作家出版社

目　录

001　楔　子　本书缘起
　　　　1. 云朵上的羌村
　　　　2. 瘸腿扎西的发愿

012　第一章　神秘的老人
　　　　1. 施坛
　　　　2. 钱师的记忆
　　　　3. 春妮
　　　　4. 老人的倾诉
　　　　5. 揭开帷幕

027　第二章　龙多格热的故事
　　　　1. 两个版本
　　　　2. 兰猞猁
　　　　3. 瞎眼的龙多格热
　　　　4. 妙音
　　　　5. 大闹经堂
　　　　6. 寨丁头儿
　　　　7. 长老会
　　　　8. 谈判

9. 温布的骂声
10. 大战兰猞猁
11. 敬酒

074　第三章　美丽的人质
1. 供斋
2. 纠纷
3. 那时的聚会
4. 人质
5. 阿机、阿斌和尕女
6. 大姐张香子
7. 和仇家见面
8. 咳嗽的阿生
9. 调解
10. 还是要报仇

113　第四章　女儿心
1. 雪山上的偎依
2. 妈的心愿
3. 捅破
4. 煎熬的女儿心

134　第五章　战事
1. 出征
2. 集结
3. 毛旦的感觉
4. 意外的突袭

5. 战利品

6. 英雄毛旦

7. 朱古的水果

8. 英雄的威风

162　第六章　羌村和温布

1. 我们那地方

2. 白阿卡

3. 朱古和温布

173　第七章　了债

1. 机会来了

2. 角斗

3. 杀了偏胡子

4. 舍不得妙音离开

5. 事情还没完

6. 房顶的阳光

7. 绑架

8. 空亡

9. 妙音的哥哥

10. 不能签的协议

11. 缓兵之计

12. 屋顶坠落的石头

13. 阿生的成全

14. 雨夜逃遁

241 第八章 婚事
    1. 牧场
    2. 两厢情愿
    3. 提亲
    4. 筹办婚礼
    5. 丰盛的喜宴
    6. 又去找了春妮
    7. 初夜
    8. 牧场上的枪声
    9. 玛尼会
    10. 山雨欲来

278 第九章 阴谋
    1. 羌村的血案
    2. 温布的愤怒
    3. 长老的表决
    4. 龙多格热说
    5. 阴谋
    6. 黑屋子
    7. 审讯

301 第十章 示众
    1. 搞臭
    2. 民众愤怒的声音
    3. 筐里的石头
    4. 恶愿

5. 游荡的灵魂
6. 阿柱的愿

331　第十一章　复仇
1. 穷人家的孩子
2. 爹的打算
3. 妙音的心
4. 明心

349　第十二章　阿柱说
1. 殛妖怪的雷神
2. 女人水似的声音
3. 温布的报复
4. 大殿前的哭声
5. 大哥活了
6. 十年诅咒
7. 病死的阿卡们

376　第十三章　妙音再嫁
1. 麻烦
2. 倒插门
3. 婚姻的筹码
4. 去牧场
5. 忙碌的尕女
6. 桃花园
7. 红豹等来了机会

005

399 第十四章　红豹讲述的报仇故事
　　　　　　1. 红豹
　　　　　　2. 扎中了温布的肩膀
　　　　　　3. 被挤出的眼球

411 第十五章　阿柱的心
　　　　　　1. 二炮的爱与恨
　　　　　　2. 妙音有了新的男人
　　　　　　3. 二炮的难题
　　　　　　4. 老鼠药
　　　　　　5. 血染的温布

430 第十六章　复仇之后
　　　　　　1. 我们的疼
　　　　　　2. 阿柱说大火
　　　　　　3. 山上的岁月
　　　　　　4. 下山
　　　　　　5. 一直没吭声
　　　　　　6. 纷飞的肉片
　　　　　　7. 现场
　　　　　　8. 妙音是个谜

463 尾　声

466 我是谁（番外篇）

楔子　本书缘起

1. 云朵上的羌村

我讲的这个故事，来自羌村。

当遥远的羌笛响起的时候，中华文明还在襁褓之中。从三千年前起，它一直响到了今天。

羌人爱住半山腰，喜欢与云雾为伴，便使得自己的民族，有了一种仙气缭绕的神秘感。然而，崇山峻岭不会任由他们一个劲儿地柔美、浪漫，山的硬朗与刚硬，也不可抗拒地融入了羌人的气质。羌人爱美，爱轻柔，爱灵动飘忽的云朵，也爱高山，爱烈马，爱烈性的男人和女人。

羌人是羊角上的民族。羌字，便是一个头戴羊角的人的形象。它揭示了羌人与羊之间的不解因缘。因为羊，它开启了游牧文明模式的升级进程；也因为羊，这一文明模式的升级较为缓慢，乃至于在历史长河的波涛翻滚中，逐渐成为被沉淀下来的文明河沙，未能伴着时代浪潮继续滚滚向前。

三千年前，羌人戴着华美庄严的羊角头饰，从历史的幕后走上文明的舞台，舞出其独具特色的神秘舞姿。

两千年前，那悠扬高亢且不失婉转的羌笛声响起，将民族的剪影印在了华夏文学篇章中。大唐的诗人，就唱出了丰沛饱满的咏叹：羌笛何须怨杨柳，春风不度玉门关。

一千年前的羌笛，就开始淡出历史，渐渐远到了记忆之外，远到了荒远的时间之外，化为一抹沧桑的晕斑。

羌村，便是那历史的晕斑之一。它名为村，却又是西部最复杂最神秘的一条沟，沟通南北，有四十八个部落。据说，沟里住的，多是羌人的后裔。

对很多人来说，羌村是个再平常不过的名字。岁月之水冲走了一个个男人和女人，却留下了一个个地名。羌村，就是被留下的名字中的一个。跟很多活着就像死了的名字不同，羌村是无论如何也不会被历史遗忘的所在。因为，在这块土地上，发生过许多惊心动魄的故事。未来的多年里，你会从雪漠的书中，读到许多别处读不到的东西，其中的好些东西，就源于羌村。……咦呀，一川碎石大如斗，随风满地石乱走，好生过瘾！

多年前，因为一桩村民讳莫如深的盗窃旧案，我被邀请进入羌村调查。其中，一个叫龙多格热的羌村青年的奇诡命运吸引了我的注意。他生活在多方势力之间，面临着权力争夺、部落冲突、家庭恩怨等多重矛盾，最终因为一桩蹊跷的盗窃案被残酷处决，成为羌村传说中的暴戾的复仇幽魂。

关于龙多格热的传说很多，争议也很大。有人说他是英雄，含冤而死，要建庙供养，顶礼膜拜；有人却在诅咒，说他是恶棍，罪大恶极，死有余辜……总之，关于他的说法很多，有云泥之别。于是，多年前，我决定对他一探究竟。也正是对这现象的追溯，给了本书诞生的理由。

在长达十多年的时间里，我一次次进入羌村，写下了大量的文字。通过对龙多格热的追查、采访、描写，我重现了羌村历史上曾发生过的一系列惊心动魄的事件，那个神秘的西部村寨的生活习俗、风土人情、爱恨情仇，将在咱鲜活传神的笔触下，一一袒露在人们眼前。

每一次走入羌村，我的心中都会充满好奇，也充满兴奋。我是一个喜欢故事的人，尤其是一些传奇故事。在许多人眼中，我是神秘主义者。他们这样想也没错，从很小的时候起，我就对神秘现象感兴趣。所以，当我听到龙多格热的故事时，就像饥饿的人闻到了肉味一样兴奋。

相传，在大唐之前，羌村就是羌人的聚居地。我曾在《上海文学》发过一篇散文，叫《远去的羌笛》，里面写的，就是羌村的故事。后来的千年里，羌村融入了很多民族，包括西域三十六国的很多人。

两千多年前的某年，一支古罗马人，也融入了羌村。那是公元前五十三年，古罗马发动了对古帕提亚王国的战争。罗马军因贸然突进，被困于荒漠深处，几乎全军覆没，首领克拉苏被俘斩首。其长子率领第一军团六千余人，向东突围，深入匈奴腹地，最后，他们像一滴水进入大海一样，融入了羌村。

据《汉书》记载：公元前三十六年，西汉将领陈汤与匈奴交战，匈奴军队中出现了一支特别的部队，他们相貌奇特，防御时的阵形也很奇怪，叫啥"夹门鱼鳞阵"：他们用盾牌把自己围成一圈，其阵势，像一只头脚缩入壳中的大乌龟。这便是典型的古罗马战斗阵法。

当然，那战术虽然能出奇制胜，但克拉苏的长子后来仍然死了——这世上没有不死的人，或者这样死，或者那样死，总之，每个人到了最后都会死，也都会带走活着时的那些故事，除非他们的故事有独特的意义，人们想忘也忘不掉，又或者，他们像龙多格热这样，遇到一个想要留下他的故事，让他被世人所铭记的人。不过，遇到那人，又何尝不是他自己创造的因缘呢？在西部的传说中，克拉苏的长子也是这样，他死后英魂不散，穿越了千年的烟云，入了一个羌村女人的窍，讲述了两千年前的那个神奇故事。这故事，后来被人写成了书，闹得沸沸扬扬，动静很大。

所以，龙多格热的这号故事看似不可思议，其实只是西部的寻常。而我写龙多格热，也有点像写正文前面的序幕。因为，正是依托这个故事，我们才能了解这块土地，了解后面无数的故事发生的背景。

我采访龙多格热时，羌村人都很兴奋，显然，他们都很关注这个话题，也想知道接下来会发生什么。但怪的是，我在初步的采访中，得到的都是一些不太重要的讯息，对于真实地还原龙多格热这个人，帮助不大。我看得出，当地百姓在有意地回避一些话题。倒是延寿寺——羌村最大的寺院，在很长时间里，一直掌握着羌村的话语权——的阿卡们说了些对龙多格热不好的话。至于他们说的是不是真话，我不知道，有待下一步的调查考证。你知道，众口可以铄金，积毁也可以销骨，但无论是铄金，还是销骨，代表的都不一定是真相。

后来，有人告诉我，以前，羌村有人说龙多格热的坏话，但很快，他们就招致了不吉祥——阿卡除外，因为阿卡有护法神保护——于是，就没人再敢轻易说话了。后来，我也体验到了这一点。刚进羌村时，我按当地人的说法，称龙多格热为厉鬼，话一出口，我的茶杯就爆了。龙多格热以他的方式在提醒我："别叫咱厉鬼，咱是神！"于是，我恶狠狠地凶他："你要是再捣乱，我就索性将你写成厉鬼！"我这一怒吼，他就心虚地笑了。……呵呵，他没有想到，我能听懂他心里的话。

在民间传说中，龙多格热具足五种神通：天眼通、天耳通、神足通、宿命通和他心通。因此，他可以随意地看任何想看的场景，随意地听任何想听的话，随意地去任何想去的地方，随意地化现任何想化现的形体，随意地知道任何想知道的事情，也能随意地了解他人和鬼神的心思。他唯一不具备的神通，就是漏尽通，也就是断除烦恼和欲望。延寿寺的朱古说，正是这一点，让龙多格热成了厉鬼。

有了朱古的这一说法，龙多格热就被定义为厉鬼了。

不过，龙多格热一直把自己当成神灵。他不承认自己是厉鬼，也是有道理的，因为，一些羌村人也在供奉他。你知道，一旦得到人间的供奉，连小鬼，也会成为神灵的。

我去采访的时候，有几个寨子的牧人，已将龙多格热当成了战神。每当寨与寨之间有战事和纠纷——主要是争草场——人们就会供养龙多格热，让他帮助自己。据说，只要有足够的信心，那种超自然的帮助，确实是如影随形的。

在一些有着原始宗教色彩的寺庙里，也有人将龙多格热当成了护法神。相传，对龙多格热进行观修和供养，就能得到他的庇佑。

按流传于羌村的说法，龙多格热修成了摩利支雷法。修此法成功后，容易产生巨大的能量，跟雷部相应，一旦成就，就能驱役雷电冰雹。但这样虽然威力强大，却也容易造下无穷杀业——你想，当一整片天空电闪雷鸣，暴雨裹着冰雹倾泻而下时，有多少生灵会于瞬息间丧命？所以，修此法者，必须加修大悲心，以滋长其慈悲，若是以嗔心行法，则能力越大，罪业越大。因为，神通主死，慈悲主生，前者杀，后者度，用慈心降魔，才不是杀戮，而是杀度——也就是在诛杀的同时，将其灵魂送入佛国净土，这时，造下的就不是杀业，而是功德。但龙多格热崇尚神通，于愤怒摩利支着力多，于慈悲心着力小，也没能破执，死后就成了一种可怕的凶神。

不过，听羌村的阿尼说，龙多格热不是一般的凶神，他是被收摄了的护法。阿尼说，历史上有很多大德，也会接受一些凶神恶煞当自己的护法神灵，像莲花生大师，就收摄过很多凶神恶鬼。《西游记》中，观音也收摄了妖精来守山。出世间的佛菩萨也是这样，他们只管弘法度众，不愿管人间的琐事，而那些大力鬼们，却喜欢多事，于是，佛菩萨就索性收摄了他们做事——看上去，这有点像人世间的招聘保安了。

当然，龙多格热更愿意我称他为神。在西部，活着为人，死了为神。神和厉鬼一样，也是一种强大的功能性力量。要是干正事，行善业，人们就会尊他为神；要是干邪事，造恶业，就会被人称为厉鬼了。在一些书中，也会将厉鬼称为大力鬼。据说，老祖宗说的城隍爷、土地爷，也属于大力鬼的范畴。

我第一次到达羌村时，已是深夜。顺着车灯，我发现路旁有几个木头搭成的架子。我问向导，那是啥？向导说，是晒架，是专门晒粮食用的。秋天的时候，农民割下庄稼，就会搭在晒架上。风吹日晒几十天后，庄稼就干了。村里人就把干透的庄稼铺在房上，用连枷打。那时节，寨子里就会响起"砰砰砰"的声音，那是丰收的声音，会让寂静的山谷喧闹起来。

后来，我才知道，那晒架，不但晒庄稼，还会吊死人。此前的百年里，被吊死在晒架上的人，有六十六个。这个数字很有意思，当地人总是说六六大顺，果然，自第六十六人被吊死后，世道就变了，没人再被吊死过。

有人说，在被吊死的六十六人里，最有名的，就是龙多格热。他是那种肉体虽然死去，精神却永远活着的人物——不过，后来我发现他不是被吊死的，他的死有很多当时人尽皆知，后来却被封印的内情。而这些内情，直接影响了人们对他是神是鬼的判断。

"龙多格热"，真是个让人热血沸腾的名字。

在羌村，我前前后后，生活了很长时间。我发现，在一些羌村人的心中，龙多格热很可怕。因为，他明明死了多年，却仍像是有呼吸能触摸的生命，一直跟当地人生活在一起，寻常人也能感觉到他的存在。他时时参与村里的纠纷。许多时候，他甚至是纠纷的导火索。对于喜欢他的那些人来说，纠纷中，他是最好的帮手和助缘。对于不喜欢他的人来说，他就成了厉鬼或魔神。

对于龙多格热的活着，我深有感触，在一般人不一定能理解的那种境遇中，我甚至跟他有着实质性的交往，也得到过他的许多帮助。比如，我若有所愿，便会持诵他的心咒，他总会一一承办——嘘，别声张，别惊动那些多疑的喉咙。也许有一天，我会教你他的心咒，等你需要时，供点儿酒，供点儿大蒜，再诵那心咒，就可以得到他的帮助——前提是，你相信他的存在和力量。

在本书中，对他的那些日常生活化描写，多是他自己告诉我的——当然，有些也是我采访其他幽魂，或借助一种特殊的方式得知的。有时，需要什么素材了，我就会问询他。在无数个温暖的下午，我泡了当地那种涩涩的野茶，一边慢慢地品，一边听他讲自己的故事。一股暖暖的感动，或是一股淡淡的心痛，就会像温热的野茶那样，流进我的心里。

就这样，我经常会走近龙多格热，问询他一些过去了的小事。那些小事早湮灭在历史长河中了，在岁月的腐蚀下，它们连泡沫都没有剩下，但在我的眼里，它们仍是随时可以采摘的花朵。

按老祖宗的说法，这是一种叫宿命通的功能——当然，你也可以理解为想象力。而对于没有这种功能的人们来说，生活就像一朵朵浪花，不断地消失在大海里。那大海有一个名字，叫遗忘。正是记忆和遗忘，构成了我们的世界。

在这个世界里，我们每一个人，都是时间之花。那龙多格热也是。

2. 瘸腿扎西的发愿

我对龙多格热的兴趣，源于一个叫瘸腿扎西的实业家。此人头大如斗，面色赤红，个子不高，腹大如鼓，脸上长一撮稀稀落落的胡须。他精通多种语言，记忆力奇好，只要见人一面，就会记住对方名字。我是在一次偶然的邂逅中认识他的，后来，时不时地，他就会给我打电话，一来二去，我们就熟悉了。那时，他正在寻找一位他认可的大德，好帮他完成心愿。他叫他最信任的秘书读了我的大部分作品，然后选中了我。

在羌村，瘸腿扎西是个惊天动地的人物。十四岁那年，他跟了村里的两个混混，去抢公安局局长的手枪。三人藏在树丛里，趁局长骑马路过时，一下子扑倒了他，还用乱石将他砸死，然后拿了枪，骑了马，跑了。这案子，公安们很快就破了。主事的首犯，被枪毙了。扎西和另外一个，被劳教了。后来，这事被写入县志。

一年后，瘸腿扎西被保释，因为他患了一种可怕的病，忽冷忽热，气若游丝，却又查不出病因，劳教单位怕担责任，只好叫人保释了他。

据瘸腿扎西说，在他气若游丝、徘徊在死亡边缘的时刻——那时，人们以为他死了，就把他抬到施坛上，准备身布施——他看到了一个非常威武的神灵,那神灵发红如血,周身喷火,声如洪钟,又像闷雷——据说,这是龙多格热一直在观想的愤怒雷神像。在当地的传说中,只要一个人恒常地观修某种形象,且达到一定证量,死亡的那一刻,他的灵魂就会化现为那个形象。

瘸腿扎西说,那个威武的神灵自称是龙多格热——在后来的观察中,我证实了这种说法——他将一种叫"五大精华"的能量注入了瘸腿扎西的生命,救活了他。那五大精华,是大自然中的五种功能性精华,源于构成世界的五种元素:地水火风空。按老祖宗的说法,当一个人能摄入这五种元素的精华时,就能改变生命状态。在我传承的长寿法中,就有摄取这五种精华的具体方法。

就这样,龙多格热显灵了,瘸腿扎西奇迹般地活了过来。醒来的瘸腿扎西,就皈依了龙多格热,发愿生生世世当他的弟子。龙多格热传给他心咒,然后用喝米汤那样的声音对他说,儿呀,去南方经商吧,你的世界刚刚开启,你只要诵我的心咒,我就会帮你达成愿望。

听到这句话时,瘸腿扎西汗毛直竖,涕泪交流。他当下发愿:若是他事业有成,就为龙多格热修庙宇,塑金身。

这发愿,成了建那巨大庙宇群的重要缘起。

后来的几年间,瘸腿扎西得到了龙多格热的大力帮助,做事如顺风扬尘,所想无不如意,其事业,很快就天摇地动了。

瘸腿扎西从经营木材入手,在完成原始积累后,再介入房地产业。很快,他就成了当地首富,有了一大堆官员哥们儿。从此,他成了县里纳税大户,解决了一万多人的就业。于是,他的许多设想,就成了政府行为。

瘸腿扎西发达后做的第一件事,是还愿。西部人认为,要是发了愿而不还愿,等于欺骗神灵,会招来灾难。于是,那个原是施坛的所在,就进入了扎西的视野。

在瘸腿扎西的规划蓝图里,他要将周围的一些小寺院合并了,在那个他见到龙多格热的所在,修一个多功能的小城,其中央,将会有一座金碧辉煌的大殿。大殿非常庄严,如众星捧着的月亮,殿门上还有一个气势汹汹的横匾,匾上有五个金光闪闪的大字:龙多格热殿。殿里供的,就是龙多格热。

在瘸腿扎西的设想中,这座建筑群会有一个响亮的名号——羌巴行宫。它会成为当地最大的一个产业载体,融旅游文化、地方民俗等诸多文化产业为一体,直接带动全县经济的发展。

这宏伟蓝图一公布，便像一块巨石入水，在当地溅起无穷的大波，并得到了政策上的优惠——这是当地历史上最大的项目了，简直是鹤立鸡群，前程远大，功在当代，益在千秋，因此，政府出台了很多扶持政策，如无偿划拨土地等。只是，在政府的文件里，项目名称是文化创意园。

但事情的进展并不顺利，很快，当地阿卡就发起了争端。刚开始，争论只在商会——瘸腿扎西是商会会长——和寺院之间进行，前者坚决要建格热护法神大殿，后者则坚决反对，后来，竟波及到民间了。

在当地，阿卡是对在家人的称谓，他们有很大的话语权。在阿卡眼中，格热不是护法神，而是厉鬼。神是能尊的，鬼却要驱——意思是赶走。所以，是神还是鬼，有时看区别不大，但实质不一样。许多时候，名正则言顺，一个名号，会直接影响世界对你的认可。比如，有了神的名号，就是正神，正神可以住正殿，否则，就只能住偏殿。像那苏武，苏武庙虽以他的名字命名，但他没有得到皇帝敕封，不是正神，因此他不能住正殿，只能住偏殿。要是有人拿他的名号说事，举报说苏武庙是违法建筑，相关的纪念活动也要取缔，那么政府就会过问。好在苏武庙只有一处，影响力不大，又不涉及宗教利益，就没人耗神搞那争端。可见，有时的不出名，倒也不是坏事。

在几千年的中国传统里，一个厉鬼要想得到"神"的尊号，只能通过两种方式：一种是官方认可，也就是朝廷或政府给他一种封号；一种是高僧大德的收摄，像三国英雄关云长，就是在得到唐朝天台宗智者大师的收摄之后，成了佛门的伽蓝护法，后来，又在历代皇帝的加封下，成了武圣人、关圣帝君等，此后，武圣庙才能合法地遍布中国。否则，那所有的庙，都是违法建筑，跟它们有关的宗教活动，也可能被称为淫祀而取缔。明白不？

在目前所有文字记载的历史中，龙多格热都没有得过封，也没被高僧大德收摄过。所以，瘸腿扎西除了想修庙宇，塑金身，让龙多格热受到千万人的顶礼膜拜之外，还想为龙多格热讨封，让他得到官方的认可。不过，想通过第一种方式，像过去的皇帝敕封高僧那样，请政府给龙多格热一个合法封号，这不太可能，于是，瘸腿扎西就把希望寄托于第二种方式，也就是请高僧大德收摄龙多格热，让他成为护法神。他之所以通过我的书找到我，就是这个目的。后来，他想将我跟龙多格热的交往，当成一种收摄，借以将龙多格热变成护法神——在他眼中，我也算是大德哩，真是好笑——被我坚定地拒绝了。

对此，龙多格热不太高兴，为了表示他的不快，他稍稍使了个坏心，把我房东家的院墙弄歪了，房东不得不拆了重修。这样，在很长一段时间里，我的行止完全暴露在羌村人的视野中。那些天，我老是看到龙多格热在不远处的山头上，朝着我鬼鬼地笑。

一天，我正色告诉龙多格热，我的不收摄，是我的谦虚，你再这样捣鬼，我就把你写在书里，叫人看看你的丑恶嘴脸，再将你写成凶神恶煞，叫你的护法殿永远修不成。

我这一说，龙多格热就心虚地笑了。后来，为了表达他的歉疚，他对我有求必应。瘸腿扎西就拿这事大做文章，说我也算完成了某种收摄，让龙多格热客观上成了护法神。不过，他的这一说法，阿卡们并不承认，也不随喜。理由是，雪漠是作家，不是高僧。这当然是对的。也正是因此，对瘸腿扎西的做法，我是坚决不认可的。

但瘸腿扎西这一闹，还是影响了我后来的采访。我初到羌村时，一提我是作家，阿卡们对我就很恭敬。后来，一听瘸腿扎西夸我是大德，他们就马上变了脸色。在他们眼里，我从一个文字人，变成了跟他们抢蛋糕的对手。

龙多格热最怕文字人，不过，他眼里的"文字人"，是所有会写字的人。因为，在延寿寺里，就有一些降伏他的文字记载——那是一本账簿，上面记载了延寿寺某段时间的日常开支，其中一条记录是：某年某月某日，延寿寺阿卡做了降伏龙多格热的诛法火供，共花费银元若干。记账的阿卡，后来成了一位公认的高僧，于是，这本寻常的阿卡账簿，就成了龙多格热是魔的直接证据，证明在某个时期，龙多格热是延寿寺僧侣公认的厉鬼。而且，在那个阿卡——他担任过管账的会计——的记载中，这样的火供做过九次以上。

延寿寺常做的火供，一般有四种：增益火供，增加福慧；息灾火供，息灭灾难；怀柔火供，让人心生敬爱；诛杀火供，诛灭仇敌。其中以诛杀火供最为有名，在过去的百年里，寺里诛杀过九十九个恶人，这些恶人的皮，就挂在延寿寺诛业殿的墙上。其中一人，身上有文身，就是从那文身上，我发现了一个惊天的秘密。

日后，我会将这九十九个故事写进书中，这本书会非常好看。那时节，你一捧此书，定然会如痴如狂，欲罢不能，不读完此书，你是不可能入睡的。……但读完此书，你也不一定能安眠，因为，你在梦里，必然会跟这九十

009

九个恶鬼相遇,或恩恩爱爱,或欲死欲活,或血肉模糊……总之是纠缠不清,像堕入梦魇之中。咦呀,那真是一种无与伦比的神奇体验。

这是后话,按下不表。我们接着说龙多格热。虽然延寿寺成功诛杀过九十九个恶人,而且召集了全寺最有功夫的阿卡,行了九次诛业火供,但最终却没有将龙多格热降伏。为啥?我告诉你原因——那诛业火供,若是以力制力,以暴制暴,就要看哪一方的力量更大。如果龙多格热的能耐在寺僧们之上,诛法自然奈何不了他;如果龙多格热的力量不够,他就要找到藏身之地,只要能找到诛法法力达不到的地方,藏身至诛法仪式结束,他同样不会被诛灭。当然,这只是世间法意义上的诛法。老祖宗提倡的真正诛法,是用真心的力量磁化对方,诛灭对方的贪嗔之心,让对方自然解脱,而不是两种力量的抗衡。

按瘸腿扎西的说法,我也算收摄了龙多格热。为啥?因为,究竟的降伏,用的是智慧和大悲心,我总是用慈母的心对待龙多格热,从来不用暴力待他,就算偶然吓他一下,也像慈母呵斥顽童,从没动过嗔心,他当然会像对待母亲那样待我,甚至以仆人心帮助我圆满心愿。所以,很多时候,对方以厉鬼相对你,还是用菩萨相对你,是你自己决定的。

其实,这些都是羌村的常识,延寿寺的阿卡们熟读经论,理应学过的,但对于很多人来说,总是道理归道理,行为归行为,那些阿卡们也一样。于是,他们就仍是将龙多格热当成了厉鬼。

还有一个原因是,一个有话语权的高僧,是能给某人和某事定性的。由于延寿寺高僧的记载,龙多格热就被定性为"魔"或"厉鬼"了。

于是,延寿寺的阿卡就将这历史资料复印了,来证明龙多格热是魔。在一次政府组织的论证会上,阿卡举了那些复印件,对瘸腿扎西说,你不能因为龙多格热有魔力,帮过你,就将一个魔鬼供在主庙里。

在民间,这些阿卡有着强大的话语权,其力量占绝对上风,跟他们抗衡是很困难的。别人若是遇上这类事,倒也没啥,不建就是了,但瘸腿扎西的反应非常强烈,他已将办成这件事当成了显示他的生命价值和尊严的一种方式——瘸腿扎西的最大特点,就是爱面子。于是,他也找了一些能让政府接受的事例,来证明他规划的合理性。比如,一些地方为了增加旅游吸引力,甚至修建过十八层地狱和阎王庙。他说,阎王都能有自己的庙宇,为啥不能为龙多格热建庙?此外,他还找了很多类似的证据,比如成都的武侯祠、河南的杨再兴庙、杭州的岳王庙等。扎西的意思是，那龙多格热也算是英雄了，因为他参加过肋巴佛领导的农民暴动——某志书对这事也有记载，书中列举了一些论据，将龙多格热写成了暴动英雄，好些书都转引了，三人成虎，就差不多成定论了——就算不谈他在宗教上的定位，他也有资格被建庙供养的。这观点得到了政府的支持，于是，瘸腿扎西在政策优惠之外，还得到了政治上的便利——政府在官方出版的几本书中，把延寿寺处死龙多格热的事，写成了封建僧侣迫害贫困百姓的典型案例，民间广为流传，很多人对龙多格热就从恐惧变成了同情。这一切，客观上为瘸腿扎西提供了政治和文化支持。

这样一来，两种力量就势均力敌了。

但出于维稳的考虑，政府还是不敢叫瘸腿扎西强行施工。政府希望从学术和文化的层面解决此事，既保证项目的正常运行，又防止事态的恶化。

就是在这样一种背景下，我接受了任务。

我的任务，就是进行广泛的调查——可以采取我所能采取的所有手段，包括宿命通——弄清龙多格热究竟是善神护法，还是凶煞厉鬼。

调查开始的前一天清晨，瘸腿扎西敲开了我的门。他对我说，你一定要告诉世界：龙多格热不是传说中的那种厉鬼，而是善神中的善神，本尊中的本尊，护法中的护法。他跟所有的菩萨一样，是值得建庙供养的。说完，他朝我鞠了一躬，转身走了。他的汽车渐渐消失在路的尽头，他笃定的眼神却一直在我脑海里晃。我相信，对这事，他虽然有经济上的考量，但他对龙多格热的认可是真的。他确实相信，龙多格热值得受到众人的礼敬和供奉，而不是被人们视为厉鬼。那一刻，我有些感动，甚至觉得龙多格热能有这样的弟子，也算是一种福气。但我不能凭着这点感动，或是因为龙多格热帮过我，就草率地作出判断。

说真的，我甚至不想作出判断。因为，很多事是很难有定论的，何况龙多格热早成传说了，许多故事事出有因，却查无实据。民间关于他的两种说法，也各有其道理，很难说谁对谁错——当然，世间的善恶本就是这样，因其立场不同，往往会有两种完全相反的评判。因此，这种非此即彼的判断，不是我的长项。于是，我打定主意：这次，我只管如实展示对这一事件的追溯过程，以及我查到的一切，对于他到底是善神还是厉鬼，我不作评判。

第一章 神秘的老人

1. 施坛

我最先去调查的，是施坛。因为是对施坛的开发，惹出了这事。施坛是进行布施的地方。这儿的布施有多种，一种是布施饮食，比如遇到灾年，农民颗粒无收时，这儿会施粥。二是布施生存空间，要是哪位老人无人供养，这儿也能收留——延寿寺在附近修了大殿，里面住了些阿卡，那所在虽无养老院的名相，却有其作用。于是，大殿里，就常年住着一些孤寡老人，但因为此处偏僻，知者不多，没有人满为患之忧，也就没人想过要扩展规模、增加人手。三是特殊布施，要是谁发大愿，想做些特殊布施——如施身等——也可以在这里举行。于是，这里就成了当地人在人间的最后一站。

所以，对当地人来说，这施坛是有特殊意义的，阿卡们不愿叫扎西把此地建成护法殿，更不愿此处成为旅游胜地，也有他们的道理——当然，这是我最早的想法，后来我才知道，事情远没有这么简单——但是对扎西来说，他既然发了愿，就得满愿，而这里就是最理想的地点。因为，他是在这儿见到龙多格热的，也是在这儿获得新生的。这所在，对他有不一样的意义。再说，在他看来，老施坛虽然会被拆掉，但他会建个更精美、条件更好的施坛，附近那些小寺院里的阿卡，也会因此而改善生活质量，这也是一件利益他人的事。

当然，扎西选这里最大的原因，还是这里环境好，又没啥名气，他认为，在这儿开发项目，不会惊动太多的人，他没有想到，后来竟会发生那么多事。

这施坛的环境确实很好，它坐落在半山腰，可以看到远处的原始森林。旁边是延寿寺的一个护法殿，收留孤寡老人的所在，就是这里。平时，这儿有几个阿卡值班，除了供天或是身布施的时候，这儿是没人来的。周围还有很多空地，而且面积很大，风水又极好，有着极强的正能量磁场。据说，好些危重病人，因为在这儿住了一段时间，病都奇迹般地痊愈了。也许，正是这一点，吸引了瘸腿扎西。因为，他未来的产业蓝图中，就有一个疗养院。他说，那将是西部环境最好的疗养院。当然，在施坛上看到龙多格热，也是他选择此处做行宫的理由。

到达施坛后，我首先采访的，是曾看护施坛的一位老人。他瘦如病鸡，披着的灰发已麻成毡了，衣服也破旧得看不出本来面目。我去见他时，天色已晚，他住的那木屋完全隐在了暮色里，但有一波波奇异的光从窗口透出。那光很是柔和安详，光中，有个神灵形象，我看出，好像是护法神，只是一半清晰，一半模糊。我进了木屋时，发现老人正在持咒。那光，就是从他的咒声中发出的——科学家说过，声音其实是物质，跟其他物质一样，也是量子构成的，只是因为体积太小，肉眼才看不到，这为声音的能量，提供了科学依据。

老人是一位大瑜伽士。就是说，他是以居士身修行的。七十多年前，他的生活中发生了一件大事，此后，他再没有娶妻，也没有出家，修了几十年，就成有名的瑜伽士了。

在施坛旁边的木屋中，老人待了大半个世纪。他每天做的事，就是猫在小屋门口，看那无云晴空。据说，他在修天空瑜伽，他能在天空中看到无数的金刚链；据说，他的气脉修成了，可以用阴茎吸完一盆水，再从嘴里吐出来；据说，他可以进入任何时空；据说，他修成了迁识法，能进入任何人的身体，也可以请任何神灵或是鬼魂进入他的生命……此外，还有许多"据说"。于是，这位大瑜伽士就成了远近闻名的奇人。

瘸腿扎西说，大瑜伽士要是能认可龙多格热，对于行宫的建立，将会是非常有力的支持。但他托人找过大瑜伽士，后者总是一言不发，只是凝了脸，看天，像一段枯树根。

后来，大瑜伽士告诉我，他不理睬那说客，是因为他恨瘸腿扎西。他还说了他恨扎西的原因——

"就是他，砍光了那么多的山头！他才是魔，是恶鬼！……瞧呀，地狱之门已向他打开！"这倒是，瘸腿扎西最开始做的木材生意，就是将羌村的树砍了，运往南方各地。

老人发出瘟鸡打鸣似的笑声，说，可我也比那瘸腿扎西好不到哪儿去。他砍了那么多树，而我，剐了那么多人。……我是个钺师。我善用钺刀，我能将人身上的肉削成三千六百多片，而那人，定然还活着。

老钺师长叹一声，然后继续说话，声音像朽木在火中的炸裂，闷闷的，充满了沧桑。

2. 钺师的记忆

你既然想听，我就说说吧，谁叫我们有缘呢。不过，我说的，只是我想说的，不一定就是你想听的。

我知道，那个厉鬼的故事一直在吸引着你。自从你听到他故事的那一刻起，你就想写他。所以，便是没有瘸腿扎西的委托，你也会来找我，瘸腿扎西只是给了你一个理由。是不？

你知道，我是一个世界，是一个你非常需要的世界。我有着无穷的宝藏，你哪怕随便舀上一瓢水，也能晃出大海的气象。

但我们还是从那厉鬼谈起吧。

虽然瘸腿扎西叫他护法神，可我还是要叫他厉鬼。当然，这不是说他没有资格享受祭祀。要知道，是享受民间祭祀，还是享受庙宇供奉，跟是不是厉鬼关系不大。许多时候，在庙堂之上受供的，也许正好是厉鬼呢。

在一个厉鬼盛行的世界里，只有更厉害的鬼，才可能成功。

这不，羌村有多少厉鬼呀，为啥单单龙多格热有人给盖庙？还不是因为他比一般的鬼厉害？所以，对于要建他的护法殿这事，我是没意见的。我有意见的是，瘸腿扎西不该选在这儿建，这儿毕竟是施坛，我对这儿有感情。当然，要是你们认为这个项目能给百姓带来很大的好处，也可以在这儿建。反正我老了——再说，就算我反对，意义也不大。土地是国家的，世上有那么多拆拆建建的事，别说一个施坛，就是一座城，人家还不是想拆就拆。我只希望，能死在施坛被开发之前，这样，我就能心安理得地离开这个世界。……听说，在那个项目中，瘸腿扎西也打算建个施坛，还要让它成为一个最吸引人的景点……不要，不要这样，把施坛做成旅游景点，虽能带来财富，但不好。不管别人如何，我可想有尊严地离开这个世界。

至于龙多格热究竟是神还是厉鬼，我不好说。因为我弄不清二者的区别。许多厉鬼，只要心一变，就成护法神了。而有些护法神做的事，还不如厉鬼呢。有些事，其实是两厢情愿的，你愿修殿，他愿受供，也有人想上供，就行了。……你瞧，那些神殿上蹲着的，有几个有神德呀？哪个不是口上一套心里一套？哪个不是举了裤头当旗帜耍呢？

呵呵，我还是讲讲那龙多格热吧。

说真的，几十年中，我还真没见过这号厉鬼呢。无论是他做的事，还是他的性格本身，都叫我难忘呢。

虽然我跟他的缘分有些特殊——你以后会知道的——但我还是愿意讲讲他的故事……要是你需要，我还可以跟他感通——就是《易经》上说的"寂而不动，感而遂通"——让你自个儿跟他谈。虽然每次感通后，我都非常疲乏，但只要你需要，我就帮你。

谁叫我们是朋友呢。——你当然忘了，在上一世里，我们是最好的朋友。在见到你的刹那，我所有的记忆都活了。

你问我，那厉鬼，有没有成山神？我告诉你，没有。山神不是人变的。山神是本来就有的，就像那大山，本来就在那儿，不是人堆起来的。可那厉鬼，却是人变的。

瞧这羌村，所有的厉鬼，都是人变的。人活着时，或是修炼，或是受了冤，一点阴魂，久久不散，渐渐有力量了，就会成厉鬼。要是遇到个高僧大德一收摄，就又成护法神了。

明白不？

厉鬼不是山神。那华岗山神、阳寨山神、龙多山神，力量也许没厉鬼大，但他们不是厉鬼。山神就是山神，我们崇拜山神，不崇拜厉鬼。

不过，要是厉鬼力大，赶走原有的山神，自个儿霸占山神之位，也不是不可以。不过，这已经算是革命了。天庭会干预的，那些被雷殛死妖精，就是想革命，反而叫镇压了。要是你力大势大，天庭镇不了你，玉皇大帝就会招安你,像那孙猴子,就被封了个弼马温,呵呵,虽然官儿不大,但也算有了合法身份。

你问龙多格热为啥会成厉鬼,我一直没告诉你。因为,这是个很长的故事,一言难尽。不过,你要是真的想知道,我就一点点告诉你吧。

反正,我在这儿,也待不了太久了。瞧,这儿,那儿,那——儿——还有好几处的地,都叫征了。瞧,政府没等你调查完,其实已经行动了。也对,在好些人心里,当地经济,比精神追求重要得多呢。可要是没了精神追求,这施坛,可就真的消失了。就算再建个更宏伟、模样更庄严的,也只是个摆设罢了。要不了多久,这儿,就会有一大堆的建筑物出现。它们也许长了庙宇的样子,也许会有很多人来上香、供养,可实质上是咋回事,谁知道呢。我想,那时节,我也该死了。

我不想带着一大堆秘密死去。

我经了太多的事,该经的经了,不该经的,也经了。既然你想问,就算是跟我有缘了,那我就讲给你听好了。你可以把它们写进你的故事。

那厉鬼的故事很血腥,没办法。好故事都这样。——在我眼中,他仍是厉鬼。我承认他有力量,但这跟他是不是神没关系的。只要他怨气冲天,只要他执着不除,在我眼中,他就是厉鬼。不过,要是他跟我感通,跟你交流,我也不会拒绝的。不仅仅是他,谁想跟我感通,都成。我愿意当你的媒介。谁叫我修这样的法呢。老了,也算是发菩提心吧。虽然每次接受了别人的信息,我总是很累——那可不是一般的累,而是一种从里到外的乏,乏透了,没一点儿气力了,身子就像百十岁老婆婆的奶子那样,成空羊皮口袋了,要筋没筋,要骨没骨,要弹性没弹性——但你不用怕。进啥门,做啥事,没那金刚钻,也不会揽这瓷器活儿。我既然发了这种愿,就得承受这种愿带来的后果。

所以,要是你真的想跟那厉鬼谈话,也成的。跟我说一声就行,不要怕我太累。到时候,我就跟他感通算了,你自己问他。

我不知道,你听到的那故事,是不是跟我听到的一样?但不要紧。故事嘛,都是这样,同一件事,不同的人总有不同的讲法。你不也老说吗,世界是心的倒影,每个人只能看到自己心里的故事,心不一样,故事也只能不一样了。

所以,以后,你要是把这些故事写出来,也行,写成啥样,都随你。你讲的我的故事，是不是真是我的故事，对我来说，并不重要。老了，对好多事，就不在意了。因为在意也那样，不在意也那样，什么事都一样，风一吹，就没了。不管那故事呈现出啥样子，只要能在世上留下些好东西，给人带来点益处，也算是我的一桩功德了。你说，是这个理不？

3. 春妮

在讲龙多格热之前，我想先讲讲春妮，龙多格热的死，跟她有很大的关系。……别急，有啥关系，我慢慢就会谈到的。现在，我只想告诉你，如果没有跟这个女人相好，他是不会那样死去的。

不过，他要是不那样死，就不会有后来的许多故事，只是，另一个故事里的他，可能还是个厉鬼，因为，只要执着不破，阴魂就无法超脱，哪怕他是生起次第成就者，也还是这样。除非他在多活的那段日子里，能生起慈悲心，能破执。

但这些，都是后话了，世上哪有啥如果？那诸多的"如果"，都是在事情发生后，人们的追悔和感叹罢了。若是没有遗憾，谁会去一次次地追问"如果"呢？就像你常说的，人的命运，多有其固定轨迹，若想改变它，就要用修行去改变心。

……呵呵，若是真要说啥如果，那么，如果他不那样死，我的人生也会不一样的。那时，我还会不会放下红尘中的一切，走向这施坛？不好说。真的不好说。……也好，就趁着这机会，说说那些故事吧。几十年了，有些话，早在记忆里发霉了。说说也好。

爱上妙音之前，龙多格热最喜欢的女人是春妮。注意，我说的是喜欢，而不是爱。春妮就是那种大多数男人都喜欢，却不会爱上的女人。不过，也说不清，有些男人也为了抢她，而没了命呢。但那到底是不是爱，还是说不清。有时，人们以为的爱，只是情欲和控制欲而已。……说到这儿，我倒有些可怜那春妮了。她看起来，吸引了所有男人的眼光，就连那穿袈裟的，也一样，但她其实从没被爱过。在男人们眼里，她不是一个有灵魂的女人，甚至不是一个女人——更不是妙音那样的女人，她只是两团肉，和一个器官。

你是否看到了那一个个想入我生命的灵体？他们有着五种神通，他们知道你来做啥。他们就像一团狂乱的蜜蜂，都等着我开了顶门，好进来呢。他们都有一肚子的话想说。……呵呵，别急，你们别急。我先给雪漠说说这会儿我最想说的女人。

听哪，一声秃鹫的叫声传了来，像春妮的呻吟。每次，我听到这声音时，就会想到那个黑黑的骚骚的女人。

春妮的名字，是后来人们起的，起先她并不叫春妮，叫天女。我看了八十多年的女人……或许一百多年，或许几千年……直到今天，也没见到一个比春妮骚。……不，不仅仅是五官，还有味道。要知道，那春妮是一团火，只管朝你一燎，那热热的晕就会袭向你。

别急，我会告诉你原因的。

她曾是龙多格热的相好，也曾是我的相好。那时节，她有很多相好，有俊的，有丑的，有老的，有少的……你想，几十年中，她的故事能少吗？那时节，她总是骚骚地对我说，无论她经了多少个男人，其实她的心中，只有一个人——那名字，你后来就会知道——其他的男人，在她眼中，只是他的替身。

后来，她的那些相好，多在我刀下成了肉片，又成了鸟兽的食物。

再后来，那娘儿们也被我用刀削成了肉片，鸟兽们脖子一伸一缩，不几下，她就没了。

年轻时，她可是搅得我六神无主呢。在我闭关密修之前，她给过我很多神魂颠倒的夜晚。现在想来，我时不时还是会激动。

我要告诉你我经历的很多故事。有的，跟施坛有关；有的，表面看来，无关，但其实也是有关的。在我的世界里，没人跟施坛无关。

瞧，施坛显得很阴森，无数的哈达在风中卷着，还有无数的白骨，无数的头发，无数的刀斧。每天，我都跟这些东西生活在一起。跟我一起生活的，还有很多你们看不到的生命。是的，那些在这施坛上走向人生最后一站者，或是想走完最后一站者，我都能见得到。我甚至觉得，他们跟活人没啥区别，因为我能见到他们，还能跟他们交流。而活着的很多人之间，却隔着无论如何都无法跨越的鸿沟。从这个角度上看，或许那个世界更简单。但他们当然是痛苦的。他们留恋的一切，对他们来说，都是一碰就会破碎的幻影，可他们却偏偏能看见和听见。他们可能撕心裂肺地大喊，他们可能漫无目的地狂奔，可他们所做的一切，都无法驱走内心的焦渴和孤独。因为，执着是他们心里的铁锈，把本该松动的出口给封住了。执着，把他们锁在了那个发不出声音的、灰色的空间里。……所以，面对每一具送来施坛的尸体时，我都会一边念咒，一边怀着敬畏的心，一片一片割下他们身上的肉。就这样，那些肉身子慢慢消失了，化成了鸟兽们的食物，而那些身子的主人，也放下了红尘中的很多东西。因为他们发现，一切都会像自己的肉体那样，一点点显出白骨苍苍的真相，而那白骨，也会在岁月的冲蚀下，慢慢地腐朽，被尘风一吹，就消失无际了。于是，他们就会融入咒声背后的那个世界，远离让他们痛苦不堪的轮回。这，就是铍师的意义。也是我守候了几十年的意义。而现在，这个意义很快就要消失了，我大概也很快就要死去了。这施坛死去的时刻，就是铍师的死期。因为，当施坛变成舞台，铍师变成演员时，施坛和铍师也就消失了。

不过，这世上，又有谁不是演员呢？谁不是在演一场能够自主，或不能自主的戏呢？……即使是你，也在演一出戏，不是吗？只是，你的戏是你自己选择的，别人的戏，却是命运为他们设定的。

瞧，说得有点远了，我还是继续说故事吧。

我说过，我是个铍师。但这其实不是一个职业。在别的村里，是没有铍师的，他们谁都可以舞那刀子、斧子，或是锤子啥的。我们村本来也没有铍师，后来，一位老太太死前，专门安顿儿子，说一定要叫我送她上施坛，还说，她得到过一个梦，是哪个神或佛托给她的，说由我送了最后一程的那些灵魂，会进极乐净土的。她相信这个梦。她的理由很简单：在剁那些骨肉时，我一直在念经。我念了一辈子经，开始是有意地念，后来是无意地念，我念呀念呀，就一直在念了。我也念了一辈子咒。这故事，一传出去，人们就信了那老婆婆的话，人一死，都请我去念经施供，渐渐地，我就成专业铍师了。后来，延寿寺在施坛旁修了个闭关殿，我就索性住那儿了。再后来，我在施坛的另一边建了这个小木屋，就从闭关殿搬出来，一直住到现在。不过，我的搬，其实只是挪地儿。因为我没啥行李。你也看到了，我屋里啥都没有，我身上这套衣裳，也是那时一直穿到现在的。所以，你大概也能闻到那股味儿……当然，我不觉得有啥味儿，这味儿，是他们说的。他们见了我，总会下意识地捂一下鼻子，但因为对我有些畏惧，很快又会把手放下。我自然不在乎。你大概也不在乎。对不？我看，你到现在，连眉头都没皱过一下。对我这类造型，你是不是已见怪不怪了？你定然知道，古印度那些住在尸林里的人，身上的味儿，还有那造型，不会比我好多少。对不？

呵呵，我可不是在跟你辩解，我只是想知道，今生的你，跟前世的你，有啥变化。……对，我知道你当作家了。……这么说，你还记得前世的事？呵呵，这会儿，我还是先跟你说正事吧。

你是否听说过迁识法？你是否知道，以前的那些大人物决断啥事时，总是会修相应法，叫神明示一些事？对了，我说的，就是这。……你也许更熟悉另一种迁识法：要是你定力修得很好，就可以跟另一个人神识感通。……是的，那位叫玛尔巴的大师，就精通这方法。但我常用的，正好跟他相反——他是自家神识跟别人感通，我是请别人的神识跟我感通。换句话说，我可以请一些游荡的神灵或是鬼魂占据我的身体，把我的身体当成他们的居所，那时，我就成了他们的"皮囊"。明白不？……当然，很多时候，我的"请"，其实是"让"，因为那不是我需要，而是那些神灵或鬼魂们需要，但我如果不主动打开顶门，他们不管咋嚷嚷，也进不来。这就是我修的感通法跟你常说的入窍的不同。……我知道，在你的家乡，有很多类似的事。在时间的长廊里，我甚至读过你那篇叫《入窍》的小说，还知道，你很想把它拍成电影，对不？呵呵，你好像不怎么惊讶，你是不是也能走入那条长廊？那你是否还记得前世的事？它在你的心里，还剩下多少痕迹？……瞧，我咋学了你，老是跑题？我想说的是，我知道你常见的那种入窍，它是被动的，是外灵强行占领了一具处于弱势的身体，而我，是主动跟神魂感通。两者有本质的不同。明白不？在传统的说法中，我这种，叫我入神，玛尔巴大师精通的那种，是神入我。这两种，我都修。后来，神就时时降到我身上。再后来，延寿寺里有大事，也会来请我。当我的执着没了时，我就是个容器，只要我愿意，想请谁进来，谁就能进来——我说过，那是非常累的，但只要需要，累就累点儿，没啥。反正，累也一辈子，不累也一辈子，你说是不？

年轻时，我也是个剑子手。有时候，土司、管家、头人行刑的时候，也会用我。为啥？因为人们认为我刀法好，也认为我杀气大，还认为我不怕杀生。当然，那是人们的想法。人们会想，就叫他杀吧，反正，他杀了那么多人，削了那么多肉，也不在乎多一个少一个。

但很少有人知道，我便是在剐人的时候，其实也在超度着他们。不知有多少罪大恶极的人,就这样叫我超度了。你别问我超度到哪里了,呵呵,这得问他们,他们想去哪儿,就能去哪儿。我只是送他们一程。我的送,就是说服他们放下一些执着。然后,他们就自个儿走了。明白不?

在这个小木屋里,我住了七十年。这地方,是我自己选择的。你定然听说过印度那些在尸林里密修的人,我也跟他们一样。施坛真是个好地方,在这儿,你想执着,也执着不了。你会看到那些执着了一辈子的人,最终都进了秃鹫的嘴,变成了一摊摊灰白色的粪便。

为了破除执着,每天夜里,我都会做一种会供,用一种冥想的力量,把自己切碎了,去供养那无量无边的众生。

那活儿,我做七十多年了。五十年前的某一刻,我忽然打通了一道"隔墙"。从那之后,我的心就大了,就能主动接纳一些想进入我身体的灵魂了。村里人想见死去的亲人时,都会来找我,那时节,我就成了一个载体。

有些外面的人,要是听了这类话,会把我当成精神病的——我知道你不会——但我当然没有精神病。……不过,那也许真是一种大精神病呢。一切都说不准。……我想告诉你的是,我之所以愿意帮你,叫他们跟你聊天,除了因为我们的缘分,也是因为你心中的那份悲悯。这世上,最缺的,就是它了。

4. 老人的倾诉

你要是想先听我说说话,也行。我知道,你的习惯是多方取证,再从整体上还原故事的全貌。对不?瞧,我还真的是很了解你的。你也许不知道,我经常进入那种光明境,去观察你。

你是否觉出,半虚空中,时常有一双眼睛在看着你?——对,有时,那就是我。但有些时候,它也属于另一种存在。

在那个世人们看不见的空间里,你是焦点一样的人物,谁都知道你在做什么,也都想知道你能做到哪一步。……我说的,可不只是瘸腿扎西这事儿——我知道,你也在修庙宇群,不过,你修的庙宇群不在红尘里,你想把它修在人们的心中。对不?自打你写出《我的灵魂依怙》,后来又写了《无死的金刚心》等书,你的动态,就吸引了多方的注意。至于是哪几方,能写出《娑萨朗》的你，自然不用我多做解释的。

　　只是，我想告诉你，你那事儿，比扎西这事儿更难呢。扎西只想在施坛这儿建一座庙宇群，而你，却想改变世界。……对，我说得不太准确，你不是想要改变世界，你只想在人心之中建立一个世界。你还想建立一座桥梁，让遗忘了传统文化的世人，能对传统文化有更多的理解。这些，我都知道。要不，我咋会说，因为你心中的那份悲悯，我愿意帮你呢？

　　你也许不知道，自打在时空隧道中找到了你，我就会时不时地掉进回忆里。许多事，我本来早已忘掉了，却因为对你的观察，我总会不经意地想起。那些尖利的、让我想要流泪的画面，总会让我产生一个念头：要是七十多年前，我们的世界里有你，有你倡导的那些东西，我们的故事会不会不同？……我不知道答案。我想，你大概也不知道答案。我还知道，好些东西，并不是你想改变就能改变的。我知道你生命中的许多故事。所以，我想帮帮你——尽管，在你想要实施的那个庞大工程面前，我的力量，其实也很微弱。

　　我能做的，就是为你打开时光的帷幕，让你从我的角度，看一看那段遗失的岁月；让你通过我，找到一些跟它有关的灵魂，跟他们聊聊天。……我看过你的《野狐岭》，知道你有另一种跟幽魂交流的方式。我还知道，除了《野狐岭》中记载的召请术之外，你还能运用另一种方法，直接进入幽魂们的生命记忆，去真真切切地体验他们有过的经历，体验他们曾经的人生，体验他们的苦乐和悲喜，体验他们的遗憾和满足。不是吗？我知道的。不过，你既然来找我，说明你还是需要我的。你需要的，也许不是我的功能，而是我的视角，是我作为时光导游的作用，还有我的身份——我知道，你早就明白我是谁了。

　　就让我们心照不宣吧。好吗？

　　关于那个远去的故事，有太多的说法，每一种说法都代表了一种角度，但每一种角度，都不一定是真相。那么，我认为的是不是真相？同样说不清。它只能代表我在那时的一种看法。七十多年过去了，我的看法早就变了。当时的有些事，现在的我，是肯定不会做的。但要是没有做过那事的我，又怎么会有远离红尘的我呢？不过，对于那许许多多的说法，我已经不想再说啥了。我知道，无论我说，还是不说，世界上都会有很多种说法，不会因为我说了，就有啥改变。就像那延寿寺的僧众，他们需要的，也不是真相，而是世界认可他们的说法。所以，世界永远都是吵吵嚷嚷的，每个人都在维护着自己所认为的真相,或是"真相"背后的某种利益。

当然,我之所以不想再说啥,还有一个原因,就是我老了。……七十多年前,在某个刻骨铭心的瞬间,我突然就苍老了,我老得再也不想说任何话了。我只想沉浸在修行的氛围里,把一切都忘掉,包括一切的痛苦、一切的懊悔,一切的……罪恶。在那一刻,我就丢掉了过去的那个名字。慢慢地,知道我过去的人,一个接一个地死去了,其中的好些人,还是我亲手送走的。当我一片一片地剐下他们的肉,一遍一遍地念着往生咒的时候,我看到他们的灵魂渐渐地放下了执着。等到我剐完最后一片肉,他们完完全全地进了鸟兽的肚子时,我看到,他们的灵魂飘向了那个有光的地方。我知道,随着他们的离世,过去的我,也完全地死了。

后来,不想再说话的我,就把自己变成了一个容器,让所有想要说话的灵魂,都进入我的身体,说出了他们想说的话……瞧,你不也是这样吗?你不也常说,当那些人物在你的心中完全活过来之后,你所做的,就是用自己的笔,流出他们想说的话吗?有时,我也会在你的书中,看到我曾经想说的话。那些话,是如此遥远,我早就忘记了。想不到,在看到你书的那一刻,它们竟然又在我的心中苏醒了。但你一定知道,想起它们的时候,我的心里是多么地五味杂陈……

瞧,我又说了许多无关的话。我还是说说龙多格热吧。

5. 揭开帷幕

从哪儿说起呢?还是从春妮说起吧。

其实,虽然我一下就想到了春妮,但无论对我,还是对龙多格热,春妮都不算多么重要。……春妮的灵魂要是听到我这样说,一定会很难受的。可这就是实情。我之所以第一个讲她,有一部分原因是,我不想谈另一个让我真正心痛的女人。……真的,即使到了现在,想到那个女子,我还是会心痛。我不知道,我和她之间,到底是她伤害了我,还是我伤害了她,但这并不重要。自从那一天开始,我们就再也没有见过面。……我的意思是,她的灵魂,从来没有在我面前出现过。而我,也从来没有搜寻过她。

我不是不想知道她现在咋样了，而是，我没有勇气触碰那段回忆。你知道的，每个人心中都有一个不能触碰的地方，你一旦贸然去触碰，就有可能引起大面积的崩塌。

　　我现在还会崩塌吗？你是不是想这样问？其实，你又何必问呢。你明明是知道的。对我来说，那些，都是遥远的记忆了。我不敢去触碰的原因，是我受不了那心痛。……每当我想起，我曾给那个苦命的女人，带来那么大的痛苦，我的心就会难以言喻地痛。……说真的，直到现在，我还是不敢进入关于她的那条时光隧道，不敢去窥探她在那时的感受。我是真的害怕。……不知道龙多格热是不是这样？这么多年里，他是否在那个空间里搜寻过她？当他的家人把某种希望寄托在她身上时，不知他有过怎样的情绪？

　　瞧，现在你也许就明白了，我们之间，有过一个女人。

　　是的，我们曾经爱上过同一个女人，也跟这个女人有过非常深刻的故事。但我现在不想谈她。我还是跟你谈谈春妮吧。

　　跟春妮好过，是我和龙多格热的另一个共同点。而首先引起春妮的兴趣的，是他。

　　那时节，我经常在他身边。我不知道那时的我们算不算朋友，但我们确实离得很近——我说的是物理距离上的近。至于心的距离，我觉得我们离得很远。我也从来没有见过，有谁跟龙多格热的心离得很近。

　　他很少说自己的事，人们知道的有关他的事，多是他身边的人——有时甚至是跟他无关的人——传出来的。所以，活着时，他就是一个众说纷纭的人，有人说他勇敢，有人说他正义，有人说他武功高强，有人说他有神通，有人说他鲁莽，也有人说他心狠手辣，是魔神一样的人物。因为他跟别人总有距离，所以，很多人都不知道他到底怎么样。……对，扎西大概告诉过你，他跟着肋巴佛发动过起义，后来因为家里出事，回了家，又跟延寿寺里的温布公开闹过矛盾。他干的，好像总是一些让地动让山摇的事。所以，每逢有他的地方，人们就看不见我了。

　　春妮刚开始也没有看见我。她后来之所以看见了我，是因为龙多格热冷落了她。当龙多格热冷落了她时，她就看到了他身边那个不太起眼的我。于是，她就跟我有了故事。现在说来，我才发现，她跟我有故事，也许是想刺激龙多格热，让他感受到她的存在呢。

但她失败了，龙多格热从来没有在乎过她——虽然他们有过很多次的翻云覆雨，但龙多格热却从来没有在乎过她。

瞧，春妮也是一个苦命的女人。

我们那时节，羌村的女人总是命苦。不过，即便到了今天，羌村女人的日子，也没有好到哪儿去。这儿的大多数女人，婚后的生活，都是不断地劳作。所以，她们总是老得很快。田间那些弯了腰、满脸皱纹的女人，年龄往往比你想象的要小很多。要是在你客居的南方，她们也许会有受教育的机会，还可以选择自己想做什么，不想做什么，但是在这里，她们没有这个机会。她们只有两条路，一是像牛那样劳作一生，二是出家做尼姑——春妮有点儿不一样，她比所有女人都活得更潇洒。……当然，这只是看起来。她真实的感受如何，没有人知道，也没人想去知道。也许，在豪放浪荡的外表下面，她也渴望过女人的幸福，渴望过一个真心爱自己的男人。但是，既然她选择了当天女，也就选择了这种命运，对于这一切，她是没法抱怨的。

当然，这是我现在的想法，那时，我不会想这些。我跟村里所有对春妮感兴趣的男人一样，在乎的，只是她的肉体。虽然我也会听她说一些她想说的话，但我很少把那些话装进心里。我知道，无论是她，还是我，都没有把对方装进心里。我们都只是在对方身上索取着某种东西，好慰藉自己在当时的一种情绪。

不过，她在龙多格热的生命中，也不完全是无足轻重的，因为，龙多格热要是没跟她相好过，也许不会像当年那样死……这当然不是她要的——但也可能正是她要的。女人的心，谁明白呢？这会儿说爱你，过上一会儿，就可以跟另一个男人在一起——不过男人也一样——无论是春妮，还是……其实我不该这样说的，要是春妮遇上了一个真心爱她的男人，可能不会这样——但是，又有哪个男人会真心爱天女呢？

世俗的爱情，跟占有欲是分不开的，这种欲望要是得不到满足，人们要么会离开，要么就会互相伤害。一般都是这样。我当年之所以做出那事，也是这样。当时的我，被仇恨冲昏了头脑，只想报复那个伤害了我的人，挽回自己的面子，我并没有想到，完成了自己的报复之后，我并没有觉得好过一点。

我发现，总是被仇恨裹挟，总是把复仇当成荣耀的我们，并没有因为成功地复了仇，就活得好一些。于是，我就再也找不到复仇的理由了。那天，我觉得我一下子苍老了，整个人无与伦比地疲倦。所以，我把一切都给了别人，然后过上了现在这样的生活。要不是你来问我，我几乎要忘掉那段人生了。我更想不起，转眼之间，竟然已经过去了七十多年。时间对我来说，已经失去了意义，因为，我的每一天都是这样过的。在小木屋里，我甚至感受不到光线的变化，我就那样静静地坐着，在宁静中消解着一切的爱恨情仇。只是，因为最后的那次复仇，很多人知道了我的特长。后来，我就有了刚才向你介绍的各种身份。

在很长的一段时间里，我的剐人，其实也是在剐我自己，我总是在剐下每片肉的时候死了一次。我的每一次念咒，也是在超度着自己。在生生死死、死死生生之间，在咒音的一次次洗涤之中，我就从那个因为仇恨而挥舞过刀子的人，变成了今天的钺师……

我有些累了，今天先聊到这里好吗？

其实，你大概也发现了，每个人能讲出的，只是他记忆中的痕迹。我能告诉你的，也是那段记忆留在我心里的痕迹。也许有些模糊，但它代表了一种灵魂的真实。也许，它能帮助你了解当年的我们。

下次你来，我可以请来一些相关的幽魂，让你直接跟他们聊一聊。他们大概会有另一种讲法。各种讲法，你都听一听，这样，你才能更全面地了解当年的事，了解龙多格热这个人。最后你也许就会知道，龙多格热到底是鬼，还是神。

其实，龙多格热的那段经历并不复杂，甚至可以说很简单，几句话就能说完。真正精彩的，是他的心灵世界，还有跟他相关的那些人——当然，也包括我——所以，他更像是一条线索，你在探访他的时候，就会发现他所在的那个世界，还有他演过的那出戏。在他的生前和死后，包括他自己在内的很多演员，都在那个舞台上全情投入地演着。大家都演得很精彩、很卖力，甚至有些心力交瘁了，但到了今天，也不过是几个真真假假的传说——呵呵，这就是人生……

现在，你先回去吧，我们下次再聊。

第二章　龙多格热的故事

1. 两个版本

告别老钺师之后，我又采访了一些人，也收集了一些关于龙多格热的故事。我发现，在所有流行于羌村的版本中，那场改变了羌村历史的大事，都源于一个外号叫兰猞猁的汉子的醉酒。因为教训那个醉汉，龙多格热才在这个故事中正式登场。

对这类故事，我很感兴趣，因为，要想了解龙多格热，就得先看他做过哪些事。我说过，一个人的价值，就是他做过的事。

我听到的故事内容不一，但开头大致可归纳为两个版本。

在第一个版本里，龙多格热是龙多人。龙多是个很小的寨子。人们之所以称他是龙多格热，就是因为他是龙多人。在第二个版本里，龙多格热成了阳寨的人。

两个版本里，龙多格热的个性倒也一致，不一致的，是他所在的寨子和他的行为。两个版本的讲述者，都认定龙多格热是自己寨子的人。龙多老汉说，因为龙多格热是龙多人，人们才叫他龙多格热；阳寨老汉说，因为龙多格热家是从龙多搬到阳寨的——他父亲是龙多人，入赘阳寨——故名。

讲故事的老汉，都语气坚定地认定，龙多格热就生活自己所在的村里。他们都将龙多格热当成了本村的骄傲。

龙多老汉明确表示，他相信龙多格热是护法神，他赞成瘸腿扎西的规划。他说，要是瘸腿扎西修不成护法殿，将来龙多村会修。

阳寨老人却质疑龙多格热的护法神身份，他认为，传说中的龙多格热是个好人，但是不是真的成了"神"，还不好说。因为在他知道的故事中，龙多格热是一个有血有肉的活生生的人。对龙多格热，他生不起那种对神的恭敬。

2. 兰猞猁

我先讲第一个版本的故事。

那天，阴寨的兰猞猁喝了点酒，带人去闹龙多寺——在这个故事里，龙多是有寺院的。那个讲故事的老人说，这寺院小，后来被并入了延寿寺。

故事说，这兰猞猁平日倒没啥，只是不能喝酒，一喝酒，就不知天高地厚了。他的脸像红皮萝卜，他已经支不住自己的身体，摇摇晃晃，进了龙多寺。

咦呀！他叫。叫你们的阿卡出来！这个邪魔外道的贼子！胡吃海喝却没有正见的贼子！

那个故事中说，兰猞猁打了阿卡，抢了法器，没走多远，天空就聚起了黑云，随即雷声滚滚，闪电哗啦啦劈个不停。兰猞猁看到这突如其来的变化，知道自己触怒了护法神，非常害怕，打几个哆嗦，就脱了金刚服，扔下法鼓，逃走了。

护法神倒也大度，没去追赶。

3. 瞎眼的龙多格热

护法神息怒了，龙多人却愤怒了。

在这个版本里，兰猞猁大闹龙多寺的那天，龙多格热正巧去了凉州城，要是他在村里，兰猞猁是不敢造次的。好些人这样认为。

龙多人将兰猞猁闹寺院的事当成了奇耻大辱。多年之后，提到这事，龙多人还是会生气。

龙多格热回来后，一听这事，也怒了，就跟村里的长老，到阴寨去交涉。龙多人认准一点，兰猞猁去砸了人家的寺院，打了寺院里的僧众，还抢了寺院里的法器，不管怎么说，都是他不对，他既然是阴寨的人，阴寨就要有个说法。但那时候，阴寨的总管很傲慢，不把龙多格热放在眼里，总之就是不给说法，抢了就抢了。还说，不就一个龙多寺吗？有啥了不起的，你们最好滚回去。

龙多格热眯了眼，冷冷地望着总管好一阵。他的眼珠像两团火，却又像放着冷气。很少有人这样望着总管，总管不喜欢这双眼睛，但他没说啥。

龙多格热冷冷地问，你就是这样处理事情的吗？

总管说，一个醉汉，闹了点小事，过了就过了，你想掀起多大的浪来？

龙多格热说，你也不怕我们来报仇？

总管说，欢迎欢迎！不过，我的命太苦了，我怎么要和龙多这样可怜的寨子打仗？我应该和安多的欧拉人去打，应该和果洛女王打，应该和阿木去乎的骑兵打，像龙多这样一个跳蚤村，根本不值得我们较量。

这话，激怒了龙多格热。

一天，龙多格热骑了马，带了老婆孩子——在这个版本中，龙多格热不但有老婆还有孩子——在阳寨的沟堖里抓了兰猞猁——他家的牧场在那儿。龙多格热捆了兰猞猁，绑在树上，用藤条抽打了一个时辰，将兰猞猁的背抽成了血席子，把兰猞猁的女人抓走了，顺带把他家的牛羊也赶走了。刚开始，阴寨的人并不知情，等有人回到村里把这消息告诉部落里的人时，龙多格热已到了果洛，投奔了果洛女王。听说，龙多格热跟果洛女王很熟，他要是不去果洛，是挡不住阴寨的虎狼汉子的。

总管说，阴寨的脸丢大了，这等于拿了狗屎，往阴寨人脸上抹呢。

虽然阴寨有千十号人，跟周围寨子比，算是很大了，但要是跟果洛女王打，就等于鸡蛋碰石头了。因为阴寨全村下来，能背枪的，也就三四百人，而有枪的，也就百十号人。果洛则不一样，人家可是和马步芳打过仗的部落，号称有铁骑数万，人人都有快枪。

后来，阴寨总管四处派人，悬了重赏，打听龙多格热的底细。后来，终于找到了知情者。这人是谁？不知道。除了总管外，谁都不知道他到底是谁。那时的阴寨，集体财产很多。为了让这人说出龙多格热的下落，总管答应给他两羊皮袋子银元。就这样，村里派了几十人，由向导带着，一起前往果洛。那个向导总是用毡子蒙着脸，谁也看不清他的相貌。在赶路的时候，向导和总管总是走在最前面；吃饭时，他也总是和总管一起吃；就连睡觉时，他都和总管睡一个帐篷，其他人都不准接近他。

一路上，阴寨的汉子们昼伏夜行——白天他们是不敢出来的，因为怕惊动果洛人，让对方提前做好准备。后来，他们终于到了目的地，找到了龙多格热家的帐篷，趁着天黑，他们包围了帐篷。经过一番搏斗，他们打死了龙多格热的老婆孩子，绑回了龙多格热，还顺带抢了他的牛羊。

在这个版本里，阴寨人没敢弄死龙多格热。原因有两个，一是不想叫龙多格热痛快地死去，想叫他在煎熬中痛苦地活着；另一个原因是，阴寨人怕激怒果洛女王，招致她的报复。

于是，阴寨汉子们捆住了龙多格热，想弄折他的腿。龙多格热说，我不会放过你们的。我的师父有好药，你们弄断我的腿，他会接好的。你们要想活命，就弄瞎我的眼睛吧。

汉子们就拿了湿牛皮，剪成皮条，箍了他的头，让太阳暴晒。随着日头爷的光越来越热，牛皮越来越紧绷，嵌进了龙多格热的额头。到了极限，他的两个眼珠，就滚出了眼眶。

就这样，龙多格热成了瞎子。

处罚了龙多格热后，总管给了向导两袋子银元，那人从此便不知去向了。直到现在，人们都不知道向导是谁。

阴寨老人说，想来，龙多格热真的跟果洛女王有关系，后来，果洛的一个部落就跟我们有了冲突。这一次，果洛人占了上风，杀了我们村五个人不说，还想继续打，但最终被调停了，双方按相应比例，赔了命价。

那一次打斗时，并没有正面交锋。那交战双方，都躲在林子里的草丛中，你看不到我，我看不到你，只能观察哪个地方的草动得比较厉害，草一动，他们就会朝那个地方放枪，不管有人没人。后来，整个山腰都被果洛人包围了，阴寨人只好选择先逃了再说。可不逃还没事，这一逃，就把自己给暴露了，最终被他们打死了五个，抓走了两个。死的五个人里，有一个是头人。而被抓的两个人，一直到调停成功后，才回到村里。

让人没想到的是，龙多格热的眼睛虽然瞎了，却还是风风火火。出门时，他可以让马带他到想到的地方，然后听风来辨别方向。更绝的是，他摸摸地势，再摸摸河水，就能知道是什么河，什么地段，海拔是多少。他一直在修行，据说出功能了。

这故事的讲述者，是龙多的一位老人。他自称是龙多格热的后裔。

对这个故事，瘸腿扎西一句话就否决了。他说，龙多村在格热活着时，就没有寺院。他还说，那时，龙多别说寺院，连经堂也没有。

在龙多格热的故事中，这是最简短的一个，其要点是，龙多格热有家室，但后来被杀了，他的眼睛也瞎得早。正是在瞎眼之后，他才开始苦修，证得了世间法成就，但因为仇恨和执着没有破除，死后就成了厉鬼。

这是僧侣们认可的一个版本。

这个版本的龙多格热并不鲜活，虽然有点神通，却不过是些小东西，看不出神力——而且，他的眼睛被弄瞎了。

4. 妙音

为了达成跟龙多格热的相应，我开始修摩利支天法。按老祖宗的说法，摩利支天的体性，是金刚亥母。

摩利支天的修法有两种：寂静修法和愤怒修法。寂静修法安住真心观修，最终以内证与摩利支天相应。此后，借内证之力，再修愤怒摩利支天法，以调动雷部诸神之力，行利他之事。据说，只要气入中脉，跟摩利支天相应，便能驱役雷神。

除了想跟龙多格热相应外，我之所以加修雷法，也因为身体出了问题。也许是长久伏案之故，也许是别有因缘，我忽然背疼如折，用多种方法，皆不能缓解，渐渐竟无法工作了。

不久后，我去雷州考察，在一家旧货摊上，发现了几十方古印，我识得此物，它是雷部之印，用雷殛枣木刻成。我如获至宝，用重金购得。归来时，又得到了摩利支天法杖。于是，我知道，一个殊胜的机缘到了。

回来后，我体内醺醺，如晕如蒸，遍体燥热，如中魔咒，时不时地，就能看到龙多格热。我感到，一种奇怪的力量，想介入我的生命。

按行内的说法，修雷部的一般法术，只消于妻、财、子、禄舍一即可，但要是修愤怒摩利支天法，则需要冒生命危险，因为与雷部相应之后，必须经五雷轰顶，方能借雷部之力，打通中脉。当然，若是修本尊法成就，中脉已通，能安住空性，在五雷轰顶时，无执无贪，无惧无惊，天人合一，物我两忘，就无生命危险了。

我就想，我已背疼如折，生不如死，若能借雷部之力，除此顽疾，也算是一大收获。再说，那安住空性，已成我生命常态，不妨一试。要是命中该死，也只有认命了。于是，在岭南一个原始森林旁，我开始专修。

愤怒摩利支天的法门，是在生起次第成就的基础上起修的，其目的，是调动雷部诸神之力。它对时令节气的要求极高，闭关时间，多在雷声频发的春天。当春天的第一声雷鸣响起之后，我就在自家的楼顶上设了坛城。这坛城很简单，摆上简单的电脑小桌，供上血酒，即可。传统对血酒的要求是，找个大白公鸡，每次取其鸡冠上的血，滴入酒中，以做供养。但我不忍心伤害动物，就买了测血糖用的弹簧针，从自己中指上取血，滴入酒中，供养雷部诸神。在密宗的说法中，人血优于鸡血，世间诸神更喜欢人血。所以，在人类的早年，用活人祭祀者很多。后来，随着文明的出现，活人祭祀才渐渐少了，但在个别蛮荒之地，仍有用活人祭祀者。

最初阶段的修证很简单，于明空之境中，生起摩利支天身，达成坚固，专一，恒定，于无执真心中，聆听春雷之声。每当雷声响起，便掐诀持咒，将春雷之力引入中脉。若是摄取有方，便感头顶炽热，腹内起火。

这种修炼，我持续了一个春天，很快有了相应：我常于光明梦境中，跟雷部诸神相应，每一祈请，便觉雷声轰轰，由远至近，殛入中脉。那雷电如水下泼，时时入体，将我殛得遍身抽动，虽在梦中，感觉却十分真实。梦醒之后，嘴唇仍抽动发麻。

有一日，忽然暴雨，雷电齐鸣，像在我窗口炸响。我腹内如蒸，心念一动，就上了楼顶，见四面墨黑，远山上时有亮光起起灭灭。亮光起时，天地瞬间大白。于是，我供了血酒。大风吹熄了蜡烛，除了时现的电光，四面一片漆黑。我掐诀书符，召请雷神，才一动念，便觉得串串雷声，遥遥而来……我又像进入了梦境。一种可怕的感觉笼罩了我。那串串巨雷，由顶而入，在灵魂中炸响，先是顶轮，后是喉轮，再入心轮，再到脐轮，最后密轮，层层巨雷，如原子弹爆炸般，在体内轰鸣。我的身体抽搐，每个毛孔都在颤抖中生起大疼、大麻、大火、大乐……是的，还有大乐。我安住空性，无执无惧，任那五雷轰顶。那雷声，炸碎了天，炸碎了地，炸碎了我，炸碎了一切。我渐渐进入一种不曾有过的境地，我觉得自己成了交媾的天地，除了那像性高潮般——但比性高潮强大亿万倍——的大乐外，一切都没了。没了黑，没了雷，没了电，没了屋顶，没了坛城，没了山水……最后剩下的，是无量的净光。

不知过了多久，雨停了，风停了，一抹乳白的光亮一晕晕散开，我看见了一个人。我不知道那是摩利支天，还是龙多格热。一个声音说：这下，你成我了。

我大乐充盈，如痴如疯。几日几夜里，除了写摩利支咒，我做不了任何事。我的房间里，咒纸翻飞，上面隐隐有雷电之声。后来，我将写好的摩利支咒送给一个朋友，他一见，也觉得体内热浪腾起，沿脊柱而透梵宫。记得，从那一天起，龙多格热便时时朝我微笑。我想不通的是，我修的是摩利支天法，咋向我笑的，却是龙多格热？

从那天起，我对龙多格热的考察，便没了障碍。为了完成我的调查，我时时深入澄明之境，在与龙多格热的相应中，追忆过去的时光。当然，要是你愿意，也可以把它当成想象力。对于这一点，我们不必太认真。但其中，其实有一种超越想象的、被人们视为超自然的东西。那瘸腿扎西之所以请我，就是想让我依托超自然的能力，来完成这个版本的故事。你是否记得一种说法：当人类能超越光速时，时光就会倒流。这世上，目前只有一种超过光速的东西，那就是人的意念。也许，老祖宗传说中的宿命通，其实是成就者通过意念实现的时光倒流。

在我的智慧观照下的澄明之境中，我确证了龙多格热是阳寨人。正如那阳寨老汉所言，龙多格热他爹来自龙多村，是入赘到阳寨的，于是，人们便管他叫龙多格热，以区别于寨子里的其他格热。

同样，在这个故事里，醉汉兰猞猁闹的，不是龙多寺——在我的观察里，并没有这样一个寺院——而是阳寨的大经堂。

因为是宿命通和他心通的观照，我接下来要说的这个版本，比前边详细了很多，现场感极强——

那天早上，当血光一样的红霞在阳寨上空漫延时，村里人并不知道当天要发生啥大事。虽然那事引起的震波，一直会荡到几十年后，但在那天早晨，人们并不知道这一点。

寨子一直醒得晚,天空中总会有浓浓的雾,时不时就漫了来,笼罩在寨子上空。阳寨建在山洼里,山虽不高,但显得很大,有一种雄突突的味道,远远望去,山洼里的寨子,就像一攒攒的积木。

再往上,是原始森林,黑黝黝的,为寨子增添了很多野性的味道。当那血红的霞光溢满山洼时,我看到了阳寨的副总管畅佬,他正向龙多格热家走来。他显得非常急躁,正在拍龙多格热家的庄门,喊,龙多格热!快出来!

一个苍老的脑袋伸出庄门外,问,是畅佬呀,找龙多格热有啥事?

畅佬说,有个阴寨的疯子,正在经堂里闹呢,他抢了刀逞凶,没人敢惹,总管叫我来喊龙多格热。

格热爹说,没事不找事,有事不怕事。不过,龙多格热不在,去延寿寺后山的牧场了。

又说,副总管,这号事,以后还是叫别人出面好,有那么多的长老哩。

畅佬说,一个蔓菁一个坑,谁有谁的责任。他管这事,是长老会定下的,他自己也应承下了,我不找他找谁?

格热爹说,你一说这事,我就窝火了。你们又不是不知道他的性子,一点个火星儿,就爆炸。要是他出面,小事也折腾成大事了,还是得找个能压事的人。

畅佬说,不行不行,这事儿,是他的分内事。他不管谁管?说着,畅佬就进了院子。

院子不大,有二层,是木头做的。这是当地村舍的一个特点,俗称"外不见木,内不见土",也就是建房用木头,修墙用土石。因为阳寨的山上木头多,人们盖房时,可以随便砍,村里的房子就比别村气派些。在当地人眼里,那木头,是山神爷给的,属于天,属于地,也属于村里人。但外人不能砍,因为,那山是有主儿的,它的主儿,就是它所在的部落。而且,按祖上的规矩,山头属于哪个部落的祖宗们,也就属于哪个部落的子孙。对草场的分配也是这样。阳寨的草场很大,方圆上百里的草场,都属于阳寨。你只要人力能顾过来,可以由了你的性子,使劲儿让那牛羊们养儿弄孙。

村里的房屋多依山而建,一层一层,沿那山势建了,远远望去,垒垒如蜂窝,气势非凡。羌河在山前经过,水势很大,客观上起到了护城河的作用。一入夜，只要将河上的木桥扯起来，外人就进不了寨子。

村里的房子一楼住人。一个俊女子正在熬茶，见了畅佬，只是露齿一笑，没说啥。畅佬问，听说你们抓了个人质，不是她吧？格热爹说，咋？不像吗？畅佬说，不像。没想到这么漂亮。叫啥名字？

妙音。那女子轻声答了，端过奶渣、酥油和炒面匣子。这是当地的待客规矩，不管来啥人，礼数是不能缺的。

畅佬说，茶不喝了，我们还有正事儿呢。妙音也不应答，只是将那茶壶放在炕桌上，轻轻叹了一口气。她的眼角飘过一缕担忧。这是个有着轻盈气质的女子，秀气又纤弱，身上仿佛笼罩着一种仙气。在村里，这样的女子不多见。

畅佬扫视了一下屋子。屋子不大，也没啥太多的遮掩。

妙音怯怯地望望佛龛，嘴唇嚅动着，看得出她在祈祷。这佛龛是整个屋子里最豪华的所在。这是直接在墙上修的，都是木雕和彩绘，颜色非常艳，都是用天然矿物质绘上去的。一有这佛龛，整个屋子就暖了许多。

山里阴湿，住二楼会有益于健康，但人们习惯在二楼放置草料，因为一楼很潮，草料容易发霉，爱牲畜的村里人就宁愿委屈自己，住在下层，把相对干燥的二楼用来堆放草料。

没人的话，我先走了。畅佬出了门。

格热爹跟了出来，说，你给翟爷说说，那寨丁头儿，还是换个人当吧。有事别找龙多格热了，你知道他的脾气，一出手，就会伤人。

以后再说，以后再说，这会儿，那人喝醉了酒，正抡刀子呢。

格热爹长长地叹口气。他不多说话，脸很黑，瘦高，看不出具体年岁。从他的神态上能看出，这是个非常硬朗且有阅历的老人。老人信佛，明白肉体只是个臭皮囊，迟早要扔的。所以，无论在如何毒的太阳下走路，也不见他戴啥草帽，天长日久，脸就全黑了。

村里已有好多人围向了经堂——寨子小，一屁响全村，有个啥事，村里人很快就知道了——其中，有好些老人。年轻人或是去牧场，或是去地里劳作，待在村里的不多。

这儿是农牧结合区，有一点儿地，种一点儿青稞、蔓菁、萝卜之类，有时也种白菜，其他庄稼，这儿是不长的。

好些娃儿跟了去，也没人管他们。在这儿，最自由的，是娃儿。他们还小，没太多约束他们的东西。生活里的沉重，还没压上他们的肩呢。

妙音心里总有些憋。她一直忘不了自己的身份。虽然龙多格热家对她很好，她有时也会恍惚了，觉得自己是他家的闺女，但总有一些事，在提醒着她，她不是闺女，甚至不是客人，而是人质。

妙音家跟龙多格热家离得远，属于两个寨子，妙音家在阴寨。多年前的某一天，两家都看中了一块草场，各不相让，起了冲突。开始，只是小打小闹，渐渐地，火苗儿变成了大火，就燎原得不可控制了。后来，在一次次升级的冲突中，妙音的哥哥打死了龙多格热的弟弟和外甥。这一来，性质就变了，两家从争草场，变成了仇杀。

在最近——据说是六年前——的一次打斗中，妙音家抢走了龙多格热的二弟，龙多格热家抢来了她。从此，她就成了人质。

妙音轻轻地叹口气，嚅动着嘴唇。她俊俏的鼻头上，有几粒晶莹的汗珠。

5. 大闹经堂

这个版本中发生的事情，大致跟上一个版本相同，但也有些不同。这也符合流言的特点——所有流言，都会保留一部分真实信息，将另一部分信息以谣言代替，因此，也就难辨真假了。至于替换的理由，有时是传播者记不清了，有时是为了让故事更精彩，有时则是出于某种意图，比如想掩盖某种真相，或是想打碎某种东西等。

上一个版本中的龙多格热显得很寻常，没有太多的英雄气，最后还成了一个仅仅有点功能的瞎子——而且，他的死，跟阿卡没有任何关系。假如世界认可这个版本的话，那些官方刊物是不可能将龙多格热的死，写成封建僧侣迫害百姓的。而龙多格热的死，也会因其"寻常"，慢慢被岁月所尘封，绝不会引来一个我，或引来一个瘸腿扎西，想要在那历史的土堆里，挖出被人遗忘或掩埋的真相。可故事偏偏还有另一个版本，在那个版本中，龙多格热是一个值得我们去了解和追问的人，他的身上，有一种不能用"神灵"或"厉鬼"来概括的东西。但是，假如没有瘸腿扎西的执着，没有我的好奇和探访，没有老钺师的帮忙，或是我没有修出宿命通，也没有著书立说的能耐，这个故事，终究还是会被岁月所遗忘。

这世上，有过太多有争议的人和事，但又有多少人真的关心，真的会去探求那诸多说法背后的真相呢？……呵呵，龙多格热的故事没有被掩掉，而是像雪地里的尸体一样，随着白雪的融化，渐渐露出真貌，总是有理由的。

瞧，在宿命通的光明境中，那个被称为疯子的兰猞猁，正在经堂里闹呢。当然，这是刚才的场景再往前追溯时，我看到的内容。

阳寨的经堂很大，差不多像个小寺院。里面有几间大房子，房子里有很多经筒，经筒上拴着绳子，每天总会有很多老人来扯绳子转经。扯那绳子时，是需要有技巧的，会扯的人，一拉一松中，那巨大的经筒就动了。经筒中装了经卷，按阿尼的说法，转一遍经筒的功德，等于诵了一遍《大藏经》。

在阳寨人眼中，经堂就是自家的寺院。延寿寺属于全羌村，这经堂却是阳寨人自家的。每天早晨，会有很多老人来这里转经。

事情发生时，经堂里只有几个老人在转经，村里其他男人，多去牧场了。

兰猞猁是阴寨人，因为姐姐嫁到阳寨，就常来这儿看亲戚。

这天，兰猞猁在姐姐家喝了点酒，就去经堂闹了。这兰猞猁平日倒没啥，看着也四平八稳的，只是不能沾酒，一沾酒，就不知天高地厚了。他的脸赛过红萝卜皮，身子摇摇晃晃，蹒跚着进了经堂。

咦呀！他叫。叫你们的阿尼出来！这个邪魔外道的贼子！胡吃海喝却没有正见的贼子！

正是从他骂的内容上，我断定他是受人教唆的。不然，他不会说出"正见"这类词。因为一般的百姓，只是念念经，他们眼中，是不管啥正不正见的，他们见佛就拜，见神就供。他这一骂，让这一次耍酒疯有了政治色彩。

几位老人围了来。兰猞猁见人多了，英雄气越发炽了。他赤红了脸，捡起一块石头，狠狠砸到经堂大门的铜泡钉上，砸出一声巨响。

一个老人上前制止，兰猞猁捡起另一块石头扔了去。那石头飞向老人的脑袋。老人一躲，石头就飞向不远处一个女人的屁股。那女子直了声惨叫。看那阵候，要不是老人躲得快，脑袋就开洞了。

看来，兰猞猁是真想闹大事的。这一下，老人们都远远躲了。

兰猞猁赤红了脸，四下里又找找，没找到石头，就拔出腰刀，闯进经堂里。杀邪魔外道了！兰猞猁的叫声破了音，显然是用足了力气。

几个老人扔下转经筒上的绳子，从另一个门里逃走了。兰猞猁抢了腰刀，像骑兵抢马刀那样，四下里乱砍。只一会儿，柱子上就多了好些刀口。缠在柱子上的牛毛绳子断了，各色哈达纷飞着，碎片舞起，落在地上，像一地飞舞的花蝴蝶。

人们叫来了阿尼——在前边的那个版本里，说是阿卡——阿尼四十多岁，有一种不一样的威严。要是在寻常时候，兰猞猁是不敢在阿尼面前造次的，虽然这阿尼，是他认为的"邪魔外道"，但阿尼就是阿尼。兰猞猁其实不懂啥是"他空见"，也不管啥是如来藏，他眼中的佛菩萨，就是保佑人的，无论佛菩萨有啥见，只要能保佑人就很好。

兰猞猁认出了阿尼——他多次在超度法会上见过他，他总是坐在高高的台子上，年岁不大，却很胖了。

兰猞猁不敢舞刀子了，他怕自己收不住手，伤了阿尼。就算醉着，他也明白，嚷嚷几下可以，但要是真伤了阿尼，就等于捅了马蜂窝。不说别的，只那些信众，他就对付不了。他们会一窝蜂地拥了来，烧了他的房子。要知道，兰猞猁最心疼的，还是那房子。瞧，这时候了，他还能想到房子。……其实，他是记起了另一件叫人烧了房子的事。在羌村，对坏人的惩罚手段之一，就是烧他的房子。可见，他也知道自己在做坏事哩。

阿尼没说话，只是指着他。阿尼虽然没说话，却像说了很多话。

兰猞猁想溜，却发现，有几个女人正望着他，就想，不能溜哟，这时溜了，就成缩头龟了，会一辈子抬不起头来的。于是，他大着嗓门，叫了一声：嘿！我可不怕你！

说着，他走上前去——本来，他是想绕过去的，但阿尼拦住了他。

阿尼手里拿着件法衣——就是他诵经时常穿的那种，花花的，黄黄的，穿上就非常气派了——想来方才正诵经呢。

兰猞猁一看法衣，忽然想到了金刚衣——就是阿卡跳金刚舞时穿的那种。他很想穿了那法衣，跳一阵金刚舞。这一想，身子一下子热了。延寿寺里的金刚舞，最是有名。每年的秋天，金刚舞学院的学僧就会在寺院前跳金刚舞。这时候，方圆几十里的人，就会一窝蜂地拥了去。那些学僧就穿了金刚衣，做些怪模怪样的动作。兰猞猁看不懂那舞的意思，但知道那是表法的——或是降魔，或是度众，或是演一些佛教故事。兰猞猁喜欢的，其实不是金刚舞，在他眼里，金刚舞很单调，就是那几个动作——东晃晃，西摇摇，前猫猫，后仰仰，时不时地，还会响起一阵法器声，就这样。他喜欢看的，是那些看金刚舞的人——当然是女人们。平常日子里，是看不到那么多女人的。平时看到的，多是自家村里的女人，一般的寨子，只有百十家人，闭上眼，也知道每家的猫三狗四。兰狢狖住的阴寨人多些，有千余口，但平日里见多了，早就没啥兴趣了。而看金刚舞这天，方圆几十里的女人都会涌了来，有些结婚了，有些没结婚——没结婚的女娃扎个麻花辫子，要是结了婚，就不扎辫子了。兰狢狖最喜欢看没结婚的女子，因为当地的传统是，没结婚的女娃，是自由的，可以随了自家的性子交朋友——就算怀了娃儿，也没啥，生在娘家门上即可，娃儿的舅舅会养着。要是人家结了婚，你再动人家的心思，人家男人就要跟你拼命。

所以，每年跳金刚舞的时节，是兰狢狖最蠢蠢欲动的时候。因为这种蠢蠢欲动的感觉，兰狢狖非常喜欢那法衣上的金刚舞味道，就趁着醉意，一把抢了来。

阿尼没想到他会这样，也抢。两人谁都不松手，扯锯一样，扯了一阵，兰狢狖一发力，把阿尼甩了出去，阿尼一下就碰到柱子上，然后摔倒在地。

忽听得寨丁跟喜喊，兰狢狖打阿尼了，快来人！快来人！一阵喧嚣扑了来。

兰狢狖知道惹大事了，要是那些人围了来，会打死他的，就索性拔出刀子，狠狠抢几下，等于告诉围过来的人，他会杀人的。

兰狢狖发出吓人的叫。平时，他是不这样大叫的，但因为喝了酒，酒叫他叫，他就只好这样叫了。

兰狢狖一边大叫，一边抡刀，一边向经堂外退去。跟喜看到了远处的畅佬，叫道，副总管，兰狢狖要杀人了！

畅佬倒没显得多慌张，望望那飞舞的刀子，他也不敢前来，只是说，你们别碰他，我去叫龙多格热！说着，他转身就跑，虽无跑的速度，算不上夺路而逃，但看得出，他也很怕兰狢狖的刀子。

阿尼已叫人扶起了，一脸的鼻血——那是碰在柱子上弄的。他朝那些想抓兰狢狖的人摆摆手说，别拦了，叫他去吧。后来，好些人说，要不是阿尼阻挡的话，那天会出人命的。明摆的，兰狢狖狗急跳墙了，谁要是阻挡他，他就会朝谁捅刀子。

走时，兰狢狖看到了供桌上的金刚铃和金刚杵——这是阿尼的，刚才他正在诵经，听说醉汉在闹事，就来了，暂时把法器放在那桌上——就顺手抓了。他一直想有这样一套法器。在一次法会上，他见阿尼用过，非常喜欢，但自己打听过，那是一个叫他咋舌的价格。要是他卖了自己的羊，就能买这样一套好法器，问题是羊是他的命根子，也是家里人的吃饭碗，他当然舍不得卖。于是，他就不想放过这扎入眼中的宝贝了。他将那铃杵揣入怀里，又顺手拿了一把手鼓，边抢了刀，边吼叫着出门了。他觉得自己非常英雄，他从来没这么英雄过。有几人远远地追着他。他知道他们不敢近前来。过了一个拐弯处，他穿了那套法衣，学着金刚舞学院的阿卡，摇晃着身子，摇起了手鼓，那样子，真有点凯旋的意味呢。

呜啊——一路上，他就这样叫着，一边叫，一边跳，像金刚舞学院的阿卡那样扭来扭去。

我想告诉你，像这样的事，一般人是干不出来的。根据这次的很多奇怪迹象——比如兰猞猁叫骂的内容、他异于其他醉汉的失常举动等——我几乎可以确信，他是被人教唆的。

英雄的兰猞猁虽然身体醉了，但神志还清醒，他明白自己闯祸了，就没敢进姐姐家的门，直接穿了那法衣，摇着那鼓，摇摇晃晃地回阴寨了。

兰猞猁的事，成为阳寨历史上的一次重要事件，引发了一连串的血腥故事……

6. 寨丁头儿

兰猞猁在经堂闹事时，龙多格热正在寺院后山的山洼里扎帐篷呢。那儿也有草场，离龙多格热家比较近，当然，人也相对多一些。龙多格热家很少在这里放牧，一般都会去远些的地方。

龙多格热长着四方大脸，人高马大，说话粗声大气的，为人又豪爽，人缘很好。他喜欢戴牛仔帽，牛皮制的。这是他去拉萨时买的，花了五块大洋。虽然很贵，但他还是买了。据说，这牛仔帽是从外国进口的，是外国的牛仔们戴的。它有点儿像村里人的毡帽，但好看很多。村里年轻人很羡慕他有这帽子，也用牛皮照样儿做了，但怪的是，自家做的帽子，一见雨水，就变形了，而龙多格热的这一顶，无论如何淋雨，无论如何日晒，都不变形。真没治。因了这顶大檐牛仔帽，龙多格热的脸就不黑，只是有点儿红。

在阳寨，龙多格热是寨丁头儿，负责全村安全。

阳寨有五个部落，每个部落选一个长老，组成长老会，全面负责阳寨的事务，三年一任，他们相当于内阁成员。寨子的总管和副总管就在这五个人中选举产生。长老会是村里的最高权力机构，村里的所有决策权，都属于长老会。只要是长老会定下的事，村里没人敢不执行的——要是有人不执行咋办？好说，全村人联合起来，把他赶出阳寨。过去，就有一个想挑战长老会权威的人——那人是天生的贼骨头，宁折不弯——叫村里人赶出了阳寨……不，赶出了羌村。全村人一起出动，拿了鞭子、棒子、石头，将那人全家从屋里赶出，一直赶到了沟外。从那以后，再没人敢不执行长老会的决议。在村里人眼中，挑战长老会，就等于挑战全村人。

长老会下设几个委员会：农业委员会，负责农事，共五人，一族一个——这些人不用选举，按户轮流，一年一任；宗教事务委员会，负责经忏，通称会长，由十人组成；寨丁会，负责治安和保卫，由队长和二十个固定寨丁组成，有特殊需要时，村里青壮男子均可调遣，队长任期三年，新队长上任时，可重新选择会内成员。

龙多格热是这一任的寨丁队长。以前，阳寨跟邻村有过几次草山纠纷，就是由龙多格热带人冲锋陷阵的。经堂发生了这么大的事，畅佬就带了寨丁跟喜，去找龙多格热。

龙多格热听完畅佬的讲述后，取出了鼻烟壶。龙多格热有个非常漂亮的鼻烟壶，玛瑙的，很精巧，塞子上有个挖勺，像挖耳屎的那种。龙多格热挖出一点鼻烟，放大拇指上，靠近鼻孔，用力一吸，打个喷嚏，立马会神清气爽。这鼻烟壶，是龙多格热的爱物。阿尼想用几件宝贝换它，龙多格热都没同意。

这鼻烟壶，是一位阿訇给他的，阿訇希望他在遇事时，先别急着作决定，先吸几次鼻烟再说。阿訇说，这样，你就会公道冷静很多。

龙多格热没说话，他只是用力吸一下鼻烟，恶狠狠打个喷嚏。那是惊天动地的一声炸响。这一下很有派头，像是把畅佬都震住了。所以，畅佬最不喜欢龙多格热吸鼻烟，一直不喜欢。全村人见了畅副总管，都很尊重，都低声细语的，只有这龙多格热，一见他，就吸鼻烟，就打喷嚏，在畅佬眼中，这等于拿架势耍大牌了。在本届长老会开第一次会议时，他就不同意叫龙多格热管寨丁，怕这尾巴太大，他调不动，但翟总管执意要用龙多格热。翟总管看中的，是龙多格热的勇敢——那时节，阴寨人开始有闹的迹象了，村里需要个厉害人来负责军事，就用了龙多格热。好在龙多格热虽没别的寨丁——如跟喜——那么驯顺，倒也没误过事。

打了个很响的喷嚏后，龙多格热才慢悠悠地说，兰㺔狃闹事的那会儿，你们为啥不把他往死里整？

人家有刀子哩！跟喜说。畅佬喜欢跟喜，做啥事时，只要跟喜得空，他都会带着他。

你没刀子吗？你腰里的那玩意儿，是啥？龙多格热怒了，一把抽出跟喜腰里的刀子，另一只手压住刀面，耸耸鼻头，双手用力。他本来想弄折刀子，不想刀子弯了。他将那弯成弓形的刀子狠狠扔到山下，恶狠狠地说，怪不得你没骨头，连刀子都没一点钢火。你一个胆小鬼，带刀子没用，还不如扔了。

跟喜红了脸，但不敢说啥。

下山时，他望望刀子掉落的地方，想去拾，但没敢去，只是偷着看了一眼龙多格热。

龙多格热冷冷地说，你不用捡了，回头，我给你一把钢火好的。然后，他向远处的四弟喊了一声：阿机，你看着牧场，我去去村里。夜里，记得把牛赶回圈里。昨夜里，我可听到狼叫哩。那个叫阿机的应道：知道知道，你去吧。

7. 长老会

龙多格热懒洋洋地回到村里，几个寨丁围了上来。他们都像点着了火的炮仗。他们都带了快枪，他们希望龙多格热马上带了他们，去阴寨报仇。红豺的气头最大——他是龙多格热的副手，是个方圆几里有名的狠人——他赤红了脸，煽动得正凶。

龙多格热冷冷地说，急啥？疯子闹时，你们去哪儿了？那时候，你们打死他白打死，这会儿，门背后踢啥飞脚？

红豹说，我在牧场呢，我也是听说了这事，才赶过来的。他举举手中的枪，说，你只要下令，我就敢给他一个满门抄斩。

龙多格热没说啥，只是笑笑。他有了一种梦幻感，以前，他也跟红豹一样，像发情的野牦牛一样，有着使不完的热情。后来，经念得多了，好些事就看淡了。因为，他觉得，无论多大的事，都会过去的。一过去，不管大事小事，都只是心里的一点点影子。

长老们正在开会。龙多格热有一种不祥的感觉：村里要出大事了。

龙多格热觉得很累。折腾了十多年，他血海里也泡过，刀丛里也走过，刀尖上也立过，他的身上有十多处刀伤，还背了几条人命——那是在战场上杀的，不用抵命——这种日子，他过够了，实在想歇歇了。他知道，大家都想让他带头，去阴寨杀了那疯子，为村里出口气，但他生不起那个心。佛家不是也说了吗？杀了生，命债迟早要还的——这倒不是他怕事，他虽然也信佛，每天早上还会打坐，摩利支咒更是诵了上亿遍，但他从不去想来生会如何，也生不起怕的心。他只是觉得累了，想歇歇了。尤其是妙音到他家后——想到妙音时，他的心总是一下子变得很柔——他就想过过安稳日子了。

以前，他不爱去牧场，自从二弟和外甥被杀，三弟被抓走当人质之后，他们家的牧场，就由四弟阿机、五弟阿斌和外甥女一起照顾，妹妹尕女长大后，也时不时去牧场帮忙。牧场里苦，无论刮风还是下雨，人都得动弹，不能缓着，阿机就非常显老，才二十岁出头，就像四十了一样。龙多格热因为很少去牧场，看上去年轻很多，倒像是阿机的弟弟。过去，龙多格热最爱的事，是玩刀、玩枪、走狗、放鹰……参加肋巴佛的起义，倒是满了他的这个心愿。后来，他真心实意地开始修行，就躲入了关房，很多事，能不参与的，他就都不参与了。渐渐地，他就觉得，以前的自己，真是荒唐。

他不想玩了。对红尘中的很多事情，他越来越觉得没有意义。他就去了牧场。其实，他是想避避人事。没想到，才到牧场，村里就有人追了来。

他觉得好累。

他很想逃到一个谁也找不到的地方。……是的，谁也找不到，包括妙音，那个柔得像一团气的女子。

他很想一个人待几年。近些年，他发现，自打家里多了个人质，他就多了一份拖累，也多了一份烦恼。以前，家里没人质时，他总是了无牵挂，自由自在，想去哪儿就去哪儿，但现在，每次外出，总觉得心里有了牵挂，总想快些回家。

一听到畅佬讲的兰猞猁的事，他就知道，村里要发生大事了。而村里只要有大事，他就不会是旁观者。在过去跟外村的多次纠斗中，他都是主角——或是主帅，或是先锋——他身上的刀伤，有几处就跟寨子有关。因此，他才打下了一个响当当的名头，这一任的长老会，才授权他负责全村的安全。只要有事，他可以调动全村的壮劳力，就是说，他是几百号汉子的头。按马家军的建制，怕是有一个营了吧。

这当然也算一个实权差事，所以，他兴奋了几个月，甚至组织寨丁们进行了一些简单的军事训练——他跟着肋巴佛训练过，肋巴佛很喜欢他的勇敢……呵呵，啥勇敢，不过是不怕死罢了。

一想到肋巴佛，龙多格热的心中，就涌过一晕暖流。

龙多格热很佩服肋巴佛，那人，嘿，真是个有本事的人。他的父亲是农奴，后来，被一个恶霸活活打死，两个姐姐也被抢去，他和妈妈就到镇守使衙门告状。到了衙门，衙役们叫他下跪，他不跪，妈为他开脱说，这孩子，是个哑巴，镇守使吼道，哑巴也要跪。那时节，肋巴佛才七岁，奶牙未退，乳臭未干，口气却很大，他竟然向那官儿吼道，你给我跪下！镇守使吃惊地问，你是谁？肋巴佛说，我是活佛。

正好这时候，松鸣岩寺的阿卡们正在找他们寺的转世活佛呢，闻讯，就赶了来，一认证，嘿，巧了，这娃儿，正是他们寺的朱古。那第一世的活佛出生时母亲难产，医生割开肋条才取出了他，时人遂称其为肋巴佛。龙多格热认识的，就是第十八世肋巴佛。

肋巴佛坐床之后，虔诚礼佛，到处游学，获得了格西学位。后来，回汉开始仇杀，他的家人逃难到兰州，母亲精神失常，跳入黄河，大哥被马家军活活打死。自家的遭遇，一下子激醒了肋巴佛。他常说，我待佛那么好，可我的父亲、母亲、大哥，却死得那么惨。神佛连我的家人都不能保，他们还能保谁？咱穷人，要想活命，只有一条路，就是抱成团。于是，他发动了三千多人，开始造反。他们的口号是："天灾人祸，饥民遍地；官逼民反，不得不反；若要不反，免粮免款。"于是，龙多格热跟了他，一起攻下县城，开仓分粮，赈济灾民，后来，还打过几次血腥的仗。再后来，弟弟和外甥被杀，家里人找到龙多格热，要他回去报仇，他就回来了。

他告别时，肋巴佛说，你先去处理家事，以后，啥时想来了，你就来。我这儿，永远有你的一把交椅。这是个好兄弟。龙多格热想。

长老们的声音很大，也很气愤，一下把龙多格热从温馨的往事，拉回了麻烦的现实。龙多格热知道，兰狳猁这事，说大也大，说小也小。往小里说，它只是醉汉闹事，这号酒后撒疯的事，村里人常见。人说梦里的屁，醉里的话，都当不得真的。所以，要说小，也就小了。但是，兰狳猁是阴寨人，要是跟阴寨人近些年的许多事联系起来，这事就比天更大了——很多年前，他们借了阳寨的好几块草场，过去的多年里，他们每年要给阳寨一百斤酥油和五十斤奶渣。这数目不大，只是一种象征性的租金，阳寨人把它放在经堂里，开玛尼会时，供大家吃吃喝喝，也不过几顿的量而已，但村里人不在乎东西的多少，只在乎阴寨人的态度。阴寨每年拿出这些酥油奶渣，等于承认那草场是阳寨的——这是主权，不可含糊——可自从去年开始，他们就不再给阳寨交租了，阳寨催了几次，人家也不给，问原因，回复说凭什么给，还说那草场是他们阴寨的。阳寨人当然不答应，那可是好几个山头呀，那儿的草多，又是上等的好草，还到处长满了蕨麻——村里那些瘦瘦的满山乱跑的猪，就喜欢吃蕨麻，叫蕨麻猪，肉非常香——那儿的水，也是豆瓣儿水，像豆瓣儿那样有营养。别说喝，看一眼，就会生起满心的富足感……瞧那水珠儿，溅起时，像水晶，像钻石，晶莹到极致了……阴寨人想霸占那几块草场，是想在阳寨人头上屙屎啊。于是，阳寨人就备了枪炮，想教训阴寨，但叫朱古劝下了。

朱古说，刀呀枪呀，都不吉祥。舌头是软的，话由他们说。放心，我会给你们做主的。那酥油，他们会给的。

谁知，这事儿，还没了结呢，又出新事儿了。所以，长老们非常生气。他们边喝奶茶，边表达着不满。龙多格热本来以为长老们开会要等他——虽然他觉得自己很累，想逃到清净处，但潜意识里，还是希望长老们能重视自己——没想到，他到来时，那会开得正热闹，这有些让他不高兴。他想，原来，长老们眼中的自己，并不重要。

这倒是实话，在长老们眼里，最重要的，当然是延寿寺的朱古，然后是温布，然后是各学院的学者，然后是阿卡，然后是其他的长老，然后是阿尼。不过，阿尼的地位，是可以变化的。要是阳寨人不喜欢延寿寺的朱古，比如阴寨人当了朱古时，阿尼的地位就最高了。阳寨人需要一个在宗教上能跟阴寨人抗衡的人，要是本村没有出朱古，他们就会推阿尼，人家毕竟是莲花生大师的传承者——此外，在长老们眼里，还有许多人的地位比龙多格热高，这是事实。但龙多格热一直在有意无意地忽略这一点，他总是以为自己很重要。……是的，他很重要，比如在村里需要有人卖命时，总有人会想到他，可一旦战事过去，和平之光照亮寨子时，他便会立即被人们忽略。苏联的朱可夫元帅也是这样，第二次世界大战时，政客都当他是宝，二战一结束，他就只能靠边站了。

这一点，也是龙多格热心累的原因。他明白，在许多人眼里，他仅仅是一杆枪——别人当他是一杆枪，还算好听一些，有些怕事的人，竟把他当成了祸事的球头子。在某次的不经意间，他听到村里有人这样说他，那时他就想，自己白挨那些刀了。那每一处刀伤，可都是一个豁出命的故事啊。

正想着，还在发言的总管翟爷却挪了挪屁股，示意他坐下。虽然只是一个小动作，却让龙多格热很感动。他觉得自己的血又开始热了。他想，我真是一个浅碟子。没办法。他就是这样，别人只要对他有一点点好，他就能为对方卖命。身上十多个伤疤——其中有两个是子弹打的，一颗飞来的子弹从他的腿上对穿而过，幸好没伤着骨头——的由来，都是跟别人有关，或是为朋友打抱不平，或是为朋友两肋插刀，或是路见不平，拔刀相助，跟他自己有关的伤疤，只有一个，那是一次醉酒后打架的产物。

龙多格热本来不想担任寨丁头儿，因为闲散惯了，怕有人管，但总管只向他敬了一杯酒，说了几句好话，他血一热，头一昏，就答应了。酒醒后，倒也没有后悔，因为他马上发现，这一任总管是做事的人，跟以前的尸位素餐者不一样。龙多格热喜欢枪，那二十杆蓝幽幽的快枪让他兴奋了好些日子。他从村里汉子中选了二十人做寨丁，对他们进行军事化的训练，虽然没法跟肋巴佛的兵马比，毕竟人家是久经沙场的，但打起阴寨人，还是有胜算的。

在村里，龙多格热最佩服翟爷，认为他是历任总管中，最有见识的人。翟爷的见识，不是小村小户的见识，而是大见识。年轻时，翟爷出过家，还过俗，打过猎，也跟着马帮，沿着茶马古道，走南闯北过，阅历甚广。前几任的总管，虽也管事，但没有翟爷这样有执行力。翟爷一上任，就健全了机构，以前的机构，是名义上的健全，不出大事时，是看不出机构的，翟爷当总管后，这机构就常常议事了。

在他任上，寨子做成了几件大事，其中最重要的事，就是让长老会有了一定的经济实力——他要求各部落每年必须向长老会交一定的费用，一是救助那些上不起学的孩子，二是为村里购置一些必备之物，比如枪支等。救助为寨子牺牲者的家人也需要用到钱，但一般会向全村人收取。按村里规定，一条命的价格是八十头牛。村里有人斗殴致死时，凶手要给对方家人赔八十头牦牛的命价——可以直接赔牛，也可以按当地的中等牛价折算为金钱进行赔偿——要是有人为全村的利益而死，其家人得到的赔偿就要翻倍，也就是一百六十头牦牛。

等长老会有了一笔数额不小的钱财后，翟爷派龙多格热去马家军中，购买了二十杆快枪，作为公用。有了这武器，阳寨实力大增。以前，村里人也时不时跟外面的部落打仗，平时为民，战时为兵。出征时，得自己鞴马、备枪、备吃食等。

听说，阴寨人闻讯，也买了好些武器。跟喜向龙多格热要了碗——龙多格热总是喜欢把自己的碗揣在怀里，外出时用来喝茶吃饭，这是羌村人的习惯。那是一个嵌了藏银的木碗，非常精美，用一个软羊皮袋装着。跟喜在碗里沏了茶，又加了块酥油，递给龙多格热。跟喜管着村里的农事，他很勤快，人缘也很好，平日长老们有啥事，一张嘴，他都会笑呵呵地照办。长老们开会时，自然就由他来打杂了。

长老们你一言我一语，分析近来局势，大家一致认定，那兰猞猁做的事，不是偶然的，而是蓄谋已久的。联系近年来的许多事，大家认为，阴寨人正在一步一步，行施一个巨大的阴谋。

翟爷说，你们不要小看那"邪魔外道"的说法，那不是信口胡说，听他的口气，好像有了一个信如来藏的阿尼，阳寨就成邪魔外道了，这不是在否定阿尼个人，这是在否定阳寨的信仰——阿尼，你不要怪我这样说，我只是就事论事，其实，虽然你老说如来藏，但大家真的不在乎啥他空他不空的，大家想要的信仰，就是佛菩萨的护佑，就这么简单。可人家不管这，人家只想找个否定我们寨子的理由。你想想，要是我们成了公认的邪魔外道，万一出了啥事，谁敢帮我们？所以，这可不是小事。这等于要在宗教上政治上孤立我们。当然，我不是叫你不要信如来藏，我是强调一下这事的严重性。

阿尼笑了笑，没说话。咋办？畅佬问。

047

畅佬是副总管，他是个瘦汉子，颧骨很高，永远不明里表态。在一般议事时，他总是会提些问题，叫别人回答。这样，谁也不知道他心里想啥，就显得城府很深了。不过，喝一点儿酒后，他也会打开话匣子，滔滔不绝地说上一气。每到这时，龙多格热就会发现，畅佬真是个人物，他有着惊人的细腻，说话分析很有条理，算得上料事如神，但一到酒醒之后，他就又恢复那副深沉样了。

咋办？这就是这次长老们的议事主题。

畅佬说，要是在兰猞猁闹事的那时，有几个汉子上前，一顿乱棒，像捶羊的卵蛋一样，把他捶成肉泥，就啥事都没有了——那时，打死白打死。当然，最好是逮了他，捆住不放，当人质，叫阴寨来赎人。这时，阳寨人就可以提条件。好主意！阿尼笑道，那你为啥那时不逮住他？

畅佬也笑道，你站着说话腰不疼。那时节，村里男人大多外出了——也许还有几个没外出的怕死鬼窝在家里，但这号人也指望不上——剩下的都是老爷爷老奶奶。

阿尼笑道，我可见你在场呀。畅佬说，我去找龙多格热了。他这一说，长老们都笑了。

翟爷说，别净说闲话了，现在，人家已到阴寨了，说也没用。反正，道理在我们这儿，说到天上地上，都是他们的人砸了我们的经堂，打了我们的人，抢了我们的东西。就凭这，我们就该去找他们，讨个说法。我们先念玛尼后翻脸，要是他们不处理，我们再想其他法子，那时，动刀动枪，就没人说闲话了。

长老们都说好。

8. 谈判

次日，长老会派龙多格热和畅佬代表阳寨去谈判，为了表示诚意，他们备了茶，备了酒，带了哈达，骑马前往阴寨。

从阳寨到阴寨，直线距离并不远，但转了山路，还是走了一个多时辰。他们要去拜访阴寨的总管。龙多格热很不喜欢这人。他也不喜欢其他的阴寨人，总觉得阴寨人太有心机，跟他们打交道，总是隔着一层，没那种贴心贴肺的感觉。

到阴寨地界了，龙多格热有一丝紧张，按说，他不该紧张的，毕竟经了那么多血腥，见过那么多大场面，便是在战场上，他也是面不改色的。但怪的是，每次到阴寨，他都有点儿紧张，总是觉得不定从哪个地方，会飞来刀子或是子弹。他一直有这感觉。这是一种对未知和不确定的恐惧，源于他一直没摸清阴寨人。听说，阴寨人的祖先来自波斯，是沿着丝绸之路，迁徙而来的。阴寨人当然不承认这种说法。因为这等于承认自己对草场没有主权。但不管咋说，在羌村，阴寨人确实像是异类，跟其他寨子的人都不一样，这差异中，定然有文化基因的原因。

前面来了几个女人和汉子，他们骑着马，赶着牦牛，显得有些人高马大。阴寨人总是给他这种感觉——当然，不是所有的阴寨人，妙音就没有给过他这种感觉。一想到妙音，他的心又柔了一下。他总是忘了妙音是阴寨人，甚至忘了妙音是人质，他只把妙音当成一个女子。有时，甚至不像妹妹。但他宁可当妙音是妹妹，因为，假如妙音对他来说，是个女子，而且是个让他牵挂的女子，未来就有一个巨大的难题在等着他：他该如何面对妙音的家人？就算他能放下杀弟之仇——这已经很难了——他爹也是一定要报仇的，为了不叫他爹去冒险，只能他去复仇了。这就像他的宿命。一想到这儿，他就觉得心里很烦。心里一烦，他就不愿再想下去了。还是一个人吧。一个人挺好，自由自在，没有牵挂，多好。他吸了口气，心神回到了当下。妙音的影子没了，眼前是几个人高马大的阴寨人——奇怪，他总是感觉如此。这是一种说不清缘由的感觉。

除了人之外，他对阴寨的建筑也不太习惯。阳寨依山而居，村舍垒垒而上，是有名的百年古寨，风格非常明显，但历史的原因居多。毕竟，在很长的岁月里，羌村一直土匪横行，对阳寨人来说，防土匪是大事，要是住得分散，没有帮手，一旦遭了土匪，就会人财两空，整个寨子当然就有些攒集了。但阴寨地盘大，多平地，房子盖得大很多，很是气派，跟阳寨的风格截然不同。

他们进了阴寨总管家。一进门，畅佬就高叫：扎总管，我看你来了！听他那口气，总管是他多年不见的亲人。

叫了三声，却没人应。两人正疑惑呢，一个闷闷的声音传了来：请。

进了门，见阴寨扎总管半躺在炕上，翻一本经卷，不知是在看书，还是在诵经，却不见他起身，也不见他叫人递茶。

龙多格热不高兴了，想发作，畅佬捏捏他的手，又说，老总管，给你带了些茶。

这一说，扎总管才放下手中的经书，说，人来就行了，带啥东西？说罢他高高地叫一声，端茶！

一个清秀的女子走进来，从一个火炉架上，取下一个铜壶，给他们两个沏了茶。

扎总管说，我知道，你们心里恨我恨得牙痒哩，不用装亲热了，有话就说，有屁就放。

畅佬说了兰猞猁的事，他的声音慢悠溜溜的，条理却非常清晰。他很谨慎地选了一些中性词，尽量避免一些敏感词，句子虽有些疙里疙瘩，但事情终于说清了。

你的意思是，兰猞猁砸了你们的经堂？扎总管问。是的。畅佬说。

扎总管问，证据呢？

有村里人作证。

扎总管说，哪有自家人作证的？三人成个虎，要是你们全村说我扎某人砸了你们的经堂，便是我没有做这事，是不是也得赔偿？

畅佬说，话不能这样说。他干这事，是明打明的，正是大清早，好些人正念玛尼。

扎总管说，我不管。没证据，我是不能冤枉人家的。

龙多格热生气了，想反驳，但觉得人家的要求也合理，就说，那时节，真该当场砸死他。

扎总管笑道，这就对了，若是他砸你们经堂，你们就该当场打死他。这是他咎由自取。现在，你们不要空口无凭，白嚼人家。

听了扎总管的话，龙多格热很生气。他对扎总管说，你还是要主持公道，不然，我们不会饶他的，无论是公了，还是私了，总还得了。

扎总管冷笑道，你不用唬我，我是青稞面吃大的，不是叫你唬大的。你是羌村里有骨头有脑髓的人物，我也是。你叫我主持啥公道？我不说你们平白无故，冤枉人家，也就是了。捉奸捉双，捉贼捉赃，你说的那种公道，我不懂。

龙多格热对畅佬说，走吧走吧，不跟他费唾沫了，我不信，阳寨还治不了这个没头鬼。

畅佬笑了笑，软中有硬地说，扎总管，这事儿，我觉得还是得处理好，闹不好，就成了炸弹的导火索。你也知道，这两年，谁家都盛满炸药了。

扎总管大笑几声，说，就算是真的，一个醉汉，闹了点小事，过了就过了，你想掀起多大的浪来？

龙多格热说，你也不怕我们来报仇？

扎总管说，欢迎欢迎！

他大笑几声，又说，我的命太苦了，我怎么要和阳寨这么可怜的部落打仗？我应该和安多的欧拉人打，应该和果洛女王打，应该和阿木去乎的骑兵打，像阳寨这样一个小部落，不值得我们去交锋。他这么一说，龙多格热觉得血冲上了头。这是他发作前的征兆。

他提醒自己，忍住，忍住，他知道这不是时候，在人家家门口，要是发作起来，吃亏的还是自己。

听得畅佬笑道，话不能这样说，阳寨虽不大，可也不是小部落。大也罢，小也罢，我们都不怕。扎总管站起身，拍拍袍子，有点像逐客了。

畅佬也笑了，看起来他不但一点儿也不生气，反倒因为打扰了扎总管，更多了一种歉疚。这是他的能为，龙多格热自愧不如。

两人出来了，龙多格热的身体里鼓荡了一种气，他非常想杀人。

9. 温布的骂声

两人回村后，向翟总管汇报情况，开始，翟爷还笑着听，当他听到扎总管说"我的命太苦了，我怎么要和阳寨这么可怜的部落打仗？我应该和安多的欧拉人打，应该和果洛女王打，应该和阿木去乎的骑兵打，像阳寨这样一个小部落，不值得我们去交锋"时，脸色顿时大变，那笑也被冻住一般。

打！他叫出声来。几位长老都说打。

龙多格热就召集了二十个寨丁。他们是敢死队员，他们的任务就是保卫寨子，消灭敌人。这次，他们的目标是兰㺩狲家。他们制订了方案，哪天进攻，从哪儿攻入，人员如何分配等等，非常具体。龙多格热就向翟爷汇报。翟爷的气头却已下来了。他沉吟半晌，说，打当然能打，但得有个名义。

要啥名义？龙多格热说，他们的人破坏我们的经堂难道不算名义？

翟爷慢悠悠地说，算是算，但那是一个人干的。谁干的，我们去找谁，以这个理由带所有寨丁去打阴寨，是不是还缺了点啥？

龙多格热说，我们不是打阴寨，我们是打兰猞猁。

一样。翟爷拧起眉头了。他说，你到人家地盘上打人家的人，人家不会不管，一管，就是两家的事，都有真枪真刀，一开火，就是人命关天的大事。你先别动，我们先去去延寿寺，请朱古为我们讨个公道。他们要是不管，我们再想其他办法。

说完，翟爷就带了龙多格热，一起去延寿寺。

到村口，见红豺正在指手画脚地跟一群寨丁说啥，看到龙多格热过来，他喊一声：啥时去打阴寨？

龙多格热很讨厌他这样。他觉得他在表演，以表明他不怕事。龙多格热是那种做事前不声不响，一做事就天摇地动的人。一次，他在路上遇到一个劫道的人，那人举把刀子，晃来晃去。他要啥，龙多格热就给啥，他以为龙多格热好欺负，就骂了一句娘。话音刚落，龙多格热就出手了，他拔出刚买的一把剪刀，只一下，就插进了对方心窝。那人立马直了眼，看起来是不相信眼前这事实。龙多格热冷冷地说，你要啥，我都给你，你不该污辱我。虽然他这次杀了人，但因为被杀者是土匪，反而受到了长老们的表扬。

延寿寺离寨子稍远，得骑了马去。一路上，两人没多说啥。但龙多格热知道翟爷是对的，在羌村，许多事不要绕开寺院。寺院有多种功能，除了宗教意义外，还有调解功能，许多行政上解决不了的事，寺院一出面，也就解决了。

延寿寺在一处山洼里，风水很好，背山面河，路在寺前穿过。但龙多格热不太喜欢这寺院，原因是不喜欢寺院里的那些阿卡。这是一件奇怪的事。他修行——还常常闭关——却不喜欢那些阿卡。主要是因为他不喜欢阿卡身上的那种作秀味道。他也不喜欢有着太多知识和名相的那种佛教，他喜欢直截的、干脆的、朴素的、能直指人心的真理。此外，他喜欢护法类愤怒本尊，他想让自己很有力量。虽然他修过大红司命主，但他更喜欢摩利支天。因为摩利支天是道家的斗姆，是众星之母，掌管着雷部，有众多的雷将雷兵供她支配，相当于法界的警察局局长和国防部部长。相较于解脱，他更喜欢有大威力，好活得更好一些。所以，他着力最多的，是持诵摩利支心咒，每次持诵，总能相应。

延寿寺有几个朱古，对他们，龙多格热没啥感觉，像看其他阿卡一样。他的态度，跟当地百姓对朱古的尊崇很不一样，这当然有些奇怪了。但没办法，他总能从朱古身上发现他不喜欢的东西，无论在念经时，还是在开示时，他感受到的，总是他们在表演——对这一任朱古，龙多格热倒是有点不同，虽然谈不上有信心，但确实有好感，这好感无关信仰，源于朱古给他的一种感觉——不过，他最不喜欢的人，还是寺院的大管家温布。因为他觉得温布装腔作势，这是他最不能容忍的。而且，温布总在借人们对佛法的信仰，满足自家的私欲，这也让他看不起温布。

当然，再怎么不能容忍，再怎么看不起，龙多格热也只能容忍。因为，羌村在名义上的掌权者有三方，一是凉州府，二是羌土司，三是延寿寺，但前两者对羌村几乎不干涉，真正控制羌村的，就是延寿寺。而按照延寿寺的惯例，大管家其实就是寺主，是寺里的最高行政长官。那朱古，只是象征性的精神领袖，不管具体事务，虽然在外有宗教话语权，在寺内，却是没有决策权的，有一点儿被架空的味道——实质上也是这样——换句话说，在羌村，温布最有权势，他是没有朱古名头的最大朱古。你可以得罪朱古，但不能得罪温布。羌村流传着不少因得罪温布而遭到报复的故事。那些故事，也越加让龙多格热反感温布。

到了延寿寺，翟爷先要拜访朱古。当然，他只是象征性地见见朱古，轻描淡写地说说那事。一般情况下，对这种事，朱古是不明确表态的，他只会大而化之，说些叫大家修忍辱之类的话。这种话，在任何时候、任何场合都能说——当然，要是真按他说的做了，事情也就真的解决了。这世上，没有过不去的坎儿，好些事，看似天大，一放下，也就没事了。

等待朱古时，龙多格热有种百无聊赖的感觉。对这类事，他简直腻透了，只好四下里看朱古的住屋。在寺院里，这是最豪华的建筑了。一代代的朱古，都住在这儿，经过一代代的经营，这儿当然就似模似样了。一般人一进来，就会生起恭敬心。以前，龙多格热也这样，后来，经了一些事，他的眼光就不一样了——那些事虽不是朱古干的，但只要跟朱古有点儿关系，就影响了他对朱古的信心。

朱古屋里有许多法器，有许多唐卡，还有许多稀奇古怪的东西。

其中，龙多格热最喜欢的，是一幅愤怒护法的唐卡，看得出，它有些年代了。这护法，正是摩利支天菩萨。他一直想拥有这样一幅唐卡，但一直没找到——他其实也没有认真去找，相较于唐卡，他更喜欢好枪好刀，还有好马好女人。他明里喜欢的女人，就是春妮。他们有过很多热火朝天的故事。那女人，真是骚到极致了。一想到她，龙多格热的身子就热了。瞧，能在寺院里想到春妮，说明龙多格热对寺院真的没啥感觉。

不过，对这幅唐卡，龙多格热非常喜欢。那喜欢，在心里变成了痒，啸卷开来。他的喉结一下下动着，有点像饿极了的人见到美食。真邪门了，他想。

这时，朱古进来了。朱古很胖，脸上带着安详喜悦的笑，满面春风——无论龙多格热对朱古有没有信仰，他都不反感朱古，就因为朱古的笑。他每次见到朱古，朱古都在笑，朱古好像总是在笑。那笑，是真笑，是从每个毛孔里渗出的。不像温布，即使笑时，也显得很假。

一想到温布，龙多格热的心中就泛起一股强烈的厌恶，马上觉得这延寿寺也讨厌了。于是，他晃晃脑袋，不去想那些叫他窝心的事。

这是他的本事，他可以自由地选择：哪些该想，他就去想；哪些不该想，他就不去想。按阿尼的说法，只要能做到这一点，就可以在中阴身阶段有选择地投胎……当然，也可以选择不去投胎而做鬼。阿尼说，世上有千年不投胎而宁愿做鬼的修行人，阿尼的语气里渗出明显的羡慕……你们不知道，做鬼是非常逍遥的。要是被一个高僧大德收摄，或是遇到皇帝敕封，那鬼就成我们所说的神了。

他说。

这种话，阿尼老是说呀说呀，就影响了龙多格热。于是，能当这样的鬼，成了龙多格热的一个念想。有时候，他甚至想，成佛寂灭有什么好，还不如做逍遥鬼呢。因为他弄不清成佛的寂灭是不是全然地消失。所以，他的修行，并不以破执为主。

后来，我采访时，我们这个时代的新一任朱古告诉我：正是这执着，让龙多格热日后成了厉鬼。

好不容易等到翟爷应酬完——龙多格热能觉出他在应酬——朱古，出了囊欠，龙多格热才松了口气。他不喜欢这种压抑。但他们还得去温布那儿。不管结果如何，他们都得去。村里有了事，找了温布，跟不找温布，性质不一样。那就找吧。但一想到要找温布，龙多格热就一阵恶心。

龙多格热不想见温布，除了上面的原因，还因为有件事老在他心里恶心他——他极力地不想它——这件事，他没给别人说过，但不知为啥，村里充满了类似的传闻。也许，这只是人们的猜测，但人们可以猜，他却不能说，否则，他就会惹上大祸——他不是怕事，只是不想为不值得的事送命。

得罪温布，真会送命吗？有这个可能。前面也说过，在羌村，温布是个能只手遮天的人，只要你是羌村人，只要他想惩罚你，你几乎是不可能有任何生机的。后面的事情，也证实了这一点。

温布虽然权力很大，但屋子没朱古的豪华——这是他的精明之处。这一任的温布跟前几任的一样，也是实用主义者，更在乎实在的东西，比如金银、权力啥的。他不希望房子太豪华，因为他不想招来太多的忌恨。不过，在朱古中，也有不爱豪华的真修行人。多年之前，有个旅行家来过延寿寺，他写过一篇文章，其中就谈到了他见过的那一任朱古。他说，温布的屋子实在太豪华，朱古住的却很平常。朱古的着装也很朴素，身上还跑着虱子。此外，他还用了很多情感饱满的表述。后来，看到这段文字的有钱人，就发了心，修了豪华的屋子，供养给朱古。

他们走进温布的屋子时，看到温布正在教育——说是教训也行——一个小阿卡。小阿卡十二三岁的样子，长相很是清秀，眉眼间和温布很是相像。龙多格热认出，这是温布的侄子，叫二炮，是温布培养的接班人。要是温布圆寂或是卸任，二炮就是下一任的大管家。

二炮在温布面前低着头，缩着肩膀，很害怕的样子。见到龙多格热们进来，温布对二炮说，你先出去吧。话音没落，二炮便像放生的麻雀一样，飞快地离开了屋子。走过翟爷和龙多格热身边时，二炮还对他们笑了一下。那笑，很是灿烂。龙多格热心里一热，想，这孩子，倒不像温布那么傲慢——不过，谁知道以后会咋样呢？这一任温布培养的，恐怕也会是另一个自己吧。想到这儿，他对小阿卡的那点好感，立即消失了。

龙多格热当然想不到，将来，这小阿卡会在自己的命运中，扮演那么重要的角色，还会做出一件大事。那事，惊天动地，影响了羌村的历史。

翟爷见到温布，先说了一番好话。这是翟爷的智慧和能为。他总能让对方觉得很舒服，也总能让对方觉得：他对他最好。

龙多格热的心里却翻江倒海。他不知道温布有没有发现自己知道他的秘密，但他一直觉得温布知道。他时常防范着温布，怕他借机灭口，但温布一直没有行动。此时的温布，也一脸道貌岸然，只是跟翟爷说话，几乎像是忘了他的存在一样。龙多格热就想，也许他还不知道呢。可这么一想，温布这表情，就更是叫龙多格热打心底里反感了。因为，它提醒了龙多格热温布有多虚伪，也让他想起了那件他不想回顾的恶心事。他扭过头去，不想看温布。就连温布跟翟爷谈话时发出的呵呵声，他也觉得异常恶心，像有鸡毛在搔喉咙。

龙多格热一直觉得，他跟温布是前世的冤家。因为，即便在那件事发生前，他也不喜欢温布，说不清为啥，反正不喜欢。一见温布，他心里总是会泛起强烈的厌恶。这似乎是无缘无故的，除了前世的宿怨外，他找不到别的解释。

此刻，他仍然不想看温布的脸，就强迫自己打量温布的房间：在规模上，这屋子没朱古的华丽，但有种掩盖不住的富足。屋里的家具不多，但用材很名贵：像那炕桌，是海南黄花梨的；那两把椅子，是大红酸枝的；还有几样家具，说不上是啥做的，但显然非常高档。看得出，这些木头，都不是羌村产的。房间里，摆了一圈木质椅子，上面铺着栽毛毯子。墙上也挂着壁毯，那图案，奇怪而尊贵，也许是从国外来的。最扎眼的，是佛堂上的佛像和法器，它们都像是纯金的——这是龙多格热的感觉，因为按温布的张扬性子，他不会摆镀金的——此外，供佛的曼扎上，还有很多宝石。最惹眼的，是几个很大的天然绿松石，无论从个头上看，还是从品相上看，都像是极品。

龙多格热极力看那些宝贝，好使自己不听温布的声音——他实在太厌恶那声音了，这不仅仅是心理反应，也成了一种生理反应。

那种恶心，有非常强的质感——要不是常修行的话，他是无法在这儿待片刻的。

听了翟爷的汇报，温布不痛不痒地说了兰猞猁几句，但他还是将此事当成了一般的耍酒疯，叫翟爷莫往心里去。说了一阵后，他反倒批起了如来藏，并对阳寨人容忍——甚至恭敬——讲如来藏的阿尼感到不满。听温布的意思，对这邪见的认可和尊重，才是不能容忍的，甚至比破坏经堂更为严重。虽然龙多格热强忍着不去听温布的话，但上面的内容还是飘进了他的耳孔。他能容忍兰猞猁在酒后撒野——听到这事的时候，他并没有多激动，他真正动气，是在阴寨扎总管污辱阳寨的时候——但他不能容忍温布污辱自己的上师——在龙多格热眼里，阿尼是他的上师。虽是同村人，但他一直对阿尼有无与伦比的信心。因为他亲眼见过阿尼在某个秋天驱雹——那滚滚黑云裹着冰雹而来时，阿尼在坛城前念动了咒语，他分明看到，那黑云真的转了方向，往后山里去了。那天的后山里，有十多头牦牛，叫冰雹打死了，要是那批冰雹落到村里的庄稼地里，定然会是一片狼藉。他还经历了阿尼的好些神奇，这些事虽跟解脱无关，但跟他的信心有关，所以，他一直信阿尼。他才不管阿尼是不是承认如来藏，也不管如来藏是不是邪见，他只认阿尼是自己的上师。

所以，他不想听到有人当面说阿尼的不是，尤其是温布这样一个让他很厌恶的……东西。他觉得，自己体内鼓荡了一种气，来势很是汹涌，他很想找个东西扔出去。当然，那东西的目的地，便是温布的脸……最好，能砸出他一脸的血污来。然后，他会像踢皮球那样，踢那张让他恶心不已的脸。他踢呀踢呀，会踢出一身的兴奋来。多年来，每次想起温布，他就有这样的冲动。

温布还在说阿尼的不好。龙多格热暗想，要是在五句话后他还是这样，那自己就给他一点颜色瞧瞧。他就一句句数温布说的话——一句，两句，三句，四句，五句……温布还在说。龙多格热想，再等他五句。但五句很快就过去了。等了三个五句之后，龙多格热冷冷地站起来，把手中的奶碗砸到地上，顿时，瓷片乱飞，酸奶四溅，旁边的地毯上到处是白点。

你还有没有别的屁放？龙多格热指着温布的鼻子说。他极力忍住胸中那汹涌鼓荡的怒气——那真是怒海中的大浪啊，有一种不可抗拒的力量——他看到了温布惊愕的脸。

胡闹！他听到翟爷的呵斥。他感到，翟爷还揪了揪他胳膊上的肉，死疼死疼的。

温布显然骄横惯了，一串串的骂声马上就出口了。虽然这不像出家人说的话，但却符合温布的身份。在羌村，温布的蛮横是出了名的。而且他习惯用牙缝说话，也就是说话时习惯于咬着牙，将一个个字、一句句话从牙缝里挤出来，于是，他说的话，就总是显得生硬和刻薄。许多年来，这已成他的习惯了。便是在说一些应酬话时，他也会有这种特点。自打他从上一任温布那儿接过这位子，有了权力，他就有了这习惯。不知道是权力释放了他的天性，还是天性被权力所异化。总之，他一天天变成了后来的温布，做了许多出家人不该做的事情。后来，他的结局，或许就跟他做过的许多事情有关。但这也是后话了。在他用牙缝说话，一天天激发着仇恨时，他并没有想到，自己在宗教和权势的保护下，依旧会有那样的一天。

龙多格热最看不惯的，就是温布用牙缝说话。一听到这刺耳的声音，龙多格热就觉得一股力量在胳膊里涌动了，他想打人。那力量很大，开始不受他控制了。他最想做的事，就是揪住温布的头，狠狠往下拉，然后，他的右膝用力上抬，顶到温布的鼻梁上。这样，温布就会塌了鼻梁，一脸血污，当然，也可能会掉下几颗牙齿来。然后，他会揪了温布的头发，一个背摔，将他摔翻在地，像摔一条装满青稞的牛毛口袋。再然后，他会用脚去踏温布的脊梁骨，他会一下下猛踩，直到他不能动弹。这样，温布在剩下的半辈子里，就会提起一条，丢下一堆，永远成瘫子了。他知道，自己不动手则罢，要是动手，就一定要叫温布成为瘫子，不然，真便宜了他。

这是很叫龙多格热过瘾的画面。过去，他有过许多次这样的联想。每想一次，他就会稍稍解一点儿气。他一点儿都没想过未来会发生什么。

当地人有一点很有意思，他们信佛，打坐，念玛尼，希望来世能去个好地方——龙多格热倒是没这么想过，他只想变得更强大，逍遥自在地活着——但他们该打架时仍然打架，该杀人时仍然杀人，似乎信佛跟生活无关。甚至也包括那肋巴佛。他是人们认为的转世活佛，还获得了格西学位，但这并没有改变他心中的嗔恨。他的信仰，也是为了换取佛菩萨的保佑，当他发现佛菩萨没有保佑他时，他就抛弃了信仰，投身了革命。虽然他的行为很有英雄气，在世间法层面，确实救度了一些众生，但这样的救度，跟佛教的救度，相差很远——你想，连得到认证的肋巴佛都这样，何况很多不明教义的信徒？

而龙多格热对肋巴佛的感情也很有趣，肋巴佛对他来说，只是一个好兄弟，他永远记得，肋巴佛给他留了一把交椅——瞧，他们说的是交椅，说明，在他们心里，自己就是梁山好汉那样的人物。

被逼上了梁山，只好干些劫富济贫的事。但他们济了的贫，是不是真的因此脱了贫，离了苦，却是另一回事。

觉者就是因为看透了这些，才不追求世俗中的东西，那朱古们总说，就当是修忍辱吧，然后把事情大而化小，小而化无，也是这个原因。但这些，无论是肋巴佛，还是龙多格热，都没能明白，他们都在执着地追求着一种东西。在宿命通的光明境中，龙多格热马上就要实施他想象中的蓝图了。可看着温布那两片飞动的嘴唇，听着它喷出的无数脏话，龙多格热却忽然改变了主意。一股力量在体内鼓荡，他抡了拳头，捣向那飞动的嘴巴。

一只手接住了它。那是翟爷的手。翟爷是个老拳师，他顺势一扭，龙多格热就感到一阵大疼。

走！翟爷一把一把，将龙多格热推出温布的屋子。院里，龙多格热看到，那个叫二炮的小阿卡眼里，竟对他露出了崇敬的亮光。龙多格热心中一晃，晃出一种奇怪的感觉。他当然想不到，在他的命运故事中，这个看起来不起眼的二炮，后来竟成了一个惊天动地的人物。

走出老远，龙多格热还能听到温布的骂声。

10. 大战兰猞猁

从寺院回来后，翟爷批评了龙多格热。因为温布是个不能得罪的人物，得罪了他，对个人、对寨子都不好。人家头顶个箩儿就是个天，有着合法的身份。许多时候，身份太重要了，身份代表了一种合法性。温布有合法性，他可以对寺院指手画脚——要知道，能对寺院指手画脚，就能对羌村指手画脚。

翟爷骂得很凶，其他长老也你一句我一句地数落龙多格热。龙多格热明白，这事是自己的不对——奇怪，他竟然一点儿也没觉得温布不对，只认为是自己不对，这说明，他承认自己有些冲动了。这冲动，也许断了寨子的一条路。虽说就算他不冲动，温布也不一定会答应他们动武，更不会出面去调解，但他一冲动，这不答应，就成了铁板上钉钉的事。

既然温布不叫村里动武，长老们就不好说啥了。若是温布说"算了"，长老们却不"算了"，就等于跟温布较劲了。阳寨虽大，但羌村更大。羌村有几十个寨子，这些寨子——除阴寨外——就单个来说，都没阳寨大，但人数加起来，就是阳寨的好多倍。要是温布联合其他寨子的长老，来制裁阳寨，阳寨的日子就不好过了。

于是，长老们说，温布叫算了，那就算了吧。

但长老们可以算了，龙多格热却不能算了。为啥？因为，他是村里的军事首脑，出了这号事，他要是"算了"，他的脸就算丢尽了。

他决定自己行事。于是，他安排一个阴寨有亲戚的寨丁，去打探兰猞猁的近况。他安顿好，叫那寨丁打听几件事：一、兰猞猁的家在哪儿？二、兰猞猁的牧场在哪儿？三、兰猞猁最近会去哪儿？弄清楚这几件事，说难也难，说容易也容易。很快，他就得到了实信。

龙多格热回到家后，对爹说了他的打算。爹当然同意。明知道这号事有危险，爹还是赞同龙多格热。因为，人活脸，树活皮，在羌村人眼里，尊严比生命更重要。爹年轻时也杀过人——当年，他把一个诅咒他祖宗的汉子戳翻了，赔了八十头牛，在外地避了三年祸，回来就没事了。爹的后半生里，常津津乐道的，就是这事。他一点儿也没后悔。爹虽然信佛，虽然认为杀生有罪，但他仍然认为自己没有做错。因为，他可以容忍别人污辱自己，但不能允许别人污辱祖宗。山神是寨子的神灵，祖宗是自家的神灵，都是不能亵渎的。龙多格热叫爹做好准备，以防阴寨来报复——这是有可能的，村里有些房子就是叫报复者烧了的——爹最放心不下的，是妙音。他决定叫龙多格热带上她。爹的理由是，要是妙音的家人知道龙多格热不在家，带人来抢，没人能阻挡得了。爹说，人家带了我们的人远走高飞，我们也带上他们的人远走高飞，这是天经地义的。

龙多格热答应了，于是叫妙音准备一些衣物，报仇成功之后，他会带了她去果洛女王那儿。听到这话，妙音的脸一下子红了，她显出了一脸的喜悦。她非常喜欢龙多格热带她走，至于带她去哪儿，她并不看重。她只在乎他。她不希望他把自己留在家里，然后远走高飞。

一个时辰后，妙音就准备好了，她背了一个背斗，里面装了些换洗衣服，还有炒面、酥油、奶渣等食物。按龙多格热的意思，两人骑一匹马就行了，但爹叫他们分开骑，说这样机动性强些。于是，龙多格热就带了打狗棒、刀子、抛石器和几十块圆石——这是他外出时常备的东西——牵了两匹马，带上妙音出发了。

沿了那沟，他们一直往上走。他们走向那个本来属于阳寨，后来借给阴寨的草场。那地方，他很熟悉，那草场，他从小就摸透了。龙多格热没有带枪，因为他自己没有枪——以前有一杆，后来他送朋友了——他训练寨丁时用的快枪，是村里公有的。这号事，最好别用公家的东西，以免叫人抓住把柄，把整个寨子都扯进来。长老们还是怕温布不高兴。没办法。

所以，除了那个打探消息的人外，这事，他没有告诉其他人。他只是给红豺安顿了，说自己有急事，要出一趟远门，去的时间可能比较长，要是村里有啥事，他负责照料就好。

两人走了一个多时辰，终于看到了兰猞猁的帐篷。山风正起，传来一丝一丝的哨音，像是热晕了的知了慌张的叫声。

他下了马，把缰绳交给妙音，然后带了装常用家伙的羊皮袋，向那帐篷走去。他当然不担心妙音会逃走。她逃不了的。再说，她即使能逃得了，也不会逃。几年了，她虽是人质，他们却只当自家人养，对方也不来救，除了偶尔有人来调解外，听不到她家人的任何讯息。这些年里，他们一家，其实更像她的家人。他能觉出，妙音也是这么想的。她那种开心的笑，那种亲近和自在，是发自内心的。就在刚才，他说要带她去果洛女王那儿，她脸上闪过的红晕和喜悦，显然在传递着某种讯息。至于那讯息的内容，龙多格热不想知道，也不希望有人把那层纸给捅破。他宁愿跟她的关系简单些，也好过处理那个扯不清、很难有答案的问题。而且，他还没做好舍弃自由的准备。那种有了约束的生活，对他来说，是一种巨大的未知。况且，还有那事，让他一直难以安心……这些年，他选择跟春妮那样的女子相好，不去找个老实女人结婚，就有这个原因。当然，这也是因为他没有爱上别人——至少没有明明白白地爱上别人——要是爱了，他的想法也许就不一样了。

龙多格热看到，那兰猞猁正在钉一个木橛，可能是要拴绳子固定帐篷。他就朝着兰猞猁吼了一嗓子。兰猞猁抬起了头，顿时像大白天见了鬼那样，惊恐的脸扭曲出了狰狞。

龙多格热咧嘴笑了。他非常喜欢这效果。他四下里望望，只看到不远处有个挤奶的女人，没发现别的男人。他倒是希望多几个人，他非常想好好地打一场。自打从温布处回来后，他一直憋着一股子气，一直想打架。

兰猞猁木了一会儿，忽然发出一声怪叫，转身就跑。这家伙腿脚非常快，要不是龙多格热早就做好准备，他定然能逃脱的。

龙多格热将备好的抛石器施展开来，那软软的皮囊里，已装上了一个圆圆的石头。石头是龙多格热平时就寻好的，他喜欢找一些圆石头备用。他发现，石头的形状会直接影响命中率，尖棱怪角的石头飞着飞着就跑偏了，只有圆石会指哪打哪。

这不，龙多格热将抡得呜呜直响的抛石器松开一端，那圆石就直溜溜飞向了兰猞猁的脚踝。兰猞猁想借怪叫来干扰龙多格热，让龙多格热的攻击失去准头，谁想龙多格热镇定自若，根本不受影响。中了这一下后，他刻意的怪叫立马变成了由衷的惨叫。他抱了脚倒在草地上，一边大叫，一边打起滚来。那挤奶的女人马上跑过来，一见龙多格热，就发出了尖叫。她四下里望望，拣到了一个拾牛粪的铁叉，向龙多格热扑来。

龙多格热觉得好笑，想来兰猞猁在阳寨干的坏事，女人也知道了。看得出，这是一个强悍的女人，很胖，力量也会很大，但在精于打斗的龙多格热眼中，她显得很笨拙。龙多格热只是一闪身，脚轻轻一勾，她就骨碌碌滚下山坡了。

龙多格热走向兰猞猁。他看到了对方因惊恐而变形的双眼。他知道，在对方眼中，自己像恶魔……不，是"是恶魔"。在过去的多年里，关于龙多格热的一个个血腥故事，羌村无人不知，有人把他当成了梁山好汉式的人物，也有人把他当成了恶魔。他想，兰猞猁定然是后者。

他刚想叫兰猞猁起来，跟他好好打一架，兰猞猁却告起饶来。身强力壮的兰猞猁，此刻看来，显得很可怜。也许，砸了人家经堂他有些理亏，才显得那么窝囊。以前，因为老跟人打架，他也有着凶悍的名声。据说他有点儿愣气，但像猴子般轻捷，动作快如鬼魅。龙多格热一直想会会他。

起来吧。龙多格热说。我想跟你公平地打一场。

听到这句话，兰猞猁不再惨叫。他坐起来，揉着脚，边揉，边四下里瞅着，想找一个称手的物件。也许，他是被龙多格热激起了血性，想起自己也是个狠角色。忽听得那女人——不知啥时，她已经爬了上来——一声叫，一个铁叉飞了过来，兰猞猁一跃而起，接住了它。

龙多格热觉得不妙。因为他手中的羊皮袋里，只有刀子、打狗棒和抛石器。抛石器这东西，只能打远处，一近了，就没啥用了。刀子又太短——兰猞猁手中那铁叉，差不多有八尺长，自家的刀子才一尺过一点。搏斗时，你还没够着人家，人家就戳中了你。龙多格热四下里看看，想找个长些的棍棒，却失望了。看来，他只能用打狗棒了。他有些后悔，觉得自己不该那么早惊动兰猞猁的，又想，自己怎么没想到对方会用长兵器呢？刚才还想多来几个男人，好好打一架，泄一泄心头的闷气，这会儿，他有些庆幸附近没有其他男人了。

那所谓的打狗棒，是用一尺多长的硬木做的，两头包了铜，带一丈多长的皮绳。这是外出时打狗用的——牧区的狗很多，也很凶，有时甚至会好几只扑上来咬你，要是你没个防身的物件，比如打狗棒、抛石器啥的，在牧区的野外走动，就容易出意外——使起来时，很有威力，对付铁叉绰绰有余。只是，龙多格热还没来得及抖开绳子，对方已抡叉扑来。

龙多格热一边闪躲，一边解那被皮绳绕住的打狗棒。兰猞猁当然不会给他机会，遂将那叉子舞成了风，狠劲裹了来。要是叫它戳中，或是打中，是一件很麻烦的事。龙多格热知道，在这种情况下，对方肯定会打死自己。过去有许多相似的殴斗，都以一方的死亡告终。因为，你不打死对方，就会叫对方打死。在羌村，打死人是常事，大不了，赔人家八十头牦牛的命价。比起叫对方打死的结果，许多人当然宁愿赔对方命价。

龙多格热发现，兰猞猁果然敏捷极了，真像猴子——当然，他占了长家伙的便宜，但要是其他人，便是拿了叉子，自己也很容易对付。这兰猞猁，显然是个练家子。情急之下，龙多格热便用打狗棒硬挡那叉子，竟觉得非常吃力，有好几次，还差点儿叫叉子戳中。在过去，这真是少有的事。

看到自己占了上风，兰猞猁开始兴奋地大叫。原来，自家视若神魔的龙多格热也不过如此，他不再害怕了。要知道，他兰猞猁也是打架好手——要不是好手，他也不敢砸经堂的。记得不？他甚至将那胖阿尼还摔出老远呢。此刻，他是真想弄死龙多格热的。他太害怕这个神魔般的汉子了。自打砸经堂后，他一直怕龙多格热来寻仇。那就像一柄悬在头上的剑，他总想着，那"剑"不知啥时会落下来。这念想，甚至成了他的梦魇——嘿，哪怕在梦里，他也没有想到，那"剑"真落下来时，倒也没多可怕。但他明白，自己之所以能占上风，主要还是因为运气好，要是对方的武器称手，此刻是啥形势，真是不好说。要是这次他不结果对方，对方迟早会复仇的，而对方一旦寻仇，自己肯定在劫难逃。所以，他出招非常凶狠，或是戳，或是打，狂如疯虎。他只想叫对方无暇取开那绕在棒上的绳子，那他就会一直占上风。只要他占上风，就可能要了对方的命——他一定会要龙多格热的命的，他太害怕龙多格热了，不弄死龙多格热，他就睡不好觉。以前的梦里，有时会出现一些小孩，他们总是死缠烂打，叫他不能脱身。他一次次打死他们，他们一次次复活，一次次死缠上来，就成梦魇了。想到龙多格热时，他就有这感觉。此刻，他最想做的事，就是打死龙多格热。这荒山野岭的，打死就喂了狼，大不了，赔他家八十头牦牛。

龙多格热越来越吃力,用那尺把长的短棒,和亡命之徒打架,跟赤手差不多,他只有招架之功,毫无还手之力。耳旁还响着那胖女人刺耳的加油声,而且声音越来越大。显然,因为兰猞猁一直占上风,那女人有些忘乎所以了——羌村有名的龙多格热,在自家男人的叉下,竟如此狼狈,她很难不得意。龙多格热很讨厌这声音,却又希望这声音能一直响下去。因为,这等于在告诉他,胖女人根本没注意到跟他一起来的妙音,也没空去观察别处。这让龙多格热放心了很多——要是那女人挟持了妙音的话,他就只好放下武器了。

龙多格热很担心妙音,但他没时间顾她了——怪的是,就算没空张望,他也知道妙音没走。他还知道,妙音此时一定很担心,他甚至能想到妙音担心的样子。第一次在她面前打架,就这样狼狈,他有些难受。但他也只能集中注意力,全力迎战了。这阵候,只要一个闪神,他就有可能被杀掉。他小心地后退着——那叉子风一样卷来,他不能不后退,要是着了对方一下,命就丧这儿了。从对方的眼神中,龙多格热能看出他想置自己于死命。这是一定的。他却不想杀对方。为啥?因为他舍不得那八十头牦牛。对自己家来说,那是笔巨大的财富,他不想为了逞一时之快,给家人带来损失。除了手中武器的差异外,这念想,也让他处于劣势,因为他没有对方那么凶狠。他只有一步步后退,一边后退,一边想着对策——除了不让对方的叉子戳中自己外,他还想退到一棵大树背后,有了树的掩护,他就会好过很多。

他也一直想在对方的叉子扎过来时抓住它,面对一般人时,他定能成功的——只要对方直刺或是乱打,他就有这机会。但对方猴子一样轻捷——真是轻捷极了,跟无数个影子一样——每一招,都拿捏得很好。有一次,叉子甚至打到他想去抓它的手上,他虽没受伤,但很疼。因了这一疼,他迟疑了一下,对方接着又是一叉,差一点儿戳准他的要害。

面对这猴子似的人,龙多格热只能用全力去招架和躲避,他不敢边招架,边解那皮绳了。他怕自己解绳子分了心,反倒不妙。那皮绳,本来很好解,不知为啥,现在像打了死结,真是要命。

兰猞猁大叫着,那阵势,有点像狂欢,但龙多格热还是听出了他的恐惧。看来,对方真是怕自己的。他当然不明白兰猞猁的心思,还以为兰猞猁是因为抢了那么久的叉子,却一直没有打中他,有些泄气。他哪里知道,自己是对方的噩梦,对方已经恐惧了太久,再也不想恐惧下去了。兰猞猁没看出,龙多格热已叫苦不迭了，在过去的多年里，他还没这么窝囊地打过架呢——不，有过一次，那次，他跟肋巴佛比武，对方的刀影水泼般裹了来，好生厉害——现在，他也有这感觉。虽然兰猞猁在力道上不如肋巴佛——肋巴佛天生神力——但在敏捷度上，他有过之而无不及，真是要命。龙多格热后悔极了，他觉得自己太轻敌了，他应当先备好武器的。要是他拿了自家的那把宝刀，一下就能削断这叉子。

不过，龙多格热还是渐渐习惯了兰猞猁的节奏，他毕竟是久经沙场，在血海里泡过的。他越来越冷静。冷静一来，慌乱就跑了，眼力也起作用了。他像扑鼠的猫那样，死盯着兰猞猁的眼睛，不再去管对方的招势。慢慢地，他就找回了过去的自己。

在过去无数次的较量中，冷静是他最厉害的武器。当然，这也是训练的结果——不仅是练武或实战上的训练，还有禅修训练。说来好笑，除了练武外，禅修竟成了他打架的最大助缘。因为修出的定力，他总是很冷静。这次的失态，是他人生中的一次意外——他太轻敌了，虽然听过兰猞猁的名声，也想会会他，却还是认为兰猞猁不堪一击。当然，他的慌乱，还因为对妙音的担心。自打有了这女子后，他就不像以前那样不顾生死了。他有了很多牵挂。

接下来的较量，有点像两只公羊在搏斗了——龙多格热不再慌乱，兰猞猁也不像刚才那样乱打了。一来，他发现，乱打没啥效果；二来，他有些气喘吁吁了——这其实是他的紧张所致，他的恐惧，是从骨子里透出来的，哪怕他发现自己有了机会，也改变不了内心的恐惧和焦虑。他知道龙多格热很快就会恢复常态，也一直都在下意识地等待着，这份念想，让他不顾生死，却也让他失去了镇定，时时处于崩溃边缘。他使出的每一招，哪怕因为本有的素质，能恰到好处，也还是透着紧张和慌乱。当龙多格热的眼神变得镇定，动作也开始从容自若时，他就意识到，自己担心的那一刻已经来临了，龙多格热这只大猫，已经恢复了捕鼠的状态，而自己，则是一只随时有可能葬身于猫口的老鼠。大猫迷迷糊糊时，他可以疯狂地进攻，只求能趁乱咬住猫的咽喉，可一旦大猫醒来，他再胡乱进攻，就等于自寻死路了——对方那样的身手，是很容易抓住叉子的。只要对方做到这一点，他就危险了。所以，他不敢再胡打乱打了，他知道，自己的每一次出叉，虽然有可能打中对手，但也给了对手逆转局面的机会。于是，整个场面静了。

065

两个男人变成了正在蓄势的公羊,他们都猫了腰,都盯着对方的眼睛,都凝了神,都等着对方先发招,但这一来,就谁都不肯先发招了。在这种相峙中,龙多格热也不再解那皮绳,冷静下来后他才感觉到,原来那皮绳遇了潮,变得硬硬的,怪不得一直解不开。

胖女人定然也感觉到了气氛的变化,于是不叫了,整个林子静极了,龙多格热甚至可以听到牦牛吃草的声音,还有鸟叫——听到这鸟叫的时候,正是他分心的时候。但这分心只是一瞬间的事,很快,他就回到了不分心的状态。毕竟,这是一场生死对决,客观上说,自己并不占优势。于是,他放下了战局外的一切——放下了那个胖女人,放下了鸟叫,放下了牦牛,甚至放下了妙音。这时,他看到的,就是对方的眸子,还有眸子里的杀气和恐惧;他听到的,就是对方粗重的喘息声,还有那呼进呼出的气流泄露出的恐惧。发现对方的恐惧时,他就不再紧张了,因为他找到了克敌的办法——他甚至觉得很好玩,就像刚来时一样。在他眼中,这不再是复仇,而成了一场游戏。他已完全缓过来了。当他不再手忙脚乱时,他就占据了主动。

他于是说,扔下叉子,我答应你,不杀你。兰猞猁只用冷笑作答。我也不杀你女人。龙多格热说,我是男人,说话算话。

兰猞猁慌乱了,他大声说,你不要再说话,你要是再说,我先捅死你!

龙多格热笑道,你捅不死我。不信?你试试。他索性扔了打狗棒。这样,他就多出了一只手,等着接对方的叉子。

看到龙多格热扔了打狗棒,兰猞猁反倒越加慌乱。从对方眼中,他看到了一种让他绝望的冷静。他明白,自己已失去了最好的机会。这会儿,他更加怀疑自己了。他越加不敢轻易地送出叉子了。

来呀!龙多格热指着他的鼻子,大喝一声。

这一声击溃了兰猞猁最后的冷静,几乎在听到喝声的同时,他大叫着刺出了一叉。客观上说,他这一叉机会很好,因为对方在发声时,是分了心的,假如他的速度够快,就有可能刺中对方。兰猞猁是打架的好手,他自然明白这一点,所以这一叉力道奇猛,如电光石火般,直接插向对方腰部。可几乎在同时,龙多格热的手,也接住了叉子。

兰猞猁知道完了,这一叉,并没刺中对方,只是刺中了衣服——关键时刻,龙多格热拧了一下腰。对于高手来说,有时看似只是轻轻地一拧腰,或一转身，就能避开致命的一击。

兰狢猁刚觉出一股大力拽出，叉子已脱手了。

龙多格热扬起叉子，做了个投出的姿势。兰狢猁惊慌地躲了，叉子飞了过来，稳稳地插在他面前的草地上。他真的慌了。

再来。龙多格热扬了扬下巴，面无表情地说。

兰狢猁四下里望望，看到自家女人半张了口，脸吓得变色了。再来！快一些。龙多格热提高了声音。

兰狢猁咬咬牙，这次，他没有刺出，而是用力投出了叉子。叉子曳风，飞向龙多格热的胸脯。龙多格热反手一抄，叉子就到手了。

再来。他再将叉子扔给兰狢猁。

这下，兰狢猁生气了。他发现龙多格热是在玩他，就像逮到了老鼠的猫，因为胜券在握，所以不急于下口。于是他捡起那叉子，扑向龙多格热，乱劈乱打，但打不了几下，叉子就为大力所夺。接着，对方又将叉子扔给他。

兰狢猁觉得自己的力气一下子用光了。这时，他才明白，跟对方相比，他实在不是对手。这个念头生起的同时，他的自信完全崩塌了，他索性扔了叉子，瘫坐在地上，发出狼嚎般的哭。

龙多格热招招手，叫来胖女人，指指帐篷旁柱子上的一段毛绳，叫女人绑了她男人。女人刚一迟疑，龙多格热就大喝一声，兰狢猁就乖乖立在一棵松树旁，等着叫女人绑。

这时，兰狢猁已经明白，对方并不要自己的命。于是，他指着那些正在吃草的牦牛说，那些牛，你都赶了去。

这也正是龙多格热想做的事，有了这些牦牛，经堂里叫弄坏的东西，就都能换成新的了。

胖女人刚开始绑得很松。龙多格热冷冷地说，要是你想让你男人活命，你就绑紧些。这一说，胖女人马上认真了。她做事很扎实，拽那绳子时，时不时会用大力，总能拽出兰狢猁的叫唤声。

这时，龙多格热才有机会看妙音。他扭头望向刚才下马的地方，发现妙音正坐在远处的一块石头上，静静地看他呢。他们的两匹马，拴在远处。

龙多格热走过去，嗔道，你咋离开了马？要是我刚才死了，你能骑了马逃呀。

妙音轻声笑道，你要是死了，我也死就是了。

龙多格热笑一笑，走向绑着的兰狢狔。兰狢狔一脸的讨好相，这让龙多格热看不起他了。龙多格热说，你多好的身手呀，要是有骨头有脑髓，也算是一条好汉，你真白长了这一副好身架。他叫过那胖女人，对她说，本来，我不想打他，但你看看，这号人，不打打他，天理不容呢。

女人看来也恨兰狢狔没有骨头，取过牛鞭，真的抽了起来。

龙多格热也不管是真抽还是假抽了，他进了帐篷，选了些有用的东西，装进一个牛毛袋里。出来后，他一把从女人手中抢过鞭子，对兰狢狔说，我打你三鞭，一鞭是为阿尼打的，一鞭是为经堂打的，一鞭是为咱阳寨人打的。我们的账，就了了。你要是不服，还可以来找我的。我知道惹了你，你们阴寨人放不过我。本来，我想杀了你，远走高飞，去投奔果洛女王。这不，我还带了女人呢。现在，我改主意了，我回阳寨，等着你们。你们想打枪了，就来；想抡刀了，也来。我等着。说完，他狠狠抽了兰狢狔三鞭。

兰狢狔惨叫几声，说，别打了，我服了！我服了。

龙多格热检查了一下绑兰狢狔的绳子，倒也结实。他又紧了几紧，叫那胖女人骑了马，跟他走。这下，胖女人不听话了，龙多格热赏了她一鞭，只一下，就打出了她的哭声和眼泪。

龙多格热说，我叫你跟我走，不是要抢你，是怕你去报信。等到了安全地方，我自然会放了你，到时你再来救你的男人。

这一说，女人才放心地解开马缰绳。龙多格热指指那毛口袋，里面装着他刚才选的一些用物，叫女人驮了，三人一起，赶了一百二十三头牦牛，沿着来路返回。等到了阳寨的村口时，龙多格热才放了女人。

11. 敬酒

阳寨一片沸腾，村民们好开心。卖了二十四头牛，经堂就焕然一新了。兰狢狔的闹，性质虽恶劣，破坏的东西却并不多。这一次，换了扯经筒的毛绳，换了经幡，在山头上新建了几个风吹的经轮，还在羌河里建了几个水经轮。羌河水滚滚而下，就能带动那经轮顺时针旋转。顺时针旋转寓意吉祥，玛尼轮不停地转，那吉祥之光，就会一直照耀着寨子。

将经堂装修一新，才用去了二十四头牦牛卖价的一部分——村里人总爱用牦牛来做财物的计价单位，因为钱币会贬值，还是牦牛相对保值。于是，无论计算什么，人们都爱用牦牛来衡量。比如，那命价，就是由犯事时中等大小的牦牛市价来计算的——不管那市价如何变化，都是八十头牛。龙多格热赶回了一百二十三头牦牛，修复经堂卖了二十四头，还剩下九十九头，它们被归入村里的公产，交给负责库房的黄毛养着。遇上大事，可以用它们来抵钱。这群牦牛别看数量不少，但要是杀了人，赔了命价，就剩不了多少了。龙多格热没有杀人，不用赔命价，反倒赶来了这么多牦牛，还没为寨子招祸，咋说，也是件值得高兴的事。总管翟爷表扬了龙多格热。

傍晚时，村里宰了三头牛，炖煮了，大家聚在经堂里，一边吃着炖牛肉，一边喝着自酿的青稞酒——寨子里的女人都会酿青稞酒——就像在狂欢。前几天，经堂被砸的屈辱，终于一扫而光了。甚至就连这两年，跟阴寨闹草场纠纷的憋闷，也被暂时忘掉了。大家喝得醉醺醺的，又是唱歌，又是跳舞，好个热闹。

看着这欢欣喜悦的场面，吃着碗里的炖牛肉，龙多格热却突然有了一个念头：对自己和村里人来说，这是一场胜利，可是对牦牛来说，只不过是换了个吃草的地方，换了些挥鞭子的人，命运并没有因之改变。尤其是那三头被宰的牦牛，自己的胜利，让它们更快地走向了死亡。它们定然是痛苦的。想到这儿，龙多格热有些恍惚了，眼前的景象也变得朦朦胧胧的。胜利带来的喜悦淡了，一切都变得淡淡的。很多东西好像都不重要了。他也不想去管接下来会发生什么。他就是这样，对于把握不了的事，他总是不愿去想。他宁愿闭了眼睛，让身体在青稞酒带来的醉意中荡漾，就像躺在水波上，头顶是一轮圆圆的月亮。他看着月亮，月亮也看着他。他似乎听到，月亮问他，你到底在做啥哩？他虽然知道自己在做啥，却又不知道自己在做啥。一切都恍恍惚惚的。回忆也是。那么清晰，却又那么恍惚。无论多么鲜活，都像是没发生过似的。奇怪。

红豺一向不服龙多格热。这次，他也服了。这是为阳寨长脸的事。当然，要是那兰猞猁闹事的时候，他在场的话，他也会动手……不，不是动手，是动刀子。红豺会杀了他，一定会的。村里人都信这一点。过去，便是跟同村人交手时，红豺也时不时抽出刀子。他捅过几个人，不过，因为是捅在屁股上，没闹出人命，只赔一点儿医药费就了事了。这次回村后，他听说了兰猞猁砸经堂的事，就提了刀子，想去阴寨寻仇，但叫村里人拦住了。因为兰猞猁闹事的那时，你将他打了也就打了，杀了也就杀了，舌头巧一些，也能说成是正当防卫——正当防卫是不赔命价的，就像要是土匪来了，打死他几个，是不用赔命价的。但现在，要是你红豺提了刀子，上人家的村里闹，人家打死你白打死。当然，红豺的提刀，只是表达一种态度，别人一劝，他也就顺坡下驴，没去阴寨寻仇。但他还是暗暗打定主意，要是下一次兰猞猁到阳寨他姐姐家来的话，他一定会找个碴儿，揍他一顿。当然，这是他此刻的想法，能不能行得通，还得看那时的情况和心情，因为好手不打上门的客，人家提了礼物来看亲戚，你要是打人家，礼节上说不过去。

这次龙多格热给寨子长了脸，红豺对他，就从不服变服气了。那天晚上，在经堂里，他特地给龙多格热敬了一碗酒。

敬酒时，他赤红了脸，好些人鼓掌了。

阳寨的经堂很大，能盛下全村人来念经。全村有上千人，除了去牧场或是外出的人外，一般念经会上，老老少少都算上，能来五六百人，这是很大的场面了。不开会时，这儿也是村里的聚会之所。遇上节日，男人们都会提上肉，提上酒，在这儿，边吃肉，边喝酒，边唱歌，边跳舞，图个热闹。

阳寨人能歌善舞，尤其是那些女孩，她们唱起歌来，像百灵鸟一样。男人也不弱，一喝点酒，就跳呀乐呀的，快活得很。而且，阳寨人喜欢外出游玩，每年春天，村里人都会到山上去"浪"。他们说的"浪"，就是游玩的意思。这"浪"，像过节，只是时间不定，地点不定，人员不定。只要有了一份好心情，大家想去哪儿浪，就去哪儿浪；想啥时候浪，就啥时候浪。大家可以带了帐篷，带了酒肉，带了柴火，约上合心的人，找个合心的地方，开开心心地唱歌、聊天。这天晚上也一样，有些人经常在牧场，平日里跟大家见不上面，趁着这次聚会，刚好可以交流一下。

在大经堂聚会，阿尼当然也在。经堂修复了，好多东西换了新的，还没死人，他当然很欢喜。

不过，他也明白，这件事定然不会这么简单就结束的，兰猞猁的醉酒闹事也定然不是偶然事件。他以前见过兰猞猁，那时，兰猞猁也跟其他人一样，见了他，总是一副恭敬的样子，看不出会做这类事。阿尼猜，他也许是听到了啥话，才来经堂里闹的。阿尼知道，羌村人不关心啥正见不正见的，他虽然经常讲如来藏，但村里人大概没几人能听懂。村里人的信仰，就像翟爷说的，只是追求护佑，同时也希望心能有个着落，这样就能忍受生活的艰苦，不会因为过多的欲望，而感觉到痛苦。那兰猞猁定然也是这样。他说的话，定然不是他自己想到的，他只是把平日里听到的话，在醉酒时说了出来而已。不过，就算知道事情没完，阿尼也没啥办法，他明白，这件事的原因是多方面的，甚至跟他讲如来藏，也许关系都不大——就算有关，他也不可能因此就不弘法，更不可能因此就改变信仰。所以，他啥也没说。当然，他的不说，也是不想打破此刻的好气氛。他更知道，世上的现象总是起起伏伏的，永远不会有平静的时刻。如果啥时候显得风平浪静，往往就是有一件事，或几件事，正在无人知晓处悄悄地发酵着。他能做的，也只有静观其变了。那么，就好好地享受当下吧，坦然接受未来的一切。

于是，阿尼给大家唱了首歌。

阿尼善于唱歌，他常年念经，训练有素，喜欢唱一些跟阳寨的历史有关的歌。他是阳寨活着的人中最为博学的人。瞧，他用一首歌，唱出了阳寨五个部落的历史——

滔滔的羌河流向远方，
养育着一个伟大的村落。
村落坐落在山神脚下，
阳寨有五个金色部落。

第一个部落名叫君王，
据说是古代君王的后裔。
那些君王都是英雄呀，
史书因他们而光辉无比。

另一个部落名叫定日，
相传来自遥远的定日。
定日是一块美丽的土地，

物产丰美而充满神奇。

第三个部落名叫英雄，
原是西部的伟大贵族。
他们的儿郎改变过历史，
都有过惊天动地的故事。

第四个部落名叫金牛，
相传它来自金沙江畔。
金沙江的河水滔滔不绝，
犹如本部落绵绵的福祉。

第五个部落名叫月氏，
本是古月氏人的后裔。
历史的河水流淌了千年，
流不老月氏人不灭的希冀……

每次聚会，阿尼都会唱这首歌。他每一次唱，村里人都会热血沸腾。毕竟，在这首歌记录的历史中，他们是英雄的后裔。

在阿尼的考证中，阳寨是出过大人物的，每个部落都有了不起的故事。有些故事经过了学者的考证，在史书中也得到了印证，比如，据史书记载，英雄部落出过一个武将，他曾带领骑兵攻入长安，是历史上有名的英雄。此外，英雄部落还出过很多有名的人物——当然，也出过很多平庸之辈，甚至还出过一个罪人——阿尼说，关于他们，《资治通鉴》中有相关记载。这些，村里人过去是不知道的，但阿尼总说，日久天长，大家就都知道了。后来，他们将这些故事——包括那些没经过考据的故事——传给了下一代人，下一代人又传给再下一代人，一代代人说呀说呀，说了几百年，三人成个虎，阳寨人就坚信不疑了。

这天晚上，五个部落的长老——每个部落各有一个主事长老，阳寨共有五个主事长老——都到齐了，其中包括翟爷和畅佬。翟爷是君王部落的长老，在这一任的长老会上,他任总管,主持全村的事务;畅佬是定日部落的长老,任副总管。

老钺师说的春妮也到了,在宿命通的光明境中,我看到了这个女子。

不过,我不是通过龙多格热知道她是谁的,她刚出现在光明境中,我就知道,这女人一定就是春妮。

她真是个妖娆而活泛的女子。这样的女子,总能勾起男人的兴趣,也总是得不到女人的欢迎。

但这天晚上,村里的女人们却能容忍她了。因为这样的场合少不了她,有了她,就有了热闹。所以,每逢这种时候,她就一定会到场。此刻,她的身边围了一群汉子,汉子们都在起哄,都在叫她喝酒。每次喝了点儿酒,她就会唱歌,就会跳舞,身上就会冒出让男人们浑身发热的火焰。这时,女人们就会偷偷望自家男人,看他是不是也叫那火焰点着了。

这次聚会,是龙多格热一生里最难忘的时刻,村里人都给他敬酒,如众星捧月一般。他好似凯旋的战神,醺醺然赤红了脸,接受着众人的敬意。

就连作为观察者的我,也像身临其境一样,感受到了那份热闹——当然,我也体会到了龙多格热的满足。

至今,一想到那个晚上,我还会热血沸腾呢。

第三章　美丽的人质

1. 供斋

除了宿命通的观察，以及对老钺师的采访外，我还采访了其他的很多人。我想通过多个视角，尽可能详尽地还原当年的事。

这天，我打算跟延寿寺的人聊一聊，看看另一个立场的人，对龙多格热有啥看法，他们是怎么看当年那故事的。也许，从他们那儿，我又能听到一些新东西。于是，我出发前往延寿寺。

我到延寿寺的时候，天刚刚降了点雪。整座山都白了，从远处望去，那些金色和红色的大殿，嵌在白茫茫的山里，像是白色的毡上点缀着华美的堆绣，非常好看。

我最先去的，是大经堂。僧众们正在做早课，一片嗡嗡声传了来。我问一位小阿卡："你知道龙多格热吗？"他警惕地望了我一眼，没言语。我以为他没听清，想再问，他却远远地躲了。看那样子，他是知道的，只是因为某种原因，才没有回答我的提问——不知是赶着去上课，还是寺里有规定，不能跟陌生人谈论这问题？抑或是因为跟扎西的争论，这问题已成了敏感话题？——我想，龙多格热故事中的二炮，会不会就是这模样？又想，那二炮，对反抗温布的龙多格热不但不警惕，眼里反而闪着崇敬的光，这小阿卡跟他，恐怕还是不一样。

等僧众做完早课后，我找到山旦，他是瘸腿扎西的同乡，我在瘸腿扎西家见过他。一见面，他便告诉我，对他来说，今天是个重要的日子。三年前的今天，他发过愿，要在佛殿里供水、供灯三年，今日正好满愿。所以，他要在寺里举办一个仪式。他希望我能参加。

前一天，他就从家里拿来了很多供物——在羌村的寺院出家，跟上大学一样，住的、吃的、用的，都要由家人供养，寺院是不提供的，而阿卡自己也没有钱，所以，山旦的供养，是依托他的家人来完成的——像酥油、香、油、米、土豆、蕨麻、奶渣、牛奶等。他要用这些供物，供养所有的僧众两顿饭，由寺院厨师来做。此外，他还要向所有阿卡供养钱和哈达。按羌村人的说法，这是供养僧宝，能积累很大的福报。

因为延寿寺的大经堂里不允许吃肉，山旦供的两顿饭都是素的，早晨是素烩菜，中午是复合式米饭，用大米、牛奶、奶渣、蕨麻等物熬煮而成。

山旦的满愿庆典，对他家来说，也是一件大事。山旦的家人和近亲远亲都来了，有四十多口人。年龄最大的，是山旦的舅舅。他长着一张沧桑的脸，饱经风霜，有点像沙枣树皮了。我想，龙多格热的父亲，也定然是这样一位老人。

这一天，我应山旦的邀请，以亲戚的身份参加了庆典，跟山旦的亲人坐在同一间屋子里。

应供的人们来寺院时，怀里都揣着自己的碗。对他们来说，碗是必备物件，不管走到哪儿，他们都一定会随身携带。因为，平日里喝奶茶也好，吃饭也好，他们用的都是自己的碗。只要带了碗，待到有需要时，他们就能立马拿出来用。比如像今天这样，到一个约好的地点去吃饭，或放牧途中偶然遇到朋友，受到朋友的热情招待等等。我在光明境中看到，龙多格热活着的时候，当地人就有这个习惯。据说，这跟他们的祖先是游牧民族有关。还有一个祖上传下的习惯是，每次吃完东西，他们都会舔碗——他们伸了舌头，一下一下地舔那碗壁，动作非常灵巧快捷，没几下，碗就被舔得干干净净，一看就是训练有素。这定然也跟生存条件的艰苦有关——因为粮食不多，所以他们格外懂得珍惜，每一滴奶茶，每一口糌粑，他们都不想浪费。按羌村人的说法，这叫惜福，真正懂得惜福的人，对自己得到的一切，或是身边的一切，都会非常珍惜。因为他们知道，一切都会很快消失。

在一个闲暇里，我向山旦的舅舅打听龙多格热。他四下里望了一阵，像是怕人听到——看来，这话题，在延寿寺真成禁忌了——确认周围没人后，他才悄悄对我说，那龙多格热，既不是神，也不是魔，只是一个有骨头有脑髓有脏腑的汉子。

他告诉我，阳寨的阿尼知道好些龙多格热的故事。他还告诉了我阿尼的电话。他说，这个阿尼的祖先，就是龙多格热故事里的那个阿尼。

他们有家族的传承，包括对历史记忆的传承。

2. 纠纷

吃过早上的素烩菜，我就去了阳寨。

阳寨很大，人口是龙多格热活着时的两倍，寨子里有三百多户人家，两千多口人。寨子的建筑风格也变了，过去，阳寨人都住在山上，房子依山而建，一层一层的。后来，因为没了土匪，人们开始在平地上建房，那些老房子，就慢慢地变成了历史的印记，远远看去，很像蜂窝，非常壮观。这就是有名的百年羌寨，许多摄影家都来过这儿拍照。

我到阳寨时，没有马上去找阿尼，而是随便走了走。我从村头走到村尾，逛了一圈，悠悠闲闲，用了一个小时。村里最醒目的，便是那个经堂，外貌看来，也很有些年头了，但其实是后来建的。在龙多格热死后的某一年，经堂被烧。再后来，村里人又在原址上重建了经堂，它就成了一个转经祈福之地，有转经筒，有祭神堆，有吉祥塔，河中有水经轮，山上有风经轮，还有很多风马旗，在风中鼓荡出别一种韵味。在经堂的周边，有很多老人在转经。这阵势，是西部常常看到的景致。

一会儿，几十人背着经轮，往小巷里走，我以为有念经会。一打听，才知道是刚刚死了人，村民们是去亡者家，进行助念，也就是一起为亡者诵经，以超度亡灵。我也跟着人群去了。亡者家坐落在一条较窄的巷子里，门口坐了很多人，都在转经轮，大多是妇女，她们的嘴里念念有词。亡者家人正在布施助念者，每人一元钱。因为死者不是善终——他是在阳寨和阴寨的一次冲突中死的——此后七天里的每天下午，村里人都要来这里诵经，诵够七天，再行火化。

阳寨与阴寨冲突的历史久远了，在龙多格热的故事里，两村就有矛盾。不过，据一位朋友讲，那时的矛盾，只是局部矛盾，虽有纠纷，但时好时坏。某次大的历史事件之后，两个寨子之间就没纠纷了。从二十世纪九十年代开始，两村之间忽然又起了一些摩擦，开始只是村民间的个人纠纷，渐渐成了村落间的仇怨。

那纠纷的起因，是阴寨村民去阳寨偷东西，被阳寨人打了。后来，那被打者说自己没偷啥，就带了同村相好的朋友上门论理。最后，理没论个明白，两个寨子却结了仇。

再后来，阴寨人又砍了阳寨的树，阳寨人制裁了砍树者，导致仇怨进一步加深。此后，总是一个打人，一个报复，你来我往，不断升级，天长日久，事端就扩大了，渐渐酿成了草场纠纷。

起初的纠纷，是小规模的，杀伤力不大，或是拿刀砍伤人，或是拿斧头砍死人。有时，寺院也会出面，进行调解。调解一般在草场进行。两个寨子各自推荐自己的代表——当然都是壮年汉子，都身强力壮——进行谈判，有时话不投机，又会大打出手，闹出人命，但这样的情况不多。

后来，村落间的矛盾升级了，武器不再是刀斧棍棒。有些村民卖了牧场，卖了牛羊，买了手枪、冲锋枪、机枪、步话机、望远镜等，装备甚至比当地的警察都先进。那时，村里男人都有枪，有人甚至有两把，一长一短。出门时，大伙儿总是佩枪带刀。最严重的时候，两个寨子就像两个正在开战的国家似的，总有人在山头对峙，一见对方来人，就一阵扫射，所以，时不时地，就有人伤亡。

几年下来，两村被对方枪杀者，有二三十人。一旦有人被杀，村委就挨家挨户收些钱，给亡者家属一些安葬费，此事就算结了。亲人死在这种乱枪中，也不知凶手是谁，只能自认倒霉，没法索命价的。

冲突很严重时，延寿寺的朱古就会出面调解，倒也有效，只是时间不长。和平之光刚一照耀，两个村落就会再次开战。一九九二年之前，两村间已恢复了联姻，嫁到阳寨的女人很多，但自从纠纷再次升级，两村间就不再联姻了。以前嫁来的女人，也不去站娘家了。

那段时间，阴寨在上游，阳寨在下游，阴寨村民要想去镇上，就必须经过阳寨，但因为时势紧张，阴寨人要想外出，只能徒步翻山，到山那头的邻县，再搭车去镇上办事。若是外出的人多，阴寨人也会结伴穿越阳寨，但仍会携带武器，以防偷袭和报复。当然，阳寨人去一些混用牧场——也就是虽在阳寨地界内，却从很早起，就有阴寨人放牧的牧场——时，也会遇到阴寨人的埋伏，时不时地，就有阳寨人被暗杀。几年后，政府派了武警驻村，没收了两村村民的枪支。一些不愿交枪的人，就偷偷逃到了山里。

这次的亡者，就死于最近一次的纠纷。那日，这人骑摩托车去牧场，经过某沟壑时，见一道绳子拦路，一紧张，车就拐进沟里了，想要求救，手机却进水死机了。一群阴寨人早就埋伏在林子里，一见那人落水，就扑了上来，一顿乱刀乱斧后跑了。后来，山旦的侄子也去那个牧场，就发现了那人。当时，那人还未断气，仍在呻吟，边呻吟，边骂娘。就是从他骂娘的内容中，山旦侄子知道了刚才发生的事。他马上骑车到沟外，在有信号处，打了电话。等公安赶到时，那人因流血过多，已断了气。据公安现场勘查后估计，那林子里，埋伏了至少四五十人。

从亡者家出来后，我找到了阿尼。这是个非常气派的人，还镶了几颗金牙，口一张，就金灿灿的。在这个朴素的寨子里，他显得非常扎眼。我说明来意后，他告诉我，龙多格热是配得上被供奉在护法殿里的。他的理由是，目前，延寿寺供奉的好些朱古，根本不能跟龙多格热比。龙多格热无论在活着时，还是死去后，都有可道之处，他所做的一切——除了为自己复仇外——哪怕被人视为血腥，也是为了别人或寨子，不是为了自己。而那些名不副实的朱古，活着时利欲熏心，装模作样，死后却照样被供在殿里。比起他们，龙多格热当然更有资格受到供奉。

阿尼说的资格，不只是龙多格热的利众行为，也包括了龙多格热的修证。他说，跟龙多格热同时期的那个阿尼——也就是他的祖太爷——留下了一部书稿，书稿记载：他给龙多格热传授过摩利支雷法，龙多格热生前，一直在修这个法，达到了经典要求的证量，能够驱雷驱雹。阿尼说，他至少证得了生起次第成就，具足了八种神通。单从这一点看，龙多格热也是大成就师。而龙多格热死后的故事，比如对瘸腿扎西的救度和帮助，为向他祈祷者圆满愿望等，也为这说法提供了证据。

为了说明龙多格热的成就，阿尼给我讲了大威德金刚法首传祖师热罗的故事，热罗上师修生起次第圆满而成就，神通非常大，他跟同时代的一位大成就者比试神通，不相上下，就相约在此后的八世中，以护法神的方式住世利众，至今如此。我也知道这个故事，因为故事中的另一位大成就者，后来成了香巴噶举的不共护法，叫大王财神。自打我破除了二元对立后，他就跟我形影不离了。

不过，在我的观察中，越来越具体的龙多格热，并非仅仅有着阿尼所说的这一面，他的脸孔其实更为复杂。通过观察故事中的他，尤其是面临冲突和纠纷时的他，我渐渐走进了他的心——不只是跟他相应，明白他心中的那个自己，也是通过别人的视角，别人的记忆，看到了一个有血有肉的他。也许，在他经历的很多纠纷中，他既是受害者，也未尝不是受益者。

3. 那时的聚会

在澄明境中，我再一次启动了宿命通。我回到了那个狂欢的夜晚。

不过，这次，我是跟着妙音回去的。在龙多格热的上一段记忆里，我记下了妙音的气息。在一个宁静的夜里，在一串静到极致的呼唤后，她穿着我在光明境中见她时的那件衣服，来到我的面前。我对她说，我想用她的视角，看看龙多格热的故事。她的眸子里似乎有泪光，但她啥也没说，只是淡淡地点了点头。我不知道，过了那么多年，她还会想念龙多格热吗？她为何没在龙多格热身边？我想走进她的心里，却发现，那里是一片澄净的湖水，湖面荡漾着美丽的波光，我看不到任何涟漪。

这个女子和龙多格热之间，到底发生了怎样的故事？

在宿命通的光明境中，龙多格热就坐在妙音的不远处。他是个粗豪汉子。他的眼睛不大，单眼皮，显得有些无精打采。不过，你别被那假象所迷惑，因为，时不时地，我就会发现，有一道很锐利的光从他的无精打采中射出。看得出，他是个狠人。

他时不时会望一眼妙音，但也就是一眼，不久，他就会举起碗，大口大口地喝酒，然后望向别的地方。有时，他也会望着被男人们包围的春妮，但同样不会望上太久。大部分的时候，他只是没有目的地看着跳动的人影和光影，白天的胜利带来的喜悦，在他身上已经看不到了，我只能感觉到他的疲惫。

妙音也老是望龙多格热，但那目光的背后，有明显的温度。我能听到她心里的声音。不过，她并没有坐到龙多格热身边，只是一个人怯怯地坐在角落里，时而端起碗，喝几口奶茶，时而望着经堂里的人。她不习惯这样的场合，置身在热闹的人群里时，她总会觉得不大自在。她喜欢跟熟悉的人在一起，喜欢静静地做一些日常的事情。就像现在，身边的人都在吃牛肉，她却只是喝奶茶。她跟这个环境，虽然谈不上格格不入——甚至可以说是很和谐的，因为她是一个温顺的女子，淡得像水一样，放在任何一个环境里，她都不会显得很突兀——但待在这里，她也确实不会太舒服。她之所以来这儿，仅仅是因为龙多格热一家来参加聚会了，她只好跟了来。这是人质的规矩，也早已成她的习惯了。

烛光随了一些人的走动或是跳舞摇来摇去，妙音的脸上时明时暗。她浅浅地笑着，看起来没啥忧愁。这是个恬静的女子，便是她刚当人质的那时，她也是静静的，显得无惊无惧，行止有度。从这一点上，龙多格热相信了人有天性的说法。不说别人，妙音就是这样。她的身上，总有种不一样的东西——说不清是哪里不一样，反正就是不一样。

翟爷指指妙音，悄声对龙多格热说，那可是个好女子，我观察许久了。你要是有意思了，以后索性娶了。一成了亲戚，你们那事儿，也就了结了。

龙多格热苦笑道，正是有了那事，才干不成这事。这号事，做了，怕人耻笑哩。

翟爷说，男人娶女人，是天经地义的，谁耻笑哩。……没有爱，强迫人家女娃子，人当然会耻笑。要是有了爱，就天经地义了。我发现，那丫头常常偷着望你。望你时，眼神跟望别人不一样。

龙多格热说，我没动过别的心思。我眼里，她像妹子一样。

翟爷说，以前没心思，以后也不是不能有……昨天夜里，阴寨来人找我了，他们说，妙音家里想跟你们商量一些事。他们也带上人质，你们也带上人质，出来见个面，吃个饭——各吃各的，不用坐到一起吃——谁也不能动粗。有话了好好说，没有话了，吃个饭，见个面，就成了。你瞧，你要是答应了，我就叫人家准备这事。地点我选好了，就在华岗山神那儿，那地方，正好在两家的中间，公平。

龙多格热说好。

翟爷说，那就大后天吧。择日子不如撞日子。……你爹真是个老顽固，这事儿，五六年了吧？我记得，那丫头来时，还是个小娃子，现在，都成大姑娘了。夜里你回去商量，要是你爹同意，就按老规矩办，一条命价八十头牛，两条命价一百六十头牛。你同意了，我就去张罗。不同意了，你们愿咋拖咋拖去。

龙多格热说，爹不要命价，爹只想杀他们两个人。爹说，这不是钱和牦牛的事，人要活个意思。他们欺人欺够了，想花几个钱了结这事，怕不容易哩。爹说，就是他们钻了旱獭洞，我们也得把他们捞出来。

4. 人质

妙音是阴寨人，她作为人质，来到龙多格热家，已经六年了。

早年，阴寨人跟阳寨人很和睦，也正因为和睦，阳寨人才肯把草场借给他们。

不过，牙齿和舌头也会磕磕碰碰，何况人。为了抢草场，牧人们常会打架。刚开始，你自个儿能解决的事，部落是不参与的。除非，人家发动全村人来打你，你扛不住，那么你就可以向总管求救，总管就会号召全村人来帮你。同样，两部落之间要是打架，其他部落也不参与——那时节，因为牧场大，总有人来闹纠纷，阳寨人老打仗，跟很多部落都打过，但无论如何打，别的寨子都是不参与的，也不帮忙——但要是你扛不住了，也可以向土司求救。土司要是想帮你，就调四十八旗的骑兵，跟你一起打。当然，阳寨和阴寨的矛盾，并没有上升到这个地步。

妙音家和龙多格热家的纠纷，就是他们两家自己的事，已经拖了六年了。六年前，龙多格热跟着肋巴佛闹起义，没在家——要是他在家的话，他家可能不会输——在一场打架中，他的二弟死了，对方也伤了一个人。后来，两家又打过一架。那时，龙多格热的弟弟和外甥还没完全成人，都是半大小伙子，力量没长全，对方又人多势众，心狠手辣——当然，这是龙多格热家的想法，妙音家也有自己的想法——龙多格热的外甥，就是在这次冲突中被杀的。对龙多格热来说，他虽然名义上是自己的外甥，但情分上跟儿子一样，因为他是姐姐婚前生的，一直由妈养着。也是在这一次，他的三弟阿生叫对方抓走了，他们

081

家则抓来了妙音。刚来龙多格热家那时,妙音还是个小女孩,头发黄黄的,现在,瞧,成大姑娘了。

龙多格热回来后,找过妙音的家人,但没有找到。没人知道,他们逃到了哪里。他们是赶着牛羊走的,当然是去了牧场,而且是阳寨的牧场,因为,他们在阴寨要是有牧场,就不会跟龙多格热家闹纠纷了。但他们到了哪儿的牧场,阳寨没人知道。阳寨的牧场大,扯天扯地的大,人家稍稍跑远些,跑到阳寨人平日里不去的地方,就会像大海里撒了几个麻籽儿一样,你找上几个月,也会像苍蝇撵屁。

因为杀死了这边的两个人,妙音的家人总是心虚,他们一直想赔命价,但格热爹不要命价。格热爹还放出狠话,说一定要杀掉对方的两个人。至于杀谁,就得看对方的造化了。这一来,跟这事有牵连的那些人,就过不安稳了,他们只好逃到一个谁也不知道的地方去。

不过,阴寨的扎总管也许知道他们在哪里,因为时不时地,他就会派人来调解,希望格热爹能接受赔命价,但格热爹坚决不同意。于是,妙音家就只能逃了。

在妙音的印象中,那是噩梦般的记忆。

杀死对方家里的第一个人后,因为对方不接受赔命价,爹和哥哥们就只好带了她和妈,赶着牛羊,躲往一个又一个人迹罕至的草场。她发现哥哥们都很压抑,都很少说话,妙音明白,这是因为他们知道,对方迟早会找到他们,不定在哪个时候,对方就会抢了刀,扑向他们。

果然,那一天来到了。瞧,对方黑风般卷了来,拿着刀乱劈,开始,他们只是劈帐篷,劈木柱,待帐篷倒了时,他们就开始劈里面的蠕动之处。妈就是这样受伤的。妈的大腿上有一道很大的伤口。因为妈妈受了伤,哥哥们才不要命了,他们也抽出刀子,纷纷扑了上去。等到他们冷静下来时,龙多格热的外甥,已经倒在血水里了。祸事就是这样发生的。就是那一次,他们家抓走了对方家老三,对方家抓来了她。

六年了。这家人待她很好,虽然她是人质,但他们一直像养女儿一样养着她,他们吃啥,她也吃啥,只是没有自由。他们家人外出干活时,她不能待在家里;他们家人在家时,她不能外出。夜里,她也得和格热妈睡在一起。格热妈话多,一入夜,话就更多了,且内容多是东家长西家短三个阿卡五只眼之类。于是，她就知道了这个家庭的过去，也知道了弟兄们的一个个故事，更知道了村里的一些鸡毛蒜皮。

格热妈最喜欢讲的，是龙多格热的故事，她老是讲他小时候做的一些事，还有他长大后的荒唐事。格热妈说，龙多格热是村里女人最喜欢的男人，老有女子勾引他。就是在格热妈的故事中，她知道了那个叫春妮的女子。格热妈最得意的事，就是向春妮要鸡蛋。她说，当她得知春妮勾引了龙多格热时，心里很生气，因为做那号事是很伤身子骨的。于是，她找上门去，在春妮家门口大骂春妮，她骂的内容，便是春妮勾引她儿子干那事，让儿子伤了身子——那段日子，龙多格热真的很瘦，是一种奇怪的瘦——格热妈叫她拿些营养品来，好补娃的身子。春妮就赤红了脸，端出了一脸盆鸡蛋，还有二斤酥油，一斤奶渣。后来，这事便成了村里人舌尖上的笑话。

那些个夜里，格热妈常常谈起这类事，每次谈起，她都会大笑不止。格热妈的笑声很大，声音有点像男人。开始时，妙音也喜欢听她讲故事，但到后来，她就有些嫌吵了。格热妈讲的故事，她想听了就听，不想听了，就闭上眼睛，想自己的事。

有时候，格热妈会去牧场，她也只好跟着去。牧场的事儿总是很多，她得挤奶，得熬奶渣，得守在晒奶渣的地方，以防鸟雀来抢吃——以前在家里，她也干这事。当人质后，干这些活时，她仍然会很认真，因为她知道，龙多格热被抢去当人质的弟弟也会跟她一样干活。她时时提醒自己，别忘了身份——她既是人质，也是俘虏。不知不觉中，她学会了逆来顺受——这其实不是她的天性，她也有自己的想法，但她总是悄声没气，风一样来去。她表达自己想法的方式，就是眼神和微笑。她有一双会说话的眼睛。她一直非常害羞，害羞是女人最美的表情。因为害羞——当然也因为她天生丽质——她有了一种无与伦比的美。到后来，连格热妈也时时感叹，按她的好恶，是宁愿用自家的儿子，换回这样一个女儿的。她甚至不想再复仇了，因为她不想叫妙音为失去亲人而痛苦——时不时地，她就会心疼妙音。当她把这想法告诉格热爹时，却叫格热爹狠狠骂了一顿，他叫她别再有这号想法，因为念头会传染的。在羌村，不报仇的家族，会被人看不起。所以，复仇是必须做的事，这事关乎家族的尊严和未来。要是儿子们也像她这样想的话，就会变得越来越没出息。他不希望自己训练的猛虎，在老婆的影响下变成一窝病猫。于是，只要有机会，他就会带着儿子们去打猎，以免他们的血性消失。

在这个家里待了六年，妙音已习惯了这儿，除了被一些提防的眼神所提醒时之外，她常常会忘了自己的身份。她甚至有些喜欢这寨子了。因为，她喜欢念经，而这里人比阴寨人更喜欢念经。每天大清早，经堂那儿就聚集了很多念经的老人，格热妈也常去。于是，跟格热妈去经堂，就成了单调生活中，一个重要的盼头。村里人向往净土，希望死后能脱离轮回，去净土生活，那些信佛的老人，就常常提到自己心中的净土。妙音也常常幻想那个人们总提的净土，她用自己能想到的最美的东西来装点它。每当想起它的时候，她就觉得陶醉和幸福，即使想到自己的身份，想到家人和那逃不过的复仇时，她觉得命运充满了无奈，自己就像大海里的一叶小舟，只能随海浪颠簸不已，对那净土的向往，就成了她生命中最重要的向往。于是，她也就理解了那些老人们的虔诚。再后来，她发现，她的净土里必须有龙多格热，她不能忍受没有龙多格热的净土。这一发现，让她非常惶恐。

更让她奇怪的是，自己对龙多格热的某些荒唐事竟那样反感，对一般的荒唐故事，她只是感到好笑，但对于龙多格热跟春妮的故事，她一想起，心就堵得慌。她见过那个女子，说真的，她不喜欢。那女子很丰满，老是对着男人笑——那是怎样浪荡的笑声啊——也老爱用那双凤眼望男人。她的身上，有一种叫妙音很不舒服的气息，也许，这便是人们所说的"浪"吧。因为这"浪"，男人们都喜欢她，女人们却都讨厌她，都骂她是狐狸精转世——不是狐仙，是狐狸精。在村里流传的故事里，狐仙是好的，狐狸精是坏的。这好坏的标准，就是她会不会害人——虽然春妮也没明显害过谁，但还是有很多人认为她很坏，因为她总是能搅起风浪，有几个男人还为她动过刀子。据说，三年前某个男子的死，就跟她有关。

格热妈讲过很多春妮的风流故事，起初，妙音只觉得好笑，后来，就不觉得好笑了。因为，春妮的故事里，出现了龙多格热的影子，而妙音的心也渐渐变了。最初，格热妈一讲她问春妮要鸡蛋的这类故事，妙音就会跟着笑，也觉得好笑。她虽然没经人事，但听过相似的故事，她知道，在那号事里——想到那号事时，她总是既觉得好笑又很害羞——似乎都是男人花钱，没听说谁能叫女人出营养品的。似乎只有在动物的圈子里，才有这种事，比如村里人若是看中谁家的种马，想叫它给自己的骡马配种，就得付营养费，一般是配一次种给一斗豆子。也许，格热妈就是从牲口配种中得到启发的。……嘻嘻，亏她想得出这法子。……后来，龙多格热对妙音的意义渐渐变了。再后来，他走进了妙音的净土。从这时起，他和春妮的故事，就成了一根针，格热妈一说，那根针就扎进了妙音的心里，她就再也笑不出来了。

一天，格热妈又一次谈起龙多格热跟春妮的故事时，妙音竟觉得胸口一下子疼了。那是一种奇怪的钝疼，闷闷的，仿佛有一个硬物堵在心的某一处，让她呼吸不了，非常难受。她以为自己病了，后来发现，不想那事儿——当然是龙多格热跟春妮的事儿——时，这感觉就消失了，一想那事儿，难受感就来了。以前，她从来不知道，心还能这样疼。后来，格热妈再谈这类事时，她就索性闭上眼睛，不去听它。

在家里的所有农活中，她最喜欢做的事，就是酿青稞酒，因为龙多格热爱喝酒。于是，她就跟着格热妈一起蒸青稞，拌酵菌，封坛子……做这些事情时，她总会想起龙多格热喝酒时的样子。因此，她总是很开心。最开心的时候，她就会轻声唱歌，……不，不是唱歌，而是哼歌。那声音，别人听不到。只有一次，格热妈听到了，夸她的嗓音好。她偷偷笑了，她想，这不是嗓音的事，是心的事——她的歌，不是用嗓子唱出来的，是从心里流出来的，是她的喜悦和甜蜜。不像春妮——瞧，春妮也成了她心里的一根刺——春妮是用嗓子唱歌的，为了让自己的嗓子发出好听的声音，她总是很努力，于是，她的唱歌就有了作秀感。妙音不喜欢这种作秀感，所以，她不喜欢听春妮唱歌——春妮做的很多事，她都不喜欢，因为，她总是发现春妮在表演，无论什么样的表演，都让她觉得很不舒服。

但就算这里有春妮，就算春妮和龙多格热的故事叫她心痛，妙音也还是爱这儿。她唯一想离开这儿的时候，就是她想妈的时候。她非常想妈，六年了，几乎每天都想。她的眼前，老是出现妈的样子——每天，妈都起得很早，只挤奶，就得用去半天。家里有上百头能产奶的牛，挤一次奶，得一两个时辰，一天只挤两次奶，半天就过去了。何况，妈还得做其他事，像熬奶渣、喂牛犊——那些刚生下的小牛犊是不会自己吃奶的——拾牛粪等。妈喜欢把牛粪拍成饼子，码成墙子，这样，过冬的燃料就会宽余些。每天晚上，妈还得出去，看看哪头牛没有回来，只要有一头没上圈，妈就得去找它。所以，妈每天都过得很苦。因为长年累月地苦，妈的腰很早就弯了。一想起腰被累弯了的

085

妈，还在苦苦地硬撑着，做每天里必须做的事，妙音的眼眶就湿了。

很小的时候，妙音就懂心疼妈，所以，她总会跟着妈去牧场。她总想尽量多做些事，因为，她做得多了，妈就能少做一些。这些年里，每逢跟着格热妈做事，她就会想起妈——妈的身边有没有帮手？她是不是还像过去那么辛苦？每当这样想时，妙音就想流泪。于是，她就安慰自己，说龙多格热的三弟——那个被抢去的阿生，一定会像她帮格热妈这样，帮她妈做事的。这么一想，她就觉得好受多了。为了让自己好受些，她从来不敢怀疑这个想法。因为，她一旦怀疑，那种心痛却无可奈何的感觉，就会像锋利的刀子那样，一下下戳她的心。

妙音看起来很安静，心里的事儿却很多。她常想些一般女孩不想的事。虽然没有正经上过学，她还是识下了许多字。她识字的途径，就是念经。每天早上，她都要念经，刚开始念简单的经，后来，念的经越来越多，识的字也就越来越多了。再后来，她就能读些简单的书了。做人质的这些日子里，读书也成了她的一种非常重要的享受。每当读书时，她就会忘掉自己的事——忘掉对家人的担忧，忘掉一切的忧虑，忘掉春妮和龙多格热的故事，忘掉一切干扰她的宁静和幸福的信息。

知道她爱读书后，龙多格热每次外出时，总要给她带些书来。在龙多格热给她的书中，她最喜欢看的，是六世达赖仓央嘉措的诗集。那六世达赖是个有争议的人物，有人说他是佛，有人说他破了戒，但这种种说法，都跟妙音没有关系。她就是爱读他的诗。真要命，诗中那种说不出的味道，总是让她沉浸其中。她就像念经一样念着那些诗，念呀念呀，她自己就有了那种味道。于是，她想呀想呀，终于想出以前不曾有过的那种难受来。

有时，她也会感慨地想，怪不得有些老人不让孩子读书，说书读得越多，人越是烦恼。但她宁愿有这些烦恼，也不愿像村里很多不读书的女人那样活。她觉得，读书让她多了许多想法，却也给了她一个丰富多彩的世界。这个世界，就像一个避难所，让她能看淡生活中很多不如意的东西。当然，她分不清这是念经带给她的，还是读书带给她的。有时，她觉得书也是经，因为，她在读书时寻找的东西，恰好也是她在念经时寻找的。

自打她感受到那堵在胸口的难受之后，她最不愿意想的事，就是她家跟龙多格热家的恩怨。因为，这事无论有怎样的结局，都会让她心痛得就像被扒了一层皮。于是，这件事，就成了她心上最不能碰的一根针，稍一碰，就会惹出钻心的疼。

5. 阿机、阿斌和尕女

　　龙多格热有弟兄六个，他是老大，死去的弟弟是老二，当人质的是老三。现在住牧场的是老四阿机、老五阿斌和老六阿柱。他还有一个姐姐和一个妹妹，姐姐已经嫁人了，他死去的外甥，就是姐姐的孩子。

　　一确定了跟妙音家的见面时间，龙多格热就托人带信，叫住牧场的兄弟三人马上回家。跟仇家见面，是大事，牧场只好托朋友照料了。

　　回来时，老四阿机给妙音捉了一只红嘴乌鸦，他还自己折些柳条，编了个精致的笼子，用来装那红嘴鸦儿。红嘴乌鸦的叫声很难听，一叫，就扯出满嗓子非常苍老的声音，刮人耳膜。他捉红嘴乌鸦，是因为妙音喜欢乌鸦。妙音说乌鸦是大护法神玛哈嘎拉的眷属。村里人有养百灵和画眉鸟的，很少有人捉乌鸦。

　　阿机真是个活宝，一进门，就举了那笼子，高声叫：妙音，瞧，红嘴鸦儿。

　　妙音抿嘴笑了，她虽然不爱听乌鸦叫声，却接受了阿机的好心。一见妙音，那红嘴乌鸦就叫了，于是满屋子嘎嘎声。妈嗔道，这声音，一听，都夹不住尿了。

　　阿机说，多听几次，也就习惯了。

　　妙音拌些炒面，做成食子，喂那乌鸦，乌鸦一俯一仰，吃得好生痛快。

　　阿斌给妙音带了一个大灵芝，他是从一棵松树上采的，一层一层的，形状像鸡冠。这是天然灵芝。羌村有很多天然药材，但当地人并不知道，因为当地人不读书。爱读书的阿斌，便知道了灵芝是好药。

　　阿斌爱看书，话多。他跟阿机都很活泼，但阿机喜欢动手，阿斌喜欢动嘴。阿柱话不多，腼腆，见了人，低眉顺眼的，一说话，脸就红。

　　阿斌当过几年阿卡，学会了读写，他的记忆力好，记下了很多经典。后来，他还俗了，还俗的理由是看不惯温布的做派。他老是给龙多格热说温布的坏话，比如温布一手遮天，架空了朱古等——龙多格热打骨子里讨厌温布，也跟阿斌老说温布坏话有关——阿斌还说，权力是鸦片烟，能让人上瘾，也能让人变坏，听老阿卡说，温布在当温布之前，跟现在的二炮一样，待人很谦恭，没想到，一当上温布，一有了权力，就一天天变骄横了。阿斌说，瞧那二炮，现在看来，跟阿柱一样面秀，不知道当上温布，会不会变坏?

阿斌还看不惯朱古的窝囊，他想，那么大一个朱古，咋就奈何不了温布，眼睁睁看着温布独揽大权造恶业呢？所以，每次回家，他总是牢骚满腹。龙多格热知道，他这脾气，嘴上没个门闩子，这类骂温布的话，他准会到处乱说，温布早晚会知道。要是温布知道了，起了邪心，他就危险了。龙多格热就说，索性，你还俗吧。阿斌对寺院的信心早就退失了，就顺坡下驴，还俗了。不过，阿斌虽然对寺院失去了信心，还俗时，他带回了很多经书，每天起得很早，进行早课诵经。他把那些书分成两类，简单些的，丢在家里；精深些的，他就带到牧场去看了。阿斌每次回家，都会滔滔不绝地讲佛教。他已把一些经背得滚瓜烂熟，不管妙音听不听得懂，他都会像瓦罐里倒核桃那样，咕噜大半天。妙音的识字，也得益于阿斌的那些经书。

对阿斌的能侃，阿机很不以为然。兄弟俩太熟悉了，耳鬓厮磨了多年，阿机很清楚阿斌是什么境界，所以，无论阿斌将佛法讲得多么天花乱坠，阿机也不会对阿斌生起信心，反倒给阿斌起了个外号，叫谝子。他一叫，村里人也就叫了。在羌巴村，一提谝子，都知道是阿斌。

对于妙音，兄弟俩的态度有个转变的过程：妙音刚来时，是他们家所有人的仇人，大家都把她当成了仇家的替身。每次想到二哥，阿斌和阿机就会骂她。二哥生日那天，更是妙音挨骂最凶的时候。但妙音挨骂时，从不还嘴，也不强辩，只是怯生生地低着头。她总是这样，始终是低眉顺眼的，就算眼里蓄满了泪，也从来不哭出声来。因为在羌巴村的习俗中，女人哭声不吉，说是女人一哭，哭神就来了，哭神不吉，会冲人，冲了谁，谁就会得病。妙音知道这，所以从来不哭。即使在很悲痛的时候，妙音也只是眼中蓄泪，却不发出哭声。

除了兄弟俩，妹妹尕女也恨妙音。和妙音相反，尕女很爱哭，生下后不久，她就开始哭，她小小的身子，被裹在衣服里，小小的嘴，张得大大的，脸努得赤红，彻夜彻夜地哭，哭声充满了被冤枉的意味。于是，阿尼就说，这怕是个冤屈鬼投生的吧。村里人就叫她冤枉女。

小时候，尕女跟二哥最好，她是在二哥的肩膀上长大的。二哥很会弄吃的，常会扣下小鸟给她烧着吃。长大后，两人也没有疏远，尕女对二哥的感情仍然很深。二哥死后，尕女哭了一个多月，后来，眼睛就哭坏了，一直红红的，老像是有泪。而且，她虽然不哭了，心里却依旧放不下，老是仇恨，老想找个地方发泄，老是希望有个让她仇恨的对象，老是希望有人为她的痛苦、为她二哥的死负责。仇家不知道在哪里，哥哥们也不知道啥时候才能报仇，她甚至不知道仇家长啥样，于是，妙音就代替她的家人，承载了尕女心里那种无法释怀的仇恨。

　　随着时间的流逝，妙音慢慢长大了，阿机和阿斌对她渐渐好了，可尕女仍是她的冤亲债主。尕女一直没有接受妙音，望她时，眼里总是喷着仇恨的火焰。妙音却从没怪过她，因为妙音看过佛书，知道恨人者比被恨者要痛苦得多。于是，她每当想起尕女，就会叹气。哪怕在承接了尕女那仇恨的眼神时，她的心里也总是充满了悲悯和愧疚。尕女红红的眼睛一直在提醒着她：她的家人不只夺去了这个女孩的二哥，也夺去了这个女孩的幸福。但她很想对尕女说，你为啥不好好念经呢？就算你找到了一个仇恨的对象，可以安放你内心的情绪了，你也无法从痛苦中超脱啊，你为啥不给自己一个机会，让自己能放下仇恨，珍惜活着的家人呢？但妙音也明白，尕女是放不下二哥对她的好，她觉得，自己要是放下了仇恨，忘掉了往事，二哥就真的死了。

　　妙音并不知道，有一天，她自己也会变成仇恨的载体，她会做出这时的自己绝想不到的事情。那时，她不会记得过去想对尕女说的话，因为她的心将会被仇恨填满。

　　一想起这个水一样的女子，有一天竟会变成仇恨的工具，我的心就会疼痛。但我也知道，心不变，命运中的劫难就是躲不掉的。对每一个心不属于自己的人来说，命运都像一个巨大的漩涡。它藏在水底深处时，你看不见它，当你发现它的存在时，它已经把你拽进水里，让你无法呼吸了。

　　尕女不爱念书，小时候，爹送她去尼姑庵学经。爹说，去吧，你好好学经，念得好了，将来出家算了。啥都是太阳下的露水，没啥意思的。你还是好好学经吧。你不瞧，村里女人的命实在太苦了。你经念好了，出了家，日子就好过了。尕女于是在尼姑庵待了半年，可她一见经书，就打瞌睡，勉强识了几个字，就逃回家来，再也不学经了。

　　于是，妙音的爱读书，也成了尕女讨厌妙音的一个理由。在尕女的眼里，自己和妙音就像水火不容的两个人，妙音的一切，在她眼里都是另一副样子。她只能看到自己眼里的妙音。但四哥和五哥好像不这样，他们对妙音很好。不知道，这种好是对家人的好，还是他们看上了妙音。总之，两个哥哥对妙音的态度，也是尕女讨厌妙音的原因之一。似乎，一个人只要讨厌另一个人，任何事都可以成为她讨厌那个人的理由。生活中的点点滴滴，在旁人看来没啥大不了的，甚至还充满了快乐与温馨，但仇恨者偏偏感受不到。尕女就是这样，她不理解妈为啥喜欢妙音，为啥待她比待自己还要亲；也不理解大哥为啥待妙音这么好——大哥在她眼中，是天神一样的人物，她时常听到村里人谈论大哥，言语间，不是充满了敬畏，就是充满了害怕。这一切的情绪，在她看来，都是她仰视大哥的理由。

大哥是个有骨头有脑髓的汉子，他从来没有忘记过二哥，也没有忘记过复仇的本分，可他，为啥也对妙音这么好？四哥五哥更是这样了。尤其是五哥，他每次从牧场回来，都会教妙音识字、念经。看着他们俩咿咿呀呀的样子，尕女的气就不打一处来，她就会把锅碗弄得山一样响。

按爹的说法，不爱书的自己，将来是一定会过苦日子的；爱书的妙音，就不一定了。仇人的女儿将来可以活得很好，而自己，不但失去了最亲的二哥，还失去了幸福的可能——尕女一想到这儿，就悲从中来。她完全忘了，不爱念书，不爱识字，是她自己选择的。你选择了啥命运，就要承受啥命运，你是怨不了任何人的。

有时，尕女也明白，这时，她就会叹气，就会趁着黑，没人能看到，翻上几页书。可心不在焉的厌烦感，又在提醒着她，她真的不爱书，她的心被生活中的鸡毛蒜皮填满了，她提不起劲去识字。每当这时，她就会烦躁地躲进被窝里，仿佛这样就能脱离现实，到她需要的净土中去了——可她，连净土都没有呢。有时，她真的会羡慕那些尼姑了……甚至，她也偷偷地羡慕过妙音。她见过妙音念经时的表情，妙音脸上的恬淡和静谧，是她不能理解，也从未感受过的。这时，她就会不由自主地开始憧憬——那净土，到底是啥样子？是不是到了净土，一切的痛苦和烦恼都会消失？那么，二哥现在在哪儿呢？二哥去了他的净土吗？……想到这儿，她的心又会钻心地疼，她就又开始恨妙音了。

6. 大姐张香子

我在羌村采访时，瘸腿扎西开车找到了我，给我送了一些乡下买不到的食物，要我抓紧采访，争取早一点写出考证性文章。他说，延寿寺又找到了一些原始资料（主要还是当时阿卡的日记），证明龙多格热是当时大家（其实就是延寿寺的阿卡们）公认的魔头，并不是什么大德和成就者。阿卡们把这资料复印了，送到县里，并扬言：要是县里执意批准扎西修护法神殿，他们就要去北京上访。这一来，县里越加为难了。

我苦笑道，这号事，是急不得的。瘸腿扎西说，尽力吧！你要多祈请！龙多格热会帮我们的。

我找到了龙多格热的姐姐张香子的家。那是一座二层的木楼，在村中小路的拐角处，看上去年代久远，木头都黑了。

木楼下，是一个小卖部，是张香子的重孙辈——也就是孙子的儿子辈或孙子辈——开的，卖些村里人常用的百货，有啤酒、馒头、面条等，还有各种各样的刀子。刀子的价格高低悬殊，有的几十元，有的几百元，有的上千元。贵的那些，都是手工打造。刀面上，有水波一样的纹路，密密麻麻，很是好看。这便是传说中的折铁刀，打造起来，很是麻烦：要选上好的钢，烧红，千百锤击打之后，再折了，再打，再折，再打。就这样，打打折折，百十回后，杂质就随那烧红后击打进出的火星四散而飞了，剩下的，便是充满了水一样柔的花纹的精钢。据说，这刀削铁如泥，但也没人舍得用它去削铁。

我一打听龙多格热，小卖部主人就一脸热情。显然，他知道我的来意，也知道瘸腿扎西和阿卡们的纠纷。那人说，他叫阿卓，龙多格热是他舅舅家的祖宗。他说，别说修个殿，就是专为龙多格热修庙，也没问题的。他还说，那关爷，庙都遍布天下了，龙多格热才一个殿，为啥不能修？

我一笑，也懒得解释。

他取出了一张老照片，说，瞧，这人，便是我的祖太奶奶，也就是龙多格热的姐姐张香子。

真的？这还有假？铁板上钉钉！

照片上的女子，很瘦，但看上去很精干。她正在笑，她的笑，是让人觉得周围一亮的那种笑。

阿卓说，这照片，是一个外国探险家拍的，发表在一本书上，他们看到后，就翻拍了。

阿卓又说，祖太奶奶张香子受了很多苦。在宿命通的光明境中，格热妈也这样说。

格热妈还说，张香子上了毛旦的当，昏头昏脑地怀上了毛旦的娃儿——张香子自己不这么认为，她觉得她不是上当，是跟毛旦相爱——就只好嫁给他了。当时，格热妈和格热爹都极力反对，都说，要是张香子嫁给毛旦，这辈子就别想过好日子了。但张香子不管，非要嫁，她说，就算这辈子过不上好日子，她也认了。后来，他俩就结婚了。出嫁前，张香子把娃儿生在了娘家门上，这个孩子，就是后来被妙音的哥哥杀掉的那个男孩。对这号事，羌村人都不说啥，不像别处——在别处，要是女人婚前在娘家门上生下娃儿，会被认为是伤风败俗，一辈子都抬不起头。而且，不仅她自己抬不起头，连她娘家人也抬不起头来，跟村里人吵架时，人家一提这事，就能立马封住他们的嘴。但在阳寨——甚至整个羌村——里，这种事多，没人觉得有啥不好。要是你堕了胎，在羌村人眼里才是大恶，因为，杀生害命，是世上最大的罪恶。怪的是，羌村人在草场纠纷上却时常闹出人命。在这一点上的矛盾，也显示出了他们在信仰上的缺陷——他们的信仰，是有条件的。

羌村的人家有姓，但大家都不大重视，他们没有男尊女卑的观念，也不歧视私生子，羌村有几位有身份的阿卡，就是私生子。此外，对倒插门的女婿，羌村人也无歧视，以赘婿身份担任总管、长老和委员者，世代不绝。

羌村人把生命视作无限长的链条上的一个环节。那链条，便是悠悠轮回。他们的国家民族观念淡薄，不知道啥阶级斗争，也不知道啥法律法规，无论是结婚离婚，还是杀人抢劫，他们遵循的，都是村里固有的程序。所以，村里的婚姻状况五花八门，既有男人休妻，也有女人休夫——就是说，无论女人是嫁到夫家，还是把丈夫招赘到自己家里，只要跟丈夫关系不和谐，就可以通过村里认可的程序解除婚姻关系——招赘者，可以把丈夫逐出家门；嫁到夫家者，也可以跑回娘家。若是夫妻关系和睦，夫家或娘家，就跟自家一样，要是谁家的儿子死了，夫家可以给媳妇再招女婿；要是谁家的女儿死了，娘家也可以给入赘女婿再娶媳妇。这就是羌村人独特的"婚姻法"。

所以,张香子有私生子的事,在羌村人眼里,不是啥污点。她生下了,娘家就养着,她的孩子不会受到任何歧视。当然,也不是说要对这个孩子格外好一些,因为这格外好,其实是另一种歧视,好像他有啥缺陷似的。所以,对这孩子,家里人是一视同仁的。一视同仁是最好的待遇,该吃就吃,该喝就喝,该打就打,该骂就骂,待亲儿子咋样,待私生子就咋样。

张香子在婚前生的那个孩子就是这样长大的,他一直是家庭成员之一。兄弟们去牧场,他也得去,兄弟们争草山打架,他也得打。直到在第二次打架时,仇家的刀子飞了来,他被削去了半个脑袋。

儿子死了,张香子很伤心,哭了几天,也就不哭了。她没像尕女那样哭太多日子,因为她有很多事要做。

张香子很瘦,才三十三岁,就干瘪得像老太太了。她喜欢穿一套黑衣服。村里女子喜欢的那些首饰,她一件都没有。龙多格热给她买过几件首饰,她也都给了女儿。

其实张香子也爱漂亮,跟毛旦好前,也有好些小伙儿追求过她。但她谁都不爱,只爱一贫如洗,还被村里人公认是二流子的毛旦。跟毛旦结婚后,艰苦的生活,就夺走了她作为年轻女子的所有享受——毛旦家有牧场,也有田地,毛旦又只爱骑马、抢刀和喝酒,不爱干活儿,家里的活儿,就大多压在了张香子身上。张香子每天都要照看牧场,妙音妈干的活儿,她一件都少不了,而且她还得种地。幸好当地人种的是青稞,不用每天照料,但农忙时,她还是要两头跑。早年,因为没娃儿帮忙,张香子做农活时,毛旦也会帮着看牧场。后来,几个丫头长大了,可以帮父母看牧场了,毛旦就不再管牧场的事,开始闲游闲逛。他爱打扮,无论到哪儿,总是打扮得油光水亮。他的衣服也总是很干净,因为他换得比别人勤。于是,洗他的衣服,也成了张香子每天必干的活儿之一。羌人的衣服很难洗,一来厚,二来大,三来要打水,所以,每天光是洗衣服,张香子就要花去很多时间。一天下来,她总是筋疲力尽。慢慢地,她就被抽干了脂肪,抽干了精力,也抽干了生活的情趣。后来,大女儿心疼妈妈,就开始帮妈洗衣服。在她们的努力下,毛旦每天都能穿上干净衣服,看起来很有派头。不知道他底细的陌生人,还会将他当成大干部呢。

但熟悉的人都知道,他家一直很穷,因人口多,家人平时连肚子都吃不饱。就连他们婚后住的二层木楼，也是龙多格热家出钱出力盖的。按理说，阳寨的草场多，张香子又那么勤劳，每次卖了牛羊，卖了酥油，卖了奶渣——这是他家最主要的三项收入——都能为家里带来收入，只要不挥霍，他们家是不会挨饿的。可毛旦爱喝酒，每逢家里有点收入，他就会买好些青稞酒，装在坛子里，隔三差五，就带三朋四友回家喝酒。有时，他们一次就能喝光一坛三十斤的酒。后来，为了省钱，张香子学会了酿酒，地里出的青稞一半就用来酿酒了。

其实，张香子最怕毛旦喝酒，因为毛旦一喝就醉，一醉就打她，结婚那么多年来，这已是固定的戏了。但为了省钱，明知毛旦喝醉了会打她，张香子还是常常酿酒，叫毛旦喝。

这些事，阳寨人都知道，他们就说，张香子苦的主要原因，就是嫁了个二流子。在他们眼里，毛旦几乎是一无是处的——除了懒惰，游手好闲，也因为他总是喝醉酒耍酒疯，总是出丑放乖，惹人发笑。在阳寨人眼中，毛旦就是个盛产笑料的人，他没有任何理由，让张香子那样待他。

龙多格热也一直劝张香子离婚，但她始终不肯离。刚开始，她不愿离婚是因为心里还有爱；后来，她的爱都被消磨干净了，她还是不肯离婚，因为她心疼几个娃儿，她不想叫娃儿失去爹。再怎么不争气，再怎么不是个东西，毛旦毕竟是她娃儿的父亲。

张香子不愿离婚，龙多格热家就得一直管着他们。每到年底，他们家里断粮时，龙多格热一家和毛旦本部落的人就会给他们筹集一些青稞，可毛旦只给家人一点点养命食，其余的青稞，就藏在二楼的草房里。为什么？因为毛旦要用青稞来喂马。毛旦有一匹好马，在羌村跑得最快，品相也好。那神韵，真像龙驹。过去，一般是富人家才会有好马，可偏偏毛旦这样一个穷鬼，却有一匹让所有男人都羡慕的马。有时，毛旦家穷得揭不开锅，有人就劝毛旦把马卖了，买些粮食，可毛旦死活不干。他说，人可以少吃一些，马绝不能卖，而且一定得喂好。那马也总为毛旦争气，每年，羌村举办跑马比赛，毛旦总能拿第一。对人人看不起的毛旦来说，这是生活中唯一的亮色。他爱马，爱的就是这抹亮色。对他来说，那滋味，是多少青稞也换不来的。张香子就是在一次赛马会上，叫那氛围冲昏了头脑，才死心塌地跟他好了。

儿子死后，张香子跟毛旦有过分歧，毛旦想叫妙音家人赔命价——毕竟，那是八十头牛——但张香子不愿意。她看重的，不是钱，而是部落的尊严。张香子说，血债一定要叫对方用血来还，要是我们贪了小财，让他们用钱来买命，以后就无法收拾了，因为，他们买了一次，就会有百次。到时候，不但我们家被人看不起，被人欺负，部落也会永远叫人欺负。

张香子还说，这件事，不能宽恕阴寨人。因为，近些年，阴寨人越来越过分，算得上步步紧逼了。以前，他们还给阳寨酥油，承认他们向阳寨借了草场，现在，他们不但不给酥油，还开始打人了。

他们打死一个，又打死一个……时不时就会看到死人。虽然按寨子的惯例，自家的事自家处理，但这号事处理好了，就对寨子好。要是处理不好，阴寨就会越来越嚣张。

瞧，张香子虽是个女子，却有着汉子的见识和担当，懂得替寨子着想呢。

她这一说，龙多格热就觉得有道理，格热爹也觉得有道理，大家就一致决定，坚决不要命价，只要偿命。他们想用这办法，阻止阴寨人对阳寨草场的霸占和蚕食。

7. 和仇家见面

回到自家的小屋之后，我又进入了时光的宿命通道，我想看看，龙多格热一家跟仇家见面的那天，发生了什么。

妙音家托人传信那天，龙多格热的姐姐和弟妹都不在家——老四、老五和老六都在牧场，还没回来；尕女则去了大姐张香子家，那段时间，大姐家正在盖房子，尕女过去帮忙熬茶。收到龙多格热的口信之后，他们就陆续回家了。

虽然龙多格热不喜欢姐夫，但既然大姐不肯离婚，龙多格热也就只能随缘了。于是，张香子一家来到前，龙多格热就准备好了酒肉——酒是格热妈和妙音酿的青稞酒，肉是一种按当地方法熏好的猪肉。这种肉味道很重，要是当菜吃，外面的人可能吃不惯，但用来下酒，却非常过瘾。所以，龙多格热家总会一次熏上很多猪肉，吊在屋里的横梁上，慢慢地割来吃。毛旦也爱吃这种熏肉，每次来张香子娘家，他都会吃很多。

他们到的第二天，就是跟妙音家约好见面的日子。

那天早上，龙多格热一家人起得很早，他们吃了早饭，就往华岗山神那儿赶。两家见面是大事。不管结局咋样，面总得见。

本来，格热爹是不想见面的，因为血债必须要用血还，没有商量的余地，但格热妈却想去。因为，儿子阿生被抓走了六年，不知道现在活得咋样，格热妈很想见见他。格热妈这么一说，格热爹就也想见阿生了。于是，他就松了口，答应了见面——但命还是要偿的，在这一点上，他决不妥协。

跟龙多格热家一起去赴约的，还有畅佬。这是翟爷安排的。翟爷怕两家冲动，再打起来。他总是感叹地说，以前，两个寨子多好啊，你来我往，互有婚嫁，近些年，冲突渐渐多了，时不时地，便冒出一些事儿。虽然大部分是小事儿，但毛毛雨儿也能淋湿皮袄，好些大事儿，就是由小事儿引起的。翟爷很怕旧的事没处理好，再闹出新的麻烦。

不过，格热爹复仇的心虽然坚定，却不是那号容易冲动的人。他一向沉得住气，但也因此，他一旦决定了啥事，就不会轻易变化。这一点，龙多格热很像他。所以，既然他们说了这次只是见面，就真的只会是见面，既不会发生翟爷担心的那类事，也不会发生翟爷期待的那类事。

从张香子的见识和格局上，就可以看出格热家的特别——几个年纪小的相对普通些，但长女张香子和长子龙多格热，都显然跟一般的牧民不太一样。他们身上，有一种大将的基因。也许，这跟他们家族的历史有关。据说，在羌土司任命总管之前，龙多格热家世世代代是他们部落的头人——早年，羌村的部落头人是世袭的，就像延寿寺的温布是世袭的一样。所谓头人，就是大家都认可的处理部落事务的人。他们有权力，但他们的权力是用来提供服务的，他们没有特权，不能为自己谋私利。不然，大家不会服他们，他们也当不成头人。换句话说，头人所代表的身份和权力，是靠威信和德行来支撑的。所以，富户有可能当头人，但头人不一定是富户。有好些头人，甚至非常贫穷。后来，羌土司任命了总管，羌村的部落就没头人了。但部落里有长老，长老是部落里非常受人尊重的老年人，他们常常是一家或几家——要是儿子多分了家的话——的主儿，能代表家族主事。他们组成的长老会，承担了头人过去的责任和义务，区别是，头人可以是一言堂，但长老会必须共同商议、共同决策。相对头人制度来说，长老会制度显得更加公平。但也说不定，因为，好的头人有智慧也有公心，所做的事情都是符合群众利益的，不好的长老却可能集体软弱、集体怕事、集体贪婪、集体愚痴，即使共同商议，也不一定能得出对群众有利的决定。不过，从制度上说，长老会制度肯定是优于头人制度的，因为它避免了特权所带来的隐患。

继续说见面的事。

格热妈很细心，前一天夜里，她就叫妙音烧了盆水，洗了身子和头发。早上临行前，她又叮嘱妙音穿了新衣服——那是过年时她买给妙音的——挂上了龙多格热外出时买给她的银首饰，打扮了一番。她可不想叫对方说她家虐待妙音。按规矩，你可以复仇杀人，但不能虐待人质，这跟后来的不能虐待俘虏是一样的道理。龙多格热买给妙音的首饰很值钱，就算不提那些分量很重的银子，单说上面嵌的绿松石，就价值不菲。见到它，妙音家里人定然会心安许多。

妙音虽然希望家人接她回去——毕竟，她想当个自由人——但她最想做的，还是叫妈心安。妈有胃疼的毛病，一生气，或是一担心，就会捂住心口，皱着眉头吐酸水。妙音不想叫妈难受。所以，她着意地打扮着自己。不过，平日里，她也很留意自己的形象，因为她不想叫人说她是个邋遢女子，而给自己家里丢脸。所以，在自由和条件许可的前提下，她总会尽量让自己光鲜一些。比如，村里女子一般不常洗衣，她却常洗。她学会了用羊油和碱草来做肥皂，要是发现衣服不干净了，她就去羌河边洗洗。所以，她的衣服虽然不是最鲜亮的，但肯定是最干净的。

她到了龙多格热家之后，这个家最大的变化，就是比以前整洁了很多。以前，家里的东西，总是东一件西一件的，屋子显得非常乱，她一来，就进行了归类整理。她先整理格热妈住的屋子，经过半天努力，那屋子就换样子了。她还剪了些动物图案——她是用一种油光纸剪的——贴在墙上。经过她的"改造"，屋子就一下子光亮了。格热妈很喜欢妙音收拾屋子，但这份喜欢，不只是因为屋子会焕然一新，也是因为，这说明，妙音把这儿当成了自己的家，这样，她就不会动逃跑的心思了。事实上，妙音也从没动过逃跑的心思，因为跑得了和尚跑不了庙。她宁愿用自己的自由，来换取爹妈哥哥们的平安。要是她真的逃了，性质就不一样了。有时候，人质也是一种让双方安静下来的理由。至少，六年来是这样的。要是她在六年中逃走了，或是有过逃的尝试，许多事会如何发展，就不好说了，会有无数的可能性。可以料想的是，每一种可能性中，都会有血腥。

妙音打扮完毕，走出屋子时，全家人都不由得睁大了眼：这丫头竟如此美丽。阿机笑着打趣了几句，说她是阳寨最漂亮的妹子。

阿斌说不但是阳寨，全羌村也没这么漂亮的。他们一夸，妙音脸就红了。她爱脸红，又很敏感，别人说话时，她会认真看着对方，大大的眼睛里汪着一泓水，然后低头一笑，浓密的长睫毛下，会流出一种会心的意味。

畅佬也觉得这丫头越变越好看了，但他不想在丫头打扮的事儿上打趣费口舌，就只说，也好，别叫人家觉得我们委屈了你。他不喜欢多说话，每说一句，就是一句。虽然话不多，但他心里有数。在五个长老中，畅佬最显得深沉成熟。阿尼说，畅佬有点像中国历史上那个叫王猛的人，虽然没多少文化，但很有见识。翟爷最看重畅佬，有啥事，总爱跟他商量。

畅佬发现，阿机和阿斌都待妙音很好，兄弟俩在暗暗地较劲。他隐隐觉出了一丝不安。他想，这可不是好事。因为村里头出的各种麻烦，大多由女人引起。好些动刀子的事，也跟女人有关。要是兄弟俩为这事儿较劲，那就有好戏看了。不过，事儿没完全露出水面，他也不好说啥。

他想，女人真是祸水。

出发前，畅佬一再叮嘱：这次，是去谈事儿，不是去打冤家，不能说脏话，不能骂人，有事说事，不提不开心的事。最后，他强调一句：不带刀子。又说，这是对方提出来的，约时间的时候已经说好了，谁都不带刀子和其他凶器。

龙多格热把一只头天夜里就宰好的羊驮在马上，还驮了一些用物。因为常去外面"浪"，好些东西是现成的，比如帐篷呀，锅碗呀，等等，几人分驮了就是。妙音还带了青稞酒，她选了几个月前酿好的那一种——格热妈会每两个月酿一次酒，分放在坛子里。有时候，家里来的人一多，酒也就不够喝了。

看到妙音打扮得很漂亮，龙多格热的心情很复杂，一方面他希望她这样，他不想叫别人认为自己家对人质不好——因为这涉及自己家族的品德名誉——另一方面，他又觉得妙音不该这样。刹那间，一个念头，冒上心来：丫头天生是外家狗，是喂不熟的狼。他想，她定然急着想回家，无论对她多好，她都是外心。这一想，他的心情就变糟了，显得闷闷不乐。畅佬看他脸色不好，怕他闹事，就安慰了几句。

虽然畅佬不叫龙多格热带刀子，但龙多格热还是带了，因为吃肉时需要刀子。他们另外还带了一只活羊,也驮在马上,到了地方再宰。

8. 咳嗽的阿生

龙多格热一行到华岗山神那儿时,对方早就到了,他们扎了帐篷,支了锅,正热气熏天呢。龙多格热们还没到近前,一股羊肉味就飘了过来。

华岗山神是羌村最大的山神,坐落在一个山口里。那儿有很多木头,有很多经幡,有很多路马,有很多属于山神的气象。时不时地,就会有人来这儿放路马。每年,四十八个寨子的人,都来这儿祭山神。那是非常盛大的场面,是羌村最大的节日。

龙多格热选了一处相对平缓的地方,开始扎帐篷,挖灶坑。他们用铁锹挖个坑,支三块石头,安了锅,开始宰羊。他们专门选了一只羯羊,年岁不大,肉还嫩着,膘又肥。龙多格热念念供山神的经,往羊耳朵里倒了一点儿酒,待得那羊一哆嗦,就等于山神领牲了——意思是山神接受了供物——就可以宰了。这是他向一位木匠学的。那人在延寿寺做木工。他说,进行祭祀时,就是这样做的。

没想到,龙多格热往羊耳朵里倒酒时,羊却抡头甩耳,不让他倒,好些酒就洒了。好不容易把酒倒进了羊耳朵,羊却又不哆嗦。龙多格热只好一次次倒。畅佬嫌他浪费了酒,才说呢,羊却忽然哆嗦了。龙多格热笑了,说,瞧,山神爷领牲了。羊一下子蔫了似的,好像是没魂了。

龙多格热想,也许,是那酒的作用吧,灌多了,就晕乎了。他在羊脖子上抹了一刀,血都接在瓷盆里了。

妙音一直望着她的家人所在的方向,眼里蓄满了泪,时不时抹一下。开始,她还掩饰着,渐渐地,泪水泉一样涌了,擦也擦不及。只听得一个老女人在那边喊:"妙音!妙音!"那女人也带了哭音。

阿机和阿斌仇恨地瞪着不远处的那些人,那些人正忙碌着,不知道在做啥。对方的人数跟自己这边差不多,六年前的那场大战时,他们的岁数还小,对方却都是壮汉,所以,他们吃了亏,现在,他们长大了。

阿机朝老女人的方向吼了一声:叫什么叫!他恨那老女人叫妙音的名字。

老女人却不管不顾，仍在喊个不停。阿斌张张口，刚要说啥，却听得妈也哭了。妈看到了老三阿生。

畅佬过去了，去跟对方的长老商谈。时间不长，他又过来了，说，叫丫头过去吧，两家同时放人，各回各家，吃个饭，再送回来。

阿斌问，要是他们不送回来咋办？不会！畅佬干脆地说。那边，也有主事的人。

这一说，阿斌不说啥了。

畅佬喊一声，放人了！准备好，我喊一二三，就一齐放！说完，他喊了一二三。那边的阿生向这边走来，他才走了几步，妈已经哭着迎上去了。

妙音却没动，她泪流满面地站在原地。那边有人喊了，丫头，你赶紧过来！见妙音没动，一人追了来，挡在阿生面前。阿生就站住了。妈却已跑到跟前。阿生很瘦，脸上有一种病态的黄。在兄弟几人中，老三阿生最清秀，身子骨也最弱，看到妈到了跟前，他的脸上泛出一片潮红。

妈！他叫。妈哭着扑了上去，抱住了阿生，大哭。两家隔得并不远，能清晰地听到对方的说话声。

阿机偷偷抽出刀，对龙多格热说，我们一窝蜂扑了去，宰了他们。

龙多格热只是冷冷地望弟弟一眼，冷笑一声，没说啥，但阿机还是蔫了。

阿斌说，这号话，亏你说得出来。你以为人家没刀子呀？男人，说话要算数。

畅佬说，这不是说话算不算数的事，这次见面是两个寨子的总管说合的，要是你胡来，人家一村人都会来找你的。到时，烧了你房子，白烧。路不平，众人铲哩。你理上先不能亏。

他转身对妙音说，丫头，快过去呀！吃完饭，还会回来的。妙音却还是不动，一个劲地抹泪。阿生也在那儿站着，由妈抱了他大哭。

妙音妈也跑了过来，刚抱住妙音，就哭出声了。妙音的哭声也很大。过去的六年里，她从来没发出过这么大的声音。阿斌不高兴了，低声道，哭啥？好像我家欺负了她似的。阿机说，人家想哭，你还不叫人家哭？

阿斌说，我没说不叫她哭，我说的是，她这一哭，好像我们欺负了她。

阿机说，你欺负没欺负，心里知道。阿斌脸红了，刚要说啥，龙多格热喝道，夹嘴！阿机和阿斌互相望一眼，鼓鼓嘴，没话了。

妙音妈拉着女儿过去了。阿生也就过来了。他没有哭，脸上有一种木木的表情，一点儿也看不出他为见到亲人而高兴。他只是轻声咳嗽着。随着咳嗽声，脸上又泛出一晕潮红。

阿生的身子明显很弱，但不像是受虐待的样子。龙多格热问，他们欺负你不？阿生摇摇头，只是咳嗽。妈捉了他的手，问他是不是病了，阿生又摇摇头。

阿机急了，说，三哥，你哑了？问你啥，你说就是了。你这样，人家急死了。

阿斌却对阿机说，你急啥，叫三哥缓一缓再说。他递过一碗茶来，茶水上漂了黄黄的一层酥油。

格热爹仍在剥羊皮，仿佛儿子的来，跟他没啥关系似的。张香子本来在帮爹，见三弟来了，就走上前来，仔细地打量。她对阿生说，你瘦多了，以前，体子虽然没到獾猪那样，也没见这么单薄，现在真成猴儿了。没病吧？阿生边咳嗽，边摇头。

畅佬到了对方那边，跟对方商量着啥事。龙多格热则帮助父亲，将那剥好的羊，分解成一团团的骨肉，下进锅里。水是尕女和阿柱刚从不远处提来的，是上好的泉水。肉下到锅里后，一家人又围了阿生，问些他们想问的话。

畅佬过来了。他说，那边说了，他们愿意一锤打个肚儿里疼，赔二百头牦牛，比本来的命价多四十头。我觉得可以了，这事儿，也不能就这样悬着。

格热爹声音很大地说，不要，别说二百头，两千头也不行。

张香子也说，这不是钱的事。多少钱，也买不来命。要是我们这次接受了，人家以后还会随便杀人。阳寨人的日子，就不好过了。畅佬说，你们说的，也不是没有道理。但理归理，事归事，遇了事，总得解决。已经六年了，他们没过一天安生日子，老是东躲西藏的。将心比心，那日子也真不好过。

格热妈哭道，他们的日子不好过，难道老娘的好过？我没有一天不想二娃子。梦里他总是哭，总是哭，他连个媳妇也没娶，就死了。

阿斌说，就是。不提二哥，我还没啥，一提，就想提把刀子杀了他们。霸我们的草场，还杀我们的人。明明是我们的草场，叫你放了几年，就成你们的了？你说是你们的，那你现在放来呀，咋连个鬼影也找不到了？

阿机说，我们先不提草场的事，我们只管杀人的事。你杀了我们的人，我们也要杀你们的人。

阿斌说，咋能不管草场的事？人是我们自己的，他们赖不掉，实在不行了我们就忍一忍，问他要个命价，这事儿也能了结。可那草场，要是不弄清主儿，以后还会出事的。

屁。龙多格热瞪一眼阿斌，说，你以后要是再提要命价，我可要扇你耳光哩。我们不要命价，我们不缺吃不缺穿，我们啥都不要。我们就要他们的命。

龙多格热又对阿生说，你也不要有啥幻想，你要做好准备，我们是坚决不要命价的。我们也不换人质。我们弟兄多，有你一个不多，没你一个不少，可他们，只有一个丫头。他们想换，我们偏偏不换。你做好你的打算，要么老死在他们家，要么是仇人死了，你回来。要是我们杀了他们家的人，他们不愿叫你回来，要把你折磨死，我们也认了。你要是死了，我叫阿卡们给你念大经。

他话音刚落，阿生一下子涌出了泪。那泪涌泉似的，他一把一把地擦，呜呜地哭出了声。

畅佬瞪龙多格热一眼，说，你咋能这样说话？阿生，你不要哭，他说是那么说，你还是他们的好兄弟。我们会想法子救你的。没事不找事，有事不怕事。事情出了，总得解决。

这时，格热爹说话了，他的声音闷闷的，听不出任何情绪，像木然滚过的雷……不能给娃子幻想，龙多格热说话难听，但也是实话。我们不缺人，我们得争口气，我们没打算要娃子，他家的丫头也别想换走。我们不要牦牛，我们只要人，他杀了我们几个，我们就杀他们几个。别的话，我也不想说。

这一说，大家不再说话了。那边却传出了哭声。这时他们才发现，那边的人也在听着。显然，他们听到了这些话。

格热爹就大声对阿生说，你放心，你要是叫他们折磨死了，我们给你念大经。

对面陡然传来妙音妈更响的哭声。

畅佬对格热爹说，你还是多想想，人家也心诚。其实，这只是气头上的事，血一冲上头，事就做下了。一做下，后悔也来不及了。人家既然诚心想赔，我们也可以提个价码。要不，二百四十头如何？

格热爹说，我说过，这不是钱财的事。杀人偿命，是天经地义的。我不要牦牛。我只要他遭现世报。那时，我的娃儿们还小，现在娃儿们都大了。只要是我做下的儿子，就得听我的话。他又对阿斌说，你以后少放屁，我知道你狗肚子里有几两酥油。

阿斌咕哝道，冤家宜解不宜结，冤冤相报何时了。他们杀人不好，难道我们杀人就好了？经上咋说的？

格热爹说，我不管啥经不经的，我只认一个理。他杀人时，咋没想到有人报仇？

阿斌还想说啥，阿机扯扯他衣袖，说，你不用再说了。我也想报仇的。不说别的，不报仇，我在村里连头都抬不起来。

阿斌这才不说啥了。

9. 调解

畅佬拉了龙多格热的手，叫他跟上自己，去和对方谈一谈。龙多格热不想去。他知道，爹真是铁了心的，再说，他自己也是铁了心的。仇是必须要报的，不报仇，他也真的抬不起头来。而且，他认可张香子说的那些话，要是这事处理不好，以后阳寨的好些事就不好办了——他发现，阴寨人开始起坏心了，近年来，真的是步步进逼了。

畅佬说，不管你愿不愿意，都跟我去一下，话说到明处，我也好给总管个交代。再说，今天两家毕竟见面了，白话也罢，黑话也罢，总得叫人家见个话。

龙多格热说也好。

两个人到了对方那儿。龙多格热看到，对方的羊肉开锅了，几人正在吃肉。说好不带刀子的，但他们也带了刀子，当然都是吃羊肉常用的那种。阴寨人跟阳寨人一样，吃羊肉时，肉上还淋漓着血水，这时肉还不烂，需要用刀子割削。

龙多格热不想过来的原因，是怕自己控制不了情绪，没想到，见了对方的那几个男人，他并不激动，只是觉得厌恶，那厌恶里并没有仇恨，甚至没有愤怒。不过，虽然他没仇恨，但并不意味着他不想复仇。在他眼中，有仇不报，就不是男人了。当然，不仅仅他是这样，全羌村的男人都会这样想。

前两次打架，他没有参加。后来，他寻过几次仇，也没找到对方放牧的地

103

方。所以，他连仇人长啥样，都不知道。趁着这次见面，他认真地观察了那几个男人，他发现，看上去，对方也没多恶，跟村里的一般男人差不多。他又想，他也在战场上杀过几个人，那些人的亲人看他，不知道是不是这种感觉。但这样一想，他就有些恍惚了，复仇的心，似乎也变淡了，于是他一凝神，掐断了念头，继续看眼前的人。

他发现，复仇是需要理由的，当他坚信这个理由时，他就会义无反顾地去复仇，甚至为之搭上性命。但是，他的想法一变，那复仇的念想就会变得轻飘飘的，甚至有些荒唐和无聊。可他不愿这样。二十多年来，他受到的教育一直在告诉他，男人要有血性，要维护家族的尊严。一直以来，这都是他很多行为的支点。假如这个支点崩塌了，或者他开始怀疑——毕竟，他每天修行，每天的坐禅，总会淡化一些坚硬的情绪，让他觉出眼前一切的虚幻。那虚幻感一来，他的心就不再冷了，也不再硬了。他就会觉得，好些事，其实不用这样。可每当这时，爹那木木的脸，就会浮现在他眼前。他心中的虚幻感就散了，一切又变得实实在在。想起张香子的话，他还会脸红，觉得自己连个女人都不如哩。

当然，这些，他都不会表现在面上。他的脸一直是冷冷的，看不出什么情绪，但对方看了他，总会不由自主地感到害怕。因为，对方在这张脸上，看到了一种不容商量的坚定和强大。

妙音正跟妈说话，一见龙多格热，她站了起来，脸上有了一种掩饰不住的笑。因为喜悦，她没有注意到龙多格热的表情。不过，龙多格热的表情一直就这样，她早就习惯了。这会儿，她已经不哭了，她完全沉浸在重逢的幸福感里。见到龙多格热，她啥话都没说，只从锅里捞出了肉，放在两个客人——这时候，他们是客人，不是仇人——面前。

畅佬向龙多格热介绍妙音的亲人：爹、妈、哥哥、嫂子等。龙多格热听得很认真，也看得很认真。除了从几个哥哥眼中，他还能看到对他的敌意或防备外，其他人望他时，都有一种讨好的笑。这让龙多格热很不舒服，他吃软不吃硬，最见不得人服软。于是，他提醒自己，别被这气氛融化了。他提醒自己的方式，就是想那死去的二弟和外甥，这一想，心就立马硬了。

对方也有个调解人，说了一番跟畅佬相似的话。末了，他说，只要龙多格热能接受赔命价，可以开个价。

龙多格热说，这不可能，你们别抱幻想了，我们肯定是要拿命抵命的。我们不要命价。听了这话，妙音的脸一下子红了。她低下头，仿佛做了啥不好的事。

看到妙音的表情，龙多格热的心软了。要是没有爹，没有其他原因，他也许会答应对方。不为别人，只为了叫妙音开心些——这念头非常强烈——但此刻，他要压下这个念头，他还是要明确告诉对方，让对方不要再有幻想。因为，他是代表自己的家族来的。

听了这话，一个汉子站起来说，你唬谁？谁杀谁还不一定呢！这是个很胖的汉子。妈的声音忽然传来——格热，你的外甥，就是这个偏胡子杀的！

妈的声音里带着悲愤，龙多格热一听这声音，一下子怒了，他猛地站起身来，带翻了妙音端来的羊肉。他很想扑过去，扭断那人的脖子。他发现，那人脸上，长了一块黑色胎记，上面长满了毛，难怪妈叫他偏胡子。

妙音抬起头，望着龙多格热，她的眼中有泪，更有一种乞求的神色，仿佛在说，你忍忍吧，为了我，你忍忍吧。龙多格热心里一痛，愤怒淡了一些，但想起妈的声音，想起外甥，他的怒火一下子又烧了起来。

忽听得对方的调解人呵斥偏胡子：你坐下！我是咋安顿你的？

畅佬也按按龙多格热的肩，龙多格热犹豫了一下，但还是坐下了。

妙音走过来，捡起那只掉在地上的碗，倒掉里面剩下的肉，又捞了一碗新的，放在龙多格热面前。

畅佬说，吃肉，先吃肉。有没有酒？

妙音妈取过一个酒囊，在两个小碗里倒了酒，畅佬接过，一饮而尽。

龙多格热却不喝，他冷冷地望着偏胡子，咬了牙，一字一字地说，我一定会杀了你！记住，我一定会杀了你！

偏胡子冷笑道，谁杀谁，还不一定呢。

龙多格热大声对妙音一家说，你们也别抱幻想了，我们不要命价，给座金山也不要。我们只要你们偿命！杀人偿命，是天经地义的！

对方的调解人长叹一口气问，那么，我们换回人质如何？你的弟弟回去，他的妹妹回来？

龙多格热恶声恶气地说，不行！我们弟兄多，多一个少一个，无所谓！你们可只有一个女儿！虽然他知道这话会伤害妙音，但心中的那口恶气，还是让

105

他不顾一切了。

妙音望了望龙多格热，说，原来，你是这样想的。她泪流满面，却没有发出哭声。

妙音妈安慰她说，丫头，不要哭。我们会想办法，会想办法。

龙多格热说完狠话后，就后悔了。他一向不说这类话的，但那偏胡子实在太可恶。他想，那人一定是自己的前世冤家，一见面，他就觉得不舒服。对方身上，明显有一种自己不喜欢的东西。

偏胡子身边那两个汉子本来没有明显的敌意，这时，也像是滚沸的汤里冒出热气一般，一下泛出了浑身的敌意，表情也变得很恶了。龙多格热知道自己激怒了他们。他想，他们应该是妙音的哥哥——后来，畅佬告诉他，这是妙音的大哥和三哥，偏胡子是二哥——定然是他们跟偏胡子合力，杀了二弟和外甥的。于是，他冷冷地望着他们，他想记住他们的模样，以后好报仇。

妙音还在哭着，龙多格热有些难受。话说到这里，该说的都说了，不该说的也说了。龙多格热就对畅佬说，我回去了。

畅佬说，你不喝点儿酒了？不喝了。龙多格热觉得胸口很憋。

10. 还是要报仇

回到自家帐篷旁，妙音的哭声仍在龙多格热的耳旁响。他觉得很难受。不过，虽然那话难听，其实也是实情。除了怕没了桎梏妙音家会逃得很远，将来很难找到之外，他们一直不愿换回人质，最初的主要原因，就是他说的那一点。按说，一个壮男人比一个小女孩能干——无论在牧场还是在地里——但龙多格热一家人都觉得，把妙音当人质，对仇家来说，确实是一个更重的惩罚。事实上，也是这样。刚才，妙音哭的时候，她的那几位哥哥都低了头——几个大男人保护不了一个弱女子，实在是一件丢脸的事。正是这一点，才让惩罚有了力度，让龙多格热心里很解气。

自家锅里的肉也好了，能吃了。他们平时吃菜少，只能在肉里补充维生素啥的，这样，肉就不能煮得太烂，否则肉里的一些营养就会被破坏掉。龙多格热觉得自己正生气，就不想吃肉了。据说，吃了肉是不能生气的，不然会得恶病，他就只是沏了茶喝。

格热妈说，那个偏胡子，坏极了，挑事的是他，打死人的也是他。她问过妙音，那个老大叫大猛，人不坏，每次都想压事。那老三叫三转子，人很聪明，却是跟风草，没主见。最坏的，是老二偏胡子的女人，就是那个短脖子婆娘。那婆娘，两次打架，都最凶。第一次，是她先揪了老二的头发，他男人就趁机一刀，捅进了老二肚子里。第二次，又是她将半锅热奶子泼过来，泼到龙多格热外甥的脸上，然后他们上来一顿乱刀，就砍死了娃子。其中，下手最凶的，还是那个偏胡子，他的刀子总是往人的头上抡。

这话，龙多格热听多次了，但这一次，才跟具体的人对上号了。那积蓄了多年的仇恨，也就有了聚焦的实处。他说，别的人，我们就不追究了。我们要杀，就杀那个偏胡子。谁欠的债，叫谁还。

阿机说，就是，我也这样想。

阿斌说，想是这样想，做也可以这样做，不过，我们不要说。我们不说，他们谁都会害怕。一把剑在头上悬着哩，那日子可不好过。我们一说，嘿，他们就不怕了——除了那老二。我们只说，我们逮着谁，谁倒霉。——要知道，那等死的味道，比死更可怕。

阿机说，以后，我们就重点打听老二一家的牧场，那老大大猛，我觉得真的不坏。上两次打死人后，他第一个哭了。那样子，比我们还悲伤，他其实也是个好人。

阿斌说，他那是害怕。你以为他是哭你家的人？

阿柱一直在入柴火，他啥话都没说。他只有十三岁。他一直在望那边的人。兄弟几人中，其他人的个性和想法都一目了然，就阿柱，话不多，大家都不知道他在想些啥。

孕女在熬茶，每次有这种活动，都是她跟张香子一起忙活。一般情况下，张香子话不多，除非你问她。但是，只要她一说话，就有吐口唾沫变成钉的感觉。

肉从锅里捞出了，虽然很烫，大家还是一块块捞了，边吸溜儿边吃，只龙多格热没有胃口。只要心情不好，他就不吃肉，这是他的习惯。他发现，今天的事，并没影响弟兄们的情绪，他们不但没有心情沉重，反倒有一种兴奋感，仿佛这类报仇厮杀的事，才让他们感兴趣。甚至也包括那刚说完"冤冤相报何

107

时了"的阿斌。在羌村人的血管中，流淌着崇尚英雄的血液，很多故事里，讲的都是打仗，或是打冤家，或是决斗。这种故事听多了，心里就会多了血腥气。

　　龙多格热的血管里虽然也流着这类血，但他还是觉出了另一种东西。他不知道，这是因为他经的事儿多了，还是因为修行。他也忘不了妙音的眼神——那个水一样淡的女子，眼神里却充满了那么浓、那么重的痛苦。那种痛苦里没有怒，更没有恨，只有一种深深的无奈，仿佛她很想呐喊，很想呼救，很想摆脱眼前这现实，但她却无能为力。于是，她就只能流泪了。

　　她望龙多格热的时候，眼神里还有更复杂的东西——她在求救，却也在求饶，她大概已经分不清龙多格热在她心中的角色了。她知道，这个汉子会给她带来痛苦，因为他会给她的家人带来死亡，但他又时常给她一种能够依靠的感觉。她的心揪在了一起，除了哭，她不知道自己还能做什么。

　　龙多格热一边喝茶，一边想那眼神。心里的仇恨淡了一些，悲伤却越来越浓。他索性不去看妙音的方向，但他的心还是在看。他知道，那个女子还在流泪，她的哭声也响在他的心里，和二弟、外甥恐惧的叫喊交糅在一起，已经分不开了。为了发泄这种没有出口的情绪，他狠狠地把一口茶吐在地上。他看到阿柱望了他一眼，那清澈的眼神里好像有一种东西，他甚至有一种错觉，觉得阿柱也许能读懂他的心——但阿柱只有十三岁，他能理解这会儿到底在发生什么吗？那老四、老五虽然已经成人，却好像总是少了根筋。……瞧，刚才还在劝爹算了，说我们杀生也有罪的阿斌，此时却眉飞色舞地说着如何复仇，如何给仇人带去最大的痛苦。……人心，让龙多格热觉得有些可怕。……但他知道，弟弟是他的镜子，也许在某个瞬间，他也是这样。就像刚才……想起刚才自己说的那句话，他的心又疼了。他想起妙音温柔的笑容，想起妙音对他说，你要是死了，我也去死就是了，忽然觉得自己不是个东西。他不知道自己怎么能说出这种话来，却知道，这是自己的真心话，他真的觉得妙音做人质，能给她的家人带来更大的伤害。……但是，他想留住妙音，并不仅仅是这个原因。

　　随它吧，就算不该说，也已经说出口了。他摇了摇手里的茶碗。茶水在碗里荡漾着，水面反射着阳光，一下下闪着。他有些恍惚了，觉得一切好像都是梦。

　　妈的心情也不好，她也没吃肉，只是拌了炒面，胡乱吃了几口。她定然又想到死去的两人了。一家人中，最难受的，其实是妈。其他人，虽也难受，但在那难受背后，却又有另一种说不清的东西——龙多格热发现了一个奇怪的现象：以前，家是平安的，但也是相对死寂的，生活平淡得像白开水，有点没滋没味的。自打那两次血腥事件后，家里就多了一种新东西，弟弟们都从昏昏欲睡中醒来了，家人间的凝聚力也更强了，妈的身边更是多了个知冷知热的妙音。所以，二弟和外甥的死，看起来虽是悲剧，但客观上也成了一种调料，让生活多了些味道。而且，不但他们家这样，整个阳寨都是这样。村里多了的那些事，既给村里人带来了痛苦和麻烦，却也让大家的生活多了一种色彩，寨子也更有凝聚力了。

畅佬过来了，他的脸红成了猪肝。每次喝酒，他都这样。他有些不太高兴。显然，这次会面，没达到他预期的目的，他不好向总管交代。这事，一直是总管的心病，总管总怕它会变成导火索和雷管，引爆两个寨子间积蓄已久的炸药。许多时候，小事处理不好，就可能会引出可怕的大事。过去，就是因为小事没处理好，阳寨跟一些大的寨子发生过战事，每一次都会死好些人。这些往事，都是翟总管的心病，他总怕这类故事会重演。所以，早些时，温布不让他们跟阴寨打仗时，他心里虽有不快，但实际上松了口气，他也觉得自己太冲动了，作为寨子的总管，他连一句不中听的话也容不下，差点儿犯了大错，他非常懊悔。但迫于总管的尊严，他又不能表露出来，刚好龙多格热得罪了温布，温布把打仗的提议给否了，他也就顺坡下驴，把这事给按了下来。但他也知道，就算龙多格热以个人名义去报复，阴寨人也会把账算到阳寨头上。在他们眼里，每一个阳寨人，都是阳寨的化身。就像在阳寨人眼里，每一个阴寨人，都是阴寨的化身一样。他们总会说，阴寨人如何如何，反过来，阴寨人也一样。所以，兰猞猁那事儿，看似完了，其实没完。这会儿，龙多格热的家事，看来也按不住了，不知啥时，这颗沉睡了六年的炸弹，就会"砰"一声爆炸。也不知道，那爆炸的威力，到底会殃及多大的地方，会不会引起蝴蝶效应，最终闹得不可收拾。现在，那苗头，已经出现了，畅佬和翟总管都知道，两个寨子再也回不到以前了。可即便知道，翟总管也想尽力挽回一下，于是才派来了畅佬。可惜，他期待的意外并没有出现，事情还是朝不好的——却也是他意料之中的——方向发展了。

龙多格热虽认可翟总管的看法，但也明白，阴寨人翻脸，是迟早的事。明摆的，那草场，是看得见摸得着的利益，影响着他们当下的喉咙，也影响着子孙的未来。所以，无论龙多格热如何处理自家的仇杀，阴寨人都会翻脸的。他们一直在找借口翻脸，那一次次的小事，其实是阴寨集体情绪的一次次暴露。人家早就不满足于"借"草场了，人家要的是"占"。有些东西，他们借呀借呀，借到一定时候，就不想再还了。

人心都这样。

对这号事，有效的办法有两个，一是索性给阴寨一些草场，叫人家也能活下去——这法子，只有龙多格热这样有见识的人，才会想得到。毕竟，他去过很多地方，其中的好些地方，当地民族跟外来民族总能相安无事，就是因为互相忍让，互相妥协，达到共存共赢。因为，谁都想活下去，你叫人家活了，人家才会让你活；你要是扎人家的喉咙，人家当然要动刀子。

不过，这种想法，龙多格热一直不敢说出来。因为，他要是说出这号话，就成全村人的仇人了。——"你竟然想将草场送给人家？你这个内奸！"呵呵，定然会有人这样骂他。

那么，就只有用另外一个办法了，那就是：严格按老祖宗的做法来执行，做到寸土不让，神圣领土不可侵犯——别人一有侵略行为，就全村出动，抗击外敌，保家卫草场。这也不是不行。世界上很多战争，就是这样发生的。

现在这样，你既不肯给人家一些草场，又总是借，借到最后，人家不但连该给的酥油都不给你——就是说，人家连你的主权都不承认了——还打死了你的人，你要是再怕事，日子就没法过了。

龙多格热曾把这想法告诉过翟爷。翟爷却说，阳寨草场多，闲着也是闲着，叫人家吃一些，只要别太过分就行。龙多格热说，都打死两个人了，还要咋过分？翟爷说，祖宗的规矩是，自家能处理的事，自家处理。你们要是处理不了，那就村上处理。村上处理的话，就是叫对方赔命价。人家事已经做下了，不大事化小，小事化了，难道还想发动战争不成？

翟爷说的，当然有道理。既然做了总管，他就只能当压菜缸的石头，不能当祸事的老屄。要是挑事的话，一辈子也了不了。再说了，人不过几十年个物件，大家忍一忍，一辈子很快就过去了。龙多格热也理解这一点，就不跟他争辩了。总之，你有你的道理，咱有咱的做法。既然你做那压菜缸的石头，咱就自家解决，总不信，咱龙多格热，连个偏胡子都对付不了。只是，你既然叫咱自家解决,就不要再说那号没骨头的话。

妈见畅佬过来,就给畅佬递过一块羊肉,畅佬接了,却只放在盘里。他问格热爹,那事,果真再没别的法子了?格热爹说,你就不用再费心了,我是吃了秤砣铁了心的。你是来尽心的,尽到心,你就去交差事,不要再管这事会咋发展。这世上,有些事能忍,有些事不能忍;有些事能含糊,有些事含糊不得。我家的这事,就不能忍,也含糊不得。我也知道杀人不好,我也知道人家赔些命价,我们就能吃好些,穿好些,可那样,我就对不起死去的两个娃子,我就觉得自己在吃他们的肉,在喝他们的血。……你知道不?那两个娃子死前,最后的话,就是叫我们报仇,我是答应过他们的。我不能自己吃自己拉下的屎。我得说话算话。为了那点儿钱,骗自家的娃儿,让他们死不瞑目,这号事我做不出来。

畅佬听了,说,话说到这儿,也没啥好说了,那今天的事,就到此为止。你们也别说啥不好的话了,好不容易见到阿生,弟兄们好好乐呵一下。

从过来到现在,阿生一直闷闷不乐。看得出,来之前,他还是有幻想的——他以为会交换人质呢——听了那一大堆话后,他的幻想破灭了,他的脸就灰了——虽然每次猛烈咳嗽时,脸上也会泛起一阵潮红,但那潮红一过,脸就又成死灰了。

畅佬对他说,这事儿,虽然对你不公平,但你还是要理解爹。

阿生说,不说这话了。我就这么个命。本来,我还想死在家里呢,看来,这辈子,尸身子难进家门了。

妈一听,扔下正在啃的骨头,急急地说,你可不要寻无常,他们说这话,只是说说而已,没人把你扔别人家不管的。

阿生惨然笑道,妈,你别安慰我,我知道我的命。妈问,你是不是得啥病了?阿生摇摇头,却没说啥。

格热爹说,娃子,你得病也罢,没得病也罢,这事,我们只能这样了。你大哥的话虽难听,但事实就是这样。多一个人,少一个人,对于我们家来说,没啥,也就是心痛些,但要是有仇不报,我们就牲口不如了。别人接受命价,我们管不着,我们不接受。接受了那钱,我也没法子花。我买酒喝,等于喝娃子的血;买肉吃,等于吃娃子的肉。这号事,我干不出来。我也不能换人质,因为要是没了那丫头,她的家人就会像放飞的鹞子,这天大地大的,我到哪儿去找他们？有了丫头这根线，他们想飞，也飞不太远。他们不过只是东躲躲，西藏藏，除非藏到旱獭洞里，否则我们一定能把他们找出来——便是他们藏到旱獭洞里，我们也能挖出来。所以，你吃了这些苦，家里需要你这样。再说，以后，你也要多个心眼，有机会了，也传个信儿啥的。

阿生摇摇头说，爹，你们叫我忍了，我就忍下去，大不了死在人家门上。但传信这事，我做不了，一来没机会，二来我不想做。人家待我很好，给我吃，给我喝，还去山上给我挖草药治病。我就算帮不了人家，也不能害人家。你就当没养我这个儿子好了。我不干那号没良心的事。

他这一说，爹变脸了，爹瞪一眼阿生，想说啥，可还是将那话咽下肚了。

龙多格热望阿生一眼，忽然对他刮目相看了。以前，阿生话不多，总显得很弱，在弟兄们眼中，真的是有他不多，没他不少。但这话一说，他立马就显得高大了很多。龙多格热觉得，过去真有些对不起阿生了，他设身处地地想想，自己要是落到阿生这一步，不一定能做得比他好。

阿生将妈放在他面前的那碗酒喝了，站起来，给爹磕个头，给妈磕个头，向弟兄们合合掌，啥话都没说，就向对方的帐篷走去。

过了一会儿，妙音也过来了。

第四章 女儿心

1. 雪山上的偎依

我没有直接观察龙多格热是如何死的,而是从他的生活入手,对他的宿命展开调查,这是因为,看一个人,不能只看一两件事,要看他的生活常态。君子有君子的生活常态,小人有小人的生活常态,神有神的生活常态,魔有魔的生活常态。

开始时,我对龙多格热的观察很吃力,我看到的,只是一个影子,渐渐地,随着我们的相应,他在我眼前,就纤毫毕现了。我清晰地看到了他生前的样子——而不是像扎西那样,看到他生前观修的本尊的样子——他四方脸,个子高,体毛重,体味大,眉毛浓,眼窝深,鼻梁高,毛发卷曲,肩膀很宽,身板很厚。那棱角分明的轮廓,有点古罗马角斗士的味道。

后来,我认识了巴黎第三大学的一位人种学家,他听了我对龙多格热的描述,就说,这不是羌人后裔,这是典型的欧罗巴人种。他问我,历史上那个神秘消失的古罗马兵团,是不是真到中国西部了?我说,不好说,那时节,人口流动性大,你今天到这儿,我明天到那儿,都有可能的。

就这样,龙多格热在我的世界里彻底活过来了,或者说,我进入了他的世界。说真的,那时我发现,他正像一些人告诉我的那样,既不是神,也不是魔,只是一个活生生有血有肉的男人。而他的故事,也渐渐打动了我。

那时节，这个男人打动的，还有一颗少女心。你知道，我说的是妙音。我对她的观察，还在继续着。

自从上次两家会面后，妙音沉默了很多。她只是默默地做事，不再说话，也不看任何人，一副逆来顺受的模样。龙多格热知道她的心结在哪里，但也不好劝她。

阿斌给她的大灵芝，她放到格热爹房里的那坛青稞酒里去了。她知道，每天早上，格热爹都会喝上一点儿青稞酒，这是格热爹几十年来的习惯。灵芝放在酒里，那青稞酒就成了药酒，可以滋补身体。虽然格热爹只把她当成伤害和桎梏她家人的工具——事实不完全是这样，但自从龙多格热说了那话，她就禁不住这样想了——但她还是希望格热爹健康、长寿。阿机给她的那个红嘴鸦儿，也叫她放了。那鸦儿嘎嘎几声，就远去了，它自由了。妙音看着远去的它，心里好羡慕啊，她想，鸦儿啊，你想到哪儿去，就可以到哪儿去了，也许，你还能找到你的家人呢，可我，却注定了一辈子被关在这里。她一想到这儿，就流泪了。

她的心里很矛盾，她想自由，但她又怕自由，因为她自由了，就说明她有家人被杀。她不知道会是哪个家人被杀，但一定是她的某个哥哥……也许是二哥，因为她记得，那天正是二哥，把刀子捅进了格热家老二的肚子里。杀人偿命，这道理她懂，但那毕竟是她的二哥啊。她跟二哥的感情，不如尕女跟二哥的感情深，但他们毕竟是从小一起长大的，他们的血管里，流的都是这个家的血。况且，二哥杀人，也是为了这个家，为了爹妈。他们跟龙多格热家争草场，也是被生计逼的，要是阴寨有他们的牧场，他们是不会冒这个险，跟龙多格热家争斗的。总之，她不愿二哥死。她也怕妈痛苦。妈苦了一辈子，她真不希望妈的心上再挨一刀了。可她……她就要做一辈子的囚犯，一辈子见不到妈了。这样，妈还是会痛苦的。而且，按龙多格热的说法，她在这家里一天，她的家人就会屈辱一天。……呵呵。她原来是让她的家人抬不起头的工具啊。以前，她还觉得，格热家的人对她好，是真心的呢，原来，就连龙多格热也只是在利用她？

想到这儿，妙音的心里一阵刺痛——之前，她也痛，但那是一种闷闷的、钝钝的痛。可当她心痛的程度突然加剧时，那痛，就成了扎在心上的刀子。……要真是刀子，她还能取出来，大不了流一阵血，然后死去，可这疼痛的刀子，她该咋取呢？

　　从前，一念经，她的心就会平静，她就会觉得一切的不如意都远了。可现在，她连经书也想不起了。净土，也远到了心外。每当她抬起头，望着那片晴朗的蓝天，她就会感到惆怅，感到世界这么大，而她，却寸步难行，也走投无路。

　　她唯一对治痛苦的法子，就是切断美好的回忆，把那些勾起回忆的东西都请出去。比如那鸦儿，那灵芝。虽然她不太在乎阿斌和阿机，但他们送她这些时，她开心了好久。她觉得自己就像这个家的一分子，这种温暖的感觉，总会让她忘掉自己的身份，忘掉自己的不自由。那时，她就不会感到人生的残缺。但现在，这一切，都会让她想起格热家人的真实意图，想起自己对这个家来说，不过是一个增加仇家痛苦的砝码而已。于是，她对这家人的亲近和融入，他们对她的好，就像摔碎一地的玻璃碴子，刺得她心里更加难受。

　　格热妈送的那套新衣，她也收了起来。见到它，她就会想起那一天，想起一切都被撕裂的那一刻，想起龙多格热可怕的眼神和表情，想起自己很想忘掉的一切。有人对她说过，如果回忆让你痛苦，就把回忆也放下，她现在就想这样做。她宁可做一只鸵鸟，明知不管她看不看，危险都在前面，苦难都像头顶悬着的一把剑，随时会落下，她也宁可不去面对，因为，她对一切都无能为力，她只是一个弱小的女子，只能在命运之海上浮沉。于是，她换上了过去常穿的衣服，仍显得干净而朴素。

　　对于妙音的变化，大家都看在眼里，因为她比过去更柔顺了——虽然她本就是柔顺性子，总是悄声没气，不显山不露水的，但这次回来，她多了一种低到尘埃里的感觉。以前，有些小事她也会做做主，比如家里的摆设啥的，她会根据美观和需要来调整。这次回来，这种事没了。她啥事都要问妈，从不私自处理任何事。

　　龙多格热明白，那次会面提醒了她，她的身份只是人质，这让她非常伤心。六年间，她似乎已经忽略了这一点，就算没多少自由，她好像也无所谓——或是已经习惯了——她本来就喜欢安静，不喜欢串门，也没有朋友。而且，随着弟兄们的渐渐长大，也随着她出落得越来越漂亮，大家都发现了她，都不约而同地看重她——甚至还有些溺爱了，于是，她就将自己当成了这个家的一员，也以为大家都是这么想的。但上次会面——尤其是他的那几句话——像一把剪刀，只几下，就剪开了那层虚幻美丽的面纱，让她看到了生活的粗粝真相。她明白了，自己对这个家来说，其实还是个人质。

龙多格热还隐约感觉到，在那天的诸多细节中，自己在妙音和她家人面前说的那些话，是最让她伤心的地方。但他不能——也不想——确定，因为他不知道该如何面对妙音的感情。经过这一次的折腾之后，他就更不知道该如何面对了。

妙音对龙多格热确实有一种特殊的情感——她也不好形容这情感，他俩的年岁差得大，龙多格热二十八岁，她才十八岁，相差十岁。按说，她跟阿斌、阿机应该是更谈得来的，因为他们是同龄人——这兄弟俩也是争先恐后，向她表达着对她的好感。时不时地，兄弟俩还会明里暗里地较劲。一次喝完酒，阿斌乘着醉意，向妙音献了一首诗，阿机不高兴，骂他放文屁，阿斌就把一碗酒泼到阿机脸上，阿机竟拔出了刀子。要不是格热爹呵斥，那次不知会闹出啥事来。

对于兄弟俩不断涌来的热情，妙音没有任何感觉。在她心中，听到他们俩的热言热语，跟听到红嘴鸦儿的叫声差不多，她都觉得跟自己没啥关系。她只在乎龙多格热。她非常迷恋龙多格热身上的那种男人气。她发现，龙多格热有当地人没有的气质——那是一种说不清道不明的东西，除了跟天性有关外，还定然跟阅历有关。

龙多格热承载了妙音对男性的所有向往。

比如，妙音爱修行，龙多格热则是居士中公认修得最好的人。他专修摩利支天法。龙多格热告诉她，摩利支天是金刚亥母的母亲，也是众星之母。在她的唐卡中，那些为她拉车的小猪，代表着北斗七星，也代表着无量无数的金刚亥母，他们都是摩利支天的孩子。

在老祖宗的传说中，摩利支天也叫"斗姆"，她的孩子中除了北斗七星，还有勾陈大帝和紫微大帝。她的大儿子勾陈大帝协助玉皇大帝，执掌南北两极和天地人三才，统御众星，并主管人间兵革战事。据说，要是遇上打仗，谁想胜利，非得勾陈大帝帮他才可以。她的二儿子紫微大帝也是众星中的帝王，掌管着一万个大罗金仙，上统诸星，中御万法，下治酆都。龙多格热说，你可想而知，摩利支天的力量有多大。

龙多格热还说，百年后，这世界会流行大瘟疫，时不时地，会一茬茬地死人，但只要信摩利支天，常持其咒语，就会远离瘟疫。百年前，西部也发生过一次可怕的瘟疫，死了无数人，后来，正是一位修摩利支天法的成就者，降伏了那散布瘟疫的魔王，中断了瘟疫的蔓延，无数众生才能得救。

龙多格热告诉妙音，他每日里修的，便是那摩利支天法。他已将摩利支天的心咒念满了一亿遍——这真是个可怕的数字。为了完成这个庞大的工程，他在施坛那儿的护法殿里闭过三年关，每天只睡一个时辰，昼夜不停，念了三年。当然，那一亿遍的咒子，不是在那三年里完成的，而是多年里完成的。但即便如此，在羌村，除了他，也没人能做到这一点。

妙音就是听说了这事，才对龙多格热生起好感的。她把对神灵的向往，投在了龙多格热身上。

除了这一点，妙音爱龙多格热，还因为他身上的那种大气——龙多格热从不贪小便宜，从不主动求人，从不胆小怕事，从不鼠肚鸡肠，一直很有担当。想到龙多格热，妙音就会想到两个词：辽阔和壮美。

这是她某个冬天在山顶看雪景时的感觉。

那次看雪景，就是龙多格热带她去的。那年，她十六岁。

说起来，也只是两年多以前，但她总觉得像是过了很久。回想起来时，总是朦朦胧胧的，她几乎分不清那是自己的梦，还是真实发生过的事情——她觉得是真实发生过的，因为，她就是在那一天，确认了自己对龙多格热的感情。但是，龙多格热说了那句话后，过去很多她觉得美好的回忆，都成了一地的碎片。……是啊，你就是一个人质，谁会真心爱你呢？

老祖宗说，万法唯心造，她发现真是这样的——过去，这些回忆总会让她觉得非常温馨，每当想妈妈了，她就会想一想这些事，然后就会觉得现在也挺好的，可现在，她一觉得自己只是人质，过去的美好只是自己的错觉，那些温暖过她的感觉，就失去了温度，变成了一种灰色的、一戳就破的东西。

她不喜欢这种感觉。她也不愿相信龙多格热那天说的话。

她记得，那天龙多格热很激动，那种凶狠的表情和眼神，是她从来没有见过的。她想，也许龙多格热说的不是真心话，至少不完全是真心话。她相信，心的感觉是不会错的，龙多格热不是一个会作假的人，他传递给她的那种温度，一定是他心里真实存在的东西。

就这样，各种念头在她的心里打着架，让她心烦。

她索性不再约束自己，她只想在往事的温馨中舔舐伤口，哪怕那只是自己的想象编织出的幻境，又能怎样？傻一点儿，又能怎样？过去，她虽然傻了些，但她幸福啊，现在是知道真相了，她却一点儿都不幸福，她的生命里，就只剩下苦了。

记得，阴寨有个疯女人，她总是若有所思地微笑着，脸上总是一片绯红。看得出，她在想着一些让她觉得非常甜蜜的往事。旁人总是笑话她，她的家人也以她为耻。一开始，他们想给她治病，但找了好多大夫，开了好多药，她却一直没好。每到午后，她就会坐在村里的某棵树下，痴痴地笑着，笑出一脸红晕。没人知道她发生过什么事，但村里有着各种关于她的传闻。有人说，她一定是在等人，而且对方一定是个男人，那个男人一定告诉过她，他会在某天下午，来这棵树下接她，跟她远走高飞，但那个男人一直没来，她就等啊等啊，终于相思成疯。此外还有很多说法，但都不如这个说法浪漫，于是，小小的妙音就只记住了这个说法。每当看到那个女人，她就会默默地祈祷，希望那个失约的男子快点出现。终于有一天，那个女人不见了。妙音问妈，她去哪儿了？妈说不知道。有人说，她进了大山，再也没有出来过；有人说，她得相思病死了，家里人觉得丢脸，悄悄把她带去施坛，供了天；也有人说，那个男人终于来了，把她接走了。妈说，她也不知道哪种说法是真的。妙音说，那我就相信第三种吧。妈说好，妈也喜欢这类童话式的结局。也许，每个苦命的女人都是这样。

妙音不知道自己算不算命苦，如果觉出了人生的苦，就算命苦的话，她现在真的有些命苦了。觉得自己命苦的她，就开始向往那个疯女人给自己营造的幸福感了——她突然想起，那个女人真的疯了吗？她会不会根本没疯，只是选择了躲在回忆里，拒绝醒来？这么一想，她就有些心疼那个女人了，她甚至觉得，那个女人也许没有等来那个男人，她只是终于不想再骗自己，于是结束了自己的生命。村里时常有轻生的女子，她们总是突然就消失了。有些，亲人能找到尸体；有些，却永远地消失了。人们之所以知道她们轻生了，是因为她们总会把自己的东西悄悄地收好，整整齐齐地放在床上——如果她们识字的话，也许会给亲人们留下些话的，可惜，村里的很多女子都不识字。她们心里就算填满了痛苦，也无处诉说，无处宣泄。妙音妈就是这样的女人，她排解痛苦的方式，是不断地付出，因为，她一旦忘掉了自己，就会忘掉自己的痛苦，忘掉了痛苦时，她也就不痛苦了。可见，让她感到痛苦的，只是那些跟痛苦有关的念头。

妙音也不愿想那些痛苦的事，她总会把不好的回忆屏蔽，光想那些让她快乐的事情。所以，龙多格热的话对她造成的冲击，让她对过去的美好产生了怀疑，这对她来说，真是一个巨大的折磨。因为，她连唯一的避难所都没有了。

当然，修行和净土也是她的避难所，但她发现，她的信仰原来是有条件的——如果她的净土里有龙多格热，她就对净土有向往；要是龙多格热不在她的净土里，那净土，对她来说就形同鸡肋了。她于是想起了有人说过的，关于女人的弱点的那些话。那人说，再坚强的女人，爱情也可能是她的致命弱点。因为，爱情可以让她的信仰很坚定，可爱情的基础一旦崩塌，她的信仰殿堂也就崩塌了。她觉得这人说得对，但她还是不愿像他说的那样，破除情关，放下爱情。说不清为什么，总之，一想到要破除情关，从此再也无情无爱，她的世界就灰了，做啥都好像提不起劲。她这才知道，龙多格热，早成她的世界了。

她想起了两年多以前的那个冬天。那个冬天，羌村下了一场前所未有的大雪。整座山白雪皑皑的，羌河也结冰了——水当然仍在冰层下流——山顶上有茂密的森林，还有好些风转的经轮。她说，她想去山顶看看雪。格热妈怕她滑下山——要是滑下去，是很危险的——就叫来龙多格热带她上山。寒风很凛冽，格热妈说这句话时，妙音却感到自己的脸在发烧，她知道，自己的脸定然通红了。

沿着村间一条弯弯的小道往前走，就可以走到山脚下。再沿着通往山顶的小道一直往上走，他们就能上到山顶——上去后她才知道，那所谓的山顶，其实跟山下差不多，也是被耕地覆盖的，村里人在那儿种了庄稼，同样以山芋、青稞、蔓菁为主，因气候寒凉，村里人很少种其他作物——路虽然有些长，但假如好走，用不了多久就能到达，可那天，两人用了很大的力气，花了很多时间，才走到了山顶。小道上倒不很滑，只是，因为雪总是将浮草下的坑盖了，看起来像平地，人就容易踩空。妙音一踩空，就会摔倒。每到这时，龙多格热就会一把提起她。他的力量好大呀，提她时，像提小鸡一样，好几次，都抓疼她胳膊了。但她很喜欢叫他抓的感觉——虽然疼，却快乐。有时候，她甚至会忘了，格热妈叫龙多格热带她上山的目的里，其实还有看人质的意思——想到这，她就会败兴，所以她不爱想这，她只想好的事。那好的事，就是龙多格热。有时，她会叫龙多格热走前面——她的理由是叫他开路——这样，她就可以看他厚厚的背。他的步子很大。有时，当她的脚够不着对方的脚印时，她就会嗔怪地叫他小些步子。她的神态很像吃惊的小兔子。有时，她也会走到前边去。这时，只要她愿意，就时不时会摔倒。每到这时，龙多格热就会像揪小兔子那样，揪过她来。她非常希望他顺势亲她一口，她会闭上眼，乖乖地让他亲。她甚至能想象出他亲她时的感觉：他的短胡楂会扎着她，硬硬的，痒痒的，难受——不，好受。他的嘴唇棱角分明，亲起来定然很好受，但她想象不出如何个好受法——除了小时候爹妈亲过她，她一直没被别人亲过——也许，哥哥们亲过小时候的她，但她的记忆中没这印象了——她能想象到的，就只有那种被胡子扎的感觉。

这也很好。

只是，她每次摔倒，每次闭了眼，都没有等到那感觉。龙多格热总是将她当成了妹妹——他似乎没将她当成人质，至少感觉上没有。所以，当他说出那番话时，她才会那么伤心。

其实，妙音跟龙多格热的相处并不多。她虽然在这家里待了六年，跟龙多格热却只相处了三年——头三年他在闭关。三年时间算来也不短，但她常常想起的，只是短短的几个场面。在所有能常常记起的场面里，她对那次看雪景的印象最深。但就算最深，她也只是记得几个画面——真是奇怪，通往山顶的路很长，那时好像走了很久，留在她脑海中的画面，却不多，这样想想，好像整个人生都是如此，经历了许多事，过了许多年，但常常想起的，也不过是几个画面——当然，最忘不了的，还是她摔倒后的期待，尽管，每次都会落空。……对了，还有一件重要的事：有好几次，他的大手会捏住她的小手。

那事虽然看起来是无意的，至少，龙多格热表现得像是无意的，但仍会让妙音幸福好久。于是，快要摔倒时，她就会主动伸手给他——她有意将自己的小手伸向那大手，而不是等着让那大手抓自己的胳膊。在妙音的印象中，叫龙多格热抓住自己的手，真是一种奇妙的感觉。那手很大，很有力，有许多老茧，有点像爹的手，也像妈的手。但怪的是，就是这似乎跟爹妈一样的手，给了她一种不一样的感觉。每次想起，她的脸就会发烧。她知道，脸定然羞红了。她将这感觉品味了许久——至今还在品味——她多想经常叫他握自己的

120

手，但后来，他再没握过。

记得，在通往山顶的过程中，除了那一直没有实现的期待，还有这握手，便再没啥值得她品味的了。

终于到山顶了。山顶的风很冽，那是干冷干冷的风，直往骨头里扎呢。她不由自主地打了个哆嗦。龙多格热就脱下了他的皮袄，给她披上。虽然他穿了棉背心，但要是没皮袄，是挡不住寒风的，所以妙音坚决不要。但因为龙多格热不肯撒手，她就还是叫那皮袄裹在里面了。记忆中的她很温暖，还闻到了一种她永远也忘不了的男人味道。她没有在别处闻到过相似的味道，那定然是龙多格热独有的体味。于是，后来，每当想起他时，她就会想到那味道。再后来，时不时地，在不经意中，那味道就会扑向她，真是奇怪。

她非常喜欢那温暖，也非常喜欢那味道，但她还是不想要皮袄，因为她不想叫龙多格热挨冻。但龙多格热说他不冷——他倒是真的不冷，因为上山会促进气血运行，让阳气上升，他的头上就有了一点热气。但妙音知道，越是身子发热时，越是不能吹风，要是这时遭了寒风，会得病的。她就说，你要是不穿皮袄，我马上下山。龙多格热就只好穿了皮袄。便是这样，下山之后，他还是发烧了，妈熬了姜汤叫他喝，又叫他在热炕上裹了被子，焐出了一身汗，才将那寒气驱了。

妙音在山顶看到的，就是那"辽阔"和"壮美"了——远处的山和低处的寨子，都一片洁白，近处的树上也结满了霜花，覆盖了白雪。在那个冰清玉洁的世界里，天与地连成一体，动与静的结合完美到极致。就像那连绵不绝的大山，明明静立不动，却又涌动着无穷大力。在这样的氛围中，妙音感到无与伦比的震撼，她惊愕到半张着嘴，呆立在原地，不知如何表达自己的感受，只觉得自己与天地融为一体，天地间的静谧和大力，也涌动在她的心里。那感觉真美，是一种超越了语言的美。虽然她以前也曾被草原之美所打动，但草原之美是她司空见惯的，这雪景，却因为新鲜，多了一种惊心动魄的冲击力。

寻常时候，羌村人是不会在冬天出门的，他们也不会住在大房子里。这儿的大房子空间太大，很难存住热气，往往是夏天凉快冬天阴冷。于是，一到冬天，人们就会从大房子搬到小房子里。小房子里有炕，那炕连着火炉，火炉里整天烧着木柴和牛粪，这样才能熬过冬天。在这儿，冬天还出去的人一般是家里有牧场，有牲畜要照料。这时，无论下雨还是下雪，你都得劳作。所以，这里人过得很苦，他们想要多一些收入，生活过得好一些，就要放牧，但因为要放牧，就不得不每天辛苦地劳作。种地还有休息的时间，可放牧，却是一天也停不下来的。所以，当地人大多不重视教育，孩子到了一定年纪，就会到家里的牧场去帮忙。妙音也在冬天里去过牧场，那时，她是去帮妈的。冬天的牧场里也能看到雪景，但因为冬季牧场一般都在山下，她就看不到山顶这样壮美的景象了。

那幅壮美的雪景，成了一生只有一次的宝贵记忆，一直鲜活在妙音的生命里。每次想到，她都会感动——不只是因为那景象对她的震撼，也是因为那美景跟龙多格热有关系。每次想到那雪景，她就会想到龙多格热；每次想到龙多格热，她也会想到看雪景，以及看雪景时的激动。就这样，一个场景和一个人就在她的生命里被整合了。

那时，每天能见到龙多格热，成了她单调生活中最美的享受，甚至比读书和念经更让她感到幸福。几乎每天夜里，她都会期待早一点天亮，这样，她就会见到他。龙多格热外出的时候，或是去牧场时，她就会静静地待在家里，静静地等他回来。在等待的过程中，她总会认真去做他安顿的事——他外出时安顿的事，就是叫她照顾好妈，他没安顿过其他事，这事，他也只安顿过一次——于是，照顾格热妈，就成了她生命中最重要，也最快乐的事。每天晚上，她都会打了热水，给格热妈烫脚。做这事时，她就会"看"到，龙多格热望着她满意地笑，她就会更加用心地去做，因为她想叫龙多格热开心。所以，每次给格热妈烫完脚后，她还会给格热妈揉脚。她没有学过按摩，但她有办法弥补这一点，那就是先给自己按，自己觉得哪种手法舒服，就用哪种手法给格热妈按。对这享受，格热妈简直受宠若惊了——当然，这"惊"中也有喜——她苦了一辈子，哪有过这样的待遇。妈的心中，妙音的人质色彩就渐渐地淡了，妈甚至将她当成女儿了——不，比女儿更亲，她的两个女儿，没有一个这样待过她。于是，她老说妙音待她比女儿更亲。这让张香子非常欣慰——她当然希望母亲能过得舒服一些，再说，妙音能这样待妈，也不枉他们家对她这么好；也让尕女非常恼火——她觉得，二哥和外甥死在妙音的家人手中，妈看她，却比看自己还亲，她受不了这。为此，她使过性子，说过好些不中听的话，但妙音不在乎她的性子，仍一如既往地照顾妈。时间一长，尕女也就不再说了——尕女发现，自己每次发脾气，都像是用力打空气一样，渐渐也就没脾气了。再说，作为人质，妙音能对她母亲那样好，她也很佩服。

没人知道，在过去的两年里，这个非常孝敬格热妈的女孩，是在用另一种方式表达着自己对龙多格热的爱，也默默地享受着那份爱。这让她的日子好过了很多——不，岂止是好过了很多，简直是多了一种巨大的幸福。

在刚来这个家的三年里，她像坐牢一样，每天都是在熬。这个家里的每一个人都恨她，都把她当成了仇家的替身——是的，她的家人确实是他们的仇人，但她没杀人啊，她还劝过哥哥好几次，叫哥哥不要冲动，不要伤害别人呢。毕竟，那草场真是阳寨的，他们迫于生计，不得不去占，但心里是不需要仇恨对方的。……可这事，怎么说呢，草场是牧人的命，是牧人的血，家里的牛羊能不能吃饱肚子，能不能多生牛羊，靠的都是草场，谁不想要那草场呢？他们有激动的理由，但她的哥哥们也不是软骨头啊。他们骂啊骂的，哥哥们的火，谁压得住？再说，哥哥们杀了他们外甥的那天，谁叫他们伤了妈呢？他们要是不伤害妈，哥哥们能失了理智吗？要是哥哥们没失掉理智，怎么会又杀了他们家一个人呢？要是有办法，谁也不想杀人的。哥哥们跟她一起长大，他们的脾性，她还是了解的，就算那脾气最烈的二哥，要是不受刺激，也是不会干出这事儿的。毕竟，这是人命啊，不是杀一只羊，不是杀一头牛，是杀一个活生生的人。哥哥们心里定然不会好受的。……他们光是仇恨别人，咋不想想自己做的事儿呢？……但这些话，妙音从来没说过，她只是无条件地接纳着一切，履行着作为人质的本分。她想，就当是为哥哥们赎罪吧，毕竟人家家里死了两个人，心里有仇恨，也是可以理解的。但当年的她，不过是一个十二岁的小女孩，就算再能忍，再能将心比心，也很难受得住那种生活……记得，那时节，她每日里不是被人指着鼻子骂，就是遭人冷眼，而且没有自由，不管做啥，不管去哪儿，背后都有几双恶意的眼睛盯着她。她就算看不到，也能感觉到那些目光所携带的某种能量。这时，她的脊背就会冒冷汗。久而久之，她的心里就有了一块大石头，怎么挪，都挪不走，她的天空，也好像变成了灰色，她看不到任何希望。……现在想想，那时的她，除了没戴手铐和脚镣外，跟囚犯真是没啥区别的——不，她还不如囚犯呢，因为囚犯不会让人这样骂。……想来，自己之所以能识那么多字，就是因为那时太需要书了，只有在看书时——哪怕只是半认半猜的——她才能忘掉身边的世界，忘掉自己的处境……唉，那真不是人过的日子。

123

熬过那三年之后，龙多格热就出关了。他一回到家，许多东西就变了。他不让弟弟们再骂妙音，他告诉弟弟们，好男子是不能欺负弱女子的，不管她是啥身份。同时，他告诉弟弟们，杀人的不是妙音，不能把她当成哥哥们的替罪羊。发现妙音爱看书时，他还给她找来了一些书，并叫阿斌教她一些文法——以前她也懂一点，但不系统——于是，对龙多格热，妙音产生了对大哥一样的感情。而这感情，后来又不可遏制地异化了。

　　一开始，妙音并没有发现这一点，因为她从来没有爱过别人，龙多格热是她第一个爱上的男人。直到去山顶看雪的路上，她竟一次次闭了眼，期待着他的亲吻，一次次把手送进他的掌心，享受着被他握着手的感觉，她才知道，原来自己已经爱上他了——其实，就连这么做的时候，她都没有意识到自己的变化，一切似乎是顺理成章的，只有在回来后，她不由自主地一次次回想刚才的片段，一次次咀嚼那些有些失落的甜蜜时，她才突然发现，自己对龙多格热的感情，已经不是妹妹对大哥的感情了。而意识到自己的主动时，她又不由得羞红了脸，一次次回想龙多格热的表情和细节，想知道他有没有发现自己的心事——她希望龙多格热没有发现，因为她怕龙多格热会轻视她，觉得她是一个随便的女子，但又希望龙多格热发现了，更希望龙多格热也爱她。而自从她确认了自己的感情之后，龙多格热就成了她生命的全部。只是，没人知道这个秘密，她没告诉任何人——后来她发现，原来连龙多格热也不知道。这个粗心的男人啊，竟然没有发现她的反常，她当时还担心了一整天，总是垂着头不敢看他，偷偷看他一眼，也会羞红了脸呢。有人说，女人的念头比男人多了千万倍，也许真是这样吧。

2. 妈的心愿

　　妙音对格热妈的孝敬，也真的让龙多格热很开心。不只他，全阳寨都知道了妙音孝敬格热妈，都说，连亲生子女都做不到这一点；都说，这是格热妈修来的福。就连格热妈自己，也是这么想的，这让她痛苦淡了许多。因为她觉得，自己虽然少了一个儿子，却多了一个女儿。后来，在她心中，对儿子的怀念少了很多——许多时候，她甚至想不起做人质的儿子了——反倒多了另一种担忧：她非常害怕这丫头会离开这里。

于是，只要有机会，她就会向格热爹说她的这种担心。开始时，格热爹还会臭她，说这是人家的姑娘，又不是你家的姑娘，你怎能霸住不给？只要你的仇报了，就要交换人质。这一说，格热妈的天就塌了，她就会流出泪来。天的爷爷，她就会这样叫。这样叫时，她就像个无助的小女孩一样。最初，每到这样的时候，格热爹就会骂她，说她没出息，但不知不觉地，事情就变化了，就连格热爹也觉出了妙音的好——他当然想报仇，但一想到报完仇，妙音就要回家，他心里也有些舍不得了。他是明眼人，早就看出妙音是真心待他们好的。她的那种好，别说一般的人质，便是亲生子女，做到的也不多。一心想报仇的格热爹都这样，其他家人，就更不用说了。于是，格热一家的关注点，就从如何报仇，转向如何留下妙音了。也正是这个原因，最近三年中，他们几乎没咋打听妙音家的行踪，直到对方提出会面的要求，他们才正视这个问题。

会面回来后，格热妈一直闷闷不乐，她挂牵当人质的阿生，担心他有病，因为看阿生那阵候，有点像她爷爷得病时的样子。

她懂事后不久，爷爷就死了。爷爷死前的几年里，也老是像阿生那样咳嗽。那是干咳，也就是没有痰的咳嗽，说明那咳嗽不是痰引起的，医生说这种咳嗽最不好，有可能是肺痨。加上阿生咳嗽时，脸上还泛出潮红，也跟爷爷当年一样，她就更觉不祥了，她当然担心。她一担心，就希望阿生能回家，但她又舍不得妙音离开。她当然明白，丫头已经大了，就算当了人质，也不能一辈子留在这个家里，她迟早得回去，得嫁人。这么好的丫头，格热妈可不忍心耽误了人家。再说，要是这边真杀了她家的两个人，对方也将阿生放回来了，这边就得放她回去。这是规矩，是不能破的，不然，村里人会笑话。人活脸，树活皮，他们不能干没脸的事。

这两件事，在格热妈心中的秤杆上，有了同等的分量。

又因为妙音在身边，还总是那样贴心贴肺，常常扑入心的，反倒是后一件了。于是，她就想，如何才能把这么好的丫头留在身边呢？

当然，最顺当的法子，便是那边不放人，这边也不放人——现在便是这样，但她是不可能安心的，因为这随时会变化。

她的这桩心事，也是龙多格热的心事。龙多格热发现，自打多了这个妹子，好些事他就安心了很多。尤其是妈的事。妈的身子骨比过去好多了——妈有关节炎，腰也疼，以前，无论在地里干活还是在家里干家务，她总是猫着腰，不知从啥时候起，她能直起腰了。此外，还有许多迹象，表明这个悄声悄气的丫头，做到了他以前想做而没有做到的事——他非常想叫妈在晚年能享些福——每次想到这一点，他心里就会有暖流涌过。

现在，他最怕的，便是妙音离开他家。明知道，离开避免不了，但一想到，他还是有些舍不得。

这念想，虽没有削弱他复仇的决心，但明显干扰了复仇进程，复仇的事就一直拖到今天了。

一旦复仇的事提上议事日程，妙音回去的事就必须正视了。

龙多格热是见过大世面的人，对这种事，他立马能抓住要害。他明白，把妙音留在他家的最好方式，就是让她嫁给他的弟弟——无论哪个弟弟，只要嫁给他，妙音就能留下。

他就这事征求过翟爷的意见，翟爷说，这事说难也难，说易也易，要看丫头的心事。人家要是爱上你弟弟，当然容易；人家要是不爱，你也不能强迫人家。这号事，是强迫不得的。要是能成，当然很好。

翟爷又说，不过，还有一个更好的办法：索性，你们放下过去的事，跟他们家对亲家，再也别打打杀杀了。那不行。龙多格热打断了他的话，说，仇必须报，这是两回事。翟爷笑了，说，那我就不说啥了，你们的事，你们自己解决吧。又说，你既想杀了人家的人报仇，又想娶人家的姑娘，这种好事，别人是想不出来的。他这一说，龙多格热也苦笑着摇头了。

回去后，龙多格热将翟爷的话告诉爹，爹立马就怒了。他说，你要是再放这种屁，我立马剁了那丫头。我告诉你，报仇的事，是铁板上的钉子。你们打光棍也成，上吊也行，跳河也成，仇必须报。你们要是不想报仇，老子就豁上这身老骨头，自个儿找他们去，哪怕叫人家打死，也比窝囊死强。

别，别。龙多格热说。他知道，爹说说可以，但不能做。爹要是真去找人家报仇，真跟送死一样。要是发生这样的事，龙多格热这辈子，就没脸见人了。不过，他还是不甘心地问，报仇归报仇，要是那丫头爱上阿机或阿斌，他们能不能娶？

爹说，只要人家愿意，当然是好事。这号事，两厢情愿就成。天上王母家的七仙女也爱凡人呢。

听了爹的话，龙多格热就放心了。他开始给妙音物色对象。他先是想到了阿机，阿机岁数大一些，到了娶妻的年龄了。于是，他有意安排阿机跟妙音一起做事，比如，家里卖酥油奶渣时，龙多格热总会打发他们俩去集镇，这样，妙音也可以时常去外面逛一逛，比过去自由很多。阿机非常高兴，像鸟儿一样叽喳着，但每次回来，妙音都闷闷不乐。

一天，龙多格热将妙音叫到小屋里，问她喜不喜欢阿机。妙音说，喜欢。龙多格热又问，哪种喜欢？妙音说，对哥哥的那种喜欢。没别的？他问。

你还要啥别的？妙音奇怪地望着他。龙多格热直接说，你有没有可能当我的弟媳？

这一说，妙音睁大了眼。她望着龙多格热，一句话也不说，但眼里有一种叫龙多格热慌乱的东西。

半响，妙音问：你愿意？龙多格热说：当然愿意。妙音说，那你去当好了。说完，她就出去了。此后，龙多格热再安排阿机跟妙音一起做事时，妙音就不去了。

3. 捅破

龙多格热以为妙音嫌阿机没有文化，就想到了阿斌。他想，妙音有些文化，爱看书，说不定她看不上阿机，看上了阿斌呢。

这一次，他吸取了上一次的教训，虽然常常安排阿斌跟妙音在一起做事，但不提婚事。理由是很容易找的，既然妙音爱看书，就让阿斌教她识字。他想，只要功夫深，铁棒都能磨成针，还怕两人不能日久生情吗？等到两人真的相爱之后，他再挑明这事，就水到渠成了。

于是，只要牧场的事闲一些，龙多格热就叫阿斌回家，让他教妙音识字读书。有一个月的时间里，龙多格热甚至打发尕女去了牧场，叫阿斌待在家里，专门守着妙音，除了陪她读书识字外，还跟她一起干农活，一起劈柴，一起采蘑菇，一起做很多事。

很快，事情就有点眉目了——阿斌过去对妙音只是有好感，还没上升到爱，但现在，他明显爱上了妙音。他知道妙音喜欢念经，喜欢修行，就滔滔不绝地讲那些佛经，极力卖弄着自己学到的东西，极力表达着对妙音的好感，甚至有点讨好她了。但龙多格热没从妙音身上发现他想发现的东西——虽然妙音喜欢跟阿斌学东西，也喜欢跟阿斌一起做事，但她的眼里，没有出现那种他期待的火花。

因为有了上一次的教训，龙多格热没敢问妙音这个话题，他只是偷偷问阿斌。阿斌很直接地表达了自己的心事：他非常爱妙音。龙多格热问，她爱你吗？阿斌说，没问，但看得出，她喜欢我。

下次，你试着问问。龙多格热说。但很快，龙多格热看到了他不想看到的情形：阿斌蔫头耷脑了。

龙多格热不用问，也知道结果了。阿斌告诉龙多格热，妙音说喜欢归喜欢，但她没想过要嫁他。

阿斌还说，妙音叫他以后别再谈这个话题，不然，她就不跟他学习了。

龙多格热心一下凉了，但他又说，这会儿没想过，不等于以后想不到。不要紧，天长日久的，慢慢来。

这一说，阿斌打起精神了。

但从那天起，妙音再也没跟阿斌学啥。她将学习的时间，用来给格热妈按摩。她的按摩手法越来越好，格热妈也越来越离不开她了。

妙音一不学习，阿斌就失去了留在家里的理由，他无所事事地闲逛了几日。而且，他一出现，妙音就不自在——她虽没明显表现出啥来，但龙多格热能看出，有阿斌在家里，她就很不舒服，总是充满警惕。那样子，有点像羊发现自家身边卧了只狼。龙多格热知道，这事没啥希望了，就叫阿斌回牧场去，换回了尕女。他一走，妙音就轻松了很多。

自从上次会面后，妙音一直没恢复过去的轻松自然，这两个小小的插曲，反倒打破了她跟龙多格热之间的坚冰。因为她明白，龙多格热之所以急着给她物色对象，无非是想要让她留在这里，不要被换回去。这说明，在龙多格热心中，她不是个人质——至少不只是人质，也不只是伤害她家人的工具。于是，阿斌一离开，妙音就跟龙多格热有说有笑了。

妈偷偷问龙多格热，那两个娃子，妙音看上哪个了？

龙多格热讲了那过程，妈笑了，说，我早就知道这事不行的。我发现，那丫头看上的，不是那两个。

128

龙多格热说，不要紧，日久了，天长了，也就生情了。

妈说，这种事，不好说。有时候，在一起也不一定能生情。你不见有些夫妻，挨肩擦脸了一辈子，也没见生出啥情，反倒成冤家了。

倒也是。龙多格热说。

妈偷偷地说，我发现，那丫头，看上的，不是阿机他们。她的心里，早有人了。

谁？龙多格热有些紧张了。

他也不知道自己紧张啥，他想，也许是怕那丫头看上别人，到别人家去吧。却又觉得不像，更像是自己也知道答案，但没做好正视的准备。当然，这是他后来发现的，跟妈聊天的当下，他没想那么多。要是想了的话，他就不会问妈了——更也许，他是下意识地想要展开这个话题，跟妈说说自己的纠结。但那感觉很是朦胧，就连他自己也说不清。

妈笑了，说，那丫头，可能是看上你了。

龙多格热笑了，说，妈，你胡说啥？我大她十岁，差不多能当她爹了。

妈说，我也不确定，我只是觉得有可能。因为，她常常问我你小时候的事。每次给我按摩，我们的话题，总是你。当我说到你小时候的顽皮时，她总会满脸红霞地笑。

龙多格热笑了，说，妈，你一辈子老是东家长，西家短，三个阿卡五只眼，这回，咋又扯到你儿子身上了？……呵呵，不过，只要你开心，我倒没啥。

妈这话，以前龙多格热也听翟老说过，翟老说，妙音总看他，看他的眼神，跟看其他人不一样。翟老劝他，不如跟妙音结婚吧。他知道翟老的心思，要是他跟妙音结婚了，他再去杀妙音的娘家人，就说不过去了，至少他自己心里过不去。也是这个原因，他一直没有认真考虑过妙音的事。他也知道，虽然他说自己只当妙音是妹妹，妙音大概也是这样认为的，但他对妙音的心情，可能比这更复杂一些……假如他们两家不是仇家，事情可能会比较简单；可假如他们不是仇家，妙音怎么会来到他家，他又怎么会跟妙音相识呢？所以，他跟妙音之间的缘分，可能注定是一场悲剧。

阿机和阿斌跟他不一样，他们只问自己喜不喜欢，不去想太多别的事。这样的性格，也许会少了很多烦恼，可相应地，也少了很多责任和担当。龙多格热不是这样，在家里，他是哥哥，从小就背负了比弟弟更重的责任；在村里，

129

他是寨丁头儿，别人解决不了的问题，他总会出头。就像前段时间，他谁也没说，不声不响就找兰猞猁复了仇，虽说最后没事，但刚开头，他差点儿死掉。家里的事也是，要是他只想自己，不管爹，也不管村里，不管姐姐，他就可以随着性子，去正视自己的感情——当然，这会儿，他还不知道自己对妙音到底是啥感觉呢——但是，他就是这么个人，他的心里有太多必须要做的事，作为龙多格热的这个个体想怎么活，他就没空去想了。可要是妙音真答应了阿机或阿斌，他会是啥心情？真会像他认为的那样，"当然愿意"吗？恐怕连他自己也说不清吧。

隔着时光的轻纱看他们两人，我的心有些扎痛。在这个空间里，我只是一个过客，一个观察者，一缕青烟，我不知道之后会发生啥事，因为我还没有探访到那儿，但我已经预感到，有件令人悲伤的事情将要发生了——那种幸福中夹杂着痛苦的味道，让我忍不住叹了口气。

回到光明境中，只见龙多格热正色道，妈，这号事，你别乱说了。我那些事，谁听了，会不笑呢？本来，人家没事，自自然然的，你这一说，叫人家没法蹲了。像上回，人家本来跟阿机有说有笑，像兄妹一样，我提亲后，人家反而连话也不跟阿机说了。这回更糟糕，阿斌不提亲，她还会跟他学识字，听他讲讲经，现在，她见阿斌像见了鬼一样。要是我再这样，她真没法蹲了。再说了，我早说过，这辈子，我不结婚。我这号人，喜欢打打杀杀，本来无牵无挂的，一结婚，就像鹰叫人捆住了翅膀。而且我也想修行，等哪天发现自己能守戒了，我就去出家，当阿卡。

妈笑道，你要是能当阿卡，太阳就从西边出来了。

龙多格热说，以前是没这想法，但自从闭关之后，这念头，就越来越强了。我发现，世上的事，总是变来变去的，一点儿意思也没有，有时想来，真无聊得很。

又说，再说了，你看别人的家里，有两个以上兄弟的，肯定会有一个当阿卡。我们家好几个兄弟，也该有一个阿卡。原指望阿斌能当成，哪知他的嘴上虽念经，心里却容不下温布。我怕他着了温布的道儿，才叫他回来的。……不过，我要是当阿卡，就去拉卜楞寺，我也不会在延寿寺出家的。那温布，我一看见，气也不打一处来。

妈笑道，好了好了，别卖嘴了。要是你真的当阿卡，我做梦也会笑的。

龙多格热说，妈，你别笑，等我处理好这件事，也报了仇，很可能就真的去出家了。

这一说，妈不笑了，但还是意味深长地望了他一眼。

4. 煎熬的女儿心

妙音陷入了痛苦。

每天夜里，她都会流泪。早上起来，她的眼总是红肿。格热妈问她为啥哭，她却不说原因。

她当然不能说原因，因为她是为龙多格热哭的。说这些爱呀情呀的，她不好意思，何况对方还是龙多格热的妈妈。说是想家了，又怕格热妈难受。格热妈会想，瞧，我们对她这么好，她还想家，真没良心。所以，她索性不回答。

妙音的痛苦在于，从龙多格热要她嫁给他弟弟这一点上，她确信了一件事：他不爱她。因为但凡有一点点爱，他就不会这样。爱是自私的，要是龙多格热大公无私、处心积虑地要她嫁某个弟弟的话，只能说明一个真相：他不爱她。

这让妙音非常痛苦。

她这才发现，她跟龙多格热，根本没在一个频率上。以前，她还以为，他会爱她呢。她将龙多格热对她的认可和喜欢，当成了爱。

现在，她才明白，他根本不爱她。

她怀疑，龙多格热爱别的女人。然后，她想到了那个春妮，格热妈说，她和龙多格热好过，他们有过很多让人脸红的故事。不过，春妮跟村里的很多男人都有过故事。……龙多格热真会爱上这样的女人吗？

这些故事，格热妈大多是在按摩时说的——晚上临睡前也说，但按摩时，她会说得格外卖力，声情并茂。尤其在她觉得非常舒服时，她就会说更多的话。她把这些话，当成了对妙音孝心的回报——当然也是她自己的享受。妙音发现，格热妈在讲这类话时，总有一种异样的兴奋，或许，对一个孤独的老人来说，这也算是一种宣泄吧。

格热妈的口才非常好，说话时中气十足，表情丰富，有很强的感染力，总能让听者身临其境。所以，妙音有些替她可惜了。妙音心想，要是格热妈识字，而且对写书感兴趣的话，她肯定能写出许多有趣的书。妙音非常羡慕那些会写书的人，因为，他们能留下自己生命的痕迹，而妙音的每一天，却都像泄洪的水一样，不可阻挡地流逝着——当然，在这一点上，大部分人都一样，甚至也包括龙多格热，她怎么能想到，七十多年后，会有一个作家来找他们，然后用自己的笔，写出他们的故事呢？——后来，她想到了一个办法：要是她帮格热妈做笔录，将格热妈讲的精彩故事整理成文字，不就是很好的书了吗？她甚至试着这样做了，但格热妈讲的精彩的那些内容，用文字记录下来看时，就没那种味道了。她发现，格热妈的语言，有很强的煽动力，即使是一些平常的话，只要她讲出来，味道就不一样了。

正是在格热妈的讲述中，妙音知道了春妮，还把她当成了龙多格热心爱的女人。后来在经堂遇到她时，妙音也格外仔细地观察过她，她发现，这个女人天生有一种吸引眼球的本事，即便自己不知道她是谁，不知道她和龙多格热的关系，可能也会被她所吸引。直到今天，妙音还记得那天晚上春妮的样子：她的身上，有一种妖冶的火焰——当然，这是她的感觉——许多男人都被这团火烤得六神无主，一个个都围在她身边，跟她开着过分的玩笑，眼睛里传递出过分的情绪。春妮显然习以为常了，她放肆地笑着——你也可以说是爽朗地笑着，但妙音不愿这么想，她觉得"爽朗"是个好词，春妮的笑却很"浪"，她不愿用这样的词来形容春妮的笑。怪的是，她虽然不喜欢春妮，却仍然被春妮吸引了，整个晚上，她关注最多的，就是龙多格热和春妮。她于是感叹道，怪不得男人们明知这个女人"乱"，也还是乐此不疲地纠缠着她。

格热妈讲过好多关于春妮的故事，每一个故事，都让妙音不开心，因为她每次都会联想到龙多格热。一想到龙多格热竟会爱这样的女人，她就有些受不了。她承认，那个女人很有味道，而且味道很重——她当然指的是女人味——按阿机的说法，许多男人一见她，就想跟她上炕。他甚至能说出一个个跟她上炕的人的名字。最叫她恶心的故事是：一次，两个男人一起去找她，一个上了她，一个在旁边等。因为前一个人时间太长，后者只好催他了，没想到，那人刚问了一句"哥，你能不能快一些？"，自己就泄了。从此之后，此人便阳痿了。妙音在经堂旁边的南墙湾里见过他，那是一个瘦得像病夫的男人。格热妈说，那男人，以前像牦牛一样壮实，可自从那次，他就老是"跑马"——跑马就是遗精，但格热妈不说遗精，只说跑马——因为他老想春妮，一想春妮，他就会跑马，跑着跑着，就瘦成了这个样子。格热妈还说，"精"是啥？是他的肉，他的骨髓，他的命气，这些好东西都流到他裤裆里去了，他能不瘦吗？说到这里，格热妈大声地笑了，是那种非常像男人的笑。

这个故事，格热妈说了不止一次，她并不知道，自己讲这些事时，妙音想到的，却是龙多格热——格热妈讲的每一个故事，妙音在心里都换了主角。那故事的主角，都成了龙多格热。这让她非常痛苦。但同时，她仍会不可遏制地这样联想。于是她想，索性，就不爱他了。她是个追求完美的人——至少心里如此——她觉得，她心里的龙多格热已叫打碎了，那就索性放弃算了。

有时候，这种想法会让她非常轻松。她会想，哼，跟我没关系了，你愿干啥干啥去！她朝着臆想中的龙多格热很解气地努努嘴。

但紧接着，她发现，要是真这样了，她的苦日子就开始了——她不能忍受没有龙多格热的人生，尤其是在这种当人质的日子里，她不能没有他。于是，龙多格热又会蛮横地闯进她的心里，让她痛并快乐着。

就这样，妙音的心像鏊子上的饼子一样，翻过来，倒过去，无论翻和倒，她感受到的，都是煎熬。

要是她爱他，她忍受不了他叫她嫁他弟弟的事实，也忍受不了他跟春妮的那些故事；要是她不爱他，她又觉得自己的一切，都没意思了。

第五章　战事

1. 出征

　　沿着龙多格热的宿命通道，我继续上行。我感知到一种被压抑的生气，一种被扼杀的生机，一种被掩埋的活力，也发现，一种凶险即将破土而出，而关于它，我观察的主角却浑然不知……

　　龙多格热当然不知道妙音的心里有这么多的鸡零狗碎，他的心叫别的事填满了。

　　自打上回惩罚了兰猞猁后，龙多格热就做好了准备，等着对方来报复。但几个月过去了，倒也没见兰猞猁有啥动作。按说，像他那样把人家的牲畜赶回来，是不合规矩的，但也许兰猞猁自己觉得心虚——那破坏经堂造的罪业太大了——才没敢前来报复。

　　这天，总管瞿爷召集长老们开会，他向大家宣布了一个消息：相邻的作盖土司和羌土司之间，发生了地盘上的纠纷，起因是北山部落和邻县的作盖部落在争夺草山，北山部落打不过对方，便向羌土司求救。

　　按过去的规矩，家庭与家庭之间的纠纷，要是自家能解决的话，部落是不参与的；部落与部落之间的纠纷，要是部落自己能解决，村里也不参与；但要是自家解决不了，抗不过对方，你可以向上一级求救。像北山部落就是抗不过作盖土司，所以向羌土司求救，只要他求救了，羌土司就必须出兵，这是土司的职责。要是羌土司不履行这个职责，北山部落就会投奔一个能保护他的土司。

羌土司管着四十八个旗，羌村是其中的一个。

阳寨是羌村最大的寨子。按沟里的规矩，羌土司一旦出兵，每家都要出一人。在龙多格热家，当然就是龙多格热了。他又是村里的军事主管，像这号事，他想躲也躲不了。但要是由了他选，其实他是不想参与的。自打他闭关之后，对打仗之类的事，就不太热衷了。虽然有时也会血气上涌，想做些打打杀杀的事，但总的来说，他还是学会了克制。他知道，夺了人家的命，自己也得拿命来偿还的。

这次出征，羌土司非常重视，过去出兵，骑兵们要自己鞴马，自己带枪，自己带口粮，但这次，骑兵们不用去管口粮的事，由羌土司统一提供。而战事的结果，也如羌土司所愿，获得了大胜。为此，博学多才的阿尼作了一首歌，此后的多年中，凡有大型的玛尼会，阿尼就会唱起这首歌。而再过了许多年后，土司政权消失，这片大地进入了另一个时代，这段记忆就随着阿尼的歌，流传了下来——

> 那个时候大地是方的，
> 像铺满了金色的卡片一样；
> 那个时候天空是圆的，
> 就像盛开的花朵一样。
> 金色大地上有一个土司，
> 他是这片土地的王。
> 他是西部最大的土司，
> 他是雷神的后代，
> 也是战神的化身。
>
> 雷神的后代非常勇猛，
> 他们用枪打穿了敌人的心脏，
> 打穿了他们的肠子。
> 羌村的人像奔腾的洪水，
> 他们冲锋陷阵，

非常勇猛；
扎古录人就像滚滚的乌云，
打仗非常团结，
气势汹汹；
完茂的人就跟闪电一样，
他们的脾气非常暴躁，
一看到敌人，
就会变成闪电，
能撕裂整个天空……

作盖土司非常懦弱，
但狡猾得像是狐狸一样，
而且他非常傲慢，
谁都放不进眼里。

再说那一次大战出兵之前，
羌土司在延寿寺供了斋，
阿卡念了奶格吉祥经，
以保佑战争能取得胜利。

作盖土司也在寺院供斋，
但这样的行为帮不了他，
就像狐狸虽然想统治森林，
但它斗不过森林之王……

2. 集结

宿命通的光明境中，龙多格热带着他的人前往集结地点。阳寨派出了上百个骑兵，他们都骑着马，背着枪，挎着刀，很有气势。

羌村人一向英勇善战，每逢兴起战事，羌村的骑兵都是羌土司的先锋部队。百十年来，他们立下了赫赫战功，因此，羌土司非常看重这支力量，每年只是象征性地收二十多斤酥油，不做更多的要求。哪怕沟里发生一些过分的事，羌土司往往也会睁一只眼，闭一只眼，大事化小，小事化了。包括在战场上，羌村人也只负责战事上的冲锋，别的粗活，羌土司会叫其他旗的人去干。

每次出征之前，羌村的骑兵都会集结在一个叫卡木车的地方——过了谷水之后，你会看到一个很大的草场，这里就是卡木车——骑兵们集结完毕时，队伍就会显得非常雄壮，行进起来，马蹄声能震得山抖。

三年闭关之前，龙多格热喜欢打仗。一听到有战事，他马上就会兴奋起来。他知道这不好，但控制不了自己。他认为，这是他的天性。当他明白好杀好战是自己的天性时，就觉得自己会不得好死。在一次醉酒后，他说出了这话，话一出口，妈就骂了他。妈不喜欢听他说这样的话。她虽然信佛，但不相信杀生一定会短命的说法，因为她爹是猎人，杀了一辈子生，光是熊就杀死了一百多头，狼至少有几千匹了，但他还是活了差不多一百岁，而且死前没大的痛苦。妈认为，有些人的杀生会影响寿命，有些人的则不会。她将杀生分为两种：一种是有意的作恶，这当然不好；另一种，则是上天赋予的责任。她爹就属于后一种。爹杀了无数的生，也帮了无数的人，一身正气，从不做亏心事。也许，正是这一点，让爹长寿了。妈认为，龙多格热就像她爹，虽然他喜欢杀生，但杀生是他的天性——只要是天性，那就是上天赋予的一种使命。妈就是这样劝龙多格热的，她想消除他的心病，但后来，他还是没躲过命去。

龙多格热带着他的骑兵赶到卡木车时，其他村的人也到了，卡木车集结了上千人，人欢马叫，热闹非凡。龙多格热喜欢这种味道，他的心沸腾着。死眉死样好几年了，终于又活泛起来了。以前，跟肋巴佛的那几年，他也干过几件叫他兴奋的事。后来，他回寨子了。再后来，他闭关了，心虽然静了，但同时也麻木了。他希望，能有一点啥事，让心热闹一下。

本来，报仇就是一件让他的心热闹的事，但人家躲了起来。山很大，他带人找呀找呀，总是苍蝇撵屁。扑空几次后，心也就疲了。于是，日子就寡淡了。这一次，终于又可以唱一出好戏了。他很高兴。之前的不愿参与，也像是清晨的露水，叫天性的烈日一照，就消失无际了。

龙多格热意气风发，他扫视了一圈自己的人马，大伙儿的精气神都很足，尤其是红豺。红豺跟了龙多格热很长时间，身手也好，脾性也有点像龙多格热，那股狠劲，甚至超过了龙多格热，有不少人把他看成下一任阳寨寨丁头的人选。对此，龙多格热并不在意，虽说进入那场景时，他会立刻被激活了天性，但冷静下来时，他又会觉得乏味，觉得这些事没有意义。尤其是完成了当天的禅修后，他就会产生一种浓浓的出离心，不想再管那些打打杀杀的事，只想一心去修行。可这只是他的理性，他理性上虽然向善，但打仗还是让他感到兴奋，他的兴奋出卖了他，他不能不承认，自己还没修到能"放下屠刀立地成佛"的地步。他觉得有些失落，但这情绪只是一闪而过，很快，他又壮怀激荡了。于是他想，不管了，先痛痛快快地打完这一仗再说。

姐夫毛旦也很兴奋，出发前，他把自己的刀擦得雪亮。本来，他还有一杆枪，后来，因为没酒喝，他就用它换了一百斤青稞酒。……那可真是把好枪呀，虽是火炮儿枪，装的是火药不是子弹，但好用得很。龙多格热很喜欢那枪，用它打过好些野兽，其中还有五匹狼，所以，毛旦拿它换酒喝后，龙多格热心疼了很久。他找到枪的新主儿，想换回来，对方也答应了，却加了利息——他怕龙多格热在青稞酒里掺水，所以不要酒，想要一百斤酥油。那时，酥油的价格是青稞酒的两倍。龙多格热不随喜对方的贪心，就没要。但每次提起这枪，他还是会生毛旦的气。因为这个原因，龙多格热有了支配村里的二十杆快枪的权力时，就没给姐夫留上一杆。当然，这除了是对姐夫的惩罚——这号事，只有败家子才干——之外，也是因为姐夫年纪大了，上四十了，那二十个常备寨丁都是二十多岁的小伙子。另外，龙多格热也怕他喝醉酒后，拿了枪闹事。没武器时，姐夫要是酒后闹事，一条汉子就能降伏他，一旦有了枪，姐夫就得志猫儿欢似虎了。而且，龙多格热怕姐夫打着自己的旗号借枪，还告诉那些寨丁，自家的枪不能借人。所以，毛旦一直对龙多格热有意见。不过，这次出征，毛旦很高兴，虽然不少人都有枪，只有他没枪，只有刀，但他仍是兴致冲冲地把那刀擦得雪亮。

杀呀！杀呀！看到那么多人时，毛旦就抢了刀叫。但因为人多声杂，没几个人听见他的叫声。龙多格热皱皱眉头，嫌他给自己丢脸。毕竟，他是自己的姐夫。虽然龙多格热一直没叫过他姐夫，只叫他毛旦，但人们一提起毛旦，仍会说那是龙多格热的姐夫。谁叫他龙多格热也算是"名人"呢？在羌村，提起他的名字，至少有一半人知道——不排除另一半人孤陋寡闻，没听过关于他的传说——但是，如果按这个标准来看，在羌村，毛旦的名气也许比龙多格热还大，因为，那些不知道龙多格热的人，大都知道毛旦。这不奇怪，因为毛旦有匹好马——那可是羌村最好的神骏，曾经连续好几年，夺了羌村赛马会的第一名——前边说过，张香子就是被他那第一名的神气熏昏了头，才嫁给他的。后来，那神骏老了，但它下的种里，又出了一匹神骏，而这匹神骏，恰好又是毛旦养大的——因为养不过来，毛旦把老神骏的孩子大多送给了别人，自己只留了一匹，谁想，送人的小马驹都没继承爹的天赋，只有毛旦留下的那匹成了神骏——阿尼就说，毛旦有养好马的命，这也是人家前世修下的福分。在最近的一次赛马会上，毛旦又夺了第一名，全羌村都笑疯了。

百姓们都笑那些骑手，说他们平日说大话吹牛皮，一到赛马会上，竟然跑不过一个二流子毛旦。因为近二十年中，毛旦常夺跑马第一名——不是走马，是跑马，走马像竞走，跑马像百米冲刺，规则是不一样的——毛旦的名气肯定盖过龙多格热了。所以，一些人介绍龙多格热时，竟然会说，这是毛旦的小舅子，让龙多格热哭笑不得。

这次，四十八旗的骑兵都要到土司衙门前集结，然后一起开拔，前往边境。

龙多格热以前就认识羌土司。羌土司是一个雄壮的汉子，打交道时，也很让人舒服。他说，自己是雷神的后代，其祖先就是雷神的杨四郎，在北国招亲，繁衍生息至今。当地人有崇拜祖宗的习俗，要是能攀个有名的祖先，是一件很长脸的事。

羌土司将四十八旗的骑兵编成了团，十六旗为一个团。要是所有的人马都到齐，每个团可以有一万多人。羌土司一直很看重龙多格热。龙多格热离开肋巴佛回到羌村时，羌土司宴请过他。当时，羌土司希望龙多格热能到土司警卫营里当个副营长，但龙多格热没答应。因为那时，龙多格热觉得太累了，想好好缓一缓，家里的仇也还没报。他之所以离开肋巴佛，就是为了给二弟和外甥报仇的，但仇人却失踪了，找了几次都找不到，所以他才会去闭关。这一入关，就是三年，三年后，他的仇恨也淡了，打打杀杀的心也淡了——遇到某种机缘，又被激起好战的天性，这是另一回事，至少在理上，他确实已经生起了出离心，时不时就想换一种活法，不再参与红尘的游戏。当然，这些都是后话了。在跟羌土司见面的当时，他并不知道自己下一步会做啥，更不知道自己会当寨丁头儿，他只是觉得累。对于他的拒绝，羌土司也没觉得有啥可不高兴的，要是他没有坐到那个位置上，没有受到责任和权力的裹挟，他或许也会产生这类念头。于是他只说不急，你啥时愿意了，可以来找我。后来，龙多格热一直没找过他。再后来，龙多格热当了阳寨的军事主管，虽然没副营长权大，但自由。龙多格热宁当鸡头，不当牛尾，不喜欢叫人管。他明白，他这种人，要么当头儿，要么连尾也当不好。

龙多格热对羌土司的印象很好，认为他有骨头，有脑髓，有血性，是条汉子。羌村人也非常喜欢羌土司，这片土地上，流传着许多神化羌土司的故事。毕竟，土司家族已有六七百年的历史，只这事实本身，就有叫人尊重的理由，加上羌土司爱民如子——他征的赋税一直很低，羌村有那么多草场，有几万人，他每年却只收二十多斤酥油，这样的惠民政策，在历史上是不多见的，羌村人怎么会不爱戴他呢？

而且，龙多格热对羌土司不是盲目崇拜，他是经过理性判断后，对羌土司有了一种由衷的认可。他在肋巴佛那儿，听到过很多关于羌土司的故事，有些是正面的，有些是负面的。负面的故事里，羌土司被说成了一个非常好色的恶棍，甚至霸占过自己属民的老婆。但不管事情真假如何，都影响不了龙多格热对羌土司的好印象。在龙多格热的标准中，好色算不上毛病，好男人同样会好色，他自己也好。只要在道德伦理许可的范围内，好色还是优点呢。村里人常说，只要鸡巴硬，身体没大病。意思是，好色说明你身体好，精力足；要是你色都不好了，就要小心了，因为你的身体可能出问题了。当然，要是羌土司真的霸占了属民的老婆，那就有悖伦理道德了。但龙多格热相信羌土司不会这么干。关于他，也有很多流言，他知道流言大多是半真半假的，所以他并不在意。他相信的是自己的眼睛和直觉。他能感觉到，羌土司是一个非常大气的人，他有见识，有胸怀，也有野心，那种卑鄙小人的行为，他大多是不会做的——龙多格热的判断很可能是对的，因为，羌土司很少把心思用在这方面，他的格局很大，观念也非常开放，他常常订阅一些外地报纸，研究外面的世界。因此，他的眼界非常开阔——在这方面，龙多格热甚至觉得，他超过了肋巴佛。龙多格热就喜欢他身上的这种气质。

人员集结完毕后，羌土司开始训话了。他的训话非常直接，主要就是这次为啥打仗，对方的土司为啥坏，要是不教训对方，会有怎样的后果。这些，龙多格热也知道，从阳寨出发之前，他也给自己的部下说过类似的话，但同样的话，从羌土司口里说出，意义就不一样了。于是，骑兵们发出震耳的呐喊声，天摇地动的。

随后，队伍出发了。以各旗为单位，羌村算一旗。每一旗中，以村为单位。每个村中，以部落为单位。各管各的人。

只见，浩浩荡荡的人马向作盖部落的边境冲去。

3. 毛旦的感觉

毛旦喝了一点酒，有些热血沸腾了。

他出发时，装了一皮囊酒——别人用皮囊装水，他装酒——他不敢一次喝太多，每到想喝时，他就偷偷抿一口。但因为他老是想喝，虽然每次只抿一口酒，但时间一长，也就晕乎乎了。

渐渐地，毛旦觉得，全世界都在看着他。他认为，全世界，中国人最勇敢；全中国，羌村人最勇敢；全羌村，阳寨人最勇敢；全阳寨，他毛旦最勇敢。所以，自己就是世上最勇敢的人。他一直沉溺于赛马获胜后，万众欢呼的那种陶醉里。那感觉真好，仿若盖世英雄。在众人膜拜中，他的心里升起了冲天的豪气。他多想让那"盖世英雄"的自豪感，无时无刻不在，无地无处不在，就像那永不落下的太阳一样，一直照着他，使他发光。但太阳总有落下的时候，毛旦的英雄光芒也总有暗下来的时候，一清醒，他就会不由自主地陷入沮丧。而且，村里那些知道他底细的人，并不像观看赛马的陌生人那样，老是将崇拜的目光投向他。只有那些爱马的年轻人，才会时不时对他说一些赞美的话，但他们只是在讨好他，因为，只要把他哄开心了，他们就可以骑了他那神骏驱驰一阵。其他人，尤其是老人们，总说他是不务正业的二流子，这让他心里很窝火。

毛旦一直不觉得自己是二流子，也不觉得自己比别人差，他属于那种自视甚高但脑子缺根弦的人。他总以为自己很强，总是将两匹好马带给他的荣耀，当成了自己的整体实力,于是,他老是会飘飘然,自我感觉老是非常好。加上他一直不顾及别人的感受,总是活在自己的世界里,于是,身边的世界就总是轻视他,在生活中,他一直没有得到他认为该得到的喝彩。这也是他喜欢参加赛马比赛的原因。但比赛毕竟是短暂的,人潮散去后,生活如常继续,回到村里的他,又成了那个被人轻视的二流子。只有在喝酒之后,他才能找回赛马获胜后的陶醉,因此,他非常喜欢喝酒,即使一家人吃不饱肚子,他也要喝酒。而这一点,又加重了别人对他的轻视,而他自己却一点儿都不知道。

毛旦走在阳寨队伍的最前边。毛旦的马快——他的马几乎是整支队伍里最快的——他只要想往前冲,谁也超不过他的。但因为以旗为单位,他才没有冲到整支部队的最前面。虽没冲到最前边,但毛旦的感觉还是很好,他觉得是他在带领着这支队伍,于是就时不时抽出刀子,驱马疾驰一阵。

他喜欢马刀,有人想用好酒换他的马刀,他都不换,因为他喜欢好马配快刀。他觉得马刀比枪要过瘾。前一次有战事时,他用刀劈过一个人,从头上斜斜地劈下,那人的头和一个膀子就没了——这事儿,村里人都说怪,因为没啥力气的毛旦,竟能一刀劈掉人家的半边身子,于是,大家都说毛旦有把好刀,却还是没人觉得毛旦英勇——他看到一股血喷上天空,红红的一片。那人的马并不知主人已死,那身子也不知道主人的头没了,还在随了马前冲,冲出老远,剩下的身子才倒下来,脚却仍挂在马镫上,叫那马拖了,渐渐地,从视野里消失了。

毛旦永远忘不了刀劈活人的感觉,它一直活在毛旦的记忆里。以前,枪还没被换酒的时候,他也用过枪,虽然那炸响也很震撼,但总是没有使刀那样酣畅淋漓。

毛旦的刀是一把好刀,是他用另一匹好马跟一个马家骑兵换的,据说是一把东洋刀——不然也值不了一匹好马——虽然很旧,但钢火好,上过战场,饮过血。有时打仗前,刀会自个儿响,那声音不大,很脆很轻的一声,有时是两声。阿尼说,这是因为刀上附了灵魂。至于究竟附着啥样的灵魂,阿尼没说,只说有两种可能:一种是战神,有时候,战神会依附在战士的刀上,行使自己的威力;另一种是冤魂,死在那刀下的人,灵魂会依附在刀上,只有这刀砍死另一个人时——这就等于他寻到了替身——他才会超生。毛旦喜欢前一种说法。他坚信是华岗战神附在他刀上。这样,他就跟华岗战神一样了。每次想到这儿，他就会热血沸腾。

那感觉，真是好极了。

以前，喝上一点儿酒后，待那一点醺醺的醉意升上来，毛旦就会骑了马，沿了那沟上行，到相对宽敞些的地方，栽几个草人，再驱马到远处，风一样卷了来，像骑兵砍敌人那样劈草人。开始时，刀常常落空，惹得跟来围观的年轻人哂笑，后来，他几乎就百发百中了。

这游戏，是毛旦微醉后常玩的。有时候，为了能骑骑他那好马——一般情况下，他绝不让别人碰他的马——年轻人也会鼓动他跟大家比赛，输了的，给赢了的买酒。这样，就算赢不了毛旦，他们也能骑一骑那马。毛旦当然是赢多输少，但有时喝酒一多，他也会失手。那些聪明的年轻人，就会选毛旦醉了——不是大醉，也不是小醉，是中醉，就是身子骨还能自主，不会摔下马来，但神志已有些恍惚了，不能准确地砍中目标——的时候进行比赛。要是毛旦不比，他们就用激将法激他，这时，毛旦就会举了那刀，乱劈一气，不但大出洋相，最后还会输上几瓶酒。这种比赛虽然只是游戏，但在客观上是很好的训练，经毛旦那样一训练，村里年轻人的马上功夫就很好了，他们都能不离开马背捡地上的哈达，摘地上的小花，比其他寨子的人厉害很多。嘿，后来一遇战事，那些不起眼的小伙儿，就都成杀人魔王了。于是，一旦打仗，阳寨的勇士们总是冲锋在前，所向披靡，抢刀之后，多能看到喷向天空的血雾。

不过，在村里人眼里，这事扭转不了毛旦的形象，他的行为还是惹人发笑。因为，他的那些爱好，在村里人看来都是不务正业。村里人认为的正业，是念经、放牧和种庄稼，像这种跑马玩刀的勾当，偶尔玩玩可以，要是浸淫在里面，就分明是二流子了。所以，毛旦总是盼着有一天，村里人能对他大吃一惊。

在毛旦的幻想中，打仗就是他翻身的机会。因为他老是觉得华岗山神——当然也是战神——附在他的刀上，只要打仗，村里人就会发现他的神勇，觉得以前小看了他。于是，他就老是盼望打仗。这很奇怪，因为他根本就没有和欲望匹配的战斗力，他连跟阴寨人打架都打不赢，却认为自己可以在战场上立功。他不知道，因为游手好闲，不爱劳动，自己的力气并不大。跟妙音哥哥们的那两次打架，他也参加了，也想发发威，但人家根本不给他摆架势的机会。人家只要扑上来，抱了他，就能像村里娃儿甩蛤蟆一样，把他摔倒在地上。除了养马和骑马在行外，毛旦啥都不行，他练习的那些技法，打架时都不实用。比如跟妙音家的那两次打架，第一次因为事发突然，他既没带刀也没骑马，三两下就被人家给撂倒了。后来他回想时，还有些后怕，觉得自己幸好没骑马，要是骑了马，也许就叫人家抢了，他就没活头了。第二次他倒是拿了刀，但只砍了帐篷几下，还没等砍到人，就被那个偏胡子一棒子敲晕了，等他醒过来时，就看到了躺在血泊中的儿子——虽然那儿子，从来没有叫过他"爹"。

不过，那事并没有摧毁毛旦良好的自我感觉，他还是觉得自己有一身好本事，只是一直没有用武之地。所以，这一次出征，他是鼓足了劲的。

4. 意外的突袭

终于，到了两军决战之地。那决战场地，一般在两个土司地盘的边境相接之处。

他们抵达边境线上时，作盖人早到了，已扎了帐篷。看得出对方的人马也很多，几百顶帐篷，像一个个巨大的蘑菇，散在一处山洼里。

自从有了快枪，打仗就跟过去不一样了。没快枪时，打仗总是一窝蜂拥了去，抡了刀乱劈，至多先放一阵箭，但现在，没人敢那样了。因为两军都不是正规军，都是靠一股热情来的。所以，到了之后，他们也不急着冲锋，而是先安营扎寨——其实是扎帐篷。有时候，草原上的一些战事，不一定非要你死我活，反而有点像游戏，常常是打打谈谈，再谈谈打打，时不时放几枪，再派个人过去说和一下。大家都有演戏的心，毕竟，对方跟自己没大仇，犯不着去拼命。倒是跟自家人打起来时，那阵候，像是不见血，不死人，就不罢休似的。因为一路上动不动就想喝酒，到边境时，毛旦已有些醉醺醺了，好在神志还清楚，身子骨也能自主。这是喝酒的最佳状态了。以前，他总是在这种时候骑马舞刀，对着幻想中的敌人，杀出满心满肺的威风来——一次，阿尼在玩笑中，竟然将他的这种表现称为意淫。

正是在这种冲动中，毛旦兴奋地发现，敌人就在前方，他们的帐篷都已支好了，一些人正在起灶做饭——一般是煮羊肉——对方也看到了他们。对于羌土司人马的到来，对方并没有如临大敌。因为，按常规，先得谈，谈不成再打。许多时候，会相峙好多天，只要没有大的仇恨，谁也不想往大里闹事。都知道，打仗会死人的，要是像古人打仗那样，一窝蜂冲了去，杀呀砍呀，不一会儿，几千人就报销了。到时候，杀敌一千，自损八百，说不清算是谁赢谁输。这号仗，轻易打不得，又不是什么过不去的坎儿。好些人都这么想，就将打这种仗当成游戏了。

毛旦却没有当成游戏，他可算盼到了尽显英雄本色的时候。他大吼一声，一夹马腹，举了宝刀，就冲了上去。他的马快极了，对方还没回过神来，他已冲到近前。只见毛旦抡了刀，发出可怕的奇怪声音，有点像山中的猿猴在惊叫。那些正在做饭煮肉的作盖人一下子慌了，四散而逃。毛旦的刀本想找个脑袋来砍，但眼皮子下是帐篷，他就先砍帐篷。他一下就砍断了扯帐篷的绳子，帐篷一下就塌了，这一下，帐篷里的好些人就叫蒙在里面了，四下里都在蠕动。毛旦也懒得回头杀那些蠕动的人——那样得收马回来，浪费时间——就顺了马势一直前冲，一路砍那些帐篷绳子。很快，好些帐篷就倒了，引发了遍地惊慌失措的惊叫声。

作盖人的阵脚完全乱了。

龙多格热本来也想像以前那样，先安营扎寨，吃完饭后再商量如何打仗，一见毛旦这样，觉得是个好机会，就喊一声"冲"，带了阳寨人冲了上去。他们几乎没有遇到任何有效的抵抗——大部分敌人还在帐篷下蠕动，那些挣扎着爬出的，也因为惊慌失措，只顾着逃命，来不及思考，也来不及寻武器。于是，他们就成了绝好的射杀标靶。……枪声响了，先是一声，然后炸响了一片。那些逃跑的人，一个一个地栽倒了。

毛旦砍了一阵帐篷，见到眼前有人影晃动，就开始砍人。他完全找到了砍草人时的感觉，他的马也成了旋风，卷到哪里，哪里就一团混乱，血肉横飞。虽然也有人向他开枪，但他的马实在太快了，来不及瞄准，他就卷向远处了。喊杀声惊天动地，除了阳寨人，其他四十七旗的人也叫毛旦的旋风裹进来了。大家本来就是怀着满腔热情来的，此刻有了机会，就开始尽情宣泄了。他们的单兵作战能力都很强，要是胜了，就是一阵旋风冲锋；要是败了，也是一阵旋风逃跑。……他们本来还想着好好多打些日子哩，因此带了很多牛羊、炒面和酥油，没想到，脚跟还没站稳，对方就哗啦啦败了。

对方好些帐篷里还有人在蠕动，有些子弹就飞向那儿，帐篷便开出一片片红花。对方的伤亡越来越重，却始终没人发起反击。有些人不顾一切地跑向远处，他们或是去骑马，或是已经骑在了马背上，但他们并没有组织进攻——他们似乎已经放弃了进攻的打算，一心只想逃命了。因为他们也是牧民，平时放牧，战时出征，本来就没有经历过系统的训练，内心也没有对敌人的刻骨仇恨，没有必须拼命的动力和理由。再加上此刻，他们都被这股突然扑来的旋风打晕了，指挥作战的人不知道在哪儿，武器也大多被压在了帐篷下。他们慌乱无措，也就只有先逃命了。那就都逃吧，这阵候，也没人有心思去打仗了。

龙多格热喊：投降的不杀！投降的不杀！因为他发现，好些人是见人就杀的，于是赶紧这样喊。没想到，他这样一喊，没走的作盖人就都投降了。

于是，那些能逃的，都逃了，那些不能逃的，就都当了俘虏。当了俘虏的人里，有一个是头人，是从倒了的帐篷里被捉出的。

据他说，帐篷倒时，他正在商量作战计划呢，结果仗还没打，就糊里糊涂地当了俘虏。

他当然不服，因为按他的计划，他们定然会赢的。但没想到，叫对方打了个措手不及。

龙多格热当然也没想到，他还想好好过一过打仗的瘾呢，谁知道，叫毛旦这一搅，战事很快就结束了。但很快结束也好，起码自己这边没啥死伤。说真的，毛旦能闹上这一出，也真是让他刮目相看了。过去，虽说他知道毛旦老是做砍草人的游戏，但他并没有想到，到了真正的战场上，那二流子毛旦，还真能立战功呢。这下，毛旦真是一雪前耻了。

龙多格热还发现，按帐篷的数目来看，在对方的队伍中，被杀和被俘虏的人不在多数，绝大多数人都逃走了，但逃了就逃了，用不着去追杀的。再说，就算你想追，也没法追。因为逃走后的他们，已经是一个个牧民，而不是一支队伍了——以前打仗就是这样，胜了，大家会浩浩荡荡结队而归；败了，就会各自逃回家，你根本认不出他们谁是兵，谁不是。所以，以前的牧民们打仗，是没有彻底将对方歼灭一说的。

战事提早结束的另一个好处是，战利品很多，主要是牛羊。作盖人带了很多牛羊。看来，他们也是准备多打几天的。这不奇怪，羌土司的势力很大，光是他麾下的羌村人，就因骁勇善战而名声在外。他们定然也知道这场仗不好打。但他们万万没想到，战事还没真正开始，就因一个醉汉不按常理出牌而结束了。

　　当然，他们并不知道毛旦喝醉了，也不知道他在羌村是个另类，他们以为羌土司的人都是这样不顾死活的。他们心想，人家一个人都这样疯狂，要是都扑了来，定然是势不可挡的。于是，他们就连抵抗的心都没了。所以，打垮作盖人的，其实不是毛旦，也不是羌土司的队伍，而是作盖人自己的错觉。不过，这是后来他们的说法，在毛旦冲来的那个当下，他们也许什么都没想。那阵势，有点像雪崩，只是稍稍有了个动静，雪山就大面积地崩塌了。当然，也可能是他们本来就没想为作盖土司卖命，他们只是在等一个逃跑的理由，只要有了那理由，一切就顺势发生了。

　　总之，对于那滑稽的一幕，后来有了许多解读，但在那个发生的时刻，一切都是非常简单的，甚至有一种顺理成章的味道。

　　在分发战利品时，阳寨人因为建了头功而分得较多，分到了十三头牛四十多只羊。这些战利品，都成为了村里的公共财产，由大家共同享受。当然，大家最在乎的，其实不是战利品，而是那种战胜敌人的荣耀。毛旦当然最受尊重了，虽然酒完全醒后，他有点后怕——他在上冲时，只要有个枪手瞄了他扣扳机，此刻就没他了——但他只是在心里怕，嘴里仍然吹大话如溜四海，那语气，有一种吞天吐地的架势呢。

5. 战利品

　　阳寨人的战利品中，还有二十五个俘虏，在阳寨人眼中，这其实是人质。其中一个是头人，据说叫先也，其他的是一般百姓，只要绑了那头人，别的人就乖了。将来，这些人就是谈判的筹码。

　　作盖不很大，跟羌村差不多，以前作盖人虽和羌土司的人有过冲突，但很少有这类大的血腥事件。因为作盖境内的寺院，也学习延寿寺的教法、传承等一系列内容，两地在信仰上没有分歧。两家起战事时，要是没有寺院的支持，血腥味会淡很多。但这次，作盖土司想占去羌土司领地里的草山，这有点过分了，羌土司才出兵的。虽说羌土司的兵力比作盖土司雄厚，但若是认认真真打仗，双方肯定会各有伤亡，战事也绝不可能这么快结束。但有了人质，下一步的谈判，羌土司就能主动很多，对方要么在草山问题上让步，要么就拿牛羊来换人。羌土司当然希望用前一种方式解决，因为，草山问题要是不能解决，打仗就是迟早的事。要是真打仗，作盖人下次就一定会有所防范，不可能再叫羌土司的人奇袭成功。不过，羌土司也只能随缘，他知道，越是领地不大，草场不多的土司，就越有危机感，他不会轻易放弃草山的。所以，他们更可能选择第二种方式，也就是交赎金。草原上的赎金，就是牛羊，拿牛羊来换人也成，别的不说，至少能解解气，也能为各个寨子增加点收入。

这一次的俘虏其实不很多——那些作盖人跑得真快——要是按旗按村均分的话，阳寨分不了这么多人质。但这次，是按战功分的，所以，毛旦这次，真成英雄了。

凯旋的勇士回到了阳寨，村里人都夹道欢迎。毛旦骑着他那匹著名的马，走在最前面。他频频挥手，一脸的英雄气，一身的得意劲。在他们进村之前，龙多格热已安排人前往村里报喜，于是，村里有很多人在煨桑，还有人准备了哈达、青稞酒。以前，村里男人也出征过，但很少有这样的待遇。因为近来，正好跟阴寨有冲突，少不了会有战事，总管翟爷也想借着对归来武士表达敬意，提倡他想提倡的东西。

几位长老在村口迎接了。娃儿们欢呼着，女人们一脸的笑，但有人的笑里还带着一丝担忧——她们不知道，自己的丈夫是不是平安无事。当然，这种担忧，在见到亲人的刹那，就像被曙光照射的黑暗那样消失了。

村里人前呼后拥，把勇士们拥进了经堂，里面早已摆好煮好的羊肉、油炸面食、酥油和奶渣等。奶茶也熬好了。俘虏们被集中关在一间房中，等待处理。分来的牛羊，也先圈到了另一处。

总管翟爷先发言，夸一阵毛旦——他已经听过报信的人讲那过程了——又表扬了一下全体勇士们，就安排大家吃喝。

龙多格热说，真的饿了，去时说不用带食物，这次由土司管，啥都没带。想着按惯例，到那儿先吃些东西，歇一歇，再慢慢地商讨战略，没想到马上就开战，又马上就结束了。打仗时，伙食当然由人家管，打完了，也就各回各家了。回来的路上，大家一直饿着肚子，有人想停一停杀羊煮肉，我说不用，还说，我已经叫人先去村里报喜了，还安顿了叫他准备好羊肉，这样，我们人一到，就有吃的。

正说着，女人们把煮好的羊肉端了过来。大家真有些饿了，都抓块羊肉，吃得满嘴流油。边吃，总管边给大家敬了一碗青稞酒。

龙多格热叫人给先也送了吃喝——此刻，在许多人眼中，先也也是客人了。战场上如何打，那是战场上的事。战事一完，杀气也就消失了，大家心里一般是没多少仇恨的，除非自己有亲人死在对方手里。

龙多格热看到了妙音，她正在一个角落里，静静地望着他。一看到他望她，她就低下头了。

龙多格热心里升起了暖暖的感觉，但他还顾不上去招呼她。他有许多善后事务要办，其中，安置人质的问题，就是最先要考虑的事。

阳寨跟别的寨子打仗时，也会有俘虏。那时，他们一般会把俘虏分到各家管制。除了对一些恶人用镣铐管制外，对一般俘虏，他们都像对自家人那样，吃的喝的用的，都跟家里人一样。按总管的意思，这次也这样。那么，他们就需要分配一下，看谁该到谁家。这事，龙多格热当然得跟长老们商量着来做，他是不能自己作决定的。

按寨子的习惯，大小事务的处理，都要由长老会商定。便是总管，也没有独断的权力——事实上，所谓的长老也罢，总管也罢，寨丁头儿也罢，都没有特权，他们的存在意义都是服务村民，保证寨子的和谐、团结和安全。甚至，千百年来——包括头人领导部落的时代——阳寨一直是没有农奴的，整个羌村都这样。这是一块慷慨且平等的土地，山、森林、草场、河流、动物，都属于大家，只要愿意劳动，任何人都不会饿肚子。只是，有些寨子的资源丰富一些，如阳寨等；有些寨子的资源匮乏一些，如阴寨等。后者的村民在自家的土地上活不下去时，就不得不去前者的土地上讨生活，这时，就容易跟当地人闹草场纠纷。按龙多格热的说法，那解决的方法也简单，就是让出一块地，专门给那些外来人口，这样他们就能活下去，不用提着脑袋跟当地人闹纠纷了。毕竟，谁都想好好活下去，谁都不想背上命债，时时担心有人来寻仇。

除了头人先也因为时时发怒需要关押外，长老会将其他俘虏都分给了各家各户，有的一家一个，龙多格热家就分到了一个年轻人，他叫壮生，是个活泼的小伙子，爱笑，一点儿都不显生，也不慌张，仿佛他不是俘虏，而是来做客的；有的几家一个，几家共用的俘虏，要轮流给这几家人干活；但也有一些家庭没分到俘虏，比如春妮家。因为，俘虏是战利品，是参与战事的人家才有资格分的。但春妮还是想要一个俘虏,因为她家除了爹,就没别的男人了,她家的牧场又没人照顾。所以,她希望龙多格热能将自家的俘虏让给她。

春妮没有出嫁,一直跟爹妈生活在一起。以前,她有过一次短暂的婚姻,给爹妈招了一个女婿。后来,她爹不喜欢那人,就轰走了。爹的脾气很暴躁,村里人都不敢惹。于是,自那人走后,春妮就没再嫁人。

春妮家的牧场不大,只有五十多头牛,因为没人手,他们不敢往远处去,也不敢往大了发展。可即便这样,春妮也很忙,因为她既要照顾年老的父母,又要照顾牧场,只能每日里两头奔波。时不时地,村里人就见她背了酥油,往家里送。顾不过来的时候,她也会向龙多格热求救,有时龙多格热会自己去帮忙,有时也会打发弟弟去。

这一次,春妮一提出要求,龙多格热就把那个叫壮生的俘虏让给她了。

6. 英雄毛旦

夜里,人们在经堂里聚会。这经堂,是村里的文化中心。有事没事,人们都愿意上这儿来。

总管叫宰了一头牛和六只羊,专门庆贺这次胜利。所有人都很开心,尤其是毛旦,因为,他平生第一次赢得了广泛的尊重。这种向往已久的感觉,过去只可能出现在酒醉后的陶醉里,因此,他很兴奋,一次次地讲他的故事,在讲述中,他将自己形容成了一个英雄,吞天吐地,豪气无比。很快,他的故事就无人不知了。

在毛旦的记忆里,这是他最风光的时候,那感觉的美好,超过了赛马获胜领奖的时刻。他早就飘飘然了。连他自己也相信,自己真的就是英雄。后来,在跟阴寨人打仗时,正是这种英雄气鼓荡着他,壮了他的胆,他才不顾对方的枪子儿,一跃而上,扑向对方,结果腿上挨了一枪。

人是很容易膨胀的,对这份认可渴望已久的毛旦,更是这样。满堂的喝彩,夹道欢迎的人群,早就让他忘了自己是谁。下午时分,在一些年轻人的要求下,他曾骑了马,到村外的大道上,现场演绎那场精彩的英雄冲锋。他极力地想要再现那英勇,但村里人看到的,仍是一个滑稽可笑的毛旦。他没能让围观的村人感受到半分英雄气。于是，他认为，那个时候，定然是华岗山神附在了他的身上。

虽然毛旦有些遗憾，但这并不影响他的好心情。在这一点上，他的天分很高。当然，这也可能是他从小练出来的——他一直想得到村里人的认可，却一直得不到。村里人看他，始终就像看一个小丑。久而久之，他就成了不怕烫的死猪，能够在各种白眼和冷遇中保持快乐。只是，他的心底仍有一星小火苗，总想做点什么，让村里人能对他高看几眼。

这次，他的梦想终于实现了。虽然他仍是那个滑稽的毛旦，但因为他立了功，为村里挣来了很多牛羊和劳动力——一旦跟作盖人谈判，那些劳动力又会换来更多的牛羊——心里想笑的村里人，就没像平日里那样笑出声，更没有对他讽刺揶揄。可见，利众的行为非常重要，它代表了人的价值，也给了人们尊重你的理由。

村里人多，那一头牛、六只羊，总管本想只让勇士们享用，其他村里人吃自带炒面糌粑，但龙多格热说不要这样，还是大家一起吃好。于是，在他的提议下，女人们就用那些肉，再加些粉条、野菜和其他食物，做出了满满的几大锅烩菜，大家一起吃。村里人拿出自带的木碗，美美地吃了一顿。

大家都给毛旦敬酒，称赞他是英雄。毛旦来者不拒，一边喝一边吹嘘自己的英勇事迹，很快就醉成一条死狗了。人家刚好也都听腻了他的自吹自擂，就派人将他抬回家去。这样当然最好，否则，毛旦撒起酒疯，一点儿也不弱于阴寨的兰猞猁。万一他把持不住，做出啥出格的事来，这得来不易的英雄名头可就悬了。

毛旦一直睡到次日中午才醒，迷瞪中他睁开了眼，看到张香子在叫他。他一骨碌爬起来，发现屋里有几个阿卡。他虽然有些头疼，但还是马上下了炕——他躺在炕上，阿卡坐在地上，这是很失礼的。他虽然仍有醉意，但还是觉出了这一点。所以，他马上下了炕。下炕时，他的身子还是有些不太听话，差一点儿摔倒。一个阿卡马上扶住了他。

毛旦费了很大的劲，才听明白了阿卡说的话。但他有些不相信自己的耳朵。因为，他听阿卡说延寿寺大方丈朱古想见他。这是从来没有过的事。他当然不相信。于是他再问了一遍，阿卡又说了一遍。张香子笑着强调了，说人家等他好一阵了。毛旦叫吓着了，以为自己做错了啥事。那一刻，他完全忘了打仗的事。

回过神时，毛旦想起来了，明白朱古是听说了昨天的事，但他还是有些害怕，像他这种身份的人，能到朱古住的地方去，是一件荣耀的事，也是一件叫他非常惶恐的事。因为，他的心里，对那些富人和地位高的人，有一种先天的畏惧感。阿卡们笑着将毛旦扶上了他那匹著名的马，还特地嘱咐张香子拿来他那把同样著名的刀，叫他骑着马，带着刀，去见朱古——阿卡说，是朱古这样要求的。

朱古很喜欢这匹马，按说，既然朱古喜欢，毛旦应该供奉的，但毛旦实在太爱这马了。没这马，他就活得没滋没味了。好在温布呀朱古呀阿卡呀，并没说过叫他供奉的话——他一直觉得他们会说这样的话，每次阿卡在他面前开口，他就有些心惊肉跳。所以，这次，阿卡一叫他骑上马去见朱古，他就觉得舌头成干肉了。

他喃喃地说，能不能叫马休息一下？一个阿卡笑道，它休息一夜了。毛旦又说，能不能叫它再吃些草？张香子笑着说，早喂饱了。毛旦有些恨张香子接口了。他狠狠瞪了她一眼。

但瞪归瞪，他还是无奈地骑了马，挎了刀，出了家门。阿卡们也骑了马。寨子离寺院还有些距离，也确实要骑马才能过去的。一见毛旦，村口的娃儿们就喊了，毛旦，再表演一次！

毛旦唬道，毛旦是你们叫的吗？没大没小！娃儿们嬉笑着远去了。

7. 朱古的水果

毛旦忐忑着——他的心怦怦直跳——慢慢进了延寿寺的那个广场，几个小阿卡正在广场上玩，见他过来，都不玩了。一个叫，好马呀！另一个也叫，好马呀！随行的阿卡呵斥了几声，小阿卡就都散去了。那阿卡将毛旦引向一个非常豪华的院子。毛旦知道那是朱古的家。每次到寺院，他都会远远地看这房子，但他从来没进去过——不是进不去，而是他生不起要进的念头——每次，他只是远远地看看而已。在他的感觉中，这地方，不是他这种人进的——他骨子里就觉得自己很低，那房子很高，高到他连仰望的念头都生不起。毛旦只有在骑上自家的马或喝了酒时，才会有一种自信，其他时候，都觉得自己低到尘埃里了。

他们进了那个院子，又进了一间房子。房子里空间很大，中间放了一张桌子，桌子上的吃食攒成了堆，种类也很多，有一种应有尽有的感觉。其中一些吃食，毛旦认得，像手抓羊肉、肉包子、酸奶等——这些，在这里显得很寻常，但在毛旦眼里，却都是稀罕物，因为他家穷，平日里连肚子都吃不饱，更不可能买一些好吃的——也有一些吃食他认不得，他之所以知道那是吃食，是因为它们跟酥油、奶渣们放在一起。后来他才知道，那是一种糖。

毛旦觉得自己在做梦——他一直不敢相信眼前事是真的，就真有一种做梦的感觉了。于是，他掐掐自己的大腿，感到有些木，也有些疼，就确信了不是在做梦。

随行那阿卡——毛旦这才认出他是朱古的侍者——招呼他坐下，还让他随便吃，随便喝，但毛旦哪敢，不要说吃，他连看都不敢多看一眼。因为，按惯例，一个人如果被请到朱古住的地方去用餐，就说明这个人发心供养寺院里所有的僧侣——就算他能力有限，供不了太多的东西，也至少要给僧侣们供一次斋餐。让毛旦发心去做这样的事，是绝无可能的，因为，莫说整个寺院的僧众了，就连老婆和孩子的吃饭问题，都让他时时发愁——当然，这是他自己认为的，别人看不出来，因为他家只有张香子在忙活，他平日里不是喝酒骑马，玩那砍草人的游戏，就是跟几个狐朋狗友瞎诨，实在看不出有啥担当来。甚至，他家就是让他给喝穷的，只要他能少喝些，他的老婆孩子就不至于吃不上饭。但这些，他自己是看不到的，他有另一种想法，也正是那另一种想法，让他能理直气壮地一直喝下去。总之，一想到要供养全寺僧侣，毛旦的腿就软了，他很想问问人家，却又不敢说话，生怕他一说，就会变成现实。于是，别说不敢随便吃了，在那阿卡面前，他甚至连头都不敢抬了。

阿卡见他半天不动弹，就把他让到了一个地方，叫他坐。那地方铺着很华丽的织毯，毛旦怕自己的屁股弄脏了它——这时，他才觉得自己身上很脏——但他还是坐了，可也只是将半个屁股放在那地方，不敢往实落里坐。

他一直很担心自己的马——他总是觉得许多人都在打他马的主意——这一想，又怀疑刚才没有把马拴牢，虽然明明知道这怀疑是多余的，自己肯定拴牢了，但他还是产生了想去看看的冲动。那阿卡看出了他的心事，就说，别担心，这儿没人偷马的。这倒是，他想，谁敢在朱古的门口偷马呢？

阿卡沏了茶，加了酥油，然后递给他。那是很大的一块酥油，在热茶里游着，慢慢地化了，在茶水上油油地浮起一层。毛旦很爱喝酥油茶——这是当然的，这么香的东西，谁不爱喝呢？——但因为心里搁着马的事，虽然喝了，却觉不出香来。

毛旦边喝茶，边小心地打量屋子。屋子里的摆设非常阔气，供桌上有许多佛像，金光灿灿的，还有许多稀奇古怪的东西。阳寨的阿尼家里也有这号东西，有了它们——尤其是那金佛像们——阿尼家就显得很阔了。但那印象中的阔，一跟朱古家比，又显得普通了许多，毛旦就觉得阿尼也是土锤了。……呵呵，真有意思。供桌上还有很多用黄布包着的经，毛旦不识字，不知道是啥经，但知道，能诵那经的人，定然是非常厉害的。

正望呢，朱古进来了。毛旦以前也见过朱古，还叫朱古摩过顶。记得，朱古的手很胖，印在他脑门上，非常舒服。

朱古爱笑，人还没进门，笑声就提前扑来了。英雄来了！毛旦听到朱古这样说。

刚开始，毛旦以为朱古带了个英雄进来呢，就往朱古身后望了望，却发现没人，又看到带他来的阿卡望着他笑，才明白朱古在说自己。这一下，他马上想起自己的英雄事来——因为对马的牵挂，他早把这事给忘了。

毛旦习惯性地跪了，给朱古顶了礼。朱古笑着说够了够了，毛旦还是顶礼了三次，才用半个屁股坐了。朱古递给了他一个水果，他就接了。朱古说，吃，吃。毛旦就咬了一口。没想到，那水果虽然好看，但不太好吃。阿卡侍者笑了，说，剥了皮，剥了皮。毛旦很想剥皮，但不知道从哪儿剥，阿卡侍者就接过来，替他剥了。后来，毛旦才知道，那水果是香蕉——那是一种甜到脑子里的东西。

朱古笑吟吟地望着他，叫他讲讲他英雄的故事。毛旦当然很想讲，但他觉得自己没文化，怕朱古嫌他说话太土，就极力地在记忆中搜寻合用的词汇，想要表达得文雅些。在场的几位阿卡掩口而笑。

不过，紧张只是短暂的，很快，他就进入了角色，将在阳寨重复了无数次的话，又重复了一遍。

朱古笑吟吟地望他，朱古的眼睛很亮。那很亮的眼睛让毛旦脑子里灵光一闪,他忽然觉得,这号英雄行为,功劳不能只算在自己头上。于是,他说,那时定然是华岗山神附体了,凭他自己,是不可能那样英勇的。毛旦还很聪明地补充了一句,当然,主要还是因为朱古的加持。

朱古很高兴,显然,他喜欢听这样的话。他说,土司带话来了,说你是羌村的英雄,是活着的雷神。又说,从今天起,你有事了,可以随时来找我。还说,你可以在大经堂门口骑马。别人不能,你能。

朱古对侍者招招手,那侍者拿过一支枪来,那枪新崭崭的,枪身锃亮,一看就是好枪,朱古说,这是土司托人送来的,叫我奖励给我们羌村的英雄。

毛旦越发觉得像做梦了,但他知道这不是梦。他的心怦怦怦跳得很厉害。他认出,那是一支快枪。真是好枪,他想。他打定主意,无论如何,这枪是不能换酒喝的。这念头很奇怪,但没治,它是自个儿冒出的。

朱古叫侍者阿卡给毛旦舀了一小碗酸奶,毛旦几口就喝完了。朱古的酸奶真好喝。阿卡又舀了一碗,毛旦咕咕咕喝完了。看到毛旦喜欢,朱古就说,你都喝完,这都是给你准备的。

毛旦就真的喝了。他喝了五六碗,还想喝,但酸奶没了。

朱古又递过几个水果,毛旦也接了。这些东西,他一个也没吃过,当然叫不出啥名字,只觉得它们香到脑子里了——虽然有一种水果的味道很怪,有点酸,又比不上酸奶好喝,但还是香到脑子里了。毕竟,这是朱古给的。毛旦希望朱古给他酒,他有点想喝酒了,但觉得朱古不会给他。

他想,朱古肯定没酒,不会有人给朱古供酒。他知道朱古是守戒的,不能喝酒。但怪的是,他刚生起这念头,朱古就从一个地方,取出了一个皮囊。毛旦认出,这是盛酒的皮囊,阿尼也有一个,但没这个好——这个皮囊上嵌了银,还有很多精美的雕刻,阿尼的那个只嵌了银,没有雕刻。他一直希望自己也能有这样一个皮囊,但只是想想,没说。朱古却递给了他。朱古说,这是好酒,本来准备供护法神的,听说你喜欢喝酒,那就供英雄吧。这酒囊,也给你了。酒虽然不是好东西,但能壮英雄胆啊,只要别过量——一过量就会乱性——少喝一些,能活血化瘀的。

毛旦觉得一股潮热涌上心来,他差一点儿落泪了。他想,朱古真好。他又想,朱古要他去死,他也会去的。

朱古问,你是英雄,肯定结识了很多英雄,你眼里,跟你差不多的英雄,还有谁？

毛旦坚决地摇摇头，这是他下意识的反应，代表了他最真实的想法。他眼里，除了自己，真没啥英雄。不过，看到朱古脸上露出了一丝失望，他就说，我想想，我想想。

毛旦想呀想呀，却还是找不到一个跟他一样的活着的英雄，他很想这样回答，但他怕这样的回答朱古不喜欢。他不想叫朱古觉得他傲慢，想给朱古留一个好印象，但也不想找出更多的英雄——那些人们认为的英雄，他总觉得比不上自己——忽然，他想到了龙多格热，除了他确实佩服龙多格热外，还因为龙多格热是他的小舅子。

他就想，要不，推荐龙多格热吧，又想到龙多格热没叫他当寨丁的事，就不想推荐他了。于是，毛旦沉吟道，我佩服的英雄，是格萨尔王。朱古笑道，我也佩服他。但活着的英雄，你还认识谁？毛旦坚决地摇摇头。他心里说，格热，谁叫你不让我当寨丁呢。

他感到很解气。记得，那些日子，他真的好憋屈。你想，眼看着那二十杆新崭崭的枪，却都属于别人，自己连边都沾不着。多气人。于是，他坚决地摇摇头。

朱古笑了，问，你眼中，那龙多格热如何？

毛旦惊慌地抬起头，表情愕然，他想，莫非朱古会他心通？他的脸一下子烧了，仿佛被扒了衣服似的。为了表白自己的大度，他连忙说，他算一个！他算一个！接着，又补充道，我们还是亲戚呢。

朱古显得很感兴趣，又问，你的枪法如何？

毛旦有点心虚，说马马虎虎，但马上补充道，我的枪法虽马马虎虎，但刀法却是一流。

那侍者笑道，这么说，你是敢杀人了。

毛旦说，当然敢。嘿，你没看到，我一上战场，嘿，跟长坂坡的赵子龙一样，真的是人头滚滚呀。土司指哪，我打哪。

侍者笑问，土司的话你听，朱古的话呢？

更是要听了。毛旦抖了一下肩，说，以后呀，我是朱古的一条狗，你叫我咬谁，我就咬谁。

侍者笑说，这话，我可记下了。不过，朱古既然给了你枪，你还是要好好地练，一定要练到百发百中，叫你打鼻子，你打不到眼睛上。那时候，你就来找朱古，当朱古的护法。

一定！一定！毛旦拍拍胸膛。

朱古说，开个玩笑，开个玩笑，别当真。又转头对侍者说，好了，你给装些吃的，送送英雄吧。

侍者取个袋子，装了些水果食物，送毛旦出来。路上，侍者看似不经意地问，你跟龙多格热，关系可好？

这一回，毛旦聪明了很多，说，我跟他，是炒面捏的熟人，就差穿一条裤子了，我叫他走东，他不敢走西的。

侍者破口而笑，说，真这样？又问，那么，你可知道，龙多格热最恨啥人？

毛旦毫不含糊地回答，温布！他最恨温布！

侍者"哟"一声，说，温布跟他又没在一个锅里搅过勺子，他凭啥恨？

毛旦说，听村里人传言，他跟温布抢一个女人……对了，就是那个天女。上回，寺里跳金刚舞时，她也来看过，就是最漂亮最风骚的那个，叫春妮。

侍者说，这就胡说了。人家温布，是出家人，咋会跟俗家人抢女人？

毛旦说，是啊，我也觉得他们胡说。不过，胡说归胡说，龙多格热倒是真的恨温布。

侍者问，恨到啥程度？

恨到想动刀子的程度。上回喝醉了，他就骂温布，说跟他不共戴天。听说，温布也恨他。龙多格热不敢叫阿斌继续在寺里当阿卡，就是怕温布害阿斌，才叫还俗了。

侍者"哟"一声，说，真是这样？又问，听说龙多格热的爹，是个烈性子人？

毛旦说，何止是烈性子，简真……简直……嘿，太烈了！就像……就像是肚子里装满了炸药，一点个雷管，就会爆炸！

侍者说，这么厉害。……听说他有仇必报，是不是真的？毛旦说，那是必然。老听他说，人活着，有仇不报，猪狗不如。侍者"噢"一声，问，龙多格热的那几个弟弟，也厉害？毛旦说，厉害不厉害，不好说，遇到事，倒是敢拔刀子。也听你的话？

当然，我是他们的姐夫呀！他们都听我女人的话，我女人叫他们走东，他们不敢走西。我的女人，又听我的话……嘿，当年，全羌村都反对她嫁我。她说，不叫嫁，就跳进羌河。最后……呵呵，还是当了咱老婆。

侍者摸着下巴，沉吟道，你说你给朱古当狗的事，别乱说。人会笑话的。以后，要是朱古有事需要了，我找你就是了。

毛旦说，没问题，没问题。

穿越时空观察着这一切的我，突然有了一种不好的预感，我隐约觉得，一个巨大的阴谋正在展开。我想提醒毛旦，却又知道，这只是时光通道中的一段残像，七十多年前，一切早已发生。我只能继续往下看。但心里却有了一种悲凉。

想起那穿越人潮默默相望的两人，我的眼睛湿润了。

我知道，一张大网正在收拢，他们只是网中的鱼儿。看似强大的，也终究逃不过命去。每一个人，都是命运的道具。

我看到，龙多格热在时光的那一端看着我，似乎在笑，却没有笑的动作。

不知道，我此刻心中的伤感，是我自己的，还是他的？

也不知道，当他带我回到那段时光，看到那个女子时，他的心里是什么感受？他的心里还有爱吗？他会不会恨？

我看着时光中的龙多格热，他苦笑似的将脸扭向了别处，他望着高高的蓝天。我想，有些东西，也许是他不愿说的。因为，在命运面前，言语一直是无力的。人的心情，不过是岁月大海中的一滴水，但它，却构成了人的一生。

于是，叫"雪漠"的那个我，也苦笑了。如果你此时能看到我，也许同样看不到我脸上有笑的动作。因为那苦笑，只在心底。

8. 英雄的威风

毛旦辞别侍者，牵了马，出了朱古院门。他先取出了酒囊。他不知道朱古给他的是啥酒——他不认得酒囊上的字——但知道一定是好酒。本来，他想回去再喝，在村里招摇一下，但一股强烈的诱惑袭了来——朱古赐的酒究竟是啥味道？真想现在就尝尝。他感到，嗓子眼里多了只手，正在挠他。他忍了几忍，还是拧开了盖子。他想，只一口……一口就行。他四下里看看，见那个侍者已进门了，就偷偷喝了一口。

好酒！他差点儿叫出声来。那种醇厚的味道，一下溢满舌头了，一下化了身子，一下醉心了。……本来，他打算只喝一口，尝过这味道，却忍不住，又喝了一口，陶醉的感觉融了整个身子，他更觉难忍，又再喝了一口……不觉间，一半酒就入肚了。

毛旦摇摇酒囊，坚决地盖上了盖子。他想，还是留点儿叫他们亲眼看看，不然，他们不会相信朱古送酒给我。这念想很强大，竟然盖过了酒瘾。那剩下的一半酒，才得以"多活些时候"，安然躲在酒囊里，被他坚决地塞进怀里。

真是好酒，他想。

虽然有些晕晕的，但他还是好开心。他记得，朱古说过，他可以在这里骑马的——这当然是非常大的荣耀——就上了马。马蹄声响了起来。

他有些后悔刚才喝酒了。他想，要是他们不相信朱古给了我酒咋办？要是他们说我捡了个酒囊自己打酒喝咋办？他又想，不要紧，叫总管尝尝这酒，一尝，他就信了。总管一信，别人也就信了。虽然他有些舍不得叫别人喝，但又想，只叫总管喝一口就行。

一股热涌上来了。……那翻上来的，不是酒性，而是一种豪气。他四下里望望，发现没多少人在看他，心里有些遗憾。他想，要是全羌村的人，都看到他能在寺院里骑马，那该多好。他真的遗憾了，但心里涌上的那一股英雄气，只鼓荡几下，就冲散了他的遗憾。

马慢慢地往前走去。马定然懂得他的心事。马不想一下子离开这里。好马。真是好马。想到马驮了他飞快地冲向敌人帐篷的情形，他的血就越加热了。他取下那杆快枪，抚摸了一阵，想放几枪，但没子弹。他想，朱古应当给他送些子弹的。他不知道这号枪的子弹贵不贵，要是朱古送他些子弹——不用太多，一二百发也行的——他就会更加感激朱古了。

他一定没听说过"人心不足蛇吞象"的说法，更不知道，新疆再过去一些，有个叫俄罗斯的国家，那儿的一位大诗人写了个童话，叫《渔夫和金鱼的故事》，童话里有个老太太，她本来可以做贵妇人，甚至做女王，但她过于贪心，终于一无所有。他也不知道，一切做梦般的场景，都有它发生的原因。有时，这个原因背后，也许藏着一个可怕的秘密；有时，这个原因背后，可能跟着一个可怕的结果。

继续往前走，能看到远处玩耍的小阿卡们了，可还是看不到别的村民。毛旦觉得这样离开寺院不过瘾，还有好些英雄气在鼓荡呢。他要是这样回村，就像……就像……就像自己奋斗了大半辈子，好不容易当了主角，上了舞台，台下却没几个观众。他不想寡淡地下台。他想，我还没做些啥呢！但他想呀想呀，想不到该做啥。

忽然，他想，要不我放马跑一跑吧，朱古说了，我可以在大经堂外面骑马的。他知道朱古说的大经堂，指的是大殿。除了大殿外，延寿寺还有一大片一大片的房子，那是阿卡的住处。村里人说的寺里，就包括了这一大片土眉土眼的房子。那些房子里住了很多阿卡，这会儿，他们都没有出来。要是他们出来，看到毛旦在骑马，八成会呵斥他的。一呵斥，毛旦就会说，是朱古叫他骑的。要是阿卡们都知道朱古叫他在寺里骑马的话，那全羌村就都知道了。但这些阿卡们，到哪里去了呢？平时一大群一大群的，今天倒没影了，真没劲。

他觉得，那股英雄气越来越汹涌了。他双腿一夹，马跑了起来。开始，马跑得慢，后来快起来了，耳旁风呼呼地叫。这下，他马上想到那场战事了。那一次，马就是这样跑的。他抽出了刀，东里西里地劈了几下，英雄气就越发盛了。……可惜，这儿没有草人——不过，他马上发现了，还有比草人更好的东西。

那东西，就是阿卡房子上探出头来的雨水槽儿。其做法，是将一截手臂粗的树枝，由上到下一劈为二，再掏了中间部分，它就成了一截长木槽儿。将它安在房顶上，它就变成水槽儿了。每当下雨时，房顶上的水就会沿着它流下来，房顶上就不会积水了——这东西虽薄，却是木头做的，砍起来，刀感肯定比砍草人有劲道多了。毛旦就举了刀，狠劲一抢，"喀嚓"一声，听着真是好听，手感果然也很好。于是他策马狂奔，劈了一个，再劈一个，又劈一个……那些木头落地的声音，在身后渐次传来，毛旦好不兴奋！

只是马太快了，有时，他刚劈完一个，才抢刀呢，下一个水槽儿已一闪而过了。没办法，谁叫他骑了快马呢。……真是好马！当然，刀也是好刀！不过，他没有那种将木槽儿一刀斩断的感觉，他想，那些掉下的木槽儿定然没断，只是被砍出了深深的刀印，自己其实只是打落了它们而已。他又想，这也不错了，一般人，骑上这快马，是不可能劈中目标的。

很快，就到了巷子尽头，他拨转马头，原路返回，接着劈那些漏下的水槽儿。这时，他发现，那声响已惊动了好些阿卡，阿卡们出了院门，正指着他的方向大吼大骂。毛旦听不清内容——那风声真很大了——也不怕阿卡的骂，他只怕阿卡不知道是他干的。他打马扑向那些阿卡——因为他们跟水槽儿一个方向——看到他疯狂地扑来，阿卡们纷纷躲了，但骂声还是依稀可闻。他又劈下了几个漏下的水槽，就打马跑向另一条巷子了。

他觉得，自己成了旋风。好个痛快！那天，他劈下了所有僧舍上朝外伸出的水槽。阿卡们纷纷涌向朱古屋里，向朱古告状。朱古说，人家是羌村的英雄，想劈了，叫他多劈几个。劈完了，你们再安个新的就行了。

因为这，一夜间，全羌村都知道了毛旦的壮举。

毛旦真成英雄了，相信近百年来，能做这事的，也只有他了。

第六章　羌村和温布

1. 我们那地方

　　再见到老钺师,是在一个午后。

　　我走近施坛旁那小屋时,他就坐在门口的一块石头上,像是在闭目打坐。也许是听见了我的脚步声,他睁开了眼睛。他还是那天的样子,只是更瘦了。

　　我对他说了前几天的观察。当我说到朱古时,他的眼睛亮了一下,叹了口气。我想,他大概是想说话,就停下来等他。

　　他却并没有说话,只是眯了眼看某处,像是在回忆,也像在寻找故事的入口。过了一会儿,他对我说,也好,那我就讲一讲朱古的故事吧。不过,我想从第一代朱古说起,这样,你对一些事才更好理解。

　　他又说,不了解朱古的历史,你是无法评价龙多格热的。他的声音,在秃鹫叫声的衬托下,显得苍老而低沉……

　　明清之后的多年里,羌村一直是山高皇帝远的所在。那时节,朝廷虽统治着整个中国,但对于那些偏远地区的少数民族,也还是给了相当的自治权。羌村这儿,就是这样。

　　那时节,要是少数民族地区反了,是一件大事。比如,乾隆年间,四川的大小金川反了,朝廷派兵平叛,陆陆续续打了九年,国库里的银子都快打光了,二品以上的官员死了四个,有战死的,也有被俘虏砍了头的,清朝的军队损失了上万人。瞧,代价够大吧。但其实,那金川土司的地盘,还没咱土司大呢。清朝末年，全国最大的土司就是咱土司，他管着四十八个旗，一个旗就相当于现在的一个乡。那金川部落，也不过几个乡，乾隆的军队就打得气喘吁吁，耗费了很多银子，要是他出兵打咱土司，结果咋样，还真不好说。要知道，那时的少数民族地区，真是块难啃的骨头呢。

不过，咱土司势力虽大，但从没造过反。从明朝开始，咱土司就混得很好，朝廷叫出兵，就出兵；朝廷叫守土，就守土。听说，你们河西，还是咱土司帮朝廷打下来的呢。

后来，左宗棠的军队就开了进去。于是，我们的白阿卡立功的时候就到了。那延寿寺，就是这白阿卡立了功，有了地位和资粮后修建的。

这段历史有些沉闷，但我还是得讲一讲它，因为，没有白阿卡的立功，就没有后来的延寿寺；没有延寿寺，龙多格热的故事就不会发生。所以，这段历史，相当于那个故事的背景和土壤，不了解它，你会听得云里雾里。要知道，编个故事是很容易的，但讲好故事中的生活，不容易。所以，你别急，慢慢地听下去。你会得到不一样的感受，也会看到不一样的风景。

听到这里，我忽然分不清，老钺师到底是在对我说话，还是在对世界说话。不过，两者其实一样，因为，我的故事，也是讲给世界的。他知道，我只是历史和当下、小世界和大世界之间的桥梁。

在这一点上，我跟他一样。——当然，这个故事，对他有点不一样，因为他既是故事的出口，也是故事的参与者。所以，我总想知道，他在讲述这些故事的时候，到底是什么心情。于是，我试着进入他的内心世界，但我在那里看到的他，只是静静地坐在一团光明里。他没有念头，甚至没有表情，只是闭着眼盘腿坐着。可是，当我伸出手，想去触摸那团光时，却有一种浓浓的感觉流入我心中，让我想要流泪，不知道是什么原因……

好了吗？我开始讲白阿卡的故事吧？老钺师说。好的。

2. 白阿卡

在老钺师的讲述中，我看到了第一世白阿卡。瞧，他刚到新疆，还很年轻，是一个清瘦的孩子。他穿着袈裟。

那袈裟，已很破了，沾满了旅途的风尘。他的脸上，有着太阳晒下的褐斑。这是那时的旅人常有的特征。他的表情虽然平静——这是他修行好的标志——他的眼中，却有两团火在燃烧。当然，这不是怒火，而是生命之火，你可以将它理解成热情，或是使命。

白阿卡本是一个穷孩子，没多少家业可以继承。早年，要是谁家里穷，吃不上饱饭的话，就可以去当阿卡。这样，无论到了哪里，别人都会供养，若是没有，自己也可以化缘。白阿卡出家的最早意愿，就是有一口饭吃。

那时候，羌村有这样一句话：如果想让一匹瘦马肥起来，就一定要到北方去；要是想让一个穷人变富，就一定要让他到蒙古去。

羌村人说的蒙古，是个很大的概念。在他们的定义中，新疆是漠西蒙古，内蒙古是漠南蒙古，外蒙古是漠北蒙古，都是能够让人变富的地方。那时的羌村人，最喜欢去的蒙古，是漠西蒙古，也就是新疆。

第一世白阿卡出家之后，也离开羌村，去了新疆。他一路流浪，一路乞讨，经过了千里跋涉，经历了无数艰难，才终于到了新疆。刚到新疆时，白阿卡除了乞讨，也会给人家念念经，这样，别人就会供他点饭和盘缠。

那时候，好些羌村人，为了混口饭吃，都装成阿卡，去新疆给人家念经。有些人甚至不识字，只是盘坐在那里，面前摆卷经文，嘴里发出声音，装装样子。他们觉得，反正新疆人不懂羌语，糊弄一下也没人知道的。但是，新疆人非常狡猾，他们虽然不识文字，却能听出每一遍的发音是不是一样。一次，有人就发问了："哎，你念的第二遍经，为啥和第一遍不一样？"这一问，那些不识字瞎念的，就慌张了。

后来，他们想了个法子：用羌村方言念羌村的地名，如寨子和小沟的名字等，先从沟垴念到沟尾，再从沟尾念到沟垴，念上几遍，就一个时辰了。这样，每一遍念的内容，听起来，就大致一样了。

白阿卡当然不用这样，他是有真修证的阿卡。到新疆后，他除了维持生计的念经外，也在土尔扈特人那儿弘法，当地人对他很好。一次，几个地方闹瘟疫，死了很多牛羊，白阿卡念过经后，瘟疫就不见了。这一来，当地人就都对他生起了信心。

那个叫阿古柏的人，就是在这时作乱的。

自古以来，羌村人打仗就很勇敢，白阿卡也一样，他天生带了一股骁勇气,连蒙古人都佩服他。阿古柏作乱时,白阿卡在当地已经有了一定的影响力,他组织了千百人,打下了塔城——呵呵,这塔城,清兵打了几次,都没打下呢——据说,白阿卡用了法术。后来,左宗棠就叫白阿卡统领那帮蒙古人去打仗。再后来,清廷还给了他一块方印,上面刻了他的名字。要知道,那时候,除了书画家可以在字画上用印章外,老百姓是不能用印章的,要是随便用了,就有可能叫官府杀头。所以,要是朝廷给你赐了印章,就等于承认了你的合法地位。那印章,相当于官印,上刻满文、汉文、蒙古文等文字。后来,它就成了延寿寺的镇寺之宝。

……你别着急,我讲的这些,跟龙多格热的故事有很大的关系。你是不是想问,有啥关系?嘿,我告诉你,在羌村的历史上,龙多格热的事,可是划时代的大事呢,但要是你不明白我现在说的这背景,你就不明白那故事的意义了。

我接着往下讲,你耐心听。

白阿卡精通汉文、满文和蒙古文,也特别会打仗。他和左宗棠的关系很好,和北洋大臣关系也好。后来,朝廷就给了他一个将军头衔。不过,自始至终,朝廷都只承认他的佛教地位,而不承认他的政治地位。因为,他在宗教上的影响太大了,要是再有了政治上合法性的授权,那就如虎添翼了,朝廷担心他会坐大成患。有这种可能吗?当然有。像那成吉思汗,像那努尔哈赤,不是都坐大了吗?

后来,在阿尔金山的俄罗斯境内,白阿卡建了寺院,盖了房子,随着追随者越聚越多,房子越盖越多,就形成了一个小城,叫白阿卡城。在朝廷分封里,称白阿卡为"呼图克图"。

"呼图克图"是蒙古语音译,是清朝授予大朱古的封号。在清朝时期,最大的"呼图克图"有四个,分别是西藏的达赖和班禅、内蒙古的章嘉和外蒙古的哲布尊丹巴。"呼图克图"有圣人之意,也有帝师之意,后来,羌村人就老是说:白阿卡是皇帝的上师。

阿古柏之乱平息后,沙俄时时挑衅,大清军队都不敢抵抗,但是白阿卡很强悍,他敢正面和沙俄部队交锋。一次,一个沙俄将军,骑马闯入寺院,想抓一个叫"彭措"的阿卡,阿卡们倾巢而出,把军官从马上揪下,暴打一顿。后来,沙俄政府抓了一百多个阿卡,将他们暴打之后,全部驱逐出境,又给清政府施加压力,要白阿卡也离开沙俄。这样一来,清政府就陷入了两难之境:一方面，清政府软弱无能，即使处处受气，也不敢得罪沙俄；另一方面，白阿卡战功赫赫，拥护者又多，朝廷不想失去民心，不敢硬逼白阿卡离开。后来，慈禧太后亲自托人给白阿卡下话，说你如今有了地位，有了影响，应该到西藏去朝拜一下，同时也给西藏传令，让他们以迎接驻藏大臣的规格，来迎接白阿卡。就这样，白阿卡离开沙俄，一路上，走走停停，穿过陕西和四川，到达拉萨。

白阿卡在拉萨住了两年，每年过节，都和西藏上层在一起。他经常用朝廷给他的赏赐，为寺院和穷人供茶、布施，所以西藏人都很尊敬他，他在藏区的影响力越来越大。后来，在一些重大事件中，他也起了关键作用。比如，尼泊尔和西藏发生纠纷时，有人主张用武力解决，想派康巴人和蒙古人去打仗，白阿卡表示了反对。他说，尼泊尔攻进西藏时，西藏寺院必定受损，更会将战争引起的仇恨，全部释放到藏区老百姓的身上。所以，一旦打仗，老百姓就必然会受害，无论输赢都这样。于是，主张武力的人，就打消了这个念头，白阿卡用怀柔的方法，化解了一场战争。

白阿卡能屈能伸，无论面对怎样恶劣的境况，他都能站在朝廷角度，综观全局，用大格局的眼光考虑问题，这就是朝廷对他评价极高的原因。

几年后，白阿卡离开拉萨，回到羌村，开始修延寿寺。

据说，白阿卡小的时候，家里特别穷，只有几只山羊，闲来无事时，他总会用石头去码房子，然后自言自语地说道，我要在这里盖大经堂，我要在那里盖朱古的房子。他小时候说的话，后来都实现了。

在修建寺院初期，整个羌村只有一把铁锹，一辆独轮车，用的铲子都是用木头刨制的。这样的条件，白阿卡是修不起庙宇的，于是，他就拆了一些小寺院，将那建筑材料，用来建了一个大寺。再后来，朝廷也给了些钱，寺院就修成了慈禧太后和光绪皇帝的延寿寺。到了一九五八年，一场大火突然而至，寺院就没了。你现在看到的延寿寺，是改革开放后重建的。

白阿卡圆寂前，费尽心机，将羌村的教权交给了延寿寺。这样，羌村就有了三个管家——凉州府、土司、延寿寺。在行政上，羌村归凉州府管辖；在当地民众的生产生活诸事上，羌村由土司管——正是土司将羌村分为两个旗：羌村上旗和羌村下旗；在宗教上，羌村则归延寿寺管。但是，这三管的地方，其实也成了三不管，因为哪一方都管不住，但都有保护羌村的义务。

那时候，寺里阿卡吃的粮食，都由凉州府供给，每年朝廷规定多少，凉州府就下拨多少。朝廷下拨的官粮，羌村的人要自己去运回来。于是，每到拨粮的时候，羌村人就会赶着牧牛和犏牛，浩浩荡荡去驮粮。因这官粮代表了一种特权和恩宠，羌村人便很傲慢，连带着牲口也很傲气——驮粮回来的路上，牛群总是一边走，一边吃路旁的庄稼。因为这是朝廷钦点的供粮驮队，农民们有火也压在心里，不敢动嘴。

后来，清王朝灭亡了，延寿寺的官粮供应也戛然而止。

这些内容是不是有些枯燥？……对，我知道你不觉得枯燥，但将来听你讲故事的人，也许会有这感觉，到时，你要告诉他们，这些看似跟龙多格热无关的内容，其实跟他的故事息息相关，甚至，如果没有发生过这些事，龙多格热的故事，以及他故事的意义，就会截然不同。所以，它们都在建构一个精彩的世界——或者说，它们的背后，有一个精彩的世界。当你沿着它们，进入那个世界时，你就会明白我为啥要跟你说这些。

当然，我跟你们不太一样，我是先经历了那个世界，再来看这些事的。因此，讲这段历史的时候，我的心里有一种说不清的疼痛。……你也许能感受到我的疼痛，但你不知道是什么原因，也不知道我是怎么一路走过来的。所以，我现在给你讲的这些，其实也融在了我的故事里。读懂了它们，你不但能读懂龙多格热的命运，也会读懂我的命运。

瞧，人老了，话就是碎些的，动不动就扯到别的事上了。

不过，这别的事，其实也是这件事。看起来跑了的题，其实也没有跑题。

好了，不说这些了，还是继续说这故事吧。

3. 朱古和温布

白阿卡是在羌村出生的，也是在延寿寺圆寂的。他是当然的寺主。

白阿卡圆寂时，安排他的侄子管理寺院。

这侄子，我们称为温布总管，意思是寺执事。不过，他不是一般的主管，而是朱古的管家。在延寿寺，无论寺院事务，还是阿卡生活的方方面面，温布都能管，甚至就连朱古，他也能管。

寺院里还有一种管事的角色，叫保管，但温布跟保管不同。在延寿寺，温布是贵族（因为第一任温布是第一任朱古的侄子），保管是平民；温布是世袭的，保管是民选的；温布是朱古的管家，保管是管库房的。

总之，在延寿寺，温布的权势最大，能左右寺里的一切，又因为羌村的教权归延寿寺，所以，温布在宗教意义上，控制了整个羌村。

你是不是想问，一世白阿卡为啥要这样安排？真正的答案，我也不知道，但一世白阿卡圆寂时，寺院确实是需要管家的，否则，一世白阿卡圆寂之后，到下一世白阿卡成熟之前，寺院就没人能合法地统筹决策了，这样，刚建成的寺院，很快就会散掉。所以，白阿卡必须安排一个信得过的人，来替他守护寺院。只是，他赋予了家族太大的权力，这会带来什么影响，他的家族会不会像他期待的那样，用权力来利众，就不好说了。

你知道，很多人一旦有了权力，就会失去自我，变成欲望的奴隶，不断用权力谋私欲。历史上的那么多贪官，不都是这样吗？其中的很多人，最初都有政治上的梦想，都想为老百姓做些实事，甚至想要改变整个社会、整个国家，后来，他们有了权力，可以控制和支配很多东西，也可以轻易地满足很多欲望时，他们就在不知不觉中变化了。阿斌不是说过吗，那一任温布，最初也不是一个多坏的人，但做了温布之后，他就慢慢地越来越坏了。这就是权力对人的异化。凡人是很难拒绝这种异化的，除非他通过修行超越了凡人的境界，能自主心，看破欲望，不再有任何执着，否则，他几乎一定会在权力中失去自我。当然，历史上也有很多手握大权，却依旧头脑清醒的人，那些人也许没有证得觉悟，但他们其实已经是智者了，因为，他们知道权力带来的一切都是虚幻的，权力本身也是虚幻的，很快就会消失，所以，权力对他们来说，只是一种工具和责任，是为他们的政治理想服务的，但这些人毕竟是少数。历史上更多的，还是在权力面前失去自我的人。

我之所以告诉你温布制度的由来，除了因为它在羌村，是个非常重要的历史事件之外，也因为它在龙多格热的故事里很重要。如果没有这个背景，温布是杀不了龙多格热的——是的，龙多格热是温布杀的。至于他是怎么杀的，为什么要杀，你慢慢就会知道。我如果说得太早，对一些内容，你的感受或许会没那么饱满。

虽然你是奔着真相来的，但啥是真相呢？除了客观发生的现象，就是每个人对现象的理解。所以，谁心中都有自己的真相。也许，如果你找到温布的灵魂，让他自己来说话，你又会听到另一种真相。每个人做每件事，都一定有个理由在支撑着他，只有听懂了这个理由——你不一定要接受或认可——你才会真正理解，他为啥要这么做。

上面说过，温布掌握了羌村的教权，所以，从某个角度说，在那时的羌村，温布的权力最大，有点像噶厦政府的摄政王。朱古小时候，由温布当家；朱古长大后，还是由温布当家；朱古死了，仍由温布当家。朱古可以投生在别处，由别家人当，但温布永远出自一个家族——第一世白阿卡的家族。就像前面说的，温布是世袭的。当然，温布是出家人，是不能结婚的，那么，温布如何世袭呢？就像我前面说过的那样，传给侄儿。就是说，在一世白阿卡的家族中，每一代必须有两个以上的男丁，一个出家当总管，另一个则负责传宗接代，并且一定要生下两个以上的儿子，然后由在位的温布挑出其中一个，作为自己的接班人，在自己圆寂或退位时接任温布之位。萨迦王朝就是这样传承的——萨迦班智达有两个侄子，一个是八思巴，一个是恰那多吉。恰那多吉结婚了，而八思巴出了家，后来，恰那多吉的儿子就成了八思巴法位的继承者。明朝的帕竹王朝也是这样，大司徒是个穿袈裟的阿卡，他的兄弟则是在家人。后来，他传位给他侄儿，侄儿再传侄儿，一代一代的大司徒，就都是他家族的人。

因为这种世袭制度，羌村的教权，在很长一段时间里，一直由温布家族掌管着，直到有一天，有人杀了温布，延寿寺一百多年来的温布制度，才随之结束，朱古终于成为了真正的寺主。……但这是后话了，在我讲述的背景故事中，温布压制朱古的故事，才刚刚开始呢。

第一世白阿卡圆寂后，寺院花了几年时间，找到了他的转世——第二世白阿卡。

第二世白阿卡坐床时，年龄尚小。那时节，所有的权力都在温布总管手里。有一年，蒙古的寺院派了人来，想把朱古请到蒙古去，但羌村人不愿意。后来，蒙古人给了温布很多钱，在温布的强迫下，白阿卡只好去蒙古弘法。

第二世白阿卡去蒙古的时候，正值三四月份。那时，延寿寺周围的土地种满了青稞。二世白阿卡说，这些青稞和我同岁。送行者听到这话，觉得朱古在胡说，因为朱古已经十一岁了，那些青稞才刚刚出土。其实，白阿卡想说的，是以后的事——青稞收获的时节，便是他圆寂的时候。

这真是一个让人难受的结局。每次想起，我的心都会揪疼。

二世白阿卡在出发之前，就已经知道了自己的结局，也知道，他一旦踏入蒙古境内，这个结局就会成为定局，但他还是去了。而当年，他只是一个十一岁的孩子。……他为啥不说出真相？也许因为他知道，就算他说了，也没用，温布要的不是真相。他也知道，延寿寺真正能决定一些事情的，不是他。这个十一岁孩子的坦然，也让我感到心痛。

从这个故事中，我明白了温布和朱古真正的关系，也明白了两者在延寿寺真正的地位。老钺师说，这种情况，一直延续了很多年，直到龙多格热活着时，也还是这样。

老钺师半眯着眼，他的声音就像从很远的岁月里飘来。

他说，羌村没有朱古是不行的，那就要找个朱古出来。可是，温布一向很傲慢，虽说拉卜楞寺的贡唐仓和嘉木样的地位都很高，但温布却不放在眼里，因为他觉得这些朱古都不如白阿卡。嘉木样到朝廷去的时候，慈禧太后理都不理，白阿卡可不同，他是清政府的功臣，慈禧多次接见他。所以，温布只想让白阿卡做延寿寺的朱古，为了找到这一世的白阿卡，温布带人亲自去了西藏，拜见最伟大的成就者海喇嘛，请他帮忙寻找和认证朱古。

认证朱古是一件大事，不能随随便便，必须先提供一份名单。温布就提供了一份名单。海喇嘛安住澄明之境，进行观察，就把朱古确定了下来。只是这个人，在二世白阿卡圆寂之前，就出生了，年纪比二世白阿卡还大。按说，他是不该出现在这份名单里的……呵呵，类似的事，据说那时的温布做过多次了，看来这人挺坏，连海喇嘛都敢骗。温布回到羌村，一公布转世名单，羌村一片哗然，都说，这不可能，前一世白阿卡圆寂之前，这个人就出生了，年龄比前一世白阿卡还要大。温布说，我也觉得不可能，但这是伟大的海喇嘛定的。后来，整个羌村的人，都反对这事，温布只好再去找海喇嘛，请他收回成命，给他们重新找一个朱古。海喇嘛说，上一回，你们没按照我说的办法找，才会这样，你们应该去纳木措神湖，去观神湖。温布就带了几个修证好的阿卡，对着那神湖观看，最后，大家都看到了一个图像：一个大麝引着一个小麝。温布说，我们的朱古，不会转生成畜生吧？要不，还是叫海喇嘛认证的那位坐床吧。一位阿卡说，我们敬爱的朱古，怎么会转生成畜生？这不可能，其中肯定有密意。于是，阿卡们就去了拉卜楞寺，请嘉木样破解。嘉木样问，你们那一带，有没个叫"拉里"的地方？三世白阿卡就降生在那里。阿卡们说，的确有个"拉里沟"。于是，嘉木样让他们把那一年拉里沟出生的孩子的名字全部收集回来，一个个写在纸上，团成小丸，揉进糌粑丸子，再把丸子放进碗里，供在佛像前。到第二天，再举行法事活动，从中摇出一个丸子来，这个丸子里藏着的名字，就是白阿卡这一世的名字。就是在那次的法事中，他们选出了后来的第三世白阿卡。

第一世白阿卡像开国皇帝，功德无量，不说别的，只说他对羌村的影响，就足以令羌村人自豪——羌村本来是非常原始的，但白阿卡回来后，把寺院统一了，把习俗统一了，把生活方式统一了，整个羌村就像进入了一个新的时代。可惜，人的肉体不能永恒，伟大的一世白阿卡，最后还是圆寂了。

第二世白阿卡，就是十一岁圆寂的那位，虽然很早就有了一定的修证，但还没做出些啥，就死在了异乡。间接导致他死亡的，就是他在前一世亲自任命的总管温布。这样的因果，真的让人有些唏嘘。

第三世白阿卡，最终还是在拉里沟找到了，但他坐床之后，人们却发现他几乎是个哑巴——偶尔，他也能说几句话，但总是说得不清晰，嘴里老像是含了颗核桃。温布发现，朱古的舌头上有一个黑点，朱古讲话不清楚，也许跟这黑点有关。当时，羌村人非常伤心，觉得新一任朱古不够体面，也不够优秀，但他已经被选为第三世朱古了，人们也就只好认了。

温布对朱古挺野蛮，常常打朱古。有时，能把朱古从楼上打到楼下，一次，还把他打成了脑震荡——当然，后来治好了——就是在这样的艰难处境中，朱古一天天长大了。长到一定年龄时，延寿寺把他送到了拉卜楞寺，去接受教育，严格按照传统规则，一年一年升级。几年过去，白阿卡会说话了，还说得越来越流利，羌村的人非常高兴。此外，人们还惊喜地发现，三世白阿卡的记忆力惊人，一百多万字的五部大论注疏，背得像瓦罐里摇核桃一样，而且，他戒律清净，修证也很好，六根调和，一脸庄严。

学成之后，三世白阿卡回到延寿寺，在羌村弘法利生。他一辈子没再出去，生活非常清贫。如果说，第一世白阿卡影响了羌村的文明，那第三世白阿卡就是普及宗教、普及文化的功臣。只是，他一辈子没有掌权。

经过几十年的积淀，温布的权力越来越大，成了独裁官。那一代代的朱古，只成了一个象征。

明白了这一点，你就明白了龙多格热的故事背景。接下来的剧情，你都可以放在这个背景里去琢磨。慢慢地，你也许会发现，龙多格热也好，我们每个人也好，都是历史的一颗棋子，我们看似推动着历史，其实只是在扮演着宿命中的那个角色——历史一直在通过我们，发展着它早已写好的剧情。……而我在这儿等你，跟你说那么多话，协助你采访一些幽魂，又何尝不是在扮演宿命赋予我的那个角色呢？……当然，很多年前，我还有另一个角色……这事，你慢慢就会听别人谈到的，我不想说了。

今天就讲到这儿吧，我有些累了。你也回去吧。

第七章 了债

1. 机会来了

  关于在施坛原址修建的事，争论进入了白热化。寺院坚决反对，他们派了几个阿卡到处告状。他们的诉求，已不仅仅是反对建龙多格热护法殿了，而变成了反对建羌巴行宫。因为在羌巴行宫的规划里，那常用于闭关的老护法神殿也在必拆之例，而这殿，有几百年历史了，比延寿寺的历史还要久远。从明代洪武年间起，这儿就有护法神庙，从那时起，僧侣们的闭关都在这殿里。一九五八年的那场大火，烧了山下的延寿寺建筑群，但山上的护法殿并没受损。在历史上，这儿甚至有独立的庙主，因为这个殿的最早建立者，不是白阿卡，白阿卡只是统一了羌村沟内的寺院。

  老钺师说，白阿卡统一寺院的主要原因，是建筑材料的缺乏，这种说法，流传很广，但我一直有些质疑。我想，这大概只是白阿卡的一个借口，因为当地的山上并不缺木材，就算缺工具，修得慢一些，也能完成，并不需要拆掉其他寺院。也许，白阿卡统一寺院的主要原因，是那些小寺院信奉不同的教义，白阿卡想借修建大寺院之机，将他们统一到黄教门下。

  白阿卡修寺的那时节，施坛附近有一座小庙，最早的时候，它甚至不属于延寿寺的管辖范围。后来，它当时的庙主死前，将此庙作为护法殿，供给了延寿寺，专用于延寿寺僧众的闭关。它是一九五八年后，羌村唯一没被拆除的宗教建筑，算得上是文物了。于是，阿卡们把反对为龙多格热修殿，升华为一种保护文物的行动，上纲上线，反对整个项目。这一来，争端的性质就变了。

表面看来，瘸腿扎西遇到了很大的麻烦，但他明白，阿卡们其实弄巧成拙了。要是他们只反对建护法殿，就只是反对瘸腿扎西个人的某种意愿，要求做出局部上的调整，那么他们可能会如愿；但要是他们反对县委县政府批准的大项目，就会产生连锁反应，这样，事态就会变得很大。瘸腿扎西告诉我，这下，他反倒放心了。

不过，瘸腿扎西还是希望我能证明：龙多格热有资格受人供奉。但我知道，要证明这一点，不太容易。因为，从目前的观察中，我看出，龙多格热是个好人，也修摩利支天法，但要证明他有资格受供奉，还缺少很多理由。

于是我说，我尽力，尽力吧。

回到住处，我入了定，在一片湛然空寂的光明中，我又看到了龙多格热——

打完这一仗回来，龙多格热觉得，自己该好好歇歇了。他回到家里，想美美睡几天，但只睡到次日上午，爹就叫他了。

爹正在喝酒——他也爱喝青稞酒——他显得很高兴。爹说，有消息了。龙多格热觉得莫名其妙，就问，啥消息？再是啥消息？当然是报仇的消息。

爹说，前天夜里，来了个人，问我们那事了了没，我听出话里有话，就说了啦。他说，怪不得，我说他们的胆子怎么那么大，还大摇大摆地放牧呢。我问啥地方，他说在掌子沟。我问在掌子沟的啥地方，他说在沟垴里。我怕走漏消息，就没敢声张，也没有告诉别人。你缓好了没？要是缓好了，就带了人寻仇去。

龙多格热说缓好了。他发现，自己并没爹那样兴奋。他奇怪地想到了妙音。他知道，要是报仇成功，对妙音来说，会是一种巨大的伤害。记得以前，他从来没有这种情感的。尤其是刚从肋巴佛那儿回来时，他带了弟弟们到处找，心里充满了仇恨，恨不得将对方碎尸万段。没想到，现在，他竟有些不忍心了。

这次回来后，他发现，妙音总在躲他。他们没说过话，也没对视过。她总是低眉垂眼的。她瘦多了，脸上多了一片被太阳烤出的褐斑。以前，她总是很注意保护自己，现在不这样了，以前常戴的遮阳帽，也没见她戴了，她的脸就黑了许多。龙多格热明白，她很痛苦。一想到这儿，他就心软了，就想违背爹的意愿，不做他一直觉得该做的事。但这时，他又会告诉自己，这已经不是自己想不想的问题了，是他必须这么做。就算他不想报仇，爹有了这想法，他也就被送到了虎背上，下不来了。但心还是会揪痛。有时，他甚至有些害怕看到妙音了，很想像闭关时那样，跑到一个远离红尘的地方，一个人静静地待着，不去触碰红尘中的情感，可一想到见不到她了，又觉得心里有个地方隐隐地痛。他也说不清是为啥。

对这个女孩子，他有一种奇怪的情感，一想到她，心中就会生起爱怜之情，就会有一股暖暖的东西在流动，心里就会柔柔的，再一想到她迟早会离开他家，他就有些舍不得。于是，他就想让她嫁给自己的弟弟。不过，他看出了，妙音不爱他们。怪的是，自己的计划虽然失败了，他却不觉得有多失望，反而心里还轻松了许多。他也不知道为啥。

从爹房里出来时，他看到妙音在望他，眼里有泪。也许，她听到爹的话了。她挡在他的前面，他想绕过去，却听到妙音说，大哥，我有话给你说。

他只好停下了。

妙音说，本来，我管不了男人们的事，但我还是想尽尽心。我想，能不能多赔些命价，把我也赔给咱家，不要伤人了？

妙音的眼里蓄满了泪，龙多格热心里一紧，但还是说，这事儿，我做不了主。你知道，这事关部落的脸面，不像别的事。

妙音望他一眼，泪流了一脸。她抹一把脸，说，别的事，我管不了，我只求别伤我爹妈。

龙多格热说，这事能成。你的爹、妈，我们都不为难，我们找的是杀人的那个。

妙音定定地望着他，说，难道……难道，我这样……也不能消除你的仇恨吗？

龙多格热无奈地笑了笑，说真的，他心里的仇恨，比以前淡多了，除了想到那个偏胡子——他好像是妙音的二哥——还有点仇恨外，对别的人，他没啥感觉了。但他眼中，报仇是一生里最该做的事。他从很小的时候起，就见村里人这样做。村里有许多这类故事，那打呀杀呀的，成了维护尊严的一种方式

175

了。有时候，甚至是一种活着的理由。

妙音见他不说话，长长地叹口气，说，打打杀杀也一辈子，爱也一辈子，为啥非要打打杀杀，为啥不去爱呢？

龙多格热看向另一处，沉着声说道，爱是双方的。人家爱，我们也爱。人家要杀，我们也只有杀了。血债总得用血来还。

妙音摇摇头，长叹一口气，又是一脸的泪。

龙多格热就出去了。他安排小弟弟阿柱去牧场叫阿机和阿斌。阿柱也想去，但龙多格热不同意。他说，你还小，不要接触这种血腥。我们，是没办法。有我们，你就别掺和了。再说，你还小，你去了，反倒是个拖累。

阿柱就去了牧场。当夜，阿机和阿斌就回村了。他们商量了一下对策，带了刀枪——龙多格热只带了分给他的那支枪。两个弟弟想借寨里的快枪，龙多格热说，不行，那是公家的，要是拿村里的枪杀人，阴寨人还以为是全村支持咱呢。闹不好，两个寨子就会血流成河。我只带我的那支就行了。能用刀的话，还是用刀。

阿机说，那个偏胡子，力气大极了，跟犏牛一样，要是他发起威来，我们三个也不一定能降住。上两回吃亏，主要就是他太厉害。龙多格热说，那就先劈翻他再说，一见他，我们先收拾他。

阿斌说，最好是三个人一起上——我怕大哥也不是他对手。听阴寨人说，他老跟犏牛摔跤，常常把肉山一样的牛弄翻。拳棒手怕的是大力气，要是叫他抱住了，怕是大哥也吃不消。要是大哥出事，我们就都成他的菜了。

阿机问，要不要再叫几个人？

龙多格热说不要，本来是两家的事，还是我们自己了结。这次你叫别人，下次他也叫别人，打来打去，两个寨子的仇就越来越深了。

阿斌说，这是迟早的事。现在，好些阴寨人都说，我们借给他们的那些草场，本来就是他们的。这样下去，两个寨子能不结仇吗？

龙多格热说，舌头是软的，由他们说去。阿机也说，两个寨子打仗是迟早的事，借给他们的，他们不还，还想抢我们的呢。

龙多格热说，那是以后的事。这次，我们先不惹事，我们只处理自家的事。

2. 角斗

　　兄弟几人商议完，又鞴好马，带了刀枪和一些吃食，天一黑，就出发了。他们怕对方又换了地方，就想在大清早赶到目的地，打对方一个措手不及。要是白天赶路，会有很多眼睛，不定哪个多事的，就会通风报信。他们只知道在沟垴，但沟垴那么大地方，还得找，要是林子很密的话，寻找的时间，也会很长。如果听到风声，对方就可能逃走。

　　掌子沟已接近林区了，离寨子远，骑了马，得走半天。正好有月亮，依稀能看到山上有密密麻麻的树，而且到处都是石头，草不多，估计草场的品质不会很好。若不是那个人来报信，他们是不可能找到这儿的。而那个人能到这儿来放牧，也是不可思议的事，因为，比这儿近很多的地方，就有很多好草场，阳寨人一般是不会来这儿放牧的。所以，龙多格热认为是他的护法神在帮他。

　　因为走得早，天还麻亮的时候，他们就到了掌子沟。沟垴里的树倒是不多，但草也不很好，只有不多的地方有草，跟草山差很远。这号地方，龙多格热是不会来放牧的，因为养不了多少牲畜。因此，他有些可怜仇家了。他想，仇家避祸过来时，一路上会看到好多好草场，定然是因为在路边，不隐秘，或是有其他牧人，他们才只好放弃了，选了这样一个狼不拉屎的地方。

　　龙多格热看到了一顶帐篷，黑色的，是用牛毛线织的那种，结实，保暖。一个女人正在旁边的栏里挤奶。龙多格热认出了，正是那个短脖子女人。这女人的特点非常明显，她的脖子又粗又短，人也是又矮又胖，黑紫疙瘩似的。他四下里看看，没看到别的人，但他不想杀这个女人。虽然他听说，在前边的两次大战中，这女人是罪魁祸首——她总是在挑事，把一件小事往大里挑，又爱用语言煽动，第二次，偏胡子们一开始明显不想杀人，就是她的挑事，才让他们失去了控制，把外甥给杀了的。但好男不跟女斗，龙多格热不想沾上她的血。而且，这女人再坏，直接凶手也还是那偏胡子。

　　龙多格热不知道偏胡子在不在帐篷里，若不在，几个大男人只对付一个女人，会叫人耻笑的。正观望呢，那个偏胡子出帐篷了，他端着一个木制的奶桶，走向女人。龙多格热低哼一声，冲！就打马冲了过去。他本想一刀先劈翻

177

偏胡子，没想到女人闻声抬头，看到了他们。女人发出一声大叫，那叫声透出可怕的惊怖，听得出，她一直生活在惊怕当中，而现在，她一直害怕的事终于发生了。

偏胡子一抬头，马上发现了冲过来的龙多格热。他随手将手中的木桶扔了过来，虽没砸中马，但马来不及避，一下子就被落地的木桶给绊倒了。幸好，龙多格热早有心理准备，马一倒，他顺势扑向草地，使了一个前滚翻，就站起来了。趁着这空隙，偏胡子飞快地逃进帐篷，再出帐篷时，他的手里，已多了一把长刀。

龙多格热翻起身时，偏胡子已抢刀扑了来。龙多格热暗暗吃惊，他发现，偏胡子的敏捷沉着，已进入高手行列了。

两人终于照面了。偏胡子狞笑着，一脸恶气，好像并不怕他们来寻仇——至少，从他脸上，看不到一点儿胆怯。他的眼中露出一种不是鱼死就是网破的神色。他真是豁出去了。要是可能的话，偏胡子一定会杀了他们。他定然会的，他会觉得，杀一个是杀，杀百个也是杀，这时杀了，就一了百了，家里也不用再过这号躲躲藏藏的日子了。龙多格热发现，自己轻敌了，刚才应该用枪的。虽然枪背在身上，但此刻取，已经来不及了。他盯着偏胡子的眼睛，也用余光防着对方的刀子，他发现，对方的刀子很长，差不多接近马刀了。就是这时，偏胡子首先出刀了。他举了刀，朝龙多格热头顶劈了来。这是一种当地格斗时常用的架势，按家乡的规矩，对方摆出这种架势时，你只能格架，不能躲避，一躲避，人就会将你当成胆小鬼。

在龙多格热眼中，这是一种非常愚蠢的格斗方式，但已成习俗了。这种打法，拼的是勇敢和沉着。据说，死于这种格斗的人，会认命，不会成冤魂。要是使用阴谋诡计就不一样了，死者是不会服气的，他会以冤魂的形式向你索命。

本来龙多格热可以跳开的，或是在对方劈来时，跳向一旁，将刀插进他的胸膛。跟着肋巴佛打仗时，他就是这样。那时，你只要能杀了对手，无论用什么方式，你都是赢者。在家乡，却不能这样。人活脸，树活皮，没了名声，就没意思活了。

这种方法，其实已不是报仇了。这叫单挑，等于跟对方角斗。在寻常的械斗里，大家可以一窝蜂拥了去，一顿乱拳乱棒，打死白打死。此时，对方摆出了角斗架势，龙多格热就只好应战了。他举起手，做个手势，叫两个弟弟不要上来。

他格开了对方的第一刀。

那真是重如泰山的一击，龙多格热觉得两只手都麻了。他暗暗叫苦，觉得自己真不该小瞧这偏胡子的。他刚才之所以应战，是因为他有胜算——他是以力大著称的，在肋巴佛的义军里，摔跤角力，他很少有对手，连肋巴佛也时时叫他摔倒，正是这一点，让肋巴佛对他另眼相看。所以，在力量上，他从没想过自己会输。现在，他的力量并没有衰退，但只是接了偏胡子一刀，便觉如此沉重，这难免让他感到意外，也有些心慌，因为他既然应战，就得硬着头皮扛下去。他摸不准这偏胡子还有多少力量，耐力如何，要是一直以这样的力道格斗，他可能撑不了太久的。好在他也看到了偏胡子眼中的意外，他明白，对方的胳膊，定然也麻了，这说明他们力量相当，至少不会差太多。

接下来，他劈出了第一刀，用的也是对方的那种架势，从上往下，直劈其顶。对方上架，龙多格热仍然感到了那种让他手麻的大力。阿斌叫，大哥，别上他的当！我们是报仇，不是角斗！

龙多格热当然明白这一点，他甚至明白，对方就是知道他们三人一起上，自己定然扛不住，才选择了这个方式的。他还明白，对方虽然力大，经验上却不一定比得上自己，要是打巧架，他的胜算估计很大。但他仍想跟对方硬拼几下。既然开了头，他就得把这场戏唱下去。这时，要是他躲了——哪怕是战术需要的躲，在对方眼里，也仍然成胆小鬼了。哪怕对方丧了命，这污点也会留在自己心里，让自己不能坦坦荡荡地活着。

就这样，他们劈杀了十多刀。至少有三次，龙多格热的刀差一点儿脱手而飞，好在偏胡子也气喘吁吁了。他虽然力大，但因为太胖了——这是他的弱点——体能消耗太大，力量就很难持久。于是在劈杀时，龙多格热就大开大合，大进大退，这一来，对方很快就吃力了。

本来，龙多格热打算，要是拼不过，他就会下杀手——在这种你死我活的时候，他不会当呆鸟的。不过，后来虽然他很是吃力，竟也硬扛住了——对方那力量，真是邪乎，之前弟弟说他老跟犏牛摔跤，老把肉山一样的牛弄翻，怕是真的。怪不得前两次打架时，弟弟们会受伤送命，光这偏胡子一人，就不好对付。弟弟们若是单挑，没一个是偏胡子的对手。这是一头长着人样的牦牛，竟然能用一把刀，劈出巨石的分量。

那短脖子女人在旁边叫着，给她的男人加油。她的声音难听而自信，仿佛她的男人肯定会赢。她好像早忘了之前的怕，也许，她也看出了龙多格热的吃力。龙多格热不喜欢这声音，很想给她一刀。

阿机也不喜欢，他叫道，你个骚货，再嚷嚷，老子们剁了你！

那女人脖子一拧，骂声竟冲向阿机了，内容非常难听。阿机早想收拾她了，上前，连着几个耳光，打出了女人的鼻血。

女人撒泼似的抱住阿机的腿，狠命咬他。阿机发出一声惨叫。他撕了那女人的头发，疯拳疯耳光，直往她脸上抡。

偏胡子听到女人的哭叫，立马慌乱了很多。一分心，他刀上的力道也弱了。本来，龙多格热真有些招架不住了——好几次，他都想使巧，以羌村人认为的"胆小鬼"方式结束战斗——偏胡子这一分心，他觉得轻松多了。

阿斌却没参加战斗，这是对的，他在看对方还有没有其他帮手。要是对方再有几人参战，局面就很不好了。所以，偏胡子的兄弟不在，这是最让龙多格热庆幸的事。在多年的较量中，龙多格热很少遇到对手，一般情况是，他一出手，战斗就结束了——虽然上次跟兰猞猁对战，他因为轻敌而一度陷入凶险，但当他镇定下来时，兰猞猁也就不堪一击了——没想到，偏胡子竟是个罕见的好手。当然，龙多格热选择的打法也限制了自己的威力，要是他避实击虚，早就结束战斗了。

不过，龙多格热后来最得意的，也正是他用对方选择的方式赢得了这场角斗。

龙多格热一刀刀劈了去，偏胡子招架得越来越吃力。这种打法，纯粹是力量和耐力的较量，偏胡子虽然力量占上风，但他的肥胖拖累了他，再加上分心，他的体力消耗很快，没多久，他就乏了。相反，龙多格热的耐力极好，因为他经常爬山，到山上采灵芝——山上有很多天然灵芝，当地人不知道那是好东西，龙多格热也不说——然后泡青稞酒喝。因为灵芝酒的滋补和爬山的锻炼，他精力充沛，耐力极好，不怕跟偏胡子打消耗战。等对方力道一弱时，他就知道，对方死定了。

在龙多格热猛烈的攻势下，偏胡子气喘吁吁，汗流浃背。那女人的叫声也越来越大，女人一叫，龙多格热就不再替弟弟担心了——这意味着她松开了口，也意味着阿机在狠命地揍她。

阿机确实在狠命地揍她,他最恨这女人了,他在出那口憋了多年的恶气。按他的意愿,这女人是头一个非杀不可的人,然后才是偏胡子。要是没这夫妻俩,根本不可能有那两场大战——当然,第二场大战,是他们家去找人家的,但要是偏胡子没杀他二哥,他们几兄弟也不会去复仇,外甥也不会死。本来,妙音家那老大老三心虚,格热爹一提出抗议,他们就想搬家的,毕竟草场很大,换个地方,也能活,可偏胡子夫妻坚决不同意,他们骂呀闹呀,就将两个家庭卷进仇杀了。便是在仇杀时,那个老大仍然充当了挡架的角色——他是聪明人,知道这种事,一旦染上,谁家也不得安宁——但在偏胡子夫妻的怂恿撺掇下,悲剧终于还是发生了。

龙多格热是想置对方于死地的,一来血债一定要用血偿,二来他知道,要是这次要不了偏胡子的命,下一次,他会索性带了帮手,找上门来,拼个鱼死网破,演一场灭门大戏……闹不好,他会将两个寨子拖入仇杀之中。对偏胡子这种首恶,是不能心慈手软的,况且他还欠了他们两条人命,杀了他,到哪儿也说得过去。

那时候,羌村归凉州府管,但人们并没有告官的习惯。按照惯例,民事纠纷先自己解决,解决不了,就请部落处理,部落也处理不了,就请村里的长老会处理,要还是处理不了,就叫延寿寺的朱古调解。一般情况下,朱古一出面,啥问题都会解决,没人敢不给朱古面子。

龙多格热觉得,两家的仇该画上句号了——偏胡子死定了。

龙多格热刀刀挟风,直劈对方脑门。他听到了对方的牛喘,看到了对方额头上的汗水,知道要不了多久,对方就垮了。他要叫对方垮得心服口服。只是他有些可惜自己的这把日本短倭刀——这把刀的钢火很好,还镶嵌了绿松石等,一看,就是一把好刀——这种打法,刀口定然缺口了……真有些暴殄天物了。不过,他发现,对方那刀也很好,要是一般的刀,早就叫自己削断了——以前,他就用这把刀削断过一把河州刀。他在招招挟风的攻势中,等待对方的垮掉,他已经设想好了,待对方没招架之力了,他就从对方的左肩一直削到对方的右腰。他相信,他会看到一股红色的血雨,斜斜地喷向半空。他会看到偏胡子狰狞的脸——他想不通,半个身子都没了,偏胡子咋还能狰狞——当然,这表情,只是他的想象。很奇怪,一想到偏胡子,那狰狞就会出现。

那种他期待的血腥场面,早"出现"多次了。对方已摇摇欲坠了。

3. 杀了偏胡子

忽然，阿斌叫了一声。那叫声不像受伤了，倒像是受到了惊吓。

龙多格热循声望去，看到了妙音——她竟然偷偷地跟了来。这么远的路，她是怎么来的？龙多格热停止了攻击，偏胡子也瘫倒在地上，他的喘息声如老牛拉了重车在爬陡坡，双手的虎口也都被震裂了，鲜血染红了刀柄，也染红了他面前的土地。那阵候，像是连握刀都很难了。龙多格热知道，再砸上不出十下，自己就能杀了他。

但一看到妙音，手中的刀就好像定住了一样，龙多格热下不了手。

他一边警惕地看着偏胡子，一边走向妙音。妙音瘦削的脸上挂满了泪。她的脸煞白煞白的，神情有些发木恍惚。

龙多格热对妙音这时的出现，感到意外，也很恼火。你来干啥？他气冲冲地说。妙音不回答他的发问。她只是流泪，流一阵泪，就哭出声了。

你们能不能别再打了？她的声音很小，但大家都听到了。短脖子女人的叫声也息了。忽然，她说：丫头，你快去叫人，大哥三哥在山头那边。

阿机在她嘴上狠击一拳，说：你还不老实。"别杀了……别杀了……别打了……"妙音却没走，仍在哭。那是无助的哭声。

听到这哭声，龙多格热叹了口气，他心头的那股劲忽然泄了，不想打了。于是他挥挥手，朝偏胡子说，滚吧滚吧，别叫我再见到你。这次，我看在妙音面上，饶了你。以后，我啥时见到你，啥时再杀你。你也别想再抡刀扑过来，你要是再扑过来，我不会再跟你角斗，我一定会用我的方式杀了你。你自己想好。

说完，他砍倒了旁边的一棵小树——这既是警告，也是一种发泄。他有些恼火自己，对妙音，他真的狠不起来，一看到她——哪怕只是想起她——心就会柔软。明明知道，此刻是报仇的最佳时机，也应该报仇，因为他如果不报仇，又不接受赔命价，以后，这偏胡子定然会主动找上门来。要是那时他刚好不在，这偏胡子的力量，家里没人能扛得住。到时，一家人都会有危险。而且，为了报仇，爹等了六年，今天，爹是那样欢欣雀跃，谁知，快要成功了，却出现了这样的场面。

他懊恼地走到一边，不去看妙音，也不想听她的哭声，只是对偏胡子仍保持着警戒。他知道，这是一头猛兽，就算现在一点儿力气都没有了，也随时有可能扑向自己，将自己撕碎。但不管妙音在他心中是啥位置，此时，他都完全生不起杀心了。……是的，他怎么能当着妙音的面杀她的亲哥呢？

那短脖子女人又叫了，丫头，你快去叫人！阿机一脚踹翻了她，又骂了一句，然后不再管她，向大哥走去。看得出，他很不甘心，想要说服大哥，叫大哥不要错失机会。

但他忘了提防偏胡子，他根本不知道，那偏胡子正阴阴地望着他，显然，阿机打他女人，让他很是愤怒。龙多格热觉出了不妙，对阿机喊：你小心！话音刚落，偏胡子已扑向了阿机。阿机身子很灵活，加上龙多格热提醒得及时，他一扭身，就避过了对方劈来的刀，还顺势将手中的刀子插进了对方腹部。偏胡子当然没想到，对方竟然用这种"胆小鬼"的招势来对付他——按理，对方是不能躲的，应该举刀招架——等他反应过来时，刀早进入他腹内了。

你个胆小鬼！偏胡子叫。阿机也不反驳，只是猛力将刀抽出，偏胡子一声惨叫倒在地上，鲜血瞬间染红了他身下的土地。

短脖子女人呆住了片刻，随即发出厉厉的哭声，哭声才起，她就扑了上来，却不是扑向阿机，而是扑向阿机手中的刀子，刀子一下没入她的腹中，她的衣服红了一片。她挣扎着推开阿机，倒在了偏胡子身边。阿机显然很意外，他虽然恨那女人，但刚才的一顿狠揍，心里的怒火已消得差不多了，他并没有想过把她也杀掉。如果说，那女人只是失去理智，弄错了方向，才会误撞到阿机刀上，这确实有些牵强。想来，她定然是知道丈夫活不了了，所以有意选择了殉情。后来，阿机也说她是有意的，因为她还抱住刀把，往深里捅了捅，但这是他的说法，谁也没看到那女人有这样的动作。不过，不管怎么说，那女人的刚烈，是大家都看出了的。虽然龙多格热对她很是厌恶，但看到这情形，他还是动容了，不知不觉中，也就原谅了女人的不堪。

此事如电光一闪，瞬息间，两个人就倒在血泊中了。他们都在扭动抽搐，都发出了痛苦的叫声，都瞪大了眼睛，不知是恐怖所致，还是疼痛所致。此刻，他们的仇恨已经荡然无存了，剩下的，只有死前的无助。如果那偏胡子知

183

道最后是这样，他还会杀人吗？如果偏胡子女人知道最后是这样，她还会挑事儿吗？可是，很多事，只有在遭了罪，甚至丧了命之后，才会明白。到了这时，哪怕终于明白了，却也来不及了。

妙音瞪大了眼，哭着扑向偏胡子。她发出吓人的大哭。

阿机木在了原地，他有些不相信的样子。待得反应过来时，他发出大笑，喊着："我报仇了！报仇了！"叫几声后，却是一阵号啕大哭。

阿斌也大哭了。

龙多格热流出了泪，却没有发出哭声，他只是觉得非常疲惫。他坐在地上，像叫妖精抽干了精气。一种巨大的虚无感笼罩了他，他觉得好没意思。几年来，复仇是他最大的牵绊——当然，这只是他认为的——无论为了爹，还是为了二弟和外甥，他都觉得自己必须复仇，但此刻，却没一点儿预期中的快乐。妙音的哭声很大，是那种孩子似的大哭。她既没有喊二哥二嫂之类，也没有其他内容的哭诉。她只是号啕大哭，像受了天大委屈的孩子。没想到，平日悄声没气的她，竟能发出这样的哭声。整个山谷像被填满了。山坡上有几十头牛在吃草，其中的几头正望向这边，显然，它们被这两个男人和一个女人的哭声惊动了。

没意思。龙多格热想。真没意思，活着没一点儿意思。他想。

本来，按他以前的想法，等报了仇，要割下仇家的头献在施坛旁的洼地里呢。因为，那儿埋着那两个死去的亲人——他们是凶死的，不能天葬，就只能埋在这里了，这里对当地人来说，是最吉祥的地方，也是最接近佛国的地方——埋他们时，格热家没起坟堆，只是插了个木牌。后来，连木牌也不见了，日子一久，就没人知道埋人的确切位置了。但妈却一直记得她家死的那两个人，她就刻了几块玛尼石，立在那儿。以前，龙多格热想，要是能将仇人的脑袋供在玛尼石前，死者如果在天有灵，定然会很开心。但现在，割那两个脑袋的心念，却一点儿也没了。

他只觉得好累，觉得好没意思。

但即使这样，要是时光倒流，他也还是会这样做。因为，有时的报仇，已不是他自己的事了，甚至很可能已经跟死者无关了。

真是这样的。

比如，龙多格热的两个亲人真的在天有灵吗？如果真有灵，他们的灵魂也许已经转生到很远的地方，早就不记得自己这一世是如何死去的，更不记得自己有过怎样的情绪了。活着的人，却把自己困在一种想象或概念里，扼杀了人生的多种可能性。像格热爹，他不仅扼杀了自己人生的其他可能性，还裹挟了子女，让子女也扼杀了人生的其他可能性。最后，他们的人生中，就真的只剩复仇了。

其实，尊严不一定要靠杀人来实现，对死者的怀念，也不一定要靠复仇来表达。他们可以诅咒仇恨的文化，诅咒草原纠纷带来的杀戮，并且将这个理念变成家族遗产，传给后世的子子孙孙，让子子孙孙们都去诅咒罪恶的。这也是一种复仇。只是，它不是对一个人或几个人的复仇，而是对一种文化的复仇。它明白，让自己失去亲人的，是这种罪恶的文化，只要这种文化存在，就会有无数人被异化，沉迷于血腥和杀戮，给世界带来悲剧，却以为这就是尊严和正义。那些偏激的教徒不就是这样吗？当他们扔出罪恶的石头时，心中必然有一个自认为神圣的理由。这个理由掩盖了人性中的恶，让恶有了释放的借口，却也一定会给世界带来罪恶。因为，罪恶的内因一定会造就罪恶的行为，罪恶的行为一定会带来罪恶的结果，无一例外。

当然，就算对罪恶文化复仇，也很难改变些什么，因为利益总是比精神更加显眼，情绪总是比向往更加强大，无论你如何诅咒罪恶，如何对罪恶文化复仇，世界上的罪恶和黑暗都不会消失。但真正的诅咒罪恶、向罪恶文化复仇，是诅咒自己内心的罪恶，向自己内心的罪恶基因复仇，让自己不要做罪恶的细胞，让罪恶群体的成员从自己开始减少——你想，如果真这样做，龙多格热的二弟和外甥还会死吗？不会，因为他们会不忍心妙音家受苦，觉得能帮就帮一下，毕竟谁都要吃饭。这样一来，妙音的二哥不管脾气多么不好，二嫂不管多爱挑事儿，都没有跟格热家作对的理由。你说对不？同样，如果这块土地上的大多数人都诅咒罪恶，诅咒杀戮，他们怎么会为了草场杀人？这块壮美的土地，又怎么会至今无法摆脱冲突和血腥？只是，很多时候，在一个仇恨的环境里，想不仇恨，是很难的。

就像在一个贪污的环境里，想不贪污，是很难的。龙多格热的弟弟就说过，他要是不报仇，在村里会抬不起头的。所以，仇恨文化裹挟了这块土地上的绝大多数人，只有极少数人才能从中超越，成为智者——老铖师就是其中一个。

不知老钺师如何看待那个远去了的故事？如何看待故事中的那个他？

我没有问，我知道，有些问题是不用问的。你只需要看看现在的他，自然会明白他的选择，以及他心里有过的许多挣扎。

其实，我又何尝不是这样呢？

世上的故事看似千千万万，无量无数，但总结起来不外两种：一种是升华的故事，另一种是堕落的故事。当然，严格地说，还有第三种和第四种：一是曾经想要升华，最后却放弃了，走向堕落；二是曾经对升华不感兴趣，但经历了巨大的变故，放下了一切，义无反顾地走向了升华。

正想着，我听到了一声清脆的笑。它就像一束光，穿过遥远的梦，找到了梦中的我。我走出宿命通的光明境，四处望了一下，却看不到任何人。天色已经暗了下来，远山沉醉在夕阳梦幻般的余晖里。

我看到，远山在对我笑，夕阳也在对我笑；窗子在对我笑，树枝也在对我笑；风儿在对我笑，羌河也在对我笑。

我默默地问它们：刚才，是不是你们在笑？

没有回答。

但我知道答案。

它们经历了太多的轮回，看过了太多的故事，它们知道，我说的是真话。但它们也知道，我的话，很多人听不到。人们正走在红尘的大风里，风声覆盖了我的声音。

4. 舍不得妙音离开

兄弟三人赶了偏胡子的牲畜回家，那些能带的能用的物件，也都打了包，叫牦牛们驮了。他们终于讨回了命债。按说，那些东西，可以不用带回的，留给他们的家人即可，但阿机四下里看了看，并没有发现那短脖子女人说的大哥和三哥，也许她在虚张声势吧。

妙音也跟着回来了。她骑着偏胡子的马。她哭了一路。除了哭，她啥也不说。她木了脸，眯了眼，只是哭。

阿机有时会露出高兴的神色——毕竟是他报了仇的，对于家族来说，他是功臣了——但一看妙音,他就会叹一口气。他知道,妙音不会再喜欢他了,没人会喜欢杀自己亲人的人——他觉得她以前肯定喜欢自己——当然,也许还会喜欢,毕竟她也看到了,是偏胡子抢刀扑向他,他才动手的。这算得上是正当防卫。

回到村里,好些人来祝贺。龙多格热家的仇,虽然只是家族的事,但在村里人眼里,差不多也是自己的事了。因为近些年,好些人家,也跟阴寨人有冲突,大多还是因为草场。好些小事,也渐渐积成大事了。所以,听说阿机们杀了阴寨的仇人,大家都很开心。不过,同时他们也听到了妙音的哭——虽然她抑制着自己的哭声,有点像抽泣了——也有人同情她,尤其是一些常念玛尼的老太太。

"可怜的丫头!"她们也会这样念叨。

仇是报了,事情却并没解决,因为接下来,有两种可能,一是这事从此了结,你欠了两条命债,我讨回了两条,谁也不欠谁的了,然后各自归还人质,这事就算完结了;另一种是对方不肯罢休,仍然会闹事,这是最有可能的。在过去,也有这样的例子,你杀我,我杀你,你再杀我,永远没有了结的时候,正所谓"冤冤相报何时了"。但无论哪一种,龙多格热认为自己都得面对——其实,他倒真希望对方再来闹呢,他喜欢有刺激感的生活。

龙多格热向总管翟爷汇报了事情经过,翟爷没说啥,但看得出他很高兴。对于阴寨,他也有些忍无可忍了,因为阴寨人越来越不像话了,该给的酥油也不给了,还时不时闹些纠纷,说这儿的草场是他们的,说那儿的草场是他们的。以前,他们放牧归放牧,但还承认草场是阳寨的,现在,渐渐变了。他们的胃口越来越大——当然,他们的人口和牲畜也越来越多了,需要更多更大的草场。

最可恶的是,阴寨的那个说唱艺人阿芳,竟编了一首所谓的史诗,将阴寨人说成是原住民,而将阳寨人说成是外来民了。按他的逻辑,不应该是阴寨人给阳寨人交酥油,而应该是阳寨人给阴寨人交酥油了。为了对付阿芳,翟爷叫阳寨的盲艺人阿福也编史诗,在内容上来一个针锋相对。阿福是阿芳的弟子,曾跟阿芳学贤孝,这样一闹,师徒二人的关系也臭了。

所以,对于龙多格热家的报仇成功,翟爷也觉得出了一口恶气。但他并没幸灾乐祸,一来这不符合他的信仰,二来他毕竟是长老总管,他代表的是阳寨全村，对这种打呀杀呀的事，他不能明里支持，否则，两个寨子就会被卷进战事。阴寨的人口，虽少于阳寨，但也有一千多人，而且年轻人多，大多好斗。偶尔的打打闹闹是常有的事，不要紧——牙齿和舌头也常常打架呢——要是两个寨子公开宣战，那就谁也没好日子过了。

根据过去的惯例，无论谁家有了纠纷，都不能到村里来闹。就是说，谁家若是有纠纷，可以在事发地点——比如有争议的草场——闹，或是另外约一个地点——比如两个寨子的交界地带——闹，不能将各自的纠纷带到村里来，不能到村里偷袭，或是进行仇杀。若是到村里闹事，就等同于土匪和贼寇了，也等于向全村人宣战，那么全村人可以群起而攻之，这时，打死白打死，不赔命价的。所以，过去的多年里，虽然时不时有人跟其他村有些纠纷，但大多没酿成寨子间的大战。无论你背了多大的仇恨，无论你遇上多厉害的仇敌，只要你回到寨子里，一般就安全了。

龙多格热向总管汇报后，就回家了。这时，妙音已经不哭了，只是木木地坐着，眼珠儿瓷瓷的，无一丝光彩，脸也煞白煞白的，像失了很多血。龙多格热很难受，但也不好劝她，感觉说啥都不对。

既然两条命的仇报了，两家要是不想把事再往大里闹的话，人质就该交换了。龙多格热派了一个在阴寨有亲戚的人去阴寨，一来把事情经过告诉妙音家人——他怕他们不知道——也好叫他们处理死者的后事，这种凶死者的后事比正常死亡的麻烦一些，得请阿卡们念经，有些人家也想装个棺材啥的——当然也可以水葬；二来，既然命也索了，仇也报了，就该选个时间，叫人质各回各家。

想到妙音要回家，龙多格热心里很难受，但同时也有一种轻松感。他发现，自打他喜欢这丫头后——瞧，他也承认自己喜欢妙音了——心里就多了一份牵挂，做啥事都得考虑她，虽然有时也觉得美好，但牵挂别人，总是一件很麻烦的事。他想放下她了。她要是走了，他就放下她，像过去那样，过无忧无虑的日子。所以，他不舍归不舍，最终还是愿意解开那道拴心的绳索。

他想，羊头上的毛，迟早得燎掉。一想到妙音要回家了，龙多格热觉得有些事，还是解释一下好，免得人家误解了自己，就叫妙音出来，带她到后山。一路上，村里人都在看妙音的脸，想从她脸上看出啥来。妙音本来还在流泪，一见村里人，泪反倒没了。

村里人将龙多格热带妙音上山当成叫她散心了，大家都知道她很难受，都说散散心好，那些事，要看开。龙多格热也就笑笑，懒得解释啥。

上了山坡，绕过一个豁口，就没人了，龙多格热对妙音说，我知道你难受，但这种事，不是一个人的事，你也不要恨我，不要恨阿机他们。阿生一来，你就该回家了。在我家的这些年，也委屈了你。

妙音不应，仍那样呆立着。

龙多格热又说，当然，你要是恨我，也成的。若是有报应，我替弟弟们背了。你也明白，阿机不那样，这会儿，就成鬼了。有时候，有他没我，有我没他。这也是没办法的事。……再说，这件事，也该了结了。不然，你的其他哥哥也过不好日子。

妙音没说啥，只是长长地叹一口气。

龙多格热又说，这次，他要是不死，事情会没完没了的，你杀我，我杀你，不定死多少人哩。

妙音抬起头，望他一眼，说，杀也杀了，说啥也没用了。不过，我也知道，二哥就那么个命。村里的阿卡说，他肯定会凶死的，因为他动不动就抽刀子，村里挨他刀的人，我在时，就有五个了，好在都没致命。……这是他的命。谁做的事谁受，我不怪你。

龙多格热说，你这样想就对了。

妙音说，我不这样想，又能咋样？那边，我劝二哥；这边，我劝你们。可有用没？你们哪个把我当人了？我的话，还不如一个屁。说完，她捂了脸，呜呜哭了。

龙多格热长出一口气。他有些舍不得妙音离开了。虽然他们年岁相差大，但她仍给过自己许多美好的记忆。也许，正是因为有了她，他才能在家里待这么多年。近年来，每日清晨，他总是有所期待，期待见到她。这种情感最初很朦胧，后来渐渐清晰了。他曾长时间地忽略过妙音——妙音总会明确地表现出对他的好感，比如，一跟他在一起，她的脸上就会放出光彩来，像油灯忽然有了火焰，但他对这一切却表现得不太在乎，他还撮合过她和阿机阿斌呢——现在，她要离开了，龙多格热有了一种歉疚，觉得这些年里，有些委屈了她。龙多格热有个特点，他一觉得自己欠了谁的，就会对那人非常好。现在，他就觉得自己欠了妙音的，心里的难受便一晕晕荡开了。他揽了揽妙音的肩，他也不管有没有人看见了,反正她要离开了,看见就看见吧。

这一揽,妙音一下子抱住了他,哭出声来。龙多格热慌了,四下里望望,还好,近处没人,远处虽见牛群,也不见人。他怕村里人胡说,毕竟她是个人质,要是传出去说他欺负人质,会叫人笑话的,却又想,人家快要回家了,想哭了就叫她哭一阵吧。于是,他坐在了一块石头上。妙音也坐了,偎在他怀里。

这是几年里两人最亲密的一次接触。妙音渐渐不哭了,静静地望他。她的脸渐渐红了,溢出了一种幸福的光彩。她试探似的亲亲他的手,她显得很幸福。龙多格热想,女人真是没心没肺,哥嫂刚死,她就这样了,却又觉得这想法对她不公平——他不是也希望她这样吗?陪她散心,就是怕她走不出那阴影,但她只是稍稍显得心情好了些,自己就觉得她不对了。龙多格热一发现这一点,又有些歉疚了。他又揽了揽妙音的肩。

没想到,趁了这一揽,妙音抱住他的脸,狠狠地亲了起来。她亲得很猛,甚至算得上咬了。这简直是一匹小狼。龙多格热有些痛了。若不是那嘴唇时不时会温柔一下的话,他甚至怀疑,她会趁机给亲人报仇,一下咬断他的喉管。但很快,他就发现,妙音在表达一种强烈的压抑了很久的爱。她发出了幸福的含混的呻吟。他想,你不该在这时候这样的。他又想到了那个死去的偏胡子。不过,妙音此刻想到的,却是她马上就会离开这儿了,这有点让她疯狂了。她说不清是高兴,还是难受,但一想到离开龙多格热,她就受不了。她发现,身子有些不听使唤。她真有点像饿极了的狼。

真是没心没肺。龙多格热想。他长叹一口气。但想到这几年来对她的冷落,他有些不忍,就亲了亲她。

他们待的地方,虽是个拐弯处,相对僻静,别人看不到,但因为在路上,时时会有人来的。龙多格热于是说,好了好了,别叫人看见。妙音说,看见就看见。她含着笑,有些娇嗔地望着他,脸上泛着一波波幸福的光。

她咬咬嘴唇,说,你可别怪我这样。不这样,我来不及了。我想告诉你我的心:我不想离开你,死也不想离开。男人们的事跟我无关。我只想跟你在一起,活着不能的话,我就死了跟你在一起。我,不,去,了。她一字一顿地说。

龙多格热说,那怎么行?老三一来,你就得走。我们不能失信的。

妙音说,还可以有另外一种说法,我要是不去,他也就不来了。龙多格热说，那不行。妈想老三，心都碎了。

5. 事情还没完

　　次日，去阴寨的那人回来了。他通过姐夫给对方传了话——他不敢亲自去，怕对方打他——对方发话了：这事没完。老二虽然没了，但他们还有部落，还有亲戚。只要还有一个人，这事就不会完。至于人质，他们说，那丫头归龙多格热家了，他们不要了。阿生也不叫他回。要是找不到其他人报仇，就用阿生的心祭老二。龙多格热家也可以剐了妙音。又说，丫头天生是外家狗，就当早嫁人或是早死了。听到这话，妙音哭了——龙多格热是有意叫她来听的——但马上，她又觉得轻松了，像卸下了一副重担似的，眼神里透出了一种掩饰不住的喜悦。

　　龙多格热也松了一口气，他发现，对方做的，正是他期待的。他首先希望妙音不走，然后希望这事没完——他发现，自己其实是个好事的人，喜欢刺激的生活。这虽然只是个寻常的复仇故事，却也能让他觉得生活有了滋味。比起像爹那样，一辈子待在家里，过平淡安稳的日子，他更希望像肋巴佛那样东征西战——要不是家里出了事，此刻，他说不定还在肋巴佛的队伍里呢。虽说他也修行，也时常有一种出离心，觉得打打杀杀的生活很累，没啥意义，但一离开禅修，一切就都恢复原样了，他还是原来的他，只是因为常年坐禅，他有了很好的专注力和定力，安住于观修本尊的状态时，还能观察到一些寻常人观察不到的东西，但他的本质没有变——他是个好人，有胆量，也有担当，不做暗事，不杀无辜的人，也不想造下无谓的杀业，却又下意识地期待着生活的波澜，因为，他从骨子里厌倦平淡。他觉得，要是老过不死不活——在别人眼中，能平安健康地活着，就是最大的幸福了，可这种幸福，在他看来却很没意思，因为他找不到活着的意义，于是，就觉得是不死不活了——的日子，他还不如去死呢。所以，虽然他的复仇，主要是为了爹，为了家里不要死更多的人，但在他的内心深处，却也是需要这报仇的。那人还说，这回没见到阿生，听说在牧场，听说有病。前些时候，有人去牧场，说是见过阿生，跟那家人也很好，有说有笑的，只是咳嗽得厉害。

对阿生的事，爹不很在意，只要能报仇，爹就觉得很高兴，因为他眼中的报仇，是关乎家族尊严的大事。他这一代的老人都这样，在他们心中，报仇高于一切。虽然他们也信佛——而且非常虔诚——但同时却崇尚复仇，觉得有仇不报，是最没面子的。这是很奇怪的事。佛教明明提倡不杀生，从爹的爷爷的爷爷的爷爷起，却一直以报仇性的杀生为乐。老二死后，爹就很少出门了，他除了念经，就是供护法神，希望护法神保佑自己报仇成功。但他不仅没有报仇成功，还死了外孙。这样一来，他就越加觉得丢人了——这也确实让他在村里很没面子。所以，他一次次托人捎信，叫龙多格热回家。叫他回家的目的，也只有一个：报仇。

为了报仇，爹是愿意把人拼光的。哪怕在第三次的拼命中，再死一个或是几个儿子，他也不会放弃报仇的念想。

龙多格热发现，爹这一代老人们在乎的，并不是公仇，而是私仇。比如，他们对民族之间的仇，显然是不在乎的，对历史上的很多有关民族纠纷的事件，也能用开放的心态去看——这一方面，他们甚至是最健忘的。他们跟周边的异教徒不一样，异教徒最爱记公仇——就是跟教派有关的仇恨——爹不管这些。爹眼里，所有教派的经都是佛说的，都好，甚至不是佛说的黑教经典也很好。爹只记跟自己家庭——不一定是家族——有关的私仇。村里有好多老人都这样，连带着家里的年轻人也这样，所以，报私仇的故事，在村里很多，好多条人命，就是被那一句口角或是一根牛毛般小事给弄没了。叫村里血腥味四溢的，也大多是这类小小的事情。

对成功报仇的事，妈当然也高兴。妈高兴是因为能叫两位死者的在天之灵安息了。她当然相信，人死后是有灵魂的。二儿子死后，她老是做梦，梦到他叫她替自己报仇，于是，报仇也成了她生命的主题。后来因为妙音，这份心淡了，她不忍心伤害妙音。但在跟仇人见面那一天，她看到了偏胡子，他竟然还是那么嚣张，连一点儿悔意都没有。那一刻，她的仇恨一下就被点燃了，对妙音的爱，成了报仇之外的事，甚至就连老三阿生的命，都成了报仇之外的事，她也像格热爹那样，希望能用仇人的血，慰藉儿子的灵魂，同时也熄灭自己内心的怒火。现在，仇报了，妈就上香、煨桑，感谢那些护法神灵。妈在门口的空地上建了个煨桑台，石头砌的，她点燃了桑叶，将炒面、酥油、奶渣等放在冒烟的桑叶——有时是松柏枝叶——上。一股淡淡的烟就腾起了。按当地人的说法，那些护法神们以食香气或烟气为主，煨桑就成了妈常做的功课。每天早上，她起床后的第一件事是洗漱，第二件事便是供佛、供菩萨、供护法神。供佛菩萨用香，此外还有水、鲜花、食子等，总共有八种，称为八供。供护法就以煨桑为主，当然也供酒，有些护法爱喝酒，有些爱吃肉，有些爱吃大蒜，妈会根据他们的喜好分别供他们。

在儿子们出发报仇的同时，妈就开始了煨桑，她一直煨到了儿子们归来。听龙多格热谈了经过之后，她又煨了一次桑，这次是谢恩供。

妈跟爹不一样，爹不惜拼尽最后一个儿子，也要报仇，要是还报不了仇，他就会豁出这把老骨头，但妈虽然想报仇，却也在乎儿子们的命。在她看来，老二是命，其他儿子们也是命。她虽然希望儿子们把老二和外孙的仇给报了，却也希望儿子们能活着回来。要不是她对龙多格热有足够的信心，相信龙多格热能活着把仇给报了，也能活着带回两个弟弟，她也许会有另一种心情的。不过，无论她是哪种心情，她都拗不过爹的固执，也改变不了爹的决定。既然拗不过，她也就只能接受了。

所以，这次能报仇，儿子们还能活着回来，对她来说，是最好的事。唯一不好的，是妙音家不肯放阿生。想来，这也是正常的，因为，对他们来说的报仇，对人家来说，就是结仇。他们的仇恨有多坚硬，人家的仇恨就有多坚硬，不会因为他们是报仇，是讨回人家欠下的命债，人家失去儿子、失去兄弟的痛，就能轻一些。但阿生，还是妈心中的疼痛。尤其在听到那句，用阿生的心祭偏胡子时，她的心狠狠地颤了一下。但在听说阿生跟人家有说有笑，关系好像也很好时，她又抱了一线希望，于是，她在煨桑时，就暗暗地祈求佛菩萨保佑阿生，希望人家不要把仇恨发泄在阿生身上。

在几个儿子中，妈最疼的是阿生，因为他身体最弱，阿生得病之后，她更疼他了。为了阿生叫阴寨人抓走的事，妈哭了几十次。幸好，妙音贴心贴肺，给了她很多安慰。这次，阿生虽然回不来，但妙音能留下，也成了她释怀的一个理由。

夜里，龙多格热宰了一只羊，煮了，请长老们来家中。长老们边吃肉，边喝酒，边聊天。对龙多格热报仇成功的事，大家只略略表示了一下祝贺，没多说，因为这事，还没完呢，今天你杀我，明天我就会来杀你，循环往复，谁也不得安生。这道理谁都懂，所以，略略提了几句后，翟爷就说，杀也杀了，这

193

号事,以往也有哩。不过,杀人毕竟不是个好事,冤冤相报,何时能了,还是得找几个人,好好去调解一下。

就是。畅佬说,免得人家还盯着你。不怕贼偷,就怕贼惦记。人家要是惦记了,你就过不好日子了。

豁子说,我在阴寨有个亲戚,人家在村里也算个能人,我叫他说和一下看。

畅佬说,最好还是叫温布发话。一来他是阴寨人,二来人家身份在那儿摆着,只要他发话,没人不给面子。

龙多格热说,若是别人还倒行,若是温布,就算了。对那人,一提,我心上就不顺。他不挑事,就算不错了,叫他调解?没戏,他只会把事弄大。

翟爷问,上次我就想问你,你们之间,是不是有啥事儿没处理好?

龙多格热不语。

翟爷说,有啥过节,还是说到明处好一些。

龙多格热说,我当然会说的,只是还不到时候。那温布,别看穿了袈裟,其实是个豺狼。心狠手辣不说,还是个伪君子。

翟爷说,过多的饭可吃,过外的话不要说。不管咋说,人家占了那位子,说明他还是有过人之处的。

龙多格热说,有啥过人之处?还不是占着祖荫罢了。翟爷说,你报仇啥的,我不说了,这是你个人的事,但有一点,以后,关于温布,有啥话,你宁可放到心里捂臭,也不要说出来。我们这几个人没啥,别处保不定有些漏嘴子把话传出去,得罪了温布,给村里招来祸患。

龙多格热说,没事。他知道我是啥人,我也知道他是啥人。他要是好好待人,也没啥,要是起歹心,我拼他个马死鞍子烂。

翟爷站起来,一声不响,下炕走了。其他长老也打个哈哈,一起走了。在这种场合下,他们走是对的。因为无论他们说不说话,一传出去,都会像是一次商量着对付温布的阴谋,这样一来,事情的性质就变了。要是叫温布知道了,不定会发生啥事呢。

格热爹不高兴地埋怨说,这么多羊肉,也塞不住你的嘴。

龙多格热也恼了,说,我说的是温布,又没说他们。他们走就走,关我屁事。

格热爹说,人家当然要走,人家要不走,传出去,别人还当你们密谋对

194

付温布呢。再说了,要是跟温布有啥过节,还是解开的好。那人心狠,我们惹不起。

龙多格热说有些事能解,有些事不能解。像猫和老鼠,你无论咋解,还是天敌。我跟温布,便是不能解的那种。没出事之前,我见了他,也是讨厌得很,也许是前世的冤家吧。格热爹沉吟一阵,没说啥,只是长叹了一口气。

6. 房顶的阳光

接下来的几天里,村里没啥大事。畅佬去了阴寨,请他的亲戚调解那事。对方一口咬定要报仇。以前,龙多格热家也这样。那时节,对方求他们,他们不同意,现在,出了两条人命后,事情倒过来了,你希望调解,人家的脑袋倒扎起来了,像是占了理儿一样。

对此事,龙多格热并不在乎,他还是该干啥就干啥。妙音的心情也渐渐好了,除了在谈到她死去的二哥时——村里有些人总喜欢讲这次的复仇故事,像牛反刍似的——她还会显出抑郁外,其他时候,也有说有笑了。

秋天一到,天就渐渐凉了。羌村比别的地方寒凉很多。这时节,庄稼也成熟了。村里村外的晒架上挂满了青稞。这晒架,是用一些木头搭成的,直直地栽两根大木头,再横横地将七八根长木——一般是小松树,能当椽子的那种——绑在直栽的木头上,再在两侧各安两根撑木,以防木架倾斜,就成晒架了。村里到处是这样的晒架,一到秋天,上面就挂满了从地里收上来的庄稼。这儿天寒凉,其他庄稼不好成熟,村里一般只种青稞、豆子、燕麦、土豆之类,晒架上挂的,一般是前三种。待得青稞们叫太阳晒干之后,女人们就会把它们摊到房顶上,用一种木枷来拍打。赵匡胤拿的盘龙棍,就是由这木枷演化的,本是农具,用得顺手,能攻能守,就成奇门兵器了。其结构,是一个长棍再绑个短棍。

村里人的打青稞场都建在自家房顶上,每次雨过天晴后,就会有人上房,用碌子过来过去地碾那房顶,有时也用木夯,一下一下地夯实那房顶。房顶上,一般都会铺一层碎石子,经过石碌和夯木的"锤炼"之后,房顶就会非常瓷实,一般是不会漏雨的。青稞成熟之后,村民先要把青稞搭在晒架上晒干,再摊在房顶上,抡了那木枷,使劲把粮食打到脱壳,再借了风势,将青稞和麦壳们分离。于是,每到秋天,寨子里就充满了木枷跟房顶上的庄稼亲热的声音。那是一种沉闷的扑通声,随了那声响的,定然是腾起的尘灰。

龙多格热只干力气活,像这种使唤木枷的活,一般由妈、妹妹和妙音她们去做。妙音天生是干农活和家务的好手。这女子,非常有耐心。无论是干家务,还是给妈烫脚,她都非常认真,一丝不苟。她干活投入的样子,仿佛正在享受一种很大的乐趣。自从妙音到家之后,妈就非常轻松了,好些事,她根本不用沾边,只安顿妙音和尕女去干。自从这次复仇后,尕女跟妙音的关系好多了,但仍时好时坏——平日里,尕女对妙音已没有恨意了,只有在想到二哥时,她还是会说些很难听的话。而且,她总是一次次地向龙多格热们打听复仇经过,龙多格热怕妙音难受,只是轻描淡写地说几句,阿斌却喜欢一次一次地谈那过程,乐此不疲。他的口才非常好,想象力也丰富,能将那过程讲得有声有色。更有意思的是,他的每一次讲,都能丰富新的细节,情节也越来越曲折,到后来,竟被他渲染出史诗的味道了。因此,尕女很喜欢听阿斌讲那复仇过程,就一次次地问。每到这时,妙音就会离得远远的。尕女总是不理解她为啥不喜欢这么好的故事——尕女时时将那过程当成故事了。

阿机和阿斌一如既往地对妙音好,但妙音对他们却比以前疏远了。因为一见到阿机,二哥死的场面就会扑上心来,妙音就会非常难受。难受时,她会不由自主地呕吐——这是个奇怪的毛病,以前并没有过——吐出很多牛涎液一样的东西,然后,她的心口子就不舒服。阿斌一讲那故事,她也会这样。时间一长,她就对两人有了一种生理上的条件反射。每次,他们从牧场回家——他们会轮流回家——妙音就觉得很不舒服。那感觉,像自己家里来了个不知趣的外人一样。直到他们离开,妙音才会松一口气。

在妙音有时的感觉中,这家,是她跟龙多格热的家,别的家人——爹、妈、阿柱和尕女——是龙多格热的亲人,而阿机和阿斌,反倒成外人了。每当她开心地做家务时,便会产生这种感觉,给格热妈泡脚时——村里其他女人是没这习惯的——更是这样。她一想到龙多格热是这女人养育的,就会马上产生一种感恩之心,也会觉得非常温馨。她把对龙多格热的所有爱,都融入了对格热妈的照顾。不过,这让格热妈开心的同时,也会让她有一丝不安,毕竟,她享受着妙音带给她的温暖,而阿生却在另一处受苦——妈认为,他一定会受苦的。

在格热妈的心中,阿生一直是个苦命人。他天性忧郁,不喜言谈,天大的事,也闷在心里。这次见他,他越加沉默寡言了,不知道是因为龙多格热和格热爹的话,还是因为他的病。一想起阿生的病,格热妈的心就沉了。她的脑海里老是浮起爷爷得病时的样子,这样子总会跟阿生的样子重叠,这让她觉得很不吉祥。于是,她每次想起,都会念几句佛号,祈求佛菩萨能保佑阿生。每次想起阿生,格热妈都有类似的心情,哪怕在阿生没得那病前,也是这样。

阿生这孩子,好像天性中就有一种阴郁的东西,那消瘦的脸上,总是一副若有所思的神情,或总有一缕歉疚的笑,仿佛他老觉得自己对不起人似的。这兄弟六人,虽是一娘所生,但个性差别实在太大了。尤其是龙多格热,跟阿生简直就是两个极端:一个强悍,一个懦弱;一个外向,一个内敛;一个像粗豪的强盗,一个像病弱的书生。但在兄弟几人中,他俩的感情反倒最好。也许,正是这个原因,龙多格热说出那话时,阿生才会那么受伤。不过,格热妈看得出,阿生能理解龙多格热,也能理解爹,只是内心还是受到了打击。毕竟,谁也不希望自己被抛弃的。一想到这儿,格热妈的眼泪就流下来了。她就对着想象中的阿生说,孩子啊,妈可从来没想过抛弃你的,妈只想你回来,病了就病了,治不治得好,妈都想办法给你治……阿生走后,格热妈经常这样对阿生说话。她也不管阿生听不听得到,只管说——听不听得到,是老天的事;说不说,是妈妈的心。

要是格热妈能选择的话,她倒是希望妙音能嫁给阿生。有时,她甚至产生叫阿生倒插门到妙音家的念头。对那复仇之类的事,她有时看得很重,有时又看得很轻。要不是时时想到那两个在天之灵的话,有时,她真的不想再打打杀杀了。真没意思。这次复仇成功后,格热妈常常想到的,反倒是妙音的难受。她时时会安慰她。但她不知道,她每次的安慰,反倒像钩子一样,把妙音努力挤到心房角落的痛,重又勾了出来,让她更加难受。不过,格热妈的善心,还是让妙音觉得很温暖。她一想到格热妈,就像是靠近了一盆火,她对格热妈的感恩里,就有了新的内容。

羌村秋天的早晚,都很寒凉。尤其在早上,阴气非常重。虽然没到寒冬,人们还是早早在房子里生了火。村里人习惯把炕跟灶台连成一体,做饭时,人们在灶里一烧火,烟火就会沿了贯穿大炕的通道,到达外面。这样,一顿饭熟了时，炕也就温融融了。妈在妙音心里，就是那暖暖的火和暖暖的炕。

要是没有这火，生命里就会充满阴气。

寻常时分，早上是一天里阴气最重的时候。这时候，山上一般都会有雾，笼在山头上，像仙子头上的轻纱，看上去非常之美。在太阳出来之前，妙音就会烧火。这时候，那火是很容易生起的，烟也跑得顺畅，会自然地冒到外面。太阳一出来，火就不好燃了，因为日光会压住那腾起的烟，浓烟闯不过阳光的把守，便只能退回去，灌满了屋子，呛出一屋子的咳嗽声。所以，村里人总会很早就生火。而早上的架火，也是妙音最爱干的事。看到那灶中欢快跳跃的火焰时，她会非常温暖，忘记了一切。她甚至能在火中看到龙多格热的脸呢。

除了火外，妙音也喜欢太阳。深秋时分，太阳一升起，那种砭骨的寒凉就被赶跑了。太阳偏向西时，妙音就会跟妈去房顶上打青稞。太阳暖暖地照着她们，也照着青稞。远处的山还没叫霜风掠黄，还显得很绿。妙音最喜在房顶上干活，因为只有在这儿，她才能看到更远处的景物。家里虽然待她也好，但人质毕竟是人质，只要外出，总是得有人陪着——其实是看管她。而且，陪她的人，一般是尕女。

尕女是个质朴且普通的女子，脸上肉肉的，显不出可爱，反而有一点蠢相。除了想到死去的二哥时，她会流泪——这种时候也渐渐少了——其他时候她总是没心没肺。不过，她还是能敏感地发现哥哥们待妙音很好，这会让她产生一些醋意。所以，每到她俩外出时，她就会时不时提醒妙音，叫妙音注意这注意那的，每到这时，妙音就会想到自己的身份。而在房顶上，妙音不必离开家，就能感受到一种自由辽阔，也听不到尕女在身边的各种提醒。

自打妙音来了之后，上房顶打青稞这种事，就叫她跟妈做了。尕女怕那腾跃的尘灰，她的皮肤很敏感，一接触那灰，皮肤就会发红，出一种小红痘，这成了她不干这脏活的理由。不过，村里每家每户的青稞并不多，收成好的时候，能够村里吃一年的炒面，收成不好时——隔三差五的，就会有这种时候——连一家人吃的炒面都不够，还得拿牧场里的酥油到别处换青稞吃。

妙音抡了木枷打那青稞，虽然随了那声响会腾起灰尘，但她还是喜欢干这活。她喜欢劳动，尤其喜欢这种使力气的劳动。她承认其中有宣泄的成分。在喜欢龙多格热之前，她的许多闷，就是靠劳动来排遣的。在所有劳动中，最能让她有宣泄感的，就是抡这木枷了。那沉闷的声音响上一个时辰，青稞粒就会从壳中脱出，妙音就用木叉将打熟的秸挑到一旁，将脱下的秸屑和青稞扫成堆，待到觉得房顶有风时，她就会将它们扬起来，重的青稞粒会下落，轻的秸屑会被吹得远一些——但不能扬得太高，不然会被风吹到房顶下——青稞粒和秸屑就这样分开了。那秸是牲口最喜欢吃的，最后要收拢起来，放在相对干燥的二楼上。

每次做这事时，妙音总是很开心。看到那些饱满的青稞粒时，她就会觉得自己的心也非常充实了。

打完场后，她就会跟妈一起，炒那些青稞。炒青稞需要先向灶中入柴，然后生火，入柴生火的事，一般也由妙音来做。灶里入的柴，是从山上砍来的松柴——到山上砍柴和采柏枝，是她跟尕女常干的活——放到火中一燃，灶里就会溢出一股松树独有的香，时不时地，灶中还会响起"啪啪"的声音。妙音很喜欢这声音，也喜欢闻那松香味，不过，她最喜欢的还是柏枝味。每次燃那柏枝时，也会有"啪啪"的声音，还会闻到她最喜欢的柏枝味，这是敬神之外，她喜欢煨桑的另一个理由。村里人也喜欢那味道，听说，就连佛菩萨也喜欢这味道呢。所以，村里人煨桑时，都会用柏枝引燃火。当然，这也跟柏枝易燃有关。柏枝是最容易着火的，便是刚揪下的新鲜柏枝，一点火，也会轻易地燃烧——可能是因为柏枝里有油。

跟妈炒青稞时，妙音常常会忘了自己的身份，她老是在恍惚里将龙多格热的妈当成自己的妈——这几乎是常有的事。青稞着热后的那种清香慢慢充满屋子，也充满了妙音的心。在她少女的印象里，这几乎是家的感觉了。那"哗哗"的青稞粒翻动声，那一阵阵的青稞味儿，还有松柴味，还有柏枝香，都会让她进入一种忘我的陶醉里。当然，这陶醉里，有一种东西是不能少的，那便是对龙多格热的爱——它已经变成她的空气了，几乎是不用着力，她就一直泡在里面。

炒完青稞，妙音就会跟妈、尕女一起推炒面。这是一种相对繁重的劳动。虽然那石磨不大，但一圈一圈地转下来，时间一长，胳膊也会酸疼。所以，这活，必须叫她跟尕女两人来干，你累了，她接上。妈的任务是用箩儿去分离那面和麸皮儿——妙音喜欢不分的混合面，但村里人习惯将麸皮和面分开。

有时候，龙多格热闲下来了，妈也会叫他来帮帮忙，替换一下两个丫头——她们的胳膊有时会疼得动不了——龙多格热也愿意干这事。不过，开始时，他还能将磨转得飞快，时间一长，他也会一头汗水——妙音最喜欢他鼻头上有几星汗珠的模样——再干一阵，他也会气喘吁吁。这时，妙音就会心疼，然后上前抢那把手，想要把他替下，让他休息一会儿。龙多格热当然不肯，于是，他换个手，再接着推磨。虽然不想叫龙多格热累，但只要龙多格热在场，无论干啥活，她都能感受到一种巨大的幸福——这甚至是一天里她最幸福的时刻了——后来，只要想到他在时的场面，哪怕他不在场，那幸福也会倏然而至。

这次复仇事件之后，两人只有上次说话的那次独处。虽然那次有了亲密接触，妙音也把心事给挑明了，但回来后，两人反倒生分了。妙音不敢看龙多格热，龙多格热也有意不看妙音——妙音能看出他在目光碰到自己时的尴尬。两人不约而同地回避着一个扑面而来的事实。村里人也时不时开龙多格热的玩笑，因为大家都看出了妙音喜欢他。有些人甚至怀疑他们同过床——村里有很多这号事，在村里人眼里，这甚至是天经地义的——尤其是那个春妮，好几次碰到妙音时，她都会特意地盯着妙音的脸，再打量一下她的肚子——脸可以骗人，肚子是骗不了人的——虽然看不出啥，但春妮的脸上总会露出一种笑，仿佛她知道啥秘密似的，有种"你别骗我了，我啥都知道"的意味，还有一种说不清的味道。这让妙音很不舒服。一想到这女人曾经跟龙多格热好过——她相信他们现在不好了，不过，也不一定——妙音就觉得胸口堵得慌，她甚至能感觉到胸口有一种尖石头似的东西呢。以前，她从来没有这种感觉，真是奇怪。

不过，后来村里传出了另一种流言，说春妮跟分到她家的那个俘虏好上了，人们说得有鼻子有眼睛，不像是谣言，妙音听了很高兴。

7. 绑架

龙多格热被绑架了。

那几个人出现之前，龙多格热没一点儿预感。他当然没想到，阴寨人敢在阳寨的地盘上绑架他。

他一如既往地骑了马，去牧场。马跑得很快，走到一处拐弯口，他觉得有个东西掠了来，才觉出不妙，人就滚下马了，马却仍朝前奔了去，蹄声渐渐远了。

他摔得很凶，一道拦在空中的绳子，直接把他从马背上拨起，悬悬地扔地上了。他头晕眼花，还没反应过来，一个东西已罩住了他。他辨出，是块巨大的牛毛毡。然后觉得有重物，朝他身子猛击，力道很大，但叫那毡消去了大半，倒不很疼。他这才明白，是仇家想害他。

不用寻思，他也知道是什么人——除了阴寨人，还是阴寨人。这是明摆的事。近一月间，他就跟阴寨人有过两次直接交锋，一次揍兰猞猁，一次杀偏胡子——当然，偏胡子不是他杀的，但要是没有他跟偏胡子的角斗，阿机也杀不了偏胡子——这两个，都是阴寨有根有底的人，在阴寨人眼里，这是在占他们的便宜，打他们的脸了，他们肯定不会放过他的。……只是不知，这次下手的，究竟是哪一家。但不管哪一家，他都没好果子吃的。

那重击，只几下，就叫一个声音喝停了。这声音太有特点了，用不着仔细辨认，龙多格热就听出是兰猞猁。他叫苦不迭，因为他知道，兰猞猁是个没底线的人——有底线，能砸经堂，抢法器法衣，还弄伤阿尼？——落到此人手中，不死也会脱层皮。不过，相较于落到妙音的哥哥们手里，兰猞猁还是会好一些，毕竟，他们之间没有私仇。上回那事，虽是以个人名义进行的，却是职务行为，是为公事，兰猞猁自己也很清楚。况且，龙多格热还放了他一马，没有杀他。

不过，那次，龙多格热让兰猞猁很没面子，按理说，兰猞猁会叫人狠狠揍他的——要是狠狠揍他一顿，反倒还简单了，因为那只是单纯的泄愤行为。想来，兰猞猁有别的目的。当然，他定然也怕弄死龙多格热，惹来大麻烦——阳寨人肯定会复仇的。但这里也没自己人通风报信，就算他们打死他，也没人知道是谁做的。要是想杀他的话，这会儿就是最好的时机了。对方定然也明白这一点，却没有杀他，甚至没敢尽情地打他，说明，对方定然想借他来实现某个目的。那目的，不用想，也跟草场有关。只是，龙多格热不知道他们具体想怎么做。

龙多格热觉出，对方开始用绳子捆他了。他们显然用了很大的力，自己又被毛毡给束缚了，施展不开拳脚，死命挣扎也没用，因此，他便懒得挣扎了。这时候，他只能听天由命。于是，他开始祈请摩利支天。

他一直在精进地修行。除了家里忙得不可开交，或是有啥需要出大力的活外，一般农活，家里不会找他。他老是在楼上的小屋里修行。他把那个小屋布置成了小佛堂，非常庄严，一进去，就只想修行。因为他修行很用功，定力很好，便是遇到这种事，他的心也很少会慌乱——当然，有时也有例外，跟兰猞猁对战那次，便是一个例外，因为他过于轻敌了——跟着肋巴佛南征北战的那些日子，他经了很多事，生呀死呀看得多了，也就没啥可怕的了。修行更让他明白，生命本来就是个幻觉，对这臭皮囊，也实在没啥可贪恋的，所以，便是真的面临死亡，他也不觉得有多可怕。他总觉得，两军相遇的时候，只要一颗子弹飞向自己，一切就结束了。这是他那时常常生起的念头。这种念头出现的次数一多，他对死就看淡了。所以，他在打架时总是不顾生死，也就有了一种异于常人的神勇。不过，他还是不想现在死，家里的事情还没处理完，很多事都不清不楚的。比如，妙音的事到底咋处理，阿生的事又该怎么办，这些，都是让他头疼的问题。多年来，他已经习惯了为家里、村里处理一切难题，相应地，他就多了许多牵挂。这又是他觉得心累的另一个原因。当然，累归累，他还是愿意承担，要是让他余生都生活在关房里，远离红尘，不问世事，他不一定能耐得住寂寞。所以，承担虽累，却是他心甘情愿的选择。

　　那些人终于完成了他们想完成的事，龙多格热觉得自己被捆成了一头死猪。以前，他老是用这种方法捆猪，现在，人家又这样对付他了。也许，这也算现世报吧。即使那绳子隔了厚厚的毡，龙多格热也觉得有些疼。……只是有些而已，血脉应该还通着。他动了动胳膊，觉得对方留了余地。显然，对方确实不想杀他。不然，狠狠地捆了他，也能桎梏死他。

　　龙多格热觉得自己被抬起，然后被放到了一个东西上——他觉出是个马鞍，虽然隔了厚厚的毡，他还是能感受到马背上涌动的那种力。他定然像装满青稞的牛毛口袋那样，被横放在了马背上。有人扶着他，以免他掉下来。因为胸口向下，龙多格热觉得非常闷，他需要时时深吸气，来让自己的心脏能有呼吸的空间。幸好他平时常修宝瓶气——吸一口气，压入腹部，不呼不吸，持气许久——而且训练有素，不然，这种姿势，不但会压得他呼吸不畅，甚至会让他窒息的。以前，有个铁匠开玩笑，将铁砧压在一个人的胸口上，等他发现不妙时，那人已经死了——心脏的力量很有限，要是压它的力量太大，极大地压缩了它的跳动空间，它就有可能罢工。龙多格热就用训练有素的宝瓶气，来帮心脏争取足够的跳动空间。

　　马背涌动着前行了，对方显然也完全地放松了下来。他们大概知道，龙多格热已经放弃了挣扎，至少这一路上，他们是十拿九稳的。因此，他们开始兴奋地聊天，声音里听不出一点儿紧张和慌乱。除了兰猞猁的声音，别的声音都很陌生，也许，袭击他的都是他没见过，至少不熟悉的人。这不奇怪，龙多格热很少跟阴寨人打交道，自然没几个熟悉的阴寨人——不过，虽然袭击他的人里有兰猞猁，但并不代表没有阳寨人参与，只是，他没有想那么多，他下意识地认定，这是阴寨人的一次报复。或许，正是这种先入为主的想法，让他后来陷入了那个巨大的阴谋。

他仔细听那蹄声和众人兴奋的谈话声，想辨出对方有几匹马、几个人。蹄声很杂乱，加上他身体不适，影响了状态，无法完全专注地去判断，因此他辨不出到底有几匹马，但他能确定，对方至少有六个人——不排除现场还有没出声的人——动用这么多人，还用这种偷袭的方式来暗算他，定然是将他当成可怕的对手了。

腰里的刀子还在——就是那把日本短倭刀，虽然跟偏胡子的刀互砍了几十下，那刀刃却仍然很锋利，真是把好刀。但再好的刀也没用，人家玩的是偷袭，连动手的机会都没给他。当然，对他的对手来说，这是最聪明的做法，因为，要是他来得及使这刀的话，对方是很难得逞的。要知道，他曾用这刀削断过一把河州刀，如果他能用上这刀，对方就算人多，也不一定能占上便宜。现在，他完全被捆成了粽子，动弹不得，就算刀还在，也跟不在没啥区别了——想来，对方大概也很慌乱，裹他的时候，竟忘了扯走他的刀——他吃过粽子，黏黏的，很甜，想到自己竟变成了那东西，他觉得很好笑。他很想说，你们要是男人就放了我，我们明打明地角斗，玩阴的算啥本事？但又怕激怒这些人。

这些人边走边说笑，显然很开心，对于这事的出格，他们没有丝毫的忌惮——其实，他们已犯了忌，因为，按老祖宗的规矩，是不能到别人的地盘上去绑架人的。这跟轻易不能侵犯别国的领土一样。这口子一开，阳寨人也就能到阴寨去绑架人了。以后，定然会你绑架我，我绑架你，永无宁日了。不说别人，他的那二十个部下，要是知道他叫人绑架了，能不来闹吗？

近年来，出了好些出格的事，像这次，还有兰猞猁闹经堂的那次，都是以前听都没听过的。事情虽不大，但千里之堤，溃于蚁穴，这号口子一开，魔鬼就出笼了。龙多格热想，要是这次能活着回来，他就敢把天捅个窟窿。他肯定会报仇的。当然，他不会把这话说出来，因为要是对方知道了他的心思，定然会弄死他的。不过，就算他不说，大概对方也抱了弄死他的心思，要不，怎么敢做这号事？明知以他的性子，是不可能白白受这屈辱的，他一定会报仇。

走了一个多时辰，对方终于停下了。一种非常熟悉，却也让他很不舒服的味道扑面而来。他知道，肯定是进了阴寨。按说，他啥都看不到，应该不会对周围的事物有感觉才对。可见，这味道不是一种主观的感觉，而是一种物质，或者说一种能量，一种气息，总之，是一种能被眼睛之外的感官捕捉到的东西。一个人、一个部落、一个省、一个国家，都会有各自的味道。阴寨也有阴寨的味道。说不出那是啥味道，但龙多格热不喜欢。这是很怪的事。不过，那肯定是偏见，因为妙音也是阴寨人，她在阴寨待到了十二岁，就算不刻意去学，骨子里也会有阴寨的基因。照理说，他能喜欢妙音，就能喜欢阴寨的其他人，但没法子，他不喜欢就是不喜欢。

一团声音远去了，可能是去商量对策。他觉出，那团声音进了一个院子。隐隐地，他听到了阴寨总管的声音，那声音很高，好像是在骂谁。看样子，这事不是总管策划的。这就好，只要总管不支持这事，啥都好说。也许，总管会放了他呢。他想，要是总管放了他，他可以不计较这事的。毕竟，这是个别人的行为，代表不了整个寨子。就像上回，他不会因为兰猞猁砸了经堂，就杀了整个阴寨的人一样。

总管的声音很大，显然是动了怒。龙多格热虽不喜欢这人，觉得他老是阴阳怪气，不痛快，但却明白，他是个硬手人，有勇有谋，不是莽夫。这号人不好对付，也正是在他的带领下，阴寨人才越来越大胆了。

那些人出来了。他们有一种灰溜溜的感觉。因为没有一个人说话，所有人都像叫一屁打哑了一样。那脚步声也跟进去时不一样，有点软塌塌的。

8. 空亡

马又在前行了，感觉像是走向了村外，那路东扭西扭的，忽而高，忽而低，像是忽而上坡忽而下洼。龙多格热觉出不妙了，要是他们把他放在村里，啥都好说，要是驮到村外，就不好说了。他们是想杀人灭口，还是有别的打算，龙多格热心里没底。不过，既然总管知道了这事，大概会好一些。因为，他们要是不通过总管，杀了也就杀了，民不告官不究；要是总管知道，就是整个寨子的事了。这些人怕是不敢轻举妄动了。

　　当然，这只是他的想法，那些人咋想，他心里还是没谱。因为还有一种可能是，总管假装不知道这事，那他就能脱了干系。龙多格热跟阴寨打过多次交道，发现这个寨子很齐心，能集体守秘密。像偏胡子的那个牧场，他多次打听，就是没人告诉他具体地点，人人都说不知道。但他敢肯定，阴寨里绝对有人知道，要不，也不会有上次的见面。同样，如果他这次死了，只要总管装作不知道，阴寨人也会帮他保守秘密。而且，龙多格热被拦下马时，周围没别人，估计没人看到阴寨人绑了他。马虽然逃了，却不会说话，他的失踪，就会变成一个谜。人们就算怀疑兰猞猁或偏胡子家，也只能是怀疑，没有实证，是不能把他们怎么样的。

　　马停了，几人下了马，从马背上抬下龙多格热。一人说，好重，死重死重的，怕不是死了吧？另一人说，死不了，这人是滚刀肉，不会轻易死的。又一个说，没死，刚才我还听到他喘气呢。

　　几人抬了龙多格热，走到一个所在，将他扔在地上。一人说，铁匠来了，准备了一对八斤的脚镣，够他受了。另一个说，不是说好十斤的吗？前一个说，十斤的得重打，八斤的现成。边说，那些人边解绳子，龙多格热觉得身子松活了些。他觉出，有人在展开牛皮毡时取走了他的刀，但并没有声张。龙多格热知道，那人想私昧了这刀。他很是可惜。

　　终于看到一点光了，才见光，几人已按住了他。其实，这有点多此一举了，便是不按，龙多格热也起不来。因为长期保持一个姿势，血液不流通，他的整个身子都麻了，手脚早不听话了。他索性不去挣扎，由了那铁匠行动。只听到"叮叮咣咣"一阵，他的脚上就多了个脚镣。

　　他以为他们还要给他上手铐呢，但等了一阵，却没见他们再有啥行动。于是，他索性不管他们了，侧着头环顾起自己的所在来。

　　他终于看清了，这是一间小土屋，年代显然有些久远了，因为村里人很早就不盖土坯房了，大家都用木头建房，只在外面砌一层土砖。屋里的东西都很旧，炕也很是破旧，不像是有人在住。而且小屋里很潮湿，地上甚至有积水，不多，但把地上的土，都淹成稀泥了。墙上也很潮湿，墙皮都脱落了，炕上铺的青稞秸子，看上去也很潮了。也许这是土地庙之类——那炕也许是看庙人睡的——更也许是冬季牧场的小屋。他此刻就躺在那泛着潮气的地上。只是，因为身子还僵着，他已经觉不出啥潮气来了。

虽然他只戴了脚镣，身上没绑绳子，但他还是没有坐起来。他太乏了，一路上被绳子捆着，又被牛皮毡裹着，还被随意搭在马背上，一直要持着气，对抗马背对胸腔的压力，他已经累瘫了。

那些人似乎也觉出了他的疲惫，给他戴了脚镣之后，就放开了他，坐在一边休息——同时也是看守着他——时而打开随身的皮囊，喝上一口青稞酒。

除了兰猞猁外，其他几人龙多格热都不熟识。……有一个有些面熟，但龙多格热想不起啥时候见过他了。他的面相倒是很善，一见龙多格热望他，就有点不好意思似的垂了头。龙多格热想，这人不是很坏，他定然觉得这种做法不好——瞧，他都不好意思了呢。

让龙多格热暗暗松了口气的，是这帮人中没有偏胡子的兄弟。他知道，要是绑架他的是偏胡子的家人，或有他的家人参与，此刻，自己的命还在不在，就不好说了。人在气头上，啥事都能干出来，何况他背的是两条人命？要是这帮人里有偏胡子的家人，也许人家根本就用不着带他到这儿来，早就找了个没人的地方，把他给解决了。那时，神不知鬼不觉，还死无对证。当然，妙音的亲人不一定是这种人。甚至包括那偏胡子——他虽然有些搅屎棍的味道，又非常凶狠，但他没有做过暗事。在这一点上，龙多格热真的有些鄙视那兰猞猁了。

从那铁镣上，龙多格热还看出，兰猞猁们是早有蓄谋的——他们还专门去找了这个八斤的脚镣呢。这么粗的脚镣，别说他的刀被人取走了，就算他手上有刀，也不是那么容易斩断的——这么看来，他们甚至想长久地囚禁他。

这真是一个歹毒的主意，能折了他的威风，却又不伤他性命，还能叫阳寨人投鼠忌器——这等于把他龙多格热变成了人质——不过，这只是他们一厢情愿的想法，你能到人家的地盘上绑架人，人家也就能到你的地盘上绑架你。这也是瘟疫，放出去容易，收回来就难了——当然，没人知道龙多格热被绑架了，也没人知道这事是谁做的。村里人甚至不知道他是死是活。虽然谁都知道只可能是阴寨人做的，而且极可能是兰猞猁或妙音家人，但到底是前者还是后者，人们还是不知道，一切都只能靠猜。

正想着，兰猞猁说了一些很难听的话，但龙多格热没有回应。

他只是闭了眼祈请摩利支。他不是想让摩利支救他——过去，他遇到过很多危难，但他从来没有求助于摩利支，他跟村里的老人不一样，他修摩利支法，为的不是得到摩利支的护佑，也不是想要往生到摩利支的净土，而是想让自己变得更加强大——此刻，他也想借信仰的力量，让自己保持冷静和镇定，免得情绪失去控制，激怒对方。他知道，目前，兰猞猁还有些忌惮，不敢动手动脚，要是撕破脸，或是激怒他，他就会原形毕露了。到时，自己就会多受很多痛苦，甚至有可能会丧命。龙多格热明白这一点，就由他去骂，只是沉默。

骂了一阵，兰猞猁就不骂了，也许是终于觉出了无聊。于是，他安顿了两人看守龙多格热，便和其他人一起回去了。这两人，也许是阴寨的寨丁吧，他们都背着枪。不过，从阴寨总管的态度上看，他似乎没随喜他们的绑架，这几人，也许是兰猞猁自己找来的帮手。

待兰猞猁们走远些，龙多格热就跟看守他的两人套起近乎。开始，人家还不理，但渐渐地，面善的那个年轻人——他的伙伴叫他大兵——开始答话了。龙多格热看出，此人对他有好感。

龙多格热试探性地说，我知道，你们总管不知道这事。那个叫大兵的说，怪了，你咋知道？龙多格热说，我会算卦。大兵对这个话题很感兴趣，问他是如何算的。

龙多格热就说，他会诸葛孔明马前课。这是诸葛亮行军时，随时用以占算吉凶福祸的一种方法。他是跟肋巴佛学的。这法子以大安为起点（即正月），顺时依次是留连、速喜、赤口、小吉、空亡，转两次即为十二个月。月上起日，日上起时，从它最终落到的那个位置上，就可以看出吉凶来。大兵有兴趣了。他说，能不能教教我？

龙多格热知道他上钩了。他想，也许，这是个能救我的主儿，就说，这要看我有没有心情了。

大兵说，要啥心情？又说，以前，我只听说你武功好，没想到你还会这个。龙多格热说，江湖上混，不多学些东西咋成？我肚子里的杂碎很多，我还会雷法呢，就看你有没有那个缘分学。

大兵说，当然有。

他们两人对话时，另一个年轻人面露不悦。他一直敌意地盯着龙多格热。

龙多格热也不理他，只管跟大兵说话。

龙多格热既不想叫大兵失望，又不想叫他很快地学会，失去兴趣，就先教了他一个口诀："大安事事吉，求神在坎方。失物去不远，宅舍保健康。行人身未动，病者主无妨。将军怀旧原，仔细于推详。"

大兵认真地记了。

忽然，那个充满敌意的小伙子问，你能算出你弟弟的事吗？他的脸上充满了挑衅。

哪个弟弟？就是老是咳嗽的那个——叫人家抓了的那个。算他的啥？算他活着还是死了。

这是啥话！龙多格热不高兴了。瞧，算不出吧。我知道你在骗人。那人冷笑道。

龙多格热觉出了不祥。因为，家里人都知道阿生活着，这还用算吗？此刻，对方这样说，显然是知道了他不知道的一个事实。他的心猛地一揪——阿生生性内向，身体也弱，常有病，他们虽交流不多，但他一向关心阿生，过去每次上山，他都会为阿生采些草药补身体。六年前，阿生当了人质，开始时，他们一家还在努力，想瞅个机会，抢他回家——家里人在找仇家的那两年，其实也是在找阿生，要是找到，就打算把他抢回家，但自从妈认可了妙音——后来全家都认可了，阿机和阿斌还时不时为她红脸——大家就放弃了换回或是抢回阿生的想法。按照惯例，对方不会在肉体上虐待阿生，谁要是不遵守这惯例，会犯众怒的，路不平众人铲哩，但失去自由的日子，毕竟不好过。……不过，听那人的语气，不像是过不好日子这么简单。

阿生莫非遭了不幸？他想。他打定主意，想诈对方一下，引对方说出真话，就掐一阵指头，说，咋是空亡，莫非他死了？大兵问，啥是空亡？

龙多格热说，空亡事不牢，遇事无主张。求财无利益，行人有灾殃。失物寻不见，官鬼又刑伤。病人适暗鬼，祈祷保平安。从这卦象上看，我弟弟遭了不幸。

大兵拍掌说，算得真准。这法子，一定要教我。那人却说，还不是猜的，或是你们得到了信。他们这一说，龙多格热的心就一下子沉了，明白弟弟是真死了。

想来是对方一直在隐瞒消息。他很难受，但同时，一种很奇怪的情绪产生了，他竟然有了一丝轻松——多可怕！真的是一丝奇怪的轻松。他仔细地观察这情绪的由来，发现，那轻松，竟然跟妙音有关——这下，她可以不走了。

龙多格热对自己很失望。他想，你怎么能这样？怎么能这样？那可是你的弟弟啊。他拧着眉头,不再说话了。

你能不能算出他怎么死的?那人又冷笑了。

滚!龙多格热怒吼一声。他很想揍对方一拳,但这种时候,一旦他动手,对方就有理由收拾他了。毕竟,他戴了脚镣。他觉得那玩意儿,让自己很不舒服,也不知道还能走得动不。但他轻易不敢试,怕引起对方的戒备。他只能长叹一声,闭了眼,倒在那炕上。炕上虽铺了青稞秸,但有些潮了。这会儿,他的身子已经有了感觉,那潮气就阴嗖嗖地往上蹿,可他顾不上管了。

他的心里只有一个念头:那么好的弟弟却死了。这时候,他就觉得自己对不住弟弟了。泪一下子涌了出来。他为自己刚才下意识的轻松而羞愧了。

9. 妙音的哥哥

晚上,大兵带来了刚烙的饼子,龙多格热没胃口,但还是勉强吃了些。他知道,身子骨是自己的,弄坏了,受苦的还是自己,没人替代的。他的身子一直很强壮,这跟他有意地保养和锻炼有关。坚持锻炼,是他跟了肋巴佛后养成的习惯。不过,除了那些跟军事有关的锻炼外,他也喜欢磕大头,喜欢练武功,喜欢坐禅,喜欢爬山,喜欢骑马……这诸多的喜欢,给了他一种虎背熊腰的强壮——当然,也给了他一种心灵上的坚韧和强悍。

晚饭后,又来了一些人,显然是来看热闹的。龙多格热不习惯那么多人像看野兽一样看他,但明白,这时候,对他的被绑架,知道的人越多越好。阴寨里,有很多阳寨人的亲戚,不定哪个嘴一松,就会将这事透露出去。他相信,翟总管不会不管的,但如何个管法,他也想不出来。

除了一开始的骂他之外,兰猞猁倒是没怎么羞辱他——其实,把他像野兽一样展览,也算是一种羞辱了,不过,他经的事多了,这对他来说,也就算不上啥了——这当然跟兰猞猁没喝酒有关,要是他喝了酒,就不好说了。但看得出,绑架这事,是他张罗的。这也好,龙多格热最怕的,是被偏胡子一家绑架,他跟兰猞猁的事,已过去一段日子了,再说那是兰猞猁理亏在先——在任何人眼中,砸经堂都是大罪恶,他揍他,是一件天经地义甚至大快人心的事,兰猞猁自己也心虚的。当然,欠了命债就血债血偿,在人们眼里也是天经地义的事，只是，他报了仇，杀了人家的人，就欠下了人家的命债，人家叫他赔命，也成了天经地义的事。就连那兰猞猁，也能以此为理由来杀他的——兰猞猁可以说，他也不想杀他，但谁叫他那么狠，杀了他们村的偏胡子？不过，兰猞猁定然不想杀他，要想杀他，抓他的时候，就可以无声无息地把他杀掉，阳寨人是不知道的，他的兄弟们就算想寻仇，也不知道找谁寻去，兰猞猁连个命价都不用赔。但兰猞猁没有这么做，显然，兰猞猁别有打算。

　　但阴寨的总管没来看龙多格热，这说明，这事依然没得到总管认可。这当然不好——之前龙多格热觉得总管知道了好，是因为总管知道了，这事就跟阴寨扯上关系，而不是个人行为了，总管对他就有了责任，必须保护好他，否则阳寨就有了出兵的理由。而现在，总管一直没露面，这等于否定了自己的参与，对任何事情，他都可以假装不知道，不负责任。当然，他就算不承认，也逃不了责任，毕竟龙多格热就在他们寨子里，他说自己一点儿不知情，谁信？人会说，你堂堂一个总管，有人在你眼皮子底下犯事，你能不知道？要真不知道，你不是白做总管了？不过，不管别人信不信，他都可以说一些能转弯子的话，也就是一些周旋的理由，不伤面子地处理这事。但就算他能做到不伤面子，里子也伤定了，因为，这不守规矩的先例一开，对方就会以牙还牙，不用公开在牧场解决纠纷了，不定啥时候，他们自家人也会遭祸的。这样一来，两个寨子的关系就彻底破裂了。

　　在阴寨人眼中，龙多格热是一头猛兽。关于他的传说很多，很有传奇色彩。在过去的多次纠纷中，只要龙多格热参与，阴寨就会有人受伤。这次跟兰猞猁一战，更让他名声大振。在阴寨，兰猞猁也是一条好汉，虽然贪玩，虽然酒品不好，但每年村里的摔跤大赛，他总是拿第二——第一是偏胡子，现在偏胡子一死，兰猞猁就没对手了，这第一第二都败在龙多格热手下了——龙多格热竟把兰猞猁打成那样——兰猞猁回到阴寨时，全村人都去看过他，那红里青里的伤，满头满脸满手——好些人知道他身上也有伤，都想看看，但兰猞猁不让看——那些伤疤，都在说话呢，都在说龙多格热是英雄呢。至于打败偏胡子，更不用说了，那可是一个能摔倒牦牛的壮汉啊，竟死得那么惨。当然，偏胡子不是龙多格热杀的，但要是没有被龙多格热打得筋疲力尽，他还会不会着阿机的道，就不好说了。

　　所以，龙多格热一叫捉来，阴寨人立马知道了，好个大快人心。看热闹的人中,有偏胡子的大哥和弟弟,他们都带了刀子。弟弟刚掏出刀来,叫他大哥劝住了。大哥说,我们不杀戴了脚镣的人。

等哪天他不戴脚镣时,我们再会会他。弟弟吼道,我可不管他是不是戴脚镣!要是他一辈子戴,我还一辈子不能报仇?

大兵说,你们可以杀他,但得你们自个儿抓去。现在,又不是你们抓来的。这一说,偏胡子的弟弟不说话了。

龙多格热冷冷地看着这一切,仿佛在看一场跟自己无关的戏。经历了很多事,他已经不怕死了。虽说心里仍有些担忧,因为他不想这么死,太窝囊,但要是真死了,他也能接受。此刻,他心头最浓的,还是对阿生的歉疚。这些天来,那歉疚一直在他心里发酵。他知道,妈要是知道这事,她的天就塌了。

他对偏胡子的大哥说,你们弄死了我弟弟,我要是活着出去,还会来杀你们的。

偏胡子的弟弟却说,你杀归杀,你不杀我们,我们还要杀你哩,但话要说清楚——你弟弟咋是我们弄死的?明明是他自个儿死的。不信,你问问大伙儿。

那大哥说,话虽是那么说,但我们也有责任的,毕竟,他死在了我们家,没死到外面。

他向龙多格热说,这事,迟早也得叫你们知道。你弟弟的病很重,老是在夜里咳嗽吐血。本来,我们商量好第二天往你家送人的,可夜里,他就上吊了。

一人说,真是这样。我见过他的尸体,脖子上青青的一道,舌头伸得很长,好吓人的。

另一个说,我还亲眼见他吊在树上的身子呢。那天,我远远地看见,有个东西在清早的风里晃来晃去,我还以为是啥,没想到,是有人上吊了。

是啊是啊,我们都看到了。另外几人也抢着说。

这一来,整个味道变了。本来,他们是来看稀罕的,这下,反倒成作证的了。

偏胡子的弟弟怒冲冲说,说起你弟弟我就生气,你弟弟得了肺痨,死是迟早的事,可他偏要自杀。他这样死了,我妹妹就回不来了。

龙多格热怒道,放屁,你咋知道他是肺痨?

咋不是肺痨?你去问问医生。一到夜里,他就咳嗽,一咳嗽,就吐血。我们都带他看过几回医生了。

他又埋怨他大哥说，都是你挡住不让我们早些送，非要治好一些再送，这下，人一死，妹妹回不来了！你不想叫人说你虐待人质，不想闹出新的纠纷，现在咋样？人家还不是一样说咱家弄死人质！

龙多格热问，他啥时候死的？那大哥说，就是你们杀我二弟的前几天死的。人呢？

烧了。咋不告诉我们？

本来想告诉，可没人敢去。我们还请阿卡念了经，念完经，才埋了他的骨头。要知道你们会杀掉老二，我们……哼！

龙多格热心头一热，泪一下涌了出来。他信了。这事，是符合阿生个性的，他定然是在用自己的死，帮自家的弟兄——要是他被送回家，妙音就必须得走了，虽然继续扣住她也不是不行，但理上总是输的。他这一死，妙音就可以合情合理地不回家了。他又想，阿生咋知道家里不想妙音离开？是上次见面时，他们家看出了啥，还是阿生自己看出了啥？……反正，他相信，阿生这样做，定然是为了成全家里。这样一想，他的泪就涌得更凶了。

10. 不能签的协议

看热闹的人离开后，龙多格热觉得很累，就躺到炕上睡了。大兵拿来了一个栽毛褥子和一个皮袄，小屋里就有了人气。他叫醒龙多格热，叫他睡在褥子上。这事虽小，但很让龙多格热感动，他就想，不管咋样，先要教会这娃儿算卦。

大兵悄声说，小心些，我看到偏胡子的弟弟有歹心。刚才，他和几个人在叽叽咕咕呢。那人心很窄，啥事也能干出来。

龙多格热心里一热，却问，你告诉我这事，不怕他们骂你？大兵说，我不叫他们知道。龙多格热说，那索性你放了我，我给你五头牦牛。

大兵说，不行。这事儿，我要是做了，在这里就待不下去了。我也是寨丁，这里跟你们那儿一样，纪律很严的。

龙多格热说，你们的总管不是不知道吗？

大兵说，以前不知道，现在知道了。我这会儿来找你，就是总管派来的。他怕兰猞猁弄死你，你们村会找我们村的麻烦。现在，他们正商量，要用你做人质，叫你们总管承认那些草场是我们的呢。

龙多格热冷笑一声。

大兵说，本来，这事不是我管的，但有人要我传话。正好你问了，我也算完成任务了。总管说，要是你答应了，我们就去跟你们翟总管谈。

龙多格热压住怒火，说，你告诉你们总管，别做梦了。头掉了不过碗大个疤，我龙多格热又不是给吓大的。你们可以剐了我，那事，我是不会答应的。再说，那不是我家的草场，我答应了也没用。大兵说，不管有用没用，你答应了，也总是一个理由。不管咋说，你也是你们村的寨丁头儿，说话总有点儿分量的。龙多格热怒道，我还以为你是个好人呢，没想到，你是个说客。这一说，大兵脸红了，半晌，才说，我也是身不由己的。我不说，总得有人说。

另一人进了门，对大兵说，费那么大劲干啥？这家伙，是蛤蟆坑里的石头，又臭又硬，说了没用的。依我看，我们也不用费那么多唾沫了，直接交给偏胡子家算了，是杀是剐，叫人家弄去。

大兵不语。那人又说，到时候，我们就说是偏胡子家抢去的，反倒省心。

龙多格热暗暗吃惊。说真的，这人的心好个歹毒，要是他们真把他送到偏胡子家，对方肯定会杀了他的。毕竟，对方刚死了人，全家人正在气头上。杀了也就杀了，无论杀谁，都是杀了一个人，都是在报仇。他龙多格热的命价，也只是八十头牛。他心里虽在嘀咕，却装出不在乎的样子。

夜里，又来了一拨人。其中一人拿了一张纸，上面的内容，正是大兵说过的话。这一来，事情的性质就完全变了。据龙多格热推测，这事开始时，扎总管是真不知道的，这只是兰猞猁拉人干的事——总管不会傻到派人去人家地盘上绑架人的，因为他如果这样做，阳寨人也可以这样做，整个羌村都可以这样做。到时，他们吃了亏，都没处说理去，因为，他们一说，人就会说，哟，你们阴寨人是只许州官放火，不准百姓点灯啊。那时，小则阳寨和阴寨战火不断，大则整个羌村一片混乱，这样，可就谁都别想安生了。当然，如果只是兰猞猁个人的事，这事还是有可能大而化小的，甚至，兰猞猁是有可能如愿的——只要他去找爹，叫爹用牲畜来换儿子的命，爹肯定会照做的……不，不好说，因为在处理过去的很多事时，爹既不看重财，也不看重人命，他看重

213

的，是尊严。要是兰猞猁威胁他，叫他赶了那些牲畜去赎儿子，他也许会很生气，还会把兰猞猁赶走。不过，要是多考虑一番，他还是会去找翟总管的，翟总管也肯定会答应的。毕竟，这样的时候，村里人都会看翟总管的反应，他必须表示出一种积极的态度。要是重牲畜不重人命，翟总管会招骂的。……可后来，阴寨总管见事情既然已经做下了，就索性认可了，这时，性质就变了，兰猞猁的个人行为，就成了整个寨子的行为，总管想的，就不仅仅是百十头牲畜了。这一来，事情就复杂了。因为，这意味着阴寨整个儿地参与了这次绑架，阳寨也就不得不报仇了——羌村的传统，就是报仇，要是你们一个寨子做这种事，阳寨就不能再忍下去了，否则就会被你们看不起，以后，你们就会随随便便来绑人、来要挟，到时，就更是谁也别想安生了。

不过，这一来，龙多格热倒是放心了。这事儿，越是往大里闹，他反而越是安全，因为阴寨要挟阳寨的资本，就是他的命。要是他被杀了，阴寨就没有砝码了——其实，他也明白，自家算不上啥砝码，翟总管肯定不会为了救他，就让出草场的。翟总管只会出兵，或是想别的法子。至于还有啥法子，他想不到，也轮不到他去想，他只想瞅个机会逃出去，所以，他能多活一天，就多一线生机。

再说，这里真正想要他命的，大概只有偏胡子的两个弟弟——至少现在看是这样，因为兰猞猁只想要牲畜，扎总管和其他阴寨人都只想要牧场，在他们眼里，这些都比要他的命更重要——在阴寨和阳寨谈崩之前，他被杀的可能性很小。不过，也说不清，因为偏胡子的弟弟们定然会处心积虑地暗杀他，他们也明白，这是复仇最好的时机，一旦错过，以后再想复仇就很难了。当然，龙多格热不恨他们，他知道，对羌村人来说，复仇事关一个家族的尊严——对"尊严"这个词，龙多格热也很敏感，他也是个非常要面子的人，之前宁可伤害妙音，也要复仇，就有这个原因。后来宁可看着妙音牺牲自己，也不愿放弃复仇，同样是这个原因——当然，就算他愿意放弃复仇，妙音会怎么选择，还是她自己决定的。但这至少说明，虽然龙多格热很爱妙音，但在他的心里，尊严比爱情更重要——这不怪他，因为整个羌村都是这样，羌村人从小受的教育，就是尊严高于一切。在这块土地上，能为爱情牺牲一切的人，少之又少。对这块土地上的很多人来说，真正的信仰，其实是尊严。

为了让自己多活几天，多一点生机，面对那些说客时，龙多格热大多沉默。有时，他也会说，自己说话是不算数的，但那些人说，只要在协议上签了字，盖了手印，他的事就算完成了，算不算数，是另外的事。听了这话，龙多格热觉得很好笑，因为，这种大事，就算他真的签字了，也是无效的。寨子的事，连总管都做不了主，必须得由长老会共同商议，连那总管，也是三年一任，由长老会选举的，而那长老会，同样是三年一任，由各部落选举的——瞧，这体制，真有点罗马帝国的味道呢，因为千年前那罗马帝国，也有执政官，也有元老院，也有公民大会，而那执政官也是由元老院选举，一年一任的，有学者就认为，羌村人的祖先里，定然有罗马兵团的后裔——所以，就算翟总管签字了，这事儿也成不了，长老会定然会否决的。就算长老会不否决，村里人也照样会抗议的——其他事，村里人不敢得罪长老会，但草场的事，村里人是不会妥协的，对他们来说，草场跟命一样重要，要不，他们也不会为了草场玩儿命——当然，翟总管和长老会不会为他龙多格热一人而犯众怒的——总之，在羌村，哪位总管或长老想一手遮天，是不可能的事。……那么，把龙多格热当人质，要挟翟总管要草场，这到底是扎总管的意思，还是长老会或阴寨人的意思？兰猞猁叫人来围观，是为了给扎总管压力，让扎总管动用寨子的力量来支持自己，还是单纯为了羞辱龙多格热呢？说不清。

不过，羌村的制度，扎总管怎么可能不知道？扎总管既然知道，为啥还要逼他签这所谓的协议？是想让他背叛阳寨吗？不是吧？他龙多格热不过是个寨丁头儿，这么做，有啥意义？当然，有他在时，阴寨是占不了阳寨便宜的，但是，他们就算打倒他，不是还有红豺吗？这份明摆着无效的文件，能给他们带来啥？——想到这儿，龙多格热突然明白了，对方需要的，其实不是一份合法文件，也不是把他变成叛徒，而是一个闹事的理由。有了这理由，他们就会理直气壮地闹事，理直气壮地跟阳寨撕破脸——哪怕这理由既不光彩，也不充分……你想，偌大一个阴寨，竟然由总管带头当了土匪，不管走到哪儿，都说不过去。但至少，他们会多了一种说法。他们会说，你们阳寨人真不是东西，人家为你们卖命那么多年，遇到事儿了，你们也不保，这号寨子，我们不打白不打！——显然，这说法，充满了"我是流氓我怕谁"的味道。

从大兵和另外那人扛的枪上，龙多格热也发现，阴寨人定然做了充分准备——这两个小伙背的，是两杆很好的快枪，不是平常牧民们自造的那种。阳寨的枪是跟临夏穆斯林买的，阴寨人的这种，想来也是。这枪，不知是高仿的，还是走私的，反正是好枪，很贵，能值二十头牦牛。只要准头好，没遮挡，这种枪射出的子弹，就能从山的这头，打中山那头的人。不过，龙多格热觉得，这种枪还是打狼最好，他用这种枪打死过好多狼。一想到狼，他就想到了狼皮褥子。他想，这小屋里，要是有狼皮褥子，就再好不过了。不过，有栽毛褥子也很好，也能消去很多寒意。就为这褥子，他也很感谢大兵，毕竟他现在就是个人质，人家没义务帮他考虑这么多。他想，无论如何，他都会报答大兵的。

龙多格热开始留心观察来这儿的人，他发现，虽然这里经常来人，但来的人比较固定，前前后后也就是那十多个人，没见有其他人出现过。除了偏胡子家的老大老三只来过一次——不知道他们为啥只来过一次，可能是兰猞猁怕出事，不让他们来——其他人都来过好几次，而且来时都背了快枪。也许，这地方在阴寨也是相对保密，只有头脑人物才知道，一般百姓是不知道的。这样说来，这些人来这儿，估计是有另一种目的的——比如巡查——并不是他最初以为的围观。

得出这个结论之后，龙多格热有一种脊背冒汗的感觉。说真的，他虽然一直提防着阴寨人，总觉得这些人阴阴的，心里藏着一些见不得人的东西，但他从来没想过，对方竟然这样丧心病狂，想用武力来抢地盘。他又想，如果真是这样，阴寨人的歹心就太大了，怪不得他们敢来阳寨绑人。不过，就算他们阴寨铁了心想撕破脸，也没关系，阳寨人也不是吃素的。翟总管让他购置快枪，防的就是周边部落想抢草场。多年来，这样的事虽然不算太多，但也不少。阳寨大多是兵来将挡，水来土掩，始终保持着自己的独立主权。这次也不会例外。不过，不知道阴寨到底配了多少快枪，多少寨丁，如果打仗，有多少人可以出战？他想跟大兵打听，却知道大兵不会出卖寨子的。所以，他决定在闲聊或教大兵算卦时试探一下，尽可能探听一些消息。

当然，他教大兵算卦，主要还是为了报答对方，能不能从对方那儿得到情报，他并不在意。他对阳寨的实力还是有信心的，他觉得，就算阴寨强了很多，真打起仗来，阳寨人也是不会输的。

11. 缓兵之计

　　慢慢地，龙多格热有了对策。刚开始，他坚决地拒绝那签名，后来，他觉得，对方在这事上抱的希望越大，他越安全，没必要一下子就让对方死心。他想，要是对方真绝望了，说不准真会将他交给偏胡子家——或是巧妙地叫他们把他"绑架"或"偷"了去，那样反而不好了。留得青山在，不怕没柴烧，先保命再说。

　　于是，他的口气松动了，他不再钢牙铁口地回绝，而是说自己想想再说。他说他会想一个万全之策，既能签字，又不叫村里人骂他。

　　这一来，他的日子就好过多了。那酥油茶之类，成了常备之物。大兵还在小屋里生了火——炉子是现成的，就连在炕上。刚生火时，炕非常潮，大兵就取开褥子和皮袄，猛架了火，去烧炕。几天之后，炕就干了，整个屋子也干燥了很多。

　　大兵是扎总管派来的固定看守，除了他，还有一个固定看守，但那人不说自家名字，也不让大兵说，龙多格热就私下里叫他二兵，跟大兵以示区别。那二兵很怪，总是用充满敌意的目光看龙多格热，龙多格热却想不起啥时候跟他结了仇。不知他是把龙多格热当成阳寨人的替身，因此充满仇恨，还是因为龙多格热跟阴寨人有仇。想来，阴寨的安排真是有意思，派来的两个人，一个对龙多格热很友好，另一个对龙多格热很反感。不知道这是扎总管有意安排的，还是一种巧合。总之，现在的局面是，看守者既不能因为跟龙多格热关系好，就私下里放了他，也不能因为仇恨龙多格热，就私下里对付他。当然，这两人若是有事，村里也会派来其他人替换一下，他们办完事后，再回来继续站岗。

　　龙多格热给大兵教了那"马前课"，大兵也背会了其他的几首卦辞，还学会了卜算，只是有时灵，有时不灵。龙多格热说，心诚则灵，这种一般性的试探，是不会灵的。有事才求卦，无事不问神。这一说，大兵就释怀了。

　　两人渐渐熟了。在见到龙多格热之前，大兵就一直崇拜他。两村间虽时不时摩擦生事，但大兵一点儿也没受影响。从少年时代起，他就把龙多格热视为偶像。这次两人相遇后，他发现，龙多格热真的有种特别的人格魅力，很是让他着迷。时不时地,他就从家里带来煮好的羊肉和青稞酒,招待龙多格热。喝点酒后,大兵的脸就红了,话也会多起来。龙多格热也乘着酒兴,胡侃一气。不多久,两人在情感上就越来越近。待大兵完全失去警惕时,龙多格热也会有意无意地问几句,渐渐地,他的猜测就得到了证实——这帮阴寨人,确实是想有大动作的。

不过,在大兵的表述中,他发现,阴寨人也有难处。因为,阴寨的人口只比阳寨少一点,而且增长迅速,但阳寨有一眼望不到边的草场,阴寨的草场却很少,阴寨人想要活下去,就只能向阳寨借草场。要知道,借别人的东西,迟早是要还的,这种感觉,总是让阴寨人不踏实。他们就想,凭啥?凭啥你们有一眼望不到边的草场,而咱们,却总是活在你们的屋檐下,你们打个喷嚏,咱们就觉得在下雨?历史上那些好草场是一直归你们,但那是历史,历史就是过去,凭啥过去咋样,现在就得咋样?凭啥?凭啥?奶奶的。你想,他们的心理咋会平衡?他们咋会服气?按大兵的说法,阴寨有很多人都这么想。

前一任朱古是阳寨人,阴寨人不得不听阳寨人的,但近些年,阴寨人渐渐有势力了,最大的标志,就是延寿寺里有了阴寨的朱古。以前,只温布是阴寨的,现在,阴寨也出了一任朱古。一有朱古,好些东西就变了。朱古毕竟有话语权。阳寨人对这一任朱古,虽不像对前几任那样心服口服,但总的来说,他们还是认可这个朱古的合法性——毕竟,这朱古是按程序寻访的。阳寨的前一任阿尼,也是寻访委员会的成员。

阳寨于是也想找出一个朱古,甚至差一点儿就如愿了——某一年,村里有个非常聪明的小孩,被认为是一个朱古的转世,延寿寺想把他迎回寺里去,但他爹死活不同意,给多少银子多少牛羊都不同意,因为他爹不愿他出家,寺里人没办法,只好随他去。这个小孩,龙多格热也非常喜欢,他才十岁多一点,就显示出过人的禀赋。所以,为这事,整个阳寨都觉得很可惜,这个本来有名字的孩子,从此就被村里人称为废僧了。

好些年了,虽然阴寨和阳寨没发生过大的纠纷,但两个寨子一直在较劲。从往年的赛马、摔跤之类活动上,也能看出两村间的明争暗斗。不过,阳寨人在许多方面,还是占了上风,这让好些阴寨人心里不舒服。兰猞猁在酒后砸阳寨的经堂,也算是积怨的一次宣泄了。

大兵话多,心无城府,有意无意间,就说了许多事。龙多格热觉出了山雨欲来风满楼的味道。他知道很快要出大事，自己的这次被绑架，不过是一个小序幕而已。

后来，虽然仍有人想说服龙多格热，叫他签字，但没以前那么勤了，想来总管对这招也不看重。事实上也是这样，若是需要借口来闹事的话，可以找出很多更好的借口，让被绑架人在协议上签字这种事，并不算高明。想来阴寨的总管也明白这一点。许多时候，这类草场纠纷跟国家之间的领土纠纷一样，是实力的较量，实力强了，你说啥，就是啥；实力不强，你说啥，也没大用的。

不过，多个借口，总比没有强。所以，时不时地，还是会有说客上门。龙多格热总是说还在考虑，对方倒也不急，由他考虑去。反正，住这号小屋，又不用掏店钱。

12. 屋顶坠落的石头

这天夜里，大兵和二兵睡着了。他们在门外扎了帐篷，一入夜，就锁了门，睡帐篷里。他们一直不敢跟龙多格热同住一屋，怕自己睡熟时，龙多格热会害他们——包括那大兵也是这样。他知道，不管龙多格热跟自己多熟，眼下，他们都处在对立面上，也是因此，他不管对龙多格热多有好感，都不敢放了他。这就是屁股决定脑袋，他坐在啥位置上，就要做啥位置该做的事，否则，他在村里就待不下去了。他还不要紧，最要紧的是，他的家人会受到牵连，他对龙多格热的感情，还没到那种能为他豁出一切的地步，他知道龙多格热也一样。他甚至能隐约察觉到，龙多格热总会有意无意地套他的话，这让他有些伤心，却又觉得可以理解。此时，龙多格热的性命还没在自家手里，他啥事都能干出来，何况只是打探一些情报。只是，这种他可以理解的行为，还是提醒了他，他跟龙多格热是对立的，各自代表了不同的阵营和利益。那二兵就更是这样了，因为少了情感的纠结，他对龙多格热就只有提防了。

一般情况下，两人不敢同时待在龙多格热旁边，而是一个近一些，另一个就远一些。远一些的那个，一直会端了枪，把枪口指向龙多格热。不过，这只是刚开始时的情况。慢慢地，他们也就懈怠了。有好几次，龙多格热只要愿意，就可以弄死大兵，但他没这样做。他虽然想逃，但他不想杀了人再逃，毕竟在人家的地盘上，自己还戴了脚镣，逃也逃不了多远。要是出了人命，叫人家追上，他就死定了。龙多格热还不想死。再说了，对这两个小伙子，他也生不起杀心，尤其是那大兵。而且，他不想随随便便地背上人命。他是信因果的，就算他天生喜欢打打杀杀，也会尽量控制，不想无端地闹出血腥。这一点，他跟那偏胡子不一样。也是因为有了这一点不同，他才比偏胡子多活了一段时间。

这天夜里，天白孤孤的，月光从小屋顶上的窗口照了进来。那窗口以前有几根木条，但现在断了，只剩下断木茬了。月光一半洒在炕上，一半洒在地上。小屋里很静。

龙多格热躺在炕上，他有些想家。记不起过去几天了，对时间，他不很敏感。他想，家里也许闹翻天了……不过，也不好说，也许家里还不知道呢，因为他是去牧场的。以前去牧场时，他偶尔也会待上个把月。牧场的人当然知道他没去，但他们不知道他那天去牧场——说来也怪，兰猞猁怎么会知道他那天去牧场？而且，从兰猞猁们安了拦路的绳子可以看出，他们甚至知道龙多格热出发的时间，否则，他们是不敢轻易这样设置的。因为，假如等待的时间很长，就难免会有不相干的人路过这里，被那半空中的绳子拦下。他想，阳寨村会不会有人通风报信？这念头一生起，就叫他掐断了。他没去深究。他习惯了牧人们的淳朴，本能地否定了阴谋的可能性。他想，兰猞猁那边，或许有懂占卜的人呢。但后来的故事证明，这件事并不像看起来那么简单。若是龙多格热在一个个疑点出现时，都能想一想为什么，最后的结果就会不太一样——或许，这也是一种命中注定吧。

另外一件凑巧的事情是，阿斌和阿机也没回家，要是他们中有一个人回家了，家里人就会发现龙多格热失踪了。不过，就算他们发现，也只是多担心一阵子而已，他们最多也就是去找翟爷，请翟爷帮忙。但翟爷没有实证，也没法去向扎总管要人。上次，龙多格热和畅佬为兰猞猁的事，去找扎总管，对方就是因为龙多格热们没有实证，把一切都赖得干干净净，还说了一些挑衅的话，让两个寨子差点儿打起仗来。当然，这次不一样，就算翟爷不去找扎总管，扎总管也会派人去找翟爷的，不过，看这阵候，扎总管还没有开始行动，否则，阳寨村这边，不会没有一点儿动静。

要真是这样，也好，他不希望给爹妈带来惊恐。爹虽然心大，但年纪老了，经不起大的折腾了。妈一直心小，一点儿动静就会惊到她，这些年她为儿女们真是操碎了心。想到妈，龙多格热下了决心：自己一定要活着回去。他是家里的顶梁柱，二弟死了，外甥死了，三弟也死了——妈还不知道这事呢——他要是再有个三长两短，妈就活不成了。

他也想到了妙音。想到这女子时，他的心里总会荡起一晕暖暖的东西。这是他从来没有过的一种情感。以前，他跟春妮好时，也死死活活过一阵，但似乎从没有过这种情感。那时，他想到春妮，心里生起的，只有欲望——这女人，真是味道太重了。有段时间，只要一想她，他就会冲动。村里有几个男人，当时也跟她有故事，大家常会分享跟她做爱时的感受，但龙多格热一点儿也不吃醋。他一直没为春妮吃过醋。虽然她那身子，让他时不时会冒火，但她从来没有让他生起过那种暖暖的晕感，他也从来没有想过要独占她，他总觉得她是大家共有的，也应该是大家的。虽然春妮待他，跟待别人不一样，她甚至公开承认过她爱他，但龙多格热不信，因为她同时也没有拒绝别人。……不，她拒绝过个把月，因为那段日子，他俩打得热火朝天，整天耳鬓厮磨，别人也没有机会。那段日子一过，他在她心中就跟别人一样了——他是这样认为的。至于事实是不是这样，他不知道，也没心思去知道。反正，很多时候，春妮都会当着他的面，跟别的男人打打闹闹。不过，打闹间，她总会时不时望他。龙多格热知道她希望自己吃醋，但他就是生不起醋意。实际上，从他俩开始的那一天起，他就在心里放弃了她，他从来没将她当成自己的女人。

而妙音，却让他生起了不一样的感觉。他无法容忍妙音跟别的男人打闹——当然也没有过——只是想一下，他就受不了。当他发现这一点时，真觉得有些可怕。说真的，他需要女人，但不希望女人成为自己的拖累。他喜欢无牵无挂闯天下的生活，不愿被一个女人绊住。这几年，因为妙音，他一直留在家里，这种感觉虽然温馨，却又不像自己该过的日子。他于是觉得，男人的心里有了女人，既是一件很幸福的事，也是一件很可怕的事。有时，他甚至希望妙音跟别人打闹一下——无论跟村里人，还是跟弟弟——那样，他就可以坚决地把她从心中扔出去，但她就是没有。她像空气一样，总是悄声没气，让人感觉不到明显的存在，可你就是离不开她。

无论在想到她时，还是在忘了她时，她都一直在他心中占着一个位置。她可以不出现，但她就在那里。

此刻,她在做啥呢?她会不会想到我?要是我死了,她会不会伤心?要是她知道我的处境,会不会来救我?

……

这些天,龙多格热的心里,冒出了许多这类幼稚的念头。他觉得好笑,都快三十了,竟还会生起这种念头。

忽然,一种奇怪的感觉袭了来。他觉得有一种危险逼近了自己。对于危险或另一种存在,他天生有一种直觉。比如,到了野外,一旦生起这种感觉,那定然是有鬼类在附近。他只要凝神进入一种状态,就可以看到它们。那是一个个光团,色泽不一,一般是没有形象的。要是那人刚死,龙多格热还能看到他生前的形象,但过一阵子,那形象就没了,除非他生前修过本尊法之类,还能安住于观修本尊的境界——这时,龙多格热看到的,就是那本尊相。当然,这不限于新死者,哪怕他死了几十年、几百年、上千年,或更久,只要没有解脱,还在鬼道,却能安住于本尊身,就都会显现出本尊相。多年之后,瘸腿扎西在施坛上见到的,就是龙多格热生前观修的本尊相。

此刻,那感觉又出现了——龙多格热发现,自己身边有一团很友好的光,他认为这便是自己的护法神……那光,好白呀,显然有着很强的能量——护法神定然在提醒他,有危险在逼近。

龙多格热一下子坐了起来。他听到,一阵异样的声音,正从房顶传来。他轻轻地缩到墙角,直觉告诉他,那是小屋里最安全的地方——当然是相对的——然后,他从墙角的青稞秸下捞出一块石头,捏在手里。这是他白天从墙角抠出的,为防不测,他一直将它藏在那堆青稞秸下面。

一会儿,一个影子出现在窗口,向里探着头,似乎在看屋子里面。那脑袋挡住了大部分月光,屋里一下暗了。龙多格热想要看清对方的样子,但因为背光,也因为对方用布遮住了半张脸,而且很快就缩回了头,龙多格热没看清模样。不过,从头发的颜色和发型可以看出,那是个壮年男子。想来,那男子大概也看不清屋内的景象,更看不清炕上的景象,因为,那脑袋刚一缩回,一个东西落下来,沉沉地砸到炕上,发出一声闷响。那所在,正是龙多格热平时睡觉的地方。紧接着,又是几下。龙多格热没叫,心却跳得很快——要是他睡着的话,这会儿怕成肉酱了。他一直在等那个脑袋再次出现在窗口,那时,他会将手中的石头狠狠抛出。……可那脑袋却再也没有出现。

脚步声在往下移动，越来越小，显然，那人下了屋顶，渐渐走远了。龙多格热没有惊动大兵他们。他一直蜷缩在墙角里，一声不吭。

13. 阿生的成全

天亮时，大兵们才发现小屋地上的那几块石头，石头不很大，但要是砸到头上，也足以捣出脑浆。他们马上将此事告诉了总管，总管立即派人，在那天窗处安上了铁条。

通过这件事，龙多格热发现，在阴寨，想要他命的大有人在。他估计可能是偏胡子兄弟，也可能是兰猞猁，但龙多格热觉得不像——这是一种直觉，说不清理由——他感觉那人非常陌生，不像是跟自己打过交道的。只是不知道，为啥一个陌生人，却对他有这么深的仇恨。

他问了大兵，大兵说，前些天，兰猞猁干了件蠢事，影响很不好。这事，大概就跟这事有关。

龙多格热问是啥事，大兵说，兰猞猁去过阳寨了，还找了格热爹，想用龙多格热的命，换回那些被赶走的牲畜——只要数量一致就行，也不用非是那些——但格热爹连根牛毛也没给，还臭骂了兰猞猁一顿。因为这事，兰猞猁回到阴寨时，又被扎总管骂了一顿，随后，扎总管也派人去了阳寨，找翟爷提了之前谋算的那些条件。

龙多格热想，这样看来，爹已经知道他的处境了。虽然这会让爹妈担心、难受，但既然是发生了的事，他就不去管了，因为他想管也管不了。

大兵又说，阴寨的代表提得很直接，他说，只要阳寨承认——

瞧，他说的是承认，而不是同意——借给阴寨人放牧的那些草场，原本就是阴寨的，他们就会放了龙多格热。那代表没想到——估计扎总管会想到——这个要求，一下激怒了翟总管和长老们，他们马上召集人马，将在借去的草场上放牧的阴寨人赶了出去。就是说，阴寨不但没得到想要的结果，连以前的那点儿租赁权，都叫阳寨收了回去。

在收那些草场的过程中，发生过一些纠纷，也有几次小规模的械斗，但因为阴寨人零散，又没有准备，没法抵抗成群结队的阳寨人，也就没发生大的流血事件。

大兵怀疑，抛石的这事，可能是某个被赶出草场的阴寨人干的。龙多格热也这么想，他明白，事情越发复杂了。因为，这一下，两个寨子等于撕破脸了，将来会永无宁日的。但他知道，翟爷做得对，决不能妥协，如果因为他龙多格热被绑架了，翟爷就答应对方的要求，让对方尝到甜头，对方就一定会故技重施，再去绑架别人，提出更过分的要求。要是一有所欲就绑架要挟，跟土匪有啥两样呢！所以，这口子决不能开，否则，就等于纵容了阴寨人的贪欲和恶行，最后两个寨子还是永无宁日。

除了这事之外，大兵还告诉龙多格热另一件事：他对龙多格热好，除了因为崇拜龙多格热外，还因为他跟阿生熟。他俩一起在牧场待过，感情很好。阿生死的几天前，跟他谈过一次心，说自己的病肯定好不了，大概没多少日子了，既然回家也死，在这儿也死，他就想死在这儿，这样，妙音就能在那边代替他照顾好母亲——上回两家见面时，妈告诉过他，说妙音很好，很会照顾自己。妈的意思是，他也要照顾好妙音妈，要一报还一报，别在人家家里，跟人家过不去。妈没想到，阿生听到这句话时，却有了另一种打算——虽然大哥的话让自己有些失落，但一想到自己的病，想到自己很快会死，想到妈一定会为自己伤心，他就忘掉了这份失落。他觉得，不交换人质是最好的，他索性死在这边，让妙音留在妈身边，这样，妈就能多一个女儿了。既然自己没机会孝敬妈了，就用这，作为对妈的一种报答吧，要不，妙音走了，他又死了，妈该多难受啊！阿生还对大兵说，要是以后见到他大哥龙多格热，就帮他带个话，叫大哥多照顾妙音，别让她受委屈。

听了这话，龙多格热流下泪来。他想，也许，阿生知道妙音爱自己。阿生很聪明，要是妙音不经意地看他一眼，正好叫阿生看到了，阿生就会立刻明白发生了啥事。阿生有一种惊人的直感，有人甚至说他有神通——也许这是他身体过弱的原因，有许多相似体质的女人，就很容易被外灵附体，变成凉州人所说的"神婆"——要是他真的发现啥的话，他的死，就有了另一种意义。

大兵又说，他劝过阿生，说这样对妙音不公平，人家离家这么多年，可能也想回家呢，阿生却说，妙音大概也想留下，不想回自己家的。看到龙多格热一脸惊讶，大兵解释说，村里有好多人都说妙音爱上你了，你也爱上妙音了，妙音的哥哥们不信，但阿生信。

龙多格热更吃惊了,他问,咋会有这样的流言?他很担心有人看到妙音亲他,还把闲话传到了阴寨,要是这样,阴寨的流言就会很不好听。

大兵说,这话是兰猞猁传出来的。兰猞猁说,有一年冬天,他去他姐姐家,路上亲眼看到你们俩上了后山。你去抢他牲畜那天,他也看到你跟妙音在一起。他说,看那样子,你们可能本来想去外地,但后来抢到了牲畜,就回家了。

原来如此。龙多格热长吁一口气,说,这两件事,倒是真的,但都是家里人叫的,我们之间,并没有啥。

大兵说,不一定吧。阿生说了,你们两家见面那次,他从你眼里看出了一些事。

龙多格热心里一颤,问,啥事?

大兵说,你看妙音时,眼神里充满了温柔和牵挂,阿生说,长这么大,他从来没见你这样过。

是吗?龙多格热笑道。他表面显得不以为然,心里却暗暗吃惊。兰猞猁说的那两件事,虽然是真的,但没啥,村里还有其他人也看到了。而阿生说的这一点,他自己虽没有觉察到,可细想想,倒真说到点子上了。那次,两家相见时,他也许确实在不经意间,泄露了自己的心事。毕竟,那是妙音六年来第一次到她娘家人那儿去,他有些担心她不回来,或回不来——虽然对方做了保证,说不闹事,但许多事是不可控的。要是他们明抢,就只有打一架了——根据后来他跟偏胡子较量时的吃力来看,要是那时节他们两家打架,能不能胜,还真不好说。因为,旁边毕竟还有偏胡子的两个兄弟,要是他的两个兄弟也加入,结果会咋样,就说不清了。当然,论力量,那偏胡子胜他一等,但是按村里人的想法,这种事,有时靠人力,有时靠神力。护法神要是帮了,弱的也能胜;护法神要是不帮,你有多强的力量,也没用的。那天,他之所以能打赢偏胡子,除了战术上的正确之外,他觉得也是护法神在帮忙。他爹每天都供养护法神,每天发的愿,都是希望能复仇成功。这么多年来,日日如此。

想来,护法神那天一定是介入了。要不,偏胡子女人老是叫妙音去叫人,说大哥三哥就在附近的山头,但后来那么大的哭声,附近山头的牛都被惊动了,那两兄弟咋都没出现呢?当然,也可能是那婆姨在说谎,但看样子又不像。而且，照理说，他们那么害怕仇家寻仇，应该不会单独行动才对。就算那偏胡子傲慢，觉得自己单独去放牧也没事，他也会担心兄弟们出事吧？总之，龙多格热相信，是护法神帮了自己。那天回来，妈煨桑谢神，他也默默地谢了。

正想着，大兵说，我想，阿生想成全你们。

龙多格热说，别胡说了。他依旧不以为然地笑，显得很平静，但他的心中早就翻起了巨浪。按他对阿生的了解，阿生真会是那样想的——要是他真的确信这一点的话，他也会这样做的。按大兵的说法，他确实相信大哥和妙音相爱了。……那么，阿生就真的是为了成全他的爱或婚姻，才放弃了回家的机会。一想到这儿，龙多格热的眼泪就禁不住地往外涌了。为了不叫大兵看见，他索性躺了下来，把手臂搭在脸上，说，不说这了。你休息去吧，我也休息一会儿。

流了一会儿泪，心里的疼却没减轻。阿生微笑的脸还是老在眼前晃。一晃，龙多格热的心就一阵疼。他深吸了一口气，用坐禅修出的定力，强行转移了注意力，去想些别的事。

他想，村里也有人劝他娶妙音，也许，那风声，早响遍寨子了。以前碰见春妮时，她也老拿他跟妙音的事开涮，说自打他爱上妙音后，就不到她那儿去了。虽然他老是不接茬儿，但春妮老说，边说，还边打量，像是想从他脸上揪出真相来。也不知道她是自己猜的，还是听人说的。不过，最近，关于春妮也有了一些风声，村里人都说，她跟那个俘虏不清不白的，想来是真的，因为按春妮的性子，她能做出这种事的。……瞧，他这会儿还能想到春妮，说明春妮在他心中，也不是完全没有地位的。他不由得叹了口气。

自打大兵转述了阿生临终前的那些话后，整整一天里，龙多格热一直很难受。他的心口一直堵着，抽抽地疼。他想起了阿生小时候的许多事——阿生天性害羞，不多说话，有事总是装在心里，不知不觉地，自己就有些忽略了他……不，自己不只是忽略了他，更是亏待了他……是的，他确实亏待了阿生——他们全家都亏待了阿生。无论是他，还是父母，还是弟弟们，全家人都没把阿生当成一个活生生有血有肉的人——当然，阿柱还小，他一直没参与讨论，不知道他是咋想的，但家里人在这么做的时候，他并没有反对过——在那纠纷中，阿生只是一个人质，一个小小的棋子，他没有自己的意愿，也没人在乎他的痛苦。刚开始，家里人虽然也拼命找过他，想把他抢回来，但这种想法时常在摇摆。更多的时候，龙多格热并不想真的找到他，因为自己弟弟多，而对方只有一个女儿，讨回命债之前，他不想交换人质，只想惩罚对方，让对方难受——他知道，除了妈，家里可能人人都有这种想法——对方也确实难受了，但更难受的，也许是阿生。他还一直希望家人救他呢，没想到，家人从一开始就放弃了他，他不再是家里的一员，而是对付仇家的一个筹码了。龙多格热想起了上回两家谈判时他说的那些话，他明白，那些话，定然像刀子那样刺进了阿生的心里——他是阿生最信赖的大哥啊，从小，阿生就对他最好，而他，却亲口叫阿生别抱幻想，还说他们是不会赎他的，他们只想叫对方难受。就这样。……听了那些话后，阿生会多痛苦啊？那种痛苦，大概一点儿也不逊于他的病痛之苦吧？

龙多格热的眼前，浮现出阿生当时木木的脸，还有他木木的背影。阿生就是这样，多大的痛苦，他也只是木木的。那深刻的感情，他只会放在心里。因为这，龙多格热常常忘记了这个弟弟，只有在看到他生病时，龙多格热才会想起他，然后给他采些药来，叫妈熬了给他喝。可即便只有这么一点点的温馨，阿生却总说大哥对他很好。妈说过，阿生每次谈起大哥，总是一脸自豪……

龙多格热流泪了。这几天，总是这样，他总是忍不住想阿生的事，一想，他就会流泪。收到二弟和外甥的死讯时，他也伤心，也难受，可远远不像知道阿生的死这样心痛。他知道，这种痛之中，除了手足之情，还有一种歉疚。他觉得，阿生活着时，自己没有好好地对他，还深深地伤害了他，可阿生不但不怨他，还用剩余的生命，成全了他的幸福——如果阿生不考虑妈，也不考虑他，就可以回家过完剩下的日子，虽然还是生病，还是受折磨，但至少是自由的，至少有妈在身边，这是他作为阿生这个个体生命最后的幸福了，可他还是把这幸福给放弃了。他想用自己追求幸福的权利，换来家人的幸福。一想起这，龙多格热就觉得自己不是人。……那时，因为偏胡子家不放阿生，妙音就不用回去，他和妈还高兴了好一阵子呢。甚至，就连知道阿生的死讯时，他的第一个反应，竟然也是轻松……他狠狠地捶了捶自己的头。他想，如果罪恶和愧疚就像镜子上的污垢，不管多厚，不管粘得多牢，只要用力擦，就能擦掉，该多好啊！但不是。……他心里的那块石头，好像永远都拿不出来了。不过，虽然他对阿生有种深深的歉疚，但要是重来一次的话，他们一家仍会这样做。也许，这就是阿生的命吧。人总是不能控制自己的心。心变不了，仇恨就消不了，阿生也只能认命了。

龙多格热心里噎噎的，泪流个不停。他觉得天阴了，于是，天也就真的阴了。他流泪了，天也就真的流泪了。后来，人们都说龙多格热修摩利支法成就了，能影响天气，但我怀疑这传说。在他成为人们眼中的护法神或是厉鬼之后，他也许有了这样的能力，但在他听到阿生之死的那时，他大概还是个凡人——虽然定力非凡，能安住观想摩利支天达几天几夜，但他的力量很有限——瞧，他被阴寨人抓去之后，就和一般人一样，没了自由。

当然，这也可能是因缘使然。古印度有一位龙树菩萨证得了大成就，有人用钢刀砍他的头，无论怎么用力，都像是在砍空气，用吉祥草割他的脖子时，他的脖子却一下就断了。据说，这是因为，他在过去的某一世，用吉祥草杀过一只小虫。目犍连也是这样，他在佛陀的弟子中神通第一，最后却仍然被乱石砸死。于是人们就说，神通不敌业力。

不过，关于龙多格热生前就证得摩利支法成就，具足了八种神通的事，我并没找到相应的证据。我在宿命通的光明境中看到的他，一直跟凡人无异。唯一不同的是，他比很多人更有担当，更加大气，也更有人格魅力，但也仅此而已。我一直不知道，阿尼那天对我说的话，到底是不是真的。但我无从取证。那天之后，阿尼就再也没有跟我说过类似的话，每逢我提问，他就含糊作答，敷衍了事，跟以前那个畅所欲言的他，已判若两人了。我不知道发生了什么，是不是有人劝他，叫他不要给自己惹麻烦，总之，从那以后，我就只能问他一些不痛不痒的事，真正有关键意义的问题，我只能靠宿命通的观察，或是多方采访——包括对老钺师的采访——才能找到答案了。

雨大了起来。大兵在连炕炉中架了火，屋子便暖融融了。二兵警惕地看着龙多格热——对龙多格热，他始终保持着警觉。他在场时，龙多格热和大兵说话不多，便是说，也只是一些无关紧要的事，只有在他外出撒尿或是干别的，比如取吃食、提水——半山坡上有一眼泉水，他们就在下面放了个桶子，待得接满后，就提回来用，那水水质极好，清澈犹如水晶——时，他们才说些相对私密的话。

14. 雨夜逃遁

很快，雨更大了。

不远处的山谷里，有闪电在哗哗闪着，雷声轰隆隆地，一阵一阵，滚过山坡。雨像瓢泼似的，天上垂下一道道水帘。屋子有些漏了，一线线的雨珠儿湿了炕上和地面。龙多格热就把那栽毛褥子和皮袄放到不漏雨的地方。

虽然架了火，屋里还是有些冷。羌村的天气就这样，有了太阳，天气就暖；天一阴，一下雨，屋里屋外，就阴冷阴冷的。龙多格热练过火瑜伽，觉得身子冷时，就持宝瓶气，观那小腹里的火焰，不一会儿，周身就暖融融了。

雨一大，山道就泥泞了很多，很难走，容易打滑，村里就没人来了，倒也清净。紧张了几日，二兵累了，抱了枪，披了皮袄——他自己也带了一件皮袄——往干处一坐，就渐渐迷糊了。他觉得，这号天气，便是放龙多格热走，龙多格热也不会走，因为这时会发山洪，那大水，连牛都能冲走，别说人了。龙多格热就趁机跟大兵谈一些他想知道的事。他最想知道的，除了关于阿生的一些细节外——这些事，他其实也不想知道太多，他发现，一知道，心就烦恼了，而且也没啥用，毕竟，死的已经死了，但有时，还是会不知不觉地说起，也许是大兵让他想起了阿生吧——还有阴寨人的故事。但大兵挺贼，别的事有说有笑，一涉及这事，他就不说了——当然，他也有说漏嘴的时候，可漏嘴只是偶尔。所以，龙多格热对阴寨的了解，也仅仅比以前稍稍多了一些而已。他于是知道了，朱古和温布对阴寨有巨大的影响力——不过，对哪个寨子，不这样呢？

他从大兵口中还得知，阴寨的好些事背后，其实另有主谋。这主谋，就是那个温布。但温布一直不希望他们大闹，因为温布知道，单从力量上看，阴寨还是打不过阳寨。阳寨毕竟是百年老寨，人多，实力强。但阳寨人性子直，在好些事情上，总是不太识相，不会弯弯腰杆子，比如，他们和温布、和朱古的关系，一直都不很好。甚至包括见多识广的畅佬和翟爷，在处理跟温布、朱古的关系上，也没得到要领。没得到要领的原因是，温布和朱古是阴寨的，畅佬和翟爷知道，不管自家如何弯腰，他们都会偏向阴寨，不给酥油的事，还有那兰猞猁的事——现在龙多格热才知道，这些事，原来本身就跟温布和朱古有关——都说明了这一点。所以，畅佬和翟爷也罢，阳寨人也罢，都一直想有自己的朱古，他们甚至将村里的阿尼当成了朱古，想建立属于自己的信仰体系。这种另起炉灶的意图，让温布很不高兴。大兵说，是不是真的这样，他不知道，但阴寨人都这么说，兰猞猁之所以砸阳寨经堂，就跟这说法有关。

虽然从大兵口里套不出更多有价值的信息——他不想当叛臣贼子——龙多格热还是觉出，两个寨子的大冲突已不可避免了，现在，真有种暴雨前风起云涌的味道。他知道，要是这次绑架案处理不好，就会变成一个导火索，引发一场大爆炸。早些时，阳寨人已经撕破脸了，他们赶走了在他们地盘上放牧的阴寨人——这等于在掐阴寨人的喉咙。接下来的事，就很难控制了。

龙多格热想逃出去。几天来，他一直在寻找逃出去的机会。他发现，机会来了。

龙多格热住进这小屋时，就发现它不结实——有一处墙角被常年的风吹雨淋弄开了口子，虽然只是一个小口，只有巴掌那么大，但说明那墙角的外边，已叫雨淋得很薄了。这次雨一大，那地方首先湿了，而且那湿迹越来越大，渐渐地，整个墙角都湿了，虽然还没塌，但龙多格热知道，那地方，只消用脚一端，就能踹开一个大口子。

这变化，大兵们并没有发现。或者说，他们虽然也发现了，但没有办法，因为他们也住进小屋了。这么大的雨，外边的帐篷住不成了，他们只好把铺盖都搬进了小屋。屋子变得很挤，但也温暖了很多。

二兵睡得很熟，他甚至打起呼噜了。几天来，他紧张坏了。

龙多格热有意引大兵说话，他知道，这是一个机会。他想让大兵多说话，说累了，大兵也会熟睡，那时，他就能趁机逃走了。没想到，大兵还没说几句，就打起呵欠，打了几下，也倒在地铺上睡了。

龙多格热拍了拍大兵、二兵的肩膀，见他们没啥反应，就捞过被子，轻轻盖在两人头上——他怕他弄墙会发出巨大的声音，惊醒他们。

他又晃晃地上的马灯，觉得油还多，只是玻璃罩子有些脏了，几处被烟煤子熏黑了，但还能照亮。于是他决定带走这马灯，不然，黑灯瞎火的，雨这么大，不定哪儿发山水了，没个照亮的，是没法走路的。

然后，他脱下自己的内衣，撕下几块布来，分别缠在两个脚镣和脚相触之处，以防脚镣磨坏脚踝，又在脚镣外层也紧紧裹了层布，好使它别发出声音。最后，他提了马灯，轻轻走向墙角，手按在那湿处，用力一推，一个大洞就开了。墙土倒塌的声音倒不大，但外面的风雨声一下子扑了进来。幸好他提前用被子盖了那两人的头，不然，只这声响，怕也会惊醒他们。他稍稍听一下那两人的呼吸——两人的呼噜声都没有断，龙多格热于是放下心来，又推倒几处，那墙洞就够他出入了。他将那皮袄反穿了——这样，皮袄就成雨衣了——提了马灯，慢慢出了那洞。虽然脚镣明显桎梏了行动，但还是能克服，一挪一挪，他就到屋子外面了。

外面很黑，雨也很大。这时候，真不是逃跑的好时机，因为说不定哪儿会有洪水，但这时，也是逃跑的最佳时机，因为所有的踪迹，都会叫水冲个一干二净。虽然天黑时，别人看不到他，但要是留下踪迹，天一明，人家还是能追上他的。

他举了马灯，四下里照照，发现这小屋，建在一个山坡上。山坡虽不很陡，但路看上去很滑，幸好有山石裸露在外，一手扶了，小心踩了，也能下去。龙多格热常行山路，虽然有脚镣，没法迈开步子，但因为他很有经验——要领是步子不要太大，要根据需要调节身子的扭转蹲起——慢慢就下了山坡。

雨狠劲地泼了来，打在脸上，死疼死疼的，这倒没啥。有点麻烦的是皮袄的羊毛浸了雨，身子觉得重了很多，有心扔了皮袄，又怕身子抵不住这雨夜的寒冷。他认真地看那地貌，好辨出方向。在这方面，他是高手，一见山势、树木、植物，他就大致知道东南西北了——阳坡和阴坡在行家眼中，是非常明显的。

找到东南西北后，他就想，不能直接往阳寨方向跑，因为戴了脚镣，他跑不了多远，天一亮，人家就会发现他逃了，到时骑了马，很快就会追上他。所以，他要朝反方向跑。

他解开内衣，想把脚踝重新包一下，之前是为防止出声音，现在是为防止磨脚踝——他觉得脚镣触肉之处，已有些疼了——这当然很容易，只管撕下两个布条，将两个脚踝包了，就无大碍了。

他朝着去阳寨的相反方向，一直往前走，前面依稀有条小道，这就好。更好的是，小道上虽然有水流下来，但还没涨成洪水——这水流汇呀汇呀，就能汇成山洪——因此，沿着小道前行没有危险，只是脚泡在雨水中，非常凉，走不了多久，就觉得身心都凉透了。

他大致估算了一下，到天亮，至多还有两三个时辰。就是说，要是大兵他们中途不醒来，他还有两三个时辰的逃跑时间。这时间不短，但戴了脚镣的人，仍是逃不出多远。所以，他不能靠距离来保障自己的逃跑成功，他得想法子找到一个藏身之地，让自己有足够的时间，好弄开这脚镣——就算暂时弄不开，也得弄断连着脚镣的铁链。要是那链子开了，他是很容易逃回寨子的；不然，一挪一挪地走，半天也走不了多远。

沿了那山道往前走，慢慢地，就有种熟悉的感觉了，他记得自己以前来过这儿。阴寨和阳寨离得不远，小时候，他老跟奶奶来这儿——他的奶奶是阴寨人，后来嫁去了龙多，生了他爹，他爹入赘到阳寨，又生了他——对这山呀洼呀，他都不陌生。有几次，他跟小伙伴还想去山神的箭堆处玩，就沿了这山道，走了大半天，虽然每次都没能走到目的地，但他对沿途的景物印象很深。不久之后，奶奶去世了，爹妈就去了牧场。因为家里孩子多，普遍又年纪小，爹妈就留下了他和姐姐，叫他俩照顾好几个弟弟。爹妈的理由是，他们是去给人家放牧的，带上那么多光吃饭不干活的孩子，怕别人不乐意。那些年，为了养活几个弟弟，他和姐姐想尽了办法，他的童年，似乎也是在那时结束的。所以，对于之前的快乐回忆，他的印象很深。小时候，每到夜深人静，觉得生活太难，担子太重时，他就会瘫在炕上，回想那段快乐无忧的日子。后来，他参加了肋巴佛的队伍，家里也渐渐宽裕起来了，弟妹们也都大了。那段日子，就从他的记忆里彻底翻篇了，想不到，因为这次被绑架，竟故地重游了。当年，他为了去山神的箭堆处玩而努力记路时，绝想不到，二十多年后，这会成为他得救的一个契机——不过，这时的得救，却没能改变他最终的命运，他还是死了。但这世上，又有谁能不死呢？阿尼老说，人就像冬天里的臭虫，总是为了活久一点儿而拼命挣扎，却不知道，不管自己怎么挣扎，那最终的命运，还是改变不了。每个人的归宿，都是死亡。

龙多格热记得，这附近就有一些山洞。他进过那些山洞，知道那是过去的修行人住过的。山洞不大，有的只能住一个人，有的稍大些，但也不过一间房子大小而已。传说中，有个大修行人叫密勒日巴，他就是在这样的山洞里修行的，他住了半辈子山洞，最后从凡夫修成了佛。

龙多格热很想找到一个山洞，一来避雨，二来弄开那链子。那链子实在太讨厌了，它让他想到小时候对付调皮马的办法——把缰绳拴在马的前腿上，尽量拴得短一些，这样，马就只能低头吃草，不能抬头看路，也无法奔跑了。现在，他就这样，和被拴住前腿的马一样，只能一小步——那甚至都算不上一小步了——一小步地挪。很快，他就一身汗了。

得赶快找到一个山洞，他想。

走了约一个时辰，到了一个平展的石台附近，龙多格热开始上山。他记得，这个石台上方，就有一个山洞。洞里有很多土馒头，土馒头很硬，硬得像石头一样，砸烂它们后，可以看到里面有一粒粒青稞。那是修行人做供养用的。此外，地面上好像还有一块大石头，和一堆圆圆的石子。那些石子应该是从河里捡来的，要么也是做供养用的，要么就是修行人捡来防野兽的。后者更有可能，因为，这山上，有很多野兽，有时，野兽们还会到村里去。在他的记忆里，从这石台后面上山，没多久就会看到那山洞。

戴着脚镣上山不比走平地，走平地还可以一挪一挪，上山非得爬不可，而且每次只能上一点点，既累，又会花很多时间。龙多格热只好将做马灯提手的铁丝叼在嘴里，四肢并用，向上爬去。时不时地，会有水流冲下来，不大，但非常凉，好在他也习惯了。那皮袄虽有些累赘，但也能护住身子，累了时，他就索性靠在那儿，休息一阵，再爬。

大约用了一个时辰，他终于爬到了山洞那儿——记忆没骗他，这儿真有山洞。一进洞，一股温暖的气息扑面而来，他脱了皮袄，大口喘了一阵气，好不容易才缓过来。

缓过来后，他举了灯——这灯真好，这么大的雨，他又走了那么久的路，它却没有熄，现在也幸好有它，黑夜就不再那么黑了——四下里照着，忽然发现墙角处有一团黑。他吃了一惊，心想，这该不是狼吧？要是狼的话，空间这么小，他又筋疲力尽，连一点儿反抗的力气都没有，它只消轻轻一扑，就能咬断他的脖子。但那黑影并没有动弹，他也没看见那两星恐怖的绿光。于是，他慢慢移向另一个墙角处，因为他发现，那儿有一堆土馒头，土馒头一到手，他的心就落到实处了。

我不惹你，你也别惹我。龙多格热想。却发现，那团黑影动了。他仔细一看，那黑影不是狼，倒像羊，因为他看到了羊角，很细，但分明是羊角……再仔细辨认一番，果然是羊，虽然不知道是羚羊、石羊还是山羊，但肯定是羊。

这下，龙多格热就放心了。

他觉得自己应该马上弄断那铁链，但疲惫早包裹了他。他就索性用皮袄裹紧了身子，闭上了眼。

醒来时，天已有稍许亮。不知何时，那羊已不见了。马灯早熄了——他想，应该拧小那灯苗儿的，这样就可以点很长时间，但那时，他根本想不起这事，哪怕这会儿，他也乏得要命，身上每一处都在疼，他实在不想动弹了。他就想，索性，再眯一会儿吧，就睡过去了。

再醒来时，山洞里就蒙蒙亮了，勉强能看清一切了。龙多格热觉得很饿，他后悔自己没带些吃的。但这时后悔，也没啥用处了，他就找块石头，狠命砸那铁链子。顿时，石铁相撞声响彻山洞，但那链子上，只留下几处白点。

他砸了一阵，累个贼死，可铁链上虽也有些痕迹，距离那断了，却还很远。他觉得，那砸，似乎不如磨，就坐在那大石头上，一下下磨起来，待得不很累了，就接着砸。就这样，他砸一阵，磨一阵，许久后，发现那铁链真的细了许多。他想，照这样下去，只要时间够用，就一定能弄开链子。

雨虽在下，但因为用力，他的身子反有些热了。

洞已经大亮了。他发现，昨晚那个像羊的动物，是在分娩，这会儿洞里面留下了一团肉，像是死去的小羊。龙多格热心里一动，他想，要是有火，弄来烧了吃，也能充饥的。

他脱下皮袄，掏了一阵，想掏出些惊喜，比如火镰、火石啥的。要是有这些东西，那死羊羔——他仍然没弄清那是啥羊——就能变成一顿好吃食。不过，刚出生的羊羔肉非常嫩——小时候，他吃过这种肉——一嚼就烂了，不耐嚼，适合牙口不好的老人，对牙口好的人来说，那口感就差了一些。但不管咋说，总是食物。他觉得自己饿到极致了，真后悔没拿些馒头来。

他在皮袄的两个衣袋里掏了好一阵，也没发现他想发现的东西，衣袋里只有一些旱烟渣子，这皮袄的主人定然爱抽旱烟。他虽然没抱啥希望，但还是有些失望。没了火，那堆血糊糊的东西，就只好留给别的动物了。当然，狼最喜欢它——想到这儿，他有些怕狼会闻到血腥味，来这山洞。于是，他将那堆石头捡到身边，有了它们，他就不怕狼了。

他又继续砸一阵，磨一阵——他一般会选在风雨大的时候砸，因为，他怕那声音会传出很远，招来阴寨人。风雨大了时，那满耳朵的呼啸声，就会盖了石铁相撞声。但要是有人待在不远处的某个山洞里,就算风雨声很大,也会听到这声音的。不过,这种概率不大,除非对方知道他会躲在附近的山洞里。但为了防止意外,他还是尽量去磨它。后来,他发现,磨看起来又慢又笨,不及砸来得干脆,却是眼下最好的法子,那链子细了很多。

大约到中午时分,铁链终于断了。他长长地吁了口气。这下,他终于可以迈开步子走路了,顿时方便了许多。只是,断了的铁链还在脚上,走起路来一拖一拖的,还是有些累赘。他就从内衣上扯下些细条,把两条断链分别跟左右脚踝绑在了一起。完成这工作之后,他试着走了几步,那自由的感觉,让他的心一下松活了。虽然眼下还没有脱险,他却觉得,自己的命,又回到自己手里了。只是,原本由地面承担的那部分重量(铁链的重量),此时全都压在了他的腿上,长时间这样走路,一定会非常累的。但累也没啥,只要能找到充饥的东西——没有肉或馒头,野果也成——不要太饿,体力能跟得上,他是不怕累的。以前在肋巴佛军中时,他为了练脚力,曾在腿上绑过沙袋——一条腿绑八斤,两条腿一共负重十六斤,是这脚镣的双倍重——所以,对他来说,关键还是要找到吃的。

他展开身子,躺在皮袄上,放松一阵,然后决定扔下这皮袄,轻装而行。虽然也想扔下那马灯,尽量减少一些负累,但他有些舍不得——这真是一个好马灯,扔了它,真有些可惜了,那就提在手里吧,反正也不重。

龙多格热走出山洞时,赫然发现,有个人正在不远处张望,好像是偏胡子的弟弟三转子。一见到他,三转子就喊,龙多格热在这里!随即,另一个人的声音也响起了,是偏胡子的哥哥大猛,却不知远处还有没有别的人。

后来,他才知道,天一亮,大兵们就发现他逃了,于是马上回村报告了总管,阴寨的男人们就骑了马往阳寨方向追去了。但三转子很狡猾,他悄悄地告诉大哥,龙多格热明知自己戴了脚镣跑不快,肯定不会直溜溜地往阳寨逃,他一定会走相反的方向,兜远路回阳寨——只有狡猾的人才知道龙多格热是个狡猾的人。

关于龙多格热的故事,三转子知道很多,几年来,他一直在捉摸龙多格热——最初是为了躲避龙多格热的追杀,现在是为了把握时机,好杀掉龙多格热——他发现,龙多格热的思路很清晰,虽然有时有些鲁莽,容易犯轻敌的毛病,但总的来说,是一个有勇有谋的人,做什么事都能当机立断,不会拖泥带水，而且总能抓住重点——这评价有点高了，但三转子不得不承认，龙多格热真是这样。二哥被杀之前，这个发现让他非常害怕龙多格热，也是因为他的提醒，家里人对龙多格热就有了一种老鼠对猫的恐惧。那偏胡子女人，虽然知道自家男人很强大，但见到龙多格热，仍像见到鬼一样，也跟三转子的传播有关。但二哥被杀之后，三转子那种复杂的心情——既有怕，也有敬——就变成了单纯的恨。

他虽然知道，龙多格热们之所以杀二哥，是因为他们家先杀了人家的亲人，但这么多年来，他们家东躲西藏，担惊受怕，没过过一天安生日子，连带着牲口们也老是挨饿。娘想妙音，想得心都碎了，他们三兄弟，每当想起这，心里也充满了愧疚和屈辱——这真是奇耻大辱了，不但一家人活得像阴沟里的老鼠，还连妹妹都保护不了。他的心里很不是滋味，老想啥都不管了，索性带着牲口们去好牧场，让它们好好吃个痛快。怕啥？头掉了不过碗口大的疤，总比一辈子这么窝囊强。

是的，他过去是没主意，二哥二嫂说多两句，他就觉得人家该杀，就动了刀子，他也后悔。以前，二哥总是说，与其这么个躲法，不如杀到对方家去，把妹妹抢回来，对方家里的男人要是反抗，杀一个也是杀，杀一群也是杀，谁叫他们逼咱家呢？大哥却总是按着他们，叫他们忍一忍，不要把事闹大。大哥还说，本来就是咱家理亏，将心比心，谁家的兄弟死了，心里也不是滋味，肯定是不想要钱，只想让对方偿命的。现在咋样？你理解人家，人家理解你不？所以，二哥的死讯传来时，他就骂大哥，就撺掇着叫大哥也别心软了，一定要为二哥报仇。

大猛心里也痛，他甚至把二弟的死归咎于自己了，他觉得，要是当初他听了二弟的话，二弟也就不用死了。仇恨的火烧着他的心，把他的理智和善良都烧没了。明知阿生已经死了，他却偏偏对那送信人说，要用阿生的心来祭死去的二弟和弟媳。其实，这号事，他是干不出来的。但他的痛苦、愤怒和悔疚，也只能通过这号话来发泄了。说真的，他很怕龙多格热，打骨子里怕——三弟过去老说龙多格热有多可怕，这话，在他心里种下了怕的种子。而且，关于龙多格热的传说也多，村里人也老说。大家都说，这不是一个轻易能惹的人。村里人传流言，说妙音和龙多格热好了时，他虽然不信，但内心里却也暗暗希望这是真的，因为，如果妙音真和龙多格热好了，后者大概会放弃复仇的。可二弟还是死了。后来，他在那小屋里见到龙多格热，发现对方戴了脚镣，衣衫褴褛，浑身脏兮兮的，整个人都像矮了许多。他觉得很解气，但还不够解气，他想把握机会，为二弟报仇。不过，他跟三弟还是不太一样，三弟完全活在仇恨里，满脑子都是如何杀了龙多格热，而他，虽然也想这么做，但时不时会感到悲哀——不是为龙多格热悲哀，而是为自己悲哀，他从来没有过这么深的恶意，他有些害怕了。他觉得，自己被命运裹挟着，走上了一条不归路。他也说不清，自己到底想要复仇成功，还是不想复仇成功，于是，就拖了这么些天。直到今天早上，大兵们回村里找总管，说龙多格热跑了，村里就像炸了锅一样时，他才明白，自己已经没有时间犹豫了。他就扛了枪，跟三弟一起去找那龙多格热。他们朝反方向追了去，胡乱追了半天，终于从泥地里发现了铁链着地的痕迹。正站在痕迹消失的地方张望呢，三弟就发现了龙多格热……难道，是护法神帮他们，叫他们今天复仇？

大猛的心脏狠狠地跳了起来，那声音，似乎能盖过雨声了。

龙多格热有些慌张，要是落到别人手中，倒也不大要紧——当然，也说不清，那天晚上朝他砸石头的，正是他以为不太要紧的人——但要是落到三转子们手里，命就由不得自己了。他们会理直气壮地要他的命，为偏胡子报仇。对这种报仇，人们是认可的，谁叫你先杀人家的二哥哩？

龙多格热看到，那两人扑了过来，都提着刀，却没见背枪——他觉得很奇怪，他们为啥没背枪呢？后来，才知道，他们来时背了枪，但背了枪在雨中行走不便，他们也嫌重，就把枪放在了马背上的褡裢里。看到龙多格热后，兄弟俩光顾着惊喜，也没回去取枪——也许在他们眼中，一个戴了脚镣的男人，没啥可怕的。

龙多格热退回山洞里。他放下马灯，捡了两个土馒头，候在洞口内侧，待得三转子一露身子，就抛出土馒头。土馒头是用黄胶泥做的，很硬，它直溜溜飞了去，砸在三转子的肩膀上。三转子一声惨叫，滚下了山坡。龙多格热马上扑上，扔出另一块石头。他看出大猛已有了警觉，果然，石头一抛出，大猛便躲开了。龙多格热四下里看看，没见着趁手石头，就马上回洞，再捡了两块，追上去，发现大猛已逃到远处，龙多格热想，他肯定去喊人了。

三转子也起身了，他疼得龇牙咧嘴，却还是摇晃着身子想逃。那一下，他挨得很重。龙多格热虽然很饿，又经过了昨夜和上午的折腾，体力大不如前，但他睡了一觉，精力恢复了一些，再加上危机在前，他已顾不上累了。他每扔一块石头，用的都是所有的力气。他知道，决不能叫这小子回去，这时候，他最需要的，其实是个人质。于是他举了石头，喝一声，哎！三转子知道，龙多格热定然又拿了石头对准他，就不敢再动，站住了。

过来！龙多格热喝道，却发现，三转子还拿着刀子，就又喝道，停下！扔了刀子！后退！三转子还在迟疑，龙多格热已扔出土馒头，不偏不倚，砸在他拿刀的胳膊上。三转子大叫一声，刀子也"当啷"一声，掉在地上。龙多格热叫三转子后退几步，自己上前捡起刀子，逼着三转子慢慢爬下山去，到了山下，又逼他解了腰带。龙多格热将腰带从中间撕开，两头打个结，做成长长的绳子，将三转子五花大绑，接着，用刀顶在他脑后，两人沿着另一条去阳寨的路，慢慢地往前走。他好想回到洞中拿那马灯的——那可真是个好马灯——但又怕三转子会逃走，就想，以后，等有机会了，再过来取。他当然是在安慰自己。他知道，以后，他是不可能再到这儿来了。

刚转过山角，他就看到，刚才逃走的大猛端枪追来了，原来他不是去叫人，而是去拿枪的。龙多格热倒抽一口冷气——要是他们早一点带了枪，他就死定了。他认出，那是一杆快枪，射程远，准头也好。不过，他们已经错过了最好的时机，现在，他可以躲在三转子身后，要是对方开枪，中弹的只会是三转子。于是，他吼了一声"放下枪！"，然后用刀抵着三转子的后背，稍稍用力，刀尖一下扎进三转子的肉中。三转子大叫一声，但马上忍住了疼，对大哥吼道，大哥，别管我，你开枪！放心开枪！龙多格热再用了一下力，他感到，约有一寸的刀尖入了肉，血流了出来。

放下枪！他吼道。

大猛白了脸。他当然明白，这场面，只能打死弟弟，再打死仇人，不然就得放下枪，把命交给仇人。但他心软——在过去的几次纠纷中，他其实是个和事佬，总是不想把事往大里闹，是那偏胡子当了搅事棍子——朝着弟弟扣扳机这号事，他做不出来。于是，他白了脸叫，你不要杀我弟弟，我不开枪。

三转子却叫，阿哥，开枪！你开了枪，我死一个，他也得死！你不开枪，我们两个都得死！这是个恶魔，杀人不眨眼的！

龙多格热冷笑几声，朝大猛说，你只管试试，看谁先死。他把刀移个地方，又捅了一下，因为怕对方流血太多，这回他捅得不深，但血还是流了出来。

三转子强忍着疼，大叫着摧大猛开枪。

大猛一头汗水，后退几步。他的脸扭曲了，像是纠结，像是仇恨，也像大白天见了鬼。

龙多格热知道，对方紧张到了极点，便也不敢过分紧逼——逼得对方太急，对方也许真会开枪的——而是停了下来，深深吸一口气，有意用平缓的语气说，你别怕，我不想杀你。只要你扔下枪，我不杀你，也不杀他。

三转子叫，别信他的话！大猛一头汗水，看看弟弟，又看看龙多格热，不知该听谁的话。

龙多格热说，放心，我说话算数的。

三转子气急败坏了，说，阿哥，你咋总是这样！打蛇不死，反被蛇咬啊！

大猛却不管他，对龙多格热说，你发个誓。发个啥誓？龙多格热问。

毒誓！朝华岗山神发。说我今天只要放了你，你就不伤我的弟弟。

龙多格热说，这是肯定的。听着，我发了。华岗山神作证，只要他放了我，我就不伤害他弟弟。

还有我！大猛叫。也不伤害他。龙多格热补充道。要是背了誓言咋办？大猛盯着他的眼睛。叫我死于乱箭之下。这时候，哪有乱箭？重发。叫我车碾马踏，不得好死。行了不？好了。你走吧。……站住，你先放下我弟弟。

龙多格热笑了，说，你当我是小孩子呀，我现在放下你弟弟，你马上就会一枪打死我。

我不会。要不，我也发个誓？不要。我只要你扔下枪。后退！三转子说，别扔，你别信这号人的话！大猛就说，我不扔，我一扔，你会杀了我们的。我不是发过誓了吗？龙多格热问，要不要我再发一个更重的？要！

那好。华岗山神作证，要是他放下枪，我还伤害他们，我就不得好死！

堕入金刚地狱！好，堕入金刚地狱。

大猛定了一下，显然有点犹豫，但他还是轻轻把枪放在一旁，后退了几步。

三转子大哭，说，阿哥，你害死我们了！

龙多格热扯了三转子，走到放枪的地方，然后一用力，把三转子推向大猛。趁着大猛去扶三转子，他取过枪来，将枪口对准了大猛，叫那兄弟二人后退。两人一脸惊恐，以为对方要开枪，龙多格热却说，我不杀你们，我只想安全地回到阳寨。我们两家的账，你们家老二一死，就结清了，我不想添新仇。

往后,你们要想来报仇也成,我等着你们。但不是现在。说完,他吼道,我叫一二三,你们还不滚,我就开枪了!那两人一听,转身就跑。

远远地,传来三转子不甘心的喊叫声。

龙多格热转过身,向阳寨的方向走去。铁链虽然磨断了,但脚镣仍然影响了他的行走。因为他实在太饿了,也太累了。刚才忘记了身体,还不觉得,这会儿,手上有了枪,心就踏实了,那累和饿,就像潮水一样涌了来。

他拖着步子艰难地走,脚镣的声音响得很扎耳。走了一会儿,他看到了两匹马,它们被拴在一棵松树上,周围不见有别人,龙多格热想,这大概是大猛和三转子的马吧。于是,他解开缰绳,骑一匹,拉一匹,驰向阳寨的方向。跑了一阵,他实在太饿了,就找了个隐蔽处停下,在马背上的褡裢里找吃的。他发现了一袋炒面,还有一皮囊青稞酒,就取了,抓一把炒面,喝一口酒——他不敢多喝,怕喝醉——吃了几口,觉得不那么饿了,他就打马疾驰。

回到阳寨时,村里人告诉龙多格热,全村的青壮汉子正集中在经堂那儿,商量如何救他呢,却没人看到阴寨的追兵。他想,也许追兵们一直追到阳寨的地界,都没找到他,就只好回去了。

第八章　婚事

1. 牧场

除了宿命通的观照之外，我还在进行一些人间采访。我需要大量的能为当地人所接受的材料，来证明龙多格热是值得受供奉的。

我跟着阿尼，去了牧场。

几天的采访里，我发现，除了瘸腿扎西和偏激的阿卡之外，一般老百姓对龙多格热是神是魔的问题，很少关心。无论他是神，或是魔，或是佛，在一般人眼中，都可以。我跟人们谈龙多格热时，时时会冷场。以前，我以为是大家怕他，怕招来他的报复。但渐渐地，我发现，大家关注的，主要还是眼前的事。他们对政府项目啥的，并不热心。阿尼说，无论有多少项目，老百姓都很难看到实惠。

那一夜，我跟阿尼住在牧场里。我住在新盖好的土坯房里——虽说是新盖好的，但仍然很简陋，牧场的房子都这样，因为牧民们平时不住这儿——阿尼和他的儿子，则住在旁边的帐篷里。

阿尼虽然对龙多格热评价很高，但他自从上次跟我谈话，说他的祖太爷印证过龙多格热的成就，还说延寿寺供奉的好些朱古，都没有龙多格热那么值得被供奉之后，就再也不明确表态了。也许，延寿寺听到了风声，用某种方式警告过他，叫他不要乱说话；也许，他身边有人提醒过他，说雪漠是个作家，他跟雪漠说的一切，都会成为雪漠文章里的"证词"，无论他在那证词里支持哪

241

一方，都会得罪另一方。我知道，他既不想得罪瘸腿扎西，也不想得罪延寿寺的阿卡。哪一方，他都得罪不起——瘸腿扎西待他很好，常请他去自己公司里做法事，每次都会给他个一万元的大红包。但延寿寺的阿卡拥有宗教话语权，得罪了他们，阿尼的日子也不好过。

对于这一点，我是相信的。你想，他的祖太爷——爷爷的爷爷——只是因为在村里很有影响，经堂就被兰猞猁给砸了，他祖太爷还被打了，要是他说了动摇延寿寺宗教统治权的话，会咋样？所以，在得到阿尼允许之前，我一直没有提起——更没有公布过——他上次对我说的那些话。

天稍稍亮，太阳还未升起，阿尼的儿媳妇就起床生火了，她开始熬前一天挤的牛奶。那些牛奶已提了酥油，接下来，她要熬干那些水分，熬出奶渣来。她架了火，把奶倒入锅里后，就去了牛圈挤牛奶。牛圈里还有刚出生的小牛，每天早晨，她都要拿着奶瓶，灌了牛奶，去喂它们。

因为下了雪，山上的郁郁葱葱就被白雪覆盖了。远山也隐在浓浓的雾里，一眼望去，天地间无丝毫绿色。

我和阿尼喝一阵奶茶，又谈起龙多格热来。我说，我是同意给龙多格热修殿的。他问为啥，我说，多一个朋友，比多一个敌人强。与其让他捣蛋，不如把他供奉起来，叫他帮咱们。

这种说法，我倒是第一次听到。阿尼说。他感到很新奇。

我又说，其实，神也罢，魔也罢，还是心。那龙多格热，心正了时，就是护法神；心邪了时，就是魔。阿尼笑道，这倒是的。

我说，不过，有时候，我们认为他正，他就会正；我们认为他邪，他就会邪。

这话怎讲？

我们要是认为他邪，他就会邪给我们看。这样，他就会一直邪下去。但要是我们尊起他来，把他送上神位，他就会做神的事。这就像那朱元璋，当和尚时，他就念经；当乞丐时，他就乞讨；当将军时，他就打仗；当皇帝时，他就上朝。有时候，屁股决定大脑。再比如，村里有个女子，她辛辛苦苦攒了五十万元，但哥哥一说要创业，她就把钱给了哥哥。后来，她嫁了人，老公也需要五十万创业，她就问哥哥要回那五十万，又给了老公。就算是同一个人，位置身份一变，心也会改变。所以，最好的方法是，哪怕他是魔，也要把他供上神坛，让他做神的事。

阿尼笑道，这倒是。阿尼笑时，嘴里一片金光，那金牙非常扎眼。

我又说，再比如，莲花生大师的那些护法，以前也是魔，但只要收摄了他们，供奉他们——也就是我说的叫他们换个位置和身份——他们就做神的事了。这不是非此即彼，不是非神即魔，而是另一种超越的眼光。

阿尼问，你觉得，那些阿卡会接受这观点不？我说，不，他们不会。

为啥？

他们的杯子里，装满了自己的成见。

阿尼笑了笑，没说啥。

挤过牛奶后，阿尼的儿媳妇开始准备午饭。她在灶上坐了锅，煮了蕨麻猪肉，又准备了酥油糌粑、酸奶、馍馍等，摆了一满桌。我们吃了一顿非常丰盛的午餐。

每天吃过饭，阿尼的儿子阿力都要出去，去山里看看牛羊，然后跟随着牛羊的步子，上山，下山，再上山，再下山。牧场的工作虽苦，但不能不做，因为这是家里最重要的收入来源。阿尼念经也有收益，但不固定。家里的生计，主要靠牧场。

下午，下了一阵冰雹。天冷得要命，风凌厉而刺骨。阿尼对儿媳说，你去告诉阿力，这天气，一时半会儿的，好转不了，估计还要变坏，要在变天之前，把牛羊都赶回来，不然牛羊会跑得太远，怕晚上冻死在山上。儿媳妇刚出门，天就变了，又飘起了雪，雪里夹着风，裹得人阵阵刺痛。

夜里，雪下得更大了，气候愈冷。幸好，阿力两口子把牛羊都赶回来了。风很大，屋子抖动着，雨布被吹卷了，翻飞个不停，发出恐怖的声音。阿力怕天气太冷，就把几只刚出生的小牛犊牵到帐篷里，在它们的蹄子上系根绳子，拴在火堆旁，让它们待在自己身边。夜里，它们就和阿力们一起睡觉。这些牛犊很乖，只要吃饱，就很安静。

阿尼告诉我，他的牧场所在的这座山上，早年驻扎过守边境的官兵。据一些文献资料记载，羌人首领曾派兵攻占陇西，直奔长安。后来，大量官兵就驻守在这里，繁衍至今。如今生活在这里的人，就大多是那些驻守羌人的后裔。

牧场附近，供有山神。那儿位于山的最顶端，有一个相对平缓的地方，每年的阴历大年初一和五月初四，各村的人都会会聚到那儿，祭拜山神，煨桑，插箭，祈求平安。每个寨子，都有很多部落，他们有各自的煨桑和插箭处。阿尼说，羌人祭拜高山，那山神所在，总是最高的山，要是有一道水环流而来，风水就很好了。他说，你要想实现你的愿望，就跟我去拜拜山神，这样，你就能得到山神的帮助。

我说很好。我们就带了祭祀用物——阿尼早就备好了——开始上山。刚开始时，还能看出路的模样，走一段后，路就消失了。杂草淹没了依稀的小道，但阿尼对路线却很熟悉，能自如地穿梭在密林之中。山很陡，上山下山，不仅需要很长时间，还会耗费大量体力。阿尼还带了酥油、糌粑、柏树枝、经幡、炒面等，走起路来，就更显吃力了。

煨桑台由水泥砌成，离那最高的山顶，还有几十步。台子上还有过去煨桑留下的黑灰。阿尼点燃了一根柏枝，然后拿着那柏枝，绕着台子，转了一圈，说是要驱散不干净的东西。然后，他再在台上铺了树枝，放上燃枝，待火旺了时，添些酥油，添些糌粑，再撒一些顺路摘来的花草，堆成一堆。火一起，烟雾便缭绕了，揽住了整个山腰。阿尼带了我，绕着煨桑台，顺时针转了三圈，行完礼，再向山顶走去。

从煨桑的台子到山顶插箭的地方，沿途有很多经幡，用一根根毛线绳连着，延伸至山顶。

山顶的空间很小，也满是经幡，它们都绑在绳棍子上。阿尼来时，也备了一些经幡。他找了两根棍子，先用刀将棍的两端都削得光滑，再在顶端绑了经幡，插在山上的岩石间。我们带了印好的风马，等插了经幡，就在空中撒些风马。阿尼一边撒，一边在山间吆喝起来。他是在祈福。

我也吆喝几声，我希望此行的调查，能得到山神之助。我想早一点儿知道，这龙多格热，到底是神还是魔。

2. 两厢情愿

告别阿尼后，我回到了羌村的住处。屋子很久没人住过了，阴阴的，很冷。我砍了柴，生了火，点着了连炕炉，屋里便渐渐暖和起来了，阴气也渐渐散了。然后，我简单地打扫收拾了一下，便燃了香，开始禅定，进入龙多格热的宿命通道。

我选择的时间点，是龙多格热逃回阳寨的那天。

龙多格热回到阳寨时，翟总管跟他说了这些天发生的事：上回打了败仗的那个土司派了人来，商量赎俘虏的事，双方没达成协议，原因是那土司不想多出牛羊。再有就是，知道龙多格热被绑架后，阳寨跟阴寨的冲突升级了，纠纷由家与家的纠纷，变成了村与村的纠纷——阳寨理直气壮地驱赶在借去的草场上放牧的阴寨牧人，后来，阴寨人也开始了有组织地反抗，他们都带了枪，肆无忌惮地回到原先的牧场，驱赶正在放牧的阳寨牧民，还跟阳寨的寨丁械斗，显然，他们得到了阴寨总管的许可，甚至授命。于是，时不时地，就会有冲突发生，渐渐地，有了流血事件。除了龙多格热家和偏胡子家的血案之外，又出现了几桩血案，死了好几个人。

后面这件事，龙多格热已经听大兵说过了，但大兵告诉他时，两个寨子还没有发生流血事件。短短的几天，竟发生了这么多事，龙多格热有一种脊背发凉的感觉。

这件事的后果，比他想象得更加糟糕——他以为，兰猞猁的绑架，会让阳寨人也到阴寨去绑架仇家，但并没有，显然，两村人最关心的还是草场，他们所有的注意力，都集中在草场的归属权上。所以，此后，那牧场就成了战场，时时会有人打冷枪——冲突的两家并不是正面互斗，只是躲在林中偷偷地放枪，忽而你打一枪，忽而我打一枪。好些牧场和周边地带，时不时就会响起枪声，人们都不敢去放牧了。不过，正是因为没人敢放牧，那些牧场上的草倒是长得越来越好了。

回到家后，龙多格热把阿生的事告诉了家人，妈哭得失声断气，爹却只是长叹一口气，他明白，得了那种咳血的肺病，命也就尽了。阿生的这种选择，对家庭来说，当然是最好的，所以，爹没像妈那样伤心，反倒劝她想开些。妈哭诉说，我咋能想开？一个血泡泡儿养到墙头高，没见他过过一天好日子。小时候，他就去牧场挡牛，斗大的字没识下一升；长大了，也没娶个媳妇，就遇上了这事……这孩子，真是太苦命了！妈说，无论如何，得请延寿寺的阿卡为阿生多念几天经。这事，全家都同意，就花了一百斤酥油，给延寿寺阿卡供了三天茶，请他们念经超度。

超度完阿生之后，龙多格热就让红豺带领那二十个寨丁进行训练。他明白，两个寨子间的冲突，既然已经开始，就很难马上结束了。人家既然能在你的地盘上绑架人，就有可能进攻寨子——虽然上次大兵说过，进攻阳寨的事，温布是不赞同的，所以可能性不大，但他还是需要提防。他建议总管，把羌河对面的几户人家，也迁到山上来，这样，羌河就成了一道天然的护城河。白天，有一道吊桥横亘河的两岸，供人们进出。一入夜，把那吊桥提起，外人就进不来了。龙多格热还安排了五个人值夜。两个守护在桥旁，另外三人在村里巡逻。他们都带了快枪，装了子弹，遇到人，叫一声口令——那口令，一月换两次，初一一次，十五一次——要是对方答不上，或是逃跑，就可以开枪。总管还特地告诫那些跟阴寨有亲戚关系的人，不得将口令告诉阴寨人，也不准通风报信，谁如果不听告诫，犯了事，就将他从阳寨赶出去。赶人这种事，以前也有过，其对象多是那些不守规矩又不听规劝的人，对这种人，大家可以齐心协力，将他赶出村去——不，不只是赶出村，更是赶出羌村，因为叫一个寨子赶出去的人，羌村的其他寨子也不会收留的。有时候，对一些凶恶之徒，会一个寨子接一个寨子地呵斥驱赶，像是在送瘟神。

龙多格热回家之后，讲了他被绑架的经过，当然也讲了他是如何逃出来的。妙音很感谢他没有伤害自己的两个哥哥，也有些后怕，因为，要是两个哥哥如愿报了仇，对她来说，就真是灾难了。她发现，自己已离不开龙多格热了。

自从阴寨人来提要求，说龙多格热被绑架了，她就像是丢了魂，整日里，总是心神涣散，茶饭不思。格热妈问她原因，她就将自己的心事告诉了格热妈，她明确表示，自己想嫁给龙多格热。其实，她不说，格热妈也明白她的心事，但格热妈知道，龙多格热虽喜欢妙音，却还没打定主意要娶她。上次格热妈试探他，说觉得妙音喜欢他，问他意思，他说妈多想了，还说，自己过惯了无拘无束的生活，处理完家里的事，他就打算出家去。也许，他自己真是这样想的，但妈知道，最根本的原因，不是这，他是怕自己总是惹祸招灾，会连累她。格热妈知道，他老觉得自己的命不会长。但格热妈不信，她觉得，未必是这样的，她每天都向佛菩萨祈祷，希望佛菩萨能保佑龙多格热——她其实也担心，像龙多格热这样，老是跟刀枪打交道，说不清啥时候，就真的出事了。这次，一听说龙多格热被绑架了，她的心就开始打鼓，生怕他出事。但冥冥之中，她又觉得这一次，他不会出事。说不清为什么。她觉得，这可能是母亲的一种直觉吧。她相信龙多格热一定会没事的，也希望如此。但为防万一，她还是每天煨桑，每天供养护法，每天念经回向，每天向佛菩萨祈祷。每次，一做完这一整套工序，她就觉得心安了，仿佛得到了佛菩萨的保证一样。

龙多格热回来的那天，格热妈问妙音，你说的那事，是我跟他说呢？还是你自己跟他说？

妙音想了想，说，我是说不出口的。妈笑道，那就我说吧。夜里，妈就把龙多格热叫去，谈了这事。

龙多格热说，她很好，但我想过无拘无束的生活，就怕身边有了女人，我会被拴住。

妈说，你不要再说这号话了。妈知道你喜欢她，你是不是怕自己命里多灾，会拖累她？

龙多格热叹口气，说，也许吧。我一直有个预感，觉得自己会不得善终。

妈嗔道，你再别胡说了。龙多格热说，阿尼给我算过命，也是这么个结果。

妈说，阿尼也有算不准的，他算好老二长命的，结果还不是早早叫人打死了。提到老二，妈又伤心了。

龙多格热叹息道，别人的我不管，我自己的，怕是真的。我老是做一个梦，梦到自己舞个铁链子，铁链子像波浪一样涌动，涌到第三十节时，就断了。阿尼说，这预示着，我在三十岁时，会有寿难，叫我好好修行，争取化解寿难。可我修呀修呀，却没见啥明显的吉兆。要是真在三十岁有难，怕是也快了。

妈木了半晌，说，命是能变的。菩萨会保佑的。人家丫头有这个心，我觉得还是要珍惜。再说了，结了婚，冲冲喜，啥灾啥难，也就没了。

龙多格热说，除了这事外，我还担心另一件事——她是因为做人质到我家的，现在要是嫁了我，人会笑掉大牙。再说，我们两家的事不清不楚的，她的两个哥哥还等着杀我哩。

妈说，只要你同意就行。别的事，倒有变通法子。我们跟阴寨人有仇，跟她家更成冤家了，她爸妈和哥哥那边肯定是不同意的。我想请她的舅舅主事，她舅舅毕竟是阳寨人，虽然不随喜外甥们的做派，早就不来往了，但人家，毕竟是骨头主儿，叫他出面，丫头也就有面子了。

龙多格热就说，试试吧。只是，别为难人家。妈说，为难啥？她舅舅同意了，我们就按规矩来。他不同意了，我们自个儿办也行的。这号事，只要是两厢情愿，刀子也砍不断的。龙多格热点了点头，算是同意了。

　　妈又去跟爹谈了这事。爹沉吟了半晌，说，那丫头，虽然人不错，但我瞧着，不是个善茬儿，太招人了。你瞧，弟兄几个，都对她好。要是闹得兄弟们不和，可就麻烦了。

　　妈说，好女百家求，没主儿时，谁也能动心思，一有主儿，别人也就不动心思了。再说了，那谁都不动心的女人，儿子也看不上呀。

　　爹说，这话，也不是没道理。

3. 提亲

　　龙多格热早该结婚了，他的婚事，早成了爹妈心头的刺。

　　在羌村的传统习俗中，儿子长到十五岁，就要开始考虑结婚的事，而龙多格热已经二十九岁了，按当时的标准，这真是很迟了。你想，他姐姐的儿子都大了，能替家里打架了，他却连个老婆都没娶上——当然，不是他娶不上，而是他不想娶。这些年，除了春妮，他跟其他几个女子也有过关系——那时，他还在肋巴佛的队伍上——但他们很快就分开了。在他短暂的生命中，真正进入他生命的女人，除了亲人，只有春妮和妙音。可春妮又明显不是个安生过日子的人。所以，妈看出他和妙音两情相悦时，心里其实是很高兴的。只是，那时爹一心想报仇，妙音的身份，就变得很微妙了。现在不一样了，对格热家来说，仇已经报了，心事已经了了，那边怎么样，就成了那边的事。阿生的死，让大家都很心痛，尤其是龙多格热，但客观上看，也确实成全了后者的爱情和婚姻。按妈的说法，要是龙多格热不跟妙音成亲的话，就太对不起阿生了。

　　要说，在当地，龙多格热也算是一个不错的结婚对象，撇开他总是介入纠纷，或被卷入纠纷不说，他的条件还是很好的。首先，他很有责任感，人又不懒，一定不会像毛旦那样；其次，他家有草场。

　　那时节，如果某户人家的姑娘长大了要选人的话，他们家不会看男方的家庭条件，只会看男方家的自然条件，主要看有没有草场——当然，也会看男方家里富不富裕，男方人品怎么样，正是因此，张香子要嫁毛旦时，受到了家里人的强烈反对，但她还是嫁了，后来就苦了一辈子——因为，只要寨子好，地方好，有草场，人又肯劳动，日子是不会差的。相反，要是寨子里没有好草场，你自个儿无论多有本事，也是英雄无用武之地。换句话说，寨子好，个人才好；寨子不好，个人再好也不算好。哪怕男方家里有当官的人，在姑娘的父母眼里，也算不上啥优越条件。羌村的习俗就是这样。所以，说起婚娶之事，人们总会说，谁家的姑娘嫁到某某村了，而不是说她嫁给某某人了。

在羌村，阳寨肯定是个好地方，因为这里有地有草场，人口又多，相对安全，还是半农半牧。村里的姑娘，一般不喜欢往外嫁的——过去，这除了生活条件之外，还有一个原因，就是阳寨人一般只嫁同族人，不嫁外族人，要是嫁了外族人，生下的娃儿，就可能被人骂是杂种，后来就不一定了，假如关系很好的话，阳寨的姑娘也会往外嫁的，像妙音妈，就是阳寨嫁去阴寨的——如果来提亲的是纯牧区的人，姑娘的父母很可能不会答应。为啥？因为纯牧区以游牧为主，牧人没有固定的家，住的地方随草场迁徙，丫头嫁过去，娘家人想去看看她，都没个定处。再说了，牧场里很累，无论是下雨，还是下雪，牧人都得忙，要是丫头嫁给纯牧区的人家，会受很多苦。

种庄稼会自由一些，天晴了多干一点，天阴了可以休息，但经济收入上，农区没有牧区高。每家的青稞收成，大多只够自家吃。要是没有余粮用于外卖，一家的花销就没办法满足。

所以，在阳寨人眼中，半农半牧最好，牧场里累了，可以回家种种庄稼。一家人轮流，农田和牧场两不误，日子就会好过得多。

不过，有些纯牧区的姑娘，因为干惯了牧场的活儿，不觉得牧区苦，反而不想嫁到半农半牧区。在她们看来，既要放牧，又要种庄稼，还要除草，干的活非常多，这才苦呢。

总的来说，在羌村，很多寨子的姑娘都愿意嫁到阳寨。阴寨人起歹心之前，阴寨的姑娘也喜欢嫁阳寨的青年，那时，嫁到阳寨的阴寨女子很多。成亲戚后，一来二往，小伙姑娘若有了感情，阳寨的丫头，也会嫁到阴寨。

妙音妈的娘家，就是阳寨人。就是说，她的舅舅，是阳寨的人。在村里的习俗中，舅舅是骨头主儿，在亲戚中地位最高——村里有些未婚先孕后生下的孩子，都是舅舅养大的，他们只认舅舅，不知道父亲。自打阴寨和阳寨闹别扭后，尤其是龙多格热和偏胡子两家仇杀之后，妙音的舅舅就不跟妙音家来往了。

所以，若是妙音的舅舅同意这婚事，在礼节上，妙音嫁给龙多格热，就是符合规矩的，而且妙音的舅舅同意的概率也大，在妙音家那边，说不准还能劝服一下。

于是，格热爹问了妙音的生辰，先去寺院里，请朱古算了一卦。朱古算完，发现这婚姻虽不是最好，却也不是最差，是中等，就伸了伸中指，代表这婚姻的等级。格热爹就放心了，从寺里回来后，就请了媒人，带了礼物——一坛约有五斤的青稞酒，一条哈达，三个大青稞面馍馍——一起去找妙音的舅舅。

格热爹请的媒人是阿尼，因为阿尼在村里有威信，好多人都听他的。这天，正是农历十五，是个说媒的好日子。这酒和哈达，是说亲时的常用物，要是对方同意婚事，就会留下酒和哈达；要是不同意，就会将它们退回。

妙音的舅舅住在半山坡上——村里虽然家家都在半山坡上，但妙音舅舅的半山坡远离其他人家的半山坡，他住在寨子的最南端，再往南，就没人家了。妙音舅舅叫润福，性子很直，人也精明，他的牧场很大，牲畜也多，还开了个小卖部，卖些针头线脑之类。阳寨大，人多，那小卖部的货也齐全。时不时地，润福就去凉州进货，也老有一些回民来他家送货。

在羌村，有两个地方的商业相对发达，一个是延寿寺旁边，温布以寺院的名义开了个铺子，卖些茶叶、盐巴、百货之类；另一个地方，就是阳寨，村里人开的铺子虽然没延寿寺的大，但村里人常用的东西，也都齐备了。有些货，还是延寿寺没有的，比如鸦片烟。这儿虽不大明大摆地卖，但私下里，只要你有需求，他也能给你弄到的。

虽然村里人都信佛教——佛教是严禁吸毒的——但村里还是有几个烟客。这一点，就像佛教虽禁止杀生，但村里时不时还是会出命案一样。

格热爹跟阿尼一起，向润福提了妙音的婚事，润福没急着说成，也没说不成，只是沉吟。阿尼口才好，就说了一通这婚事的必要——除了阳寨有草场，嫁过来对妙音好之外，还会化解两家的仇恨。这事儿，不用说，润福也知道，但他是另有想法的。

润福说，这事儿，你们有你们的礼数，我有我的想法。虽然按规矩来说，我也能做这主，但你们两家有仇。这仇还不是一般的仇，是杀生害命的血仇。这就麻烦了。他们对你们有怨气，我一管这事，人家的怨气，就会朝我撒。闹好了，我结个善缘；闹不好，我就种了个恶果。所以，这事，麻烦着哩。

阿尼说，无论有这事，没这事，丫头都回不去了。阿生要是没死，啥话都好说，可阿生一死，你叫丫头怎么回去？你也不能叫丫头当一辈子人质吧？幸好，男女双方都有这心思，也算是老天救了丫头一命。

润福说，道理我懂，但各有各的难处。我怕的，是外甥们会恨我。阿尼说，也说不定会感激你呢。这事，吃屎的人，也能看出咋好咋坏。再说，我们也是行个礼数。若是你做主了，丫头体体面面地过来；要是你胆小怕事，我们也会给她办了这事，人家照样会生儿育女。

阿尼这一说，润福长叹一口气，说，罢了罢了，我不入地狱，谁入地狱。丫头的事，我做主了。不过，礼行上可不能少。

格热爹说，成哩，只要不是狮子大张口，我们都答应。

接下来，双方就商量彩礼了。既然要按规矩来，那彩礼是少不了的。有时候的彩礼，也代表姑娘的一种身价。当时，阳寨里的彩礼，一般是牛和羊，数量一般是二十五头、十五头，这要看两家商量的结果。润福提出了二十五头牛、一匹马和一杆枪，作为彩礼，由他给妙音置办嫁妆，嫁妆是银头饰、珊瑚和绿松石等。

格热爹说，牛二十五头，是可以的，但马和枪，我得问龙多格热。他说成，就成；他说不成，就不成。

润福说，你告诉他，马不用给最好的，他从大猛那儿骑来的那匹就成；枪也不用新的，也用大猛原来的快枪就行。这本来也不是他的，有了这些，我就好向外甥们说话了。大猛他们想通了，我把马、枪和牛都给他们；想不通，我就先保管，等他们啥时想通了，我再给他们。

他这一说，阿尼就笑了，说，你想得倒远。这事儿，我觉得成。上回，龙多格热拿了人家两匹马两杆枪，现在退一半给人家，也不过分。不过，这一来，彩礼就太重了，那马好，能值二十头牛，枪就更不用说了。你陪的嫁妆，也得像个样子。

润福笑了，说，我给丫头核桃大的绿松石和珊瑚，总成吧？阿尼望向格热爹，格热爹笑着点了点头，阿尼也笑了，说，成，成。

就这样，润福留下了酒和哈达。这意味着他同意了婚事。不过，要是他反悔的话，还可以退回酒和哈达的。

两人离开时，润福拿了两个馍馍，塞进格热爹来时装礼物的口袋——按规矩，婚事谈妥后，不能让人家空着口袋回去。

阿尼跟上格热爹回到家，向龙多格热说了彩礼的事。龙多格热对牛倒没说啥，只是有些舍不得那马和枪——那是他的战利品，按规矩，算是他的财产了——那马真好，差不多赶上毛旦的马了，那枪也是好枪。而且，当时他带回了两杆枪，一杆交给了总管，相当于充公了，自己只留了一杆，要是这一杆再被当作彩礼，送给人家，他就没私枪了。

见他犹豫，妙音一下子哭出声来，边哭边嚷道，难道我在你眼里，还不如个牲畜！她从来没这样发作过，算得上是失态了。

龙多格热忙说，成，成。

阿尼笑了，说，这下，龙多格热有对头了。我还没见他这样服软过呢。

4. 筹办婚礼

龙多格热的婚事，定在正月初三。

在羌村，人们习惯于将婚礼安排到正月。一来，天冷些了，肉食之类能放得住；二来，因靠近年关，索性就跟年一起过了，可以省一些财物。

腊月一般是不娶亲的，因为腊月是年尾，一年的福气也用得差不多了，这时结婚，人会觉得不太圆满。所以，大家都愿意选在正月里，当年的福气才开始，一元复始，万象更新，年头结婚，一生会有个好缘起。

在举行婚礼之前，龙多格热领着一行人，拉着马，赶着牛，带了其他彩礼，一起前往润福家，如约把彩礼送了。润福很高兴，他非常喜欢那杆枪和那匹马，看到他那被粘住似的眼神，龙多格热知道，他是舍不得把枪和马还给大猛的。

天早就冷了。羌河上已结了冰，冰面下的河水倒是在流。山上的绿色没了，牛们也从夏场搬到了冬场。冬场离寨子近，照应起来方便些。龙多格热和弟弟们也早就转了场。这是个苦活，花了兄弟仨好几天时间。

前些天里，龙多格热就发现，阿机和阿斌不开心——虽然两人都极力表现得开心，但他们的失落还是防不胜防地冲破掩饰，落在龙多格热的眼里。也难怪的，为了妙音，他们兄弟俩明争暗斗，没想到，反倒是不争不抢的龙多格热成了赢家。只是，龙多格热也不像个赢家，他并没显得多高兴，反倒像有了心事。他明白，一结婚，就再也不能像过去那样，当满天飞的鹞子了。不过，从心底里讲，他是喜欢妙音的，要是这么好的女子嫁给别人，他也有些舍不得。

以前，他曾希望妙音能嫁弟弟们中的一个，还极力想促成他们的婚事，但人家不愿，他也没法子。婚姻跟别的事不一样，强扭的瓜不甜。再说，自己的心也变了，现在，叫他再做这事，他也受不了。他发现，自己真爱上妙音了——之前也喜欢，但那是一种淡淡的、若有若无的感觉，他宁可斩断那感觉，来换回自由，可现在，他宁可放下自由，来守护这份感情，这变化，到底是如何发生的，又是啥时候发生的，连他自己也不知道——其标志就是，一想到她要嫁别人，他心里就堵得慌。记得上一回，阿斌回家时，曾偷偷看妙音，这事放在以前，他是视而不见的，但那天，他却非常反感阿斌，觉得阿斌竟然用"那样的"眼神看妙音，他真想揍阿斌一顿。这变化，让龙多格热非常吃惊。他明白，自己真爱上妙音了。

转场之后，一家人就开始筹办婚事。在羌村，除了报仇、争草场外，这几乎是一个家里最大的事了。羌村人认为，人生中的大事有三桩：生、死、结婚。其中，生相对容易，没多少礼节，一般是喝个满月酒，再请朱古或是阿尼赐一个长寿祝福，就圆满了。葬礼也容易，因为村里的往生者除了凶死者外，大多上施坛了，之后，寻常人家会请阿卡念念经，条件好一些的，再给寺里阿卡供个茶、供个斋，就算不错了。对于羌村人而言，因为有信仰，亲人死去带来的痛苦，相对会轻很多，他们甚至把葬礼当成白喜事，因为死者会在这一天往生到佛国，从此不用再受轮回之苦了。结婚则是红喜事，也是羌人的人生大事中最麻烦的一项。首先，结婚的花销很大；其次，结婚要置办很多东西，有些现成，像牛肉、羊肉、酥油——但龙多格热家的酥油不够用，得向村里人买，好在他家养牛养羊，牛羊肉的费用就省下了——有些得上城里去采购，像大米、面粉、清油、葡萄干、大枣、蕨麻等。

虽然妙音成了嫂子，阿机和阿斌难掩失落，显得有些不太自然，但他们还是非常积极地置办婚礼用物，牧场的事，就叫尕女和她在村里的伙伴去照看几日。反正冬场比夏场容易照顾一些，牲畜们有相对固定的食场，人不用跟着它们到处跑，干的活也大多是挤奶、打酥油、熬奶渣之类。这些活，女人本来就比男人得力。

大姐张香子也过来了。在婚礼上，用得最多的是面食，像油食、馍馍之类。大姐面食好，这是村里人公认的——有时，她也会给村里的小卖部送面食，叫他们代卖。

每个人家的喜事，都是村里人的节日，许多人都自发地来帮忙。杀牛的杀牛，宰羊的宰羊，烫猪的烫猪——猪肉用得不多，只在烩菜里用。

为这次婚事，家里杀了两头牛，十多只羊，炸了很多油花子等面食，还买了一些婚礼上的常用物，如蕨麻、大枣、葡萄干等。

正月初三很快就到了。这天，外面的亲戚们都来了，坐牧场的，在家的，都安排好了自家的事，过来贺喜。怕客人多盛不下，龙多格热安排弟弟取来了村里的公用大帐篷，支在院落前的空地上。在帐篷里放了几个火盆，就一点儿也不冷了。炸面食之类的事，就在帐篷里做了。这是格热爹提议的，因为以前，有一家人娶媳妇炸油食，结果油燃了，烧光了一院房子。村里的建筑都是木头做的，不怕地震，不怕水淹，就怕火灾。

三天前，润福就将妙音接到他家了，嫁妆也置办好了。对于润福来说，这也是一件长脸的事。因为，润福认为，这件事，无论对妙音，还是对他们两家，都不是坏事。以前，村里有两家人，也老是杀来杀去，后来结了亲，仇恨也就没了。润福知道历史上的一些和亲故事，他想，两个国家间的战争，都能靠和亲来解决，何况两个家庭的纠纷。

自打上回格热爹提了亲之后，润福便礼节性地去了妙音的娘家，结果是碰壁而回。就连一向当和事佬的大猛，也不同意这婚事，更别说那恨龙多格热恨得牙痒痒的三转子了，他们还扬言要找龙多格热复仇——当然，也没给舅舅个好脸色。润福也没多话，就回来了。他是个有见识的人，不在乎这种小事，他考虑的，还是妙音的终身大事。他知道，妙音嫁给龙多格热，无论从哪方面说，对她都最好。所以，他在去之前，就已经做好了准备，不管外甥们态度如何，他都会为妙音做主，让她跟龙多格热成亲。他并不知道，自己做的这事，是他一生里最有名的事之一，甚至是某个历史事件的重要一环——他虽然没能化解两个家庭的仇恨，更无法化解两个寨子间的仇恨，但正是因为他的帮助，妙音才能嫁给龙多格热，也才有了后面的一系列故事。只是，那些故事，就不一定符合他的期待了。

当然，去妙音娘家时，润福也在礼节上问询了他姐姐，妙音妈倒不排斥这事，因为她知道，当人家的媳妇，要比当人质好。但她不明里表态，只是暗暗地使眼色，支持润福，润福自然是心领神会。

于是，回到家后，他就开始置办女方家的婚事用物了。

婚礼的宴席多在男方家举办，女方家没太多的事，至于嫁妆，像珊瑚、绿松石这种宝贝，他自家就有现成的，缺的是银头饰。但也好办，城里的银店就有。他便选了个日子，带着妙音去了城里——到了这时候，人质也不需要有人跟了，一切由润福负责——在银店里买了最贵的一种，看起来非常华美。他准备的绿松石和珊瑚也非常大，品质很好，差不多算是村里最好的了。

不过，妙音的银头饰，最后还是由龙多格热出了钱。这是龙多格热坚持要做的。他说，这个机会，还是让给他吧。润福就笑着同意了。

润福虽是个商人，但识大体，他知道，许多人都看着他呢，他不能在这种事上丢脸，不能叫人觉得他在占便宜。他陪的那些嫁妆珠宝，要是遇到爱家，卖的价格，肯定能超过彩礼。而且，牛马会老的，枪会坏的，他陪嫁的那些宝贝，却只会越来越值钱。

润福喜欢张扬——他总是好大喜功——不几日，全村都知道了他给妙音置办了哪些嫁妆，大家都夸他大方，有担当。因为，这桩婚事没得到妙音娘家的支持，虽说执意要办也可以，但不合礼节，感觉上就不圆满了，作为骨头主儿的舅舅一做主，就不一样了，礼节上就说得过去了，这桩婚事，也就名正言顺了。

等到结婚那天，亲戚们会提前到男方家里帮忙。他们有的带了羊，有的带了肉，有的带了面食和大米等。其中，带馍馍和炸油花的亲戚最暖心，因为按惯例，喜事上要用很多面食，尤其是馍馍——除了那天的吃之外，馍馍还会被当作礼物，因此需求量很大。按羌村的惯例，结婚时的婚礼相对简单，真正热闹的，是婚后第一年的结婚纪念日，就是说，明年正月初三才是龙多格热婚礼真正热闹的日子。但龙多格热和润福都想把这婚礼搞隆重一些，一来因为妙音身份特殊，太草率有些委屈她；二来，近些年，龙多格热一家只想着报仇，好久没开心过了，现在终于从报仇中解脱，他们就把积蓄了几年的力气，都放在了婚事里；三来，阿生死了，家里的氛围难免有些沉郁，大家也想借婚事冲冲喜。

正月初三早晨，龙多格热的舅舅要代表男方家庭去润福家迎亲。这一行娶亲的人，不管老的青壮的，都把自己收拾得齐头整脸，毕竟代表着新郎官的派头呢。龙多格热的伴郎是跟喜，就是跟着畅佬，专门负责农事的那位寨丁，人很老实；妙音的伴娘是尕人，她是张香子的女儿；送亲的人是润福女人。

妙音一脸喜悦，完全没有别的新娘子出嫁时的不舍和不安。她面如桃花，笑容里充满了掩饰不住的幸福和羞涩，非常美丽。好些没见过她的人——还有那些见过她，却没留意过她的人——都大吃一惊，他们都没想到，这个悄声没气的人质，竟然是个大美女，尤其是那从每个毛孔里透出来的幸福和喜悦，让她有了一种无与伦比的美。看得出，这一天，她盼了很久。不久之前，她还以为这是一个实现不了的梦，谁想，现在竟成了现实。她当然开心。而且，龙多格热家给了她极大的归属感，这种感觉，甚至比对母亲的想念都要强烈，所以，对她来说，嫁到龙多格热家，并不是嫁过去，而是嫁回家。她甚至忘了，这样一结婚，她也许就很难再见到爹妈和哥哥们了。爱情让她遗忘了一切，也让她像盛放的鲜花那样，到达了生命中最美的时刻——她后来才知道，这不是一个好词，就像"到达巅峰"不是一个好词一样，因为，这意味着她的人生会从此滑落，这时的美好，后来再也没有出现过——当然，这是后话了。眼前的场面，洋溢着幸福、满足和温馨，在场的每一个人，都没想到后来发生的事情。他们都希望，人生会永远这么幸福，永远这么美满，人生中所有的事情都能得偿所愿。可惜，人生并不是这样的。正是因为生命中充满了残缺，充满了遗憾，得到幸福、实现愿望的时刻，才会这样让人感动，这样让人震撼，这样让人忘却一切。

润福向佛菩萨上香、煨桑、上供之后，龙多格热的舅舅——他同时也是"请客人"——请了润福家的那些客人，还有新娘、伴娘、送亲人、娶亲人等，一起朝龙多格热家走去。因为是同村人，不需要骑马，他们就直接走过来了。

妙音戴了很多好首饰，肩上也搭了几件新衣服，显得非常体面，不知道的人，是想不到这新娘是个人质的——当然，村里没人不知道，但也没关系，毕竟人家现在的身份变了，再也不是人质，而是龙多格热家的媳妇了——所以，人人都说润福好，妙音有这么个舅舅，真是好福气。不过，能做到这些，主要还是因为润福家里宽裕，一些穷人家就算嫁女儿，也没法置办妙音那样多嫁妆的。

美中不足的，是除了舅舅一家，妙音的娘家没有人来。听说，她妈想来，但叫她哥坚决地阻止了。这话是润福说的，他也许想说明他的操办更具有合法性。不过，虽然妙音娘家人少，但送亲的队伍并不寒碜，润福人缘极好，他请了好些亲友——看来，他是有意将此事往红火里搞的——大家也都来捧场，都带了各自的礼物。男方的人到后，一行人就把礼物留在润福家，浩浩荡荡地随了迎娶新娘的人马，喜气洋洋地来到龙多格热家。

龙多格热家的客厅很大，有六间房子大小。有时，寨丁们开会，也会到龙多格热家来。客厅的墙上有个非常华丽的佛龛，是格热爹请延寿寺里最好的画师画的。亲戚们进屋之后，一多半会坐在客厅里。按惯例，舅舅最尊贵，他们都会坐到炕上。当然，在舅舅中，也会有辈分上的区别，比如，太爷辈——就是爷爷的父辈——的舅舅是最大的，要坐在炕的最上端；在他的身边是爷爷辈的舅舅，下面依次是格热爹的舅舅、龙多格热的舅舅。舅舅们落座之后，紧靠在舅舅旁边坐的是阿尼，他要念《长寿经》。在阿尼的身边，一般要坐新舅舅，也就是新娘的哥哥，但由于妙音的哥哥没来，就由润福的儿子代替。

龙多格热请了总管瞿爷当大东，负责整场婚事的各类安排。在大东的安排下，舅舅们欢天喜地地落了座。

紧接着，再安排妙音娘家门上的亲戚。在亲戚们的一旁，还有一排人，坐的是外甥。外甥们也有排序的讲究，姑姑的儿子是最大的外甥，他们都按辈分依次落了座。很快，经堂——在龙多格热家，客厅就是经堂——里坐满了人。润福很有法子，虽然大猛他们没叫人来，润福还是安排了一些有相似身份的亲戚充当各种角色，婚礼该到场的代表方，一个都不缺，整个场面，显得火爆爆的。

这么一来，偌大的客厅也坐不下了，其他亲戚就只能坐在其他房间里，或是楼上，或是楼下。若是房间不够的话，也可以在院子里坐——只要担一块木板，就能当凳子用。

5. 丰盛的喜宴

婚礼开始了，总管翟爷当主婚人，他先向大家介绍龙多格热。

他的声音充满了官气，这是一种天生的气，有一种独特的韵味。

"嗯——"每次讲话，他都会这样开头，他的声音长长的，充满鼻音，显得傲慢、世故——也不乏智慧："龙多格热是我们村的寨丁队长，嗯——相当于一个国家的国防部长。嗯——别看我们只是个寨子，我们的实力很强，差不多也算个小国了。我们的地盘，比欧洲的有些国家还大。嗯——龙多格热有担当，我的意思是他敢作敢为；有脏腑，我的意思是他度量大；嗯——有脑髓，我的意思是他有智慧，能处理很多复杂的事；嗯——龙多格热还讲义气，所谓'好狗护一门，好汉护一群'，有了龙多格热这条好狗，我们阳寨就安全很多了。"

他这"好狗"的比喻，惹出了哄堂大笑。妙音望龙多格热一眼，也掩口而笑。妈正在喝奶茶，一下忍俊不禁，喷出茶来，呛出一长串的咳嗽。妙音忘了自己的新娘身份，赶忙过去给她捶背，捶几下后，忽然记起了啥，一下子红了脸，就回到自己的位置上。

龙多格热搓搓头皮，也笑了。

翟爷也介绍了妙音。妈早向他说过妙音孝敬她的事了，翟爷非常感动，他于是大讲特讲，希望整个阳寨的子孙辈，都能像妙音这样孝敬长辈。随后，他还说了很多吉利话，又向山神土地神等各位神灵敬了酒。这等于宣布这婚姻合法，也得到了神灵的认可。

接下来，新郎和新娘就要向舅舅们敬酒了，妙音娇娇怯怯，一脸羞红——她哪见过这场面呀——他们最先敬的，是坐在最上位的润福的舅舅。太爷辈和爷爷辈的舅舅都过世了，润福的舅舅辈分最大，就坐在了最上席。接下来敬润福，然后再依辈分大小，依次敬酒。最后，敬阿尼和其他长者。

敬酒的同时，客人们已开始吃喝。他们都带了自己的碗——羌村的习俗是，每个人外出时，都会用羊皮袋装了碗，揣在怀里，随身带着，吃饭时取出，这样既保证了卫生，也能给主人省去很多麻烦——张香子给每人碗里都盛了蕨麻米饭。那是一种用酥油、大米和其他配料一起熬成的米饭，很有一番风味。为了熬成这些米饭,龙多格热家用了一百斤大米,和一百二十斤酥油,还加了蕨麻、大枣、葡萄干、核桃仁等材料,真有种满山满海的感觉。

那米饭非常香,舀到碗里,油油的、黄黄的,融化的酥油汪在碗里,看上去很养眼,叫人特别有食欲。这些东西,都是平时吃不到的。平日里,大家多吃酥油奶茶和炒面,只是在供僧时,有钱人才会准备这种米饭。

此外,还有烩菜和包子——那馅儿,都是羊肉,非常实在。

等吃完这些之后,大人们就要一边吃肉——他们用刀子削那刚开锅就捞出的羊肉——一边喝酒,一边唱歌跳舞了。当天,舅舅们都要唱歌,亲戚们也要推出代表来唱歌,图个喜庆。

歌舞之后,要敬献哈达——新娘妙音给龙多格热的亲戚献哈达,新郎则给女方的亲戚献哈达。哈达是龙多格热家专门从城里买来的,他们买了上百条,五颜六色的。接受哈达的人,要给新人红包,那红包是用红纸做的,里面包有银元或是铜钱。

阿机喝多了酒,他又高兴又失落,高兴的是妙音不走了,还是嫁到他们家了;失落的是,她嫁的人不是自己,可转念一想,嫁哥哥总比嫁别人好——望着妙音幸福无比的脸,他的心里像倒进了百种调料,啥滋味都有。他发现,阿斌虽跟他同病相怜,算是难兄难弟了,却表现出了十足的热情,仿佛在全心全意地为哥嫂开心。但他知道,阿斌是在用另一种东西,掩盖自己心头的失落。

婚礼差不多结束时,翟爷安排阿机给妙音的表哥——也就是润福的儿子,他代表新舅舅——包了五个牛蹄子。阿斌则跟尕女一起,给其他的客人们每人包了五个馍馍。这是给客人们带回去的礼物。

不过,这会儿亲戚们还没走,他们临走前,还要吃一顿饭,这是婚礼上的最后一顿饭,是白米饭,上面浇了烩菜。烩菜由猪肉、粉条、黑木耳、豆芽等做成,因为烩成一锅,所以叫烩菜,浇在米饭上,吃起来很香。跟一般人家办婚礼不太一样的是,龙多格热买了很多大米,因为平日里,村里人习惯于吃酥油炒面,不怎么舍得吃大米。他想借这场婚事,让亲戚们尝个稀罕。

吃完这顿米饭后,亲戚们就要回去了,婚礼也圆满了。

妈很高兴,自从亲事定下后,她就整天笑得合不拢嘴。婚礼这天,她更是欢喜非常,连另外两个儿子的失落,也不在她心里了。她实在太喜欢妙音了。妙音待她,比自家的儿女待她都好。她一直担心妙音有一天会离开她家,这下，她总算安心了。

因为是宿命通的观照，我在这个场面中，真真切切地感受到了他们的幸福和满足，虽然我也感受到阿机和阿斌的失落，但那只是蜜糖罐里掉进的一滴苦涩。也正是这时的感受，让我在后来的观照中，感到了一种刺骨的疼痛——那不只是被观照者的疼痛，也是我作为观照者的心痛。只是，我也知道，世界就是这样，无常在吞噬着一切，无论多么美好的场面，无论多么幸福的记忆，都不过是一点念头和情绪，很快就会过去。但是，活在这些场面里的人们，往往会被这些场面所迷惑，深深地沉浸其中，眼耳鼻舌身意都随之而动，然后，一时甜蜜，一时愤怒，一时仇恨，一时痛苦……人生的百味，就是这样产生的。不过，虽然知道这原理，知道一切都是易逝的，看到这故事的结尾——我也许不该称之为结尾的，因为这故事没有结尾，它还在无休止地发展着，每个人的故事都是这样——时，我还是流泪了。当然，我是为他们流泪，也是在流自己的泪。我也曾经像他们那样愤怒过，疼痛过，甜蜜过，也失落过。我知道这种感受。虽然他们的人生，对我来说是陌生的，但我总在那点点滴滴的陌生背后，看到一种熟悉——人类心灵的向往和疼痛。所以，我就总是在别人的故事里，流着自己的泪。

时光通道里的格热妈看不到流泪的我，也看不到自己接下来的命运，她不知道，此刻她以为留下了的妙音，又会被另一种东西给带走。她的生活，也会发生天翻地覆的改变。她只是沉浸在婚礼的余味中，被一种强烈的幸福感和满足感笼罩着。……当然，这样也好，因为，这就是她的净土。

亲戚们走的时候，按照惯例，格热妈给送亲的女人——润福的老婆，也就是妙音的舅母——准备了一百块油饼子，有高高的好几沓，还送了一块肉和一瓶酒，对于送亲人来说，这是最高的待遇了。同样按照惯例，舅舅润福上了马，他打了马，在路上来来回回，跑了几趟。然后，他唱起歌来，歌词虽长，意思倒简单：今天是个好日子，我们的姑娘嫁到了你们家，日后你们要多多照顾，农忙的时候搭把手，家里活多的时候也帮帮忙等。阿斌代表新郎家，也以唱歌进行了回答，意思是：舅舅你放心去，有我们吃的，就不会饿下她；有我们穿的，就不会冻下她。

然后，润福就带着他的亲戚们离开了龙多格热家。这一次，新娘妙音也要跟他一同回去。这也是规矩。他们会另选一个好日子，再送新娘回婆家。结婚的日子，一般是单数，送新娘回来的日子，也选单数。在羌村，单数是吉利的。这一点，跟周边不一样，周边认为双数吉利，啥都讲究成双成对。

客人们一走，整个院落里，就剩下帮忙的亲戚了。因为剩下了很多菜，妈就烩成一大锅，安排阿机、阿斌和尕女，给村里有老人的人家，每家送上一大碗，然后再分给同部落的人家。此外，婚礼上还借了一些其他用物，也一并送还，为表谢意，也给那用物的主人送了面食和烩菜。

6. 又去找了春妮

院子里慢慢静了，该收拾的也收拾了。龙多格热觉得自己像做了场梦。他有些累，不仅仅是身累，还有些心累。他不知道其他的新郎是不是也会这样：自己喜欢的那朵花儿，终于摘到手了，却莫名其妙地有了一种失重感——他当然是爱这花，也会珍惜她的——也许是最近绷得太紧了，毕竟，在不算长的这段日子里，他经历了很多事，都像噩梦，这回，好容易做了场美梦，还没品出啥滋味呢，却又醒了。当然，妙音没几天就会回来，到时，可能又不一样了。

处理完婚礼相关的一些琐事后，龙多格热好好睡了一觉，醒来后，乏没了，心却也空荡荡了，他就走出家门，随性子散步。

天冷了，寨子里有一种白呛呛的感觉，很多积雪还没融化。路上常行人的那些地方，雪化得早一些，那些地方的土跟雪融成一体了，被冻得硬硬的，正好方便走路。等到太阳出来的时候，那儿就会泥泞一片，这时反倒是路边有雪的地方好走了——其他地方的积雪，会一直到次年春天才融化。

村里有几个娃儿正在雪地里玩，他们冬天玩的内容相对单调，就是打打雪仗啥的。娃儿们的脸冻得通红通红的，但玩儿的时候，是想不到冷的。他们喧嚷的声音，成了冬天寨子里不多的热闹。此外的很长时间里，寨子是非常静的。

因为天冷，大人们都窝在屋里。一到冬天，村里人就会搬进小屋。那客厅是很难住人的，一是大，二是高，完全不聚热气，便是架了火，也冷得不能住人，人们就大都住在小屋里。小屋里有炕，跟地上的炉子连成一体，架上火，屋里就暖和了。

龙多格热百无聊赖地在路上走一阵，还是觉得空荡荡的。妙音一离开家，龙多格热就觉得一切都空荡荡了,他也没个有兴趣的去处,不知不觉,就进了春妮家。

春妮家的院子不大,也是木质结构的二层小楼。门口有个小屋,是春妮的。以前,龙多格热跟春妮的很多浪漫,就发生在这小屋里。龙多格热进了小屋,春妮正在熬茶。见他进来,春妮取笑道,哟,新郎来了。咋不去搂你的小媳妇,还能想到上我这儿?龙多格热说,她去娘家了。春妮笑道,老祖宗的这习俗真有意思,像把嫩羊肉吊到天窗里,叫饿狼看。龙多格热不语而笑。

春妮放下茶壶,走过来,搂了龙多格热,亲个嘴,说,我以为你忘了老娘呢。龙多格热轻轻推开她,他脑中忽然出现了妙音的模样,觉得今天来这里,有些对不住她。正犹豫呢,春妮却已扑了来,只一下,就将他扑到炕上了,随即按了他乱亲。

春妮很胖,身上有一嘟噜一嘟噜的肉。以前,一见这身肉,龙多格热的心就会冒火。在很长一段时间里,他都觉得自己有些爱她了。要不是在他最爱她——如果那真算是爱的话——的时候,他发现她跟另一个男人保持了类似关系的话,他可能就娶她了。不过,现在想来,他又不确定自己有没有爱过她了。有时,他觉得有,记忆中似乎也有一些片段,可以证明他爱过;有时,他又觉得没有,因为爱妙音时的很多感觉,在"爱"她时是没有的。那时,他对春妮的感觉像火,动辄就会扑了来,烧光自己;对妙音的感觉,则像水,像月光,像空气,让他觉得温馨和幸福,却不会提醒他自己的存在,等他终于发现了它时,它已充盈了他心中的每一个角落。就是这种感觉,让他很想跟妙音天长地久,永远也不分开。但是对春妮,他从来没有过这样的心情——娶她的冲动是有的,也想过要跟她永远在一起,但知道她跟那个男人的故事时,他却没有多难受,只是觉得热情突然冷却了,娶她的念头像梦一样消失了。当然,他也会觉得自尊心受挫,有些难受,但这感觉,远远没到吃醋的程度,也不会让他痛苦,他只是觉得,有些滚烫的情绪突然没了,再也生不起来了。后来,春妮真的爱上了他时,他已觉得,自己应该找一个能真正守家的女人了——也许,那时,他就已经有些喜欢妙音了。

春妮身上有很重的气味,说不出那是什么味道。以前,一闻这味道,龙多格热就会有生理反应。现在,他不习惯这味道了。不过,春妮知道他的兴奋点在哪儿,三弄两弄,他就上火了。两人就脱了衣,在炕上滚到一起。

他们知道，这时候，春妮妈是不上门的。这几乎成规矩了。盖这个小屋的目的，就是想给春妮一个独立的空间。

下了炕，龙多格热有些恶心自己，觉得自己对不起那个纯洁得像雪、轻盈得像风的女孩。除了厌恶自己，他对春妮也厌恶了，但理性上，他却极力保持着情绪的稳定。

他问：那个俘虏呢？他跟爹妈去牧场了。他人咋样？很老实的。你们有故事没？春妮笑问，啥故事？再是啥故事？

你觉得呢？春妮没给个确切回答，但龙多格热知道，无风不起浪，村里关于他们的那些闲言，也不会是空穴来风的。他于是说，索性，你娶了他算了。

春妮笑了笑，没说啥。

龙多格热说，以前，村里也常有这号事。虽然是俘虏，倒插门后，大家也就接受了。

春妮望龙多格热一阵，没说啥，却忽然哭出声来，她撒泼似的喊道，我的事，不用你管！你一点儿也不负责任！每次，一提起裤子，你就看不起我了，你以为我不知道？刚听说你要结婚时，老娘还难受了好一阵呢。后来，我想通了，你想娶那个丫头，就娶去；那丫头想嫁你，就嫁去。不信老娘离了你还活不成了！

春妮捂了脸，呜呜地哭，哭一阵，又说，你问我跟那人有故事没？我告诉你，当然有，而且常有。你不就是问我是不是跟他上过床吗？上了，只要他回家，当然上床。你都娶别人了，我还守啥寡？我想不通，我跟那个干瘦丫头比，哪一点儿差了？

龙多格热懒得说话，知道说也没用——他既不能说"你老是跟别人乱搞，我当然不能娶你"这号话，也不能说"我爱上她了"，就索性选了个春妮能接受的理由。他说，我娶她，是为了有个人能照顾妈。妈老了，苦了一辈子，难得有这样一个贴心贴肺的人。

春妮抹一把泪，说，她做的那些，我也会做。

龙多格热本来就对妙音有些歉疚，一听这话，越觉得无聊了，他懒得再应酬，索性出了门。外面的冷空气一吹，他就打了个哆嗦，想，丫头，我对不住你。不过，这只是一个念头，闪了一下，就没了。快到家时，他看到翟爷在远处向他招手，就过去了。

跟着翟爷进了他家时，他女人正在炸油饼，一见龙多格热来，她先取出几个，放在龙多格热面前。龙多格热吃了一块，觉得很香，想问翟爷找他有啥事，又觉得不好开口，翟爷却已自个儿说了：阴寨人实在太过分了，他们连冬场也抢了。上阵子虽然赶走了他们，但我不想断了他们的活路，就给他们留了些草场，喏，就是以前，两个寨子混合放牧的那几块。现在，他们倒好，想抢走借给他们的草场不说，竟然还把我们的人从那几块合用的草场上赶出来了。人虽然没伤，但这样下去，我们就没活路了。你觉得用个啥法子好？

龙多格热说，还要啥法子？那是我们的地方，他们赶我们，我们为啥不去赶他们？

我去找你，就是这个意思。那地方，本来就是我们的，借给他们当冬场，是因为我们仗义，现在，他们不仁不义，我们就要收回了。翟爷接过女人递来的奶茶，喝了一口，说道。

龙多格热说，这种事，已不是一次两次了，我们越软，人家就越硬。

两人商量一阵，决定由寨子出面干预。以前，这类事，寨子一般不干预，按惯例，谁家的事，谁家解决。现在，看来不行了。只是，村里一干预，事情就会越闹越大，那纠纷，就会从几个人家，扩散到全村了。不过，上回人家能在阳寨地盘绑架龙多格热，其实已等于宣战了。阳寨能把阴寨的牧人赶走，也等于撕破脸了。两村之间的炸药已经点燃了。

龙多格热说，明天，我带了人马去，把他们的人赶走再说。

翟爷说，也不用太急。大正月的，你又刚结婚，等正月十五以后再说吧。

7. 初夜

妙音回婆家了。

龙多格热的婚礼在正月初三，按惯例，新娘妙音要随娘家人回去，一直待到正月十五日，才回婆家。于是，正月十五这一天，她表哥就代表娘家哥哥，把她送到了婆家。几天不见，妙音瘦了些。一见她，龙多格热想到自己跟春妮的鬼混，心里有些难受。他想，我真不是人，这么纯洁的一个姑娘，我配不上她。

不过，龙多格热跟春妮相好在先，这在村里是公开的事。按村里的习俗，便是他们继续相好，也不是太过分的事。但龙多格热一见到妙音那双纯洁的眼睛，便觉得对不起她。

见到龙多格热，妙音的脸上涌上一片红晕。她太幸福了，每个毛孔里都透出一种掩饰不住的喜悦。几天不见的小别，让她的相思更浓了。龙多格热倒没有太强的喜悦，他的心里，还有比男女之情更重要的事。这便是男人和女人的区别：男人心里，装的是世界；女人心里，装的是男人。

妈也显得非常开心，她实在太看重这个儿媳了，在她眼中，儿媳比自家的女儿还好。她甚至认为是佛菩萨给她送了一个女儿——她差一点儿说是空行母了——妙音一回来，她就给妙音炸了油饼，做了肉包子。

妙音带来了一支箭，这是她舅舅送的。村里有好些人家，都供着箭，它代表战神。人们还认为，供了箭，打仗时就会得到战神的护佑，旗开得胜，只有龙多格热知道，供箭的真正含义是祈求平安和平。村里人也有箭堆，每到供山神时，人们就会用木头做成箭，去供山神。他们边撒风马，边诵吉祥祝辞，边把那箭供在堆上。这象征"刀枪入库，马放南山"——箭代表刀枪，把刀枪放到一个山顶上，用绳子扎起来，代表大家不想再用它了，这其实就是在祈祷别再发生战争。要是一块土地上的所有百姓，心里都有这样的祈愿，这块土地一定会和平安定，不会有战争的。可惜，并不是所有百姓都明白这个仪式的目的，大家还是更希望能打赢对方。

以前，在新人们结婚的第四年，新娘的舅舅才会送箭，由新郎家供在经堂里。这是村里的习俗，如果没有什么特殊情况的话，一般都是这样。因为这时，新人的婚姻算是稳定了，送箭就等于祝愿平安。但润福这么快就送了箭，显然代表了一种他没有说出的愿望。等新娘的表哥走的时候，新郎的家里人要给新娘的表哥包上一瓶酒、一块肉和一条哈达。但润福，在他们结婚十多天时就送箭，显然跟他们两家的纠纷有关，也跟两个寨子近来的冲突有关。

龙多格热当然知道润福的意思——其实也可能是妙音的意思呢——于是，他把那箭供在佛堂里，上了香，供了灯。从心底里讲，他也希望两个寨子的人，能和平共处。这次被绑架，他本来计划着，假如能成功逃回来，就告诉翟总管，说自己是被兰猞猁绑架了，跟他们寨子没关系，还要叫翟总管别声张，以免扩大事态，激化两个寨子的矛盾。可那阴寨总管被贪欲糊住了脑袋，竟能做出这种没底线的事。他做了这种事，翟总管想不撕破脸，也由不得他了。所以，许多时候，龙多格热都是搭在弦上的箭，是身不由己的——瞧，这边厢，他刚供上箭，过几天，就要带着人马去草场上赶人了。想到这儿，他不由得长叹了一口气。

早年，村里的孩子结婚都比较早，有的甚至十四五岁就结婚了。但是，这么大的孩子结婚后，家里人是不允许他们睡在一起的，直到他们十八九岁成人之后，家里的大人才会允许他们同房。如果新娘生了孩子，舅舅就要拿着酥油和一张羊皮去看小外甥。

妙音已经满十八了，到了可以同房的年纪，夜里，他们就住一起了。家里收拾了龙多格热的清修室，布置成了新房。这小屋，以前是杂物间，后来，龙多格热清理了它，在里面修行。那屋子不大，但有炕，全木制，非常整洁，美中不足的是，它隔音不好。这一对新人，本来可以光明正大地亲热，此时却弄得像偷情那样，不敢大声。因为声音稍稍大一些，就会传到院子里。

这也好，那种偷的感觉，反倒让龙多格热觉得非常刺激。只是在第一夜，妙音流了很多血，让龙多格热又心疼，又欣慰。他跟几个女人相好过，妙音是第一个处女。他将又是幸福又是痛楚的妙音揽在怀中，心中涌起了一种十分柔软和温暖的情感。他想，今生就是死，也不能让她受委屈。对妙音的爱怜，成了他那一夜最深刻的记忆。

按规矩，妙音这次到婆家，只能住三天，就又得回到代表娘家的舅舅家去。龙多格热明白这种习俗的真正含义了：它其实也是对小夫妻的一种保护，因为新婚燕尔，难免如胶似漆，不适当分开一下，对两人身体都不利，特别是当新娘是处女时——这里的姑娘婚前可以谈恋爱生孩子，但也有结婚时才破身的——更需要休息一段时间。

这一次，由龙多格热的妹妹尕女送新娘，妈给妙音装满一口袋青稞面馍馍，还让她带了一瓶酒和一条哈达。润福给尕女准备了一身新衣服，这也是规矩。尕女回来后，非常高兴。这些年，她一直没置办过新衣服。润福给她定做的那套衣服，料子非常好，价格定然不低。看得出，润福很在乎跟龙多格热这样的人对亲戚。这次婚事的每一个细节，润福都做得非常到位。

妙音这次回到娘家后，按规矩得多待些日子，再到婆家时，就到了种庄稼的时候了。那时，再由润福的女儿将她送到婆家。这一来，妙音会有一段日子不在家。

龙多格热想，正好利用这段时间，带些人，去把阴寨人抢走草场的事处理了。

8. 牧场上的枪声

这天早晨，龙多格热带了二十个寨丁，备足了枪和子弹，到了总管说的那个冬场。这冬场，位于两个寨子之间，是一大片相对平缓的山坡，树相对稀少一些，草也相对好一些。龙多格热们到达时，有个阴寨女人正在挤奶。龙多格热也懒得警告，举了枪，先打翻了一头小奶牛。那女人吓坏了，惊叫着逃到帐篷里。龙多格热笑了，他想，咋不往树林里逃？逃进帐篷有啥用？遂驱马上前，抢了刀，将那帐篷劈开了一道道的口子。女人的惊叫声，从口子里迸出。

滚！红豺吼。滚！其他的十九条汉子也吼。滚出我们的草场！滚出我们阳寨的草场！汉子们的声音山一样响。

忽然，一声枪响，龙多格热身边的一个汉子应声倒地，发出惊叫。他捂住腹部，血从指缝里涌出。

龙多格热马上叫："卧倒！"他用从肋巴佛队伍上学来的方法训练过寨丁们，听到命令，寨丁们马上卧倒了。

又是几声枪响。这次，没打中人。龙多格热发现，枪声是从林中传出的，但他看不见人。出来！有种你出来！红豺吼。

受伤的那人在惨叫。龙多格热知道，再待下去，他会因失血过多而死，就安排一人背了他，另一人护着，先回村去。龙多格热警惕地望着林中，虽然护送伤者的两人目标大，容易成为靶子，但林中没再放枪。

龙多格热觉得窝囊透了，连对方的男人都没见着，自家先伤了一人，咋说也是一件丢人的事。而且，对方在暗处，自家在明处，这样下去，还会吃亏的。

他想了想，索性一不做二不休，使个毒招，叫对方露面。他安排红豺注意林中迹象，一有动静，就开枪，自己慢慢向帐篷爬去。

方才那个女人已爬出帐篷了，她吓呆了一样，四下里望。三个娃儿也出了帐篷，一个大些的女娃在哭，另两个小的却在望红豺们，像望一场游戏一样。

267

见龙多格热朝这边爬来，那女人恍若梦中惊醒似的，边惊叫，边钻入帐篷里，却将两只脚露在了外面。龙多格热觉得有趣，他想到了野鸡，野鸡就是这样，见到猎人，会顾头不顾脚地钻入野草堆里。

龙多格热很快就接近了帐篷，他一下子立起来，弯腰抓了那女人的脚，猛力捞出了她，一只手倒提着。他的手上有几百斤的力道，提一个女人不在话下。那女人惊叫着，袍子裹向她的头部，下身露了出来——放牧时，羌村的女人是不穿裤子的，啥时候想解手，只要稍稍蹲下就成——这让龙多格热有些惊慌，他想，要是叫那些长舌妇看见，不定被说成啥样呢。于是，他扯了那女人的袍子，盖住她下身。那个大些的娃儿扑了上来，抱住他的腿，女人再一挣扎，他就倒在地上了。

他只好扔下女人，掰开那娃儿的手，将她推到一边。那个女娃看起来非常凶狠，一点儿也不怕他，刚被推开，又扑上来，抓起他的手，张口想咬。龙多格热只好一巴掌扇倒了她。另两个娃儿终于明白了正发生啥事，哇的一声大哭起来。

那女人听到娃儿的哭声，马上翻起身，扑了上来，龙多格热不想纠缠，一闪身，揪住她的辫子，用力扯倒了她。

忽听到一声喊。龙多格热扭头，见远处的林中，跑出来一个汉子。龙多格热本打算劫持了女人，逼她的男人出来——女人带了三个娃儿，帐篷里又堆满了生活用物，显然是一家人出来放牧的——

没想到，刚刚开始行动，男人就露面了。他暗暗佩服这汉子，对方明知危险，却还是出来救女人娃儿，真是有种！他有些不忍心杀他了，就想叫寨丁们别开枪，谁知，他刚要喊话，就听得几声枪响，那男人栽倒在山坡上。

女人一声尖叫，挣开了他的手，疯了似的，向男人扑去，边跑，边发出吓人的哭声。三个娃儿也追了去。

看到这场面，龙多格热心里很难受——虽然这汉子刚才打伤了自家人——他想，要是这男人没了，这个家也就不好过了。

寨丁们也扑向那男人倒地处，却再没听到啥枪声，估计刚才林中开枪的就他一人。龙多格热到了他近前，发现他正在捯气儿，胸膛上有几个洞，正在往外冒血。山坡上，淋漓着腥乍乍的血。

女人娃儿的哭声在山坡上炸响，他们都在用足了力气嘶号。山坡上的牛们也在望着这边，寨丁们互相望望，又一起望龙多格热。

咋办？一人问。另一人试探性地问，要不要把牲畜赶回去？龙多格热摇摇头，说，不能做这事，这种情况，老先人也遇过，也就是赶走了事，不能抢人家的东西。就算人家违了禁，在不该放牧的地方放牧，也就是处罚了事，处罚的方式也就是抓上几头牛杀了，没听说有抢牲畜的。

那就赶出去？一人问。

也好。龙多格热说，这次，总得有个表示，要表明我们干啥来了。他们打了我们的人，我们也打了他们的人，一报还一报。我们先把他们的帐篷拆了，装到牛背上，赶出我们的草场再说。

于是，寨丁们一拥上前——他们留下两个放哨，以防出现突发情况，那两人举着枪，像锁定了兔子的鹰一样——把那些帐篷拆了，打成驮子，装到牦牛背上。干这种事时，大家都是好手，因为每年从夏场到冬场，或是从冬场到夏场，他们都会干这种事。很快，这家人牧场的"家"，都到牦牛背上了。

寨丁们做这事时，那女人和娃儿们似乎并不在乎，她们只是号哭。听到那哭声时，龙多格热觉得心揪了一下，却没有怀疑自己的做法——毕竟，草场不是小事，牵扯整个阳寨的生计。

龙多格热走向那女人，对她说，是你的男人先打我们的，我们不打他，他就会打我们。这种事，也不能怪我们。

那女人边哭边吼，我们放我们的牧，挡你们吃屎的路了吗？龙多格热说，这是我们的草场。

女人抹把泪，吼道，咋是你们的草场？这土是你们运来的，还是这草是你们种下的？你们说是你们的，就成你们的了？我们祖祖辈辈在这儿放牧，碍谁的事了？

你们祖祖辈辈在这儿放牧也不假，可借的就是借的。以前，我们愿意借给你们，现在，你们的人不义，我们就不想借了。龙多格热耐着性子说。

那女人瞪着一双血红的眼睛，望一阵龙多格热，说，我认得你。上回，你叫兰猞猁抓了去，那次你该叫打死才好，省得再作恶。

她这一说，把龙多格热心里的那点儿怜悯说没了。他懒得费唾沫了，招呼寨丁们，把那满山跑的牛们赶了来，一起往山下面轰。这一来，女人不再管男人了——人都死了，想管也管不了——招呼娃儿们，跟了那牦牛们，下

269

山去了。

龙多格热和寨丁们一起到那死人面前，见那人已死僵没气了。

血也不流了，以前流出的血也渐渐凝结了，有些已呈黑色了。龙多格热取过那杆枪，发现是一杆好枪。他想，那女人应该带走这枪，能值十多头牛呢，但又想，要不是这枪惹祸，她男人也死不了。本来，他们也没想往死里打人，只想轰走了事，但对方先开了枪。

他把枪背在身上，带着寨丁离开这片草场。虽然他们达到了目的，赶走了阴寨人，但龙多格热的心里，却有了一丝沉重。他开始怀疑自己做得对不对了。不过，一想到阴寨人绑架他的事，他马上又觉得自己做得对。对方不仁在先，就不要怪他们不义在后。

离开时，忽然发现，寨丁们忘了将一口锅打包，那是一口熬茶的铜锅。龙多格热就提了。那壶中的茶，还微微热呢，却已经有两个人死伤了——刚刚被抬进村的那个，想来也凶多吉少的。

9. 玛尼会

果然，龙多格热一回村，就听说那个受伤的寨丁死了，是流血过多死的。村里以前死于打斗的人，也都是失血过多死的。近处没有好的医院，只要受伤——哪怕有时并没有伤到要害处——就容易止不住血，人就只能死了。也有一些人，虽然止住了血，但因为伤口处理得不好，伤口附近的肉坏死了，最后人还是死了。有时候，受了伤的，比当场死了的更糟糕，因为他们要承受巨大的痛苦，但最后还是免不了死亡。在村里人眼里，与其治不好伤遭罪，还不如叫对方立马打死呢。

死了的寨丁一家人倒没有大哭，他们是虔诚的佛教徒，怕自己的哭影响死者的安宁——只有他母亲一直在抹泪。那老人一边抹泪，一边煨桑，待得那烟腾起时，就一边念玛尼，一边往桑上撒一些炒面、酥油和奶渣。

此时，翟总管已经安排人，对死者家属进行了补偿，而且赔的是银元，不是牦牛。金额，则按八十头牦牛的时价来计算。这笔钱，按照规矩，是向整个寨子收的，不需要由长老会支付，但正赶上阳寨跟阴寨的冲突升级，寨子到了用人之际，翟总管就决定先由长老会出钱，对死者家属进行补偿，之后再向村里人收回费用。若是个人与别村冲突，以至于死了人，那么一般就要由打死人的那方来赔偿，村里不干预。但如果人家打死了你的人，你也打死了人家的人，那么双方就都不会赔偿命价。

之所以赔银元，而不是赔牲畜，是因为阳寨大，也富，而且村里没有公共的牲畜——以前龙多格热从兰猞猁那儿赶来的牲畜，因管理起来有些麻烦，翟总管就叫人换成了钱。后来，村里就只留钱——还有一些公共财物——公家就不再留牲畜了。

长老会有很多来钱的路子，比如，阳寨周围都是草场和林区，周边地区的人路过时，多会请翟总管安排寨丁护送——小道旁边，多是密林，村里不护送，过路者就有可能会遇到蟊贼和土匪——相应地，也会给长老会一些钱物，作为酬谢。再比如，村里的管农事者经常在一些禁牧地区巡逻，时不时地，就会抓到违规者，罚来的钱款，也会成为寨子的公款。此外，长老会还会派人到外面做生意，比如运些酥油、奶渣、皮毛之类，到四川和新疆等地卖了，再买些货物回来，两头取利。一年做几回买卖，利润也很可观。所以，遇上个有生意头脑的总管，村里就很富了，就可以做一些供斋、组织玛尼会、救济村里孤寡老人之类的公益事业。

这次，为了安慰死者家属，长老会马上就兑现了承诺，按八十头牦牛的时价折合成银元，向死者家属进行了补偿。这些年，一头牛的价格忽上忽下，有时十多块银元，有时却能涨到几十块银元，但不管价格如何变化，村里都按时价来折算。

除了补偿死者家属，村里还举办了玛尼会，通过助念来超度死者。按惯例，开玛尼会时，每家至少要有一个人参加，人多不限，但谁家都不能缺席。除了坐牧场的人外，其他成年人都会尽量参加。他们都会集中到大经堂里，一起唱诵玛尼，将功德回向给死者。

经堂坐落在寨子中央，红顶黄瓦，木质建筑，在村里显得格外醒目，其风格中，既有羌人的味道，也有藏人的味道。正是因为看到这建筑，一位学者认为，羌人跟藏人定然有历史渊源。羌村虽是多民族杂交地区，但很多东西是从羌族那儿传下来的。

大经堂包括两处主要建筑，一处是玛尼房，一处是经堂。玛尼房是专门转经用的。平日里，村里老人多会到玛尼房念玛尼。玛尼房里有很多玛尼轮，里面都装了经文，每转一圈，据说有念诵一遍《大藏经》的功德。在平日的玛尼房里，你总能见到很多老人。他们一手持着念珠，一手摇着经轮。他们的念玛尼，不是求今生发财，而是求有个好的来世。这玛尼房，就成了老年人的乐园。年轻人大多很忙，或是务农，或是外出经商，或是打理自家的牧场，他们虽然也念玛尼，但不像老人那样，一天有那么多的时间，可以做很多功课。等到几十年后，他们的孩子长大了，接管了牧场，他们也就老了，就有资格整日整日地修行了。那时，他们就会来到这乐园，像现在的老人这样，坐在玛尼房里，用玛尼填满自己的生命时空。

经堂则相对独立，它的建筑有两层，一层是经堂，二层是斋堂。

那经堂很大，供人们集中念玛尼，很像寺院的大经堂。斋堂则是供人们中途休息和中午吃斋的。要是念玛尼的人多，一层盛不下，人们也可以在二楼上念。二楼的最里端，还专门设了佛堂，供奉着佛像及经卷。在阳寨人眼里，除了寺院外，玛尼房和经堂是最神圣的地方。当然，也有人不喜欢现在的朱古，认为他不合法，在这些人眼中，自家村里的经堂就更比那寺院神圣了——人们要是对某个朱古不认可，心中寺院的地位自然会相应地降低。

这天大清早，龙多格热也背了玛尼轮去经堂。他家的玛尼轮很大，是用上好的松木做成的，外皮包了铜和银，里面装了很多经卷。村里常见的玛尼轮比这简单得多，这个玛尼轮，是龙多格热专门从阿坝请的，值二十多块银元呢，差不多是当时两头牦牛的价格。龙多格热很喜欢转玛尼轮，几乎每天早上，他都要转上一个时辰。他的房中，有一个柱子，上面也装了一个玛尼轮。早上起来，稍事洗漱之后，他就坐在炕上，一边扯玛尼轮上的绳子，一边诵咒。他主要诵摩利支咒，据说能修出非常强大的降伏力量。龙多格热觉得自己和本尊相应了，他只要祈请，大多时候，总能心想事成。阿尼也印证过他，说他在生起次第上有了相当的证量——当然，这是他被绑架之后的事了。

玛尼轮有四五十斤重，背到经堂时，龙多格热的后背已微微有汗了。于是，他选了个地方，放下了玛尼筒，然后席地而坐——大经堂里有栽毛坐垫，大家都坐在地上——他选的地方，是个角落，不怎么显眼，他想静静地诵玛尼，回向给死去的部下，不想太多人注意到他。因为，参加这次玛尼会，他其实有些难堪。你想，带了二十条汉子，只对付一家人，还死了一个人，他的面子上能挂得住吗？村里人能不说闲话吗？——据说，那个寨丁被抬回寨子抢救时，就有人说些不好听的话了。……另外，他也愧对死者的亲人，尤其是死者的母亲。他一看到死者的母亲，就会想起自己的母亲。他知道，要是自己死了，母亲也会这样流泪。一想到母亲的眼泪，他就觉得自己不能死，要好好地活着。可他又明明知道，自己的寿命不会太长的——其实，如果他没有这种预感，或是阿尼没有这样告诉过他，也许他不一定会短命的，他的信，就像对灾难的一种期待，冥冥中招来了很多东西。

龙多格热到得很早，可他到时发现，好些老人显然早就来了，他们有的在喧谈，有的已开始扯玛尼筒上那绳子了。这种能活动的玛尼轮装在一个木箱里，木箱上也写着六字大明咒，老人们扯一下绳子，玛尼轮就会转上一圈。龙多格热于是也静了心，开始转他带来的那个玛尼轮。玛尼轮一圈圈地转动，他一遍遍地念着玛尼，一遍遍地为死者祈福。慢慢地，他的心里就好受了许多。

那经堂很大，共有两层，加起来能盛上千人，但这次参加的人很多——不只阳寨的人来了，周围寨子的一些老年人也背着玛尼轮过来了——不一会儿，一层就坐满了人，有些人就上了二层。大家互相打着招呼，都很兴奋。除了开玛尼会外，村里人聚得不多，所以，玛尼会除了信仰上的意义之外，也成了大家相聚的重要机会。

几乎每次的玛尼会，都由阿尼带经，这是阿尼的特权，也是大家的要求。要是哪次阿尼不带经，人们就会觉得这次玛尼会不圆满。过去，有个人得罪过阿尼，他死之后，阿尼就拒绝带经，自那以后，村里人就不敢得罪阿尼了。

阿尼虽然时常主持玛尼会，却没有工资和供养，他的带经是义务性的。阿尼和朱古不一样，虽然阿尼很受村里人尊重，村里人甚至想围绕他，建立阳寨独有的信仰体系，但阿尼的地位却不像朱古那样尊贵。人们都会供养朱古，但很少有人供养阿尼，除非自家有事，请阿尼来念经。但是，村里人确实很尊重阿尼，这种尊重，不仅仅因为他的宗教身份——他是莲花生大士教法的传承者——还因为他有文化。只要是有文化的人，在羌村就会受人尊敬。当然，在别处也是这样。

玛尼会有专门的仪轨。阿尼最先念的，是《皈依经》，然后是《心经》，之后是《大白伞盖佛母经》等。念完这些经后，阿尼还要拿着金刚铃和金刚杵——金刚铃只是偶尔摇一下，不用一直摇——念诵一些仪轨，等做完这些仪式，差不多就是一个时辰之后了。然后，阿尼就开始领唱玛尼，他领一句，大家就跟唱一句；或是阿尼念两句经文，大家就唱两句玛尼。阿尼念的经有多种，如果是死了人开玛尼会的话，他念的就是超度经文，其他时候，则是行善和报恩的经文。等所有的经文念完后，阿尼会停下来休息，这时，人们就可以走动一下，顺便喝喝茶，吃点东西。茶是羌人常喝的酥油奶茶，要是饿了，也可以拌个糌粑。在超度亡灵的玛尼会上，炒面、酥油、奶茶是常备的，可以随时享用。

玛尼会是村里的节日，只要有玛尼会，人们总是非常高兴和积极的，念玛尼时也很认真。不过，龙多格热发现，随着人心变得越来越复杂，一些人慢慢地不那么认真了，有些人会悄悄地开小差，也有一些人会交头接耳、窃窃私语。只是这样的人不多，影响不了玛尼声的轰鸣，那场面仍是很宏大，像亿万只蜜蜂在嗡嗡。

龙多格热边扯玛尼轮，边念玛尼，他在为死去的寨丁祈福。对那寨丁的死亡，他觉得自己有责任——他应该提前想到会有人偷袭的，要是这样，他们就不会贸然暴露在别人的枪口下，那个寨丁也不会死。不过，他又想，人的命是定数，也许，那寨丁就注定了是那么个死法吧。这一想，他的心就轻松了。他想，我扎扎实实地念三天玛尼吧，把功德回向给他，让他有个好的来生。

这次的玛尼会，由死者的家人供斋。就是说，这三天里，中午的斋饭都由事主家供养，他们会用酥油、奶渣、牛奶、蕨麻、大米煮饭，来者有份。除此之外，事主家还要准备酥油奶茶、炒面及烙好的大饼，以便在中途休息时，让念玛尼的人受用。若是事主家里有钱的话，还可以给助念者发些铜钱啥的。要是没钱，也就算了。

开玛尼会时，助念者一般会吃三次饭：第一次是早饭，助念开始得早，念上一个多时辰后，人们会休息一次，这次吃的就是早饭。早饭简单些，一般是酥油茶拌炒面，也是由死者家人提供——大经堂一般只提供场地和领经人。饭后，大家就接着念玛尼，念到未时休息，开始吃午饭，午饭就是上面说的蕨麻米饭。大家用的碗，也仍然是自己随身带的。我看到，那碗的式样还挺多，有瓷的，有木头的，有嵌了银的，多带碗套。碗套大多由羊毛线编织而成，都挺讲究。每个人吃完饭，都会快快地把碗舔干净，然后放入碗套，揣回怀中，下顿饭时再拿出来用。午饭后，大家会继续念经，一直念到接近黄昏才休息，这时，会吃晚饭。饭后，大家仍会念上一阵经，念完后，才各自回家。

　　黄昏时分，阿尼念完了最后一卷经。经声一停，人们便将玛尼轮背在身上，穿过村后的小桥，各回各家了。那数以百计的人背着玛尼轮的场面，很是壮观，也很让龙多格热感动。他们都来为一个年轻的生命送行，都给了他一种美好的祝福，无论真实的结果如何，只这仪式，就有无穷的温暖呢。

　　只可惜，这份温暖是短暂的，仪式结束后，人们就回到了自己的生活里，跟信仰有关的，只是一份希望能投生到好地方，最好能往生到净土，再也不要回到轮回中受苦的念想，以及以此为目的的念诵。而且，这份温暖也是有选择的，因为，此刻躺在草场上的那具阴寨的尸体，也曾经属于一个年轻的生命，他有家庭，有孩子，有自己的生活，或许还有自己的父母，但仅仅因为两个寨子之间的仇恨，他就成了牺牲品——在宿命通的光明境中，我看到了太多这样的例子，有太多正值青春年华的人们，都在仇恨中主动或被动地沦为了牺牲品，甚至也包括强大的龙多格热。

　　其实，龙多格热生前就有神通也罢，没有神通也罢，都不重要，重要的是，他活着时没有把破执作为目标，追求心灵的自主。于是，他虽然精进修行，却还是逃不过那个悲惨的结局。……直到现在，我一想到他们正在一步步掉进命运的陷阱，却浑然不觉时，我的心就会刺痛——但是，这样的人，又何止他们呢？

10. 山雨欲来

　　三天的玛尼会后，龙多格热和红豺分别带领两队人马，再次开始了驱逐行动。行动很不顺利，有了准备的阴寨人开始抵抗。你有枪，人家也有枪；你有人，人家也有人；你能杀人，人家也能杀人。既然有了准备，而且上次又死了人，大家就很谨慎了。寨丁们不再像上次那样，冒冒失失地，一上来就赶人家的牲畜，而是躲在林中，悄悄地放枪。于是，阴寨也以牙还牙，派人去阳寨牧民放牧的草场上放冷枪。发展到最后，两个村的寨丁时不时就会躲在林中，放几下冷枪，既算是惊吓，也算是示威。慢慢地，在有争议的地方，大家就都不敢放牧了。

275

这样的局面，持续了好些日子，虽然没发生大的流血冲突，但听说，阴寨的牲畜有饿死的了。毕竟，他们的草场有限，尤其是冬场，两个寨子一闹，以前的一些冬场就等于废了，于是，就开始饿死牲口了。

事态越来越大，延寿寺就不能坐视不管了。温布专门派了人来，请总管瞿爷前往寺院，进行调解，但这类调解是很难有结果的。同样一块草场，你说是你的，我说是我的，公说公有理，婆说婆有理，最后，调解变成了口水仗，惹得温布大发脾气，但发脾气也改变不了现状。

村里人春种的时候，妙音从舅舅家回婆家了，是润福的女儿送她来的。除了明年正月初三还有一次更热闹的活动外，关于婚礼的仪式就圆满了。妙音胖了些，以前她一直很瘦，现在，比以前更好看了，脸色红了，人也丰满了。关于她家的讯息，也听不到了。在跟阴寨的纠纷中，龙多格热一直没有看到妙音哥哥们的身影，村里人似乎也把妙音当成了润福的女儿，那个阴寨人家的一切，都叫这婚礼淹没了。

因为怕引起妙音的伤心，龙多格热从来没提过她的娘家，既不问他们对婚事的态度，也没问她是否跟他们联系过。他想，她在润福家的这段日子里，润福肯定跟她娘家人有过接触，至少问过他们，要不要来看看她——不过，也说不准。因为草场上的纠纷，两个寨子的亲戚关系受到了影响。据说，好些人家都不走亲戚了。润福也是这样说的。这也许是真的。无论他对妙音的婚事态度如何，在礼节上如何符合规矩，如何周全到位，也不能代表妙音娘家人的态度——对于妙音的哥哥们来说，这婚事，可能是对他们的一种羞辱，而支持这婚事，甚至出了大力的润福，自然也伤了他们的心，让他们心中有了芥蒂。因为这芥蒂，两家的关系，定然会受到影响。龙多格热对此有些愧疚，但也觉得无奈，毕竟，他和妙音是两情相悦的，他做的事，在他看来，又是不得不做的。

妙音到婆家后，完全接过了妈以前常干的活，比如做饭等家务。过去，因为尕女常去牧场——她要给几十头母牛挤奶——家里的活儿大多是妈干，虽然妙音作为人质进入这个家后，为妈分担了很多活儿，但她毕竟不是自家人，妈不好把所有活儿都交给她。妙音成了自家媳妇儿，就不同了，妈可以心安理得地撒手不管了。于是，妙音一包揽了所有家务，妈就将绝大部分的时间都用来念玛尼了。她常去经堂，跟那些老太太们一起，整日里扯绳子转玛尼；一回家，她也会坐在火炕旁边，边入火，边转玛尼轮——龙多格热买了一个很大的嵌银玛尼轮，安装在柱子上，拴了一根长长的皮绳，这样，妈即使在入火时，也能扯了绳子转玛尼。

龙多格热发现，妙音一进门，妈就像圆满了所有心事一般，完全放下了一切。虽然还有几个弟弟没有娶亲，但她似乎也没放在心上，修行几乎占据了她全部的生命时空。

看来，妈已将龙多格热娶妙音，当成她人生中最大的事件。事实上，也是这样，要是没有后来发生的事，妈就真的能过上安稳日子了。但树欲静而风不止，世上的很多事，是不可能完全按自己的心意进行的。事出意外，才是常态，越是风平浪静的时候，也许越是埋伏了大动荡。妈此刻当然不会产生这种忧虑。就连龙多格热也不知道，一场巨大的祸事，正遥遥而来。

妙音来的次月，将会有一支商队经过阳寨，在离寨子不远的地方遭遇土匪——羌村那时节还有土匪，因此，好些商队经过羌村时，都会花钱请附近寨子的人护送，图个平安，这成了羌村各个寨子的收入之一。而这次，这支商队却没有要求阳寨护送，于是就出了事。

后来龙多格热的大劫，就跟这事有关。

第九章 阴谋

1. 羌村的血案

我又采访了一些老人，但并没得到瘸腿扎西期待的讯息。无论是在现实的采访中，还是在宿命通的观察中，我看到的龙多格热，都只是一条好汉——我的意思是，他很好，很有人格魅力，但似乎没达到让人建庙供养的程度。

当然，我的观察目前还在按时间轴进行——我指的是宿命通的观察，在现实的采访中，我确实得到了一些超越时间轴的信息，但对我来说，那些信息的意义只是参考，能让我联通一些灵魂，进入他们的生命管道，去亲眼见证一些东西——或许接下来，我会看到不一样的内容。

按时间轴观察，是我观察时定下的原则。因为，我想明白整个事件的前因后果，如果选择式地跳跃观察，我就会被自己的期待所误导，异化整个故事的色彩。

在龙多格热的记忆中，我看到了一场劫难，但我发现，他的记忆里缺少很重要的一块，就是那劫难的起因。我听老钺师说过，那劫难，源于一次看似不起眼的打劫，打劫者很神秘，他们蒙着脸，来去都像一阵风。但是，他们在逃走的路上，做了一件事，正是这件事，让看起来无关的龙多格热丢掉了性命，甚至间接地改变了羌村的历史。

我问过老钺师这事的经过，他说，他不想打乱我的观察，他知道我关于时间轴的计划。他还说,当你的观察进行到这个阶段时,你就来找我吧,我会兑现之前的承诺,让你跟当事人的灵魂直接对话。

老钺师知道,我跟灵魂对话,是不用通过这种形式的,但他也知道,我的观察需要因缘,这个因缘,会让我的观察有了方向。要不,我是没法从无量无数的灵魂中,找到我需要采访的那一个的。而老钺师想充当的,就是联通我和那个灵魂的桥梁,一方面,让那个灵魂说说话,另一方面,也让我和他建立联系,这样,我就可以进入他的生命长河,去看看我想看的东西。当然,让那灵魂们自个儿表演,也能让我得到跟采访和妙观不一样的东西。

这样当然很好。于是,我再一次来到施坛。

老钺师没有让我失望,他稍加准备之后,马上进入了角色。他一开口,便是一番风搅雪般的叙述——

你别管我是谁,我只想告诉你,我是当年的看客之一,也是刽子手之一。

你是不是想问我为啥这么做?

我也许会告诉你的,但肯定不是现在。你不是需要按时间轴观察吗?我就从头给你说起,让你一步步掌握事实的全貌。如何?

当然,我所说的事实全貌,只是我认为的一部分事实的全貌。至于它有几分是客观的真,几分是主观的假,你自己去分辨吧。对我来说,它就是事实。我也只能告诉你这个事实。

你也别管那些秃鹫,老天给了它们声带,就是让它们叫的。就像老天给了我们声带,就是让我们说话的。当然,我现在已经没有声带了,但我能借别人的声带。……瞧,这老头现在才让我进来,其实,自从见到你,我就想跟你说说话,我心里的话,憋了几十年,一直没个出口,好容易见到你了,他却一直不让我进来。他也不说为啥,我也奈何不了他。于是,我就一直等啊等啊,我觉得,我知道的那件事,你总有一天会发现的,到时,你就会来找我了。这不,你真的来找我了。……对,你找的是他,但我也好,他也好,其实都一样。此刻,我也是你呢。你说,对不?

嗯……那秃鹫的叫声,真的有些刺耳,也许是因为进了这老头的身子,又有了耳膜,我才会觉得刺耳。不过,刺耳就刺耳吧,人家生来就是要叫的。想叫,就让它们叫去。反正,你轻易见不到它们。……不过,也说不定。平日里，只有在这老头念了经，煨了桑时，它们才会来，今天怪了，你一来，它们就都来了。当然，我也知道你不一般。你知道，人成了鬼之后，就能看到好多做人时看不到的东西，也能听到好多做人时听不到的讯息。所以我知道，像你这样的人，身边总会出现很多神奇。……在好多故事里，秃鹫就很神奇，因为它们是空行母的化现。有个故事里说，一天，有个汉子来这儿，看到秃鹫吃肉，很不随喜，就朝它们扔出一把刀子，扎中了一只。那秃鹫受了疼就飞走了，飞走时，膀子上还扎着那把刀子。

后来，那汉子去了外地，碰到一个女子，一见他，那女子就扔给他一把刀子。这刀子，正是他扎伤秃鹫的那一把。那女子的肩膀上，还有刀伤呢。

所以，你一来，它们也来，说不准，是在护持你呢。

难道，它们怕我伤害你？不过，我为啥要伤害你呢？我只想说说话。有些话，憋在心里几十年了，都叫我捂臭了。我只想让它们见见阳光。我知道，你是作家，你可以把它当成你的素材，也可以把它当成一份调查资料，随你。反正，我只想把它说出来。

好了，你也别怪我嘴碎，闲话多，你要是被闷了几十年，话不一定会比我少的。不过，也说不定。反正我没到你那境界，我只是一个有话想说的鬼。所以，你就让我随了性子说吧。

你想知道的那故事，发生在七十多年前的某一天。故事的主角，是一队牦牛客商，和几个抢匪。

瞧，你是否看到了一堆疾走的牦牛？它们的背上驮着用牛毛织的口袋。那些口袋黑白相间，被撑得圆滚滚的，看得出，里面装了很多东西。有些牛背上安着驮架，驮一些不能用袋子装的物事。

几个汉子正赶了牛，汗津津地往前走。他们肤色很黑，牙却白得像瓷器。他们一边走，一边说些笑话，也有几个人沉默着。在这条道上，他们走了千年。他们一路喧嚣又一路沉默，他们绝没想到，有一天，能走到你的书中。

咦呀，好一群牦牛客！正像沙漠里有骆驼客一样，这儿流行的，是牦牛客。只是，他们不叫牦牛客。他们是羌村汉子。

那时候，羌村有很多这样的汉子，他们往返于凉州府和延寿寺，驮了很多东西，有茶叶，也有别的货物。他们将羌村的酥油、奶渣驮到凉州，再将凉州的好东西驮了来，送到延寿寺，收货人是温布。你知道温布吧？他是延寿寺的大管家。那时节，寺院的阿卡很多，阿卡们用的，都从温布那儿拿。温布相当于寺里的官商了。明白不？

这支队伍，在延寿寺和凉州府之间走了无数回，从来没有发生过意外。他们以为，这也会是其中一回。于是，他们就没在阳寨请保镖。要是他们请了，翟总管肯定会派龙多格热来护送，我们——对，我就是其中一人——就下不了手了，龙多格热就会逃过一劫。可他们偏偏没请。也许，这就是你们老说的因缘吧。

不过，就算龙多格热逃过这一劫，也会有下次。只要那个想杀他的人杀心不死，他就迟早会有这么一天。

当时，我们一直潜伏在树林里，等到驮牛队行至龙多沟时，我们骑了马，举了刀，从林中蹿出，还放了一枪。我们拿的是一种火药枪。火药枪跟快枪不一样，快枪声脆，火药枪声闷。所以，我们放的那一枪声音很闷，就像一种不知名的猛兽在低吼。但再闷的枪声也是枪声，它一下就震住了那些客商。

留下驮牛！人走！我叫。客商们互相望一望，没动。一个说，我们可是给温布送货的。打劫温布，可是要入地狱的。胡说啥？我上前，抢过一皮鞭，说，我们哪里是打劫温布，我们只是弄些茶喝。一个客商说，那我们留下茶，别的，我们带走。成不？滚！我大吼一声。又说，你再说，削了你吃饭的家当。

说完，我上前，举了刀，一划，客商的袍子开了口子，一堆软软的肠子，也随着血，涌了出来。妈呀！我叫。

我只是想抢东西，并不想杀人啊，但出刀时，猛了一点儿，刀口也太往前了一点儿，他那胸腹，就开了口子——都怪那把刀，那刀，早听说是好刀，钢火好，非常锋利，但想不到，第一次用，就出了事。我手一抖，刀就掉地上了。掉就掉吧，反正，我的手就算不抖，它也要搁在这儿的。说真的，我有点儿舍不得它呢。你知道，好刀和好马，在我眼里都像黄金一样重要。可是，它掉在这儿，是计划中的一环，既然这样，我就只能扔下它了。

谁叫你杀人的！我的伙伴喊。走！滚！赶紧滚！我们便卷了牦牛，一窝蜂远去了。

死去之后，我曾无数次地想起这事，我总是下意识地沿了那时光隧道，走到这里……但说真的，这是我不愿回忆的一个画面。因为后来我才知道，我的这一选择——我说的不只是划开了那人的肚子，也是抢劫的这一选择——引出了一连串的故事，有些故事，是连我也不忍看的。

在那时光隧道里，我看到那个被我划开肚子的汉子，已倒在了血泊中，我看到他在痛苦地抽搐着。说真的，我的心有些扎疼。因为我那会儿才知道，我做的一切其实没有意义，我也会死去，我为了那个理由做的这些事，并不会让我得到任何东西。到头来，它只给了我一段痛苦的回忆。我一次又一次地回到这个节点，一次又一次地问自己，要是现在我能改变一些东西，我会不会这么做？我想，我会的。我就努力地向当年的自己说话，我希望他能听到，能不要从那个树林中冲出，甚至不要答应这个愚蠢的交易。但他没有听到我的声音，他也许觉得，耳畔好像吹过了一缕冷风，于是打了个哆嗦。或许，那缕风也不代表我，在那个属于过去的时空中，我只是一个影子，而在属于我的时空中，他也只是一个镜像。我们看似近在咫尺，我却改变不了任何东西。……你明白那感觉不？

我知道，你了解的，我能听到你的心声，你在宿命通的观照中，是不是也有过这样的心情？不过，你当然不是因为悔疚，你只是因为悲悯，你想改变这个悲剧。对吗？但很多事，有它自己的轨道，除了当时的自己，谁也改变不了。让你心痛的每一个故事都是这样。我说得没错吧？

瞧，我虽然是一个不起眼的鬼魂——对，你不要问我是谁，我宁愿你不知道我是谁——但我还是有一些智慧的。没法子，有些事，看得多了，也就明白了，可那明白的基础，就是已经经历过，已经犯下错了。

是的，我还没有真正地明白，我只是明白了一些事而已。要不，我也不会留在这里。……那个被我划破肚皮的家伙，我曾经很想找到他，跟他说一声对不起，但我也怕找到他，因为我怕他仇恨的眼神。……你觉得可笑不？成了鬼，竟还怕被另一个鬼仇恨？但我真的怕，我不是怕他对我做啥，他还能做啥呢？难道还能把我再杀一次？我的怕，源于我内心的愧疚。真的，当你发现自己做的事情没有意义，却让另一个无关的人付出了惨重代价时，你就会觉得这件事更没有意义。你在仇恨让你犯错的人时，也会仇恨自己——甚至，你真正仇恨的还是自己，因为是你做出那个选择的，诱惑了你的人，不过是看到了你心中的欲望，并且利用它操纵了你而已。

我也不知道，让我至今没有解脱的，是什么，也许是这恨？……你能不能告诉我？……不，我不想告诉你我是谁，哪怕我已经是个鬼了，那辈子做过的事好像跟我无关了，但在我心里，它还是跟我有关，那个身份也还是跟我有关。用你们的话来说，我还没有破除我执，对吗？那是当然的，要是我破除了，我还会是孤魂野鬼吗？但我也不知道，我到底想脱离这种状态吗？

我也想知道，跟你的相遇，是不是上天给我的一个机会？瞧，我又回到自己身上了，我还是继续跟你说那个故事吧。当年的事，被称为"羌村血案"，日后，在学者们的卷宗里，你会看到这个标题。但这个标题背后，不是铅印的若干个字，而是我们这些活生生的人——瞧，我又把自己当成人了，没办法，习惯了，你将就着听吧——曾经有过的人生。

你是不是想问，那个被我划破肚皮的人死了没？当然死了，要不，咋叫血案？

当我也死去之后，我无数次回到那场景里，看着他的客商伙伴们蹲在他身边，想要救他，却又没什么法子。他们甚至没法把他送到寨子里救治——你知道，那时节，医术还没有那么高明，那又是一个偏僻的小村，就连血都止不住，咋能把掉出来的肠子再好好地搁进肚子？当然，我不知道这个时代能不能。我只知道，如果肠子都掉出来了，人就离死不远了。况且，他们也不知道该怎么移动他。总之，他们只能眼睁睁看着那人惨叫，惨叫了没多久，声音就息了，那人也死了。

这血案，后来成了羌村历史上有名的一件大事。它跟兰狳狸的故事一样，引发了一连串的历史事件。

2. 温布的愤怒

发生那件事后，温布愤怒了。你是不是想问，我咋知道这些，我是不是寺里的人？我可以告诉你，我不是。至于我咋知道的，我不能告诉你。

有些事，说了一个，就会揪出一堆，我知道你有妙观察智，点滴的细节，就能让你知道个大不离，但我不想让你知道。所以，你也不要去猜我是谁，只管听我讲故事就好。你想知道的，不就是这个故事吗？

不要对我有啥深究吧，虽然我知道，你是作家，深究是你的习气，但你还是不要在这方面多花心思。过去的我，也许很想告诉你我的一切，甚至很想让你把我留在你的作品里，但这份心，让我付出了巨大的代价。当我死去之后，才知道这是毫无意义的，而我却为了一些无意义的东西，丢掉了一些有意义的东西，也害了一些人——当然，我同样帮了一些人，但这害和帮之间，到底哪个更重一些，我值不值得为了那帮，去害另一个人，我不知道。

我只知道，看到受害人身上发生的事情之后，我后悔了。有一种疼痛从此被种进了我的心里。我曾经很想告诉世界我是英雄，但自从心里有了那疼，我就开始怀疑：我真的是英雄吗？即使后来，我做的很多事，真的让人们觉得我是英雄了，我的心里也仍然充满了疑问和疲惫。这种感觉，一直伴随着我，直到今天。

不，我不需要你的慰藉。我只想告诉你当时发生了什么。告诉你这个故事，其实也是我的一种赎罪。虽然迟了几十年，但总好过没有吧，也许，从此我就能放下，得到你所说的解脱了。

好了，不说我了，还是说故事吧。

那温布，是轻易不发怒的。他毕竟是修行人，诵了半辈子经，何况，他还是个有脏腑的人，肚里能跑得三头牦牛——人人都这么说，到底是不是，我也不知道——虽然他也报复过很多人，但他轻易是不会发作的。让他发作，只有两个原因：第一，让他很没面子；第二，动了他的利益。这两点，我们都干了，他当然愤怒了。

这就对了，我们就是想让他愤怒。人一旦愤怒，就容易做出傻事。而后面的事情，也证明了我们的观点。

那时节，虽然羌土司、凉州府、延寿寺三家在名义上共同管着羌村，但事实上，羌村有点儿自治的味道。因为凉州府基本上不管事，羌土司也只是象征性地收一点酥油。能对羌村产生实质影响的，就是掌握了羌村教权的延寿寺。而温布家族又控制着延寿寺，所以，真正掌管羌村的，是温布家族。在这儿，谁控制了寺院，谁就能控制一切。

在温布眼中，我们敢在他的地盘上逞凶，抢的还是他的货，这简直是在挑战温布家族。因此，他坚决要揪出我们，把我们碎尸万段，以儆效尤。

他定然以为要花去一番功夫的，所以派了好多人，可他派去觅踪的人，却很快发现那牛蹄印一直进了阳寨，而且，龙多格热家的后墙边，有一张牛皮和几头活着的驮牛，驮子上的东西，却不见了。当然，这是我们故意留下的痕迹。因为这痕迹太明显，有人还告诉我们，你们这么搞，明眼人一看，就知道你们想要嫁祸的人是无辜的，你们反倒是在帮他洗脱嫌疑了。我们很想回去加工一下的，温布的人却突然到了，我们只好躲在一边，看看他们到底会有啥反应。

谁想，这群蠢驴，竟一下就信了，还屁颠屁颠地去报告温布。也不知道他们是真的信，还是在敷衍了事。

但我们还是不放心，因为他们虽然愚蠢，温布该不愚蠢才对，那可是一个狠角色啊，不会连这点儿古怪都看不出吧？谁知道，他竟然真的看不出来——也许，他不想看出来，他只想借题发挥，做平时想做而没理由做的事——他派去的人一报告，他就拍案而起，怒发冲冠，还派人立刻去抓龙多格热。

他真的认定，是龙多格热干了这事？真是怪事。现在说起，我还有点想不通呢。

当然，有了他心通和宿命通之后，对所有奇怪的事，我都可以回到那个节点，去观察一下到底是咋回事，但有了这些功能时，我对这类事，也就没有那么浓厚的兴趣了。因为我经历了太多的事，我知道，不管他有啥心思，都是起起伏伏的念头，早就消失了，就连这些在我心里留下痕迹的事，其实也像海上的泡沫，早就消失了。按说，我该放下才是，可不知为啥，回忆总在折磨我。每次一想起，我的心里就一阵烦闷，我就想长啸。大概，这就是你们说的，没有证得漏尽通的缘故吧。……总之，我没兴趣知道那老头到底在想啥。我只知道，他做了我们希望他做的事，亲手把自己的地狱之门给打开了。

就这样，龙多格热的厄运到了。第二天，温布就叫人将龙多格热抓回了延寿寺。

你问我认不认识龙多格热？

我当然认识，我还知道，他是一个有血性的汉子——当然，事情发生时，我不是这样想的。要是我这样想的话，就不会做那件事了。最早的时候，我对他，有一种复杂的情绪。我既佩服他，又不服他，很难说清这种情绪。也许正是这种心情，让我在接受任务时，竟没有一点儿犹豫。后来想想，我也觉得自己有些冷酷了。……后来，我慢慢地发现，无论我还是他，都只是一个巨大的历史事件的道具，当历史需要出现某种变革时，我们就会主动或被动地介入其中，扮演一个属于自己的角色，以自己的方式推动那个事件的出现。当时，我以为我是个英雄，为了我的英雄事业，就算牺牲一两个人，也没关系。但我没想到，他们竟死得那么惨……真的，我不是为自己辩解，我真的不是一个那么狠心的人。要是知道他们会经历什么的话，我也许不会那样做。等到我知道时，我已像狂潮中的小船，想往哪儿走，早由不得自己了。

温布很毒，他抓了龙多格热后，没有立刻审他，而是把他关了三天三夜，不给吃不给喝，让他脱了形，没了精气神，然后再叫人带上来问话。当然，温布的问话，也就是做做样子，他早就打算杀死龙多格热了。接下来，他还安排了一次看似公平的"审判"，他要告诉整个羌村，不是他温布要杀龙多格热，是大家一致认为龙多格热该死。

我看过你的书——别惊讶，我虽然是个不识字、没文化的灵魂，但我能通过读别人的心，来读你的书——你说过，历史上有个苏格拉底，他也接受过公民的审判，耶稣也接受过，好像，接受了公民审判的每一个人，都被判处了极刑，你说，这到底是啥原因？——

说真的，我参演的这场戏，目的就是让他被处死，但我并没有想到，判处他死刑的，竟会是他死心塌地服务过的人。那个温布，真是好狠的心，他是既要杀死龙多格热的肉体，还要击垮他的灵魂，让他看一看，他服务了一辈子的那群人，到底是个啥嘴脸。所以，龙多格热被仇恨吞噬，我是可以理解的。我只是不知道，他到底有没有用宿命通观察过那次的事，他知不知道是谁害了他。我也不敢知道。我宁愿认为他不知道，因为，虽然已经死了，我不用怕他，但我还是没有办法面对他。

我还记得，与温布对质时的他：肤色黑红——他以前没那么黑的，不知道是因为太饿还是什么原因，他的脸变得很黑——头发又长又乱，因为连续三天不吃不喝，整个人显得虚弱和疲惫。但即使这样，他的眼中还是射出了一种不屈的光，看到那光，我甚至忍不住对他肃然起敬了。我就想，温布是不是想通过打垮这样的人，来打垮一种精神呢？——瞧，我对龙多格热的评价还是很高的，我把他等同于一种精神了。

他问温布，你说我当了强盗，有证据没？温布怒道，你要啥证据？牛皮都在你家墙后头了。像你这种人，还要证据吗？阳寨巴掌大个牛蹄窝，水有多深，我还不知道吗？龙多格热冷笑道，我要是行劫，会到家门口吗？

这话问得好，兔子还不吃窝边草呢。——你知道兔子为啥不吃窝边草吗？

告诉你，它是为了保护自己。要是吃了自家窝边的草，它就暴露了。所以，且不说龙多格热的品质，单从脑筋上看，温布也不该认为龙多格热做了这事，他可不是这号蠢货。

但温布不这样认为。他嫌龙多格热犟嘴，就叫人将他吊了起来，狠狠鞭打。那鞭声，白毛风——就是风搅雪——一样啸卷着。不一会儿，龙多格热的脊背，就成了血席子。

龙多格热圆睁了眼睛，咬牙切齿地骂温布。我想，要是他只是骂，温布也许不会弄断他的脊梁——是的，他把龙多格热的脊梁弄断了——他不该说温布和女人鬼混的事。他骂温布衣冠禽兽，两脚畜生，白披了一张人皮，吃着佛的饭，干着驴的事。还骂他可以当嫖客，干驴事，但先脱了袈裟再说，哪有穿着顶着佛衣当老叫驴的。一听龙多格热的话，那些抡鞭子的，看热闹的——那天，我就混在这群人里——都直了眼。

要知道，温布是阿卡，是受了戒的，要是龙多格热的话属实，温布就当不成阿卡了——淫戒是断头戒，在当地人的眼中，要是一个阿卡犯了淫戒，僧命就断了，没法再当阿卡了——一当不成阿卡，也就当不成温布了；一当不成温布，他就会像一条癞皮狗那样，被逐出寺去。

所以，一听龙多格热说出那话，我就知道，他死定了。要知道，在羌村，温布有着王一样的权力。他黑着脸，眯了眼，冷冷地看一眼龙多格热。我听到，他同样咬着牙的心里，也挤出了一句：去死吧！

3. 长老的表决

但温布并没轻率地让龙多格热死。

他虽然很有权力，但那时的羌村，做任何事，都是有规矩的。许多寨子里，行使的，都是长老负责制。啥是长老？就是寨子里德高望重的人。一个部落每三年推一个长老，三年一任，处理本年度的所有事务。比如，阳寨有五个部落，就有五个长老，他们组成的长老会，像罗马帝国的元老院一样，所有重大的事务，都必须由他们进行表决，不能由任何人私自决定。整个羌村都是这样。

这次，温布就以那劫杀一案为由，召集了全沟各村的长老总管，进行表决。除了阳寨的翟爷和畅佬弃权，大家一致认定，龙多格热有罪，要严肃处理。

龙多格热是阳寨的寨丁头儿，按羌村的规矩，翟爷和畅佬确实是要回避的，但这件事本身就蹊跷——明摆着的，把赃物留在自家后墙边上，就是等着被人抓，世上怎么会有这样愚蠢的贼？经验老到的龙多格热，更不可能犯这种可笑的错误。明眼人都知道，龙多格热肯定是被人冤枉的，但人人都闭着眼睛不说真话。这种情况下，要是翟爷和畅佬争取，肯定也是可以参加的。即使改变不了最终的结果，他们也可以表达对龙多格热有利的意见，不至于像现在这样，偌大一个羌村，竟然连一个说公道话的人都没有。

不过，翟爷和畅佬确实有自己的顾虑：要是龙多格热不揭露温布的破戒，一切都好说，他这一揭露，翟爷们就不好过问了。因为，虽然温布是以抢劫杀人为由召开会议的，但大家都知道，这是龙多格热和温布之间的较量。你站在龙多格热这边，就等于说温布破戒，那温布就得脱下袈裟，滚出寺院；你站在温布这边，就要同意龙多格热的罪名，龙多格热就要被二罪齐罚，受到严惩——而且很可能是被处死。总之，就是有他没温布，有温布就没他，这种事，是不能和稀泥的。这样，翟爷和畅佬就不好表态了。

但翟爷和畅佬的不表态，还是刺伤了龙多格热。尤其是翟爷。

因为龙多格热平日里最服翟爷，他为翟爷、为寨子出生入死，解决了很多难题，可到了生死时刻，翟爷却因为不想得罪温布，而选择了袖手旁观。在龙多格热的心里，这种伤害，渐渐变成了一股怨气，在若干年后的某一天，翟爷遇难了，变成厉鬼——或是护法神——的龙多格热虽然可以救他，却选择了袖手旁观，以这种方式，完成了自己的复仇。于是，翟爷就死了，而且死得很惨。所以，面对罪恶时，回避和沉默就是罪恶，袖手旁观更是一种罪恶，而恶的回报，也一定是恶。

你是不是想问，我为啥这么说？我当年是不是发生了什么事？你难道不知道吗，有的时候，一辈子的不快乐，就是最大的恶报。

总之，就这样，龙多格热的这辈子就结束了。这事，成了羌村历史上最热闹的事件。

据说，他曾经做过一个梦，梦到自己的鞭子，在第三十节处断了，他出事的这年，正好三十岁。正是这个说法，让后来的我好受了许多。因为，我把自己当成了命运的棋子，我告诉自己，不是我害死他的，他就这么个命——但我仍然不快乐。

我虽然亲眼看过无数次的死亡，但龙多格热的死，还是深深地印在我的心上。

那时节，没有人怀疑过我，村里人都觉得，那抢劫案，也许是阴寨人干的。他们的目的，就是想嫁祸给龙多格热。因为，要是龙多格热不死，阴寨是占不了便宜的。他们说的，其实也对。这件事，参与者当然不只是我。甚至，那策划者也不是我，就像我说的，我只是接了个任务。我只是推动历史车轮前进的其中一个小兵。但我背后的人是谁，我不能说。这秘密，我会生生世世地守下去。

好了，该说的，我都说了。

你要是想知道更多的细节，你可以根据我说的，自己去那时光隧道里看一看。或许，你会发现更多你需要的资料。这会儿，我有些累了。不过，我也不知道到底是我累了，还是这老头累了。……也难为他了。

就这样吧。

老钺师不再说话了，他静静地坐着，脸上没有一点儿血色，嘴唇也白了。施坛上，刮起了风，是那种阴风。哈达在风中翻飞，飘得异常诡秘。

沾满血迹的布片，向四下里窜去……

4. 龙多格热说

听完这个灵魂的叙述，我沉默了很久。我就这样坐在施坛的阴风中，回想着刚才听到的那个故事。我能触摸到龙多格热遭到背叛时的心。他也许在人群里搜寻过翟爷的身影，他也许想听到一个为他说话的声音。但没有。那些看热闹人中，有好几张他很熟悉的面孔。那些面孔的主人，曾经跟他走得很近，也曾经受过他的帮助，可如今，他们的眼里没有一点儿悲悯，也没有一点儿愧疚，反而……有一丝期待。他们也许想知道，那"严惩"，到底是怎么个严法。

我看到了一张张过去的脸，也看到了一双双期待的眼。我感觉到，眼角有两行暖暖的液体流下来。

我的心里涌动着一种说不清的情绪。

　　那些大鸟们都望着我，像望着它们的妈妈。刺鼻的腥气啸卷而来。你还想继续听吗？要不，听听龙多格热自己怎么说？老钺师问。我本想说好，却发现，他一脸灰白，他实在太累了。我知道，感通是非常消耗体能的。一种巨大的力量进入他的生命时，会弄乱他原有的生命程序。没有自我的他，也就没有了休养的领地。但我也看出，他很想让我听听龙多格热怎么说。我想，我能明白他的心情。于是，我叹了口气，取出自己随身带的一盒人参，给了他。他取出一根，闭上眼，咬了一截，嚼了起来。我不知道，这时，是他在吃，还是龙多格热在吃，因为，就在他闭眼的同时，我发现他的气息变了，变成了一种我很熟悉的气息——龙多格热的气息。

　　他——或龙多格热——睁开眼，向我微笑了一下，然后开始了叙述。

　　那声音，像啸卷的大波——

　　几十年过去了，我的心头，却仍然涌动着愤怒的大潮。想到妈的时候，我的血，更是会变成惊天的波涛——其实我早就没了血，那波涛似涌动着的，其实是血气——我还会想到那久远的岁月，那逝去的一切。那时节的情景，像泛黄的年画，虽然色彩黯淡了，但时光给它的沧桑味，却越来越浓。

　　我也时时想到那个女人，那个我生命中最重要的女人，那个我一想到她就会心里柔软温暖的女人——我的妙音。她的面容时时会出现在我的生命时空里，给我一份真正的男人才有的感动。我想，要是没有她，我的生命会失色很多的。

　　妙音，我的女人，我生命里最重要的色彩。

　　虽然时光已过去多年，虽然我已不是她唯一的男人，但我仍然爱她。在我的观修中，她的形象已跟我连在一起了。我观修的愤怒本尊是双身像，我是佛父，她是佛母，我们阴阳相合，成为伟大的黑日嘎。

　　你当然理解这。也许，正是因为我爱她，我才能在如此漫长的岁月里，保持了一种巨大的激情。

　　瞧呀，我那巨大的爱意，时时会让天边生起粉红色的彩霞——她喜欢粉红色，那是她生命的颜色。我一直忘不了她穿了那件粉色的衣服跟我结婚时的情景。我虽然成了人们眼中的厉鬼，也做了一些让人们认为不好的事，但我一看到粉色，心就会柔软。所以，无论是黄昏，还是清晨，只要天空里有粉色的霞，我就生不起任何嗔念。

多年了，一直这样。

不过，一想到那改变了我命运的罪恶，让我失去了我的妙音，让她产生了那么多的痛苦，我就受不了。……是的，我受不了。我就会诅咒那些穿着袈裟的阿卡。没办法，在我的眼中，要是没有他们——当然主要是温布——我的人生，会是多么温馨呀——我说的是温馨，不是精彩。也许，说到精彩，还是现在好一些，那溢着血腥味的故事，让我成了今天人们眼中的我。但我宁愿不要精彩……不要！我只想做一个平常的庸人，和那个女人，那个我今天一想心仍会柔软的女人，过上几十年平凡的光阴。我们会生下一大堆儿女，我们会养上一大群牛羊，我们会一起吃糌粑，一起喝酥油茶，一起种青稞，一起磨炒面，一起干我们愿意干的一切……但你知道，这简单的心愿，这一切的温馨，都被他们打碎了。阴谋撕碎了一切。

你可知道我的愤怒，我的痛苦，我的焦虑，还有我无数说不清道不明的情绪？

要是没有妙音，也许我会认命。只要我认命，我就会走向我的宿命，走向属于我自己的归宿，但妙音改变了我的一切。当然，你不能说妙音让我成了厉鬼，不是这样，而是因为有了她，我才能以另一种形式一直活在羌村——有爱有恨，不也是一种生命的标志吗？何况，那罪恶改变最大的，除了我，还有其他人，包括羌村。其中，最让我痛心的，还是妙音。……她是个多好的女人啊！你知道，自打她爱上我后，她的心中是没有自己的，只有我，只有对我的爱。她张开自己的怀抱，完全地接受了那爱，让它成了自己生命的全部。你是否想到，我命运的变故，对她，是多么重的打击？因为这，她的生命中才会有其他的男人；也因为这，她才会从我的生命中消失。

虽然这么说，对他有些抱歉，因为我的命运也影响了他。也许，如果不是因为给我复仇，他会有另一种生活的——我不知道他现在活得好不好——我试过读他的心，包括现在，但我看到的，是一片空寂。那里有光明，还有一片宁静的湖泊，但没有我想知道的讯息。也许，他早就不是我认识的那个他了。也许，他已经放下了妙音，还有那段曾经刺痛过他的往事。

但我没有。也不能。

我不知道妙音在哪里，我只知道，她一定在某个地方陪着我。

她只是不能面对我。她真是个傻丫头啊。我难道不知道，她做的一切，都是为了给我报仇吗？哪怕我也明明看到，她在望向那个男人的时候，眼神中慢慢有了一丝温柔……不，我不怪她。我只怪那些穿着袈裟的假僧侣们。要是没有他们，她怎么会承受这一切！

所以，我不能放下她，也放不下她。

我还期盼着，我们的灵魂会像黑日嘎那样相依，我们会在这个空间里，完成活着时做不到的永远相守。

对她的牵挂和爱怜已成为一种巨大的力量，无论佛国有多美，无论轮回多么精彩，我都不去。我会一直守着她，守着她的那份痛苦，一直用这双爱的眼睛望着她，我不会让她孤独——曾经，也正是这份爱，给了我一种巨大的复仇力量。它加持着那些为我复仇的人，让他们在某个日子里，终于摘下了温布那万恶的头颅。

只是，我的血液并没有因此平息，它还在愤怒中沸腾着，在仇恨中燃烧着，让我的灵魂炽热得就像在火炉里一样。这时，我才明白，让我仇恨的，不只是温布，也不只是那些阿卡，而是我被剥夺的幸福永远回不来了。

5. 阴谋

在铖师或龙多格热的叙述中，我毫无阻隔地感受到，即使时隔多年，龙多格热也没有放下对妙音的爱，他心中最想说的话，就是对妙音的爱和思念。我能理解他，我甚至有些不想让他去回忆那段往事了，我不想激起他的痛苦。但责任还是让我问询了他，于是，他开始讲述当时的那段经历——

那两个阿卡来请我时，我还以为，是朱古请我去调解草场纠纷呢。此前，朱古召集过两个寨子的总管，但调解未成。我又想，更也许，朱古想请我找那些寺里被抢的财物。前几日，有人在我家的后院墙那儿，发现了牛皮和几头驮牛，但村里人并没怀疑我——这是当然的，因为，只要有一点儿脑子的人，都明白，没人傻到把赃物放在自己家旁边的。

阿卡来请我的前一天，阳寨死了一个人。他是去阴寨看亲戚的，但叫阴寨的一帮人打死了。据说，他们先是用纷飞的乱石招呼，再泼下暴雨般的棍棒。那人几乎成了肉酱，骨头都给捶绵了。虽然不知道这事的目击者是谁，但这种说法，大家都相信，因为那人确实没回来。这件事，对两个寨子的影响非常大。此后，两个寨子的人都不敢互相走亲戚了。当然，据润福说，草场纠纷升级后，村里在阴寨有亲戚的人，就已经不走亲戚了。也不知道那人哪来的胆子，在这样的时候也敢去串门。瞧，这就出事了。

我正跟翟爷商量如何处理这事呢，那两个阿卡上门了。他们对翟爷说，朱古有事，想请龙多格热去一下。

啥事？我问。那阿卡说，我们也不知道，我们只是传话。翟爷于是说，去吧。

我就去了。我是骑马去的。说真的，我虽然知道有人在我后墙边放了赃物，但我没想这么多，更没想到，有人会这么傻，觉得是我犯的事。后来，我才想起，那两个阿卡来找我时，眼神中有一种阴冷的东西，要是当时我注意到了，有一点儿防范的话，也许我就不会有后面的遭遇了。当然，在羌村，如果温布或朱古觉得你犯事了，要把你逮住，你是很难走掉的，但我可以逃出羌村。总之，如果我有一点儿准备的话，还是有一线生机的。可是，我偏偏没有发现那诸多的异常，丝毫不知道祸事已近。

我一直陶醉在新婚的喜悦里。因为跟妙音的结合，我尝到了以前不曾尝到过的爱。相较于我对妙音的爱，以前的所有经历，都可以忽略不计了。

我活到三十岁才明白，真正的爱，其实是一件不容易发生的事。很多人的生命里，不一定真正有过这样的爱。因为，许多人以为的爱，其实是一种生理和肉欲的愉悦。我以前就是，我觉得我对春妮的好感是爱。其实不是。春妮也一样，她一直以为她爱我，但在我的生死关头，她并没有出现——当然，我不知道她私底下有没有找过温布，但她的身份，当时也很敏感，就算她找，温布也不会见她的。因为，对温布来说，她不过是一个发泄欲望的工具，甚至不是一个女人了。……这么一想，我突然有些同情春妮了。我的生命虽然不长，只有三十年，但我明白了真爱，也拥有了真爱，而她，一辈子被男人追逐，被男人簇拥，却从来没有被真正地爱过。她在男人眼里，只是一个器官，一个玩物。她在玩弄着一个个的男人，也被一个个的男人玩弄着。她自己心里肯定也很清楚。所以，我凭什么责怪她没来救我呢？

　　我也追问过，为啥我会爱上妙音？我发现，一个非常主要的原因就是：妙音爱我。妙音用全部的生命和精神爱我。虽然妙音同时也有很多优点，有很多让人爱上的理由，但她爱我，是我爱上她的前提。仅仅是这一点，她就超越了春妮太多。许多时候，真爱的生起里，其实是有一份感动存在的——我对妙音的爱，就源于我的感动。妙音没有任何保留地投入全部生命，深深地打动了我。每当想到这些年里，她一直爱我，却得不到我的任何回应，我就觉得有些对不起她。不过，要不是她在那段时间里的坚持，我是不会被她感动的。

　　是的，她很美，也很温柔，只要她出现在一个男人的视野里，让他感觉到一种相爱的可能性，也许他就会爱上她。后来的事也证明了这一点。但我跟其翻云覆雨的时候，我也保留了一份理性和警觉。而且，我见过很多温柔美丽的女子，妙音不是最美的，也不是最温柔的——跟着肋巴佛南征北战的时候，我遇到过一个很美的女子，那个女子崇拜英雄，我在她的眼里，就是一个地地道道的英雄，于是她把自己献给了我。但我并没有爱上她，队伍离开那块土地的时候，我就离开了，没有跟她说过我要走，更没有说过我要去哪儿。瞧，现在，我连她的名字都记不起来了。我说过，过去的我是一只雄鹰，我渴望的是现在的这份精彩，为这，我不会让任何一个女子有机会牵绊我。我绝没想过，有一天，我竟然会向往那份平凡，还会为了失去那份平凡而痛苦——甚至仇恨。你瞧，真正的爱，是可以改造一个人的。

　　在爱的氛围里，我对外界也有了不一样的感受，我甚至觉得一切都泛着柔波了——和阴寨的冲突固然恼人，但生活里还是阳光照耀的，不是吗？蓝天那么美，清风那么温柔，小鸟的叫声那么好听，牲畜们那么安详，我们通过自己的劳动，可以满足生存的一切条件，为啥不觉得生活里阳光照耀呢？回想起来，婚后的那个月，甚至是我生命里唯一的幸福时刻了。过去，我以为驰骋疆场、奋勇杀敌就是幸福，但原来，那只是一种刺激和虚荣，我从来没有感受过什么是幸福，才会把那种感觉错当成幸福。但是，在某种程度上，爱情给我带来的幸福感，也确实让我丧失了一份警觉。我根本没有想到，一场大祸正席卷而来，将要罩住我的生命。所以，快到延寿寺时，我根本没有发现，带我来的两个阿卡目光早变了味儿。他们互相传递着会心的眼神，他们不声不响，却隐忍着一股杀气——后来回想时，我才终于发现了这一点。警觉的丧失，让我错过了逃出命难的一个个机会。这样想来，那挥舞铁链的梦，也许不是一种预言，而是一种警示。也许是护法神一直在提醒我，在三十岁那年，我的生命中会发生一件很可怕的事，我一定要保持警觉。可惜，我一直错解了这个梦——不过，我也没有错解的，只是，每一块织锦都有很多面，一个没有智慧的人，往往只能看到其中一面，当他有了经历之后，才会发现，原来，那块织锦还有其他几面。

一路上，我还看到了几位阿卡，他们都用一种奇怪的眼神望我。我向一位熟人打了招呼，对方也假装没有听见。但即使在这时，我也没有觉察到危机的接近，我只是觉得奇怪，不知道自己啥时候得罪了他们。直到那两个阿卡将我带进一个房间，然后从外面锁上了门窗，敞亮的房子一下漆黑一团时，我才终于意识到，我被算计了。

因为刚进入黑暗，眼睛还不适应，我什么都看不到，只能摸索。我周围摸索了一圈，发现，这是一个非常结实的房间，几乎连大一点的缝隙都没有，也没有什么地方是相对薄弱的。只要进来了，除非主人愿意，否则你休想从房子里面出去。

我从不知道，在寺院里，还会有这样一个房间。

6. 黑屋子

此后的经历，是我的一个噩梦。我先是被关了三天，没人管我，也没人给我吃食和水。我整日里活在饥渴和黑暗中——那是怎样的一种黑呀，除了房顶上的天窗，这房间没有一扇窗户，就连那天窗，也在一个闷闷的响声后，被某个东西给盖住了。一种浓浓的厚厚的黑扑下来，我就被淹没在其中了。

一开始，我以为这房子是寺里闭黑关的人住过的，但我马上否定了这猜测。因为，臭虫之类的生物很快出现了，它们疯狂地扑向我，开始撕咬，咂血，一副饿了很久的样子。很难想象，要是有人在这儿闭关，也有人仔细打扫，这里怎么会有这么多臭虫。就算是一种考验，我也很难相信，有人能在这样的进攻中如如不动——那真是一种可怕的考验，刚开始，那些东西扁扁的，硬硬的，很快，它们就肉肉的了。我知道，它们的肚子里装满了我的血。

我家以前也有臭虫，我用了蚊帐后，它们想咬我，就不那么方便了。不过，臭虫总是有办法的。有时，它们会用力撑入蚊帐下沿的纱布钻进来，进来后，它们会爬到蚊帐顶上，然后把脚一缩，来一个自由落体，就能落到我身上。

我发现，这屋子里，还有跳蚤。我对跳蚤很敏感。按妈的说法，我的血甜，招跳蚤。跳蚤不大，善于弹跳，轻易捉不住——有时，我也能抓住一个，质感硬硬的，得用点力，才能将它捻碎。跳蚤咬的伤口，跟蚊子不一样，有种火烧火燎的疼。

此外，成群的蚊子也来了。我从被咬过后的感觉上辨出，这蚊子，正是我最怕的那一类。那种蚊子，黑黑的，但身上脚上有一条条的白道，很大。一般的蚊子怕人，咬人时，多偷袭，而这种黑白相间的蚊子，会直接扑向人，追逐人，还会隔着衣服咬人，叫它们咬上一口，伤口处就会肿起老高，奇痒无比。

我觉得有些恶心。因为我终于明白了，这寺院里，有人想害我。我知道，那两个阿卡虽然以朱古的名义来"请"我，但这定然是温布的阴谋。不过，我又想，要是朱古不认可，是没人敢这样的。毕竟，我不是一般村民，我是阳寨的寨丁头儿。寺里随随便便这样关人，村里要是起了群来要人，也很麻烦的——当时我并没有想到，我在村里人心中并不重要，在翟爷心里也不重要，他们不会为了我，跟温布或延寿寺作对的，这些，是后来我经历了一些事，才终于明白的——我于是想，朱古定然是知道这事的。这一想，朱古在我心中的地位，一下子低了很多。以前，村里虽然有人想抬高阿尼的地位，跟朱古抗衡，但我知道，这是不可能的事。哪怕在我心里，也是这样。朱古毕竟是朱古，阿尼的知识和修证即使真的能超过朱古，也没法跟朱古比，因为朱古是出家人，而阿尼娶了妻，有家室。在当地人眼中，出家人总是比在家人强。我多少也受了这种观点的影响，我甚至同情被温布架空的朱古，如果有机会，我一定会帮朱古一把，让他成为真正的寺主，不叫那可恶的温布一手遮天——但如果朱古真的默许了这事，他还是朱古吗？

死去后，即使在仇恨的裹挟下，我也还是不敢去揭开这个谜底。我宁可觉得这些都是温布做的，朱古不知情——包括那个至今一想，仍让我无比愤怒的长老会——因为，对村里人来说，朱古就是佛——即使在那些想要抬高阿尼的人心里，也是这样。他们在遇到问题，需要庇佑时，还是会找朱古。朱古在羌村人心里，象征了一种信仰。一旦打碎他，羌村人的信仰殿堂就崩塌了。这是很可怕的。

所以，我越是怀疑，就越不敢去窥探真相。这些年来，在我心里，它就成了一个谜。

你要知道，我不是警察，虽然我是寨丁头儿，也负责断案啥的，但我跟你们的警察不一样。你们的警察，首先会看犯案动机，那获益最大的朱古，肯定是嫌疑最大的人——我当然也知道这一点，但我更在乎村里人的幸福。我们那儿，又偏僻，生活又苦，虽说想活下去也容易，勤劳点儿就行，但想活得稍微好一点儿，真的不太容易。生活的辛劳，完全靠心灵的富足来弥补，如果心中的依怙被打碎了，苦就会像淹没我的黑暗一样，吞没那块土地上每一个有过虔诚信仰的人。这多可怕啊。

我虽是很多人眼中的厉鬼，心狠手辣，但我自己当然知道，我的心到底狠不狠，我的手到底辣不辣，我对别人是不是真的不在乎。这一点，我不需要跟你辩解，也不在乎你怎么看我。扎西把我当成上师，想建庙供养我，我当然随喜，但你会得出什么结论，觉得我是鬼是神，值得供奉或不值得供奉，我不在乎。反正，我只做对得起自己良心的事，只说对得起自己良心的话。我劝你也不要去追究朱古的事，更不要把它写出来——瞧，我这么一说，不等于是说朱古参与了这事儿吗？其实我啥也不知道。在我心里，这就是温布做的。我只恨温布——当然，我也恨那些被温布操纵的阿卡和长老们。

还是继续说黑屋子里的事吧。

当时，我泡在一种奇异的黑里，身上发疯地痒，我很想叫人把我放出去，就吼了几声，却没人应，我就索性不吼了。我开始禅修，像平时那样观修摩利支。很快，摩利支就出现了，非常清晰，有万道光芒。看我时，她露出了一种悲悯的眼神，似乎很想说啥，但啥也没说。慢慢地，她的鼻孔中，流出了两道血，是鼻血。这是从来不曾有过的事。那鼻血，一直流满了摩利支的下巴，流到她胸前的缨络上。我就慌了，我一慌，摩利支就不见了。

那黑，仍这样挤了来。

我觉出了不祥。这情形，在过去从不曾有过。我知道，命运中的劫难到了。后面的时间里——小屋里很黑，完全看不到外面，自然也看不到天色的变化，看不到当下是白天还是黑夜，所以我模糊了时间，出来之后，听到阿卡们的窃窃私语，我才知道，自己被关了三天——我仍是观修摩利支，但每次观修，我都进行不下去。因为摩利支总是会流鼻血，我看到那景象时，也总是会生起慌乱之心。我非常怕那血。每一次观修，那流血的场面就会出现，而且那血越来越多。血只要一多，我就观修不下去了。

饿很快袭了来。

虽然觉得过了很久，但我不知道具体的时间，饿极了时，我拼命地擂过那门。那门是用硬木做的，门板很厚，上面又包了几层软牛皮，擂上去，声音闷闷的，大概传不了多远。擂了几次，没人应答之后，我也就不再擂了。我知道，没用的。

我明白，对方是想磨去我的性子，或者是对方还没想到如何对付我。我知道温布不喜欢我，我也知道阴寨人不喜欢我，我还知道温布想帮阴寨人。我觉得，有人正在对我做一篇大文章。

我想了许多可能性，唯一没想到的，就是说我劫了延寿寺的货。呵呵，他们可真敢想。后来，奇异的饿包围了我，还有渴——是的，主要还是渴呢——我觉得乏透了，我就啥也不去想了。我想，随他们吧。

7. 审讯

房顶亮了，有人揭开了天窗。不一会儿，那门也开了，进来了几个阿卡，他们先按住了我，给我钉了脚镣——我估算了一下，大约有二十斤重。屋外奇怪的清新的空气扑来了，这时，我才觉得屋子里又湿又臭——也难怪，我在里面大小便过，还不只一次——你别那个表情，我也知道这不卫生，但有啥法子？屋子里又没个茅坑。闻到屋子里的味道时，我知道自己定然不成样子了，于是，我叉开五个手指梳了梳头，虽然自家也知道，再怎么整理，身上还是又酸又臭，但有啥办法？你在充满屎尿的屋子里待上三天试试，你的味道，也不会好到哪儿去的。

那些人没说啥，我也没问啥。我明白，雪一化，尸身子就出来了，同样，时候一到，不用问，对方也会说的。再说了，我就算问了，又能咋样？别说我现在又饿又渴，一点儿反抗的力气都没有——大概，这就是他们关了我三天，不给吃喝的原因，想到这可能是朱古默许的，我的心里又翻涌了好久——就算

298

我不渴也不饿，好几个大汉看着我，我能逃到哪里去？——我知道，我要面对的，不可能是什么不痛不痒的小事。一想到摩利支的鼻血，我的心就狠狠地颤了几下，不祥的感觉更浓了，刚才还像怒涛一样的情绪，突然就消失了，只剩下一种淡淡的害怕和期待。

是的，是期待。我在害怕中期待着即将发生的事。

细想想，自从听了阿尼的解梦之后，我好像一直都是这样。我一直在淡淡的恐惧中期待着厄运。尤其是三十岁这一年。只是我自己没有意识到而已。

没走多久，我就被带到一个大房子里，屋里除了温布，还有几个人，其中有两个我认识，他们是寺里的铁棒阿卡，力气很大，会些武功。没多久，房外来了很多人，把门口挤得水泄不通，一张张脸上都挂着好奇。温布没有叫铁棒阿卡赶人，我想，他很可能是专门的，他就是想让羌村的人看看，跟他温布作对是啥下场。

一个黑脸汉子指着我，说，就是他，就是这个人。我看了那人一眼，觉得有些眼熟，以前好像在寺院里见过，听说很有钱，是寺院的重要施主。但我记不起他的名字。

我望了温布一眼，温布仍是那副叫我恶心的样子，只是更胖了。我虽然信佛，但一直不喜欢阿卡，因为我不喜欢他们的装腔作势。当然，我也不喜欢他们不守戒，对于那些破戒之人，我一向视为瘟疫。在我眼里，温布不但是个装腔作势之人，还是个破戒者。所以，每次看到穿了袈裟的温布时，我都会觉得恶心。我想，你可以是个俗人，也可以是个坏人，更可以是个恶人，但你绝不可以是个践踏佛法的假出家人。只要你穿了袈裟，你就得守佛定的戒律。一想到延寿寺竟然是由温布这样的人主宰，我就对阿卡生不起一丝一毫的信心。

温布却没望我，他只是专注地吸鼻烟，再恶狠狠地打个喷嚏。旁边一个很凶的人，恶狠狠地对我说，你还是自个儿招吧。

另一人也说，招吧，省得受苦。就是就是。再一人应。

招啥？我怒了，说，你叫老子招啥？我忽然控制不住自己了。

几天来积蓄的许多怒火，一下都喷了出去——不过，以前也是这样，每次见到温布时，我都有这种感觉。我想，温布定然是我前世的仇人。

蛇钻过的窟窿，蛇还不知道吗？一人说。你抢了寺院商队的东西，还想抵赖不成？另一人说。就是就是。你不是敢作敢为吗？又一人说。另几人也发出类似的声音。

这时，我才明白了，我为啥被抓——我家的后墙外面有一张新宰的牛皮、几头牦牛，但那是贼人们放在那儿的。看到这些时，我也很意外，我甚至非常愤怒，因为，那些强盗是在阳寨的地盘上行劫的，这等于是在羞辱阳寨，也等于在羞辱我这个寨丁头儿。我一点儿都没想到，他们原来是想栽赃，我还以为，他们是在向我挑衅呢。

一人又举了一把腰刀，冷笑道：看，这是在现场发现的！

我马上认出，这刀就是上次我被绑架时，阴寨人从我怀里偷偷取走的那把。于是我就明白了，这帮贼人，早就在算计我了。绑架我，要挟翟爷，这些都是幌子。他们真正的目的，其实是抢那把刀——这腰刀在羌村，非常有名，因为它不是当地的羌刀，是一把日本短倭刀，是我从河州买到的，钢火极好，非常锋利，刀鞘上包了银，还嵌了三颗绿松石。曾有人想用一匹好马换它，我都没答应。这事，很多人都知道，大家都知道那把刀是我的。换句话说，只要拿到了这刀，嫁祸给我，就会变得容易很多。我就说，延寿寺的人怎么能光靠一张牛皮，几头牛，就把事儿安在我头上呢。

我说，这刀，确实是我的。不过，上回，我叫阴寨人绑架时，叫人搜走了。

舌头是软的，由你说便是了。一人笑道。另一人也问，有证人吗？

我说，还要啥证人？你们动脑子想想嘛，我被绑架的事，整个羌村都知道。难道，他们绑架了我，还能把刀留给我？

一人说，我们还有其他证据呢！还能有啥证据？我按捺住怒气问。偏不告诉你。那人冷笑道。

也许是饿极了，怒气失去控制涌上心头的同时，我有种头晕目眩的感觉。

第十章 示众

1. 搞臭

又几声秃鹫的叫声传了来，环境显得非常阴森。风中的哈达忽闪着，发出忽高忽低的啪啪声。

龙多格热的声音像松间的涛声……

瞧，一不注意，我就讲了许多鸟长毛短的事，我读过你的心——请见谅，对于一个灵魂来说，想要了解活人的世界，就只能读活人的心了——所以知道，这时代，没人喜欢读这种又臭又长的东西。他们更不喜欢你这种正儿八经的写法，他们喜欢有趣的、逗乐的东西，更喜欢你在故事里挑逗他们的欲望。不过，人类又是最健忘的，不管你写了啥故事，写得多么光怪陆离，或缠绵悱恻，人们都会很快忘记——别说你们这时了，便是我们那时，也一样。溅起了多大水花的事，也不过是落入时间长河的一粒石子，那水花，几乎在溅起的同时，就已经落下了，留下的，只是若干人心中的记忆。

我知道，他——你定然知道是哪个他——这几十年来，一直想忘记那段往事，忘掉他过去的身份，忘掉他做过的事，但他一直没有忘掉。相比于很多健忘的人，他真的有良心。而且，为了我的事，他的一生都变了——不，我不是说修行不好，而是，我能读懂那时节他心里的疼痛，只是，被仇恨裹挟的我，有时是顾不了别人的——有时，我真的有些后悔了，他活着时，我该对他好些的，至少，在心里，对他少一点反感。现在，他定然也发现了这一点，但他还是帮助了我……当然，也是帮助了你。更或许，他是在帮助自己。他也知道，很多时候的帮助别人，其实也是在帮助自己。

其实，我也知道，他定然没有忘掉那个女子，那个轻盈盈的，水一样的女子。因此，他对一些事情，才会那么难以忘怀。你觉得我说得对吗？当然，对不对，都会过去的，要不了多久，他的肉身也会消失。随着这施坛一起消失。

我告诉你吧，我的事，其实只是一个由头，有没有我这件事，这施坛，也终究会消失的。消失不了的，只可能是人心中的那个施坛。可又有多少人，心中真正有这个施坛呢？我活着和死去的这么多年里，见过太多平日里老念玛尼、老讲佛理的人，私底下却做了很多见不得人的勾当。所以，对那寺院、施坛啥的，我的感觉就淡了……不，对施坛，我还是有感觉的，因为这儿跟死亡离得最近——它真正地象征了一种东西。在这儿，很多人告别了红尘，告别了活着时的那个身份，也有一些人，像我一样，不想丢掉那个身份，因为不想丢掉那个身份所附带的一些东西。可他们——包括我——又抓住了什么呢？

算了，我还是不说这个问题了。说着说着，我的心就灰了。我还是坚定一些吧，我还是相信，有一天，我会再见那个女子，我们会像黑日嘎那样相守。我会等下去的。继续刚才的话题吧。

当他们拿出那一个个所谓的证据时，我整个地被气晕了，我懒得再解释，我知道那个狼吃小羊的故事。无论我如何解释，落到温布手里，也是没用的。我知道终究会有这一天。温布是个记仇的人，全羌村都知道。我跟他之间，有过多次冲突。我知道，他一直在寻找机会，我却一直没给他这样的机会……不，现在看来，他根本不用找机会，他想有啥机会，就能立马创造出啥机会。之前，他大概只是懒得对付我。现在，既然他拿到了一把"刀"，也就顺便把我给对付了。好一个借刀杀人。

后来我才知道，这不只是借刀杀人，更是一石二鸟。只是，他不知道，很多时候，螳螂捕蝉，还有黄雀在后。

我还看出，他其实是想找个猴子，杀给鸡看。因为近年来，好些人很同情朱古，都想让朱古掌实权。对温布制度，不满的人越来越多。羌土司虽没有明里表态，但上回，表彰羌村的英雄毛旦时，是托朱古代表他的，里面的意思，很值得捉摸。温布想来也感觉到了其中的意味。这次，大概是想借这事，为自己立威，震慑一下那些支持朱古，有心想推翻他的人。一想到这，我就明白，这一劫，我是逃不过了。

当然，其中定然还有其他原因——我相信，阴寨人定然跟温布商量过，两者间定然还有些见不了阳光的交易。当时，我就猜到了这一点，后来，当我有了另一种功能时——对，就是他心通——我更是确定地证实了这一点。但我同时也看到，这个故事，有着更加复杂的内容。

虽然我没再解释，但我在眩晕中疯狂地发泄了心中的愤怒，我记得，自己好像还说出了温布是大叫驴的话。我知道，这话不该说的，这些年里，这个秘密一直藏在我心里，虽然村里人都这样猜，但我从来没有承认过。这就是因为，我知道有些话是不能说的。但这时，我也管不了那么多了，我知道，温布是铁了心要弄死我的——当时，对于他到底知不知道我知道他的秘密，我一直不能确定，因为我每次见他，他都没有流露出我认为他会流露的那种表情，比如尴尬、威胁、警惕、杀心等，他好像啥都不知道的样子，甚至时不时就会忽略我。我真以为，他是不知道呢。但后来，我回到过去那时光，用他心通观照了他当时的心理活动，才发现，他真是一个老奸巨猾的人，原来，从一开始他就知道，但他也知道，非到最后时刻，我是不会把这话说出去的。所以，他为啥会允许那些人旁观，我一直想不通原因。当然，我也没有去深究。反正，发生了就是发生了。人们心里一直在嘀咕着的那个猜测，被我的话坐实了。但即使这样，我还是输了。也许，温布早就猜到这一点了，他知道，胳膊永远拧不过大腿，就算我掌握了真理，在他的面前，也不过是一根牛毛，他不想吹了，就叫我附在他身上，有兴趣吹了，轻轻一下，就能把我吹到深渊里去。他在炫耀他的强大。……但后来，强大如他，还不是一样被割了脑袋吗？当阿柱提了他的脑袋，哭着对我说着"哥，我终于报仇了"的时候，我也哭了——是的，鬼是没有泪腺的，那眼泪，也不过是一个影子，我心头的影子。我也只能借它，借这些影子，来表达许多我无法表达的心情了。

还没等我宣泄完所有的怒气，我就被带到了另一个地方，铁棒阿卡带着几个白衣，在那儿轮流折磨我。你知不知道，白衣就是在家人的意思，他们想当寺院的护法，于是就格外卖力。

这世上，我最怕两种人：一是充满仇恨的女人；二是破戒的出家人。这两类人，凶起来，比啥人都凶。我在你的书里读到过——当然，我仍是通过读心，去读书的——吕后的故事……对，就是汉高祖刘邦的大老婆。吕后对待她嫉妒的女人时，做的那些事，寻常男人是做不出来的——她剁了她的四肢，叫她"人彘"，就是人猪，残忍得甚至吓坏了自己的儿子。女人的仇恨，竟然可以达到这种地步，仅仅是因为嫉妒。另一种，便是破戒的出家人了，这类人比恶魔更坏，恶魔是敞亮地恶，破戒者是暗地里恶，面上还扮成善的模样。也正是因为破了戒，他知道自己会堕地狱，就索性破罐子破摔了。他会越加肆无忌惮，做事就没底线了。那两个铁棒阿卡便是这样，他们都破了戒——我知道他们跟哪个女人鬼混过。在这一点上，他们跟温布是一样的。铁棒阿卡知道温布的底细，温布也知道铁棒阿卡的底细。他们对自己的罪恶心照不宣，就同流合污了。

　　折磨我时，铁棒阿卡用的首先是鞭刑，也就是用马鞭抽我的脊背。他们剥光了我的衣服，然后抡圆膀子，把鞭子抡出很响的"呜呜"声。你是否叫鞭子抽过脊背？没有？我想你没有的。我告诉你，那种痛，是烈火、霹雳、迅雷、利剑等诸多可怕之物的结合，它一下就能抽裂你的灵魂。只第一鞭，我就扭成一团了。那是那铁棒阿卡抽的。我能觉出，那一鞭，至少有三百斤以上的力气。挨了这一下后，我就知道是报应到了。以前，我也这样对付过牦牛和其他牲畜。我的膀子上有五百斤以上的力量。有一次，我一鞭，就把一头牦牛打趴下了，它浑身抽搐，缩成一团，眼中流着泪。从那以后，它就不吃不喝，慢慢变得像脱水菜一样，后来就死了。爹说我把它的胆打碎了。此刻，我很后悔自己以前用鞭抽过牲口。真的很后悔。我想，现在，我给你们还债吧。于是，我将那铁棒阿卡观想成了牲口，我把那挨鞭当成了还债。这样，我的心就好受了很多。

　　他们将那皮鞭抡了许久，他们抽一鞭，问一句，他们想叫我承认是强盗。呸！你们才是强盗。我想，那铁棒阿卡定将我当成强盗了，不然，他们是不会有那种仇恨的。也许，只有温布和极个别的人才知道，我并没有做那事——难道，温布也真的信了？要是阴寨人——或是别人——做够了文章的话，温布是有可能相信的，毕竟我跟他不和，甚至老跟他作对，已不是啥秘密了。其实，要是他们认真调查，就会知道，我是没机会做那事的，在他们说的那个时间——也就是劫案发生的那时，我正跟妙音做爱呢。那时候，她已经不像开始时那样疼了，她开始尝到了乐，我用够时间时，她就会翻白了眼大叫。她的声音很大，她不但叫，还喊着"上天了上天了"。这时候，我就会用嘴堵住她的嘴，不然，这声音会传到楼下，传向村里——现在，我倒希望它传向村里了，它虽然会引来笑声，可那笑声，又能证明我的清白，让我再多陪妙音一段日子——真想不到，这个文静的女孩会发出这么大的叫声。真想不到。……一想到妙音，我就觉得我还是得挣扎一下，不能就这么认命了——也许，那天，真有人听到呢？于是，我告诉铁棒阿卡，你们说的那个时候，我正在家呢，你们去村里稍微一查，就会找到证人的。我咋能分身出去当强盗？但你知道，他们是不允许我找不在场证明的。他们不需要调查，甚至不需要真相，他们只要我承认。我承认了，他们的任务就完成了。你想，我能承认吗？

他们将我的脊背抽成了血席子，我像在烈火中沐浴着——是的，烈火。真是那种感觉。后来，他们就不希望我说啥话了——他们不再问我承不承认，只是一个劲地打。他们也许知道了，我是不会糟蹋自己的。我可以死，但我不能往自己身上泼污水——瞧，其实我的想法也在变化着，我一会儿觉得他们认定我是抢匪，一会儿又觉得他们想让我顶罪。说真的，那时，我也没精力去想他们的心思了，因为我太疼了，我只想保住一份清醒，好守住自己。我的思绪在翻飞着，心也不听使唤了，我甚至忘记了祈请摩利支——不，我没有怀疑过。我知道，有些人因为佛菩萨没保佑自己，自己还是遭了难，就觉得佛菩萨不存在，但我从来没这样想过。这可能是因为，我从来都没有期待过摩利支的保佑，我只想让自己变得像摩利支一样强大。

接下来，他们停下了鞭打，开始给我喂好吃的——他们安排人煮了羊肉汤，叫我喝，他们不想叫我这么轻易地死去。他们还想更久地折磨我呢——这时，我才知道，他们恨我，不是因为相信我真是土匪，而是因为我跟他们作对，跟温布作对——我在骂温布的时候，其实也骂了他们。我知道他们的目的，但我还是喝了。我也不想这么轻易地死去，那时，我还希望翟总管能来救我呢。我想，他定然知道，我不会做那事的——不只是把牛皮和牦牛扔在家里后墙边的事，还有一件事——铁棍阿卡们在鞭打我时说，他们从我家那废弃的老院子里，挖出了商队丢失的东西，他们想以此叫我放弃挣扎。但全阳寨都知道，那院子，我们不住多年了，那甚至算不上是我家的院子了。因为按阿尼的说法，那院子不吉祥，村里人也老是听到里面传出女人的哭声，有人说是罗刹女在哭，有人说是夜叉在哭，有人说是村里冤死的女子在哭……不同的人有不同的说法，总之，从此，那院子就彻底废弃了。当然，他们会说，正是因为没人敢去，我才会把赃物埋在那院子里。可但凡有点脑子的人都知道，很多地方埋赃物，都比埋在这个院子里要好，起码，它们跟我没有关系，扯不到我身上——如果我真的犯了事，为啥要留下一个个自己的标识，唯恐人家不知道是我做的？

我不知道，谁将那赃物藏在了旧院子里。但我觉得，应该不是阳寨人。因为，虽然我没跟阴寨人说过此事，但他们就算知道，也不奇怪，他们毕竟在阳寨里有亲戚，亲戚们喧谎时，说的都是些家长里短的事，不定在啥时，就当奇闻怪事说了。后来，当我知道，竟然真的是阳寨人做了那事，那人还跟我关系很近时，我的心凉透了——明白这事时，我早已死了，我是用另外一双眼睛，才看到了真相——原来，那人一直想当寨丁头儿，却一直没如愿，就把我当成了挡脚的石头。你永远不可能知道，自己的存在怎么就成了别人的障碍。后来，当有人要他做这事时，他就伙同他人，在那旧院里埋了——其实只能算藏，因为没咋埋——赃物。因为事关大事因缘，这人的名字，我就不说了，一直也没人发现这个秘密。虽然你要知道也容易，只管用那宿命通和他心通一观察，就明明了了了，但我还是希望你不要说。有些事，不说，比说了更好。反正，对那冤屈啥的，我早就不在意了，因为我发现，人们相信的，只是自己愿意相信的东西，跟你的说法没太大关系。如果他们愿意相信我的话，这么拙劣的嫁祸，他们咋会看不出呢？再说，就算他们信了，也帮了我，让我躲过了那场大劫，我也迟早会死的。人都会死的。不是吗？所以，总有一个东西，会拆散我和妙音……瞧，我不是想不通，但不知为啥，道理归道理，现实归现实，那曾经发生过的事，每当想起，还是会惹出我满腔的愤怒和痛苦。照你的话说，我是自己在折磨自己，可我也没啥法子。那就这样吧。

后来，那埋赃物的人真的当了寨丁头儿，还成了村里最有名的人物，甚至算是德高望重了。再后来，他的故事成了传奇，很多娃子就是用它来鼓励自己的。于是，我就想，还是成全他吧，反正，我也死了，我不想再毁他的传说了。世界上多留几个传说，总比少几个强，你说对不？有时，传说重要的，不是那人到底咋样，而是他在老百姓心里的意义。如果他代表的东西，能让老百姓向上向善，让老百姓幸福吉祥，我们为啥要打碎它呢？只是，每个人都要为自己做的事负责，就算没人知道，也一样。所以，他后来死得很惨，他带了他的人马对抗官家，跟官家打了几仗，最后，被枪毙了。瞧，你要是愿意考证，甚至不用启动功能，便会知道他是谁的。但我不希望你考证，因为，他虽然做过土匪，却也真的是民族英雄。看在他后来的那种死法上，我不想叫人知道，他过去还做过这类事。

唉，人性呀，真是说不清道不明的一杯浊酒。你只有在品到时，才会明白那滋味，单靠说，是说不清楚的。

岁月的流水一次次冲刷着我的记忆，我一次次将那些不快的事忘去。这事，也是其中之一。我不想再提了，再一次提起，其实也是在用刀子割我自己。我曾开动功能，去观察那个沉浸在罪恶感中的灵魂，他跟我一样，也没有投生，现在的他，只是一缕孤独的风。他总是下意识地回到那个时刻，重温自己做过的事情，重温当时的痛苦。我能看到他灵魂中的悔疚，这也是我想成全他的一个原因。对前世的事，还有记忆，其实也是报应的一种。相反，对罪恶的遗忘，也算是愚痴带来的福报吧。那件事，只折磨了我一时，却折磨他至今。所以，对他，我还有啥好仇恨的呢？如果可以的话，我倒希望你能超度了他。毕竟，在曾经的那一世，他参与过我的生命。他虽然因为一时的贪心，给我带来了痛苦，但就算不是他，也会是别人做这事的。只要有人有了这个心，想借我来完成那件事情，我的命运也就注定了。这也是我死后，用另一双眼睛去观察那些活着的人时发现的真相。好些事，只有跳出自己的身份，才能看得清楚。

我们接着讲那时的故事。

请你原谅，我一直在读你的心。你写的时候，我也在读。你每写一句，我也就读一句。我通过读你的心，来读你正在写的书。我既赞叹你的天分和智慧，也为你着急，因为你正儿八经的写法我不喜欢。我在乎的，是你对我的命运的展示，但你更愿意着力的，却是对生活的描写。这也不是不可以，但你要知道，后来的人们已不在乎你写的这内容了——你不要太高估人了，对于寻常人来说，生活没什么值得记住的，能记住的，也只是某些人心的感觉罢了——连我自己，也不在乎了。经过了这么多年之后，我只在乎沉淀在我灵魂深处的那种感悟了。

但我还是会告诉你当时的事，我明白，你虽然不愿知道所有的细节，但你有责任去听，你需要通过这些细节，来构成一种对我的理解。

那就说吧。只是，有些辛苦钺师了。你知道，感通是很累的。

刚才说了鞭刑，鞭刑之后，他们开始往我身上烙印——他们开始做这事时，我就明白了，他们已经不需要我的证词，就可以理直气壮地收拾我了。我当然不知道为啥，但我没有还手之力。我只能用喷火的眼睛盯着他们——刚才喝了羊肉汤，我的体力恢复了一些，但因为流了很多血，我还是很虚弱。所以，我本想瞪着他们的，却发现，自己连瞪的力气都没有了。于是，我只能盯着他们，只能通过仇恨的眼神告诉他们，我下面说的每一个字，都一定会成真。他们一开始并没有看我，他们带着一种恶意的笑，烧红了一个刻着"贼"字的烙铁，然后举着那烙铁走向了我。从他们的眼神中我看出，他们要把这玩意儿往我的脸上烫，他们想用这种方式羞辱我。我死命挣扎——但这"死命"，也只是让我稍稍扭动了一下脑袋，我实在没有一点儿力气了。他们发出了轻蔑的笑，用钳子一样的手握住了我的下巴，让我的脸朝向他们——我感到了一种从未有过的屈辱，我的血管都要爆了。我告诉他们，他们要是真那样做了，我只要能活着出去，就定然会杀了他们；就算我死了，也定然会变成厉鬼来向他们索命。我甚至用愤怒护法神的名义发了誓。他们都知道，我诵摩利支咒有上亿遍了。他们的眼神中闪过了一丝恐惧。最终，他们没在我脸上烙印，也许是害怕了，也许是天良发现，但他们还是在我大腿上烙了那个字。

然后，他们将那些所谓的赃物扔到我面前，说，你还说你不是贼？你要不是贼，你家院子里咋有这些赃物？我看了看，东西其实不多，不过是些茶、毛织品（如氆氇等）之类，说真的，我要真是强盗，还看不上这些呢。我要是强盗，就去抢温布。他那儿，像皇宫一样，有无数无量的宝物，比这些，不知要强多少。这些茶呀啥的，是不值得我抢的。我说这话，你也许能看出我有强盗的基因，也许是的。在肋巴佛的队伍里时，我还真的抢过东西呢——每次遇到那些土豪和富户，我就会把他们的一部分财物抢过来。你想，我们是义军，没人给我们发军饷的，不抢的话，队伍喝西北风呀？就连那正规军，有时攻入某个城池之后，也会抢劫当地的富户，来充实自己的粮饷呢。何况我们。要知道，许多时候，兵就是匪，匪就是兵。这也是没办法的事。但因为我抢的是土豪和富户，还时不时分给老百姓一些东西，那些老百姓，就不觉得我是抢，而觉得我是劫富济贫，是在做好事了。

我一直忘不了那个彻底将我搞臭的日子——要知道，他们是真的将我搞臭了，直到今天，提到那次延寿寺的驼队被抢劫的事，仍有很多人认为是我干的——后来志书中记载的，也是这件事。志书中将我写成了梁山好汉一类的人，说我跟封建农奴主进行过斗争，呵呵，同一件事，只是换了个立场，我就成了跟烈士差不多的人。真有意思。

记得那天，延寿寺大殿前人山人海，整个羌村的人差不多都到了，加上从别处来看热闹的，至少上万人吧——当然，这是我估摸的数字，我也不知道那儿能盛多少人，反正，人挨着人——这有点像后来的批斗大会。那些从我的旧宅子里搜出的赃物，被堆在大经堂门口的台阶上，还有我的那把腰刀……却没人问，我咋会把那么珍贵的刀子丢在现场？也没人问，我一个人怎能将那么多的赃物搬到旧宅子里——是的，有牦牛驮，但我一个人怎么能应付那么多牦牛？再说，那"指认"我的黑脸汉子，大概就是商队的人，他凭啥觉得土匪就是我？难道土匪不都是蒙面的吗？他觉得就是我的依据是什么？而且，但凡有点常识的人，都知道打劫商队的土匪不可能只有一个人，为啥延寿寺只抓了我，就好像万事大吉了？他们难道不想知道，我还有哪些帮手吗？甚至，至今也没人问过，案发时我在哪儿，是不是有作案、埋赃的时间……总之，那次很奇怪，好像整个羌村的人都突然没了脑子，平时芝麻点儿大的事，也有人刨根究底，这次偌大的事，却没一个人问。别人没问，我也没能问——没人给我问的机会。寺院只是通告，只是公布，只是展览，只是要将我搞臭。那时候，寺院就是法律，就是朝廷，就是一切。虽然有土司衙门，虽然有凉州府，但百姓信的，永远是寺院。而主持这寺院的，是温布。当然，朱古也时不时会被请出来，但这时的朱古，只能传法、讲经，是不管寺院行政的——所以，对于搞臭我那天的事，朱古到底是什么态度，他知不知道铁棒阿卡们的所作所为，有没有阻止过这个荒唐——甚至罪恶——的集会，我一直不能确定。但我没有看见他。这让我多少有点安慰。真的，虽然他不是我的上师，但在我心里，他还是代表了一种东西。一想到那总是笑着，而且是发自内心地笑着的朱古，有可能做这种事时，我的心就灰了。人必须得有个信的东西。而且，这个东西，是不能打碎的。

我被铁棒阿卡们架到那赃物前，我看到了无数张愤怒的脸——其中一些人，还是我的朋友呢——他们是真的愤怒了，他们的愤怒形成了一种大波，我感到自己被一种压抑的磁场吞没了,整个人就像被人压在了地上一样。恍惚间,我总会觉得自己被他们撕碎了。这是一种可怕的大力。若是你在世间做事,你就一定要知道群众的力量。群众就是这样,他们总是会相信一些事情,特别是一些不美好的事情,越是坏,他们越容易相信,好像他们心底里就盼着这种恶事一样。他们是一群容易被蒙蔽、容易被煽动的群盲,谁都可以煽动他们,当他们被煽动起来时,就会成为工具。当我发现他们的愤怒时,我就明白,这次,我是真的不可能活着出去了。这是我多年的观察告诉我的。要知道,我不仅仅是个被仇恨蒙蔽了心灵的厉鬼,我也是一个有主体性的、能够自主观察的灵魂——呵呵,何况咱修摩利支法还成就了,早有了妙观察智,每看到一种现象,我就会增加一份智慧。

……你别问我为啥知道这些词汇,你别忘了,我有他心通,你心中有哪些词汇,我只要读你的心,也就知道了哪些词汇。除了你,我还会读很多人的心,我正是在读他们心的过程中读着这世界。

那一张张愤怒的脸,一直在我的生命中晃动,从他们的脸上,我看不到任何一点儿慈悲,甚至包括我带过的那些寨丁们——他们怎能相信这谎言?但谎言这东西,是有生命的,当它被人重复多遍时,它自身就有了能量……许多神也是被这样造出的。你造,我造,大家一起造,就真有了神。谎言也这样,你也说,他也说,大家都说时,谎言就成了事实。至于它是不是真的事实,似乎并不重要了。瞧,那人间流传的,那志书记载的,有几个人怀疑它的真实性呢?又或者,他们心里其实很清楚,这就是一个谎言——他们不会看不出来,那些赃物一个人根本弄不回来,我更不会蠢到去抢寺院的东西,再藏到自家的旧宅子里——但他们更清楚,温布现在需要一只猴子,杀了这只猴子,就能以儆效尤,他们只是在表达自己的态度。

我还看到了妙音,她当时的那张小脸一直在我心中活着,一天天活着。只有她知道,我没有做这事。后来,我回到那段时光里观察时,看到她找过翟总管,但翟总管没说啥。我想,翟总管其实也知道真相——不过也不好说,因为在他眼中,我是个能干的人,却不一定是好人——但他不想得罪温布。在我和温布之间,他定然会选择温布,他犯不着为一个小小的我,去得罪一个手眼通天的人——再说了,他的这一任总管,也快到期了。

从妙音的脸上,我看到了她的痛苦,也看到了一种让我感动的悲悯,但我知道，我再也见不到她了。我明明知道，温布是不会叫我活着出去的。他不会。他知道，只要我活着出去，就一定会杀了他，杀了铁棒阿卡，杀了那些染黑我名声的人。我一定会！我还会杀了阴寨人。我一定会的。他知道，虽然我极力掩饰着自己的愤怒和仇恨，但他明明知道的。

我很怀念跟妙音婚后的那份甜蜜，直到今天，想到她时，我还是会感到幸福。在我的生命中，能有一个女人，在一段时期里——这就够了——用全部的生命爱我，我也算没白活了。

我一直记得那一天的妙音，她眼中的疼痛，让我几乎保持不住脸上的平静了——我绝不会在这些人面前失态。

妙音扑了上来，她一边哭，一边叫，她的声音很大：他不是强盗！你们说的那时，我和他在一起。我还怀了他的孩子，就是那天怀的！

天！我有孩子了！我有孩子了！我又高兴又难受，但高兴还是多一点。我想，便是我这次死了的话，我也留下根了。但我不希望他长大报仇，仇恨是一把双刃剑，在伤人的同时，也可能伤你自己。我知道，妙音不顾一切了，人前的她，总是容易害羞的，可这时，除了我的性命，她什么也不在乎了。她的声音很大，但人们的嘈杂声更大。那时节，许多人都在谈自己的事。终于，人们看到了她，大家都静了。她仍在说上面的那些话。于是，有人笑了。一人一笑，有很多人就笑了。

一人高声问，你的意思是，抢劫那天，你们在一起睡觉，是不是？许多人哄堂大笑。待得那笑声小些时，我听到了妙音的声音：是。

这一下，人们的笑声更大了。我忘不了这笑声，它让我对这个群体生起了仇恨。后来，我甚至宣泄过这种仇恨。

另一人说，你讲讲那过程如何？

我认真地看着此人的脸。我记住了他，他的脸上有一块红斑。以前，老有人叫他猴子屁股。我记得你，猴子屁股，我不会原谅你。要知道，你的这句话在污辱她。你可以污辱我，但不能污辱她。后来，我一直在追索此人的命。有天，我终于逮着了机会，他就死在一个泥潭中了——当然，没人知道，那是我干的——当时，我迷了他的心窍，让他去吃那些淤泥，他以为是美食，疯狂地吃呀吃呀，就死了。

我看到，温布眼里露出了一丝杀气。他冷冷地望一眼妙音，向旁边的人说了句什么,也许在问这是谁。然后,他笑了,他没有理睬妙音的话。他只是摆摆手,几人上前,把妙音扯了出去。

妙音发出吓人的哭,她边哭边叫,你们别冤枉他!她的声音很大,显然是用了全部的心力。

妈扑了上去,她也在哭。她当然也知道我的冤枉,但她定然被那场面吓住了。她只是哭。她哭着扑向那几个扯妙音的人,她掰开那些人的手,想从他们手中抢回妙音。那些人也顺势松手了。妈搂住妙音,她们都发出很大的哭声。

没人会在乎那哭声的。

温布开始说话了,他说的内容里,我是十恶不赦的。他说话是用牙缝说的,这更显得他掌控着绝对权力,那些宣告我罪行的字句,似乎从牙缝中挤出来都让他觉得不齿,怎么能劳烦他的口。他的脸上露出了一种让人害怕的神色,有人一直将此称为愤怒护法相。在羌村的传说中,温布是护法神贡保的转世,所以,他的愤怒,在人们眼中不是愤怒,而是降魔。

我是魔吗?我真的是魔吗?从那以后,我一直在问我自己。

后来,我不再问了,我就想,你们说我是魔,那我就当魔好了。于是,我就干了一些魔才会干的事。

2. 民众愤怒的声音

我看到,爹出现了。

爹很老了。爹看上去很平静,爹看透了一切。我想,他也看透了温布的心。他定然知道,温布是不会推翻自己的,即便错了,也要让它正确地错到底。在很多羌村人的眼中,温布是永远正确的,朱古可以出错——好些人就怀疑过朱古的合法性——但温布不能出错。而且,温布是有权力的,他会用那权力来维护自己看起来的正确。爹定然知道这一点,所以,他不会像妙音那样说我被冤枉了,他只是走上前来。他先是朝温布磕个头,然后问,你真的认为他是强盗?温布不语,旁边一人替他说了,难道我们会冤枉他不成?爹于是不再问了,他走过去,扯起哭成一堆的妈和妙音,说,走!走!我们走!

两个女人的哭声很大,她们边走,边哭着看我,渐渐地,人墙挡住了我的视线。

爹是对的。后来我才明白，爹是对的。爹不能说啥，但爹知道自己该做啥。看到爹拉走了妈和妙音，我松了一口气，我不能叫他们看到别人污辱我。温布可以杀了我，但不能污辱我。可我也明明白白地知道，温布召开这大会，目的就是污辱我。既然这样，至少不要让爱我的人看到，不要让他们心碎。这是我的底线——不过，又有谁在乎我的底线呢？

爹这一辈子，经了太多的事。那时节，各路人马都在羌村这个大舞台上表演，老是血腥，老是阴谋，老有故事——各种各样的故事，恐怖的，精彩的，出人意料的，爹都听过见过。爹是对的。他不去辩解——因为他知道没用，他不可能干那种天真的事，他只是按自己的想法去做事。我知道，爹已打定主意。后来的一切，证明了这一点。

我知道，爹会报仇的。爹的眼中露出了一种决绝的光，很冷。爹有着钢铁般的意志，爹老了，那意志却没老。爹喜欢沉默，那意志却一直在说话——便是在爹沉默时，我也能感受到他意志的坚硬和冰冷。要知道，我其实不希望爹生报仇的心，爹老了，他要是想报仇，定然会让阿斌和阿机——那时，阿柱才十三岁，我根本没想到，他竟能有这样的发心——来干这事。我了解他们，他们不是这块料，我怕他们报仇不成，反倒会送了小命——当然，我不会放弃报仇的，我只是觉得我一定能自己报仇。在这方面，我的自我感觉一向良好。我想，要是我活着，我肯定会找温布报仇——温布当然不会让我活着——就算我死了，我也会化成厉鬼来讨命。一定会的。

那时，我已经完成了生起次第的修炼要求，我有了能自主灵魂的能力。你可以将我的这种想法当成一种发愿。我后来的能力，所做的一切，都源于这愿力。

接下来，温布宣布了我的"罪恶"——他是直接宣布的，他不需要法律，不需要调查，不需要理由。他只需要宣布。这宣布，代表了一种话语霸权，只有专制的宗教才有这。掌握这种霸权的人不需要证据，他只管判定就是了。他本身就是法律。

人民愤怒了。注意，我是有意用这个词的。我没用农民，没用牧民，也没用百姓，我用了人民。因为在后来的多年里，这个词被常常使用。我的经历，让我开始反思这个词。我多希望人民中有一些清醒的灵魂，能看清我的冤枉，可是没有。……没有！一直没有！直到今天，仍然没有。流传于人民中间的，是关于我当强盗的故事。在志书上留下的，也是关于我当强盗的故事——只是我成了正面的反抗压迫者。不同的时代，根据不同的需要，塑造着我，涂抹着我，解释着我。其实，他们塑造的，还是他们自己的心。

愤怒的声音像羌河爆发了山洪，人民怒吼着。有人叫，打死他！有人叫，杀了他！有人叫，剁了他的手！有人叫，剐了他！……还有各种各样的叫声。要知道，发出这声音的，大多是佛教徒，是平时玛尼不离口的人。他们怎能发出这种声音？他们为什么不听听妙音的声音，去调查一番呢？

我觉得自己被那愤怒的声音淹没了，我不想说啥了。我闭了眼。我想，由了你们说吧，说啥也行。我接受一切。不过，我会复仇的。我一定会复仇。我念叨着，我一定会化成厉鬼，我一定会化成厉鬼……此后几天里——我也不知道是几天，因为我又被关进了那黑屋，看不到日光的我，就模糊了时间，只觉得时间很长，在那很长的时间里，我一直念着这句话，它成了我的咒语，代替了我一直念的摩利支咒。

经过那一次示众后，我看透了羌村。我觉得，它没救了。于是，后来的那次大劫难的发生，我其实也是助缘之一。

3. 筐里的石头

示众结束后，我被带回了那个黑屋子。就是那个又臭又闷又黑的屋子。

我用不着再招了。无论我招不招，都那样了。他们不再需要理由，想收拾我就是理由。

我不知道他们要如何处置我。

这个问题，我也不去想了。因为无论如何想，都改变不了他们的决定。除死无大事，随他们吧。当然，就算他们想我死，也随他们吧。反正我会复仇的。过去常见的对付贼的方法是剁手，村里有些没手的人，便是当了小偷屡教不改被剁手的。但我知道，他们不会用这个法子对付我。他们眼中的我，是最可怕的恶徒，他们定然不会放过我的。他们必然会要我的命。他们定然会从肉体上消灭我。他们以为，肉体上的消灭，就是对我永远的消灭。呵呵，他们想得太简单了。他们不知道,这世上,还有一种叫因果率的东西,这东西就像天网,你们不是总说"天网恢恢,疏而不漏"吗?没人会逃过这张网。说来也怪,他们学了那么多佛理,却连这么简单的东西都不知道。不过,要是知道的话,他们是不会破戒的。那断头戒一破,他们也就没有底线了。

所以,他们一定会早一点儿要我的命。他们定然怕夜长梦多,也怕我的朋友会来救我。但他们想错了,没有人会救我的——我不知道有没有人想救我,但至少没人有这个行动——在许多人的眼中,得罪寺院,差不多等于得罪佛菩萨了,而得罪温布,差不多等于得罪上天了。

我忽然想到了肋巴佛,想到了那个有着活佛称号,却带领百姓暴动的年轻人。听说,前不久,他们汇集了八万人马,想攻下更大的城市,却招来了很多兵马,都是正规军。飞机在天上扫射助战,官兵在地上围追堵截,起义军内部又钩心斗角,四分五裂,起义就失败了。官兵到处杀人,到处烧寺院,肋巴佛只好逃往外地避难。

我想,要是肋巴佛叫官军捉了,那结果,也会跟我一样的。这一想,我就向摩利支祈祷,希望她能保佑肋巴佛平平安安。但又想,我不是一直在修摩利支法吗?我自己都不能平安,那么,我的祈祷,究竟能不能让肋巴佛得到护佑?

不知道过了几天——在黑暗中,我算不准时间——我被带到了一片空地上,那儿有一个晒架,就是用木头搭成的晒收割后的庄稼的那种。空地上已黑压压一片了。虽没有上一次的人多,但也够得上声势浩大了。温布当然希望有更多的人看。过去的剁手呀砍头呀也一样,其实还是为了吓住活着的人,看的人少了,就起不到杀鸡儆猴的作用了。

也许,他们想把我钉到晒架上呢,就像古罗马人把耶稣钉上十字架那样。我不喜欢这把戏,我很希望他们别污辱我——虽然他们早就污辱我了——我希望他们利索一些,吊也罢,砍也罢,别这样当众羞辱我。我不想在世人心里留下一个凄惨卑弱的印象,更主要的是,我怕我的亲人们难受。我只希望,妈和妙音没来。真的。我不知道我的身上将会发生什么,但我知道,接下来,我一定会受尽屈辱,在屈辱中悲惨地死去——温布组织这两次集会,不就是这个目的吗?我发现,宗教虽然好,但要是它成了恶人手里的一种工具,就非常可怕了。那工具的占有者,可以冠冕堂皇地收拾你,而且他收拾你时,一定会首先搞臭你——为此，他们会使用各种卑鄙的手段，以求从信仰到世间名誉上彻底将你搞臭——然后，他们会在经济上搞垮你；最后，他们才会在肉体上消灭你。所以，被消灭的时候，你早就已经不是你，而是世人眼中的魔了，除了你的亲人外，很少有人会同情你。而那整你的过程，也自然神圣化了——它不再是整人，而成了降魔。多么神圣和正义！于是你个人的受难，就会变成大众的狂欢。就是这样。

当我被带到那片竖了晒架的空地上时，接下来的命运，就像影片一样在我眼前快放了一遍，我很清楚自己接下来会经历什么。我知道，"龙多格热"这个名字，如果曾经代表了一种英雄的精神，那么，很快，它就会死去了。我不知道，到底是在哪个节点处，我堕入了这样的命运——当然，与温布为敌，我的命运一定不会很好的，可如果为了好些的命运，就违背自己的良知，对一个不值得我尊重的人卑躬屈膝，我就不是龙多格热了——但现在，我已经无可奈何了。我只能任由他们摆布。

他们真的将我挂上了那个晒架，一些人欢呼着。我知道，他们是啦啦队，是温布叫人组织的。温布们需要这样的啦啦队，因为，罪恶的啦啦队会将罪恶神圣化。为了对整个羌村进行控制，延寿寺建有严密的组织，各村有各村的长老——他们都听命于延寿寺，也就是听命于温布，这也是翟爷不帮我的原因之一——长老们也有一些铁杆护法。啦啦队便是那些护法组成的，他们在制造一种声势，他们想告诉世界：对我的惩罚，是众望所归、大快人心的。他们想用那声势，来掩盖他们的心虚，来为他们的行为提供合法性。虽然，没人敢认为寺院的行为不合法，但他们需要的，不仅仅是外相上的合法性，更是心灵上的合法性——他们想让人们从心灵上觉得，我确实应该被消灭。

我听出了欢呼声中的那种意味。但我看到，许多人并没有跟着一起欢呼，这一来，那些欢呼者就显得很突兀和夸张了。后来，又一批人到了，他们是阴寨人，他们一到，啦啦队立即壮大，那欢呼的阵势，就似模似样，像山呼海啸了。阴寨人是真心想把我往死里整的。在前面几次的较量中，我们互有胜负，但我还是占了上风。他们定然已将我渲染成了恶魔。在羌村，魔是一个可怕的词。谁要是成了人们眼中的魔，那他就死定了。

他们把我的两手分开，绑到晒架上时，如果我已经知道了耶稣——这故事，我是认识你后才知道的——我定然会想起他的。我相信，他死时，也会有人这样欢呼。我们的对手其实一直明白我们是啥人，我们的活着让他们心虚，因此，他们定然会消灭我们。不过，那时，我还不知道他，所以我啥都没想，况且，我所有的注意力，都被手腕部位的剧痛吸引了——那不是一般的疼痛，你可以想象一下，当我的整个身子都在拉扯着手腕时，我的手腕有多疼。要知道，活着时，我很壮，健壮的身子给了我很多便利，比如很好的耐力等，那次我之所以能赢偏胡子，就是因为我有个健壮的身子。

但同时，它也很重，每一块肌肉，每一根骨头，都像一把刀子，都在通过那两条细细的绳子，割着我的手腕。绳子在我的手腕里越嵌越深，我腕上的皮很快就没了，血先是渗出，然后流出，疼感波及我的全身。那时节，我很想马上死去，我想用以前修过的那种抛瓦法，来迁走自己的神识，但疼痛让我无法集中注意力，我做不到专注。不能专注，就无法迁出我的神识。我只能屏息，极力地不去呻吟，以此来保持自己最后的尊严。

我看到人们那一双双大睁的眼，里面透露着各种各样的心。阴寨人眼中多是幸灾乐祸，阳寨人眼中则有更多的内容——有同情，有疑惑（我很感激这些人），也有幸灾乐祸（我以前得罪过他们）。而其他寨子的人眼中，又是另一堆的各种各样。

在那样的剧痛中，我竟能看到这么多人的眼和心，连我自己都觉得有些奇怪了，我怀疑那是我的幻觉。也许真是幻觉。但同时，我又相信是真的。我相信，在剧痛的我之外，还有一个我，是这个我看到了我想看到的一切。更或许，是死后的我看到了这一切，那记忆，跟之前的记忆发生了重叠。总之，那些画面非常鲜活，鲜活到让我不能不相信。

我甚至看到了一个山神，他蹲在远处的一个山头上，默默地看着我。他是有神通的，他定然明白我的冤枉，他定然明白，温布想收拾我，这次总算是有了个借口，或者是他们弄了个借口——当然，死后，我终于知道了真相——我不相信山神会不知道这些。但他啥也没说。要是他知道我的冤枉而听任温布害我，那他就是卑鄙的；要是他不知道我的冤枉，那他就是无知的；要是他知道我的冤枉却救不了我，那他就是无能的；要是他知道我的冤枉能救我却不救我，那他就是无耻的。……总之，那一刻，我对那个蹲在山上的山神，也失去了往日的敬畏。

剧痛搅卷成了海啸，我的世界崩塌了。身子变成了一座大山，让我痛苦不堪。手上的皮大概早就没了，我的手腕定然血糊糊了。我眼冒金星，耳在轰鸣，我听到了满天的笑声。我不知是人在笑还是神在笑。我看到温布的护法神们也在狂笑。他们扭着身子漫天飞舞，发出了貌似正义的无耻笑声。那时，我更是猛烈地发愿，我定然要变成厉鬼跟他们作对。我知道他们神数众多，我只是孤身一个。但我发愿与他们永世为敌，因为温布能够得逞，和他们脱不了关系。我知道，许多时候，人间的事，要是没有神鬼的参与，是很难完成的——这下，你明白我为啥对扎西的发心不热衷了吧？我早就不在乎自家是神是鬼了。我知道，就算我是厉鬼，人人害怕，而他们是神，人人尊崇，他们也并不比我高尚。他们为了好一点儿的供养，就帮温布那样的人去害人。而我做的一切，却全凭我的良心。你说，到底谁是鬼，谁是神？那所谓的封号，真的能判定一些东西吗？

一会儿，有人抬来了一个巨大的筐子，然后爬上晒架，把我捞过来，把筐子系在我的脚上。开始，我还疑惑呢，不知道他们想做啥，后来，他们又运来了很多石头，我就知道他们想干啥了。

有人开始往筐里扔石头了。紧接着，更多人拥向了石头。他们在行使一种选择的权利——剥夺别人生命的权利。当时，我不知道是谁想了这样一个主意，后来——我的肉体生命结束，灵性生命复苏之后——我才知道，这是长老会集体表决的结果。那时节，我甚至能看到那个场面：一个个德高望重的长老们，郑重其事地提出了种种惩罚方式，每一种方式都会给我巨大的折磨。最后，他们选择了石刑，他们想借人民的力量，弄断我的脊梁。

我还看到了翟爷，他还是没说啥，他还是在沉默。我知道，他不愿意跟这么多的长老为敌，也觉得改变不了什么，于是，就只能沉默了。但是，我虽然理解他，却还是不能原谅他这样的选择。我觉得，就算他改变不了什么，也该表达一种态度的。所以，在那一刻，我作了个决定：在他遇难的时候，即使我可以救他，我也会像他那样沉默。后来，他果然遭遇了大难，而我，也真的像他那样袖手旁观了，于是，他就死在了那次大难中。

凶手，就是那些拿了石头往筐里扔的人。

第一块石头落进筐里时，我就觉出了一种巨大的疼痛，先是手腕疼——那是我全身最着力的地方，我发现咬入我肉里的绳子正在松动，我知道它想逃离我的手，它就快得逞了。我祈祷着，希望它能快些。在不断增重的筐子的拽扯下，我手腕上撕裂的疼越来越剧烈了。我听到了骨节颤动的声音，还有耳中热血的轰鸣，它们像羌河那样咆哮着。我不知道如何向你形容那种感觉。我只能告诉你，我很想马上死去。

那渐渐松动的绳子在成全着我的愿望，我忽然掉了下去。晒架划过我的脊背，我的身子像被剖开那样。耳旁的风在响。我感到一阵轻松，我在等待最后的那一下撞击，我想早一点结束这游戏。

我听到筐子先着地的声音，然后是石头声，然后便是我了。我的下堕非常狼狈，有点像一堆肉落地了。我觉出了骨头断裂并戳向内脏的那种质感和疼痛。我希望那断骨直接戳中我的心脏，我希望早一点结束这游戏。死吧！死吧！我叫。那些护法神们却在狂笑，他们说，偏不！偏不！

他们定然在干预这个游戏。于是，我仍清醒着。疼痛像啸卷的大波，它时不时就吞没了我。那些护法神忽而将我从大波中拎出来，忽而将我甩进去。我的所有觉受，都被搅卷的疼痛覆盖了。不过，这时的我，感受到的，已不仅仅是疼痛了，更是一种说不清的可怕的漩涡。我时时被吸入这个漩涡，一次次被淹没，一次次又浮出水面。周围的声音也随着我的浮沉，时而如啸卷的飓风，时而归于寂静。当那种巨大的寂静出现时，我就进入了一种从来不曾有过的境界。我能清晰地感觉到世界了，疼痛也消失了。我没有了肉体，没有了思维，也没有了仇恨。我不知道为啥这样，但就是这样。只是这状态很短，只有一会儿工夫。很快，疼痛的大波和漩涡又会卷向我。

慢慢地，清醒又出现了。我明白，那下堕并没要我的命，只是给了我几处伤。最明显的是，一根断骨戳穿我大腿上的肉和皮肤，露了出来。几个汉子重新绑了我，而且，他们除了再次把我的手腕绑在晒架上外，还在我腋下捆了几道绳子。他们绑得认真而结实。这样，我就不会再从晒架上堕下了。虽然这让我手腕受的力小了些，但我知道他们做这些事时，绝不是出于慈悲，他们只是不想叫我轻易地死去，还想叫更多的人来行刑。

于是，我又被吊上晒架了，我觉出了血流在身上的温热。那种热热的黏黏的液体，在我身上的多处滚动着，我想，定然有多处流血了，我希望它们流得快一些，这样会早一点结束这梦魇。——真成梦魇了。

人们又开始往筐中丢石头了。因为有些人扔得不准，石头没进筐子里，或撞到了其他石头，弹出筐外了，于是，我的身下就下起了石雨，好些人都被砸到了。我听到地面上一片吱哇乱叫和骂骂咧咧，但飞来的石头却一直不见少。有些石头没有掉进筐里，打在了我的身上，但因为手脚的剧痛——很快，我已不只是手腕剧痛了，我的脚腕也在剧痛着，我怀疑，自己的身子可能被拉得越来越长了，我全身的血液、骨头和肌肉，都在剧烈地颤动着，疯狂地轰鸣着，我已觉不出石头打在身上的疼了。我终于明白了汉人过去的"车裂"——我现在只是手脚被拉，就这样痛苦，真不敢想象，要是被五马分尸，会有多疼——现在想起，我还会哆嗦呢。

在扔石头的人群中，我看到了妙音的两个哥哥，他们狞笑着，正往筐里丢着大些的石头。他们的准头很好，每一块石头都准确地掉进了筐里。他们显得非常兴奋。他们在实施着一直没能实现的复仇计划。不知我的痛苦，能不能减少他们的仇恨和耻辱感呢？说真的，我不怪他们。我恨那偏胡子的时候，心情也跟他们差不多。只是，我决不会用这类方法来羞辱和折磨他们。什么人，就会做什么事，有些事，无论我多么仇恨，都做不出来。

奇怪的是，我还看到了那个死去的偏胡子和他的短脖子女人，他们一脸血污，也在狞笑着丢石头。他们发出很大的笑声，像山风掠过洞穴。我于是怀疑，我的这一场祸事，也许是这两个恶鬼捣弄出来的。

另一种疼痛开始出现。我的骨卯、骨头以及那些叫不上名字的器官和构造，都叫一种撕裂般的疼痛笼罩着。我大叫着——我不想大叫的，但那声音自个儿往外喷。我听出，那不是我自己的声音，那是牛吼，是我记忆中的一头老牦牛挨刀时发出的声音——不是所有的牦牛在挨刀时都这样叫——我一直忘不了那头牛的叫声。我想，它定然觉得自己劳苦功高，却没想到最后挨了一刀，它的心里定然盛满了冤枉。一定是的。记得那时，它发出了一种抗议的叫，愤怒而绝望——当然也有疼痛。我听到自己发出的声音，就是这一类。我由不了自己。我相信这是报应：我宰它时，它这样叫，现在，别人也这样宰我了。

堆石头的地方围了很多人，我看不清他们的表情——疼痛模糊了我的视线——但我还是读出了一些东西。此刻，声音消失了，世上的一切都叫那剧痛吞了。

一块块石头被扔进筐里，那筐系着我的脚，一寸寸朝下拽，那种疼已经无法形容了。我听到了一些骨节发出了"啪啪"声。那响声，先从我的颈部响起，一波波的疼和晕向上涌着，我眼泪直流。……还有鼻涕，这是最叫我难堪的。我宁愿早一点死去。这不可遏制的鼻涕眼泪让我不再有一点儿尊严。我想，人们想到我时，定然会产生一种恶心的感觉。我宁愿他们恨我，也不愿他们恶心我——我忽然明白了温布的用心，他定然是想让人们恶心我。记得小时候，我也往另一个人脚上系的筐里投过石，那时，我不会想到有一天自己也会被这样。我狠狠地扭动着身子，我想让自己早一点死去。我知道脊梁一断，一切就结束了。我当然想不到我此时的用力，根本起不到我想起的作用。筐子一下下晃着，晒架也摇晃着，发出吱吱声——你知道，这也许是我想象的。那时节，我早听不到这了。

系筐子的绳子也进肉了，脚腕处早就脱皮了。流血是不用说的。——为了防止筐从脚腕上脱出，他们还将另一道系了筐子的绳子拴在我腰上。他们的目的非常明确，他们想拉断我的腰或是脊柱。——怎么都好，我已经不在乎了。我只希望早一点死去。

随着筐子越来越重，我的腰真快要断了。骨头们在啸叫着，四下里飞散——当然，这只是我的感觉。此刻，我的脊柱还在起作用。随了我的扭动，那晒架还在摇晃。远山也在摇晃，天摇晃，地摇晃……一切，都在摇晃。

那时，没有人为我说话，我也没有听到哭诉声，说明我的亲人们没有来——我确实没在人群中看到他们。他们定然受不了看这场面。我想定然是爹不让他们来。在变成厉鬼——你们说是厉鬼，那就是吧——后的回顾中，我确认了这一点。爹想得好，明知道改变不了结果时，就只能接受它，但他们可以选择不看。爹知道，温布想要杀鸡儆猴，就一定会使用酷刑，要是他们看到那场景，其实也就等于一同受这刑了。我不希望我的受刑也折磨了亲人，爹也不希望。爹更不想亲眼看着我被羞辱。自己不看，也不让其他的家人看，尤其是不让妈和妙音看，这是他为我保存尊严的唯一方式了。

筐子很重了，我的扭动已改变不了它的走向。于是我放弃了扭动。没有我的干预，那筐子的重量就直接作用于我的脊椎了。我听到，脊椎发出"咔嚓咔嚓"的声音，又一阵疼痛涌向我，血在头中轰叫。

其实，我这时的表述是非常勉强的。要知道，没人能说出那种痛苦，便是那受苦者也没法形容。我常听人们讲地狱的故事，当时觉得有趣，也觉得非常解恨——许多人定然跟我一样——现在才知道，没人能明白那些受苦者的感受，而随喜恶报，觉得解恨，其实也是一种罪恶。现在，对于地狱的故事，我已经很不随喜了。因为按老祖宗的说法，只要有出自欲望的行为，就会到地狱受苦，而人类作为动物性的存在，不可能没有欲望，人类中的圣者毕竟是少数——不，是极少数——所以，人类中，绝大部分人都要到地狱去受苦，都要经历刀山火海千刀万剐等酷刑。这是多么恐怖的事。而这一切，都源于人们愚痴的心。就是说，人的地狱，其实是人的心造的。所以，我常常想，第一个编造地狱故事的人，既是圣者（很多人可能会因为恐惧地狱而不作恶），也是罪人（很多人真的会因为欲望行为而堕入自造的地狱）。要是没有地狱的传说，人心之中没有地狱，一切就可能不会发生。……呵呵，我大概是魔吧。按一些人的说法，这是典型的魔的语言。

不多说了，我还是继续讲我的故事。

骨节声越来越响了。不知道那是我的幻觉，还是真的是那样。我看到了满天的星星，它们像无数的萤火虫那样蹿来蹿去，发出恐怖的啸叫声。那些护法神的笑声更大了，满天都是，他们笑得非常夸张而放肆。他们在狂欢，他们喜欢饮血，他们是饮血尊。要知道，很多护法其实是杀生的，他们也是妖魔，但因为他们想管闲事，想做那些自以为正确却不一定正确的事，还能得到供养，就成护法了。其实，他们比我更坏，他们是一群披着光明外衣的黑暗虫子。我一直是他们的对手。多年了，我一直不向他们妥协。在你调查我的这些天里，他们一直跟着你。你是否在一次坐车时看到七个女的，就你一个男的？她们便是七煞，她们一直跟着你。幸好那次，有我保护，不然，你就出车祸了。还有一次，你是不是听到有人叫你的名字，就答应了，可你四下里看了，却没人？其实，在你答应的时候，你的精气已叫他们摄取了，是我帮你收摄回来的。这次修护法神殿，有那么多违缘，也是他们造的。明白不？

我先继续说那故事。

我最后看了一眼投石头的那些人……人真的很多。有些面孔是陌生的，有些面孔是熟悉的，他们的脸上都洋溢着奇异的光，我知道，他们正亢奋着。他们的生活中，少有这类事，大部分时候，他们都是被生活左右的人，而此刻，他们却掌握了生杀大权，就像温布一样。我怀疑，其中的很多人，大概已经忘了自己为啥要扔石头。他们只是被一种群体情绪左右了。其实，理性地想来，扔进筐里的石头大概不多。我虽然讲了很多话，但行刑的实际时间并不长。你感受到的漫长，是我心里的漫长——当时，我不是度日如年，而是度秒如日。

那没法言说的痛苦拉长了我对时间的感受。我当然想快点死去。我想早点儿实现我的大愿。那大愿，一直没有离开我的心。便是在痛苦之中，我心里念叨的，仍然是：报仇！报仇！

至今，我仍清楚地记得第一节腰椎断裂时的情形：我先是感到一种难以形容的剧痛，随即便轻松了。我明白，传递痛感的神经断了。我已成了废人。这时，无论我咋扭，也是有心无形了。随着那第一个骨节的断裂，第二个，第三个……很多骨节都断了。我能感受到那种质感，但我不再痛了。我发现，一股股气向我的心轮收摄了。我知道，我到了离世的时候了。我看到满天的火光——天空里充满了大火，无量无数的天雷在响着，无量无数的火球在窜着，无量无数的声音都成了大风。

忽然，一切都息了。

4．恶愿

在静的极致中，我看到了我自己。晒架上的我，已成了一根肉条，在风中晃来晃去。我知道，我已飞出了自己的身体。

有人还在往那筐里丢石头。我听不到石头入筐的声音。我能看到那一张张的脸，但我记不住那些脸上的表情。那时，除了同情，其他所有的表情都没有辨识度，但实际上，我并没有看到同情。在对待自己认定的魔时，很少有人会表示同情。他们已经忘了我为他们做过的一切——我指的是阳寨的那些人。不过，阳寨人来了大多半，有些人没有来。他们也许是不想看到我的惨相而难受。我只能这样认为。我要是不这样认为，就会恨他们。

我看到几位老奶奶在不远处念玛尼，她们在用她们认可的方式超度我。她们不知道自己的力量很有限，但她们仍然感动了我。这是那个场面中最能温暖我的一抹暖色。

我还看到了一个小女孩的泪——她在哭，我明明白白地从那哭声中读出了同情。于是，我发愿当她的护法。我会用自己的方式保护她。多年之后，她在城里的一条街道上遇到歹徒时，我化成一条狗惊走了歹徒。没人知道，那条飞扑而来的狗，其实是一个报恩的灵魂。

323

此外，我再没看到让我心软的东西。

我看到了很多仇恨。人们把平时积累的仇恨都发泄出来了。那些大多与我无关的仇恨，都变成了一块块石头，飞向我脚下的筐子，或是我的身体。我已经不再觉得痛了，但我不原谅那些投石者。因为他们可以选择不投石，可他们放弃了这个权利。你讲过一个故事，你说，就算一个人接到开枪的命令，也可以选择把枪口抬高一点。是的，这次也一样，大家都有投不准或不投石的权利，但他们选择了投石，还会尽量往准里投——我听得见他们内心的声音。虽然即便大家都不投石，我也还是会死去——有专门往筐中投石的人，比如那些啦啦队们——但我会觉得这世界还有救。当我们不能左右自己的行为时，我们可以选择自己的心。同样，当我们不能左右别人的命运时，也能选择自己的态度。我们的命运，就是这些选择造就的。

虽然我早就脱出了自己，就是说，我已经死了，但那些石头还在落着。我盯着那一张张脸，这时，我已经知道，不久之后，他们也会面临一场巨大的灾难。……我是忽然发现这一点的。我看到，那场巨大的灾难正遥遥而至，就像呼啸而来的一场沙尘暴。你知道，世上所有的事，都像那遥遥而至的沙尘暴一样，是可以预料的。我的神通告诉我，那是血流成河的一场灾难。这次投石的人，都会被卷进去，一个不落。我就想，呵呵，你们现在忙活着让别人死，却无法知道，自己很快也会死。那是你们的命运。

我发笑了，但没人听到我的笑声。当然，那些护法神听到了我的笑，他们知道我笑啥，他们互相望一眼，不再笑了。天地忽然静了，只有我的笑声在啸卷。仇恨让我拥有了无穷的定力，那不是一般的修炼能比拟的，它超越了所有的习气对我的控制。我无尽的生命中，只剩下一个专注点，那就是复仇。

我听到一个声音说，他好像死了，还扔不扔石头了？算了吧，给他一个全尸。一个说。

另一人问那人，你是同情这个魔吧？按理说，对于魔，要碎尸万段的。好些人附和，就是就是。于是，他们继续往那筐中投石头。这个场面，是我不能容忍的。

我知道，那提议者的本意，是叫所有人的手上都沾上我的血。他是这样想的。他们都是这样想的。他们觉得，在场的人，手上都得有血，没人可以躲得过去，谁也别想用自己的干净，把别人衬成凶手。这是他们的投名状。这世上，许多人需要你的投名状。因为，在一个罪恶的世界里，在许多罪恶者的眼中，你的干净无罪恶，本身就是最大的罪恶。

我已脱掉了那身体，但我仍然听到骨节在啸叫，还有那晒架摇晃出的"嘎吱"声。我甚至还感受到了人群的麻木和快感——那些人其实是有快感的。几乎所有的人，都会在面对罪恶时产生快感，这也是人类的原罪。比如，一个啥都不懂的孩子，也会在撕那些小虫子时乐此不疲。这就是原罪。世上所有的人，只要有可能，都会变成罪恶体的细胞。

我不想说这事了。

我只想告诉你接下来的事。不过，接下来的事，其实没太多的新奇：石头一个个进了筐子，我的身子越来越长了，像被不断拉长的橡皮筋那样。我知道它该断了。果然，它从腰那儿断了。筐子重重地砸向地面。我的一半身子仍挂在晒架上。我看到了喷涌而出的血。这血，像是被那遥遥而至的沙尘暴卷来的一样，染红了我的天。我怒吼起来，但没人听得到我的怒吼。我看到血水飞溅着，在晒架上像瀑布一样，染红了整片天空。……是的，整片天空。那时候，天上到处是霞光，到处是虹光，世界也变得一片鲜红——正是因为这个原因，一些人将我当成了神。我看到，这个时候，妙音正在家里哭——当我变成灵体的时候，距离就消失了，只要我愿意，就可以感知每一个与我有关的生命体，不管他们是活着，还是死了，所以，现在，其实我也能清晰地感觉到她，我知道，她对我的爱，其实并没有消失——她正伏在我们的那间小屋里哭。那儿曾是我们的乐园。那些让我陶醉的故事，就发生在那儿。我看到她剧烈抖动的肩膀，听到她的哭声中，有撕心裂肺的绝望。我很心疼，但我没办法劝她，也没人去劝她。因为妈在哭，妹妹也在哭。爹没哭，爹只是抽烟。他知道哭没有用。阿斌和阿机正从牧场赶来。他们两人的心绪很复杂。他们知道我活不了。对于我的死，他们虽然感到痛苦，但同时，因为妙音恢复了单身，他们也隐隐地产生了一份期待。这份期待，消解了他们的仇恨，所以他们一直没有像爹期望的那样——当然，爹其实也没将期望放在他们身上，爹知道他们有啥脏腑——这时候，他们又变回了以前的双重身份：既是兄弟，又是对手。但他们不知道，爹心里，有别的打算。

我还看到了小弟弟阿柱，他一边哭，一边拧了眉头——事后，他常常到吊我的架杆下面，就那样看着我，他在想着如何去报仇。他的身上，有了一种奇怪的光，这是另外两个弟弟没有的。现在，我能看到每个人身上的光了。那光，代表着他们各自不同的生命能量。

我还看到温布在喝酒。虽然他受了戒，但在没人的时候，他也会喝一点酒的。对他来说，戒一直都是别人的事。那最后的行刑，他没在现场。但他知道那场面。这种事，他做过几次了。他不想叫那血淋淋的场面，影响他的胃口。

那晒架上的半截尸体仍在晃荡着，仍在淋漓着鲜血——那血竟还没有干，我也觉得有些奇怪了——另半截尸体则被扔在地上，鲜血渗入了身下的土地，把周围的泥土都给染红了。扔石头的人和围观的人都走了，没人想到要为我收拾好尸体。他们都知道，剩下的事，狗比他们做得更好。他们也不想弄脏了自己的双手——虽然，那鲜血和罪恶，早就把他们的手给弄脏了——村里的狗早就围了来，它们的眼里都发射着兴奋的光。它们期待许久了，从我被吊上晒架的时候起，它们就仰了头，等待着一顿即将备好的美餐。看得出，这样的事，它们也经多了，下一步会发生什么，它们比在场的人类还要清楚。它们可不管那过程，它们也不管被吊起者的痛苦。它们就像没有感情的吃肉机器。它们也不在乎罪恶啥的，人类的罪恶，只要能成就它们的盛宴，它们就会嗷嗷着欢迎——真活该它们成了狗——不过，它们跟一般的狗不一样，它们多头大如斗，它们被称为獒。只有在这种时候，它们才能吃到人肉。当然，有时候，也会有个别的獒犯戒。比如，要是哪个獒吃馋了嘴，又把持不住心的话，说不定也会吃活人的。

狗们舔血的声音很响，它们巨大的舌头一伸一缩，血就在伸缩间进了它们的腹。我很恶心这声音，但这恶心影响不了我的宁静。我想，没了身子真好，那份轻盈和空灵是活着时没有的。我像在看别人的戏那样看着狗们的表演。

一只狗开始扯起我的身子了，它撕下了一块肉。这就像打响了第一枪，接下来，狗们开始了哄抢。它们时不时哼一声——警告同伙，谁也别想贪心独占——那是从喉间发出的威胁声音。我同样不喜欢这声音。我尽量不将这声音跟我自己联系起来。我恶心狗们淋漓的涎液，那涎液流到我的肉上时，我总会觉得胃里一阵翻滚——好像我还有胃似的。更奇怪的是，我虽然没有身子，但仍有一种被撕扯的质感，还有疼呢。我明白那感觉是我的心造的。那是我对身体的执着。虽然我死了，那肉体跟我再没有关系，可它毕竟当了三十年的我。于是，我盯着那些狗们，想看看我是否能承受那种对自己的糟蹋。说真的，刚开始我是受不了的，我不能容忍那些吃过屎的狗们对自己的撕扯，但渐渐地，我放下了。当我学会放下时，眼中的世界就宽了很多。我想，我就当供养众生吧。

于是，我对那些早已环顾的护法神们说，你们也来吃吧。他们还有点儿不好意思，说，我们咋能吃你。我笑道，不用客气的，狗能吃，你们当然也能吃。我这一说，有个护法神不高兴了。他不希望我将他们和狗相提并论，但他确实是嗜血的。他一直嗜血。以前，谁家祭祀时，要是没有血食，他就不高兴。我能看出他的底细，就说，你用不着不高兴，我是在供养你。你别忘了，我们供啥，你就应该吃啥。以前我们供的那五甘露中，不是还有屎和尿吗？屎尿都吃了，何必还在乎吃我。我这一说，他就马上露出了原形，也加入到吃我的行列里了。他的舌头上发出一道道光，伸向我的血和肉。我笑道，你喜欢就好，不用客气的。

其他的护法神却扭扭捏捏，我也只好随他们了。我知道，他们是一群伪君子。我还知道，我跟他们之间，还会有一场大战的。

狗围了我，人们又围了狗，他们各有心事，但恐怖居多。这正是温布需要的，这会让他有无穷的权威。世上的邪恶权威正是靠制造血腥，引起恐惧来维护的，越令人恐惧，越能增强权威。显然，这次弄死了我，温布的目的达到了。想起自己间接帮温布巩固了权威，我的心里又涌出了一股怒火。我发愿，他必将死在我的手里。后来，在杀他的计划中，我也确实出了大力。

地上的血渐渐没了，肉也渐渐被吃尽了。有人从晒架上放下了我的另一半身子。于是，狗开始享用新一轮大餐。我懒得看这把戏了。我只想看看自己有没有力量，能不能定住心。我知道，业风很快就会吹了来，要是我把持不住，就会变成风中的一丝柳絮，那时，我就不得不去投胎了。我一定要躲过这一劫。只要熬完那四十九天，我就完全地属于我自己了。

我试着让自己融入空明。在过去的多年里，我出现过多次这种状态。我已能将自己观想成愤怒相的摩利支了，就像经上说的那样，"有三面，面有三目；一作猪面，利牙外出，舌如闪电，为大恶相，身出光焰，周遍照耀，等十二个月光……右足如舞踏势，左足踏冤家身"。

我脚下踏的冤家，当然就是温布。就这样，我把我的仇恨当成了安住的助缘。我想，我会渡过那一关的。

5. 游荡的灵魂

我不想多说那四十九天里的经历。我只想告诉你，我经历了大风、大火，还有巨大的恐怖。那些天里，我总是四处逃奔，我虽然告诉自己别恐惧，但我还是无法完全左右自己。因为，那情景真的太恐怖了。当然，我也知道，那是我过去的诸多行为带来的反作用力。没办法，我做的，还得我自己受。

我看到了无数的大鸟，它们啸叫着飞了来，啄食我的肉。虽然我的肉早进了狗肚子，但我还是觉出了一阵阵疼痛。那真是一种可怕的疼。我打着冷颤，四处逃窜，没人救得了我。我知道自己必须过这一关。我必须——也愿意——偿还自己所有的债务。我还看到了几个死在我手中的冤魂——不，其实他们不算冤，我们是在战场上相遇的，按当时的情景，我不杀他们，他们就会杀我。我没有别的选择。但他们显然不这么认为，他们定然把自家的死，完全地归罪于我了。因此，他们也在追我，向我索命。他们好像忘了，我早就没命了，我的命早给了那些石头。我大声地提醒着他们，但他们好像一点儿都听不到，只管张着血盆大口，对我穷追不舍。

这种噩梦般的情形持续了十多天，后来的一切，就渐渐变了，像大波归于平静了。虽然时不时仍有惊涛般的情景出现，但我不再逃了。我的修行给了我力量。我明白，一切都是心的化现。我虽然有深仇大恨，但我不想叫这仇恨左右了我——否则，我可能会投胎，在下一世里，继续做温布的仇人。这样也不是不可以，但我就没有复仇的大力了。所以，我不想有下一世。我只想成为一个护法神或是厉鬼那样的存在。我想在这种执着中，等候报仇时刻的到来。

另外，我还想找到一个让魂魄栖息的所在，我不想在狗啃过的那堆骨头上栖息我的灵魂，我已厌恶那些骨头了——当然，就算我不厌恶，能让我的魂魄栖息的骨头也不多了，我的绝大部分骨头已叫狗吃了，剩下的，只是两根大腿骨，因为它们很硬，连獒都咬不碎。于是，一个阿卡就捡了去，想做几个用于诛法的法器。因为按传统说法，我这种罪人，杀气最重，用我的骨头做的法器行诛法最为灵验——这是我最恶心那骨头的地方。比起被做成法器供在阿卡的供台上，我倒是希望它们能全填了狗肚子呢。

总之，我一直在选一个魂魄附着物。要知道，一个有根基的人，魂魄是需要有依附物的。灵魂可以附着在任何地方，比如松石上、树上、山上、湖里、野牦牛身上，或者是灵石上，等等。所有的英雄或帝王，都会有魂魄的载体。一个国家，一个部落，一个家族，也必须有魂魄的载体，不然是不会长久的。这个载体，可以是动植物等有生命的东西，也可以是金、石、湖、山等看似无生命的东西。我之所以说"看似无生命"，是因为它们也有自己的生命形式。当然，对此，你可以换一种说法，……对了，就是万物有灵。

后来，我找到了一个灵泉，它卧在羌河下游的一丛柳墩旁。它的水很清，水里有很多青蛙，我的灵魂，就依附在其中的一只青蛙身上——你别问为啥，这是秘密——在外面游荡累了之后，我就回到泉眼这儿，让灵魂歇息一下。我将这儿观想成了坛城——我的观想力强，稍一凝神，这儿真的就成了坛城。

就这样，四十九天很快就过去了。我躲过了死后最为凶险的一个阶段。我成了大力鬼——你可以理解为护法神，也可以理解为厉鬼，都行的。二者的区别，仅仅是认可上的差异，它们并没有存在上的不同。所以，你可以将我当成鬼类，也可以将我当成一种相对不朽的中阴身。总之，我成了一种能独立存在的个体。当然，它也是执着的产物——那个认为我实有的心念，让我成了一种存在。

6. 阿柱的愿

我的死，像一块巨石入水那样，溅起了很多水花和涟漪，这涟漪，甚至波及了你采访的这时。但一切都成了传说。一切也仅仅成了传说。后来，只有在闲谈时，人们才会提及我。

有一个传说流传很广，它说，我在咽下最后一口气前，怒吼了好一阵，还发了恶愿，说我要变成厉鬼来讨债。几个阿卡甚至认为，后来羌村的血雨腥风，就跟我的恶愿有关。这说法不是没有道理，因为我确实发了恶愿，但羌村的命运，早在我死前就已经注定了。能决定一块土地的命运的，只有那块土地上的人。那块土地上的人有着怎样的心，那块土地当然就有怎样的命。我在自家的鲜血汇成的血雾中看到的，其实是羌村人的心。而我后来所做的，也仅仅

329

是提供了一些助缘，以及袖手旁观而已。你可以说，我的仇恨是羌村的灾难之一，但你不能说，羌村的灾难源于我的仇恨。

我死的那一年，爹六十一岁了，风烛残年，备受重创。他当然知道我没干那事——那事发生时，我正在家里，不可能分身出去，可没人信我家人的话，甚至没人关心这问题——但他知道，我落到温布手里，是活不了的。他知道温布跟春妮好过，后来，春妮选择了我，就跟温布断了。至于他是咋知道的，村里人又是怎么传出那流言的，我不知道，也不想费神去观照。反正，世界上的事就是这样。雪一化，尸身子就出来了。爹眼中的春妮，是个坏女人，便是嫁个皇帝，也能坏了江山。后来，人们真的发现，一个个跟她黏糊过的男人，结局都不太好，像那个跟她好了的俘虏，后来也凶死了。

我死的那些天，家里一片哭声，阴霾笼罩着我家。除了失去亲人的原因外，这还因为家里背上了贼名，这是一辈子都洗不掉的。

在羌村，叫寺院定了性的人，是没人敢理的。在一般牧民眼中，温布是天摇地动的人物。自打有延寿寺的时候起，就有温布家族了，朱古换了一家又一家，温布却只有他们一家。你想，人家经营几辈子了，势力能不大？

那天，阿斌和阿机也从牧场回来了。他们也在哭。阿柱却发话了：哭没用，要报仇！要杀了那温布。

那年，阿柱只有十三岁。

妈一听，急了，说，你在外面可不要乱说，你要是说出去，温布会要了你的命。人家弄死你，跟踩死个蚂蚁差不多。

爹也说，这话，心里想就是了，千万不要说出去。阿柱说，我就把它咽到肚里，叫它长牙好了。这话，不像是阿柱那年纪的孩子说的。

第十一章 复仇

1. 穷人家的孩子

从阿尼口中,我知道了另一个龙多格热。

格热爹小的时候,家里兄弟姊妹太多,极度贫穷,一家人经常吃不到饭。为了活下去,龙多格热的爷爷就想方设法,陆陆续续把自己的几个孩子卖了,男的给富人家当苦力,女的当童养媳,才换来几斗粮食,以维系一家人的生活。

格热妈的娘家生活也不好,父母就让她给哥哥换了亲,她嫁给格热爹,她的哥哥娶了格热爹的妹妹,这样,两家都省了一大疙瘩钱。格热妈很能干,一过门,就成了婆家的苦力,把男人的活儿也干了。格热爹的两个弟弟,就被龙多格热的爷爷送到寺院出家了。在爷爷眼里,寺院跟大学一样。在那时,除了当阿卡,再没有学文化的机会了。

格热妈没结婚时,就在娘家生了两个儿子,但一直到死,她也未对别人说起孩子的父亲是谁。儿子们自然也不问。那两个孩子,就一直待在龙多格热的舅舅家,成了舅舅家的人。

在龙多格热的童年时代,饥饿是摆不脱的梦魇。即使后来他们家的生活好了,不愁吃喝了,他也忘不掉小时候那段饿肚子的日子。当时,为了生活,爹妈去富人家的牧场做活,龙多格热和大姐、弟弟们——当时尕女还没出生——则留在了家里。他们当时的家,是一间很小很简陋的房子,四面墙土夯而成,屋顶横了几根木头，钉上一块很大的帐篷布，就算是家了。每到刮风时，那篷布就哗啦啦地响个不停；每到下雨时，屋外若是大雨，屋内就是小雨。那淅淅沥沥的小雨，一直在龙多格热的记忆中响着。后来，他常常给妙音讲过去的事。他常常提到的，就是记忆中的饥饿和小雨。

父母到牧场之后，就很少管过孩子们。他们只会定期给些生活费，叫大姐张香子买些粮食，平日里做给弟弟们吃。但因为生活费太少，孩子又多——加上龙多格热，家里当时已经有六个孩子了——每次还没到月中，家里就没粮了。大姐就去人家地里帮忙，时不时拿回些奶渣、炒面啥的，但也不多，六个孩子一分，很快就没了。最初，家里实在没吃的时，龙多格热就会带了弟弟们，徒步几十里，去牧场找爹。但爹很固执，也信佛，认为孩子们无功就不该受禄，所以只要主人不发话——爹腰杆硬，从不跟主人说孩子来了，也从不提孩子吃不饱肚子的事，主人就从没发过话——他决不动牧场的东西，哪怕是一点酥油和一小碗牛奶。于是，龙多格热们便总是饿着肚子去牧场，再饿着肚子回来。途中实在饿得受不了时，他们便就地取材，胡乱找些野果、蘑菇来吃。一次，兄弟们吃到毒蘑菇，差一点儿死了，幸好遇到当时的阿尼，阿尼懂医药，他们才捡回了一条命。从那以后，他们不管多饿，都不去牧场找爹了。

那没有吃的怎么办呢？龙多格热只能四处找吃的，但凡没毒，能填肚子的东西，他都会装到小布袋里，包括地上掉的青稞粒。虽然一粒几粒的不顶啥用，但找上一两个时辰，他有时也能凑够一锅粥的量。稀了稀点儿，能养命就成。就这样，他和姐姐分头行事，总算让四个弟弟没有饿死。后来，他发现村里的富人家不仅人吃得好，马也能每天吃上些草粮和小豆，就藏在马槽旁，等主人家喂了马，一离开，他就悄悄上前，抓走几把豆子，带回家煮了，供姐姐弟弟们养命。后来，村里的其他娃儿，也干这事，慢慢就被主人家发现了。再后来每次喂马，主人都会守在旁边，等马吃完再离开。马料偷不着了，还得再想别的法子，饿得受不了时，龙多格热就会捡些马粪，去河边洗，常常也会淘出几粒没消化的豆子和玉米粒，用水多冲一阵，带回家煮了吃，也能让姐姐弟弟们养命。

再后来，龙多格热还发现了另一种吃食：时不时地，他会捡到村里富人穿破的皮鞋，式样不同，但都是牛皮做的。捡回皮鞋后，他会生了火，割一块皮子，在火上烧烧，等皮子软了，叫弟弟们先闻那味道。再烤一阵后，咬时就有吃肉的感觉了。要是能捡到一双破鞋，姐弟六人就能熬过几天。

龙多格热比二弟大三岁，比老六阿柱大十七岁，爹妈去牧场后，他便和大姐一起，负起了照顾四个弟弟——尕女和阿柱还没出生——的责任。虽然当时他才十岁左右，还有个大他三岁的姐姐，但他是家里的长子，他总觉得自己有责任照顾好几个弟弟。再加上他自小就很调皮，胆子也大，为了给弟弟弄到食物，他或是偷，或是抢，或是去做一些有钱人安排的事——比如调戏仇人家的妇女——每次得手后，他就能得到一些吃的，就能让弟弟们吃饱肚子。

但也因此，他在早年的时候，就得罪了村里的很多人。那时，在许多村里人眼中，他甚至成了一害。

爹妈回村后，龙多格热才卸下了心里的责任，带着阿斌进了寺院。但在他的心里，他仍然不是为了自己，而是陪弟弟去的——他当然也想去，因为这是他们学文化唯一的机会——弟弟年纪小，人又老实，他怕别的阿卡会欺负弟弟。事实证明，他的担心是对的。那时节，有人会时不时供养一些糌粑，寺里每个阿卡都有，但阿斌分到的糌粑，每次都会被别人抢走，无奈之下，兄弟俩就分着吃哥哥的那份糌粑。可即便这样，龙多格热还是希望阿斌能留在寺院里。因为阿斌的记性好，背经啥的，总是很快，龙多格热对他的期望很高，希望他能成长为高僧大德。至于自己，龙多格热觉得，要能学些东西当然很好，如果家里没有条件，他不学也没啥，反正他不爱学经，只想实修。后来，家里真的供不起两个出家人了，他就还俗了，开始给人家放牧，挣些工钱，供养阿斌。

再后来，寨子里要给每家分地，用来盖房子。量地的时候，当时的总管给其他人家分的地，够盖起一个庄院的，可给龙多格热家的地，却只有厕所那么大。那时的总管，也是寨子里的权威，他说一，没人敢说二。但龙多格热不服，就提了刀，进了总管家，问他为什么只给他家分一点点地。总管冷笑道，我可以给你家分一大块地，但你家盖得起房子吗？你不撒泡尿照照，你们有盖房子的能力吗？你们盖不起房子，给你们分再大的地，不也是浪费吗？龙多格热不服气地说，我现在是穷，但将来，我盖的房子一定比你的好。你要是今天不给我分地，那我就要你的命。总管怕了，就带了人，去重新量了地。龙多格热趁了夜黑，把分好地的标记擦了，往外围又扩张了几步。几年后，肋巴佛起事，招揽各路豪杰，龙多格热就参加了。几次战事后——有时打仗胜了，也会分一些战利品——他就有了钱，在那块地上，盖起了全村最阔的房子。另外，他还用打仗时得来的钱，给家里买了牲畜，家里既可以种地，又可以放牧，日子就好过多了。

不过，这个细节，跟我用宿命通观照的结果，似乎有些出入。我在光明境中看到的龙多格热家，虽说不算特别有钱，但也算不上穷。至少，他们还可以资助毛旦和张香子，让后者在婚后盖起两层的小楼房，还可以在后者实在吃不饱肚子时，资助他们青稞，让他们一家能活下去。所以，我怀疑阿尼的记忆在某些地方出错了。但我相信他在故事中描述的龙多格热，因为，他讲的那个龙多格热，确实符合我对龙多格热的观察。

阿尼的故事里还有一个细节，是我之前在光明境中没见过的：龙多格热的腿有一点跛。阿尼说，一天，龙多格热去河边饮马，正好遇到一个同村人。那人对他说，听说你骑术很好，能不能表演一下？年少时的龙多格热总爱表现自己，闻言就翻身上马，策马奔驰起来。马跑得很快，他很得意，甚至双脚踩了马镫，站起来欢呼。这时，那人突地吹了声口哨，马立刻就驻足直立，将龙多格热摔下了马背。更可怕的是，当时，龙多格热的脚还在马镫上，马却受惊疯跑，龙多格热就被拖了一路。路旁有很多晒青稞的架子，马拖了他飞跑时，他的一只脚被架子挡住，因为冲力过猛，腿立刻就断了。后来，是翟爷骑着马追上去，拽住了马缰，救了龙多格热。也正是因为这一救，后来他愿意为翟爷赴汤蹈火——当然，他不只是为了翟爷，他是个责任心很重的人，既然他当了寨丁头儿，就会把寨子的事当成自己的事，甚至比对自己的事更加重视，更能牺牲。但也因此，翟爷后来对他袖手旁观时，他才会产生巨大的失落，以至于后来翟爷落难时他也袖手旁观了。

阿尼还说，当时的延寿寺里，有个神医阿卡，擅长接骨，他给龙多格热接了骨，接完骨后，他告诉龙多格热，之后还要再去几次，治一次是治不好的，但龙多格热没去，最后，他就留下了后遗症。所以，后来的龙多格热，走路时，有一点跛。

那时，当阿卡的阿斌看到哥哥受伤后，就坚决不去寺里了，他要还俗。他说，妈虽生了我，但只是喂过奶，自打我能走路后，她就没管过我们，任我们自生自灭。哥哥对我们，有真正的养育之恩。现在哥哥成了这样，我不能再拖累他。龙多格热怒了，把他骂了一顿，赶出家门，阿斌在屋外跪了整整一晚。

因为当晚下雨了,第二天早晨,龙多格热见到阿斌时,阿斌已经受寒发起了高烧。龙多格热就将他背到炕上,熬了姜汤,给他灌。那时节,天一下雨,屋里就小雨不断,连炕都是湿的,所以,阿斌的病拖了些日子。待阿斌病好后,龙多格热就又送他回寺学经。

龙多格热的腿渐渐好了,刚能走路,他就开始干活,挣钱,换些粮食,送到寺院里。那时的阿卡,也是家人供养,他们要自己盖房,自己做饭,请经师也需要钱。有时候,给弟弟送了粮后,家里就没粮了。实在饿极了时,龙多格热就去挖野菜,煮给家里人吃,渐渐地,一家人的脸,就都成菜色了。阿斌学了几部经后,也算睁开眼了,就死也不去寺里了,说他受不了温布的跋扈。龙多格热也担心他惹事,就让他还了俗。他回家那天,爹正好打下了个野兔,一家人美美地吃了一顿肉。后来,阿斌每次回忆起来,总会感慨,说那是他吃过的最香、最难忘的一顿饭。

阿尼说的这个故事,让我很是心酸。前面阿生的死,就让我对格热爹有些不理解。后来,我才发现,这就是他的性格,对他来说,尊严大过生命,也大过对家人的温情。即使在表达对家人的关心时,他也显得很是强硬,甚至是冷淡。

2. 爹的打算

采访阿尼的第二天,我又找了老钺师,跟他说了阿尼告诉我的故事。我说,听了阿尼的讲述,我对龙多格热有了另一种感觉。其实,随着采访的逐渐深入,龙多格热的形象,在我心中已越来越完整了,我对他的感觉也越来越丰富了。一开始,我是为了弄清他到底是护法神,还是厉鬼,才介入这件事的。但随着一天天的接触,我被他的故事——或者说,是被他这个人——吸引了。我希望能了解整个的他。

虽然我也能进入宿命通的光道,自己去看,自己去感受,但你知道的,人对往事的叙述,总是带着当下的色彩。也就是说,人对往事的理解,总会随着当下的境界,出现一些不一样的东西。有时,我想了解的,不仅仅是曾经发生的事情,也是他当下的心。

老钺师很爽快,他问我,你想今天跟他聊,还是啥时候?我说,今天。他说好,就入了定。

不一会儿,他的气息变了。龙多格热的声音从他的口中传出——

对于爹而言,我的死,就是他的生。本来,他已成了老人,他只想念念玛尼,安度晚年,但我的死,让他焕发出新的生命光彩。恨和爱一样,都能成为一个人活着的理由。于是,爹一直满怀激情地想着一件事:报仇。这让我欣慰,又让我担忧。我在为弟弟们担忧。

我知道,阿机和阿斌血性不够,胜任不了复仇的角色,而阿柱还小。跟温布较量,他们都不是对手。

瞧,那羌河滚滚滔滔,哗哗啦啦,穿过羌村时,就将羌村的人分成了两类人,一种是阳寨人(河西面的人);一种是阴寨人(河东面的人)。阳寨人性格外向,想什么就说什么,说什么就干什么,没有城府,粗暴简单;阴寨人却都很有城府,惯于藏着掖着,总是让人觉得隔着一层。仅仅是一水之隔,人的性格就有这样大的区别,真是奇怪的现象。

阴寨就在河阴,阴寨人有个特点——窝里横,他们的寨子大,人多,也狠,杀起人来眼睛都不眨一下。但是,跟外面人打起仗来,他们却一直输——也正是因为这个原因,他们才没争下多少草场。一次,他们和不远的一个小部落有了纠纷,就想出兵教训这个部落,于是,一村人气势汹汹,耀武扬威地扑了去,结果,却被那个小部落的人一路赶了回来,人家还直接追到了阴寨的地盘上。当然,这是过去的事了。

不过,现在的阴寨人,也没什么本质上的变化,只是做事时,越来越没了底线。你说得对,人的心就是人的命,像《水浒传》中的鲁智深,他一直有很强的正义感,打杀了一辈子,后来却坐化了。

而那林冲,他从一介英雄,流落到了梁山,最后死的时候,还病得那么重。这就是因为,在他身上,缺少一种魄力,他的心不像鲁智深那样光明坦荡。无论他有多好的武艺,只要心萎缩,就没法活得敞亮。

在我看来,阴寨人也是这样。当然,他们不如林冲,我想说的是,他们的心也不坦荡。你想,阳寨人和他们相安无事那么多年,偌大的草场借给他们,也只是收了点象征性的租金,相当于明确草场的主权。如果不是他们自己心里的阴暗作祟,哪有什么"寄人篱下"的感觉?如果他们不贪心,不闹事,不绑架,两个寨子怎么会闹得这么僵?所以,他们的命,也是自己造的——当然,我的命,阳寨人的命,同样是自己造的。在这个规律面前,没有人能例外。

在阴寨人的诸多不足中,最致命的一点,就是不守信用,不重诺言。

比如,其他寨子出了人命,凶手只要赔了命价,再离开寨子,避凶三年后回村,也就安全了。但阴寨人则不一样,他们要避凶整整十五年。如果十五年的时间不到,凶手就回村的话,被杀的可能性很大。为什么呢?因为阴寨人不守诺言。

就这样,阴寨人就把杀人后避凶的规则打破了。他们是羌村里唯一打破这规矩的一个寨子。

不过,妙音是个例外。我也不知道她为啥会成为例外。但她跟我认识和见过的所有阴寨人都不一样。她虽然不爱说话,有什么心事同样爱藏着收着,但她给人的感觉,就像温柔的月亮一样。按你们作家的说法,她一直都是我心头的白月光。所以,我不喜欢阴寨人,但我喜欢她。我甚至爱上了她。这么多年里,她一直温暖着我的心,让我在这个灰色的、孤独的空间里,依然能感受到一种温馨的陪伴——哪怕,我们一直没能像我期望的那样,像黑日嘎那样相守。

当然,在我心里,我们已经是这样了。在我的观想里也是。你不是说,心里有啥,命里就有啥吗?所以,从真正意义上说,我们还是像我希望的那样,天长地久地厮守在一起了的。你说对吗?

虽然我有了自主性,能主宰灵魂了,但这爱情,还是让我放不下。当然,那仇恨,也还是让我放不下。怪不得你们老说,爱和恨,是人类的两大主题呢。

我接着说爹的复仇打算。

我死后,妙音哭得死去活来,几次寻死,都叫人救了,但肚里的孩子却没了。我知道,她想来找我,但我还是希望她好好活着,活着虽然很苦,但还是活着吧,有命总比没命强,要是我能选择,我也希望能继续活着呢。好几次,我真的看到自己还活着,我和妙音生了好多孩子,我们和和美美地生活在一起,但我知道,那只是我心头的影子。……要是我能选择的话,我是真想留下孩子的,如果世界上还有我的孩子,我就会觉得自己留下种了。心头那种绝望的感觉,就能稍微地淡些,也许我的仇恨也能少一些——我只是说如果,如果孩子还在，并且能健健康康地被妙音生下来，长长久久地陪着妙音，我确实会少了一种丧子之痛，但同时，我又会更恨那些迫害我的人，恨他们让我跟老婆孩子阴阳相隔。……呵呵，人真有意思，对不？只要仇恨心还在，就能找到恨的理由。或许，也正是那恨，招来了负面的命运。细想想，早在温布迫害我前，我就恨他了，后来，我就死在他手里了。若是我不恨他，我们之间还会有这种恶缘不？当然，这只是一种假设。不过，能做出这种假设，或许说明了我的心在变化着。你说，对吗？

一谈到那夭折的孩子，我的心就疼了。我怎么能不疼呢？它还只是个芽芽儿，还算不上人呢，就没了，我心里当然痛。那可是我的骨肉啊。看到孩子没了时，我很痛苦，一想到，我就这么死了，连个种也没留下来，我就想报复那些夺走我生命的人，尤其是那个温布。我是真的恨他，每次想到他，我的心里就会涌出一股奇怪的液体。它就像硫酸一样腐蚀着我的心。当然，我已经没有肉体了，也不可能涌出啥液体，那所有的感受，都是心造的。本来，那仇恨就是心的幻影。就像你说的，心转了，恨就没了。这些，我都知道，可心非要这样，我有啥办法？瞧，我也精进修行呢，我甚至可以掌握自己的归宿了，可我还是仇恨的奴隶。呵呵。我也知道，自己看起来逍遥自在，其实只是个奴隶。……不过，那娃儿肉体虽没了，却有婴灵，后来，我找到了它。从此，就像许多童话中结尾说的那样，我们幸福地生活在一起了。

按羌村的规矩，丈夫死后，女人可以回到娘家，有合适的人了，再去新的婆家。爹就对妙音说，你回到娘家啥都没有，你仍然是个寡妇，就算你想再找个人嫁了，人家也会有所忌讳。你不如不要走，我的两个儿子，你选一个，你看咋样？

妙音摇摇头。你看不上他们？妙音不说话。

爹又说，那么，我给你好好招一个女婿，条件是：这人必须为格热报仇。

这一次，妙音点头了，这也是她的心愿。

接下来的事，我不想说了。你大概也能理解的，那时节，虽然我知道，只有这么做，他们才能为我复仇，但我还是很痛苦。就算已经死了，让我看着妙音嫁给另一个男人，做另一个男人的女人，做那些我们常做的事，说那些我们常说的话，也让我像又死了一遍般的难受——我不求你明白这感受，我知道，你的婚姻很幸福，你没有尝过这种滋味。不过，你或许可以动用一个作家的想象力，站在我的角度，去感受一下我的心。或者，你可以启动那功能，看看我此时心头的东西。……当然，如果你愿意的话。

只是，我现在实在不想说了。说这事，耗尽了我所有的精力。真的。

3. 妙音的心

龙多格热离开了老钺师的身体。

老钺师也沉默了。他知道我们的对话过程。虽然他啥也没想——我看不到他有任何念头——但他的眼睛很深，就像两口深不见底的井。我能看出，里面有无尽的沧桑。也许，有些东西，早已刻在他灵魂深处了。

我虽然没有经历过类似的事，但我能理解龙多格热。我甚至明白他心里有啥感觉。说不清为啥。很多事，我都没有经历过，但我都能理解。他说，这是作家的想象力，我却知道这不是。这其实是因为无我——在聆听他的时候，我的心里是没有自己的，在没有自己的时候，我进入了他的世界，就像进入自己的世界一样。因为，这时，我们的世界是一体的，就像无垠的宇宙，没有局限和隔阂。但也正是因此，我总是在那些故事中疼痛，总是在那些故事中流泪，有时，甚至模糊了，那到底是我的泪，还是为他们流的泪。其实，我也没有刻意地分辨过。我从来没有把他们当成自己以外的生命。所以，我对他们从来没有生过评价之心，我只在乎他们疼不疼，他们的世界里有没有阳光。就是这样。

说到妙音的决定，它很让我感慨。于是，我想像观察龙多格热那样，观察妙音，却发现她像一团云雾，忽而远了，忽而近了，总像被迷雾罩着。

我很想知道，一个刚失去爱人的女子，怎么做到接受别的男人——即使是为了报仇。我知道，妙音的心里很苦。我想让她讲讲她的那时。我担心她会拒绝，因为她那样的女子，是不爱多说啥的，没想到，她竟答应了。我还看到，在她答应的那一刻，老钺师的眼中有个东西闪了一下，又很快消失了。这次，我听到了他心里的声音——它很短暂，但我确实听到了。我很感谢老钺师。有时，他也是无我的。

施坛仍是阴森，但因为妙音的述说，这阴森中有了一种美，那是一种凄美。老钺师——或者说妙音——的声音回荡在树林之间,与树叶撞击着,发出了一种微微的,却也清晰的声音。那声音融入施坛静到极致的氛围之中,就像水滴融入了海洋。我也静了心,用百分之百的敬畏和感同身受,去倾听一个曾经心碎的灵魂,讲那段让她心碎的往事——

本来,我不想再回忆那事了,它真是让我痛彻心扉了。虽然我能想起无数次的轮回,里面有许多心痛的事,但最让我疼痛的,还是龙多格热的死。

但你做的这事,事关龙多格热的荣誉,我还是忍受那疼痛,告诉你那时的经历吧。

龙多格热死后,日子像秋天的树叶儿一样,一个接一个地落着。不觉间,过去十多天了。我和妈每天煨两次桑——早上煨,供的是佛菩萨;晚上煨,供的是龙多格热。虽说只煨两次桑,但妈没叫火灭,她不间断地将酥油和奶渣放在火上,我也放。只有在这时,我们的心才能稍微安宁一些,因为,除了这,我们不知道还能为龙多格热做啥。我变得很容易哭,一想起龙多格热,我就会掉眼泪。几天后,我的眼里就像进了几只赶不走的小虫子,妈说,我把眼睛哭坏了。可妈也一直在哭,她的眼睛都哭麻了,上下眼皮肿得像注了水一样,我看她,好像都有些睁不开眼了。此外,她更瘦了,红肿的眼睛显得特别大。

虽然只少了一个人,屋子却一下子空了。爹一直在抽烟。他看上去很平静,脸上没任何表情。

上回打仗的那个作盖土司赔了一批牛羊,来赎那几个俘虏。参加战斗的人中,除了我家和毛旦家分了五头牛,其他人家里各自分到了两头。

你说,可笑不,战利品的分配,也是要经过村里长老会公议的,我家跟毛旦家都得了五头牛,说明长老们也承认龙多格热是英雄。可承认又咋样?龙多格热需要他们说句公道话时,他们为啥集体失语了?也许,长老们本来就是温布的人,他们就算知道龙多格热被冤枉了,也不会为了龙多格热,或是为了真相,去违背温布的意愿。

再说,胳膊永远拧不过大腿,他们就算说了,也改变不了最终的结果。但我心里还是很不舒服。我也不知道,这种不舒服,到底是我自己的不舒服,还是我心里的龙多格热在不舒服——你不是说过吗,心里有的,就跟我们在一起。

抱歉，我读了你的心。你知道的，按我的性格，是不愿去管别人有啥心思的，但我需要了解你，了解了你，我才知道，跟你说这些，到底有没有意义。正是因为观察了你的心，我才确定了你是个好人——也许不该用好人来概括你。但请你原谅吧，我不过是一个死了很多年的平凡女子。我不想在心里放那么多词汇。

尕女把那几头牛赶到牧场后，就留下看牧场了。阿斌和阿机在家里待了几天，他们仅仅难受了几日，也就有说有笑了。妈觉得他们没心没肺——当然，要是他们过于悲痛，妈也会心痛——倒是阿柱，他老是阴着个脸，老是哭。他哭哑了嗓子。以前，他跟龙多格热最好。自这事后，别人一提温布，他的眼里就会冒火。这让我想起了他之前说的话。过去，我只觉得他是龙多格热的弟弟，从来也没留意过他，因为这事，我才对他多了一份关注。我发现，他平时话不多，老是沉默，但只要他说话，那话就会像小石子，能打中你的心。当时，我就想，也许，他真能给龙多格热报仇呢。……说真的，我很希望报仇的是他，因为我知道，他跟阿机和阿斌不一样，他对我没那个意思。在他心中，我就是大嫂，是大哥龙多格热的女人。长嫂为母，他对我只有尊重，没有另一种眼光。但我也知道，他太小了，身子骨也太弱了，不像龙多格热那么强壮。他怎么斗得过温布身边的铁棒阿卡呢？那时节，我并不知道，报仇的方式还有很多。

很明显，阿斌和阿机开始琢磨自己的心事了，因为按习俗，哥哥死了，弟弟是可以娶嫂子的。就是说，他们两个，都有机会娶咱。虽然我知道他俩的心事，但我真没想到，哥哥刚死，他们两个就暗暗较劲了。尤其是阿斌，他时不时就进我的小屋——大哥的死，倒成了他接近我的理由——表面是在安慰我，其实是在讨好我。

我腻透了。我又不是牲口，爱人刚死，我哪能接纳别人呢？我忽然发现，人情真的是薄如纸的，即便是亲兄弟，又能怎样？龙多格热活着时，对他的三个弟弟，都像心头肉那样，恨不得把生命都给了他们。他刚死，两个弟弟就打他老婆的主意了。虽然有这样的习俗，我也受不了。那些日子，我的心里眼里，都是龙多格热。我觉得他没死，他一直和我在一起。时不时地，我就能闻到他身上独有的气息，是那种带着汗味的、独特的、有着雄突突味道的气息。过去我俩一起的时候，一闻到那气味，我就觉得身子会突地发热，就有了那感觉。虽然我不是爱那事儿的人,但我一接近他,就想那事儿。这种感觉,爱龙多格热前从来没有过。

他死后的那几天,阿斌时不时就来我身边,安慰我,给我抹泪。我很不喜欢他这动作,他一碰我,我就觉得恶心。我知道他的心事,我受不了。以前,便是我没嫁龙多格热时,他一碰我,我也受不了。阿机也这样。我知道他们对我好,我也可以对他们好,但他们不能碰我,不然我会有生理上的厌恶。我不知道这是啥原因。以前,村里也有几个兄弟娶一个老婆的现象,但那是别人,我不能容忍这样的事,我做不到。

我觉得天塌了,活着没意思了。一切都灰蒙蒙的。办婚事的那时,我是多么幸福啊。我觉得自己是世上最幸福的女人。那时节,我像喝了酒,整天醉醺醺的,好幸福。那时,天在笑,地在笑,万物在笑,我梦里都在笑。我以为,我的幸福终于来到了,而且,后面的日子还长着呢,我会和龙多格热,就这样幸福到老。没想到,一切刚开了个头,就到了结尾。一场寒霜打了来,我的幸福就像百花那样,一下子凋零了。

那真是噩梦般的岁月。

说真的,我是想报仇的。那时节,我虽然没将这心事告诉任何人,但我打定主意了。我会报仇的。我恨死温布了。他把我那么好的男人害死了,还让他死得那么惨——那天,我和爹妈、孕女都没去,大姐一家也没去,我们不忍心看他受苦——虽然我知道,那天不去,我就再也见不到他了。爹也说,不能去,要给娃子留点尊严,我们就没去。爹只叫阿柱去了。阿柱虽小,却是除爹之外,当时家里唯一的男人。阿斌和阿机还在牧场,没回来——是爹叫他们别回的。爹怕他们太冲动,惹出祸来,爹没想到,他们身上本来就不多的血性,已叫恐惧给冲没了。他们定然听到了村里人的议论,知道了龙多格热是如何死的。龙多格热刚死的那几天,村里有很多人在议论,我听到了一些细节,马上就像被雷击了一样,瘫倒在地上了。那议论者一见我在,就尴尬着脸走开了。我知道,他们肯定扔了石头。肯定的。从这以后,我看他们,就有了另外一种眼光。我也不再去经堂里念经了。我想,他们天天念玛尼,还不是一样恶?但我还是在念玛尼,妈也在念。这时,如果连玛尼都不念了,我的世界里,就真的只剩下仇恨了。但念着玛尼时,我的心仍是绝望的——我还有些心虚,因为我知道,我一边念着玛尼,一边祈祷着有人能为龙多格热复仇,祈祷着温布的死亡，我已经变得跟那些人一样了……

呵呵，其实，我也很可笑。你说对吗？你当然不会觉得我可笑的，我能看到你心里的悲悯和心痛。就是因为这，我才愿意跟你讲这些。你关注的，不只是事情的过程，也有我们这些人的感受。你真的把我们当人了。你绝不会为了利益，做些歪曲黑白的事。我虽然只是个平凡的女子，但这些年，我见了很多事，也明白了很多事。便是当年，有些事，我也看得清清楚楚呢。我之所以那么恨温布，就是因为我知道，当年的很多东西，很可能是一个圈套。我根本不信温布不知道龙多格热是被冤枉的。我那天那样奋力地作证，完全不顾自己的体面了，正常人都知道，我说的很可能是真话。但他连一句都没问过我。我不知道，他是否问过龙多格热，肯定没有。那天，龙多格热身上布满了伤痕，那么厚的袍子，竟都成布条了，上面全都是血……如今一想，我的心还会颤抖呢。我知道，那时，他们肯定对他严刑逼供了。我了解龙多格热，他既然没做过，就一定不会承认的，不管人家怎么折磨他，他都不会丢掉自己的尊严。可温布们还是公布了所谓的事实，可见，他们根本不需要事实。跟龙多格热结婚之前，我就听说过他和温布之间的一些过节。我虽然不喜欢这类故事，但我信。我觉得，温布是利用了这事，来报他的私仇，肯定是这样的。

我把对龙多格热的爱和痛都化成了对温布的恨。这不是过去的我。过去，我的哥哥死了，我都没想到要报仇。没有。要是我想报仇的话，有的是机会。我可以在做饭的时候投毒的——寺院旁边的那个小店里就有老鼠药——但我从来没动过这念头。因为，我哥的死，是两个家庭仇杀的结果。这是有着相同机会的较量，生呀死呀，我会当成是一种命运。而温布对龙多格热那样做，是一种罪恶，是不可宽恕的。想来，爹也这样认为——当然，爹跟我还是不一样，他眼里的命运，就是复仇，不管是仇杀，还是被迫害，在他眼中，都一样。

一天，我去找毛旦。我发现，他瘦多了，胡子长长的，眼珠瓷瓷的。看得出，龙多格热的死对他打击很大。我很感动，就说，姐夫，你是羌村有名的英雄，你要去报仇。毛旦听了，一惊，说，这号话，你可不能说，叫人家听了，还真以为我要做啥事呢。

我说，那你就真的做一次，或是用枪，或是用刀，只要把那个大祸害杀了，就能为你的小舅子报仇。

毛旦说，那可不行的，我答应了朱古，将来，他有啥事，我得当先锋官。

我这条命,现在还不能丢。

我说,这事儿,也是在帮朱古呀。你不见,那温布,一手遮天哩,朱古都叫架空了。

毛旦说,成哩,朱古要是发了话,我泼了命也干。我说,你可要说话算数。毛旦拍着胸脯说,当然算,只要朱古开口。

我就去找爹,把毛旦的话告诉了爹,叫爹去找朱古,请朱古发话。

爹冷笑一声,说,你信他的话?他嘴硬沟子松,即使朱古真发了话,他也会尿裤子。再说,你想,人家朱古,能发这样的话?

爹又抽了阵烟,然后说,这事,你别再想了。这报仇的事,不是你们女人想的。

那些天,爹老是阴着脸,他没有哭,他一直没有哭。他只是抽那旱烟。整个屋子里弥漫着浓浓的烟味。我读懂了爹的心。我能读出他心中的痛。他虽然仍在扯那玛尼轮的绳子,想着的,却是他自己的心事。他想报仇。他定然想报仇。我很想跟爹就这个话题说一阵话,但我张不开口。我怕这个话题会加重他的痛苦。

我非常心疼爹。龙多格热出事那天,爹一夜间老了很多。以前,我对他一直不理解——特别是在仇杀问题上——我甚至怪过他,怪他不近人情,为啥不能接受我家的赔命价,为啥非要让两个家庭都死人,让两个家庭互相仇恨。所以,过去他一直在我的心外面。现在遇事了,他一下子就在我心中立了起来,化成了一座大山。在这座大山跟前,阿斌和阿机显得非常渺小。我想,你们为啥总想着自己的那点儿事呢?要是你们两个中任何一人,能有一点血性,去为你们的大哥报仇的话,我会嫁给那个人的。

一天,我试探着问阿斌,你有没有想过去报仇?

听了这话,阿斌一下子呆了,好一阵,才说,想是想,可是有可能吗?你不知道,温布身边,有两个铁棒阿卡,功夫非常厉害,我根本近不了身。

我说,老虎也有打盹的时候呢。阿斌说,那两人,早成温布的影子了,寸步不离的。我笑了。我明白他是个啥人了。我又问阿机,你没想过给你哥报仇吗?阿机说,当然想,可是我得等机会。我问,你要等啥机会?他说,我也不知道我等啥机会,反正,时机还没到。我又说,机会是自己争取的。你不争取,哪有机会?阿机不敢望我的眼睛。我知道,他怕我追问下去。

我淡淡地笑了。

我明白他们两人了。他们已叫温布吓破胆了。我还知道，叫温布吓破胆的，有很多人。

我已知道那天发生的一切了——我没问阿斌和阿机，也没问阿柱，我知道他们不会告诉我真话，因为他们怕我受不了。所以，我问了一个相熟的女孩，她的哥哥那天也去了。她听哥哥说了整个过程。我一问她，她就把哥哥的话复述了一遍。说完后，她又加了一句，说，我哥那天可没扔过石头，你不要恨他。我摇了摇头。其实，那时，我已听不进她的话了，我的整个世界都在旋转——那天的一切都太可怕了，别说看，便是听了那场景，我也受不了。我一阵阵打着哆嗦，但我还是咬牙让自己听完。我觉得自己也在受刑。

我在听那场景的过程中咀嚼着我的痛苦，也用这种方式凭吊着我的爱。阿柱去为龙多格热送别——现在，说到这词，我的心还会一阵刺痛呢——时，我也想去的，但妈不让我去，爹也不让我去，他们都怕我受不了寻短见。这当然有可能——不，不是有可能，而是肯定会这样。我光是听了那场景后，就寻死了好几次。但这不是因为我受不了，而是因为我想殉这份爱。一想到龙多格热承受了什么，一想到他一个人待在那个世界里，我就不忍心，就想去陪他。但每一次，我都给救回来了。后来，我肚子里的孩子就没了。孩子没了，对我又是另一种打击，我这才发现，龙多格热的事，让我把孩子给忘掉了——它是龙多格热留在世上的唯一血脉，我咋能忘掉它呢？我的心里充满了愧疚和痛苦。但孩子已经没了。我有一种万念俱灰的感觉，却连寻死的激情也消失了。爹读懂了我的心，他说，死是很容易的事，活着才难。要活着，活下去，像猪狗那样活下去，因为活着才能报仇。

报仇！报仇！他重重地重复这两个字。我也这样想。从此，这两个字，就代替了我的玛尼。我一夜间成熟了，一夜间有了铁硬的心。

4. 明心

龙多格热死了四十九天后，翟爷专门来家里找我，跟我谈了话，他是阿斌托请的。他问我，你愿不愿意嫁给阿斌？我问，这是爹的意思吗？他说不是，是阿斌。又说，你要是有意思了，我再跟你公公谈。我觉得好笑。我说，他为啥不直接问我呢？翟爷说，他想叫我探一下你的心。

我说，我的心，其实很简单，我只想给龙多格热报仇。你告诉他，只要他给他哥报了仇，我就是他的；要是做不到，门儿也没有。

翟爷说，你这话，我可没听到过。以后，你也别乱说了。要是你乱说，会招来大祸的。

我说，我只是说给自家人听。我当你是自家人的。

翟爷说，有些事，不好说。我是总管，不好说啥话。这号话，你记得，宁愿捂臭在心里，也别乱说。不然，叫人传出去，祸事就上身了。

我明白翟爷说的是好话，这号事，还是压在心里好，就说，你叫他直接来问我好了。有啥话，我直接告诉他。

翟爷说，好的。他又进了爹房里，去安慰爹。我知道爹对他有意见，因为龙多格热遇难后，他从头到尾，都没说过半句公道话——他明明可以说的，说了当然不会改变什么，但他也不会有什么损失——这是翟爷的做事风格，君子不立危墙之下，温布能这样收拾龙多格热，也能这样收拾他，他不会为哪个人去得罪温布的。但他毕竟是总管，我怕爹会冲撞他，就装作沏茶进了爹的屋子。我发现，他们两人都很平静，没看出有啥不快。就想，也是的，毕竟，爹活几十年了，不知经过多少大风大浪了。对于生活中的一切，他早就看开了。

我出房门时，听到爹说话了，他说，她的事，她自己做主，我当她自家丫头养活就行了。我啥都不逼她的。

我知道他们在谈我，也知道爹在告诉我他的心。我很感恩。说真的，我很害怕他叫我嫁阿斌或是阿机，在我眼中，这真是一件可怕的事。

我想，要是他们硬逼我嫁他们，我会逃走，或是去死。一想到死，我的心里竟然充满了渴望。我想，这样，我就能见到龙多格热了。

我想死，真的想死。不过，便是去死，我也一定要先给龙多格热报仇。是的，这个念头，竟成了我活着的意义。

我要报仇！

翟爷走后，我走进爹的房间，爹正在转玛尼轮。这些天，他一直都在转玛尼轮。那是龙多格热专门从成都买来的，很大，就安在屋里的柱子上。爹就坐在炕上，扯那玛尼轮上的绳子。阿斌们去牧场时，爹就一人住这屋子。爹的习惯是不脱鞋上炕，无论他从什么地方回来，总是穿了鞋直接上炕。村里好些老人也这样。

自打龙多格热死后，除了吃饭睡觉，爹就一直在转玛尼轮，我知道他在排遣痛苦。他认为，他的几个儿子中，只有龙多格热像他，龙多格热敢担当，有魄力，敢作敢为，别的儿子身上——除了阿柱小还看不出明显特点外——都没有这种东西。所以，爹一直很看重龙多格热，他相信，他将来死时，把家交给龙多格热的话，他就可以放心了。龙多格热一出事，爹的希望和盼头就灭了。

我对爹说，我想报仇。

玛尼轮停了。爹没望我，他像发呆那样，凝了一阵，才说，你不行的。

我说，我当然不行，但我可以找个行的。谁能报仇，我就嫁给谁。

爹望我一眼，他长长地叹一口气，说，那两个孽畜，是没有血性的，我看透了。

我说，我知道的。但我现在还活着，就是为了做这事。爹要是觉得行了，我们一起做；您要是觉得不行了，我就一个人来。

我松了一口气，终于，我说出了该说的话。我说了这话，既明了我的心，又等于绝了阿斌和阿机的非分念头。爹长长地叹口气，流下了两行浊泪。他说，让一个女子去报仇，男人都没脸了。

我说，爹，不能这么说。龙多格热是我的命，要不是想报仇，我也不想活了。

爹问，你还有啥想法，只管说出来。

我说，我再也没啥说的。我只想请爹观观因缘，看哪个人有血性替我们报仇。

爹不语，木了半晌，才说，报仇是必然的，但我没想到，你有这心思。你一说，我发现，这事儿，你倒是真能做的。那两个活祖宗，都是嘴皮子上的功夫。以前还有一点血性，还能报个仇，这回，大哥那样的死法，把他们的胆吓破了。报仇的事，靠不住了。也好，你也想想，我也想想，看看有没有合适人选。

我知道，爹说的合适人选，就是村里对我有意思，可以为了得到我，去跟温布作对的男人。说真的，虽然我已做了几天心理准备，虽然我已经认命了，但一听爹应允了这事，我的心还是凉了。你是不是觉得，我还不能豁出自己，我只是说说？——当然，你不会这么想的，你要这么想的话，就不是你了——

347

不，我不是的。我是真的铁了心这么做的。但我一想到未来要跟其他男人有那种事，我就犯恶心。

过去，我见过一些男人用异样的眼神望我，那眼神中的意味，即便我没经过那事，也能明白。你知道，在我们那儿，姑娘只要没嫁人，就能跟任何一个男人有故事，哪怕生下孩子，也不会被人歧视的。即使在结婚之后，也有好些男人偷偷地打量我——也许，我成了龙多格热的女人，他们就不敢表现得太明显了。他们的收敛，无形中提醒了我自己的身份，那时，我已经是"龙多格热的女人"了。这几个字，曾带给我多大的幸福啊。……你常说，世上最美的，是心属于自己后的自由和自主，但对我来说不是这样。在我心里，最大的幸福，就是成为"龙多格热的女人"。……你可想而知，后来，当他们又用热烈的眼神望我，极力地想要向我传递某种讯息，并且热切地想要得到我的回应时，我是多么失落——他们的眼神一直在提醒我，我已经不是"龙多格热的女人"了……呵呵。我之所以提出这建议，就跟那些眼神有关，当然，也跟阿斌和阿机有关。不过，我知道他们俩不敢，就算为了得到我，他们也不敢。我就想看看，用那种眼神看我的人中，到底有没有几个有骨髓的，能为我去杀温布？

但是，即便这样，让我回想那些眼神，回想那些眼神的主人，我仍然感到无比恶心。那是一种生理反应。我一方面希望，真有人会为了我去杀温布，另一方面又不希望有人站出来——你明白那种心情吗？我虽然说了，我愿意嫁给能为龙多格热复仇的人，但我实在不想跟其他男人有关系。说真的，我不像春妮，我跟龙多格热做那事儿，是因为我爱他。如果不是因为爱，我是不愿跟任何一个男人那样亲密的。可现在，我没有选择了。除了自家的身体，我没有任何筹码。

夜里，爹把家人们叫到了一起，开了个会。爹把我的想法说出来了。我知道，他是在表明一种态度。

阿斌和阿机都阴了脸，没说啥。

没想到，阿柱问，要是我们弟兄们一起报了仇，咋办？爹没说话，他只是转玛尼。

我一下子被这个问题打晕了，不知说啥好。

阿柱说，我没别的意思，只是想报仇。我想，我们兄弟该努力一下。要是叫外姓人做这事，我们会觉得丢脸。

我不好说啥，他说得有道理。但我不知道，他会策划一次行动。

第十二章　阿柱说

1. 殄妖怪的雷神

妙音说，接下来的事，你还是听阿柱亲口对你说吧。

至于阿柱的灵魂为啥还飘荡在这个世界上，他执着的是什么，妙音没说。

我在龙多格热的记忆中见过阿柱，那时，他还只有十三岁。弱弱的样子，几乎没有引起我太大的注意。我只觉得，他的眼睛很亮，是一种非常清澈的亮。我很难想象，有着这样一双眼睛的孩子，竟然能坚定不移地复仇。我很想知道，妙音说的行动，是怎样的行动，最后有没有成功地杀死温布——当然，我知道温布后来死了，但就算他们复仇不成功，温布也会死的。岁月是另一把复仇的刀子，只是，不知道它复的是谁的仇。

我很是心疼老钹师，我知道，他已经很累了。而且，今天让妙音感通，听妙音说那些，他的心里定然有另一种感受。但是，妙音走了之后，我只看出了他的疲惫，我并没看出更多的情绪，仿佛一切都跟他无关似的。

他坐在一棵很高的松树下面，入了定，淡淡的阳光穿过针叶和树枝，洒在他的身上。虽然有风，但他褴褛的衣服、打结的长发和胡子，却因为积了过多的汗水和灰尘，已经无法摆动了。据说，这些年来，无论严寒还是酷暑，他都是这个造型，也都没离开过这里。我不知道，对于过去的生活，他有没有过依恋。但不管他有没有依恋，他都把它给抛弃了，选择了另一种艰辛的生活。我可以想象，他当年受到的打击有多大。不过，看他今天的样子，我相信，对于那段最不能放下的往事，他也已经放下了。他找到了自己需要的宁静。哪怕这份宁静里，充满了浓得化不开的沧桑。

我轻轻地对他说，我走了，明天再来，希望他能请来阿柱，我想跟阿柱聊一聊。他没有回答我，但我知道，他一定听到了。

第二天，我到他的住处外面时，他已经在门口打坐等我了。他指了指身边的一块石头，示意我坐下。然后，他调整了一下呼吸，当我在他身上感受到另一种气息时，一个陌生的声音响起了——

在我的记忆中，哥并没有被拽成两截——也许，在他的感觉中是那样，但事实上没有——也没被狗吃了肉体。因为我一直守着他。我咋能让狗靠近他呢？

我说的哥，当然是龙多格热。我只叫他哥，另几个，虽然关系上也是我哥，但我只叫名字。在我心中，真正的哥，就只有大哥。……在我的生命中，哥甚至比父亲更亲。因为，我是哥扛在肩膀上长大的。我对童年的印象，就是坐在哥的肩膀上看世界。那时，我总会觉得世界很低，我很高，看一切，我都有种晕晕乎乎的感觉。哥死了，我的天就塌了。我就打定主意要杀掉温布。

记得，那年，我只有十三岁。

我永远忘不了哥死时的情景。

寨里人很怕温布，整个羌村的人都很怕温布，但我在下定决心时，并不觉得自己想杀的是温布——我说的"温布"，不是那个人，而是他代表的那种身份。真的，我觉得，那个人根本就不是真正的温布，甚至不是真正的阿卡。

按戒律，阿卡是不能动杀心的。阿卡一动杀心，就当不成阿卡了。因为杀戒属于断头戒——就是说，一旦犯了这戒，便犹如人断了头不可能活一样，慧命会断掉。慧命一断，就再也没资格穿袈裟了。

对于阿卡们为啥也杀人，他们的解释是，阿卡也得惩罚所谓的魔。

那时节，温布眼中有很多魔。那些所谓的魔，就是不听话不受管，有可能动摇他统治的人。他要想维持他的统治，就得将那些人说成是魔，然后进行降魔。

哥就属于他们认为的魔。

你一定不要认为阿卡全是好人。不是的。如果我有这观念，也不会杀温布。我早就发现,阿卡不全是好人。尤其是那温布。

对那个温布,我早就看透了。因为,有一次,我看到他脱下袈裟,换了俗家衣服,去找春妮。那时,我就知道,他根本就不是阿卡。因为,淫戒也是阿卡的断头戒。

那时的春妮戴了天头——就是说她嫁给了天,是可以随意交朋友的。这戴天头,也是一种仪式,要请客的。我还记得,春妮第一次婚姻失败后,就戴了天头。那天,她家请了几乎全村人,吃吃喝喝后,春妮爹就宣布:我这丫头,从今天起,戴了天头。

有了这仪式,她就有了交男朋友的特权。只要她愿意,可以多交男朋友,生下的娃儿,属于娘家,任何人带不走——也没人带。这有点像历史上的母系社会,人只知其母,不知其父。

戴天头后,父母就给春妮在院子门口盖了房子。只要她愿意,男人们都可以自由出入。后来我还发现,她在她家牧场——她家牧场离阳寨远,离延寿寺近,就在延寿寺的后山上面——也设了一处帐篷。多年前的一天夜里,我就是在那儿,看到了温布的身影。

温布那高高的胖胖的肉肉的蛮横样子,烧成灰我也认得。

记得那天很黑,天上有很奇怪的闪电,时不时就撕天空一下,从西北角,一直撕到东南角,整个天空都叫扯烂了。我看到那闪电时,哥正在房顶上吼呀吼呀,我知道他在修摩利支雷法。伴随那闪电的,是巨大的雷声。那雷声,也是忽而东,忽而西的,像是在追着什么跑似的。这种天气,我一生里只见过很少的几次。

后来,听大哥说,那天晚上,他修了摩利支天,请了雷神来殪妖怪。我当然信这话。上一次,也是这样的天气,哥也请了雷神殪雹精。次日,我就跟哥去寻那霹雳落处,发现半山腰里,有个斗大的蛤蟆,已死僵不动了。它躲在一块大石头下,我们顺着雷电的痕迹找了好久,才看到它。那是一块花岗岩,据说,花岗岩的硬度仅次于金刚钻,但还是叫雷殪裂了,可见那雷神真有神力。一见那蛤蟆,哥就说,瞧,这就是昨夜的雷神殪的,这蛤蟆,成妖精了。我问,是啥妖精?哥说,是雹精,不信,你去看那蛤蟆的肚子下面,定然有冷子疙瘩。我虽然相信,而且有些害怕,但还是上前,大了胆子拽那蛤蟆。那蛤蟆虽然死了,但身子还软软的,我很恶心那感觉——你没摸过蛤蟆吧,它身上有一种黏黏的东西，很像人的浓鼻涕——拽是肯定拽不出来了，我就折了一棵小树，去掉叶子枝丫啥的，一下下撬。开始是撬不动的，后来，我撬一下，再撬一下，撬了十多下，那蛤蟆才动了一下，你想，它有多大。哥说，你别瘦狗努尿了，还是我来吧。他没用那棍子，只揪了那蛤蟆的顶皮，一用力，蛤蟆就从那石缝里出来了。我发现，它的身上有一种被灼烧过的痕迹，从背部一直延伸到腹部，也许，这便是雷神殛的吧。再看那蛤蟆趴过的地方，嘿，果然，那里有很多冷子疙瘩——就是你们书上说的冰雹。

哥告诉我，神有两种，一种是正神，一种是邪神。这两种神，都有力量，区别是前者合法，后者不合法。这有点像后来的宗教，朝廷承认你了，你就是正教；朝廷不承认你了，你就是邪教。这蛤蟆，虽然自家修成了，但没能得到天庭的认可，被算作了邪神，雷才会殛它。

当然，若是它不惹事，就算它不是正神，也不一定会被殛的，问题是它老是作乱，给阳寨人带来了很大的麻烦——那时节，羌村常发冰雹，眼看着庄稼就要成熟了，可那蛤蟆一不高兴，冷子疙瘩就打了来，庄稼就叫打烂一地了。自那次雷神殛死蛤蟆之后，阳寨安静了好几年。可别村的庄稼，还是时不时叫雹打，不知是不是还有别的雹神作怪。哥说，殛死雹神那一次的雷，是他祈请的，因为好几茬庄稼都叫雹神糟蹋了，他就祈请摩利支天，结果，夜里就来了那泼水似的雷。

在我发现温布偷情那天，雷神也吼叫了一夜，但我没在次日看到死去的蛤蟆。我想，雷神也许在殛别的妖精。再后来，我忽然觉得，那夜雷神的发怒，定然是因为发现了温布在偷情。你想，他一个阿卡，又管着这么大的寺院，这么多的阿卡，还是羌村教权的实际掌握者，可以说是一人之下，万人之上——不，不是一人之下，他不在任何人下面，因为朱古是没有实际权力的，有温布的时候，朱古只管念经，啥也不管的。你明白了吧。像他这样的人物，却干这种偷鸡摸狗的事，雷神不发怒才怪呢。

……那这一次，是不是哥招来的雷呢？

我看到了天上横七竖八的闪电，一道一道，红红的。一见这闪电，我就有些害怕，可一想到它也许是哥弄来的，我又不太怕了——要是那天我真的害怕了，也就没后来的事了。因为后来所有的事，都是因为在那夜，我发现了一个真相。要是我不知道那真相，我也许就不会那么恨温布，也不会有后来的行为。

那夜，我正看那满天的闪电呢，却发现哥出了门。他骑着他常骑的那匹黑马，向一个我不熟悉的方向跑去。有点像是去延寿寺。我觉得奇怪，就想，这样的天里，他还要出去——而且出去得有些诡秘，他定然是去看那雷㴋妖精吧？一定是的。他总知道一些奇奇怪怪的事。他那些奇奇怪怪的事，多是阿尼告诉他的。阿尼会很多稀罕物，如摩利支法、驱雹法等。村里人有时会请他驱雹，成功一次，就给他一些青稞。哥就跟阿尼学咒术，不过，他学的，不是那驱雹法，而是摩利支天愤怒法，哥很精进，听他说，那咒子，他诵一亿遍了。

我就想，哥呀哥，我待你那么好，你咋一个人去看新鲜？但我知道哥是个牦牛脾气，他要是不想叫我去，我也去不了。

我只有偷偷跟他去。

2. 女人水似的声音

我骑的，是我家的另一匹马。我从小就会骑马，小小的时候，我就已经可以驱马飞驰了。那时，我家有十几匹马，有上百头牛，还有几百只羊。要是划成分，虽然不是牧主，但也肯定不是贫牧。后来因为给哥复仇赔命价，把家里的牛都赔光了，还欠了几百头牛的外债，后来才被划入了贫牧。不过，也正是因为被划入了贫牧，我家才逃过了后来的那场灾难。命运中的一些东西，真的挺有意思的，你说是不？

我知道，你这时候的那任阿尼告诉过你，我家最早的时候很穷，一家人吃不饱肚子。这事，我也听说过，但那是哥还小的时候。哥去参加肋巴佛的义军后，就总会拿一些钱回家，据说，有些钱是战利品换的，有些钱，是哥劫富济贫劫来的。因为，他同时还济了很多其他的贫，就没人说他不好，反而总有人夸他，说他是英雄。总之，阿斌和阿机告诉过我，我一生下来就没饿过肚子，完全是因为哥。

我继续讲那天夜里的事。

从阳寨到延寿寺，有一段距离，幸好，那夜的闪电雷声帮我，它们吼出连天的大声，盖了很多声响，哥就一直没发现，我正远远地跟着他。天上的闪电还是那样，时不时地，就扯亮整个天空，响起狮子射精时的那种低吼，咕噜噜滚过来，咕噜噜滚过去，总能压息我们的马蹄声。

我们一直走到了春妮家的牧场——就是延寿寺后山上的那个——哥把马拴在一个木桩上，径直走向一个帐篷。我听到一阵狗叫，但没见狗扑上来，想来，它定然是叫人拴住了。哥进了帐篷后不久，我就听到一个女人响彻天空的尖叫声。

我以为她要死了，就吓坏了。我甚至以为哥要杀她，或是打她呢。我正要扑进去，却听到哥跟那女人说话。

悄些。你不怕别人听到？哥说。这山上，哪有人呀。我忍不住。女人说。你没见，旁边就有帐篷，你咋知道里面没人？哥说。

我听出，那女人，就是村里的春妮。我不知道哥啥时候和她好上了。也不知道这好，是哪种好。我只知道，春妮的声音很水，在我心上晃呀晃呀。那年，我只有十岁。你想，这声音能在十岁孩子的心上晃，魅力该有多大。

我还听到了另一种声音，吧嗒吧嗒的，我不知道那是啥声音。怪的是，那时的天上仍有雷鸣和闪电，雷鸣闪电的声音也仍然很响，却盖不住这奇怪的声音。

我还听到另一个帐篷里，有个老汉翻了一下身，咕噜着骂了一句。这老头的声音我很熟悉，以前，他当过长老，很厉害。他有个老婆子，老极了。记得我五岁时，她就老得颤巍巍了，像是要死，却一直没死，老见她去寺里转玛尼。她总是手里拿个玛尼轮，一边摇，另一边还转着那个大玛尼轮。每次见到她，我就想，你只转一个就行了，真贪。大哥说，转一个有一个的功德，转两个有两个的功德。我说，贪功德也是贪。大哥就笑了，说我很有佛性。他要我好好修行，将来不定还会成就呢。那时，我还不知道成就是啥。

忽然，哥叫了几声，也像要死了似的。听过刚才那女人的声音，我就不担心哥了。我想，定是他们在你掐我我掐你，你咬我我咬你。

在牧场里时，我老见羊呀牛呀干这事。我很高兴它们干这事，它们干得越多，越能生下小牲畜。要是它们不干，爹就会叫我们去找一种叫淫羊藿的草，叫公牛公羊吃了，它们就会死命追母的，追上就干这事儿。

我知道，哥此刻干的，定然就是这号事儿。

以前，我见过春妮。有一次寺里演戏时，春妮穿了件很艳的衣服，站在最醒目的地方，招来了一堆一堆的目光。这目光里，也有我的目光。说真的，她真是全羌村最漂亮的女人。我很希望她当我的嫂子。那时，我还不知道她戴了天头，当然也不知道，她是我哥的相好。

我记得，温布就是在哥和春妮干这事儿的时候骑马上山的。我一听到马蹄声，就闪到一旁，躲在一个柴墙后面。

后来我才知道，那天，哥忘了做一件事：他应该将腰带挂在帐篷外的木橛上，这样，别人就不会进帐篷了。但很不巧，哥忘了。而且，那人来时，哥和春妮正在休息，没发出那种怪怪的声音。于是，只听哗啦一声，那个黑影就进了帐篷。

帐篷里忽然静了，没有一点儿声音。片刻后，春妮的声音响起：你回去吧，今天没空。

进去的那个男的马上出来了，他没说话，动作也很轻，我没听到一点儿声响。可巧的是，这时，一道闪电突地亮了，煞白的强光打在那人的身上脸上，我认出，他竟然是延寿寺的温布。

我吓了一跳，他显然也吓了一跳——但他肯定看不见我，因为我藏在暗处，闪电的光没照到我，他也没有望向我这边——他扯下帽子遮住脸，却露出了那个光光的脑袋。然后，他快步走到拴马的地方，解开缰绳，狼狈不堪地拉了马离开。他定然怕帐篷里的人认出他来，我想是这样的。他走得那样急，马蹄声很碎。我想，要是那天下雨就好了，山道一滑，马失前蹄，他就会滚上一身泥的，可那天只有闪电和雷鸣。

我后来常想，为啥那闪电偏偏在那时亮一下呢？要是没有那一亮，也许就没有后来我做的那事。因为哥从来没告诉我那夜的事。在这一点上，我们哥俩很像，我也一直没有和谁说过——除了你雪漠，谁叫我们有缘呢——我不是漏嘴子，不会啥话都往外溜。我的嘴很牢实，若不是我自己想说，你连个屁也撬不出来的。

但后来，村里还是有了流言，说哥和温布抢女人，温布还输给我哥了。不知道，这事儿是怎么传出去的。我怀疑，是另一个帐篷里那老头说的，闪电的那一刻，他可能也看到温布了。

355

3. 温布的报复

　　我一直在想，虽然那夜温布没看清哥的脸，但后来定然知道他是谁了。定然是这样。温布哄女人的办法太多了，在下一次的相会里，他只要给春妮点好处，比如银元呀、绿松石呀，春妮就会说出她那夜的相好是谁。肯定是的。但这个猜测，一直没有得到证实，因为温布一直没有对付我哥。每次我哥跟他冲突，他虽然大骂，却从来没有借机除掉我哥。直到我死后，才发现他真的早就知道了，他只是在等一个合适的时机，一个能把我哥彻底铲除的时机。我哥被栽赃的事，定然是让他看到机会了，所以他明知我哥不笨，不会做那样的蠢事，却仍然不调查、不取证，就给我哥扣上了土匪的帽子，还让我哥那么惨地死去。我知道，哥那晚一定也猜到，温布能轻易查出帐篷里的是谁，因为后来，哥有些闷闷不乐。我问原因，他一直没说。我知道，他其实害怕温布——当然，哥后来不怕温布了，他公开骂温布，甚至跟温布正面冲突过好几次，但那是为了维护某种不能被侵犯的东西，像那次为了兰猞猁的事去寺里，他差点儿打温布，就是为了维护阿尼——因为，在后来的三个多月里，他再没去过春妮家的帐篷。当然，再后来，春妮跟哥又好上了。

　　温布把哥抓到寺院后，定然还上过刑，因为哥的脸上身上都有伤。温布定然想了很多法子叫哥承认自己是强盗。哥当然不承认。后来，温布才叫那些长老们进行表决。

　　历史上有很多这样可笑的集体表决，被表决死的，总是不该死的人——当然，我是认识你后，才知道这些的，要知道，我们那儿，是没什么机会学文化的——你说那个叫苏格拉底的，还有那个叫耶稣的，都是叫表决死的。这次也是。哥也只有死了。

　　他们把哥吊到寺院不远处的一个晒架上——那时，他们还不想在寺里弄死人，一有了弄死人的记忆，人们对寺院的信心就会受到影响。哥在那晒架上吊了三天，他们不给水喝，不给饭吃，逼着想叫哥自己承认呢，但哥不能承认，他要是承认，整个家族就叫染黑了。那三天里，我偷偷地给哥送过牛奶，也送过酥油，我揪个指头蛋大的酥油叫他含了。后来，我很后悔做了这样的事。我想，要是哥在那三天里死去的话，就不用遭后来的那些罪了。

三天后，温布叫人在哥的脚上拴了一个筐子，还丢进了一块石头。这一下，本来硬挺着一声不吭的哥就开始大叫了。他的叫声非常大，眼见得非常痛苦。许多人来看，有村里的，有村外的，甚至还有羌村以外的，人山人海。我发现，他们看哥，真有种看强盗的眼光。他们的眼中，温布是有神通的。他们把对朱古的所有信仰都投射到了温布身上，给他加上了一圈圈的光晕。多年里，温布也一直在制造着关于自己的神话。当然，他确实闭过三年三个月零三天的关，据说他修出了神通。在世人眼里，修出了神通的温布是不会冤枉人的。他说谁是强盗，谁就是强盗。他的话就是天理。

半天后，待得哥的叫声小了时，人们又开始往拴在哥脚上的筐里加石头。哥于是更难听地叫了起来。

后来，哥的脊梁就断了。温布要的，就是这个效果。他们放下了软成面条的哥。他们也知道，哥活不了了。

断了脊梁的哥仍在诅咒。他一边骂那温布，一边发出了一声声诅咒。他诅咒那些瞎眼的长老，说，没有他们的举手，温布是不敢一手遮天的。哥骂得有道理，因为我们将权力给了长老们，长老们却做了这种事。到后来，哥就骂起了全羌村的人。这也有道理，因为那些长老都是羌村人选的。现在想来，哥的骂很经典。就像你们骂那时的日本人一样，虽然那些屠南京城的日本兵是日本政府派的，但那政府是日本人民选的，所以，所有选择了杀人政府的人都有罪。我听过一句话，叫啥"天下兴亡，匹夫有责"，这是有道理的。

我一直守在哥的身边，因为哥的样子太惨，我不敢叫爹妈待在他身边，更不敢叫大嫂来看他。虽然，我也知道他要死了，大嫂再不来，就见不到他了，但我也知道，哥不想叫大嫂见到他这时的样子，也不想叫爹妈见到他这时的样子。他们一旦见到他这时的样子，他就会觉得，自己又受了一遍羞辱，因为他的亲人们受到了羞辱。而且，见到他这个样子时，爹妈和大嫂一定会很痛苦，这等于是让他们也一起受刑了。这画面，会永远留在他们的心中，折磨他们。真是这样的。本来，哥也不想叫我看的，但除了我，还有谁能照顾他呢？爹就算不叫我来，我也会来的。一直以来，哥都是我的天，现在，他有难了，我一定要站在他身边，哪怕跟着他一起受刑，我也甘愿。哥一直很有骨气，他几乎从来不做失去尊严的事。唯一能让他失去尊严的，就是家人的平安和幸福。阿

357

斌和阿机说，当年，为了让他们和二哥、三哥能活下去，哥吃了很多苦，也做了很多让他没有尊严的事，但他全都忍下来了。这么好的哥，真不该落到这一步的。

你不知道，他死前，脊梁骨上的骨卯儿全脱了，他丢下去一堆，提起来一条，这样子，谁看，都知道他活不了几天。当然，要是哥愿意，也可以活得更长一些，但他不愿意，他只想快点死去。所以，他坚决不喝我喂给他的羊肉汤，他决定绝食。这样也好，一个瘫子，是没有尊严的。有时候，尊严比命重要。这一点，我跟哥一样。后来，还发生了一系列的事，都是因为我们需要尊严。在尊严和生命之间，我也会毫不犹豫地选择前者。

后来，哥的叫骂声越来越少了，因为他总是有气无力，但我听来，那声音，却像惊天的大雷。哥说，他要变成厉鬼，惩罚整个羌村，叫所有的男人遭受苦难——在他眼中，女人和孩子是无罪的，因为他们没有选举权，那些混蛋长老不是他们选的。所以，哥的复仇对象中，就将女人和孩子排除了——虽然往拽他的筐中扔石头的，也有女人和孩子，但哥还是宽恕了他们。

哥的眼中，发出了复仇邪灵般的目光。我感到很恐怖。我相信他有这力量。我眼中，诵了一亿遍摩利支咒的人，肯定有这力量。

我也受到了感染。我就对哥说，哥呀，我也想修这摩利支诛法，你能不能教我？哥很高兴。这话，以前，我说过很多遍，哥都说，你还小，等大些再修。这次，我一说，哥就露出了一丝笑，他很欣慰。他就那样躺着，给我灌了顶，教了我愤怒摩利支诛法该如何观修，在哥垂死前，我全学会了。

我不知道，为啥哥告诉你的许多事，都跟我的记忆不一样——你说哥告诉你，他是被关在黑屋里关了三天，没有吃喝。寺院里确实有个黑屋，里面也确实有很多臭虫跳蚤啥的，那门也确实裹了几层软牛皮，任你咋敲，也敲不出很大的声响来，但我确实给哥送过牛奶和酥油。给哥嘴里喂酥油的细节，我的印象很深，因为当时我特别心疼，我觉得哥不该受这个。当时，我很希望自己能把哥放下来，带着哥逃走，逃得远远的，离开温布的势力范围，但我太弱了，那年我才十三岁，又特别瘦弱，比同龄的孩子个子都要小。早知道这样，我该早些跟着哥练武的。

类似的细节，还有好些，我不一一说了，反正你也知道。我能告诉你的是，我说的这些，都是我记忆中的真实。那些年里，就是这些记忆片段，推动着我一步步去复仇的。……如果你想弄清客观上的真实，你可以启用功能去看。我不想再去看了，每次想起被吊在晒架上的哥，还有断了脊梁，瘫在地上的哥，我都会心如刀割，我不想再去看了。我觉得，哥不该承受这些的。……瞧，即使过了几十年，即使我亲手为哥报了仇，我也还是放不下仇恨呢。不知道，哥能放下吗？……你说，仇恨到底是个啥？它无形无相，为啥能左右人，能改写人的命运呢？不过，这些，可能本来就是我们的命运剧本吧？那仇恨，也许是命中注定的。可是，写这剧本的人，又是谁呢？

哥给我传完法后，我告诉哥，我会一直修下去，我还会练武，五年后，长成大人了，我就去杀温布。

听到我说这话，哥很高兴，他的眼睛里闪着微弱的光。虽然他知道，我一杀温布，一生就有麻烦了，但他还是很高兴。在他眼中，报仇是天经地义的。羌村人都这么想，我也一样。在羌村，不报仇的人，会叫人看不起的。羌村还有一种说法：所有死于仇恨的都是冤魂，报仇之日，便是冤魂超生之时。哥信这说法。不过，他不想超生，不然，仇报了后，他就不用继续留在这土地上了。我们也不用。我们之所以还留在这儿，是因为我们心里有个放不下的东西。我知道，哥心里放不下的，是妙音，妙音心里放不下的，也是哥。但他们始终没有在一起，我不知道，这是不是因为后来发生的一些事情。命运，有时总是爱捉弄人。

我明了心后，哥说，弟弟呀，我很高兴你有这样的心。我会帮你的。死后，我不会去投胎。我一直会以护法神的形式护持你。你记着，每天要给我煨桑，有条件了，供点酥油奶渣；没条件了，只供些炒面也成。

说完不久，哥就死了。哥在死前，一把扯断了自己的念珠，在纷飞的珠子落地之前，他发出了恶咒——这是一种特殊的修法，在临死前，你只要扯断自己的念珠，在珠子落地之前发出诅咒，这诅咒就会灵验。当然，诅咒灵验的同时，他也会付出相应的代价——他必须以厉鬼的形式驻世。

哥死后，阿斌和阿机死命地哭，妙音和妈也哭。爹却没哭。爹说，你们哭啥？一个男人，没出息才哭。去，要是你们有血性，就拿个刀子，割了那温布的脑袋。去！这样，你们才算我努了腰弄下的儿子，不然，你们连鸡巴毛都不是。阿斌说，这会儿，连人家的身也近不了。阿机说，就算近得了身，我们杀了他，谁养活你？爹说，你们别管我，只管去报仇便是。

爹将一把刀子、一把斧头塞到二人手中，推他们出了门。他们互相望一眼，就去了。我知道，他们是没胆量找温布的，就跟了他们。我边走边喊：杀温布！杀温布！本来，我是想给他们打气的，可阿斌听了，却慌张了，说：祖宗，你悄些！阿机也慌张了，两人互相望一望，长吁一口气，蹲在路边。

我向他们伸出了手，要那刀斧，说，你们没那胆量，我去杀。阿斌站起来，显得很不好意思，说，谁说没胆量。他一拉阿机，说，走，头掉了，不过碗大个疤。杀温布了！杀温布了！我喊。

我看到，一人鬼鬼地笑。那人说，你唬啥人？你也想断脊梁不成？

有好些人在远处笑着，也有不笑的，他们都望着我们。他们望我们时，像望外星人。我想，哥都死了，你们还笑。我知道你们在幸灾乐祸。你们都想巴结温布。你们都恨不得舔温布的鸡巴呢。我恶狠狠地朝他们吼，你们怕他，我不怕他！

一人说，你不怕，去报仇呀。我说，你不瞧，我们这就去报仇！杀温布，杀温布！

去延寿寺的路上，会经过羌河桥，桥上有很多人正在聊天，见我们过来，他们住了口，望我们。我喊：我要去杀温布！一人笑道，你先把你身上的胎毛舔干净吧。其他人也笑了。我怕阿斌阿机会给我们家丢人，就悄声说：腰挺起来！我的声音虽不大，大家却听到了，都笑了。

红豺说：瞧那样子，将来怕不是善鸟。

一人说，善不善的，又能干个啥？他哥厉害，还不是叫人家弄断脊梁了。

我朝那人吼道，你别说我哥！我哥是好汉，你是啥？癞皮狗一个！

那人讪讪地笑了，说，瞧你，人不大，却像恶獒一样。

我看到，羌河水汹涌而来，哗哗响。路上，还有几个驮东西的牦牛过来，赶牛的是个女人，脸黑黑的，过来时，望着我们。她背了很大的一个包，背都有些驼了。一人问，新酥油有哩？女人指指背上的包，没说话。

我们走过那桥，走向山坡，远远地，我看到了大殿顶。一看它，我就觉得自己太小。我怕阿斌们也这样。果然，我看到阿斌露出胆怯的模样。阿机好一些，我知道阿机胆子比阿斌大，他不多说话。

我从阿斌手里要过斧头，扛在肩上。斧头很长，但不重，因为铁少，打斧头的铁匠就不多用铁，刃虽宽，但不厚，薄薄的，把倒是很长。后来，我就是用这把斧头，干下了一件天大的事。

沿途的山上，有几座塔，听说里面供的是上一辈高僧的舍利，听说那高僧很有道行，但只是听说而已。对他们，我一向印象不好，因为说他们很有道行的人，也说温布很有道行。要是他们的道行也像温布那样，就让我倒胃口了。我倒是对朱古印象好，他整天笑眯眯的，从来也没听说他破戒害人。

我肯定知道，温布的权力大，跟他是一世白阿卡的子孙有关。

这寺是白阿卡修的。他死时，就叫自家侄儿世袭当温布。这样，白阿卡的下一世，可能投生在别人家，但这寺的权利，就只有他们家族来掌管了。

那朱古，便是白阿卡转世的。那温布家族，相当于寺主。

4. 大殿前的哭声

不知是谁通了讯息，我们到延寿寺时，温布已坐在大经堂的台阶上了，身边站着两个铁棒阿卡，周围还有很多看热闹的人，有些是阿卡，有些是俗家人。那铁棒阿卡是两个当地有名的拳棒手，从小就练武。听说，他们手中的那根铁棒，有六十多斤重……对，跟《水浒传》中鲁智深的禅杖差不多。我知道，便是我们真的扑了去，也近不了温布的身。

阿斌白了脸，阿机黑了脸。我看得出，阿斌很害怕，阿机是有点怕，但阿机有点愣，总是木木的样子。我把斧头递给阿斌，悄声说：去！放心去！虽然我知道，现在不是报仇的时候，但有时候，结果是不重要的。

阿斌还没动，温布就说话了。他说，你们谁先来杀我？他的声音很傲慢，很特别，是典型的温布才有的声音……是的，就是从牙缝里挤出，不会过多动用脸部肌肉的那种。一听那声音，阿斌就发起抖来。阿机也露出了一丝恐慌。他们刚想迈出的脚，也迈不出去了。

那一刻，我忽然听不到声音了。也许，那时候，谁都没有发出声音。但那并不是绝对的静，因为我听到了有人咽唾沫的声响。那天很热，是那种焦炸炸的热，但阿斌在抖，他显得很冷。

温布眼里放出了一种凶狠的光——很多时候，他不大像阿卡，无论是对付不守规矩的阿卡，还是对待一些不守规矩的俗人，他都这样。

我悄声对阿斌阿机说，不用怕！大不了一死！

我这一说，他们越加慌乱了，四下里张望着。不知何时，四周已黑压压一片了，寨子里有好些人都来了。有些转经的人，也都围了来。

我看到了参与过表决的几个长老，他们互相望一眼，却没说啥。他们定然知道我哥死得冤枉，但他们还是投了温布一票。我要是有力气，那时也会杀了他们。我一直忘不了表决时他们的那副嘴脸。

我知道，在你听过的故事中，没有我说的很多情节，比如我和阿斌、阿机去寻仇的这段往事。还有，我说，我忘不了表决时长老们的嘴脸，这个细节，就连我自己也有些恍惚了。按说，我是看不到这些的，但我还是看到了，我的记忆中，有非常清晰的画面。不过，我不知道，这到底是我活着时看到的，还是我死去后看到的，到底是我在现实中看到的，还是我在梦境中看到的。很多时候，对现实和梦境，活着和死去，我已经没有清晰的界限了——当然，我没法跟活着的人自由沟通，必须像现在这样，借助老钱师，才能说些我想说的话，因为我发不出人能听到的声音。但除去这类客观的不同，我发现，死后的世界，跟活着的世界其实差不多。区别是，死后，因为脱离了以前的肉身子，进入了那个光怪陆离的时光通道，我才知道，原来所有的人生都是一场戏，是一个魂灵子主动或被动地选择的一套剧情——当然，他们只是选择了一个家庭，一个身份，将来会发生什么事，他们并不知道。但那些事，都在他们的灵魂基因里写着呢。就像这些事，也在我们的灵魂基因里写着。虽然内容不同，但本质上看，每一世都差不多。除非你真的超升了。

当我发现这一点时，就厌倦极了。……不知道别人——直到今天，我还当自己是个人哩，你说，好笑不？——不，别的鬼是不是这样，反正我是这样。人说，一成鬼，就有了五通，除了烦恼未破外，其他的，跟成就者差不多。我也不知道是不是这样。但我觉得，做个鬼就做个鬼吧，我挺满足的。只是，过去的事，老是在我心里飘，时不时地，就会惹出一种强烈的情绪来，我就想长啸。……当然，耳背的人类是听不到的，他们只会觉得，有一缕冷风吹过，让他们不由自主地打了个哆嗦。他们哪里知道，就在他们身边，在他们曾经有过的生命轨道里，发生过许许多多的故事。

温布不再说话，只用那尖而利的眼神望阿斌和阿机，他没有望我。虽然我已十三岁了，但我生就一张娃娃脸，个子也小，不熟悉的人，大多以为我是个小孩子。温布显然也是这样。在他眼中，我还不是个人呢。他当然想不到，我才是他命中的克星，因为我不怕他，因为我恨他，因为我不怕死。有了这三点，我就足以要他的命。我相信，那时的阿斌，内心是激烈地斗争了一番的。他咬咬牙，从我手上接过了斧头。一个男人，既然喊出了"报仇"，就得往下走，不然，这一辈子，就没人看得起他了。豆子大的汗珠，从他的额头上不断地滚下，那理应跨出的第一步，却一直没有跨出。阿机也在努力控制自己，他知道，这会儿，就算他不想报仇，想扭头走掉，也由不得他。他只能送出手中的刀子，表达自己的一种态度，否则，他就永远地失去了尊严，在村里，他会永远抬不起头来。大人们会用他和阿斌的故事来教育孩子，叫孩子要有骨髓，要有勇气，不要像格热家的阿机和阿斌那样，做缩头乌龟；孩子们也会把他们的懦弱编成小曲儿，在村里传唱……这一切，他都受不了。他知道，阿斌也一样受不了。但他们很清楚眼前的处境——只要他们向温布伸出刀子，就等于是凶手了，铁棒阿卡就有了动手的理由。那铁棒阿卡只一棒，就能敲碎他们的脑袋。

　　一般寺院也有铁棒阿卡，这只是一个名号，相当于"护法僧"，很多被称为铁棒阿卡者，手中并没有铁棒，也没有挥舞铁棒的力气。但延寿寺的这两个不，他们手中握的，真的是铁棒，每次有金刚舞表演，他们总是舞动手中的铁棒，赢得漫天的叫好声。所以，我们都知道他们的厉害，也知道，只要继续往前，等待阿斌和阿机的是什么，或者说，等待我们的是什么——要是他们失败了，我也会扑上去的。我虽然还小，但我决不做懦夫。

　　我们一寸一寸地往温布那儿挪着，我听到汗珠儿掉在地上的声音，它有点像鸡蛋摔碎时的声响。一个个鸡蛋落到地上，摔成了八瓣儿，有一种潮湿的啪啪声。我还听到了阿斌和阿机的出气声——阿斌的出气声粗，阿机的出气声细一些。两个声音里都透着恐惧。我知道，他们怕极了。但我也知道，他们是真心想为大哥报仇的。大哥死后，阿斌哭得很凶，毕竟大哥以前为了供他出家，受了很多苦；阿机也哭得很凶，他跟大哥的感情也很深，从小，大哥真是像对自己儿子一样对我们的——我知道，阿斌在大哥死去四十九天后，就请翟爷去跟妙音提了亲，阿机的动作虽然没他快，但想法也差不多。但我还是觉得，不能因为这，就否定他们对大哥的感情。毕竟，对很多男人来说，爱情是比兄弟情更重要的。我听说，村里有些兄弟，就是因为对春妮有意思，而反目成仇了。历史上，不也有很多这样的例子吗？那温布之所以对付大哥，不也是因为春妮吗？所以，就算阿斌和阿机这样，我还是相信——更是希望——他们没有忘了大哥的好。

差不多到近前了。我的心跳得很凶。我认真地望温布，我很想从他的脸上看到紧张，很想。但没有，他只是一脸的蛮横。他知道我们奈何不了他。我也知道我们奈何不了他，但奈何不了是命，奈何不奈何，是尊严。所以，我非常希望哥哥们——瞧，我叫他们哥哥了，只要他们做了这事，我就会叫他们哥的——能捅出那一刀，不要管成不成功。后来我才明白，那时，我其实不是想报仇，我是想死了。我知道，大哥死前，我对他保证过，我会好好修他传给我的法，好好练武，五年后，我会杀掉温布，为他报仇。可自打大哥在我眼前死去，我就觉得活着意思不大了。十三岁的我有这种情感，也许很奇怪，但在我的记忆中，真是那样的。我觉得啥都没意思了——意思是个很有意思的词，你很难说清是什么意思。

没想到，突然之间，阿斌竟然扔了斧头，跪下了。接下来，阿机也扔了刀子。阿机没跪，但发出了吓人的哭声。他抱着头，蹲在地上，狼嚎般哭个不停。自大哥死后，他第一次发出这种大哭。

我捡起斧头，我知道靠近不了，就狠命朝温布扔了过去。我的力气很小，斧头还没上台阶，就落下了。

一个铁棒阿卡上前来，一下揪了我的衣服，将我甩了出去。我刚刚觉出脊背上的疼痛，人已经飞出了，只觉得风在耳旁呼呼。待得清醒些时，我已躺在大殿前的空地上了。我看到一点红影近了来。

紧接着，我觉出了疼——铁棒阿卡在踢我。

我的头嗡嗡地叫着，眼前一片通红了。那红，一晕晕散开了。我看到了满天的星星。星星中，有个太阳。终于，我辨出了，那是大哥的脸。

大哥的脸阴阴的，他在望温布。我觉得他应该望打我的铁棒阿卡，但他在望温布。我想，他还是不在乎我是不是被打。这让我很难受。

阿机哭着扑了上来，抱住我，那人又一下下踢阿机。算了算了！我听到一个长老说。不懂事的小娃娃。算了！算了！别打了。另一个说。我望望说这话的两个长老，我记住了他们的脸。

后来，我报答了他们——在一次很大的劫难降临的时候，我救了他们。没有我，他们就没命了。仅仅因为在该说话的时候，说了这话，多年之后，他们就逃过了命难，得到了善终。

5. 大哥活了

我们被关进了一个黑屋。

屋子不大。地上有些草。我知道，这是专门关人的屋子。我还听到几个阿卡的议论，知道了这儿关过几个贼，他们偷过寺院的东西。我想，我们大概是被当成贼了。这让我很难受。那时，我并不知道，在很多人眼中，我们比贼还要可怕，因为我们竟然要杀温布，那是在挑战整个寺院，甚至是在挑战佛。好些人都把温布当成了寺院，把寺院当成了佛。在他们眼里，得罪了温布，就是得罪了寺院；得罪了寺院，就是得罪了佛；得罪了佛的，就是魔了。所以，他们不是把我们当成了贼，而是把我们当成了魔。

那时节，没人管你是不是被冤枉。在羌村，人们信温布，因为，信温布，比信朱古更实惠。

突然，我听到念经的声音。

我很小就喜欢听经。村里很多人都喜欢念经，妈和妙音都喜欢念经。哥也喜欢念经。自打他出关回家，就常在小屋里念经。哥念经的声音很好听，因为哥的声音很低沉，很浑厚，有一种金属撞击的味道，就像颂钵的响声。我很喜欢听哥念经，过去，我常常坐在他的小屋门口，静静地听他念诵，哪怕听上一整个时辰，我也不会觉得枯燥。后来，每逢听到念经的声音，我就会想起哥；每次想起哥，我就会觉得心安。我总会忘掉哥已经死了。仿佛，哥还在我身后的小屋里念经修行，不久之后就会从那小屋里出来，又会摸了我的头，对着我笑。哥的笑很好看，那是一种很爽朗的笑，他一笑，就会露出很白的牙。虽然我们家人都有一口白牙，但我还是喜欢看哥的牙。哥的牙就像他的眼神，温暖、明亮，就像天上的太阳。不管别人说哥是魔神也好，说哥心狠也好，都不要紧，在我心里，他就是我哥，是世界上最好的哥哥，是我的信仰。现在，听到这念经声，我也不知道是想起了哥，还是想起了佛菩萨，总之，我有了一种心安的感觉。小屋的黑，未知的命运，也不再可怕了。

我还听到了夜鸟的叫，那声音，有秃鹫的味道，却不知是不是秃鹫。后来，我老是听到秃鹫叫，时不时地，秃鹫就会叫。每次听到秃鹫叫，我就会想到大哥。活着时，他最喜欢秃鹫。他也喜欢其他鹰，比如红鹰、金鹰、兔鹰……总之，他喜欢所有的鹰。一个男人，要是喜欢鹰的话，说明他天性里有一种野性。哥说他天生是当土匪的料，要不是修行，他肯定会当土匪。不过，他虽然念经修行，温布们还是将他当土匪处理了。这世上，有些事情真不好说。

在黑屋里，我没有害怕。我想到了哥传给我的法，我就试着开始修了。我的修行，就是从黑屋里开始的。那年，我十三岁。

我观修的，是愤怒摩利支，主要还是诛法。哥临死时，教了我增、息、怀、诛四种修法，但他自己，成就的是诛法。他也叫我修诛法。他说，修诛法容易成就。而且，他死后，不会去投胎，只要我修诛法，为他报仇，他就当我的护法神。

就是在修诛法时，我看到了大哥。我先是看到他死时的模样，那样子，很可怕。我甚至看到了他满身满脸的血——这不是我观想出来的，我是真看到了。我还听到了血的滴答声，闻到了血腥味——好可怕的血腥味！

哥在血泊中蠕动着，因为他的脊梁断了。他变成了一条蠕动着的虫子。我忽然明白了温布的邪恶——他弄断人的脊梁，是想叫得罪他的人，不能好好地死去，不得不像条虫子一样，屈辱地活在世上。他要借虫子一样爬的人，来展示自己的强大。一定是这样。我想融入哥，但我感受不到哥断了脊梁时，是如何一种疼痛。

我还听到了哥的呻吟。他在呻吟中诅咒着。他爬了起来，他走向我。我看到了他满身的血。开始，我有点害怕，但我想，这是我的哥哥呀。这一想，我就不害怕了。

屋子很黑，我看到哥的身上有光。很小的时候，我就会时不时地看到他身上的光。有时是白光，有时是红光，有时是黑光，这要看哥诵啥咒了。这次，哥放的是黑光。那黑光，一晕晕荡开来，笼罩了整个羌村——说来也怪，一片漆黑中，我清楚地看到了那纯黑的光，还看到它笼罩了羌村，而且，我不是观想的，因为我并不知道这内容。我就想，这是不是哥的心念呢？我的心，是不是跟哥连在一起了？我又想，哥是不是真的在放恶咒呢？这一想，我就看到，哥笑了一下。

哥笑的时候，会露出很白的牙齿——我们家几兄弟牙都很白，爹妈的牙也很白，也许，这就是你们说的遗传吧。虽然我也有白牙，但我还是喜欢哥的白牙，因为那白牙间发出的声音太丰富了，有时是咒声，有时是歌声。哥唱情歌很好听，春妮就是叫他的歌声迷了的。

哥死后，我没听到春妮的讯息，我不知道她是喜是悲，也没听说她有过救大哥的行为。她定然没想救哥，不然，她一定会闹出动静的。我一直不原谅她这一点。我知道她没那个力量，但她可以没有救人的力，却不能没有救人的心，你说是不？当然，这是我的想法，那时节，一个孩子，是改变不了什么的，我只能改变自己。便是我长大后，也一样。

总之，哥就是在那黑屋里活过来的。

我想，我看到的，定然是哥的神识。我没告诉阿斌和阿机。我怕他们泄露出去。要是温布知道哥活了，会想出各种法子来害他。听哥说，以前他们就干过这事：一个死去的人，成了冤魂，后来，阿卡们作法，就把那冤魂给灭了。记住，不是超度，而是灭了，就是叫他再一次死去。听说，鬼也会死，鬼死了，会成另一种东西。还有人说，成了鬼后，要是再叫灭了，就会从世上永远消失。据说，鬼魂像一团气，有足够功力的咒师，可以像砸散火焰一样砸碎它的。

有一个词，叫魂飞魄散，说的就是这个意思。你说，他们说的有没有道理？

那时我当然相信，温布要是知道哥活了，就会让哥再死一次。他会叫那几百个阿卡一起修诛法，一定会的。所以，我指指睡成死猪样的阿斌和阿机，对着哥"嘘"一声，意思是别叫他们知道你活了。哥笑了。

我最早见到的哥只是个形象，我听不到他的话。他只用笑或是皱眉来表达他的心情。他的牙仍然很白，他的白牙里仍然会时不时流出黑色的咒子。我甚至能听到那声音，也能看到一晕晕的黑光在荡向十方。

我告诉哥，我要给你报仇。你加持我。哥笑了，忽然又很忧郁地望着我。当时，我并不知道他为啥忧郁，现在想想，他也许是看到了报仇后的未来。

6. 十年诅咒

我们被关了十五天，被罚了十五头牛。

虽然阿斌阿机——我不叫他们哥了，他们不配，我说的哥，只指大哥一人——很害怕，时不时哭，但我却不怕。我把那黑屋子当成了关房。我在跟哥一起修行。渐渐地，他身上的血没了，多了一种别样的光。我知道，他在观想。我能看到他观想的内容了。十五天之后，我已经成另一个人了。

他们放我们回去之前，各抽了我们五十鞭。我们三人的脊背都叫打烂了，那真是疼。自打挨了那疼之后，我不再打牛，也不再打羊。以前放牧时，我老是鞭打它们，虽然我人不大力气小，但抡起鞭子，打了去，它们定然也不好受。我想，这就是报应吧。肯定是的，以前，我拿鞭子抽牛羊的脊背，现在就有人抽我的脊背。我甚至想，哥那结局，也许同样是报应。以前，他常挖獾。那时，他一捉住獾的后腿——他不敢捉獾的前腿，因为獾会咬他——就会高高举起，往石头上一摔，这样，獾的脊梁就断了。回想起来，哥摔断了百十只獾的脊梁呢。所以，后来，他也叫人弄断了脊梁。我想，也许真是报应吧。后来，我怕这想法会消解我的仇恨，就不多想了。

我们回到家里，妈在哭。爹没说啥。他的话不多。爹咂了许久的烟锅儿，才说，一个男人，不挨鞭子，是长不大的，只要不叫打掉魂魄就行。他还冷冷地说，男人不报仇，是算不得男人的。我老了，打不过温布了，你们还有机会。听了这话，阿斌和阿机一脸沮丧。我知道，温布打破了他们的胆子。哥朝他们耸耸鼻头，又朝我做了个鬼脸。

我发现，做了鬼的哥，变得调皮了许多，不太像活着时的他了。活着时，他总是显得很沉重——虽然意气风发，精力十足，但总显得沉重，总是一副若有所思的表情。也许，这是因为他的肩上总有责任，不是养活弟弟，就是行军打仗，然后是保卫村里的安全和利益……现在回想起来，他这辈子，真的没过过几天安生日子，尤其是没为自己活过……对了，他刚从肋巴佛那儿回来时，因为找不到偏胡子一家，没法复仇，索性去闭了三年关，那三年里，他啥也不管，基本上远离红尘了，也许，那就是他活着时最安心的时刻吧？说起来，在小黑屋里那十五天，虽然住的条件不好，又没啥吃的，还有臭虫跳蚤啥的，但能天天跟哥一起修行，我觉得幸福极了。而且，当我用修行人的眼光去看很多事情时，心里的难受，就会少一些。就像现在，虽然脊背上疼得很，但因为我觉得是报应，所以心里不觉得痛苦，也没啥怨恨。怕只怕，日子久了，我习惯了这种思维，就再也生不起报仇的心了。要是我没有仇恨，生不起报仇的心，我就不会想方设法地去杀温布。这不但会让我违背承诺，还会让哥伤心难过。我不想看到哥难过。……说到这儿，我觉得有件事很奇怪：佛教是导人向善的，为啥哥修的诛法，却是诛人性命的？我问过哥，但哥没回答，他只是若有所思地看着我。也许，他觉得我动摇了，开始找借口了，其实我没有，我只是觉得奇怪。修行得越久，这类想法就出现得越频繁，每当这时，我就会觉得自己自相矛盾，心里充满疑问。我很希望哥能给我答案，但哥不想聊这话题，我就不说了，也不想了。只要哥开心，要我咋样都成。哥活着时，为我们这些弟弟付出了太多，也该是我回报他的时候了。我不会让他伤心的。

我对爹说，爹，我想去找肋巴佛，听哥说，他拉了一支队伍，专给穷汉们主持公道。

爹说，早败了，早败了。他遇到强敌，被打败了，他的队伍早散了，你想找他，也不知道该去哪儿找。更何况，现在，他连自己都顾不上，能替你报仇？自古民不跟官斗，弄不好，脑袋先搬家了。跟官家作对，是不会有好结果的。你想，牛蹄窝窝里的水，能翻起多大的浪？……再说了，这世上，别人是靠不住的。自己吃饭自己饱，自己修行自己了，那报仇的事，还得自己来。

我就对爹说，那我还是到牧场去吧。

牧场可苦了。风里雨里的，可偷不得懒。爹说。

我说，我知道。

爹于是同意了。我就跟阿机去了牧场。阿斌待在家里，务息农活。阿斌喜欢待在家里，因为牧场很苦，风里雨里也偷不得懒。当然，也因为在家里能见到大嫂。但大嫂明显对他没意思，而且大嫂明了心，谁帮大哥报了仇，她就跟谁好。阿斌的胆子已经吓破了，他怕是没希望了。

去牧场后，我每天跟一个哑巴老牧人赶牛羊上山，因为尕女回家了，阿机就待在牧场里，做些女人常做的营生，比如挤牛奶、打酥油、熬奶渣啥的。这是最磨人的活儿。以前，很多灵秀的好女人就这样熬成了老婆婆。阿机的急性子，就是这样被磨缓的。我不想叫那些活儿磨秃我的意志，所以，虽然跟牛羊上山很苦，但我还是愿意出去。每天，我一大早就出去，很晚才回来，有时太远了，我也就不上圈了。

我带了一条毡衣，重是重了些，但方便，我随时可以躺，可以坐，可以避风，可以挡雨。除了每天诵大哥传我的愤怒摩利支咒外，我还专门训练"抛石器"：用两根绳子，中间连个皮兜儿，装上石头，一下下抡圆圈，待得那石头的转速很快时，就松开一端的绳子，让石头飞出，若是你的准头够好，就能击中目标。

因为我从小牧羊，抛石器就使得很好，算得上是童子功了。哑巴的抛石器功夫也很好，我就是跟他学的。他能打牛角尖，我还不能。我只能打中大些的目标，比如牛屁股之类。此外，我也训练扔石头，虽然扔石头扔不了多远，但非常实用，在小地方施展它时，很管用。因为，抛石器只适合打远物，若是目标太近，那抛石器就不管用了。

从十三岁到十八岁的五年里，我做的，就是这几件事。

对，还有持咒。每天持咒时，我总能看到大哥。他跟我修的愤怒摩利支合成一体了。所以，只要我持诵摩利支咒，他就到我眼前了。我还可以跟他对话。我会请教一些问题，大哥也会回答我——你别以为这是我观想出来的，不是。我见到的大哥是一种客观存在。因为，要是他是我观想出来的话，他知道的，定然只是我知道的那些。我不知道的，他也不可能知道。但许多时候，我问的，都是我不知道的。他的回答远远高过我。要知道，那年我只有十三岁，正是在大哥的教育下，我才一天天大了。

大哥常常给我表演神通，他时而顶天立地，时而小如蚊蝇。有时候，我也会让大哥帮我寻找偶尔丢失的牛。每次，他总能找到，并带上圈来。注意，你可别小看这个情节，这说明，我看到的大哥，是个真实的存在。他有着真正能改变外物的力量。

7. 病死的阿卡们

大哥复仇了。这是他死后百日的事。全羌村都知道这事。

先是延寿寺死了一个阿卡，他是温布的帮手，叫扎格。死前，扎格得了一种奇怪的病，身子烂了，他说他老是看到大哥朝他喷黑气。于是，他四处惊叫，格热来了！格热来了！因为阿卡们管上师也叫格热，就以为他在叫上师，于是笑道，我的格热，可没有离开过我的心，你叫啥？

那扎格叫，不是这格热，是那格热！

哪个格热？阿卡们都笑。

是那个断了腰的龙多格热！他变成厉鬼，来讨债了！他老是朝我喷黑气，梦里也喷，醒着也喷，瞧，我的手都烂了！

扎格伸出胳膊，果然，从手腕那儿，一直向肘部烂了去。他这一说，好些人慌张了。

怕是麻风吧。一人叫。果然，有点像麻风。好些阿卡都这样说。

既然像麻风，想来就是麻风了，麻风是要传染的。温布只好安排扎格在半山腰的那个大殿里看殿，名义上是看殿，其实是将他隔离了起来。时不时地，就听他大喊大叫：龙多格热来了！龙多格热来了！有时，他也会在半夜里叫，他的叫声很大，像狼嚎一样，整个山谷都听得见。叫了几日，他就死了，不知是叫吓死的，还是病死的。

按说，病死的人，是可以施身的，但钺师怕传染——他既怕传染自己，也怕传染秃鹫，更怕传染羌村人——坚决不让往施坛上抬。

于是，就烧了。

这一烧，却烧出了一个成就师——人们从那骨头上，发现了一堆一堆的舍利子，还有很多舍利花，镶在骨头上，像绽放的花一样。那舍利子有五色，非常漂亮，过去的那些高僧大德中，还没人烧出这样的舍利子呢，温布就安排人建塔供养。

扎格成就这么大，说明他临死前的叫，不是胡言乱语了，于是就有人信了。只是为啥他自主不了心，这成了一个谜。阿卡们于是说，这也许是个示现吧。也许，他只是通过这种示现告诉大家，大哥已经成了厉鬼。

但是，既然他的成就这么大，他一定知道哥是无辜的，他为啥不救呢？

到底啥是成就？如果成就之后，人却是如此的铁石心肠，可以眼睁睁看着一个好人惨死，这成就，还有没有意思？

后来，我问哥，哥却不说话，他只是眯了眼看天。我想，他大概也没答案吧。人们也说他成就了，但他一样会仇恨，一样会复仇，这样的成就，又是不是很多人一生追求的成就呢?

但我还是在念那愤怒摩利支咒,我不想叫那些问题腐蚀我的心,我的信念还是很坚定:报仇!反正,我追求的不是成就,我追求的是为大哥复仇,为大哥讨回个公道。

好些人慌张了。

怪的是,那扎格虽然死了,但一入夜,人们还是听到了满山遍野的扎格叫声——龙多格热来了!龙多格热来了!这一来,所有的阿卡都毛骨悚然,他们彻夜彻夜地念经,睡不着觉。

不久,另一个阿卡也开始叫了:龙多格热来了!龙多格热来了!他一叫,手臂也开始烂,那模样也像麻风,温布也安排他去看半山腰的大殿。夜里,仍是听他大叫:龙多格热来了!龙多格热来了!怪的是,虽然山上只有他一个人,人们听到的,却是两个声音——其中一个,便是那个死去的扎格的叫声。

过了几天,又有几个阿卡的手开始烂了,温布就安排他们,一起住在山上的大殿里,叫他们闭关。这些人,都无一例外地看到,大哥在朝他们喷黑气。无论在梦里,还是在现实里,他们都躲不开大哥的追杀。他们都能看到大哥。我知道,这是大哥有意叫他们看到的。大哥愿意这样。

为了镇压大哥,半山上大殿里的阿卡一起闭关,修大威德金刚诛法。温布也安排山下的阿卡,在大经堂里闭关修大威德金刚诛法。我看到,无数的咒力扑向了哥,那是一支支黑色的箭。哥开始还不在乎,还嘻嘻哈哈,很快,他就扭曲了脸,四处逃了。可无论他如何逃,我都看到黑色的咒力之箭射向了他。

哥就逃向牧场,躲在牛群里。

我想,阿卡中还是有真修行人的呀。但既然是真修行人,为啥不救哥?

在很长时间里,这追问都像魔咒,充斥着我的生命。哥苦了脸,叫,疼呀疼呀。我说,你不用再咒人家了。你咒死一个了,仇也算是报了吧。哥正色道,胡说,我的仇人是温布。……不,是长老。……不,是选了长老的那些人。……不,是整个羌村的人。为啥是整个羌村的人?也不是每个人都扔了石头呀。我问。

哥就给我讲那理由,他说,要是羌村人不选那些长老,那些长老就没有权力;要是长老没有权力,就不能决定他的生死;要是长老不能决定他的生死,温布能杀他吗?所以,罪恶的,不仅仅是温布,还有长老,还有选长老的那些人。

哥这一说，我觉得也有道理。

后来，每到寺院里闭关修诛法时，大哥就逃到牧场来。那些善神们都害怕牛身上的臭味，总是远远地躲了。那咒力之箭，一遇到牛粪味，也归于无形了，近不了大哥。你不是说，印度人把牛粪当圣物吗？这真是有道理的。

不过，阿卡们总不能一辈子闭关修诛法呀，他们总得出关的，只要他们一出关，大哥就去闹。不久，又有三个阿卡死了，他们都得了那病——寺里大部分阿卡都得了那病。

后来，一个医生确诊了，说那不是麻风，只是一种皮肤病。那些死了的阿卡，不是死于那病，而是被吓死的。

这话，有很多阿卡很受用，因为，要是不是麻风，他们就不用那么害怕了。但也有几人反对，他们说，难道那个伟大的烧出了很多舍利的成就师，也是叫吓死的吗？要是他是叫吓死的，还算啥成就师？要是他不是成就师，咋能烧出那么多舍利？要是他不是叫吓死的，又是如何死的？这一问，医生慌张了，他可不想背一个亵渎成就师的罪名，就说，他不一样，他不一样，他是以身示法，告诉我们，世界是无常的。

这一说，阿卡们的心理就平衡了。因为，自打有了成就师的白塔，寺院多了很多朝拜的人，寺里的香火旺了很多。

但还是不断有阿卡死去——虽然那医生说了，他们是叫吓死的，可看起来，他们确实就像是病死的。这一下，温布慌张了。他甚至怀疑诛法的作用了。他不知道，哥最怕的，还是那诛法。不过，因为一被咒力追杀，他就躲到牧场的牛粪堆里去，那闭关对他来说，作用就真的很有限了。另外，大哥在中阴身阶段还找到了一个灵魂的栖居地——羌河下游，有一处泉眼，那儿有一群绿青蛙。其中，有只绿青蛙瞎了一只眼，哥的魂，就栖居在这只独眼绿青蛙身上。除了躲到牧场的牛粪堆里，他也时不时去那泉眼。听哥说，便是在阿卡们闭关修诛法时，咒力也到不了那儿。

温布觉得自己没辙了，他安排侍者，带了几块茶，来找爹，叫他给哥开说开说，别闹了。爹说，你们别再给我儿子栽赃了。你们弄死了一个，莫非还要弄死一家不成？你们这样胡说，传出去，叫我们一家如何做人？麻风就是麻风，别再往格热家族身上抹黑。

那侍者道，这是真事。爹说，啥真事，有证据吗？那侍者说，那么多阿卡都那样说，难道还不是证据？爹说，有时候，集体疯了的事，也有哩。

没等那侍者再说话，爹又说了，自己吃饭自己饱，自己修行自己了，自己造业自己当，别往别人身上赖账。爹这一说，侍者脸红了，就走了。爹叫我追上去，把茶还给了他。

那天，我正好从牧场回家，就悄悄对爹说，那事儿，真是哥做的。

我刚一说，爹就怒了，说，这号屁，你要是再放，老子先骟了你。

爹一发怒，我就不敢再说啥了。本来，我还想告诉他，大哥没死，我每天跟大哥说话呢。但我明白，我一说这话，爹定然说我病了。

我问大哥，你为啥不找温布的麻烦？大哥说，我近不了他的身。他身旁，有好些护法神，我一近身，他们就跟我斗。我能斗一个，能斗两个，我斗不了一群。他们像一群豺狗子，我一到近前，他们就围了来，撕撕扯扯的。我斗不过他们。

那些阿卡没护法神保护吗？

有的阿卡有护法神保护，有的没有。再说了，老虎也有打盹的时候，只要有耐心，总能找到机会的。那么多阿卡，他们也管不过来，这就像百眼眼儿漏水，谁也堵不了。况且，那些死了的，都是该死的。那第一个死的，虽然没做该死的事，却也是该死的——要是不这么死，而是善终后把身子施给众生，谁会知道他修成就了？现在，他虽死了，但登上圣坛了，所以护法神才没保他。那第二个死的，是个伪君子，虽受了三坛大戒，却跟后山里的一个寡妇拉扯，连人家身上来红也不放过，还舔上舔下的，要多丑陋，有多丑陋。寺里的那些护法神，一见这人，都哂笑。保护他？没门儿。第三个死的，表面上敬神，内心里，嘿嘿，根本不信有啥神。他每次尿憋了，瞅个没人的机会，就掏出老鸟，在护法神殿后撒尿，弄得大殿臭气熏天，神早想弄他了，还会保他？呵呵。那第四个管钱，明面上看是包公，嘿，清廉得拉不下屎，可骨子里，却是和珅，恨不得针头上削铁，恨不得蚊子腹里挖油，一见那些信众，恨不得咬住他们的老鸟唼出牛奶。他老是打着寺里的旗号，向施主们化缘，将钱塞进自己腰包不说，供神又吝啬极了，不小心放个屁，还要看看有没有带出米颗子。护法神早眼红了，早想弄死他了。呵呵，总之，都是这样。死的，都是该死的。要是护法神都保他们，我也弄不死他们。

我问，那你为啥弄不死温布呢？他戒也破了，罪也造了，钱也贪了，难道不该死吗？

嘿，那温布，每天供神，都供好东西。他得罪人，可不得罪神。好些神都吃他的，喝他的，要是他都死了，谁还再供神？别以为那些护法神都那么高尚，告诉你，那些护法神，基本上都是大力鬼。你尊他们了，他们是神；你不尊他们了，他们只是鬼类。难得有温布这样尊他们的，他们当然卖力了。明白不？

我一听，心凉了，说，我还想给你报仇呢，有那么多护法神护着温布，我也成功不了。

大哥说，你不一样。你是他的克星。你生来，就是做这事的。这叫一物降一物。明白不？再说，护法神也有他们自己的规则，他们不能直接干预人间的因缘。到了温布该死的时候，谁也救不了他。

他啥时候该死？你成人的时候。我明白了。

第十三章 妙音再嫁

1. 麻烦

羌村的早晨，很是安静。因为下雨的缘故，山顶总是隐在浓雾里。气温降了很多，许多水气都结成霜了。山峰也白了，一直连绵到望不到的尽头。那扭曲的山腰，毫不吝啬地吐露它的绝美。只是那天气的冷，让我想不起时令已到初夏。

瘸腿扎西的项目遇到了麻烦，好些年轻的阿卡在网上到处发帖子，揭露瘸腿扎西的所谓罪恶。他们上纲上线，把开发施坛的项目说成是破坏传统文化和破坏文物——那施坛旁的大殿，说起历史，也倒是真有些年岁了。有些帖子的矛头甚至指向了县领导，暗示他们收受了瘸腿扎西的贿赂。

在羌巴行宫项目中，三家原有的小寺院将会被合并，一家是尼寺，一家是本教小寺，一家是萨满教修的。据说，政府已给三家寺院的出家人发了拆迁费，并承诺他们将来可以在羌巴行宫中继续修行。

县上很重视这个项目，通过统战部、宗教局，请了一位德高望重的高僧出面，促成此事。此人地位尊崇，担任省佛教协会会长等多个重要职务，县上希望他将来任羌巴行宫总住持。他接受任务后，很是努力，甚至还去找过延寿寺的上层僧侣，希望他们不要影响羌巴行宫的建设。由于他是宗教界的权威人士，寺管会主任也听他的话——当然，不听话也不要紧，他可以另选他人当主任。就连新一任朱古——这朱古是县政协委员——也已经被他说服,答应去劝说那些闹事的阿卡。不过,即使这样,闹事的年轻阿卡也还是不听话。他们头脑灵活,煽动性极强,首先抓住那高僧在一次电视采访中大骂某位宗教领袖一事大做文章,借以否定他的权威性;然后重提新朱古在多次公开发言中,发表了一些不符合自己身份的言论,引起很多阿卡不满的旧事,让人们对新朱古也有了质疑。于是,关于项目的争议就进一步白热化,又出现了许多新的争议。

这一来,一个小小的施坛,牵动了整个社会的神经。一家著名的网站开始关注,网上还流传着一些"僧尼同寺,化魔为神""双修双证,共赴极乐"之类的言论,领导看了,能不闹心?所以,县里和瘸腿扎西都希望我的调查能快一些,尽快写出一篇有分量、有说服力的调查报告,来平息纠纷。

我却有了新的想法。我采访了那已经拆迁的几家小庙的阿卡,发现他们的处境很不好:他们的栖身之地没有了,却不愿住在扎西提供的过渡房里,只想恢复被拆的庙宇,守护自己的信仰载体。他们一次次上访,一次次被驳回,只好在网络上寻求帮助,虽也得到网民回应,却一直没人过问那恢复庙宇的事。因为,寺院产权是国家的,不是阿卡的,政府作为其产权拥有者,要是有建设需要,是可以统一规划的。所以,阿卡们的反抗,就显得无理取闹了。后来,新朱古——他兼任县里的佛教协会会长——派了人,一次次找他们谈话,除了要他们无条件支持政府项目建设外,还要求他们能统一思想、统一信仰,因为诸多纷争的本质,是思想和信仰的不统一。而且,新朱古明确表示,像龙多格热信仰这类民间崇拜,充其量,属于原始本土信仰,跟萨满教相若。要是萨满教和本教能入行宫,龙多格热信仰当然也可以。这番话,一下惹恼了那些年轻激进的僧侣,为了抗议新朱古,一个阿卡往自家身上浇了汽油,点了火。幸好浇的汽油不多,抢救也及时,那阿卡的命就保下了,但他的脸已烧得不成样子了。

显然,事情的焦点已经转移了,我对龙多格热的调查,是否能终止这场不断升级,且越加混乱的风波呢?它又会让哪一方获益,其结果又会如何呢?说不清。新的情况不断出现,让事情变得越来越复杂。

但不管怎么样,我还是会继续观察龙多格热的——这时,我对他的观察,已不是一种任务了,我是真的对他产生了兴趣。而我想弄明白的,却不是他该不该被封神,因为我知道,神和鬼并不是两种身份——虽然很多人都这么认为——它们只是两种状态，而很多时候，状态是多变的。这一刻是神的人，可能下一刻就是鬼。同样道理，这一刻是鬼的人，可能下一刻又会干神的事情。一切都说不清，一切都取决于他当下选择的心。就像龙多格热故事中的那些护法神，他们虽然有神的称号和待遇，但他们做的事，却跟人间的打手和保镖没啥不同，因为他们也是接受利益，替人消灾。

至于龙多格热的神通和成就，至今，除了阿柱和阿尼给了我相关说法外，我仍然没有见到什么有说服力的证据。倒是他诅咒羌村人，诅咒延寿寺僧侣的事，让当时的他身上，有了一种浓浓的厉鬼气，消解了前面的故事中，他作为一个有血有肉的人，带给我的感动。仇恨是会消解感动的。真正打动人的，是藏在仇恨背后的那种对爱的渴望，哪怕，那渴望是下意识的，是连当局者自己都没有意识到的。

我很想看看，在接下来的故事中，龙多格热会发生什么变化，他身边的人，又会发生什么变化。阿柱说，自己命中注定是温布的克星，我也想看看，一个年幼的小阿柱，怎么能战胜在羌村一手遮天，又有诸多护法神护佑的温布。

2. 倒插门

我从阿尼的牧场回来后，就住到延寿寺的一个阿卡家里。时不时地，我就能听到大经堂里浑厚的诵经声。我喜欢这感觉，喜欢沉浸在那来自亘古的气息之中，喜欢吮吸那弥漫在空气里的檀香味，喜欢听那漫山遍野的经幡猎猎作响，在我心里，它们已摇曳成一声声菩提梵音。那圣洁的哈达也在白塔周围缭绕，和着飞鸟的啼叫，悠荡在风里。只是，这景象，到底发生在眼前还是梦里，我已分辨不清。

突然，我想到了龙多格热。以前，他就是在这一带遇难的，但这里，已没了他来过的痕迹。无数其他的人也是这样，他们都是这块土地的过客，他们都来过，又走了。轮回百转间，莫说足迹，就连跟他们有关的记忆，也被时光洗成了空白。

我静静地站在经堂前的空地上，接受清风冷冷的洗礼。那一刻，我卸下了所有的戎装，把自己抛进风里。我的心像蒲公英一样，乘风飞翔，自在逍遥，绕过一座座祈福的白塔,以海螺声做襄衣,去寻觅那梦中的未知。

未知的风景里没有我,只有一个血色的爱情故事。

一个苍老的声音对我说,对,就是这儿,这儿就是故事发生的地点。那老者背着光,我看不到他脸上的表情。他身上的气味却在告诉我,他游历经年的沧桑和痴狂。他的眼神如黑夜里游弋的萤火虫,点不亮黑夜,却想照亮人的眼睛。那眼睛若是能被点亮,黑暗的世界中,也便有了光明。

他喃喃的声音,像檀香般飘荡在风里。我说,准备好了吗?他说,有啥好准备的?

我说,那就开始吧。他说,开始就开始。于是,在静的极致中,妙音的声音徐徐响起——

那次报仇行动失败后,爹对阿斌阿机死心了,知道他们成不了事。阿柱看得出有血性,有脏腑,能成事,但岁数太小,没啥力量。这报仇的事,其实不怪他们。没办法,一群小兔子无论如何发心,也打不过狼,它们是有心无力的。所以,要想打狼,就不能依靠小兔子,必须找老虎等猛兽,或是猎人。我说的猛兽,是比温布更有权势的人——像羌土司——这种人我找不到。我只能找到一个猎人,哪怕他身体弱一些也不要紧,只要他敢向狼开枪就行。其实,就算阿斌和阿机有胆子,我也不希望他们做这事,主要是我不想叫剩下的这几个弟兄,再有个三长两短。爹妈老了,我不希望他们再受丧子之痛。所以,我更愿将选择的目光转向外面。这是我的一点私心。以前,我一直没有说过这想法。虽然我也问过阿斌和阿机,敢不敢给龙多格热报仇,但我只想看看,他们心里到底有没有他们的大哥。说真的,他们的反应让我很失望,但后来我想通了,要是他们真愿去报仇,我才更担心呢。这么一想,我也就原谅了他们。

没多久,爹选中了一个人,那人也是寨丁——你知道,他就是红豺,他以前是龙多格热的副手。爹选他之前,我就见过他,每次见了我,他都会用一种奇怪的眼神盯着我看,我知道他喜欢我。当爹把复仇的想法告诉他时,他非常热心。爹就说,只要能为龙多格热报仇,他就可以当倒插门女婿。

本来,红豺是想娶我过门的,他答应娶了我之后报仇,但爹想得远——一来,人心易变,很多女人一嫁人,心就变了,尤其是生了孩子之后,往往会顾虑太多，爹怕我也这样，要是我真那样，就不会再有报仇之心了。二来，女人一旦嫁到别人门上，很多事就会身不由己。所以，爹希望红豺倒插门。要是红豺失信，就赶他出门。他带不走我。

爹的想法，当然有道理。——虽然我坚信自己不会变心，但爹想得更远，我愿意听爹的。

红豺答应了。

红豺父母死得早，他是舅舅养大的。他从小就喜欢打架，动不动就拔刀子，时不时会惹事。他说过，在村里，他只佩服一个人，那就是龙多格热。所以，他愿意为龙多格热报仇，就算要倒插门也没关系。

他虽然这样说，但我不知道他心里到底是啥打算。一个男人，会为了得到一个好看的女人，冒险为她报仇吗？毕竟，杀温布，是要丢命的事。他会不会是先答应下来，再走一步看一步？说不清。但现在，我只能相信他。一个男人说下的话，就是他这个人的分量。

3. 婚姻的筹码

我和红豺结婚那天，是我一生中最难以名状的日子。我真的有点看破红尘了。跟龙多格热结婚的喜庆味还没完全散去呢——按习俗，还要在次年的正月初三进行更大的庆典——生活就发生了如此大的变化。……恍若隔世，真的是恍若隔世。

我跟红豺的结婚典礼非常简单，爹只是请村里的几个长老和舅舅润福吃了一顿饭，是手抓羊肉等。此外，再没请村里的其他人。家里人到的也不多。大姐张香子一家没来，尕女和阿斌在家，阿机去了牧场。阿斌的脸色非常难看，看得出他很不高兴。趁着给客人敬酒，他喝了许多酒，最后竟烂醉如泥了。这也好。我还怕他跟红豺打起来呢，只是他有这个心，却没有这个胆。红豺是个时不时抽刀子的角色，阿斌很怕他，就只有靠喝酒来麻醉自己了。

那天的结婚仪式，等于向村里宣布了我跟红豺的合法关系。长老们定然知道我嫁他的目的，但他们都没说啥，他们都心照不宣地默许着一次复仇行动。我的心中是浓浓的沧桑，我不知说啥好了。我知道龙多格热同意我的选择。虽然我没梦到过他——他即使同意我再嫁别的男人，为他报仇，也一定不想看到我和别的男人生活在一起，所以我一直没梦到过他——但我知道，在他心中，报仇是最大的事。在他的弟弟们无法为他报仇时，由我来完成这事也好，这让我有了一种崇高感。

我一夜间长大了。我的心也渐渐变了，硬了很多。每天清晨，我都会跟心里的龙多格热说话，说的内容便是复仇。我不知道他能不能听到，但我觉得他能听到的，他只是不能现身在我面前，告诉我他一直在陪着我而已。一定是这样。爹知道我的心——我们之间不多说话，但知道对方的心。在妈面前，我很少提龙多格热，怕她难受。在其他人面前，我也很少提，因为我也怕自己难受。但龙多格热一刻也没有离开我的心。我很想修一种开天眼的功法，让我能看到我的龙多格热，但我不知道咋修。一天，我带了一瓶酒，去问阿尼，阿尼没告诉我方法，只说非常难修，需要吃很多苦。我说我愿意吃苦，阿尼却仍然没有教我，只说等等再看，我就回来了。我不知道他在等啥，反正，他一直没有教我。后来，我怀疑，他怕温布。他知道我报仇的心，怕我连累他。一定是这样的。

时光就这样过去了，我又成了另一个男人的妻子。我不想再回忆跟他同房的日子，对我来说，那是生命中不堪回首的一段记忆，我有意在屏蔽着它。便是在跟他同房的当时，我脑中想的，也不是他，而是龙多格热。我一直觉得，我是在跟龙多格热行男女之事。因为这念想，我才慢慢找回了女人的快乐。

现在说这些，不知道还会不会刺伤他，但这是我的真心话，我不想遮遮掩掩的。况且，对于我的想法，他一直是清楚的，他知道我没有爱过他，我虽然跟他有了婚姻的事实，后来也有了一些感情，但在我心里，我们之间只有交易，没有爱情。在我们的故事开始的那一刻，他就知道会这样。……后来发生的事情，确实是我没有料到的，我没有想过，那时的那件事，竟会改变他的一生。现在想来，为了自己的复仇，让另一个男人付出这样巨大的代价，我的心真的很硬。过去，我定然不敢相信，自己还能做这样的事。……你说，爱到底是个什么东西？它能让心变得像水一样柔，一样软，一样充满了甜蜜和诗意，却也能让心变得如此坚硬冰冷，为了自己的目的，竟然能眼睁睁看着另一个人遭罪，甚至送命。……现在想来，那时的我，其实是罪恶的。后来，我之所以那样做，其实也跟这种罪恶感有关。我知道，在一个复仇的故事里，没有谁是干净的，人人都是凶手。人人的心里都有黑色。

还是继续往下说吧。

撇开情感因素不谈，从客观上看，我跟红豺结婚确实是对的：一来，在村里人眼中，招女婿跟认儿子是一样的，两者都有一切权利，也尽一切义务，这样一来，爹就等于多了个儿子；二来，红豺接替了龙多格热的职务，带着寨丁们训练，因此，龙多格热虽然死了，我家的实力却并没有减弱。

随着时间的流逝，龙多格热的话题不再敏感，对他的事，村里渐渐有了许多议论——说来真是可笑，公开表决时，没人敢指出那诸多的疑点，更没人敢说龙多格热不是土匪，所有人就像脑子同时进水了一样，对明显的事实表现出了一种异样的迟钝。可这时，许多人又不约而同地变得精明，似乎那诸多的可疑从没逃过他们的法眼，他们对那背后的事实，早就了然于心了。我很想问问他们，要是这样，当时你们为啥不说呢？你们为啥要眼睁睁看着龙多格热被处死呢？但我没有问。我知道答案。就连自家的兄弟都没这个胆子，何况没有血缘关系的外人？再说，问了又能咋样？龙多格热已经死了，问或不问，他都不会活过来的。所以，最重要的不是追究，而是复仇。

在诸多的谣言——告诉我的人说它们是谣言，但我当时并不这么认为——中，有两个谣言我印象最深。其一是，有人在设套，想帮阴寨人除掉龙多格热，因为有龙多格热在，阴寨是很难占到阳寨便宜的。至于设套者是谁，没有定论，有人说是阴寨人，也有人说是温布。温布当然有可能这么做，他原本就是阴寨人，又跟阴寨的一个俏寡妇相好，他想帮帮阴寨，也不是没有可能的。再说，他一向跟龙多格热不和，又知道那天会有商队经过。不管怎么看，他的嫌疑都最大。所以，听到这个说法的当时，我几乎认定了设套者就是他，这成了我恨他的另一个理由。但后来发生的一些事，又让我开始怀疑这个猜测。于是，死后，我专门回到过去进行了求证，那时我才发现，原来这并不是全部的真相，真正的真相，比这要复杂得多。另一个谣言是，龙多格热的死因，跟他和朱古关系好有关。这个说法我不太认可，因为，龙多格热从没说过他跟哪个朱古很好，倒是阿尼，他经常谈起，这也是我信阿尼的主要原因。但死后的求证让我发现，这种说法倒也不完全是谣言。总之，龙多格热死于一场精心谋划的阴谋，这个阴谋，让他受尽了折磨，过早地离开了我和其他的家人，却也让他走进了羌村的历史，而不是像其他的很多羌村人那样，无声无息地死去，再无声无息地抹去所有活过的证据。

除了这两种说法之外，当时还有很多种说法，我已经记不清了。毕竟过去了七十年。而且，这种种说法，本质上说，都只是村里人的念头，因为人们的传播和议论，它们的生命变得稍长了一些，但从本质上看，它们仍然像是水上的泡沫，冒出没多久，就会破灭。

所以，大家很快就转移了话题，关注点又回到了草场纠纷上面。

那时，阳寨跟阴寨的矛盾还在继续，双方又死了几个人。寺院再次出面调解，却仍然没有根本的效果。双方休停不了几天，就会重新开战。这片土地上，总是枪声不断，两个寨子总是在流血，在死人。龙多格热活着时，有争议的草场就没人敢放牧了，因为两村都安排了人躲在那儿的树林里，对方的人一进那儿的草场，就会有人放冷枪。这时，情况依旧没有改善，甚至还有些继续恶化了。阴寨人想除掉龙多格热，无非是为了更好地占领草场，但也没见他们能占到多大的便宜。总之，村里的一切，又回到了从前。

世界就是这样，一直在按自己的规律运转着，无论谁离开了这个舞台，它都不会停下前进的脚步。那些看似改变了世界的人，也不过是在世界准备改变时，扮演了改变世界的助缘，让这个既定的剧情，在既定的时刻上演而已。所以，每个人都没必要把自己看得太重要。任何人在茫茫宇宙中，都不过是一粒小小的尘埃，在漫长而没有始终的时间长河里，也不过是一滴不起眼的水珠。人的故事更是这样，多么震撼，多么感伤，到头来都只是一些念头，很快就会融入记忆之海，被世界所遗忘。那些没有被遗忘的，只是因为有不被遗忘的价值，才被人从记忆之海中打捞了起来而已——就像你现在这样——龙多格热的故事就是这样，我的故事更是这样。——瞧，那时节，我生命中天大的事，对别人来说，却仅仅是个话题呢。不过，这样也好，这让我对人生有了一种新的感悟。

只是，那时节，我啥也不在乎，啥也不愿去想。我的人生已经简化成两个字：复仇。我所有的精力和目光，都集中在了跟这两个字有关的事物上。而那时，我最想知道的，就是红豺到底啥时候兑现他的承诺。

说真的，我虽然嫁给了红豺，但他到底会不会守信，我一点儿把握都没有。过去，我几乎不认识他，我只知道他是龙多格热的副手，跟了龙多格热多年。龙多格热对他提得不多，除了他有一股狠劲，功夫不错之外，我很少听到跟他有关的话题。结婚后，我对他才慢慢有了了解。我发现，他确实是个狠人，做事也有魄力，不是阿斌、阿机那号胆小怕事的人，但他不像龙多格热，他的理性约束力不够，做事也不够冷静，容易冲动，容易被情绪左右。他受过多次伤，都是头破血流的那种。一次是跟阴寨人打架时受伤的，其余几次是跟阳寨的年轻人打架时受伤的。他爱喝酒，酒风不好，喝醉就要打人。一次，他弄了几瓶好酒，请畅佬来家里喝酒，醉酒之后，他扇了畅佬几个耳光。第二天，他非常后悔，觉得对不起畅佬，就专门煮了羊肉，又请畅佬上门喝酒。在酒场上，两人很快就和好了，但随着酒意的渐浓，他又开始辱骂畅佬，还扇了畅佬几个耳光，踢了畅佬几脚，将人家赶出了家门。就这样，他跟畅佬的关系崩了。他总是做这种事，一次一次地花钱，一次一次地打人，花了很多钱，还得罪了不少人。

不过，这些，我都不在乎，只要他为龙多格热报仇，我啥都能接受。于是，婚后不久，我就开始提醒他报仇的事。那时节，他总是说别急，这事，急不得，得在老虎打盹的时候行事。他说的当然有道理，我只好等他，爹也没有催他，但后来，我一提龙多格热，他就显得不耐烦了。第一次发现这一点时，我产生了一种冲动，我想自己拿把刀，去找温布——我也真的拿了，只是，还没走到门口，红豺就挡住了我，安慰我说，他不是不敢去，他是在等机会。

我问，啥机会？

他说，老虎打盹的时候。老虎啥时候打盹？我咋知道他啥时候打盹？就是在那一刻，我有了末日的感觉。

4. 去牧场

这天，村里的几十头牛又叫阴寨人赶走了，原因是它们进了那有争议的草场。总管叫村里所有的男人都回村，不然，每人每天要罚十块大洋。阿斌和阿机只好从牧场回村，爹叫我跟阿柱——总管说的男人是十八岁以上的，阿柱才十四岁，在大家眼里只是孩子，还算不上男人——去牧场，和尕女一起照料一些日子。

吃过早饭，收拾了一些住牧场必用的东西，我和阿柱就骑马出发了。我很喜欢阿柱，他虽然年岁不大，但有一种跟龙多格热很像的气质，显得很有脏腑。

因为跟阴寨的草场争议，我们不敢在近处放牧了，就租了岷县的草场。那牧场离寨子非常远，早上出发，过了响午才能赶到，途中，要穿过一大片草场，穿过河流，再翻过一座山，还要在一条山间小路上盘旋很久，非常麻烦。所以，坐牧场的人，就只能隔上很多天才回家一次。

虽然天气很晴——算得上晴空万里了——阳光很好，天空晶莹得像要透出水来，我的心却一直不畅快，我一直觉得自己像在梦里游，又觉得自己像个轻飘飘的气泡那样，没有一点质感。

一路上，风景非常好，到处是绿色——山梁上是一片片的葱绿，村里人新开的地里，青稞苗挤破了土层，也摇曳出一地的绿意。这大片大片的绿，就像把空气都染绿了似的。按理说，这景象充满生机，美到极点了，可它偏偏入不了我的心，我的心里还是一片灰色。因为，时不时地，我就会想起跟龙多格热在一起的那些时光，每次想起，我都会心酸万分。我觉得自己没救了，对龙多格热的思念，已成了一种挥之不去的梦魇。

以前在娘家时，我常蹲牧场，但自打做了人质，我就很少去牧场了，尤其是格热家租了新草场后，我还没去过呢，只听说很远。记得，龙多格热说过，近处的牧场人多牲口多，草没有远处的好，所以，从很久前——早在阴寨和阳寨还算和睦时——爹就喜欢把草场选在离寨子很远的地方。

瞧，龙多格热对我说过的点点滴滴，我都还记在心里呢。那时，这些回忆，总会扯出我对他的思念来——无论看到啥，我都能发现跟他有关的线索；无论走到哪儿，我都走不出对他的想念。其实，我也不想走出。我宁愿一辈子都活在有他的世界里，哪怕那个"他"，只是我的念头。……不，有人说，心里有的，就跟你在一起，所以，当我想念他时，他一定跟我在一起的，我只是看不到他而已。……你说，对不？

那时，我多想见他一面啊。但是，我也怕见到他。要是真见到他了，我用啥身份面对他呢？是龙多格热的女人，还是红豺的女人？……其实，我心里是没有后面那身份的，我常常会忘了它，但没办法，我已经嫁给另一个男人了，不愿承认，也是这样。每当想到这儿，我的心就灰了。那时，我的心老是灰色的，似乎，龙多格热一死，就把我生命中的亮色也带走了。我的生命里再也没有了清风白云，再也没有了灿烂的星空，再也没有了皎洁的月亮，再也没有了绚丽的彩霞……所有曾经让我心里充满浪漫和陶醉的存在，都只剩了一个空壳——不，是我只剩了个空壳。我的心空了，我的情感随着龙多格热死去了，或是被我封印了。因为我害怕那海啸般的疼痛。

这次租的草场，也许是村里最远的，加上路难走，很少有人愿意来。我们家不要紧，因为我们家人手多，不需要牧场村里两头跑，租在远处也可以。人手不多的人家，忙完牧场还要忙地里，就只能选个近些的草场。像春妮家，就选了施坛附近的草场。可近是近，草却不多，养不了多少牲口。但是，自家没有人手，也只能这样了——当然，有心想解决这个问题，也不是没法子，只要招个女婿，生几个娃，过上几年，家里就能多几个人手，到时，选择就多了。但春妮嫁人不易，毕竟，人人都知道她是天女，跟村里的很多男人都有过关系，有谁愿意娶这样的女子呢？

跟龙多格热结婚后，我已经很少想起春妮了。想不到，再想起她时，我已不再觉得恶心，反而对她有了一种同情。因为，我至少真真切切地爱过，也真真切切地被爱过，她呢？她尝过爱情的滋味吗？有人真心爱过她吗？瞧，跟龙多格热结婚前，为了他爱过这样的女人，我曾经恨过他，可后来，我就一点儿都不信他爱过她了。我虽然知道他们之间有过很多故事，但我觉得，那只是男人的欲望，跟爱情无关。再后来，我就开始同情春妮了。因为，她看似吸引了无数男人，连温布都为她破戒了，但她一辈子没被爱过。据说，跟她发生故事的那个俘虏，被作盖土司赎了之后也走了，再也没来找过她。所以，她定然也有自己的失落吧？

瞧，当我对她没有异样的情绪时，就能感受到她作为一个女人的痛苦了——那么，我的心，是不是并没有完全变得僵硬和冰冷呢？我是不是还没有变成一个无情的人呢？可我确实做了无情的事……按你的说法，有什么样的心，就会做什么样的事，做什么样的事，就是什么样的人，那么，我就是一个无情的人了……不过，这几十年里，我经得多了，有时，连那愧疚带来的痛苦也淡了，总觉得世界一直在变，就像演戏一样。我总是看到很多故事在发生，也看到好多故事在终结，旧的故事总会被新的故事所代替，但新的故事，也会很快变成旧的故事。这世上，相遇只是偶然，告别才是必然。……你说，我到底是看透了真相，还是变得悲观了呢？……不管怎么样，我总算是平静了，我接纳了过往的一切，无论是我的爱，还是我的恨，甚至是我的罪。

这次去牧场时，我觉得绕了很多弯。每绕一个弯，我就觉得牧场到了，但每次问阿柱，他都说还远。我一次次地转弯，一次次地期待，一次次地失望。于是，我就有些佩服阿柱了，这么复杂的路况，他居然记住了。

我们两人骑了马，又各拉了一匹马，马上驮了食物等用物。我家牧场里的生活用物都是用马驮的，因为山路难走，进不了车——再小的车也进不了，去牧场时，就只能骑马。好些地方连马都不能骑，就得靠自家的双脚一步步地丈量。

终于到牧场了，那是一片很大的山地，也很高，是夏季牧场。帐篷扎在一个平缓的山坡上。从山坡上能看到远处长满绿树的山，还有流水，四下里有很多鸟儿在叫，它们定然是惊奇我们的到来。

我先是听到了狗叫声。狗的鼻子尖，也许是闻到了阿柱的气味。

阿柱远远地喊了一声，喊声里充满了欢快。转过山角，我就看到了山坡上吃草的牛羊，但没有看到尕女，后来才知道，她去采蘑菇了。来这儿的人少，山上有很多蘑菇，吃不到菜的牧人就会采蘑菇。虽然他们分不清哪些蘑菇有毒，哪些是无毒的，但他们会选一些虫子咬过的蘑菇，这种蘑菇定然无毒。尕女常去采蘑菇，她存下的蘑菇很多，吃不完时，她会晒干放起来，有人回家时，就叫他带回家里。我在家时，就常用牧场带回的蘑菇干做菜，比如羊肉炖蘑菇等，我很爱吃，妈和龙多格热也很爱吃。

牧场的布置很简单，有两间非常简陋的房子，墙是用木头栽的，上面打一层厚厚的牛粪，就能挡风雨了。因为家里常来人，有男有女，就有了两处睡觉的地方，一处是帐篷，一处便是那房子。房子旁边，是羊圈和牛圈。那所谓的圈，也是用木头做的，直里栽十几根，横里搭几十根，安个木架门，牲口一进去，就不能随便外出了。帐篷旁边，是大堆的牛粪，这是做饭的燃料。在干牛粪够用时，牧场里的人一般用牛粪当燃料，除非天下雨，没有干牛粪，他们才去砍些死树，劈了当柴。空气中，弥漫着浓浓的牛粪味。

帐篷上也有门——准确地说，是像门的一个布帘子，上面象征性地扣一个扣子，解了那扣子，就能进屋了。那帐篷，是用牛毛编织的氆氇做的，黑色，很暖和。

我又进了那个屋子，这是女人们住的，不大，算得上异常简陋了。房墙分为两部分，下层是用碎石垒起来的，上面直直地栽些椽子，再用温牛粪在外面

387

打上厚厚的一层，一来保暖，二来挡风。屋顶上再搭几根木头，然后放几块挡雨的帆布。屋子没有窗户，但不影响透风，因为那门就是用藤条、树枝编的。

这屋子虽小，但还是盘了土炕，也是连着锅灶的那种炕，一做饭，炕就热了。平日里，这儿除了睡觉外，还要做饭，还要打酥油。后来，尕女告诉我，天阴下雨外面很冷时，她还要将刚生下不久的小牛犊们也抱进来取暖。

5. 忙碌的尕女

山里的天是怪脾气，时不时就翻脸，刚才还一路晴空呢，我们进屋不久，天就变了。一股股凉气从老山里卷了来，屋子里变得异常阴冷。阿柱就取了柴，加在灶里，口对灶灰，吹了一阵，有火冒了出来。

刚生好火没多久，尕豆回来了。她一看到拴在外面的马，就大呼小叫地扑进帐篷。山里太寂寞了，一来个人，就像过节似的。我问她，尕女呢？她放下装满了蘑菇的背篓，回答我说，去赶牛了，这阵候，像是要下雨，早点儿赶牛羊上圈吧。她这一说，阿柱就出去了，他常来牧场，知道那些牛羊在哪儿吃草，他去帮尕女。

尕豆是张香子的女儿，她喜欢笑，言语却不多。因为一直住牧场，常年在户外，她的脸上有黑红黑红的两团，看上去，比实际年龄要大很多。

尕豆烧开了一壶水后，尕女和阿柱回来了。外面已经下开雨了，他们浑身都湿透了。阿柱打着哆嗦说，这鬼天气，说下雨就下雨，真冻死人哩。

尕女性格外向，待人也热情，但我刚来这个家时，她对我可有敌意呢，因为我当时的身份是人质。后来，我成了她的嫂子，我俩关系就好了很多。打过招呼后，她掏出我们带来的青稞饼，吃起来，看来她饿坏了。尕女喜欢穿青灰色衣服，远远望去，总是跟大地融为一体，只有腰带艳一些。这是村里女人常见的打扮，她们只要穿羌袍，就会在腰间扎一条腰带。听妈说，这本来是已婚女子的装束，但尕女喜欢，她一扎，因为很好看，扎的人就渐渐多了。不过，未婚女子的腰带是由羊毛编织的，上面嵌几个蜜蜡来装饰，要是结了婚，那腰带就换成一条红色的绸布。所以，参加当地的传统节日时，只要看看女孩的腰带，就能知道哪个结了婚，哪个没结婚。另外，年轻女孩的腰带比较窄，年纪越大，那腰带就会越宽。……呵呵，我知道，你喜欢听这种关于民俗的内容。是不？

尕女进屋时，牛们也跟了来，它们围在门口，哞哞地叫个不止。我知道它们的奶胀了。它们已养成习惯了，奶子一胀，就会主动找人，请人给它们挤奶。尕豆向我笑笑，就提着木桶，出了屋。屋外仍下着雨，风也很利，时不时卷一阵进来，很是刺骨。等我摸索了鞋，跌撞着走出屋外时，尕豆已蹲在瑟瑟的风雨中了。喂牛、挤奶，这些活，是必须风雨无阻地做的。

尕女说，还有些羊没赶来呢。说完，她取了两个毡衣，自己披一个，让阿柱也披一个，两人就出了门。他们要在天黑前，把山里的牛羊都赶回来，不然在这样的雨天里，牲口也可能有闪失的。两人就踏着雨，很快消失在雾气里了。

牧场的房子建在一个峡谷里，起风时，风就顺着峡谷窜了来，帐篷就被包围在风里了。在呜呜的风声里，屋子明显发着抖。那栽在地上的木头们，随风晃动着，吱吱呀呀的。狗叫声早息了。狗显然有些累了，懒懒地卧在棚下，蜷成一团，将头深深地埋在尾巴下——看来，它也怕冷。倒是另一只小狗，仍在望着远处的风雨。

等候着挤奶的牛们都候在一个棚下，那棚建在一个豁口处，用木棍直接在豁口上搭了，上面铺几块帆布和破毡，就能避雨了。尕豆蹲在棚下，捉了牛的奶头，一捋一捋的，一丝丝奶线就滋滋地进奶桶了。一些牛犊围在尕豆周围，像娃儿们围着母亲。

用了大约一个多时辰，尕豆才挤完了奶。那些小母牛却并没离开她，它们候在风雨中，一直在望她，那样子，有点像恭迎朱古的信徒们。尕豆提了奶桶，进了屋。一会儿，她端出一个瓷盆，里面盛的是滤奶渣的水，她又往里加了些土豆皮之类。盆一放到外面，牛们就围了来饮，那样子，显得非常享受。我知道，这算是一种特殊照顾了。一会儿，牛就饮完了水，带着满意的神情离去了。

尕豆虽在棚下挤奶，但身上还是有些湿了。我叫她换个干衣，她笑道，我哪有那么娇贵，今天还算好呢，没叫泼到雨地里。以前，那是常有的事呢，身上连一寸干布也没有，回来还得挤奶、打酥油、熬奶渣。

黄昏时分，雨小了些。我听到了阿柱的吆喝声。阿柱平日不多说话，总是悄声没气的，很少听到他发出这样的吆喝。那声音穿透了风雨，荡在山谷里，山谷更显得非常空旷。接着，我便听到了牛铃声。为了便于寻找牛，龙多格热叫弟弟们在几个头牛的脖子上挂了铜铃，这铃，是他在拉萨朝圣时买的，声音很好听。如今铃还在，人却不在了……听到牛铃声不久，我就看到了雨幕中的一群牛羊。羊咩咩地叫着，一团团白色在移动，看起来像一朵朵白云在飘。牛也是时不时哞一声，声音深厚而绵长。这几头牦牛的体形很大，比刚才挤奶的那些大出了许多。在昏暗的天色里，牛们抖着身上的毛，像一座座小肉山，遥遥而来。

尕女跟在羊群后面，这牧场里的羊不多，因为羊喜欢乱跑，容易丢，得专门有人看管。牛则不然，牛一般不乱跑，吃饱了，就卧在山洼里反刍。有时候，时间一到，有些牛还会自己上圈呢。

雨渐渐停了，牛羊也进圈了。不过，还有十几头牛没回来。因为天黑了，怕出意外，他们就不去找了，想等明天天亮时再去找。对于牧场来说，这是常有的事。

山上仍笼着雾。阿柱拴好了圈门，转了身，朝我走来。他憨憨地笑着，用手比划几下，示意我快进屋，他怕我冻着。我喜欢这孩子，看到他，总有一种说不出的感觉。

屋里的酥油灯显得很暗，风从门帘里吹进，灯苗儿忽闪忽闪地，映照出屋里的地面。地面因凹凸不平而现出斑驳的暗影。尕豆刚挤满的牛奶桶就放在地上。这些牛奶，除了自家用的外，都用来打酥油和提炼奶渣。这是她家的重要收入。每年，会有一些商人到阳寨来收酥油和奶渣。

尕豆将牛奶倒进一个大些的打奶桶里，开始打酥油。她拿个棍子，一下下打那牛奶，上下搅拌上一个时辰，酥油就会上浮。那黄黄的酥油，是很多西部人眼中的好吃食，用它拌炒面吃，很耐饿。

活儿都干完后，我和尕女开始准备晚饭。牧场的人吃晚饭，一向很晚，因为做完工，天也就黑了。外出取牛粪的时候，我发现天黑透了。雨也停了。虽有一块厚厚的帆布盖了牛粪垛子，但还是有很多牛粪湿了，不过，干的也多，我就拣些干的进屋，我入火，尕女和面。我以前在牧场待的时候，常常赶牛羊出去，一天只吃一顿严格意义上的饭——早上和中午吃的都是炒面糌粑，只有到了晚上，才有时间吃揪面片。

尕女坐了锅，添了水，我在灶中又加了牛粪。因为有了火，屋子暖和了很多。

在雨天里,坐在灶旁是一种享受。但一静下来,我就想起了近来发生的事,那种恍若隔世的感觉又涌了来,将我整个人包裹了。

尕女和面很利索,她很快就和好了面,开始淘白菜。白菜是自己种的,他们在牛圈旁边,开了一块地。等饧好面后,我们开始扯面揪面。我喜欢做这些事。一想到村里的那些杀呀争呀抢呀,就觉得好没意思。我很喜欢这牧场里的宁静。

面很快揪完了,锅里的汤沸腾着,蒸汽充满了屋子。尕豆问我,要不要在汤里加牛奶,我说随你。她就舀了一瓢鲜奶,倒进锅里,又扔进几把奶渣,再放上刚刚切好的嫩白菜。那白白的汤里,有白白的面片,加上绿绿的嫩菜,就很好看了。

饭好了。我吃了两碗,舔了碗。舔碗是我们的习惯,每次吃过饭,我们都会舔碗,这是惜福的一种方式。

吃完饭后,尕女问阿柱,你是想睡那帐篷呢,还是睡那晒奶渣的床?阿柱说都行。尕女说,那就睡床吧,下了雨,帐篷里有些冷。阿柱说好的。

尕女将板子上的奶渣收拢了,开始给阿柱铺床。那所谓的床,其实只是担了几根木头,再在上面铺了几块板子,平时用来晒奶渣。奶渣熬好后,要是不晒干,几天就会坏。太阳出来的时候好说,晒在外面,很快就干了。要是天阴下雨,就只好摊在这板子上风干了。

我点了马灯,去屋外小便。一出门,发现雨虽停了,但到处是泥泞,牛粪和稀泥们混在一起,踩上去老打滑。风仍是大,寒飕飕的,吹得人身体不由得直瑟缩。远远地,可以听到峡谷里的洪水声,那洪水席卷而来,浩荡而去,会一直流到羌河里。山上的树隐在夜里了。风带来牛粪和青草的香味,让我觉得心好静。

回到屋里,尕女已铺好了被褥。牧场的被子都很脏,不过我也习惯了。尕女说,怕冷不?要是怕,就加上皮袄。这皮袄,是村里人过冬时常见的衣物,羊皮缝制,很保暖。在牧场,皮袄很实用,天冷时,没它不行。下雨时,只要翻穿了它,就能当雨衣。我说,先不盖皮袄,要是夜里觉得冷了,再加不迟。

尕女往炉灶里加了几块干牛粪,又加了几块木柴,叫我们先睡。她将尕豆打过酥油的奶倒进锅里,开始熬,熬干那水后,锅里就会有奶渣了。

我发现，尕女明显累了，她很是疲惫，老打哈欠，但熬奶渣是她今天必须干完的活，明天还有明天要熬的。在牧场就是这样，总是一件事顶着另一件事，别说天阴下雨，便是天要下刀子，你也偷不得懒。

为了不打扰我们睡觉，尕女拧小了马灯。那风，时不时撕扯几下雨布。灶膛里的木柴，也噼啪着。火光映在尕女的脸上，她的脸就通红了，在夜里看去，恍惚里有太阳的感觉。

看得出，尕女变了很多，不仅是对我的态度——我说过，因为两家仇杀的原因，尕女以前待我不好，但我理解她，毕竟，她深爱的一个哥哥死在我家人的手里，她恨屋及乌，后来，她二哥的仇报了，我又成了她嫂子，是自家人了，慢慢地，她对我就好起来了——她在其他方面也成长了很多，变得更加勤快，也更踏实了。

尕女很憨厚，但大事不糊涂，许多习性上有点像妈。

尕女的脸渐渐模糊了，我堕入了梦乡。

6. 桃花园

次日，我很早就醒了。我是叫灶里噼啪作响的干柴着火声惊醒的，有时的噼啪声里，也会夹杂湿柴燃时发出的滋滋声。风似乎息了，在那滋滋声和噼啪声的衬托下，屋子显得很是寂静。

尕女和尕豆仍在熬奶渣。她们早就起床了。因为时不时要往灶中加柴，估计尕女也没有睡实落。两人的动作虽悄声没气，但我还是醒了。

也许是怕影响我睡眠，她们没开马灯。我摸索着爬出被窝。灶里虽有火，屋里却有些冷，一呼气，嘴里就会喷出一股淡淡的雾气。

睡得咋样？尕女问我。很好，连梦都没有。地上放着几只空的奶桶，为了方便我下炕，尕豆提了两只奶桶，去外面了。我知道，又到挤奶的时候了。

我出了屋子，发现天渐渐亮了。东方很白亮了，天边有一抹淡淡的红。黑云不见了，天很蓝，只有山顶上有几朵云。山洼里还罩着一层淡淡的雾。不远处，便是那一大片一大片黑的林影。

尕豆正在挤奶，她穿着厚厚的皮袄，显得很笨重，但早上的天冷，不穿暖挤奶,是耐不了多久的。空气涌动着,一波一波的寒冷袭了来。我打个寒噤。远远地,传来一声乌鸦的鸣叫,显得格外孤独。

我也提个挤奶桶,跟着尕女,向牛圈走去。很近的路,只因落了雨,行来很是泥泞。在牧场,挤奶是每天早上起来必须做的事——若是实在忙不过来,中午前也得完成,因为接下来还要打酥油和熬奶渣,一个拖了,下面的都要顺延,就会像昨晚那样,弄到很晚——很辛苦,得一下下捋牛的奶子,随了手的动,那乳白色的奶,就一线线喷了出来。每挤一次,得花一两个时辰。挤完奶,牛们就可以出圈了。它们会自个儿去山上寻草吃。这儿草密,不需要跑太远的路。不远处的山上,就有很丰美的草。再远一些,还可以看到没有化去的雪。尕女解了圈门上的皮绳,进了圈。牛们都卧着,显出一身的疲倦来,一见我们进来,都睁大了眼望我们。我很喜欢牛的眼睛,那是纯到极致的眼,透出一种善良和干净。

我很小就去牧场待过,对牧场的活,我很熟悉了。那些事儿,早就和吃饭睡觉一样,印进我心里,让我习以为常了。我用皮绳拴了牛的两只后蹄,就蹲下身,挤起奶来。地上牛粪很多,也需要清了,我就想,早饭后,我来清吧。也许是一头牛不很听话,尕女吆喝了几声,声音在晨风里传了来,有些清冷。

尕豆过来了,她穿了皮袍,蹬了靴子,朝我笑了笑。她说要带了阿柱,去山里找牛。昨天下了雨,有几头牛没上圈,他们要去找找。尕女锁了眉头,不知是担心没上圈的牛还是别有心事。尕豆说,别的没啥,就怕再下雨。要是老是下呀下呀,发了山洪,就可能会卷走牛的。我安慰说,不要紧,看这样子,不会再下了。

尕豆说,奶茶我熬好了,要不你们先去吃一点?尕女嗯了一声。尕豆就带着阿柱走了,那一高一低的两个身影,在这个寒冷得有些刺骨的早晨,显得单薄而渺小,很快就被清晨的雾吞没了。山里雾大,再加上山陡路滑,我总怕他们有啥闪失。尕豆倒是不担心自己,反而怕牛有啥闪失。以前,下雨或是下雪时,因为路滑山陡,稍有不慎,牛羊就会滚下崖头。记得小时候,时不时地,牧场就会往家里驮一些肉,一问,就说是牛又滚了崖。

就这样,在这个雨后的早晨,新的一天开始了。东方虽有亮光,但太阳还没出来。晴阳迟来,依稀听得见山间的鸟鸣。世界醒了,都开始忙碌了。尕女仍隐在牛群里，不一会儿，她就将一个盛满奶的木桶提到屋里，再带走屋里的空桶。在这儿，每天都是这样。这儿一日漫长似百年，而百年重复似一日，一日一日，一年一年，人就老了。一茬茬的人就这样老了，死了。以前，我也希望龙多格热不要再打打杀杀的，我们一起到这儿来，隐居在山里，听听鸟鸣，喝喝山泉，沐沐清风，简单地活老。这是多么容易实现的梦呀，可现在，一切都碎了，永远地碎了。

大约一个时辰，我们才挤完了奶。我的手有些酸。尕女已有汗意了，脸上也红扑扑的。屋里的地上，摆了一些牛奶桶，白白的牛奶在桶里微微荡着。我们吃了糌粑，喝了奶茶。接下来，要打酥油了。这活儿，也是个力气活，打不了几下，我的手就酸了。

中午时分，外出找牛的尕豆和阿柱回来了，伴着他们的，还有一阵牛铃声。那铃声，很是清脆，划破雾，回荡在山洼里，带给人无穷的安慰。牛们摇晃着身子，也摇晃着铃铛。这几头牛不老实，时不时就跑远，为了便于寻找，尕豆们就在它们的脖里，都戴了铃铛。其他规矩的不乱跑的牛，就不需要铃铛了。

阿柱跟在牛群的后面，时不时吆喝几声。他的声音很清脆，远远地传了来，很有质感。慢慢地，我可以看到牛了，它们慢吞吞的，迈着步子，一摇三晃，有点像做错了事的孩子。

我问尕豆，都找到了？

尕豆笑笑，说没丢，都卧在一个山洼里呢。又说，山里有一疙瘩一疙瘩的黑云，怕是要有冰雹呢。我出去一看，果然，远处的一个豁口那儿，有很多黑云，正向这边滚了来。那样子，不是暴雨，便是冰雹。我想，幸好，尕豆们把牛寻了来，要是真有暴雨，洪水一发，牛就危险了。

阿柱悄悄向我招招手，我走过去。他低声说，我告诉你个事儿，你可别告诉别人。

我说，不会的，我又不是漏嘴子。

阿柱说，我能看到哥，他在帮我们呢。夜里，没丢牛，是他在帮我。

我一听，心里一紧，说，真的？

阿柱说，当然是真的。我们来牧场时，他也来了。昨天，延寿寺肯定在修诛法，我看到那黑色的箭，一攒一攒的，射向哥。哥没处躲时，就躲进牛粪堆里。昨天你捡牛粪时，他还站在那儿望你呢。我的泪一下子涌了出来。不管这事是真是假，一听这内容，我就受不了。

因为怕失态，我装成要方便的样子，走向远处。到了没人处，我就抹一把泪，念叨说，我的男人，不管你能不能看到我，我都当你看到我了。我……我没脸见你了。我叫别的男人碰了。但我的心，你是知道的。我要给你报仇，我要给你报仇！我活下来的理由，就是要给你报仇。

念叨一阵，回过头，见阿柱远远地望着我。本来，我还想多问问龙多格热的事，但这是我不忍再碰的话题。我就只是对阿柱笑笑，然后进了屋，跟尕女一起，打起酥油来。随了那木棍的一下下起落，一团一团的黄油浮上来了。尕豆说，这儿的草好，出的酥油比别处要多。

打完酥油不久，风忽然大了。劲风很劲地卷了来，门帘子在风中起伏着，一荡一荡的，发出很大的声音。不一会儿，冰雹果然来了，噼啪噼啪的，打在屋顶，响个不停，听声音就知道，冰雹在屋顶会落得密密麻麻。我揭开帘子，看到天地已连成一体了。随那冰雹来的，还有暴雨——就是雨滴很大的那种雨。要是这样下去，肯定会发山洪。尕豆说，幸好她有预感，不然，这天气里，没回圈的牛太危险。她说，她以前动过小手术——这词儿，我也是从你那儿读来的，觉得有意思，竟就记下了——自那以后，变天之前，那伤口处总是会隐隐地疼痒。所以，她总能预知啥时候会变天。我笑道，这天，时时会变，难道你时时不舒服？尕豆笑道，一般的变天，没啥感觉，像这种大的变天，感觉就明显了。

在这号天气里，牛羊一般都要回圈。圈上备了一些干草，牛们饿了，就给些干草。虽然没有躲雨的顶棚，但牛羊们挤在一起，也能靠体温来抵御严寒。

尕女朝灶里添了柴，火猛烈地烧一阵，屋里就暖和了很多。灶上烧的茶水沸腾着，吐出一阵阵热气和茶味，大家热乎乎地喝了一阵茶。上半天重要的活干完了，大家可以歇歇了。尕女又端来一口铁锅，放在灶上，烧上一锅水，然后从屋梁上取下一块猪肉，放进水里，煮了一个多时辰，就捞出来，拿把刀削成块，分给大家。

除了牛羊，牧场里也会养几头猪，这猪不用人管，由了它们在山上跑就行，到了该回圈的时候，它们自己就会回圈。山上有很多蕨麻，猪们就爱吃这。于是，人们就叫它们蕨麻猪。这种自然放养的猪，肉非常香。待得猪成年时——它是长不大的，但肉很肥——人们就杀了它，将肉切成条状风干了，也就不坏了。这是村里人招待贵宾的佳肴，每户人家都有的。吃时，就将那风干的猪肉放进水里煮，什么调料都不用加，原汁原味就很香。

美中不足的是，这头猪被杀燂毛时，人们用火燎过猪皮，也用火钳烫过毛。那种烧焦皮毛特有的味道，有时还会出现，但已不像是味道了，倒很像是一种记忆，或是一种残留在肉干上的信息。

因为牧场活儿多，寻常时分，上午只吃一顿饭，主要是酥油糌粑加奶茶。随便吃一点后，就各干各的活儿，或是挤奶、熬奶渣，或是跟了牛进山。因为，有时候，牛也会野了性子，跑出老远，或是混进别人家的牧群。

吃几块肉，再吃点尕女做的馍，我就觉得饱了。我知道，尕女想用这种方式向我表达她的心情。她知道她大哥没了，我是什么样的处境。我们一直没提龙多格热，她不提，我也不提，但我知道，我们的心里，其实时刻都有他。她是在用待贵客的方式，表达对哥哥的思念。

吃过肉之后，又开始了新一天的熬奶渣。虽然外面的雨很大，屋子里倒很暖和。天气明显恶劣了很多，豆大的冰雹过后，又飘起了雪花，这阵候，有点像大雪要封山了。虽然季节上是春天，但山里，便是在夏天，也会时不时落雪。要是天阴几日，便是没有雨雪，人也会很冷。

这牧场，离雪山不远。一线雪水，从山上流下来，为人们提供着水源。这儿远离尘世，与世隔绝，没有人群的纷扰，也没有红尘的诱惑，真是别有一番滋味呢。

我想，要是我跟龙多格热早些躲到这儿，躲一辈子，不去管人间的那种血腥事，该有多好。却也知道，若是不经这些事，我是不会有这想法的，龙多格热更不会。这就是人常说的命吧。你不是老说命由心造嘛，命真是心造的，可为啥，人在失去之前，总是不明白这些呢？这一想，一股浓浓的悲涌上心来，泪也涌上来，泄出眼眶。

7. 红豺等来了机会

我们在牧场待了十多天，感觉上，一日等于百年。因为，每天就那些事，老是重复。待村里的事消停一些，阿斌和阿机回到牧场后，我就跟阿柱回村了。

回村后，才听说村里又死了一个人，仍是和阴寨抢草场时叫对方打死的。两个寨子仍像以前那样，打来打去，但也没有大的战斗场面，仍以放冷枪为主。上回被抢走的猪已叫阴寨人卖了，寺里虽调解了几次，人家却不赔——阴寨人认为，要是赔了，就等于承认草场是阳寨的了——事情只好不了了之。这让阳寨人非常愤怒。那些寨丁一直想把事往大里闹，甚至想杀到阴寨里去，但叫翟爷压了。翟爷知道，杀人一千，自损八百，一过了那道线，事情会比现在更加麻烦。以前，闹归闹，无论大事小事，都在事发的地方解决，从来没把战火往寨子里引过。现在，要是你杀向人家的寨子，人家也就能杀向你的寨子，这一来，日子就更不好过了。

　　既然事情没法解决，男人们也不能老是耗下去，翟爷就叫坐牧场的男人各回各的牧场，阿斌和阿机也就回到了牧场。他们一来，我当然不能待了。虽然我嫁了红豹，但他们兄弟俩还有些不死心，时不时就会跟我套近乎，我当然得跟他们保持距离。当姑娘时，和谁都可以交朋友——我们那儿的习俗是这样，但我没交过啥朋友，若不是龙多格热死了，若不是想要给他报仇，我是不会跟另一个男人有关系的……后来的事，虽然有些失控，但我最主要的目的并没有变，只是我没想到，因为我想复仇，竟然给另外两个男人带来了这么大的痛苦。直到现在，一想起他们——是的，除了红豹，还有另外一个人，你迟些就会知道的——我的心还是会痛，要不是你在忙龙多格热的事，我真不想聊这些呢。只是，我讲的这些，会给龙多格热争光，还是给龙多格热抹黑，我也不知道。我只能告诉你我心中的那段过往，至于你如何解读他，如何解读我，就是你的事了，我干涉不了。

　　我继续说上面的话题。

　　要是一个女人嫁了人，还不安分，就会出事的。村里的好些血案，就跟奸情有关。我明白这一点，也知道红豹是个容易拔刀子的货色，所以，阿斌和阿机一到牧场，我就带着阿柱回村了。否则，就算我跟他们俩没故事，村里人一渲染，红豹也会信以为真，提着刀子去牧场找那两兄弟算账的。

　　红豹仍是忙，这一点，他跟龙多格热很像，只是两人还有很多不同——龙多格热人狠，但有理性，总是很冷静。红豹容易冲动，时不时地，就跟人打架，尤其是喝过酒后，任谁稍一冲撞，他就会挥拳过去。有个寨丁的前门牙，就叫他打下了两个。他自己也时不时会血流满面地回家，我怕见血，一见他满面血污地回家，心里就非常难受。不过，这苦酒，也是我自个儿酿的，要想给龙多格热报仇，就得选个狠角儿，但人一狠，总是会出一些事。只是，我每次问他啥时候去报仇，他总说要等机会，我也不知道，我和爹的这个决定，到底对还是不对。

直到有一天，红豺等的机会终于来了——两天后是闭斋节，到时，延寿寺的大经堂里会举办闭斋仪式，每个村可以选几个代表参加。闭斋结束后，要顺便商量些事。红豺觉得，闭斋的三天里，温布肯定会去，他也肯定能逮到机会刺杀温布，就跟翟爷说了他想去，翟爷竟同意了，叫他和阿尼——朱古和温布虽然不喜欢阿尼，但这类活动，要是阿尼不参加，也说不过去——带上一个长老去参加。

我怀疑，翟爷是默许了红豺的复仇，因为，他定然知道红豺为啥想去。他既然知道，还让红豺去，说明他也觉得温布该杀……当然，还有一种可能是，他根本不相信红豺能杀得了温布。但我不愿这么想，我宁可相信，他对龙多格热是有真情义的。因为这个念想，我原谅了他的软弱和沉默。

去之前，红豺告诉我，这一次，他是打定主意去死的。以前，他并不是不想报仇，他是想多享受几天新婚的幸福，他说他很爱我，也很佩服龙多格热，为我们去死，也值得的。

于是，他就去了。

说真的，他去的那天，我很难受，人说一夜夫妻百日恩，是有道理的。虽然只有短短的几个月，但我对他也有了一些感情。有时候，我会恍然觉得，是龙多格热回来了——你不要认为我对不起龙多格热……不，不是这样，这恰恰证明，我很爱龙多格热，红豺只不过是他的替身。……原谅我这样说吧。但你也知道，事实就是这样的。

我至今还记得，那天，他和阿尼、畅佬是早饭后出发的。他们出发前，我便看到太阳上有一个晕圈，旁边有一道血红血红的霞。当时，我并不知道这是好兆头，还是坏兆头，后来，我才终于明白它预示了什么。

第十四章 红豺讲述的报仇故事

1. 红豺

我仍在山野间采访。村里人还记得红豺。提到红豺的事，村里人如数家珍。

他们说，红豺有两个弟弟：大弟弟人称白狼，跟红豺一样，也不是省油的灯；小弟弟叫益西，他先在延寿寺里学习——据说学习成绩是羌村最好的——后来去了外面，上了大学，再后来，当了官，管全县的教育。

人们都说，益西非常能干，人也正直，对羌村贡献很大，帮过很多人。怪的是，这样一个人，却有红豺这样的哥哥，也算是一件奇事了。

人们还说，益西妈活到了一百零一岁。这里插几句不算闲话的闲话。我采访红豺的事情时，听说又有十二个阴寨人杀了一个阳寨人。

在我的接触中，阴寨人的性格确实很阴，他们会记仇，能隐忍，忍到有一天，忍不住时，就会爆发。他们常说的一句话是："人不犯我，我不犯人；人若犯我，忍上一忍；人再犯我，斩草除根。"

人们说，那个被杀的阳寨人，是水葬的。在当地的传统中，人如果是横死的——被杀，或是意外死亡——就没资格施身了。这样的人，可以水葬，也就是把尸体扔到河里湖里，叫鱼虾们吃。一般的小孩子死后，也大多会水葬。所以，当地的鱼，大多吃过人肉，羌村人也就不吃鱼了。

继续说益西的事。

399

还有人说，红豹一直和龙多格热活着时的那任阿尼有矛盾。多年之后，他对阿尼使性子，一刀戳向阿尼，幸好戳到阿尼的钱包上，阿尼才幸免于难，活了下来，他则因为伤了人，劳改三年。没想到，他在劳改所认识了一位象棋大师，学会了下象棋，而且棋术很高。某一年，县里组织体育比赛，象棋也是其中一个项目，他就战胜了很多人，得了冠军。真是因祸得福。

对于这种说法，我持怀疑态度，因为时间上有些冲突。据我所知，红豹命运的改变，就发生在温布被杀之后。从此，他就告别了过去的生活。关于这一点，后来我问过红豹，红豹只是笑了一下，没说是真的，也没说是假的。

随着采访的深入，龙多格热故事的来龙去脉，我已经大概清楚了，对龙多格热其人，我也大概有了了解。但我对于该怎么评价他，却也越加糊涂了。因为，很多采访内容超越了好坏善恶，无论是把龙多格热当成神灵，还是看成厉鬼，都似乎不妥。

不过，我渐渐爱上了羌村，待在木屋里时，我总会觉得自己远离了红尘。网络上仍在炒"羌巴行宫"的事，搅得天摇地动。出于维稳上的考虑，政府暂时不再强硬地跟阿卡较劲，但那项目还在缓慢进行着。

我也渐渐触摸到了这块土地的脉搏。我喜欢待在木屋里，整理我的采访记录，也整理我的思绪。

当屋外升起袅袅青烟时，小屋里便荡漾起酥油茶的味道。那是一种独有的奶香，煮开的茯茶混合金灿灿的酥油，再轻轻搅匀，酥油茶就完成了。羌人吃炒面时，都会配上酥油茶。糌粑就是炒面和了奶渣、酥油茶做成的。那些天里，这是我再熟悉不过的家常。

我喜欢酥油茶的味道，也喜欢糌粑夹杂着酥油茶入口后的味道——虽有些涩涩的干，但我很喜欢它。在城里上高中的时候，父亲就喜欢给我往学校里背炒面酥油，因为它容易保存，这一次，炒面酥油也唤醒了我少年的记忆。

每天夜里，我都睡得很早，夜里也没有梦，但怪的是，次日早上醒来时，却觉得自己没有睡过觉。也许是高原反应吧。

我每天都吃酥油糌粑，早就没饥饿的感觉了——除了外出采访外，我大多待在屋里，体力消耗不大，这样，那酥油糌粑在我胃里就显得非常实在了。——当然，待在屋里时，我也会进行另一种采访。

那些日子，我无法洗澡。水当然不缺，出了小院，就可以看到羌河，河水湍急，水质极好，清洌异常，据说是山泉水，但因为十分寒凉，我是不敢下水的。有时，手指才进水，人就起哆嗦了。

有时候，我也会住在施坛旁的闭关殿里。采访施坛老人是我常做的事。时不时地，那儿也会有人去修施身法。每个死去的人，都是一个故事宝库，我就多了很多宝贵的素材。我会在后续的书里，讲那些故事。

闭关殿里，还有一个守殿阿卡，开始，他很反感我，因为他眼里的龙多格热，是大魔。这是寺院多年的教育所致。在延寿寺，谁要是供奉龙多格热，就等于自绝于江湖。但听说，也有个别离经叛道的年轻阿卡偷偷供龙多格热，他们主要是想借助龙多格热的神秘力量，来达成自己的愿望。据说，一般情况下，你只要供好酒，祈请无不应验。瘸腿扎西的经历就证实了这一点——他每天给龙多格热供一杯上等的好酒，他的事业真如顺风扬尘般顺利。我也有过类似经历，我一诵龙多格热的心咒，他就会帮我做一些事。当然，他也会时不时捣蛋，比如写此书时，一出现他不喜欢的文字，他就会让我的电脑死机。

于是，瘸腿扎西决定动用挖墙角策略，开始跟一些供奉龙多格热的年轻阿卡接触，他想从年轻人入手，慢慢瓦解寺院的对抗。他达到了部分目的，有十多个青年阿卡把龙多格热当成了护法神供养——据说灵验异常——但更多的青年阿卡，还有一些中老年阿卡，仍是坚决反对。一天，一些偏激的阿卡甚至点燃了乡政府的房子，还把一面国外某集团的旗子，插在大经堂上。这一来，问题就严重了。公安局出面，抓了几个阿卡，其他阿卡就不敢闹了。

那些偏激的阿卡客观上帮了瘸腿扎西，因为一插那外国旗子，事件的性质就变了，网络上也没人敢再公开支持寺院了——谁要是再闹，就有了支持分裂祖国的嫌疑。一夜间，在这个事件上，网络显得悄声没气，至少，那些大网络不敢再拿这说事了。瘸腿扎西的项目这才有了起死回生的可能——说真的，虽然这项目一直在缓慢进行，但这样下去，前景确实不容乐观，这也是扎西把希望寄托在我身上的原因。

但我知道，瘸腿扎西对这个项目这么热衷，并不单纯是为了龙多格热。实际上，无论他有着什么样的发心，其真正意图，还是项目。时下，房地产仍在升温，瘸腿扎西想抓住历史机遇，进一步扩大自己的事业。当然，在这场大战中，面子也成了他考虑的重要内容。毕竟，人活脸，树活皮，自己这样大张旗鼓一场，要是叫几个阿卡一闹，便灰头土脸地收兵，他以后咋在人面子上走？

于是，他要我加紧节奏。以是因缘，我在闭关殿里待的时间，就比往常多了。

那些日子，我跑了山里的很多地方。虽然闭关殿远离人群，生活不便，但比起那安扎在大山背后的牧场来说，这儿算得上天堂了。一出门，你就能看到雾罩的山峰——站在施坛上方的山坡上时，更是可以看到很远——还有皑皑的白雪，还有树，风时不时会掠了来，像一匹摇着鬃毛的烈马，抖落了松叶上的雪花。还有那伴着风声的鸟鸣，还有山与山的罅隙间，那零星点缀的小屋和羊圈，还有那时不时升起的袅袅青烟，它们都在诉说着大山深处的传说。

这个叫羌村的所在，也许会一直深进我的心里。

你知道，我喜欢山。从小时候起，那大山，就对我有极大的诱惑力。我的眼中，山的那头，是另一个世界。我的心里，也总有一个个山那头的故事。长大后，我一路走了去，却发现，山的那头，还有山的那头，甚至是连绵不绝的山的那头。我永远猜不透山。当我能猜透山的时候，山却走进我心里了，就像我眼中的龙多格热。

跟那些我建立了联系的灵魂交流，我其实是不用依托老钺师的，尤其是龙多格热，因为我已经跟他相应了。但有时，我还是愿意请老钺师来当这桥梁。其中一个原因，是我不想让钺师觉得我不需要他了。人老了，被需要感是非常重要的。另一个原因是，感通后的采访，总能让我收获一些不一样的内容。因为，宿命通的观察，除了让我身临其境地感受到一些东西之外，也能让我看到当时的事实，它相对客观；而感通后的采访，则是灵魂自己的倾诉，带有强烈的主观色彩。有时，叙述者不同，同一件事就有了不同的面貌。在对龙多格热、阿柱和妙音的采访中，这个特点非常明显。比如，如果不进入宿命通的观察，我几乎很难确定，到底龙多格热当时是叫扯断了身子，还是成了瘫子；我也很难确定，到底阿斌和阿机是试过报仇，最终放弃了，还是从一开始就没有去尝试——当然，从结果上看，试过和没试过没啥不同，但试过和没试过，背后的那份心定然不一样。很多时候，我们在乎的不光是结果，也是选择背后的态度。

于是，我采用了两种方式来采访。很快，我就得到了一个生活的大海。

关于龙多格热的内容，只是那生活大海里的一朵浪花。为了不偏离主题，别的内容，我只好在以后的作品中呈现了。我们言归正传。

当龙多格热家的男人们的脸，一张张浮现在我面前时，我注意到了一张特别的脸——红豺的脸。他的脸上，写满了一种复杂的情绪。可以说，他和妙音结婚，就意味着和死神做了约定，或早或晚，只要他践行对妙音的承诺，就要去赴跟死神的约会。我注意到他时，他正走向去赴约的路上。

我很想知道，那时的他，有着怎样的想法，于是，我走向了他。

2. 扎中了温布的肩膀

在许多人眼中，我是个不折不扣的恶人，人们就给我起了个外号，叫红豺。豺狗子本来就恶，加上一个充满激情的"红"字——红是血的颜色——就更加可怕了。

关于我的故事，村里有很多传说，都跟血腥有关，不是说我朝这个捅刀子，就是说我朝那个抡斧头……说真的，这些活我都干过，没办法。人的行为，就跟在雪地里走路一样，只要你走了，总是会留下脚印的，除非雪化了。而那命运中的雪，是很难化的，除非人都死光了。只要有人，只要有记忆，就会有人记住你的故事。

当然，要是叫你雪漠写进书里，那命运中的雪，就永远化不尽了。

我一直忘不了我去复仇的那个上午。说真的，对于那报仇的事，我一直很勉强，但我不能不去做，村里人都知道妙音为啥嫁我。大家虽然不说，但都是心照不宣的。这成了我生命中无法摆脱的魔咒，我明知道做这事的后果——龙多格热就是我的前世——跟温布作对的人，没一个有好下场的。但那个时候，我非常喜欢妙音。我不知道我为啥那么爱这个女人，也许，这便是我的命吧。她身上，有一种叫我非常爱怜的味道。我跟村里的很多女人有过关系，但从来没有一个——包括春妮——能让我产生见到妙音时的那种感觉。没办法，这就是命吧。

不过，我也说不清自己信不信命。最初，我定然是信的。在这一点上，我跟龙多格热不同。他不信命，总是和命斗来斗去，可最后还是死在命上。龙多格热死的三年前的某一天，阿尼跟我谈过龙多格热的命运——那时我和阿尼的关系还很好——说他会死得很惨，他甚至算出了龙多格热死的时间。当时，我

403

有些不信，后来，竟真的应验了，于是，我也叫阿尼给我算了命。我想，我的命定然跟龙多格热差不多，没想到，他竟然说我能善终。那时节，我是信的，但自打产生了报仇的念想——不只是念想，更是责任——后，我便怀疑那算命的结果了。我想，只要不放弃那报仇的心，我定然会凶死的。当然，我不怕凶死，我已经接受了它。所以，那天去延寿寺时，我的心里非常没底，甚至可以说，我是抱了必死的准备去的。

要知道，我虽然有恶名，但只是跟一些毛头小子打打杀杀，我没有龙多格热的那种历练，也没有他那样的自信，我不敢相信自己在挑战温布之后，还能活着回来。但我觉得，既然我得到了妙音，就要履行自己的承诺。你知道，羌村的男人，对尊严都看得比生命更重。我也是这样。虽然我舍不得妙音，很想继续跟她生活在一起——是的，我知道她不爱我，但没关系，那时，只要能跟她耳鬓厮磨地待在一起，哪怕她把我当成龙多格热的替身，也不要紧——但我如果背信弃义，这辈子就抬不起头了。人活脸，树活皮，我不能骗着一个女人嫁给我。

而且，那时节，能为一个我尊重的人去死，我觉得很光荣。这种荣誉感，消解了我的一些痛苦，但我还是觉得很难受。这种难受之中，除了不舍，也有恐惧。我相信，只要没有成就，任何人在走向死亡之前，心里都多少会有一些恐惧的。毕竟，谁会嫌自己活得太长呢？——有些人可能觉得活着太苦了，还不如去死呢，我却从来没这样想过。我的日子也艰难过，我也有过非常痛苦的时刻，但是，在我眼里，活着还是比死了强。一来，这是一种本能；二来，我觉得自己还没做成啥事呢，就这样死了，有些可惜。当然，如果我为龙多格热报了仇，那么也算是做成了一件了不起的事——我是这样认为的。因为，整个羌村，我最佩服的就是龙多格热，兰猞猁那事，我扪心自问过，要是我，肯定做得没他好；还有，公开表决那天，其实我明白他是无辜的，但我不敢得罪温布，就没有说出自己该说的话。后来，虽然我因此当上了寨丁头儿，但我一点儿都不开心，因为我明白，同样的处境下，龙多格热一定会站出来，说出他该说的话，他甚至会想办法去救那个无辜的人。他一定会这样做的。所以，我真的不如他。这也是妙音把我当成他的替身，我却没有任何怨言的原因之一。不过，一想到自己很快就要死掉，而且不知道会是个什么死法——我很希望能死得痛快些，不要像龙多格热那样，不仅肉体上承受巨大的痛苦，精神上也受尽羞辱——我就觉得恐惧。

我也不想恐惧的,我想像个真正的英雄那样,"举头迎白刃,犹如沐春风"——呵呵,就像你说的那样——但我做不到。后来,当我一刀一刀剐下那个男人的肉,而那个男人却始终没吭声时,说真的,我觉得自己彻底输了。如果换了我是他,我不知道自己会不会求饶,就算不会,我也会狠狠地骂他,甚至像龙多格热诅咒温布们那样诅咒他——不过,他不会剐我的,我看得出,就算我把他剐成了骨架,他对我也没有一点点恨意。或许,这也是妙音爱上他的原因——对,妙音没有说过她爱他,但我看得出,她是爱他的,要不,就算他让我下不了台,我也不会那样做的。

……算了,不说这了,迟些,自然会有人告诉你这件事的。有些事,一旦做了,就会被钉上历史的耻辱柱,想躲也躲不掉的。

还是继续说我去复仇那天发生的事吧。

那次去寺里闭斋的,除了我,还有阿尼和畅佬。寺院每年举办闭斋节,要各村派代表来,也有培训的味道。回村后,代表要负责在本村的玛尼房里组织闭斋活动。那仪轨啥的,都跟寺院差不多。

除了家人,我没告诉任何人我的打算,包括一起去的这两人。我不想连累他们,他们要是不知道,我出了事,他们没大的责任——要是知情不报,性质就变了,跟同谋相若。所以,我没告诉他们。可后来我发现,我的心事,他们是知道的——其实,我娶了妙音,那报仇的意图,就像是秃头上的虱子一样明显了。

我们骑了马,前往寺院,路虽然不很远,却像走了很远的路。那时我觉得,我人生的路也要走到尽头了。这是一种感觉。说真的,对温布,那时我没有仇恨,原因是他并没惹过我。虽然,他收拾了龙多格热,我应该报仇,但那"应该",是我自找的,而且也只是"应该",而不是"必须"。对他,我没有那种发自内心的仇恨。我只是在践行自己的承诺。对于一个男人来说,信誉是高于一切的。要是我说话不算数,在村里就没法混了。

我们到了寺院,先报了到。我们住在同村的一个阿卡那儿。寺院没有公共住处,只有阿卡们各自的家。那时,寺院的阿卡都有自己的房子,我们阳寨有好几个阿卡,他们那儿,随便挤挤就可以住几个人的。

中午,我们在寺院里吃了饭——这次闭斋节有人供斋饭——吃完饭后,我们开始在大经堂里念玛尼。上百个阿卡,跟我们一起念玛尼,我虽然知道这种场合报仇不好,是要堕地狱的,我也害怕地狱,但我还是得那样做。我选了一把刀子,样子很寻常,但很利。许多人都挂着这样的刀,没人怀疑的。在轰鸣的玛尼声中,我四下里寻找温布的身影,但没看到他。我想,他定然会来的。一定会的。

第一天午饭后,是不准再吃饭的,要念一个下午的玛尼。第二天,刚过半夜——大约是丑时吧——我们就起床了,到了经堂,开始新一天的念诵。闭斋的第二天,不准吃饭,不准说话,此外,还有很多不准。这一天,只能念玛尼——也就是六字大明咒——磕大头和转经,要是吃东西或是说话,就会丧失所有的功德。第二天,我还是一直没见到温布。我已经有些头晕眼花了。其实,在头一天夜里,我就很饿了。我胃口好,饭量大,一顿不吃,就饿得慌。第二天里,我有些度日如年了。真要命!

温布是第三天出现的,这是闭斋节的最后一天,闭斋会在正午前一个时辰结束。供斋的居士先提来了一桶桶稀饭——闭斋结束后,不能马上吃太多东西,先要喝点稀汤,待得胃适应了,才能多吃东西。几个居士正分那稀汤时,温布出现了。

温布微笑着——这时的笑,没那种狰狞味道了,显得很慈祥——走了进来。我虽然饿得眼冒金星,但还是盯住了他。我不知道,这一次出现后,他还会不会再出现。我不能错过这机会。我的心在"嘣嘣"地跳。以前,虽然我做过几件血糊糊的事,但那是我控制不了自己时才做的。——一喝点酒,我总是控制不了自己,一冲动,总能做一些冒失事。没办法,这也是我天性使然吧。而那种谋划好的血糊糊,我还真的没有经验,特别是面对温布时,我并没有冲动,也没有仇恨,但我必须做这样的事。我觉得,整个阳寨的人都在看我。我必须冲上去。于是,待得温布离我只有三步远时,我拔出刀子,扑了上去。

距离这么近,我想我肯定会成功的。我一刀就能扎透他的胸膛,这是肯定的。我的力气很大,阳寨人都知道。但我没想到,自己闭斋才不过两天——名义上是三天的闭斋,去除第一天的大半天和第三天的大半天,算来,其实还不到两天——身子就不听话了。我心里想着,要扑上去,要扑上去,也确实有了那动作……他没有提防,在我跃起前,也没人发现我的异常——当然,也可能是有人发现了，但他们故意不动声色，想看看我接下来会怎么做，甚至，他们也跟翟爷、畅佬们一样，默许了我的复仇——要是一切如常的话，我肯定可以得手的，但我刚扑了两步，就一下子栽倒了。后来回想，我觉得这是因为饿，还有久坐后猛地站立引起的脑供血不足，有人却说，是护法神在帮温布。这也不是没有可能的，你想，他平时供养那么多护法神，供的又都是好东西，护法神不保他保谁？不过，我栽倒之后，又马上爬了起来，狠狠地——我觉得非常狠，但到底狠不狠，我也说不清，毕竟，当时我已经饿得昏天暗地了——捅了他一刀。我隐约看到这刀扎中了他的肩膀。没待看清，我就抽出刀，狠狠又捅了一刀，这一次，我扎中他胸膛了，但似乎扎在了一个硬硬的东西上。我很想抽出刀子再扎下去，怪的是，那个瞬间，手竟不听话了。

　　温布一抖手，一股大力便涌了来。我身不由己，倒在地上。几个阿卡扑了来，扭住了我的手。

　　透过人缝，我看到，温布从胸口取出了一个碗。原来，他也是来应供的。在胸口揣碗，是本地人的习惯，定然是这碗救了他。

　　我忽然轻松了许多。我不知道自己为啥这样。莫非，我一直将这事当成了一种负担，现在做了，即使没有成功，也算卸下了一个担子？也许是这样吧。当然，这是我后来的想法，在当时，我其实已经顾不了太多了。

　　那时，我的脑中一片空白。

3. 被挤出的眼球

　　我被带到了一个房子里。我明确告诉温布，我是来为龙多格热报仇的。我没受任何人指使，我是自己来的。

　　两个铁棒阿卡先是乱揍我一顿，用脚踢，用拳打——我的下身，就是那时叫他们一脚踢坏的，真的是痛彻心腑了。接下来，他们扒光了我后背上的衣服，用鞭子打我，把我的脊背都抽稀烂了，那血口定然五花六道的，在我背上交织成了一片。我从来没受过那样的疼。说真的，今天想起来，我依然觉得很恐怖。那是我命运中的一段噩梦。以后的多年间，时不时地，我就会梦到那场面。每次梦到，我都会从梦中惊醒。

鞭打之后的几天里，再没人管我。他们确实无需审我的，因为我娶了妙音，这身份，已明确告诉了他们我的意图。我想，他们定然会杀了我，像对付龙多格热那样。这也是我期待的——说真的，自打答应妙音的时候起，我就准备好了接受这命运。潜意识里，我甚至希望它早点儿降临，这样，我的心就会轻松很多，我就不用活在不安里了。

据说后来，温布请各村的长老们商议此事，有人主张砍了我的一只手，有人主张弄断我的一条腿，有人主张弄瞎我的一只眼睛，最后，他们定下了第三种。据说，我的罪名跟龙多格热不一样，我只是伤了温布，龙多格热的罪名却是抢劫。抢劫等于是土匪了，不管他是不是被冤枉的，只要有了这个罪名，温布们就有处死他的理由了。

弄瞎我一只眼睛的过程，也成了我的噩梦：他们没有动刀，而是用一条牛皮绳子裹住了我的额头，然后安排一个人拧那皮绳，皮绳越来越紧，我的眼珠就越来越暴出。那真是一种无法表达也无法形容，跟刀刺火烧完全不一样的，让我终身难忘的痛楚，我于是明白了为啥只有紧箍咒才能降伏孙悟空。在行刑者一次次的绞拧中，皮绳渐渐勒进我的肉里，我的头像是裂成碎块了——不，不仅仅是这样，那是我的灵魂被火烧斧剁的感觉。我很想接受了那疼，不去大叫，但我没办法控制自己的嘴。一种可怕的声音从我的嗓门里自个儿喷出，它根本不像人的声音，反倒有点像野牛在叫。这是后来有人对我说的。听说，好些看那次行刑的人都小便失禁了。这是有可能的。因为我的小便也失禁了。就是在那种我无法形容的疼痛和难受中，我的眼球整个突了出来，行刑者抠去了我的左眼——这同样引出了一种撕心裂肺般的痛。当时，我怀疑我的右眼也掉了下来，因为我忽然什么都看不到了。事实上，我的右眼还在。让我眼前一黑的，是一阵突如其来的眩晕。

我仍在发出那吓人的不像人的惨叫。我仍然身不由己。那叫声仍是不管我的意愿，非要自个儿往外喷。那疼也是，并没有因为刑罚已经结束，就减轻了一些。那时，我宁愿死去，而且是马上死去。我觉出自己在流血，就祈祷让自己流血过多而死，但有人在我眼中撒上了香灰，这是那时的止血法之一，据说可以防止得破伤风。就这样，我所有的希望都落空了。

一切都结束后，我被畅佬和阿尼带回了寨子。虽然我报仇没有成功，但在许多人眼中，我还是成了英雄。毕竟，我努力过，也为此受了苦难。许多人带了大枣红糖,来看望我,称赞我有骨头有脑髓像个男人。为避嫌疑,翟爷没来看我,但也偷偷派人送来些钱,叫我吃些药,别感染了。

我虽然难受——毕竟我破相了,再说,一只眼睛看东西很不方便,想拿个东西,也拿不准了,常常是觉得拿到东西了,却总是拿不到,没有了交叉视线的定位,生活变得麻烦了许多,但这些我都认了,没啥。说真的,能活下来,就已经超出我的预期了。

当然,这次事件,也有一些回报,那就是妙音待我更好了。我知道,虽然她就是为了借我复仇而嫁我的,而且温布也没死,我的——其实是她的——复仇没有成功,但她看到我的样子,还是歉疚了。她把像妻子那样对我,当成了一种对我的补偿。我当然很高兴她这样,不过,我那个地方受了伤,无论她待我多好,我也享受不到性爱的幸福了。这样一来,她的待我好,对我反倒成了一种提醒——她等于在提醒我,我已经不是个健全的男人了。

另一方面,我报仇的事提醒了温布。他知道,那事没完,也知道问题的根子在爹身上。爹的报仇之心不死,他的性命就有危险。于是,他请了阳寨的一位长老出面,想跟爹和解。爹说,和解可以,但他得先叫龙多格热回到人间。长老说,人已经死了,活着的人还得活,你瞧,这一闹,把红豸也废了。爹说,他温布要是想和解,这次为啥不放过红豸?他杀的杀了,伤的伤了,还想要和解,世上哪有这样的事?这一说,那长老不好说啥了,就把原话转告了温布。温布很生气,但他明白,只要还有人盯着,他就不可能安全,就找了朱古,想通过朱古,叫爹打消报仇的念想。后来,朱古真的请爹去了囊欠,但无论朱古说啥,爹都不表态。温布没办法,又去找翟爷,翟爷借故推辞了好几次,可温布说什么都不答应。最后,在温布的一再要求下,翟爷只能出面了。一天,他找到爹,请爹去拉卜楞寺朝圣。这是阿尼出的主意——阿尼说,爹小时候得过一场大病,是拉卜楞寺的法台仁波且救了他,爹一生感谢这位仁波且。法台仁波且是拉卜楞寺有名的高僧,威望非常高,那时节,他的地位仅次于寺主嘉木样。

那些日子,拉卜楞寺正开法会,爹也想去,两人就搭了个伴,一起去了。法会结束后,翟爷说,既然我们来到了夏河,按礼节,我们应该去朝拜一下我们的佛爷。爹就同意了。于是,两个人就去了法台仁波且的住处,没想到,两人一见法台,献了哈达后,翟爷就对法台说,佛爷,最近我们阳寨出了些事,

409

根子就是这个老汉，他对报仇这档事放不下，今天我把他带来了，请您给开示一下。说完，他退到了门外，把爹一人留在了法台的屋子里。

爹跪在法台面前，满头大汗，非常紧张。法台跟他聊了很多，爹答应法台，他再不安排人报仇了。不过，他又补充说，我只能管好我自己，要是娃儿们自己偷偷去报仇，我也管不了，我养得了儿女，养不了他们的心。法台说，你只要好好教育，啥事都能解决的。冤家宜解不宜结。你杀我，我杀你，哪会有个尽头？

爹擦着头上的汗水，说，我尽力，我尽力。爹回来后，就说了这一系列事。虽然他没骂翟爷，但我看得出，他心里有气，只是不说。翟爷至今没有为龙多格热说过一句话，还算计他，这种做法，爹虽然能看得开，但一点儿反感都没有，怕也不是。可不管咋说，法台是爹的恩人，法台这一介入，他只好先把报仇之心放了一放，妙音和阿柱也没说啥，算是同意了。再说，这事之后，温布警惕了很多，一般场合轻易不露面，跟他的那两个铁棒阿卡也形影不离了。在这种状况下，我也行不了事。

第十五章　阿柱的心

1. 二炮的爱与恨

其实，我对扎西的项目，确实没啥兴趣，我只关心龙多格热的故事。尤其是明白了他现在的目的时，我更是没了很多情绪。记得，刚开始，我觉得他很虔诚，执着地想要为自己的上师正名，我还记得他踏着晨曦来敲我的门时，那双很亮的眼睛呢。在清晨有些昏暗的光线里，那双眼睛，就像星星般一闪一闪的。当时我想，他大概是为了这事，连觉都没睡好，才会这么早来找我吧。为这，我很感动——我当然知道他背后的经济意图。只是，随着事情的发展，这意图，已经覆盖了他作为弟子的很多东西，所以，我也不想再跟他多说啥了。

不过，我又能跟他说啥呢？这么久以来，他从来没问过龙多格热的事，每次来找我，都只说项目的事。我知道，他的心里只有项目，并没有龙多格热。这个发现，说真的，让我有点心疼——心疼龙多格热。不过，龙多格热大概早就看穿了这一切吧。他甚至不太在乎有没有人供奉的事，也许，他只是想借扎西这个桥梁，跟我取得联系，让我进入他的世界，了解他的故事——这个并未被尘封，却也从来没人探究过真相的故事。

要知道，在这世界上，大多数故事都是这样，龙多格热还算好的，因为人们的流传——哪怕不一定是真相——他一直活在一些人的心里，只是，在有些

411

人的心里，他的样子不太好看。可很多人的故事，几乎没有被人发现，就已经消失得无影无踪了。纷繁的世界，易逝的岁月，吞没了无数的人和故事。我能打捞的，不过是寥寥几人，寥寥几事，只是，他们的故事，也代表了很多其他人的故事，他们的灵魂，同样代表了很多不为人知的灵魂，我在打捞他们的时候，其实也打捞了跟他们类似的无数人和无数事。

然而，这世上，真正关心这些的人，又有多少呢？

人们都太忙了，忙得连自己的灵魂都无暇顾及了，又怎么有空去管另一些灵魂和他们的故事呢？但是，很多时候，关注其他的灵魂和故事，其实也是在关注自己，在治愈自己。只是很多人都没有发现而已。

见过扎西的第二天，我又找了老钺师，请他让我跟阿柱对话，让阿柱继续讲述他的复仇故事。

老钺师当然答应了。于是，仍是在那猎猎的风中，仍是在那淡淡的腥臭味中，仍是在那浓得化不开的沧桑中，阿柱的声音响起了——

自打爹说，暂时放下报仇的事，我就去了牧场，但我并没有放下报仇的心——爹当然也没有。我一直在做准备，比如跟你说过的，练抛石器的事。我想，这本事需要时间去磨练，不管将来能不能用到，先练成再说。

我一天天长大了。从我的抛石器里飞出的石头，也能打中我选中的牛角尖了，开始是十次中一，后来是十次中五六，再后来，就百发百中了。

二十三岁那年，我离开了牧场，还变卖了几十头牛。因为我需要钱，我得用钱来打点温布身边的人。当然，我的名义是供养。要知道，在羌村，没有不喜欢钱的阿卡。有了钱，你可以得到延寿寺里任何人的欢喜。

我的长相完全变了。除了家人和牧场的哑巴，没人知道我是谁。毕竟，我在牧场待了几年，一直没回村里，我们那牧场，又没村里其他人去。那风吹日晒，把我变得像非洲黑人一样，脸很黑，身板也宽大了很多，虽没有哥那么壮，但看上去，也像个男子汉了。

离开牧场后，我没有回家。正好寺院大兴土木，要用人，我就在寺里当了个小工。我当小工的第一天，就听到匠人们议论，说肋巴佛死了，听说是车祸死的。记得以前，哥说过，等他处理完家里的事，要去找肋巴佛。我当时问他，肋巴佛的队伍，不是被官家追着跑吗？你找他，有啥用？哥说，我去了，会帮他壮大队伍的，队伍壮大了，就不用被官家压着打了。没想到，哥说了这话不到两年，就死了。现在，那肋巴佛也死了。可见，这世界，真是无常的。

管那修建的，是温布的侄儿，就是那个二炮。这些年，二炮也长成大人了，样子很是端正好看。

二炮很活泼，但老叫温布训得耷拉了眉眼。他是未来的温布。我一直想亲近他，但一直没找到机会。

一天，妙音来寺里，给我送炒面酥油，二炮一见妙音，就直了眼。从那以后，他就开始主动亲近我了。他老是向我打听妙音的事。我知道，他喜欢上妙音了。

我虽然不喜欢他的这种喜欢，但我知道，这是一个机会，一个绝好的机会——因为过了好几年，我家又一直没提报仇的事，人们也许已淡忘了哥的事，别说寺里别的阿卡，就连那些阳寨的阿卡，竟也认不出妙音。要是有人能认出妙音的话，事情就会变得很麻烦，因为他们也会意识到我是谁——即使不知道我是当年那个想要行刺温布的毛头小子，也会知道我跟妙音的关系很近，也就是说，我跟哥的关系很近，他们自然就会多了一份提防。可有趣的是，竟没人认出妙音。当然，一个漂亮女人总来找我，他们肯定会问，我就告诉他们，那是我姐。他们也没有怀疑。有几个小工老看妙音，显然对妙音很有好感，但他们没有跟妙音搭话，也没叫我介绍，也许，他们从妙音的衣着上，就看出她是个已婚女子——我们这儿，已婚女子的腰带跟未婚女子是不一样的——我就想，二炮定然也能看出，他看出了，还这样，他身上果然流着跟温布一样的血。我想起哥曾经说过，我成人的时候，就是温布的死期。……也许，时机终于到了？想到这，心里就充满了兴奋和紧张。于是，我就抽了个空，回家跟妙音说，叫她隔上两三天就送吃的来，或是肉，或是菜，或是面粉。但我没说为啥。果然，妙音来上几次之后，和二炮就熟悉了，连带着我也跟二炮熟悉了。

有时，二炮也会请我和妙音到他的僧舍里去喝茶，我则常请他吃羊肉，于是，他很快就喜欢我了——吃人的嘴软，拿人的手短，这真是真理——那时，我们常去镇上拉木料。每次去镇上，我都会买些羊肉回来。到了冬天，我还会叫牧场宰只羊送来。我做的清汤羊肉很好吃，我还会做黄焖羊肉和羊肉面片。有时，我也会弄头蕨麻猪来，煮了吃。肉非常香，二炮很喜欢。

这些肉食做法，我是跟哑巴学的。鬼才知道，他肚子里哪有那么多的货色。他真是屁股上戳了一扫帚，百眼眼儿开哩。后来，从哑巴那儿学的很多东西，我都用上了。

渐渐地，我发现，二炮恨温布。为啥？因为温布管他管得太严了，时不时就呵斥他。温布当然是为二炮好，他以为二炮会感恩戴德呢——他以为，是他，将二炮从诸多的侄子中选出来的；是他，给了二炮一人之下万人之上的荣耀；是他，培养二炮成为未来的温布；是他，真的为二炮好，逼他学经，逼他学念诵，逼他学寻常阿卡必学的功课。但温布不知道，正是在他"对二炮好"的想当然中，他成了二炮眼中的仇人。

学经并没让二炮消去对温布的仇恨。而且，二炮发现，他的苦难历程将会很漫长，因为温布还不太老，身体像公牛一样壮。要是老一些，倒好说，反正他得死，一死，二炮就是温布了。现在，日子长似树叶儿，二炮看不到一点儿希望，用一句他的原话说，就是"真像在漫漫长夜里漫游啊"。这是二炮从一本闲书上看来的，从此他就老是挂在嘴上。

当地人对侄儿有很多说法，比如"宁务息个榆树子，不务息个侄儿子"，意思是侄儿不好教育，打又打不得，骂又骂不得，轻了人家不吱声，重了人家会仇恨你。从二炮身上，我发现，这说法有道理。没人想到二炮会仇恨温布，人们更想不到，那仇恨，竟有种不共戴天之感了。

不过，这让我发现了机会——真是天赐良机。

要知道，虽然我练了很多绝技，尤其那飞石，越加出神入化了——我能用石头打下空中飞翔的小鸟——但我接近不了温布，甚至见不到他。温布轻易不出来。他每次出来时，身边至少有一个铁棒阿卡，有时还会有其他人。温布知道，羌村仇恨他的人多——我们家那样的事并不是独一起，后来还发生了好几起——肯定有人想灭了他。

待我跟二炮无话不谈时，就瞅了个机会告诉他，我想帮他早点儿当上温布，我愿意替他扫清路上的障碍。我没告诉他我是谁，只说帮他。二炮刚开始吓坏了，显然，他没想过这个问题。这确实是一件大事，在羌村人眼中，这跟刺杀皇上是一样的，要是事情败露了，别说脑袋会搬家，甚至有可能会叫活活剐了的。红豹的下场虽然很惨，但那其实已经算好的了，起码他没有送命。

所以，二炮吓坏了，好几天不敢望我。后来，他明确告诉我，叫我不要再有这想法，他说他不会干这事的。

我于是向大哥祈祷，请他帮帮我。此后，我便看到，大哥老是朝二炮吹一种黑气，那是诛杀之气。他想尽快让二炮生起杀心。当然，就算没有大哥的加持，二炮也会变的，不过时间会慢一些。要知道，仇恨的种子，只要入心，只要有条件，迟早会发芽的；只要发芽，总会抽枝的；只要抽枝，总会开花的；只要开花，总会结果的。这需要时间，当然，也需要其他外缘。

我后来做的，就是提供那外缘——慢慢地熏染二炮。

我说，只我一人做这事，不用他管，他没有一点儿风险，他会稳稳地当了温布。我没有其他条件，只希望他好好地当个好温布，千万别祸害老百姓。

我当然明白，二炮这号人，一当上温布，肯定会跟温布一样坏——甚至更坏。为啥？因为温布的一切毛病，他都有。

一天，我终于发现，妙音跟二炮的关系变了。那天妙音来，我叫她在房里等一下，我外出买点东西。回来时，刚开门，就听到了妙音的笑。那是一种很水的笑，显然屋里还有别的人，而且是个男人——这寺院里，除了妙音有时会来，再没个女人了——那笑声，显示出一个女人发自内心的喜悦。哥死后，我很少听到她有这种笑。我相信，没几个男人能听了这笑不受影响的。

那些日子，红豺已到了牧场——他杀温布未遂叫剜了一个眼珠后不久，就到了牧场。有人说，这是因为他嫌丢人，没了一个眼珠后，他显得非常难看。此外，还有一种说法，是他不再是男人了。这是爹告诉我的。在那次非人的折磨中，有人一脚踢碎了他的睾丸，就像村里人骟羊那样，从此，他就不再是男人了。

以前，这是红豺常做的事——村里人只留几只强壮的公羊当种羊，其他的公羊都会叫骟掉。谁要是想在过年时吃上好羊肉，就要选个好公羊，提前骟了。一般的人骟羊，会拿刀割开包睾丸的那层皮，剜了那卵蛋——那可真是一口好吃食啊，很是壮阳，以前，哥就爱吃，温布也爱吃，有人常在宰了公羊后，把那睾丸送给温布——红豺骟公羊时，却不用刀，他总是用一道麻绳扎住羊的睾丸，然后用个扁石头砸，几下，就把那睾丸砸绵了。这是我见过的最恐怖的一幕。那时，羊会不停地抖动身子，抖出满眼的泪来。红豺在砸羊睾丸时当然想不到，自己刺杀温布失手后，有人也会一脚踢碎他的睾丸。这对他的打击太大了。刚回来时，他还在家里窝着，后来，就去牧场了。当然，他也会回家。但无论在家还是在牧场，他总是阴着脸。他一回来，我就觉得天也阴了。

阿尼说，这也许是他的报应吧。他这样对羊，牧神也就这样对他。阿尼的说法，得到了很多人的认同。

我发现，红豺的性子变了。以前，他虽是个有名的狠人，但总是有说有笑，自打叫骗了还成了独眼龙后，他的性子就完全变了，成了另一个人。他不和人说笑了，甚至都不望人了。我一点儿也看不出他的心事了。

听尕女和阿斌、阿机们说——他们时常会回家，从家里回牧场时，就会告诉我一些家里的事——自那次未遂的报仇后，妙音也很少笑了。除了跟妈在一起时，还会笑几声外，她一直就那样静静的。一有别人，她还会怯怯地低眉垂眼。尤其在红豺回家时，她简直就像末日到了一样。

我不知道，她为啥会这样。这次，妙音遇到了二炮，终于有了水一样的笑。进门后，我发现，果然是二炮来了，他也是一脸的光。我相信，要是二炮还俗，他定然会娶妙音的。温布家是全羌村最富有的人家，也是最有权威的人家，毕竟，人家是白阿卡家族的人。妙音要是嫁了他，对她来说也算是一件好事——当然，前提是妙音不想报仇了，二炮也愿意为妙音放弃当温布的机会——只是我不知道，妙音是真喜欢二炮呢，还是跟我一样，存的是报仇的心思？

不过，这二炮，胆子也太大了，还当着阿卡，就这样跟女人调情。要是当了温布，真无法无天了。延寿寺戒律很严，要是他跟妙音有那事，又叫寺里知道了，他就不得不还俗。你想，仓央嘉措是六世达赖，他犯了戒，都有人叫他退位，这二炮，要是敢明目张胆地乱来，还会没有人过问？温布虽然跟女人有关系，但从来不会明摆着干，更不会在寺里跟女人谈情说爱，毕竟，你得顾人家寺里的脸面，是不是？现在，二炮的明目张胆，已经引起了一些阿卡的注意，每次，妙音一来，就有好些阿卡交头接耳，朝二炮僧舍的方向挤眉弄眼，说的大概就是他俩的事。但这类事，能叫人猜了去，不能叫人听了去，所以，我对他俩的事，一直是只字不提的。而且，我也在观望，想看看这件事到底会怎么发展，妙音到底是个啥想法。

2. 妙音有了新的男人

　　一天，趁着没人，我问妙音，你是真的喜欢二炮，还是想叫他报仇？妙音望了我一眼，没说啥。我发现，她在一天天变着。以前，她非常腼腆，一说话就脸红，渐渐地，她成熟了，有了一种我不喜欢的东西。她身上的那种软柔的气息，越来越淡，取而代之的是一种很硬的东西。她眯着眼，望了望远处，半晌，才叹了口气。她的声音像说梦话。她说，刚开始，我的心思，跟你一样，也只想报仇，但到后来，就说不清了。

　　妙音虽然说不清，但我觉得她还是说清了。因为，我发现，提到红豺时，她的脸就会阴沉——不过，别说她，我一想到红豺，心也会阴沉的——在牧场里的时候，我不敢跟红豺住一间帐篷，因为他总是阴阴地望远处。哪怕他不扬鞭子，只要他到跟前，牛也会害怕地远离。也许，他的身上，有一种杀气吧。

　　跟二炮接触时，我却感到非常舒服。妙音显然也是这样。二炮喜欢笑，也喜欢唱歌。过香浪节时，人们都喜欢听他唱歌。妙音也喜欢听他唱歌，记得那天，听到二炮的歌声时，妙音一脸的兴奋。这让我觉得，妙音接近二炮的目的，也许并不是想为大哥报仇，而是出于自己的感情。我还知道，要是妙音真喜欢二炮，大哥一定会伤心的。

　　我就对妙音说，若是想报仇，你可以跟他接触下去；若不是为了报仇，你以后就不要再来了。

　　妙音望望我，说，不报仇，我活着干啥？

　　我看着她，她眼中有一种深深的东西，但我看得出，她说的是真话。我就说，我跟二炮说了要帮他杀温布，他没答应。但他没赶走我，说明这事还有戏。

　　妙音没说啥，只是叹口气，不知又想到了啥，她的眼中突然溢满了泪。

　　既然明白了妙音的心事，我就有意给他们创造机会，每次她来，我都会叫她把东西送到二炮的僧舍，我也直接到二炮屋里做饭吃。

　　二炮的僧舍是一个小院，里面有三间房子，正面是大些的经堂，两侧是小些的厢房。每天下工后，我就到他房里做饭。寺院里除了有施主供斋时外，其他时候，都是阿卡自己做饭吃，有了我，二炮就再也不用做饭了。

这一来，妙音每次来寺里，都有了接触二炮的机会。她来找我，我们三个人便一起吃饭。一吃过饭，我就找个借口离开，让他们两人独处。不久，我发现，二炮真的爱上了妙音。

二炮当了十多年阿卡，压抑太久了，那情感一旦释放，就像火山喷发那样了。很长一段时间里，他跟我谈的，都是关于妙音的话题。

终于，他们有了实质性的接触。那天，我没敲门就进屋了——我是有意的，我想看看他们有没有戏——我发现妙音的头发很乱，脸赤红赤红的。二炮也一样。他们都想装出一种无事的样子，但越装，却越慌乱了。我心里暗暗高兴，但还是装出一副糊涂的模样。我取了个东西，马上就出去了。

出门后，我听到远山上滚过了几声闷雷。我知道，那是大哥在发怒。虽然妙音是为了报仇才这样的，但我知道大哥会难受。

记得，妙音嫁红豺时，大哥有很长时间没出现过。后来，他再出现时，我也一直没碰这个话题，就是说，我没问他如何看待妙音再嫁的事。因为我知道答案，也因为我不想刺伤他。我想，无论妙音以什么样的目的再嫁，对大哥来说，都是一种疼痛。一个灵魂最大的疼痛，就是看到自己还活着的爱人再嫁给别人。无论她幸福还是痛苦，都会给那灵魂带来疼痛。爱人幸福时，他会觉得她没良心，这么快就忘了他；要是她痛苦，他又会牵挂她心疼她。我不知道别人咋样——我没有这方面的经验，但我想大哥一定会这样。为啥？因为他是我大哥。在我们的话题中，一直有个禁区，我跟他都不愿意碰。那便是妙音。

3. 二炮的难题

终于，事情有了实质性的进展。一天，妙音告诉我，她怀孕了。她说这句话时，面无表情。但我知道她的心情很复杂。我问，谁的？妙音木木地说，再是谁的？肯定不是红豺的，他早叫骟了。

二炮的？我明知故问。

她冷冷地望着我，没说啥。半响，她才说，你不是希望这样吗？

我笑道，这话，是你说的。我可没说过啥。妙音叹口气，说，事情这样了，你想咋做？我说，跟他摊牌吧。

我知道，这下，二炮没治了，他的命根子到咱手里了。哪怕是个套，他也得上了。因为，他犯戒了，而且犯的是断头戒，要是让人知道了这，他的阿卡就当不成了。一还俗，他未来的温布位子也就没戏了。我觉得自己有些恶了。

我说，这事，他知道不？不知道。

那就告诉他。我告诉？当然。

妙音叹一口气，说，我该堕地狱了，坏了一个阿卡的戒行。

我说，那能坏了的，还是真戒行吗？他本来就是那样的人。没认识你时，寺里来了女人，他也会望，眼里也冒火呢。

我不管别人的事，我只说我自己。妙音的眼里有了泪。一会儿，她抽泣起来，很快就一脸的泪了。

我不知道如何劝她。不知何时，我的心里也涌起了一股很复杂的情绪：一方面，我希望事情发展到这一步，但真的到了这一步，却又觉得有些不能接受。我竟然有些恶心妙音了——她怎么能做这样的事？——我知道这念想对她不公平，但没办法，我的心偏要这样想。

以前，她在我心里像度母，现在，她忽然还原为一个女人了。我觉得，一种东西被打碎了。接下来，我又有些恨二炮了。一想到他竟跟妙音有过那样的关系，我也有些恶心他了。

人心真是很复杂，是不？

但我明明知道，我想做的事，一步步接近成功了。我揪住了二炮的命根子。

我对妙音说，你必须告诉他你怀孕的事！必须！妙音不语，她望着远处，却又像啥也没望。

次日，我见到二炮时，发现他变了。我知道，定然是妙音告诉了他自己怀孕的事。二炮一直在躲避我的目光。我笑了，我对二炮说，你不用瞒我了，那事儿，我知道了。

啥事？他一脸慌乱，却想装糊涂。我笑道，恭喜你，有儿子了。不过，也可能是女儿。

二炮的脸一下子白了，他四下里望了望，很快，他的额头出汗了。

我有些替他难受了——要知道，我是个心软的人——但我还是硬着性子

419

说，这事，要不要告诉温布？毕竟，对他来说，也是个喜事，添孙子了，也可能是孙女，呵呵，是不？

不，不要。二炮抹一把额头上的汗。他四下里望望，说，有啥话，去屋里说。

我跟他进了屋。

我有些厌恶那屋子了，就是在这儿，他跟妙音发生过那事。一想到这，我就觉得恶心。我甚至觉得，这屋子里散发着一种奇怪的味道——原本这屋子是另一种味道——屋子里有佛堂，佛堂上有几尊佛像，但这时在我看来，那佛像像是在讽刺啥。

二炮脸上的白渐渐消了。他恢复了正常。他没说啥，在等我说话儿，我偏偏不说。我只是四下里看他的屋子。说真的，以前，我很喜欢这屋子，现在，我实在太恶心它了。我知道，大哥也定然恶心这事，我已经好几天没见他了，无论我如何祈请，他都没有出现。我想，他一定伤心了，他一定觉得，就算我想利用二炮，也不该让妙音做这事。不过，也不一定，记得以前，妙音嫁给红豸后，他只是躲了我几日，后来就又露面了。当然，叫妙音嫁给红豸的，是爹，不是我，况且这是妙音自己发的心。……这次，他是不是也认为我的计策不够厚道呢？

二炮在壁橱里捣鼓一阵，取出一包东西，打开来，塞到我手里。我看了一眼，发现是几块绿松石。我知道他的意思，就还给他。我说，你想用这来堵我的嘴？呵呵，你别把我当成松嘴子。我不是那号人。我只是想，你这种日子，过到何时才是个头呀？你想，这世上，没有不透风的墙，只要有个风吹草动，你就没戏了。

二炮抹抹额头上的汗。他拧着眉头，木在那儿。他知道我的意思，我也知道他的意思，我们都知道对方的意思，但我们都不说破。

半晌，二炮说，我想还俗。我问，你还了俗，想干啥？他说，我想娶妙音。

我笑了，说，你呀，你忘了，她是有男人的人。

我忽然发现，妙音嫁红豸，其实也不是坏事，至少，此刻，这身份可以打消二炮的还俗念头。要是二炮还了俗，他就没多大价值了。正是想要换一种杀温布的方式，我才从二炮入手的。要是单纯用暴力报仇，也许再等等，就能找到机会，但我不想。一来，这样比较麻烦，不确定性也很强；二来，这样响动太大，会给家族和寨子带来麻烦的。所以，我打算说服二炮下毒。下毒的响动小，只要找到适当的时机，就不容易引起怀疑。毕竟，二炮是寺里人，又是温布的侄儿，没人会怀疑他的。这便是我一直在争取他的原因。我想，没必要给寨子和家族带来麻烦。对不？

于是，我说，你要知道，寺里虽然允许阿卡还俗，但这还俗，毕竟不是光彩事。再说了，你十年媳妇，快要熬成婆婆了，这么一来，前功尽弃，值吗？

听了我的话，二炮不说话了。

4. 老鼠药

我不知道妙音使过啥手段——我一直没问她这事，也不确定到底是不是她，我只是觉得，除了她，再没人会做这事了——二炮再一次见我时，答应跟我合作。我将准备好的老鼠药给了他，叫他找个机会，撒在温布吃的食物中。二炮望了我好几眼，才接了过去。

此后的多日里，我一直在等温布死亡的消息，但一直没有听到。后来，我才知道，二炮一直没有投毒。他虽然有这机会，但一直下不了手，毕竟，这是他的亲叔叔。叔叔虽然待他很严，但也算得上恩重如山了——虽然平日里，二炮也觉得自己恨他，但真有了所谓的复仇可能时，他却发现，自己其实并不恨叔叔。细细回想起来，叔叔往日对他做的一切，其实也不是多恶，那不过是恨铁不成钢的表现，是在为他好，甚至可以说，他就是叔叔带大的。他要是下得了手，还是人吗？

我叫妙音去逼一逼他，妙音说她开不了这个口。她说，报仇是我们自己的事，逼着人家做这事，我说不出这话。顿了一顿，她却哭了。我怀疑她爱上了二炮。因为，在一个不经意的瞬间，我发现，她望二炮时，眼神跟望别人不一样。那个瞬间，我甚至怀疑，她根本不是想报仇，她是在贪恋别的啥。据说，阴寨的那个女人，就因为跟温布相好，生活过到了别人的前头。但很快，我就自责了。说真的，这想法亵渎了妙音。我发现，我有很浓的小人气。

几天后，我去找二炮，没等我开口，他就掏出那药，递给了我。他说，这事，我不能做。每一次想起，我都会发抖。一做了，我肯定马上就会叫发现的。我过不了自己这一关。你跟我叔叔有啥恩怨，你们自己了吧。跟妙音那事，要是需要，我自个儿忏悔，大不了还俗。

他这一说，我马上阻止了他。

我说，你不管也成的，这事我来做好了，你只要提供一些讯息即可。不过，你要答应我两件事：当了温布后，你一要对阳寨好，二要对妙音好，妙音是个苦命的女人。

二炮的脸色缓和了许多，说，这话，还用说吗？

5. 血染的温布

我决定不再等了。我要求二炮做一件事：把温布请到我施工的地方。

这一次，他答应了。我告诉他，这次，要是他再不配合，我就在全寺阿卡上殿时，把他和妙音的事说出来。

二炮头上冒汗，连连点头。我备了一把河州刀，揣在怀里。我还备了几块鹅卵石，放在一堆刨花下。我将抛石器裹在腰里，衣袋里装了几块小圆石。我对二炮说，你只要找个理由，把温布引到那个施工的院里就行，接下来的事，你就不用管了。当然，你还要从外面锁了那院门，别叫其他人进来。

这事，二炮做的话，算得上顺水推舟了。他只要说请温布去检验某个地方的施工，温布就得来。

那报仇的时机，终于到了。大哥也终于出现了，他显得很高兴，至少没有表现出妙音的事带来的伤心。也许，因为复仇之心的强烈，那件事，就被他暂时放下了。

其实，哥的情绪经常在变。有时，我能感觉到他内心的疼痛，这时，我就明白了，他并没有放下妙音；有时，他却有些没心没肺的，好像放下了活着时的所有责任，又变成了一个调皮的孩子——不过，便是小时候，他也是背着责任活的，他常常要绞尽脑汁，为弟弟们找吃的。虽然这是他乐意做的，但我明白，他的心中定然时时有一种压力，尤其在找不到食物的时候。也许正是因为这，他老想放下一切，逍遥自在地活着。他活着时，没能满足这个愿望，死去后，反而能实现这个梦想了。我就跟他商量，便是我真的为他报了仇，也希望他不要投胎。在民间传说中，仇一报，冤魂就可以去投胎了，但我舍不得他离开我。

是的，我也承认这有点自私，围绕着大哥的死的很多事，我都有些自私，无论是对妙音，还是对二炮——尤其在发生了那件事后，我就更加后悔自己对二炮的设计了。此后的日子里，我一直活在悔疚中。虽然我没看到他死时的情景，但因为听说了，那画面就一直出现在我梦里，不过，梦里的二炮虽然吓人，那双眼睛却依旧明亮清澈，没有半点痛苦和仇恨。我一直想不通这是为啥。有一位高僧说，二炮没有变成冤魂，可他的归宿，他没说。

继续说刚才的事。

大哥虽然死了，但其实也是永生了。他虽然是鬼类，但过得很是逍遥。我希望大哥以护法神的形式永远住世，我希望他当我的护法神。大哥很高兴。我听到了他的笑声。大哥笑了一阵，又说，你记住，我的仇人，不仅仅是温布，还有那些投了票叫我死的长老。记住这一点，一定！一定！他还说，我不会去投胎的，做鬼多逍遥。

这下，我就放心了。

我又想，大哥或许也放不下妙音吧。我觉得这是很有可能的。虽然妙音身边有人了，大哥看了那些场面，总会心痛，但毕竟能见上面，能不远不近地守在妙音身边，总比再也见不上面强。有时，一入那产道，就会把前世的一切都忘掉。大哥也许不愿忘掉一切吧。换了我，也不愿忘掉一切的。虽然忘掉之后，很多痛苦也就消失了，但来世定然会有新的痛苦。阿斌总说，人的烦恼是贪嗔痴造成的，你逃得了今生，逃不了来世，只要有贪嗔痴，你就得受苦，就得造业，就得受罚。按人们的说法，大哥现在在鬼道里，鬼道属于恶道。我想，逍遥的大哥，心里定然也有没向我说出的痛苦。

我看了看大哥，他的眼睛变得很深，像是在想什么，不知道是不是听到了我的心事。但不管怎么样，我只想大哥留在我身边，像这样，老是能见到他，老是能跟他说话，多幸福啊。大哥活着时，我们还没有这样相处过呢。

我真舍不得大哥离开。

那些日子，我老是见他跟了我。我走到哪里，他就随到哪里。他总是悬在我上方的天空，像一朵云。我常见他变得非常高大，叉了腿，在那大雄宝殿上空跳过来，跳过去。小时候，他也这样对我和村里的娃儿，欺负我们比他矮。他一在我头顶上跳过来跳过去，我就会哭，爹就会骂他。村里人管这种玩法叫"跨尿骚"，这是很不尊重人的。

大哥在跨那些大殿时，发出了一阵阵吓人的笑——当然，别人听不到的。后来，我还发现，哥的身后，开始有了几个跟班：一个是死于铁棒阿卡棒下的小偷，一个是当兵的打扮，还有两个我认不出身份。问大哥，他说是水鬼。我问他的孩子化的那个婴灵呢？他说，我叫他投胎了。虽然我做鬼逍遥，但我还是愿意自家的孩子能有个好的未来。做鬼虽逍遥，但毕竟成不了正果。我叫他投胎到一个好人家，将来好好修行，能成个真正的高僧大德。我问他听话吗？哥说不好说，他说他下一世要为咱报仇。我说，你的仇，我这一世就报了，能轮到他？

哥于是大笑几声，又从那大殿上空跨过去。

每次，看到大哥在大殿上跨尿骚时，我就会看到一阵奇异的骚乱——很多气团会涌了来，跟大哥搅到一起，我知道，那定然是寺里的护法。他们斗呀斗呀，开始是大哥胜出，他的嘴中喷着黑气，将那些气团冲得七零八落。后来，一些很亮的光团扑了来，哥就逃走了。我想，哥定然打不过他们，不然，依他的性子，是不会逃的。

胡闹了几次之后，哥就再也近不了寺院了。没办法，他的眷属少，寺里的护法多，还有几个力量很大的神——他们就是那些很亮的光。每次，我刚看到哥的影子，光团们就涌了去。有一段日子里，我看到好些其他色彩的光团在追大哥。

我这才明白了，大哥为啥不自个儿去报仇——温布有护法神护着，哥打不过那些护法神。一次，我甚至在温布的旁边，看到一世白阿卡的影子。我想，温布定然在持白阿卡的心咒。听说，每个成就者，都有自己的心咒。这跟后来的手机号码一样，一个号码，对应一个人；一个心咒，也对应一个神。当然，这是我现在的想法，那时节，我还没这见识。……呵呵，这算见识吗？

但那次报仇时，我还是请哥帮忙，叫他想想办法，弄走保护温布的那些护法。哥显得很为难。我告诉他，机会难得，要是失手，就再也近不了那温布的身了。

大哥说，他想想办法。我叫他快一些，因为，那工程快完工了。次日，大哥高兴地告诉我，他请山神帮忙，山神答应了。因为温布对那些出世间的护法上心，也对传承内的世间护法上心，对山神却不怎么恭敬，山神早就不满了。他打算在大后天请客，把那些护法神都请了去，这样，我就可以下手了。这办法好。我告诉了二炮带温布去院子的时间，但我没说护法的事。因为，二炮并不相信有护法神，这当然很奇怪。他当了阿卡，但对信仰却半信半疑。或者说，只要有需要，他就会用怀疑的毒液来腐蚀自己的信仰。他要是知道世上真的有护法神，就会因为害怕报应而放弃作恶。

做事的那天早上，东天上有一大块一大块血染的云，很红很红。

我还闻到了一股腥气。看来，这温布真该死了。要是他不该死，谁也杀不了他。他该死了，我才能成功。我看到了温布和二炮，也看到了影子一样跟着温布的那两个铁棒阿卡。我说过，这两个铁棒阿卡，跟其他的铁棒阿卡不一样。其他的铁棒阿卡只有一个称呼——人们将管寺院纪律的阿卡统称为铁棒阿卡——没有实际的东西，这两个，却真的拿着铁棒，也真的能把铁棒舞得风一样响，也就是说，他们是名副其实的。不过，他们不大管寺院的纪律，他们更像温布的私人保镖。我看到二炮朝一个铁棒阿卡说了句啥话，那人就匆匆走了。我明白，二炮支使他去做啥事了。这下好了，两个保镖只剩下一个了。我打算，要是这铁棒阿卡一直跟着，我就先给他一石头，砸碎他的光头再说。我先选好了一个石头，圆圆的，很称手。

温布近了，又近了。

我没有看到那些光团，说明那些护法神真叫山神请走了。这就好。我当然不害怕护法神们——他们定然奈何不了我，不然，我也不可能在这儿待这么久。他们有神通，当然知道我做啥来了。但他们如果在，就有可能会妨碍我做事，比如，让我投出的石头失了准头，或是让我的手突然没了力气，又或是让我突然慌了神，错过了投石的最佳时机等。你知道，他们的法子多着呢。要是他们尽职尽责，我是杀不了温布的。这下好了，除了那个剩下的铁棒阿卡，再也没有碍事的人或者鬼神了。

温布的死期到了。近了，又近了。

我握石头的手开始疯狂出汗了，滑滑的，很是难受。我一下下擦，但刚擦干，就又是一手汗，每次都这样。我想我太紧张了。这不好。我请大哥来帮帮我。大哥真的出现了。他一见那温布，脸就变得非常难看，很像那唐卡上的愤怒本尊。我希望他诵咒，叫那铁棒阿卡离开温布，这样我好行事。我知道，我打不过那个阿卡。虽然我前几天刚过了十八岁的生日——这是我发愿报仇的期限——但我力气还不够，我肯定不是那阿卡的对手。

我听到哥的声音：没问题，你放心干你的，这一回，温布非死不可，你瞧，他的身上都没光了。我一看，果然。以前，温布的身上是有光的，一晕一晕的，若有若无，现在，那光没了。

温布进了门，渐渐走远了，他一眼都没看过我，他太傲慢了，简直不像人了。我看到铁棒阿卡紧跟着温布，二炮跟在最后面，他显得很着急，他定然想支开那个铁棒阿卡，他一下下搔头皮，想着找个什么理由。但我知道，他是没理由支开那阿卡的。

我只好先下手了。我扔出了第一块复仇的石头。我本想一下子打中那铁棒阿卡的脑袋，没想到，手心里渗出的汗让石头滑了一下，我失了准头，没有打中，只砸中了他的肩膀。他惨叫了一声，那铁棒也"啪"地落地了。这也好。野兽没了爪牙，攻击力就减弱了很多。

我又立即投出了第二块石头，这次，我的手没有打滑，可石头飞到时，那阿卡正弯腰去捡铁棒，石头刚好擦着他的头顶飞过，没打中。要是他不去捡铁棒的话，石头一定会打中他的头，他一定会脑袋开花的。他这一弯腰，倒是救了自己一命。

我又投出了第三块石头，击中了阿卡的腰。阿卡倒下了。

温布不愧是温布，阿卡倒下后，他仍然没有慌乱，也没有躲避或逃走，他只是冷冷地望着我。他太傲慢了，直到这会儿，他还是不信铁棒阿卡会输给我。要是他没有这么傲慢，就会在我投石时逃出，那样，我也许就没机会砍下他的脑袋了。正是他的傲慢，给了我复仇的可能。

跪下！温布喝道。

他定然觉得，他的这一声厉喝即使不能阻止我，也能让我愣上一会儿，只要有了这一会儿的工夫，铁棒阿卡就能扑上来，把我擒住。他没有想到，我既然能走到这一步，就已经铁了心了。深入骨髓的仇恨，早就让我战胜了对他的恐惧。

我又抓起一块石头，我不管那仍在挣扎着想要扑来的铁棒阿卡了，我直接砸向温布。这一下，砸个正中，温布倒下了，发出一声惨叫。

铁棒阿卡已爬起身来，他顾不上捡铁棒了，一下扑向了我。我正在捡另一块石头呢，还没直起腰，就觉得一股大力山一样压了来，我倒下了。很快，一记重拳击向我，我眼冒金星了。

　　铁棒阿卡很胖，很重，他坐在我身上，将全身的重量压向了我，一下下揍我的脸。我几次觉得自己要死了。其实，这时，便是他不打我，我也翻不起身了，这阿卡，至少有二百斤。

　　忽然，我觉得阿卡的身子软了下去。扭头一看，原来是二炮抢了那铁棒，给了他一下。一股血从他的后脑勺涌了出来。

　　我马上推开他，爬起身来，却发现温布正挣扎着逃走。他刚到门口，二炮的铁棒也追到了，击在了他的腿上。他倒下了。

　　我扑上去，从腰里抽出河州刀，往他的后心里捅了一刀。怕他不死，我又割下了他的头，装进一个牛毛褡裢里。

　　这时，门开了，叫二炮支走的另一个铁棒阿卡进门了。一见那场面，他马上退出，兔子般逃了去，边逃，边喊：二炮杀人了！二炮杀人了！

　　一听这喊声，二炮手中的铁棒掉到了地上。

　　对这场面，我也觉得很意外，没想到，我这一报仇，终究是连累了二炮。一切，都像是有一双手安排好了似的，把他也扯进来了。

　　逃吧！我叫。他们会要你的命的！二炮大哭起来。他定然没想到事情会闹成这样。我拽了他，叫：这时候了，你还哭啥，先保命！我们逃出了院子。远远地，我看到，一群阿卡已涌了来。

　　我扯了二炮，逃向另一个方向。正好，一个牧民骑马过来，我一把扯下了他，自己跳上马，又一把拉起二炮。我们两人乘了那匹马，逃出了延寿寺僧舍群。

　　我扭头看到，一群阿卡追了来，其中一人也抢过了一匹马。那马快，又只驮了一人，眼看就要追上了。我将装温布脑袋的牛毛褡裢递给二炮，叫他拿牢实，然后取出抛石器——我一直带着它，把它别在腰带上，还随身带着几块小圆石——装了一块圆石，抡将开来，待得那皮兜中的石头转得飞快时，我松开了一端，石头飞出，砸在阿卡的肩膀上，那阿卡惨叫一声从马背上坠下，摔在地上，不见动弹，可能是晕了过去。别的阿卡一见，就停了脚步，只是呐喊，不敢追了。

很快，我们逃到了大路上。我们不知道该逃向何处，我就把马赶向了我家的方向。我想，不管咋样，我得先回一趟家，给爹通个气，不然，久了没有音讯，他会着急的。再说，为哥报了仇的事，我也想马上告诉他。

到了家门口时，那马已口吐白沫了，它喘着粗气，一身汗水。毕竟载着两个成年男人，又一路疾驰，就算路不太远，也真的难为它了。但时间紧迫，我们没空喂它食水，就只能委屈它了。我叫，爹，我报仇了！我从二炮手里，接过那褡裢，对爹说，瞧，这是温布的头！爹说，我不看，我也不知道这事。你既然做了，就赶紧逃吧，先保命。一会儿拿上些酥油炒面，你们就上路吧，逃得越远越好。然后，他叫妈装了些酥油炒面给我，又摆摆手，提醒我快逃。

我将抢来的马牵给了二炮，又牵出一匹自家的马。这会儿，我的心稍微安定了一些，才觉出，也许因为紧张，自己早一身汗了。想来，二炮也一样。

离开之前，我带着二炮去了大哥坟前，把温布的头供在大哥的坟堆上。我看到大哥笑了，他的笑声惊天动地。在大哥的笑声中，我流泪了。五年来，我醒着睡着，都想为大哥报仇，这下终于报了仇，也算圆满了对大哥的承诺。只是，牵连了一个无辜的人，这让我觉得很愧疚。

说真的，报仇之前，我觉得一切都是理所当然的，虽然理性上也知道自己不厚道，感性上却少了一种真实的愧疚。这会儿，别人的前程真的毁在了我手里，我才觉出心里有些难受。但如果叫我再选一次，我还是会这样选择的。羌村的男人就是这样，把复仇看得重于一切，何况哥还死得这么惨。便是复了仇，亲手割下了温布的脑袋，想起哥临死前的惨状，我的血液还是会燃烧呢。不过，这总归是我们家的事，跟二炮没关系的。这次，真的连累他了。我抹干了泪，望向二炮，想叫他上马，我们尽快离开，却发现二炮正冷冷地望着我。想来，他不认识我爹妈，刚才随了我回家时，他还没意识到发生了什么。看到坟堆前那块写了哥名字的木牌时，他才终于明白，他其实中了我下的套。

他说，原来，你是他弟弟。我说，是，但我真是想帮你的。没想到，事情成这样了。他长叹一口气，想说啥，却没说出来。

听得爹远远地吼了一声：你想叫他们抓你们吧？快跑啊！跑得越远越好，永远别回来！

我就对二炮说，先走吧。从此后，你就是我哥，有我吃的，就有你吃的。

二炮长叹一声，却啥也没说。见他不语，我便打马先行，很快，他也追上来了。

　　才转过山角,我便看到有人追来了,其中有好些阿卡,还有其他牧民。想来,他们已猜到我是谁了。要是他们看到坟堆上那脑袋,就更是可以肯定我是格热家的人了——除了家里人,谁会为了给哥报仇,做这种掉脑袋的事儿呢?就连我的两个亲哥哥都不敢呢。所以,爹怕是逃不过牵连了。这跟我的计划不一样,但这会儿,我已顾不上了,我只能带着二炮先逃——至少要保证二炮的安全,不然,我会愧疚死的。

　　我们跑了很久,一直没敢停下来休息。我知道,要是叫他们逮住,我们是没好果子吃的。我倒是不怕死,但我怕不得好死。哥就是不得好死的,他那种死法,我只是想想,都胆战心惊呢。还是逃吧,我想。

　　一路上,我和二炮都没说话。我在想我的心事,他大概也是。

　　我们都知道,这次,他真的完了。他要是早点儿离开,不要叫人看到他在现场,他的温布当定了。谁叫他不但没走,还动手呢?不过,他要是不在现场,这会儿,我早成鬼了。所以,我从心底里感谢他。一想到那个铁棒阿卡的凶相,我有些后怕了。

　　又跑了一阵,后面就看不到追兵了。我们下了马,想叫马休息一会儿,吃些水草,我们也顺便商量一下接着去哪儿。

　　二炮从小在寺院里长大,寺院外的天地,他早就没印象了。这会儿,就算想逃,他也不知道自己能逃去哪里,接下来又该如何生活。我虽说在寺院外面长大,只要愿意,就可以天南地北地去,但我自打十三岁起,就再也没了远飞的心,我像一只被仇恨拴住的鸟儿,一直留在这块土地上。我去过的地方,也就是牧场、村里和延寿寺而已。我也实在没个啥地方可逃了。于是,我想,我们还是先去牧场吧,一方面弄些盘缠,另一方面,跟哥哥们商量一下该逃去哪里。

　　我们就骑马去了岷县。

第十六章　复仇之后

1. 我们的疼

我继续进行调查和采访。

听了阿柱的述说,我很过瘾。他的复仇,是我的采访中最大快人心的故事。但很快,我就发现,这"大快人心"是不对的,我咋能随喜这种血腥的故事呢?

我住在一个阿卡的屋子里。那屋子很小,只能放一张床。地上也有地铺,上面铺了氆氇。有时候,阳光会射进屋子,照在床上,屋子就一下子灿烂了。

躺在床上,可以看到窗外的天,我甚至能看到那掠过的清风,因为云彩在荡。有时候,那云会化成龙多格热的模样,望着我笑——随着调查的深入,我也一步步融入了龙多格热的生命。开始时,龙多格热对我还有些戒备,后来,他就完全信赖我了。

他告诉了我他常诵的心咒:嗡,摩利支盟,嗦哈。

我告诉他,这个"嗡"字,不同的人种,会赋予它不同——但相似——的读法:信基督者,念"阿门";信佛者,念"南无";持咒者,念"奥姆"……总之,它是宇宙的本初音。

我说,你瞧,无论什么种族的人,出生后学会的第一个音,都是"妈"——几乎所有的人类,都会叫"妈"。"妈——",由闭口而张口,这是个体生命出自大道本体时，叫出的第一个音。当你想回归大道母体的时候，就要将"妈"那个音逆行——从张口音回到闭口音——便成"阿门""南无""奥姆"了，它象征只要常诵此音，个体生命就能回到大道母体。

龙多格热笑了，说，还真是这样。

此后，我们便形影不离了。他时时跟了我，化现出一些世人常见的模样——他经常化成清风，去追我很喜欢的那朵云。他裹了那云，朝我做个鬼脸，就消失在视线外了。也许，是他在追风，我在追他，我们都在追，一起融入那无垠的蓝色里。

我明明知道，他已是远去的云了，早已消融于亘古的大荒，是我再一次激活了他。他是为能读懂他的人活着的。虽然天际有太多的霞，但我却依旧眷恋心中的那一抹。虽然世事如泡沫，来来往往，缘起缘灭，都抵不过岁月流水的冲刷。

我知道，龙多格热也在老去。我于是当了那逐日的夸父，追他到岁月的天涯。在那天涯的尽头，我们相视而笑。在无人的夕阳下，我们看云卷云舒。听他讲那些过去的故事，我虽然心明如镜，却也会为他伤感。我在想跟他有关的那个女子的故事，我在品尝她的痛苦，我在咀嚼，在品味，在融入，在合一。我在听他的故事，其实也在听我自己的故事。我们其实是同一个人，我们都是那个叫刑天的灵魂的化现，我们都会抢了那板斧，砍向可怕的未知。他在砍他的仇敌，我在砍我的无明。但那无明，又何尝不是我们共同的敌人？我知道，他的妙音，和我的女人也是一道光的两面，我们在今生相拥了。她有她的美丽，我有我的追求，我们相爱却时有纠葛，相拥却时时分离。很想留她在我的生命里，但漂泊是我的命运。那就放飞你吧，任你像云那样飘荡，或许在下一个轮回里，你依旧会看到我。我能读出你的笑，那便是天边的一抹红霞。你也许会记得彼此的谋面，在那一抹霞光掠空时，我们将会心而笑。

龙多格热能读懂我的话，我也能读懂他的心。在他过去的多年里，最让他疼的，是那个女人的疼。就像我，最疼的，还是那个同样疼我的女人。

我们的疼，有时像划过天际的风，很轻，没有一点儿声音。人们甚至忽略了它的存在，它只能渗入我的文字，沐浴有缘的人。只是它太过低调了。你可以坐在窗前，面对那扇小窗，阳光才能沐浴你的全身。你就静观那天象吧，我的女人，我的那个时而像小鸟，时而像母狮的女人。你的美留在了我的书里，就像那有缘路过的云彩，留在了你的心里。你其实不用微笑了，也无需挥手，更无需牵挂，只要你醉眠于一泓清泉下，迎接我洒落的桃红，你我相拥了，静默于明月之中。

龙多格热一直在哭，我的笔总能刺疼他。当那个女人在笔下出现时，我就能听到他的哭声，厉长如山风刮过洞穴。一个厉鬼——或是神灵——的哭声，同样让我疼痛。有时候，甚至能痛彻心腑呢。在那历历的光明之中，也会有一颗流血的心。当然，我也可以不再与之谋面，只要一转身，天空就到身后了，但那女子的泪，却一直能化成绳索，拴住我远遁的心。

那就相融吧，我的朋友，我的女人，我们都来这小屋，在这阳光下，听听鸟鸣，品品茶意。那窗外之事，就让它远去吧。要知道，睁眼闭眼间，多少人已在那轮回里，转无数圈了。我那本觉的梵音，总能像高山上的流水，冲刷这眼前的红尘。

我的朋友，我的女人，我看得到你那番红尘的浩劫。对那万千的苦乐，你时而悟，时而迷，时而拈花一笑，时而悲天悯地。你们是山头上的经幡，我就是那清风，我只想让你们，摇曳成我心中的风景。那万千尘世的繁华，搁置了我的选择。那就让我驻足吧，驻足在你们的风景里。

瞧啊，世界正花开花落着，我们只是江面上的浮萍。那江岸是一道长长的线，在线的这一点，你起程，在线的那一点，我也起程。我们一同溅起那涟漪，荡向另一个岸，只是时光正在老去。一群无聊的过客，正想在千百年后，打捞我们的残骸呢，正如现在的我，也在打捞现在的你。我只是一叶轻舟，已嗅到花开的味道。我仍在临江逐浪，只想借一叶浮萍之躯，去承载山的重量。那么你呢，你是否愿意抛下你的仇恨，跟了我，去江上兜风？

要知道，世事只是风云，风来了，云转了，万千的变化，总能沉入时光的海底。我们就索性沉沦吧！我的生命欢迎一个朋友，也欢迎一个女人。你们就在我的窗前驻足，让我独自把玩这一段人生。虽然那窗外还有世界，虽然那世界仍在变化，我只想定格了你们，让笔下的你们，别再随风而逝。

瞧呀，那女人的脸上，还没褪去青涩呢，风霜就开始雕刻了。风霜的每一下削剥，都是一阵阵致命的痛。窗外的空中，正飞过几只啼叫的乌鸦。

或许，那萧瑟的风，能带去我的人生求索，带去我的祝福。我知道，那是一粒智慧的种子，终有一日，你们会走向我期待的梦里。

我的梦其实没有内容，那儿只有大乐和光明。相信你在那儿，会消解仇恨。那儿虽没有供你的护法殿，但定然有你的梦想和光明。

来吧，顺着那玛尼堆，你一步步临近那雪山之巅的我。我正在上面微笑呢。你的身边，还有那个你心仪的女人。

但故事还没有结束，那个最像你的弟弟阿柱，他还有话要说……

2. 阿柱说大火

此后发生的事，是我后来才知道的。

那些愤怒的阿卡追了来，跟随的，是那些愤怒的信众，他们找到了我供在大哥坟前的温布脑袋。他们非常愤怒——天知道他们为啥愤怒，他们中的好多人还受过温布的气呢。但有时的愤怒，其实是一种态度，他们是在表演自己的愤怒。他们要是不愤怒，就等于幸灾乐祸了，所以，他们当然要愤怒。

明白不？

愤怒的人们围住了我们家。爹早知道会这样，他早带着家里人逃了出去。他虽然不是犯事的人，但他明白，这时候，得避避风头。在那种阵候下，一切都可能发生，愤怒的人们会做出他们平时做不出的任何事。

于是，愤怒的人们点燃了我们的房子。我想介绍一下我们的房子。我们的房子都是木头做的。我说过，阳寨四周的山上，都是树。

这些树，是属于大家的。任何人都可以用来修房子，它跟草山、空气、阳光一样，属于整个寨子。这样，你就可以造出你想造的那种房子。不过，造房子需要花很多钱——虽然木头不要钱，但匠人的工钱得付，而且数额很大。所以，村里有好房子的人家，不是太多，房子也不会建得太大太豪华，够用就行了。

我们的房子很好，因为大哥活着时，喜欢木匠活，时不时地，就会弄些木头来，捣鼓出一个好东西。大哥有整体思维，他的每次捣鼓，都像是精心设计的。因为，他这次捣鼓时，已想好了下一次、下下次的捣鼓内容。所以，虽然他的捣鼓年代不一，但整个院落却浑然一体。

我们有两层木楼，上楼干燥，一般用来放草料，这一点，跟全村人一样。

433

但大哥还在上楼弄了个杂物间，后来布置成了佛堂，他平时清修，就一人待在上面。

那一次众人的愤怒，让大哥多年的心血，都叫火烧了。

多年的木楼，最怕的，就是火。木头干透了，而且浸满了油气儿，总是显得黑黝黝的。愤怒的人们一点火，木楼就迫不及待地爆燃了。

在阿柱的叙述中，我看到了那场大火——那是一场冲向天空的大火，直到夜里，大火仍在烧着，整个天空一片通红，映照得整个寨子都是红的。那是村里百年来的第一场大火，一直在老人的记忆中鲜活着。几十年后，还是有人会谈起它。它跟温布的死一样，成了阳寨人永恒的记忆。

阿柱说，那次，幸好爹带其他家人逃到了山上。

后来，阿斌告诉他，看到那冲向天空的大火时，爹很平静。爹说，既然选择了报仇，就得承受这结局。他知道，报仇必然会付出很多代价，杀了温布的我还活着，已是最幸运的事。至于房子，还有那些叫烧掉的财物，包括青稞啥的，爹不在乎，他觉得，这些都是身外物，烧了就烧了——房子，再修就是，青稞，再种就是，只要人死不了，就不是大事——最重要的是报了仇，所以，没了房子的爹，依旧显得很高兴。爹经历了太多的事，羌村几十年的风风雨雨，他都经历过，他的心早就成了大海，啥流进去，都能接受了——当然，除了那私仇。

不过，众人没想到的是，那次大火，烧了的，不仅仅是我家的房子，还有跟我家相邻的三家，也叫大火顺手给烧了房子。要不是救得快，还会有更多人家遭殃。这让那些愤怒的放火人有了一些歉疚。所以，等大火熄后，爹带着儿子们在废墟上建房子时，他们就没来骚扰过。

那房子被烧，是我报仇的第一个重要代价。

3. 山上的岁月

逃跑的当天夜里，我们就到牧场了。

阿机知道我报仇了，又是高兴，又是担忧。他知道，这事，不会就这么了结的。但对于我们家族来说，能报仇，总是一件大事。惹出啥麻烦都不要紧，到时候再说。人活着，总会遇上麻烦的，多大的麻烦，也总能解决的。阿机说，大不了，豁上八十头牛，赔人家一条命价。我知道，这是阿机安慰我的，杀了只手遮天的温布，要是只赔八十头牛就能完事儿，那温布家族就不叫温布家族了。不过，只要能给哥报仇，啥事，我也认了，头掉下不过碗大个疤，大不了，陪哥去——我只求他们别像折磨哥那样折磨我。这时，我还不知道，将要付出巨大代价的，其实不是我。羌村的天，也很快就要变色了。阿机为我们准备了一些奶渣和炒面，叫我们躲到山上的林阔里，先别出来。他说，你们先躲一阵再说，过几天，我给你们送吃食，你们记得做好标记，要不，我可就找不到你们了。于是，我们带了两条毡、两床被子和一个帐篷，就躲入林中了。

林子很大很深，有些地方，几乎看不到阳光。我们选了个相对干燥些的地方，安顿下来。刚开始，二炮还懊悔不已，后来，也认命了。他相信这是他的命，因为做这事的前一夜，他就梦到了一片血光。他还梦到，他叫人剐成了肉片，血从他身上呼呼地冒，冒到天上去了，天上也一片血光。他说，他会死于血光之灾，这是他的命。我想安慰他，但不知从何说起。这事儿，明摆的不是好事。他的前程，显然是整个地毁了。我这会儿不管说啥，好像都不对。可这事儿因我而起，要不是我设计他，他也不会落到这田地的，要是我啥都不说，好像也不对。

于是，我只是说，你不该打他那一下。我一个贱人，死了也就死了，你是尊贵的温布侄儿，为我来那么一下，不值得。

我这是马后炮。不过，马后炮有时也是必要的。果然，我一自责，二炮就好受多了。他说，那怎么行，我怎能眼睁睁看着你叫人家弄死。

就这样，我们之间的疙瘩化解了。很快，他也接受了现实。

其实，林阔里的日子很好过，渴了喝山泉水，饿了吃酥油糌粑和野果们，倒也自在逍遥。听说，过去的瑜伽士，就是这么活的。只要不被发现，我甚至觉得，我可以一直这样生活下去。在我看来，这儿其实比寺院更清静。但是，在这儿，我们只待了十多天，因为，后来还是出事了。

几天后，阿机来送食物，他告诉我们，有人来牧场问讯我们的下落，他说，他们又不是傻子，咋会到这儿来？那些人信了，就走了。

我知道，那些人来牧场问讯，只不过是碰碰运气，他们定然不会想到我们敢留在牧场附近，他们肯定以为我们早逃到外地了。再说，那些阿卡也不会太卖力地找——他们会叫人找，但绝不会卖力，因为温布平日太专横了，阿卡中有很多人敢怒不敢言。后来证明，果然这样，他们只是装模作样地找了几处，就了结了这事。

这事，很快就过去了。后来的事，是阿斌从村里回来后说给我们的。

他说，温布死后，寺里发了大丧，举办了隆重的悼念活动。那些长老也开始商量，由谁担任下一任的温布。虽然二炮是当然的温布，但他犯了事，成了凶手，自然就失去了这资格。按惯例，必须从温布家族中再找个合适的人，接任温布之职。这是第一任白阿卡定下的规矩，可以保证他的家族一直是延寿寺真正的寺主。其实，我一直想知道，伟大的第一代白阿卡为啥要定下这样的规矩，他不可能不知道，这会让未来世的自己被架空吧？这样的规矩，跟世俗的世袭制度有啥不同？不过，这类问题，在我们那块土地上是不能问的，大概也没人会知道答案。

长老们讨论了许久，一直确定不了一个合适的人选。这时，有见识的长老翟爷趁机发话了，他说，你们是不是在选一个下次再叫杀掉的人？

他这一说，大家趁机说，就是就是，我们公选一个管家算了，不要再选温布了。就这样，大家选了一个管家。这管家，只管一些行政琐事，任期两年，不再世袭。这一任管家任期满了，再由大家公选出下一任管家。从此以后，温布制度终结，朱古真正有了权力。

后来，一些学者认为，我们的那次报仇，成了羌村最重要的历史事件，因为它直接影响了羌村政教制度的走向。

当然，这类意义的说法，是多年后我才知道的。在逃到牧场林阔的那时，我正沉浸在报仇后的喜悦中。自打我发誓要报仇之后，报仇就成了我活着的理由。我根本不在乎自己的生死了。那时节，我之所以想快些长大，就是为了报仇。所以，报仇带来的欣喜过去后不久，我就陷入了巨大的失重当中。

我忽然发现，自己没有了活着的理由。

前几年，我的心中只有一个念想：复仇。为了那个念想，我一直在练各种功夫，虽然被仇恨煎熬不太好受，但因为充满了意义，生活倒也显出了另一种美好。倒是修行渐渐地丢下了，哥教我的摩利支诛法，成了我生活中的一种点缀。从这儿可以看出，我并没有真正的信仰，我的信仰，其实是复仇。当复仇的计划完成，我的愿望圆满之后，我的心竟然无处安放了。

这个发现，让我无比沮丧。

听了阿斌带来的消息，二炮也非常沮丧。他认为自己是家族的罪人。据说，朱古早就对温布制度不满了，但他找不到废除这制度的理由。毕竟，寺院是白阿卡修建的，温布制度是白阿卡定下的，人家名正言顺地存在了上百年，你即使想变动一下，也得找一个说得过去的理由。我们这一次，就为他提供了一个理由。此后，温布家族就失去了对寺院的控制权。为这事，二炮痛哭流涕了很多天，时不时地，就发出牛吼般的哭声。

我当时觉得，如果知道事情会这样发展，二炮是不会参与这事的。后来我才知道，许多事情真真假假，很难说得清楚。也许，很多东西本是一场戏，其上演，只是为了引出后面的戏码。发现这一点后，面对很多事情时，我就有了一种距离感，因为我知道，自己只是一个演员。

大哥却显得很高兴，他老是出现在我眼前的天空里。不过，在我眼中，这次报仇如此圆满，早超过了我的期待，但大哥还是不太满意，他时不时就叫：长老！长老！我知道，他还想对长老们动心思。但我不同意，我知道，要是这次随顺了哥，去杀那些长老，接下来，他还会叫我去杀其他人。他说过，除了女人和孩子，整个羌村的人都是他的仇人——我能理解哥的这种想法，但我不可能与整个羌村为敌。因为，我的心里并没有那种恨意，我不可能为了一个自己不认可的理由，像当初那样全心全意地去报仇，我也不想骗哥。二来，这次的复仇，让我发现了复仇的没有意义。当然，它让我为哥找回了公道。而且，就算时光倒流，我可以重新选择，我也还是会报仇的。因为我忘不了哥死前的样子，忘不了哥受到的痛苦、折磨和屈辱，也忘不了他们夺走哥时，我的那种疼痛。如果没有圆满复仇的心愿，我是放不下的。所以，就算一切可以重来，我也还是会复仇。我会完成这件明知没有意义，却也不得不做的事。三来，翟爷和长老们对我和红豺的默许，也算是对我们的另一种帮助了。

说真的，要是他们想阻止我的话，也不是不可能的。我一直觉得奇怪，我在延寿寺待了这么久，妙音隔三差五地给我送吃的，难道真没人发现，那个生面孔的小工，就是当年那个扬言要杀温布的孩子？我觉得，纸终究是包不住火的，它之所以没被火烧掉，只是因为火不想烧它。所以，我们的复仇，其实是很多人的复仇。我们背后的这很多人，虽然当年或者选择了沉默，或者选择了助威，甚至选择了参与，但他们心里还有另一种声音。明白这一点时，我也就

437

原谅了他们。我对哥说，行了行了。你的仇已经报了，再不要动这心思了。他却显出愤怒相，喷出一团团的黑气，卷向远处的山谷。

按羌村的传统，杀了人是要偿命的。祖上传下的规矩是，一个人的命价是八十头牛，你既然杀了人家的人，就要赔人家相应数目的牛，或这些牛对应的金额。无论时代如何变化，在羌村，人的命价都用牛来计算。因为无论啥货币，都会贬值的，牛的价格虽然也忽高忽低，但无论咋个高低，都跟货币的变化统一，总价值相对稳定，用八十头牛作为基本命价的规矩，就这样定了。这样也好，很多人报仇时，都会先想到命价，有些赔不起命价，或舍不得赔命价的人，就有可能会放弃报仇，这样，无形中就减少了一些仇杀。

我却没想到赔命价。因为，我是为大哥报仇的。大哥死了，害他的人当然也得死，以命抵命，天经地义。不过，阿机想到了赔命价。他说，大不了，豁上八十头牛。

我当然心疼那八十头牛。我们虽然牛多，但那是我们一家人的心血——那可是八十头牛呀，不是八十头羊……便是八十头羊，也不是小数目。但心疼归心疼，我却没有后悔自己的行为。我仍是高兴，我觉得自己成人了，干了一件大事。

后来，长老们果然找到了爹，要求我们家给温布家族赔命价。这当然合规矩，但我们没想到的是，那些长老提出的命价，是普通命价的七倍。天知道，他们是怎么算的。温布是一条命，大哥也是一条命，凭啥他一条命顶人家七条命？你可别小看这数字，七条命，就意味着我家必须赔五百六十头牛。天老爷，五百六十头牛，你想想那是啥阵势。

长老们后来解释说，哥是作为土匪被处决的，沟里或温布家都不用赔我们命价，至于温布的命价，他们是从教育、修行、地位、经济等诸多方面入手，一一进行核算，最后得出的结论。对这种说法，我当然不服气，要是我当时在场，一定会跳起来质问他们：你们说我哥是土匪，我哥真是土匪吗？你们能不能对着山神起誓，说自己真的相信我哥是土匪？再说，温布是有地位，是受过教育，是能给温布家族带来很多经济利益，但他有修行上的成就吗？他配得上温布这个位置吗？你们敢不敢对山神起誓，说你们真心觉得他配？——我知道，这些长老肯定不敢。他们不过是想息事宁人。之前，他们为了不得罪温布，牺牲了我哥；这回，他们为了让温布家族不闹事，牺牲了我们家。……呵呵，这就是羌村选出的长老。

就是这会儿，我突然觉得大哥不愿放过那些长老，是很有道理的。

爹当然不同意这个决定，爹坚决反对。爹要求公正地判决。

你知道羌村为啥要选长老吗？为的就是避免独裁带来的冤屈，保证每一个决定都是公正的。

老人们说，羌土司设立长老会制度之前，羌村施行的是头人制度。阳寨有五个部落，每个部落都有自己的头人，部落的公共事务都由头人来决策。最早的头人由各部落成员选举，后来就形成了世袭制，老子当完头人，再传给儿子，儿子再传给孙子……权力一直掌握在头人家族手里。后来，羌土司觉得独裁有太多隐患，就取缔了头人制度，改成了长老选举制，就像寺院取缔了温布制度，改成了管家选举制一样。跟温布不同的是，部落的头人有地位，有势力，但不一定是富户，有好些头人，其实也很穷。早年的羌村，总是各干各的，头人一般不管各家的事，只管一些公共的事。用你的话来说，头人代表了服务型政府，温布则代表了管理型政府。但服务型政府不是世袭的，也没有独立决策权，而头人是世袭的，又有独立决策权，如果头人的智慧或境界不够，就容易作出不公正的决定。

阳寨没了世袭的头人后，每个部落每三年要选一个主事长老，全村就有了五个长老，他们组成的长老会，相当于西方的议院和参议院。从这五个长老中，村里人会再选一个负责全盘事务的总管，和一个副总管。其他几个长老，分管各类事务，相当于常委了。这些人，构成了寨子的核心权力机构，这机构，每三年会换一次人。

那时，整个羌村都是这样，非常像有着相对自主权的联邦，有事时，就会召集各个寨子的长老一起商议决定，不能由个人私自决定公共事务。这就是我哥出事时，温布召集各村长老共同表决的原因之一。明白不？这种方式，是不是有点像西方的政治体系？

不过，许多时候，在所谓的民主体制下，也会产生一些不公正的决定，像叫我家赔七倍命价，就显然很不合理。我想，这也许是他们对温布家族的一种补偿吧。肯定是这样。但就算要补偿，也不该由咱一家来完成。毕竟，我只杀了一个温布，我没叫你们取消整个温布制度啊。当然，我也希望你们取消温布制度，因为，再出一个温布，也不一定就比这个温布好，甚至有可能比这个温布还坏呢。但这是整个羌村的事儿,咋能叫咱一家赔呢?你说,是不是这个道理?

而且,这次的事,虽然是我做的,但是按那时的规矩,部落也是有责任的。所以,整条沟的、由各个自然村推出的长老们作出这个决定时,遭到了我们部落的抵制。那抵制理由非常充分:佛说,众生是平等的,凭什么他值七条命?但对方的反对也很有力:既然众生平等,为啥要用八十头牛赔一条人命,为啥不一头牛顶一条人命?可见,平等之中,也有不平等。

对这决定,温布家族也能勉强接受。他们说,要是不赔七倍命价,他们就坚决要从自己家族中选出一人来当新一任温布。对他们的这种要求,长老们坚定地否决了。看来,这时候,朱古已经控制了长老们。朱古想真正地亲政了。——当然,这是我的想法,不一定就是真的。不过,要是没有朱古的支持,长老们怎么敢得罪温布家族呢?毕竟,温布制度是一世白阿卡定下的,要是没有朱古或羌土司的授意,长老们未必有取消这个制度的权力。

所以,即使我们家族不同意这种赔法,我们也左右不了大局。你不知道,那时节,得罪了长老,就等于得罪了整个世界。

就这样,我们家赔了五百六十头牛。……当然,我们没这么多牛,但我们可以借。为此,我们家背了很多债。在后来的多年里,我们一直在还债。

但也正是因了这一次的赔偿,我家后来的成分是贫牧,而那个要了我们五百六十头牛的温布家,却成了远近闻名的大牧主。在后来的几十年中,他们为自己的贪婪,付出了血与泪的代价。瞧,这世上的事,还真说不清啥好啥坏呢。

4. 下山

我家赔牛前,还发生了一件大事。

一天,阿斌上山了。他一脸慌张。阿斌总是这样,他是个容易受惊的驴,背不住半条鞭子。一上山,他就对阿机说,大事不好了,长老们派来人,抓走了翟爷,也抓走了爹,将他们作为人质,硬要五百六十头牛哩。要是不给牛,他们就不放人。他们说,温布家族也在逼他们,要是我们家不赔牛,他们就得赔。

阿机就来林子里找我。

那时，我们已在林阔里搭了一个简易的篷子，生活用具大致都有了。我发现，只要我们不公开挑战长老们的权威——也就是躲起来，不露面——他们其实也不是真的想抓我们。我们几乎听不到啥风声了。相反，我们要是露面了，那他们就必然会抓我们。明白不？

那时节，时不时就会有人杀人，杀了人之后，即使你赔了命价，按规矩，也必须逃出去避三年。要是你偏不逃，还大摇大摆地露面，被杀者的家人就会觉得面子上不好看，这时，哪怕你赔了命价，他们也会找你算后账——大多是杀了你，再给你家赔命价。所以，有时候的避避风头，是给人一个面子。羌村人在乎牛，但更在乎面子。

我告诉二炮，我想回一下家里看看，叫他不要乱跑。他说，他也正想去看看妙音。我说，那不行，很危险。二炮说，以前，我是阿卡，不能娶老婆，这次，我等于还俗了，我要娶妙音。

我吃惊了，二炮竟然还有这号念头？他竟然还惦记着妙音？他难道忘了自己做了啥事？因为这事，听阿机说，羌村都翻天了。这几乎跟改朝换代差不多了。

我就对二炮说，你不知道，有好些人想要我们的命呢。

二炮说，不是我们，是你。他们都知道，这事，是你干的，我不过是不想叫铁棒阿卡打死你而已。我也算救人一命呢。当不成温布，我还俗总成吧？

你真这样想呀？我叫道，你不想要命了？人家就等着我们送上门呢，你一去，正好！

二炮不再说话。我想，二炮真是糊涂了，他咋忘了他给家族带来了啥呢？再说，他打温布的那棒子，逃走的铁棒阿卡肯定看到了，要不，人家也不会喊着"二炮杀人"的。还是说，他以为，他做的事，是说出理由就可以被原谅的？

半晌，他又说，那我只找她，不惊动别人，这样总成吧？

我不好再说啥，只是说，你小心，爹老说，很多男人的事，就坏在女人手里。

我知道。他说。

就这样，我们收拾了一下，下了山。我们先回了家。我的头发很长了，没洗过脸，衣服也很褴褛，早看不出本来的颜色了，再加上我乔装改扮了一下，估计没人能认出我了。我还给二炮找了帽子和羌袍，要不，他的光头和僧袍太扎眼了。

家里的房子被烧后，爹带着阿斌、毛旦和红豺，又请了几个人，在旧家的原址上，快快地修了个新房子。新房子很简单，啥也没有，也就是能挡风遮雨而已。爹的意思是，新房子能住人就成，等这些事过去后，再慢慢地加工。因为怕引起怀疑，到家时，我和二炮没有马上进家门，而是先躲在家附近的林阔中，到了夜黑时，才偷偷摸进家里。妈一见我，就哭了。妙音也哭了，她说，自从爹叫抓走后，妈一直在哭，妈的眼睛都快要哭瞎了。

那天，红豺正好去城里看病，二炮就带了妙音，进了那林阔。他们还带了毡衣。他们临走前，妈悄悄对妙音说，你们要跑的话，跑远点。不说别人，那红豺，就不是个善茬。要不是你们怀了娃儿，我也不会说这话。妙音低了头没说啥，二炮朝妈鞠了一躬。他本来还想合十的，也许突然想到自己做过的事，和正要做的事，举到半空的手就放下了。

二炮和妙音出门后，阿斌带我去了翟爷家。翟爷家倒没哭声，因为他们知道，寺里只是抓了翟爷当人质，不会伤害他的。看到我来，翟爷的儿子很高兴，他以为，我是来投案的。阿斌就告诉他，这事太大了，投案用处不大，便是我真的投案了，命价还是要赔的。这是温布家族的要求——温布是出家人，没有子女，他的家族不想复仇，只想要那五百六十头牛。但他们不好直说，就兜着弯子说了一大堆理由，意思不外是：即使凶手投案了，他们也还是要对方赔七个人的命价，少一个都不行。不然，他们就要从子侄辈中，再选一个温布。哪怕长老们不同意，他们也会这样做，因为这是一世白阿卡定下的制度，长老会也奈何不了他们。

看来，这事，不那么简单了。

我的报仇，变成了一个要挟的筹码。这是我没有想到的事。

回到家后，我对妈说，要不，我还是投案吧，起码可以把爹换回来。可我一说，妈就哭。妈说，你爹安顿过，叫你一定要逃得远远的，千万别回来，更别投案。他说，投案没用的，到时候，不但人活不了，命价还得照赔。你想，人家不弄死你，咋向羌村人交待？

妈这一说，我就不知道还能说啥了。

本来，我还想去看看爹，但我不知道他被关在哪儿。再说，我即使知道，也不能去，那儿定然有很多人看守，定然。

妈说，你赶紧逃吧，免得夜长梦多。

于是，当夜，我就离开了家。我刚转过山嘴子，就远远地看到一个铁棒阿卡，带了阿卡，蜂拥而去，扑向我家。他们围住了我家，大叫：抓凶手！抓凶手！我想，定然是有人告密了，估计是翟爷的儿子干的，但没有证据，我也不好乱说。

我飞快地打马，逃向远方。那天夜里，我没敢去牧场，因为那人既然告密，就会顺便告诉阿卡们，我也许会躲在牧场。我便逃往岷县的山林中，那儿离牧场不远，要是有人来牧场抓我，我很容易就可以收到风声，及时地逃去别处。不过，我等了一夜，发现他们并没有追来，于是，就回到了牧场旁的树林中。

二炮当然没有回来。

我在那林阔中又躲了三天，阿机给我送了些酥油糌粑。水倒是不用送，因为到处都有山泉水。那些阿卡也没来牧场。我想，这大概是因为路太远，他们也不想真卖力。那时节，民不告官不究，你告密了，他们就得来，但他们的内心里，定然是不想抓我的，他们定然也觉得温布该杀。后来我才知道，我那时的想法是多么幼稚。

三天后，阿斌托好友上了山来，告诉阿机，家里出了大事，叫我下山一趟。

5. 一直没吭声

接下来的事，跟他有关。按理说，我不该说的，说了，很可能会伤害他。但这事很重要，你要想知道龙多格热的故事，就不能忽略它。所以，我只能向他说一声抱歉了。不过，我也不知道，他现在到底还在乎不。毕竟，那是七十年前的事了，相关的人，除了他，都成了鬼，或投胎去了——也有人有别的去处——现在的他，也早就不是过去的他了。

我想，他大概已经放下了吧？

我刚才说到，阿斌托朋友给我传话，说家里出大事了，其实，不只是我家出了大事，二炮更是出大事了。这事，直接把他定格在了羌村的历史上，更定格在了世世代代羌村人的心里。

直到现在，我还忘不掉那个故事里的他呢。阿机说，他是跟妙音私会时被红豺抓到的。

红豺心狠，讲义气，有一帮能为他掉脑袋的兄弟。有人就说，他是个梁山好汉式的人物——倒没人说他是牛二式的人物，说明他平日还是有分寸的——他的横也是有名的，他老跟人打架动刀子。后来我才知道，在我和妙音接近二炮，开始谋划报仇的时候，他就怀疑妙音跟二炮有私情了——当时，我并没有想到他知道我们谋划报仇的事，因为那时他一般在牧场，我也没有回过家，没跟妙音之外的家人说过这事，妙音自然也不会说。按道理，他是不会知道的。

后来，我才知道，原来工地那儿有他的朋友，那人一看，就猜到我们想借二炮复仇，但他也看出妙音对二炮不一般，不像是装的。他虽然没有告密，也没跟工地上的人说，可他告诉了红豺。红豺听说后，就回了家，还偷偷地跟着妙音来过工地，亲眼看到我们三人有说有笑，还看出，妙音望二炮时眼中有光。但当时，他没看到妙音和二炮独处，因此只是怀疑，不敢贸然收拾二炮。当然，这也因为温布的势力实在太大了。他若是收拾二炮，温布就一定会收拾他，而温布想收拾他，等于踩死个蚂蚁。所以，温布活着时，他不管多恨二炮，都是敢怒不怒言的。现在，温布死了，又有了证据，他就肆无忌惮了。

其实，很多人都像红豺，因为温布的庇护，他们即使被温布家族的人伤害了，也不敢寻仇。后来，温布死了，温布家族也得到了五百六十头牛的赔偿，温布制度正式终结，他们就开始寻仇。而且，他们不是简单地杀掉对方，而是像温布那样，先将对方折磨得奄奄一息，然后让对方自生自灭。这种手段的残酷，已经远远超出了一般的仇杀。可谁叫他温布杀人时也手段惨烈呢？如果不是积怨已深，当地人是不会做这种事的。你总说"天网恢恢疏而不漏""因果循环报应不爽"，真是这样的。

我想，二炮要是能预见这种结果的话，决不会去害温布。说远了，还是说二炮的事吧。

红豺回家后，发现妙音不见了，问妈，妈的眼神又有些闪躲，他就猜到发生了啥事。于是，他马上揣了刀子，捞个铁锹，沿着两人留下的踪迹——红豺会辨踪——上了山，一路寻找。要说，这也真是二炮的命。他们走时是晚上，红豺回家是第二天上午，这段时间里，但凡下点小雨，红豺也就找不到他们的行踪了，可偏偏没有下雨，连风都没有一丝，于是，红豺很快就找到了正在亲热的他们。他抓了个正着。一见那场面，红豺就抢了铁锨，朝二炮屁股上死命地拍——他没有砍，只是拍。在流传于羌村的说法中，便是在红豺死命拍打的时候，二炮仍在动作，他真是色胆包天了。

还有一种说法更加下作，几十年后成了一个笑话：二炮死后，红豺埋怨妙音不正派，妙音说，谁说我不正派？我一直夹着腿，他根本进不去，是你拍了那几铁锨，才给他拍进去的。这当然是谣言。你迟些就会知道，这段对话根本就不可能发生。但在当时，这种说法还是赢得了很多笑声。这让我想起了大哥受刑时，那些玩味的眼神。就是在看到这些眼神，听到这些笑声时，我明白了人性中的一种恶，这种恶，会让人对生命、对精神失去敬畏，做出一些没有底线的事情来。

红豺几铁锨拍倒了二炮，然后捞过牛毛绳子，捆了他。红豺赤红了脸——他一生气，脸就会赤红，喝酒时也会，有人就说，他是个红脸汉子——拽着二炮一直往村里走。显然，他从一开始就没打算往延寿寺送人，他要跟二炮私了。一路上，他都没让二炮穿裤子，一直让二炮赤裸着下身，这真让二炮斯文扫地了，好在二炮的上衣衣襟很长，也能遮点儿羞——你知道，红豺是故意的，他就是想要羞辱二炮，他甚至将半裸的二炮拽向了玛尼房。那儿，有很多老人正在转经。他一把把二炮推倒在玛尼房外的广场中央的旗杆那儿，开始绑他。待得红豺绑好二炮时，广场已人山人海了。

红豺先用鞭子抽二炮，他一下下抽二炮的上身。村里男人对偷情者，从来是不留情的，因为他们总想借此教育或恐吓自家的老婆。

在鞭子的呼啸声中，二炮的上衣没了。在山里的那些日子里，二炮的衣服早就破了——你想，林阔里走呀钻呀，衣服能好吗？——很快，二炮就赤裸了，露出了他腿间的一团难看。

以前，也有寨子里的男人，跟同村或邻村的女人通奸，叫人家男人逮了，像二炮这样挨打。这时，村里长老就会出面挡架、调解。一般，通奸者赔些东西——大多是牛羊——就能了结这事，但有时也会调解失败，然后闹出人命。

阳寨人对男女之事的看法，是分阶段的。要是那女的不嫁人，她愿意跟谁，就跟谁，谁也不放一个响屁。

哪怕她生下娃儿，也没人说闲话。要是姑娘没出嫁就生下娃儿，出嫁时是不能带走孩子的，必须把孩子留在娘家门上。哪怕娶她的就是孩子的父亲，也得这样。村里的好多男人，就是舅舅养大的。在村里人的观念中，人丁也是财富，人丁兴旺，是家族兴盛的重要标志。

但要是女孩有了主儿，就不能乱来了。像妙音，她已嫁了红豺，要是她再乱来，红豺是有权管束的。这管的力度，取决于男人的力量。有时候，家族也会干预。在村里长老的主持下，人们曾经将一个通奸的妇人抛进了羌河。在滚滚滔滔的河水中，那妇人像水中的破皮袄一样远去了。十多天后，人们在桥下的柳丛中发现了一团烂肉，有人说是那个女人的尸体。那情景，好让人恶心。因为有人在羌河取水——大部分人只吃山间泉水——就向上游的长老提出了强烈抗议。从那以后，再没发生将人抛入河中的事。

当然，用私刑惩罚通奸者的事，在阳寨不多，要是看到有人因为通奸挨打，村里人大多是会干预的，但这次，村里人没干这事。

为啥？一来，他们知道二炮是杀害了温布的凶手，不想跟他扯上关系；二来，他们都不敢或是不愿惹红豺。这世上，有些人是鼻涕，只要你粘上，无论咋甩，那种黏黏的恶心感觉，你都甩不掉。红豺若是跟人交恶，就会这样。

很快，二炮的身上就布满了鞭痕。

但二炮只是瞪红豺，他没有叫出一声。他一直没有叫。他的硬朗，在几十年后，还被人们广泛流传着。你在采访中，大概也听说了这事吧？阿机告诉我的当时，我很是讶异，因为，从平日里的接触中，我真没发现二炮有这么硬气，他一向很温和。我想，要是他叫了，叫得厉害些，再说些软话，也许红豺就会饶了他……不，不是也许，是肯定。以红豺冲动的个性，如果想杀他，抓奸的时候，就会杀了他的。我想，红豺收拾他，其实有两个目的，一是叫他再不要粘妙音，二是在争一个面子。……有人说，他还有点给温布报仇的意思，我觉得应该没有——他自己不也是因为要杀温布被弄残了吗？但别人看着好像有，毕竟二炮刚杀了人——当然，人不是二炮杀的，是我杀的，但在村里人眼里，共犯跟亲手杀人是一样的，再说，那铁棒阿卡举报的，就是二炮，他不认识我——要不是二炮杀了人，这事会是另一种处理方式。最可能的方式，是他家族的人带了钱财来赎他。

二炮被绑在玛尼房那儿的旗杆上，示众了三天，他的家族一直没有人来。寺里也没有人来。而那二炮，竟然也没有服软。

我想，在那三天里，红豺定然在等二炮服软。他一定对妙音的背叛感到愤怒。但他的气，在那一阵紧似一阵的搅天鞭声中，大概已经出尽了。他只是需要面子。他在用鞭子找回自己的尊严。我这样说的理由是，按红豺的个性，他要是真气到失去理智，见到妙音和二炮私会那场面时，就已经动了刀子。但那时他并没有动刀子，就连那铁锹，也没往致命处打。说真的，我有些吃惊，问阿机，他也说不知道，阿斌的朋友没说。不过，阿斌的朋友也说奇怪，因为红豺不像平日里跟人冲突那样，看起来冷静很多。

阿机说，你先不要管这件事，我真正要跟你说的，是后面的事。你问我红豺有没有打妙音？我不知道。阿机没说，不知道阿斌的朋友有没有说。可能没有。他们不在乎一个女人的感受。这是羌村人的特点。在羌村，女人的许多东西是可以忽略不计的。流传了多年的故事中，女人也只是点缀，她们没有话语权，也很少成为故事的中心。

三天时间很快就过去了。对二炮来说，那三天，真是度日如年——风在吹，雨在下，鞭伤在痛，但他最难忍受的，定然是村里人的眼神。他哪受过这种羞辱。那时节，有多少人在巴结他。能跟他说句话，是好些人赖以吹嘘的资本。现在，虎落平川，他定然很难受。

但在阿机的说法中，二炮一直没吭声。你可别小看这"一直没吭声"。在鞭影中，他"一直没吭声"；在示众时，他"一直没吭声"；在唾星中，他"一直没吭声"；后来，在红豺用刀子剐他时——是的，就是他梦中出现过的那个场面，我很快就会告诉你的——他仍然"一直没吭声"。他没有服软，没有告饶，没有因疼痛而吼叫，更没有认错，甚至没有用任何语言——包括表情语言和肢体语言——表现出一点心虚。

我一直想不通，他为啥不认错呢？他是不向红豺弯腰，还是真的觉得自己没错？我不知道。这成了一个谜。死去后，我找过他的灵魂，但我没有找到。他不在我们的这个空间，好像也没有投生到人间。我活着时，有位高僧就给过我一种说法，我既觉得有道理，在很多事情上，又想不通他为啥会那样。但二炮确实没有变成冤魂。

死后，我也用宿命通回到了那个日子，证实了阿机告诉我的情节，也看到了更多具体的画面。……说真的，我不想——也不敢——看那些画面的，我知道，看的同时，我也会跟他一起经历那灾难。……那样的酷刑，我不知道他怎么能那么平静地对待。……是的，他就像阿机说的那样，"一直没吭声"，他的"一直没吭气"，把他送上了羌村的神坛，在所有羌村人的心里——无论亲眼目睹了那事的，还是听说了那事的——他都成了硬汉的图腾。但我觉得，这不是硬汉就能承受的。你想，哥是实打实的硬汉，他在被活活扯断脊梁的时候，也忍不住惨叫了，何况二炮承受的这些？我觉得，二炮身上，一定有一种跟我们不一样的东西。或许，真像那高僧说的那样……要真是这样，我的罪业，就比我想象的更大了。不过，那高僧也说，这是二炮的因缘，他注定会这样落幕的。再说，要不是经历这磨难，人们还不知道他有这样的境界呢。但我想，因为是命定的，我就能脱了干系吗？难道不是我隐瞒了身份，将他一步步推进火坑的吗？难道不是我跟妙音合谋，引诱他破戒的吗？……他真的破戒了吗？

算了，还是继续说二炮的故事吧。二炮的"一直没吭声"，虽然把自己送上了圣坛，但也激怒了红豺。我想，在那示众的三天中，红豺也许一直在等一个台阶，无论是二炮，还是温布家族，还是羌村人，只要任何一方给他一个台阶，他都可以顺台阶而下，放了二炮的。但一个台阶都没来。

红豺真的怒了。他拎着一把小刀，走近了二炮。

6. 纷飞的肉片

红豺走向了二炮，他的眼中满是怒火。他当然被激怒了。二炮在各种场合的"一直没吭声"，都是在无视他的存在，都是在蔑视他的尊严，都是在向他发出一种刺激的波。那波是一种笑声。红豺感受到了这种笑声。

于是，我看到了空中纷飞的肉片。

几十年中，它一直在飞着。我时不时会陷入其中。它成了我的噩梦。稍不留意，我就会陷入那梦中。在我的梦中，二炮是吭声的，但他没惨叫，他在大笑。时不时地，大笑的二炮就会变成我哥的模样。

但在当时，二炮的眼中没有乞求，也没有愤怒，更没有其他情感。他只是眯了眼望远处，没人知道他的心绪。后来，我问哥，二炮那时，在想啥？因为哥是有他心通的。但哥在那时，根本就不知道二炮的事——那个瞬间，我很想问哥：要是你知道，你会救二炮吗？但我没有问。我知道，有些问题，是不能问的。

不过，哥对二炮，到底是一种怎样的心情呢？妙音显然对二炮动了情，哪怕只有一点点，不及对哥的爱那么刻骨铭心，可毕竟是动了情。但二炮同时又是帮哥复了仇的人，要知道，没有二炮，我那天一定会送命的，要是我死了，就没人能帮哥报仇了。那么，哥要是知道二炮有难，会想办法救他吗？——是的，哥就算想救，也不一定做得到，但我说的不是能不能，而是想不想——我没问过哥，更没用他心通去窥探过哥，你知道，我们都想给对方留一个空间，让彼此保留一点自己的秘密，这也是对彼此的一种尊重。所以，那他心通，非必要情况，我们是不会去用。但我相信哥，谁要是帮了他，哪怕只是一点小事，他也会记在心上，想方设法地回报对方，何况是二炮这样的大恩？哥不是一个无情的人。

当然，这只是我的想法。

二炮被剐时，哥正在对付延寿寺的护法神们。因为温布的死，护法神们显得很愤怒，正在追杀哥。幸好他们只是一些世间护法——也就是一些毛鬼神——还没有清除执着烦恼，哥就将自己栖身的水洼观成了火帐。就是说，他借观想的力量，用金刚杵和烈火将自己的栖魂地保护了起来。对于那些没破除分别心的世间神来说，这烈火杵帐，是真实的存在，一旦硬闯就会被烧成灰烬，他们当然不会硬闯。等那些护法神们完成了表演——哥说他们在表演，他们应了温布的供，就得表示一下，就像某些不负责任的警察在接到报案后表示一下，以后就再不跟进一样——回去后，大哥才能离开栖魂地，自由活动。等他闻到那股刺鼻的血腥味，回到阳寨时，二炮早成了骨架。

他没说见到二炮的骨架时，他是啥心情。他只是望向了远方。那时的我没有他心通，但我还是觉出了哥心里的沧桑。

我还看到他心中有泪，有叹息，有疼痛，也有一丝若有若无的仇恨——他或许也看到了，半空中有两个紧紧相拥的灵魂。

那一刻，我流泪了，我也不知道我是为哥流泪，还是为我自己流泪，或是为变成了骨架的二炮流泪。

只是，二炮"一直没吭声"的脸，一直印在我的心里，一直没有消失。它一直在提醒我一段我很想忘记却无法忘记的往事。它也在提醒着我，这块土地上，曾经有过一个高贵的灵魂。……是的，高贵。

在宿命通的观照中，我试过去读他的心，但我没有找到他，不过，我还是觉得读懂了他。……不，我不敢说读懂。但我确实读出了这份高贵。当然，你可以不这样认为，那是你的事。不过，这不仅仅是我的感觉，也是羌村人几十年来的感觉。

他的"一直没吭声"，真的是让人难忘呀。

7. 现场

施坛的味道很像尸体的味道，这是最接近死亡的味道。二炮被剐的那天，玛尼房或许也飘荡着这种味道吧。

秃鹫又来了，它们不远不近地站着，时而发出一声低鸣，好像是想要跟我说些什么。它们想要说什么呢？是不是世界的无常呢？据说，来应供的秃鹫多是空行母化现的，它们看似在吞食尸体，其实在超度亡灵。当它们把最后一缕肉丝吃掉，把最后一块骨头吞掉时，尸体的主人就被它们送到了净土佛国——一个没有纷争、没有罪恶、没有血腥、没有仇杀、安宁祥和的世界。……呵呵，说起来，为啥空行母会化现为秃鹫，这也是一个耐人寻味的问题。也许跟秃鹫的饮食习惯有关吧——它们几乎只吃腐尸，也就是说，它们不会去结束另一个生命，只会为另一个生命送行。这跟施坛的存在意义倒是很像。

不过，人们希望自己死后能到达的那个世界，其实存在于每个人的心里。无论活着，还是死去，只要能发现这个世界，让灵魂安栖在这个世界中，人就时时刻刻都在净土佛国，不用等到死后的。只是，并不是每个人都能发现它的，因为，并不是每个人都会向往它。毕竟，比起内心的祥和安宁，外部世界的美丽总是更加显眼。……瞧，就连那"举头迎白刃，犹如沐春风"的二炮，也难过美人关呢。

阿柱没再说话，不知道是已经走了，还是陷入了沉默。老铖师的脸色很不好看，他好像耗尽了全身的力气，脸上的红润消失了，笼罩了一股灰灰的气。我明白这是啥原因，所以啥也没说。我突然想到，阿柱之所以没有仔细描述那场面，会不会是因为考虑到老钺师呢？有这种可能。

还有一种可能是，他实在不想回顾那天的场面，更不想叙述那天的细节。

我很难想象，二炮会是什么感受，旁观者又是什么感受。可以肯定的是，旁观的人，只要心还活着，没有麻木，就等于是在跟他一起受刑了。不过，也说不定，龙多格热受刑的时候，很多人不但没有流下同情的眼泪，反而被那疯狂的氛围裹挟了，也加入了投石的队伍，包括那些一开始没有加入啦啦队，没有为龙多格热的灾难喝彩的人。

所以，我也不想折磨阿柱了。毕竟，他是间接让二炮走到这一步的人。对他来说，每一次目睹或回想那场面，都无疑是对心灵的一种摧残。当然，二炮早就梦到这个场面了，他知道自己会变成纷飞的肉片，这说明，这是二炮命定的剧情。也许正是因为他知道，所以真的被剐时，他才能如此坦然。从根本上说，阿柱不过是命运的道具，他的所有行为，都是为了推动命定的剧情向前发展。无论是他发现二炮对妙音的好感，还是他怂恿妙音诱惑二炮，还是他游说二炮伤害亲叔叔，其实都是命运的力量在发生作用。因为，他的背后有一种无形的力量，对于这种力量，他几乎无法抗拒——你可以说它是习气，也可以说它是业力，都行。这种力量化成了他们心中的某种声音，在他们作出选择的时候，这种声音发挥了关键的作用——他们拒绝这个声音，就能摆脱命运的控制；他们顺从这个声音，命运就会朝既定的轨道前进。而对大多数人来说，顺从这个声音，都比拒绝这个声音更加容易，所以，大多数人都无法改变命运，只能在浑然不觉中掉入命运的陷阱。但假如有一个人能改变命运，就会有无数个故事因之而改变。就像阿柱们的故事，但凡他们之中有一个人不按剧本演戏——比如，二炮如果能拒绝妙音的诱惑，守住阿卡的本分，会怎么样？妙音如果能放下仇恨，或是听从良心的声音，会怎么样？阿柱如果心软，不忍心让二炮伤害自己的亲叔叔，又会怎么样？……所以，阿柱固然难辞其咎，但从本质上说，这个故事是群体选择的结果，只要有一个人改变了自己的心和选择，他的命运轨迹就会改变，这个故事也就不会成立了。可没有。就是这样。

但这些，我没有对阿柱说。我知道，知耻的灵魂才是有救的，与其给他一个无耻的理由，不如让他心存愧疚，因为，愧疚是升华的种子。也许，在某个不经意的时刻，因为这点愧疚背后的善意，他会实现飞升的。

继续说采访的事。

我没有惊动老钺师，只是在他身边坐下，入了定。在清净澄明的定境中，我进入了时光隧道。我做好了心理准备，打算亲眼去看看二炮到底经历了什么。于是，我看到了七十三年前的那一幕。

在光明境中，红豺像专业的刽子手那样，开始动作。这是他家祖传的手艺。他的爷爷就当过凉州城里的刽子手。他小时候老是去看爷爷行刑。据说，他爷爷的手法很是干净利落。

红豺爷爷剥过很多人的皮，好些朱古的手鼓，就是他爷爷剥的头盖骨做的。但他爷爷最拿手的不是剥皮，而是剐人。不过，跟一般的刽子手不一样，爷爷的剐人，是按佛经上描述的那样开始的。如果你读过佛经，那你一定知道白骨观，红豺就是按那观修的顺序剐二炮的。

最令我惊讶的是，这明明是红豺突然的决定，但那天却来了很多人，差不多整个阳寨的人都来了，甚至还有好些外村人，就连阴寨也有好些人来——我之所以说"就连"，是因为龙多格热告诉过我，自打草场纠纷升级，阴寨阳寨就不来往了。想不到，阴寨竟然也有人来看热闹——他们是怎么收到消息的呢？

更奇怪的是，连毫无关系的阴寨都来了人，而最该来人的延寿寺和温布家族却没有来人——我专门四处望了，虽说人山人海，找人不太容易，但阿卡们的光头和僧袍很是显眼，若是他们真来了，我还是可以看见的。再说，羌村人对阿卡很尊重，要是有阿卡来，他们定然会把后者让到前面的。但没有。说明，他们确实没有来。

也对，要是他们来了，就会向红豺要人，不可能眼睁睁看着红豺大用私刑的。毕竟，二炮曾经是他们的预备温布，羞辱二炮，就是在羞辱延寿寺，他们没理由不干预的——哪怕受刑者是一个普通的众生，阿卡们本着修行人的慈悲，也不可能袖手旁观吧？——当然，这只是我的想法，他们不一定这样想。因为，这时候，二炮是一个非常敏感的人物，他们都想跟二炮撇清关系呢，要是关系撇不清，万一叫人当成杀死温布的同谋，这辈子就毁了。不过，二炮毕竟参与了谋杀行动，他们既然知道了凶手的下落，为啥不来要人呢？他们如果来要人，红豺是不敢放一个响屁的。再说了，这么大的事，难道朱古不过问吗？要是朱古发话，红豺再怎么横，也不敢不给面子吧？朱古毕竟是朱古，只要他开金口，很多事都能摆平的。如果说延寿寺没收到消息，那就更不合理了，比延寿寺更远的阴寨都来人了，延寿寺会不知道这件事？可是，那天，就是没一个阿卡到场。这真是一件奇怪的事。

红豺把剔下的脚指甲挑到指尖上，认真地看，像看一个精美的艺术品。好些人也在看。但那指甲其实很寻常，跟老百姓的指甲没啥不同。因为那些天二炮常钻林阔，脚上沾了很多泥，显得很脏。看到那指甲，我有些看不起妙音了，一个女人，跟有着这么脏的脚指甲的男人睡觉，真是有些不雅。不知道红豺是不是这样想？他只是看了一会儿，就用另一个指头一弹，那指甲盖儿就飞向远处了。几个小孩马上扑了去，其中一个捡到了。后来，他把那指甲换给了阿柱，阿柱死后，阿尼的后人又成了它的新主人。七十三年后，我用一颗绿松石，从阿尼后人的手中换到了它，那时，它已变得红红的，油油的，半透明，有点像琥珀。据说，它是渐渐变化的，刚开始跟普通指甲盖没啥区别，慢慢就变了，看起来越来越像蜜蜡，再往后，就变成琥珀色了。真是奇怪。

红豺开始剥第二个指甲。我看到，很多血流了出来。要是它们流得更汹涌些，二炮是有可能在半个时辰内失血过多而死的，这样，他就不用受更多的折磨了。可惜没有。我怀疑，这是红豺故意的，他故意把流血量控制在一定限度以内，既能让二炮饱受折磨，又不会致命。就是从这一点上，我看出了红豺的愤怒——过去，他冲动时只会动刀子砍人，从来没有折磨过人。看来，他是真的恨透了二炮。

我望向二炮，他就像阿柱说的那样，"一直没吭声"。羌村也没吭声。他定然也听到了整个羌村的静默。他相信，虽然大家都不吭声，但其实都在看他。他知道，死在红豺手里，也许是大家期望的事。后来我发现，二炮能死在红豺手里，也确实是那时的羌村最好的选择了。

突然，二炮皱了一下眉头，他的脸白呛呛的。他仍是眯了眼望远处。他虽在望，但啥也没望。我不知道他此刻在想啥——很可能啥也没想，因为我看不到他的念头。后来，在某种境界中，我真的遇到他了，问他这事，他仍是一直不吭声。没办法。在我的一生中，有几个没办法的事，不知道二炮的想法，就是第一个没办法的事。

我渐渐发现，其实红豺也矛盾着。就是在剔二炮的皮肉时，他也在等待着一个不剔的理由——或是二炮求饶，或是人群中冒出一个反对的声音，或是延寿寺来要人，这样他就可以下台了，他就可以扔掉这把罪恶的小刀。可没有。

大家都很兴奋，眼睛里都闪着光，都在期待接下来红豺的动作。也有些老妈脸上木木的，不去看二炮，她们在念经。

你别问那些肉去了哪儿，我本来不想说，你一问，我就得说了。……那肉片，都进了狗嘴。在羌村的多年里，狗能吃到这么鲜美的肉，定然是第一次——是的，延寿寺周围的狗，也吃了龙多格热的肉，但龙多格热的肉哪儿能跟二炮比啊，二炮的肉，是真正的细皮嫩肉，龙多格热的肉相对糙多了——以前，这类肉，都是由秃鹫独享的。那天，红豺也许是想招来秃鹫，将活着的二炮就地天葬的，因为他煨了桑。这想法，虽然残忍，倒也真是为二炮好。因为，在当地的说法中，施身之后，人的灵魂就能进入佛国。

但那天，秃鹫没来，狗却来了。村里的狗定然没想到自己会有这等口福。它们兴奋地吧嗒着嘴。

它们的涎液垂得老长，嘴上淋漓着鲜血。它们发出愤怒的低哮声。那是浑浊的鼻音。它们想赶走对手，好让自己独享。它们没想到人肉竟如此美味。

从那以后，它们眼中的人，就成了最美的食物。后来，村里丢了几个娃儿，一直没找到，人们估计是叫狼叼走的，但其实，他们是进了狗肚子。这是我用宿命通观察到的。上回，我到寨子里采访时，见到一条老狗的灵魂，它正缩在墙角里追忆似水年华，我从它的心念中，捕捉到了当年那讯息。再后来，我发现，龙多格热身边，也有几个孩子灵魂，他们非常机灵，骁勇无比，我再一观察，嘿，正是那几个填了狗肚子的。

我们接着讲红豺当初干的营生……

二炮的脸一直白呛呛的，也一直没叫。他一直咬了牙，眯了眼看远处，却又啥也没有看。这让一些人觉得很不过瘾，就像是看一幕精彩的大戏，有色却无声。要是二炮惨叫或是大哭，在一些人眼中，可能会过瘾很多，但他没有。那些狗倒是时时叫嚣，有时，为了争到一块肉，它们还会龇出獠牙，咬出满天的含糊声响。正是因为有狗的参与，整个场面非常热闹，弥补了观众心中的美中不足。

狗越加兴奋了，撕咬声此起彼伏，热闹非凡。但人们有些疲了，因为他们没听到二炮的惨叫。红豺割肉时，二炮似乎也疲了。他确实很累了。挨疼是需要能量的，一定是的。一次，我肚子疼，只疼了一阵阵，身子就乏成一堆泥了。我想，要不是有绳子绑着的话，二炮也早成一堆泥了。

我看到很多嗜血的鬼神们，他们也在狂欢。他们像饮醉了血的狼那样摇摇晃晃。他们多是土地神。这儿有很多土地神，有一个地名，就有一个土地神。这是职位最小的神。他们有的甚至没有地位，他们只是一个个占了地盘的鬼。此外，还有灶神们，这种神就更多了，只要有开火的灶，就有灶神。还有山神，还有树神，还有其他的各种神，他们都喜欢血。当地人祭祀他们时，必须得备血食，不然他们就不开心。

我听到了红豺的持咒声。他割下那些肉，抛向空中时，总是持着供食咒。他在供养神鬼。——瞧，因为鬼神的参与，因为持刀者的诵咒，这剐人的私刑，就成了会供。

我突然想到，是不是那些神鬼促成了这次会供呢？有可能。

阿柱行事那天，那些护法神都去参加山神的宴会了，不然，我们是杀不了温布的。要是我们杀不了温布，山神们就不可能有这样一次人肉盛宴。这是明摆的事。我想，他们定然是想吃人肉很久了，定然是的。

他们肯定用独有的力量叫二炮想妙音，一定是的。不然，二炮怎么会像瘦狗闻到了肉味一样去找妙音呢？那一切，肯定都是神们安排好的：他们先叫二炮在红豺不在家时去，这样，二炮才能带走妙音，又叫红豺在两人干好事时回来——或是叫两人在红豺回来时干好事——红豺才会发现他们，亲眼见到那场面……要不然，便是二炮和妙音待在一起，也惹不起红豺近乎丧失理智的怒火。

于是，我对那些神说，你们太无耻了。我听到神们哈哈大笑，他们互相挤着眼睛。他们的笑非常像龙多格热。……果然，我看到龙多格热也在享受血食。

我对龙多格热说，老兄呀，你咋也干这号事？龙多格热说，这么好的东西，浪费了也就浪费了。我说，话不能这么说。二炮也是为你报仇的功臣，你不能这样。龙多格热说，我这样，也是为他好呀。我是修行人，他供了我，也有功德的。我冷笑道，功德是块抹布呀。

我很想再不理睬龙多格热，后来却想，我已经非常孤独了，要是没有龙多格热，我会更加孤独的。

龙多格热说，你不用难受的。我这是跟二炮结缘，你以后就会知道，正因为有了这受供，他才会成为我的眷属。

我说，你咋成受供了？吃人肉就是吃人肉，咋成受供了？

龙多格热朝红豺的方向扬了扬头，说，你没看，他正在诵供食咒吗？

我望了眼红豺，还真是。我发现，红豺是个矛盾体，他时而愤怒，时而不愤怒。愤怒时，他总是会忘了诵咒；不愤怒时，他就会用供食咒来安慰自己。他定然知道了自己的凶残，心中也定然忐忑。只是在诵那供食咒时，他才会心安一点，好像自己的行为，因此而神圣了。其实，他是巧妙地把自己的罪业，嫁接给了那些受供的神们。

没用的！没用的！我大声说。护法神都怪怪地望我，他们以为我疯了。

他似乎恍惚了。他定然忘了白骨观的步骤。我知道他忘了。因为，他甚至忘了持咒。那神情，有点像到了十字路口，却不知朝哪个方向开车的司机。我看得出，他有些乏了。他一直不敢望二炮的眼睛。二炮眼里定然有种东西刺疼了他。他懒洋洋的，每次下刀，都要停上很久。我想，他其实早就厌倦这游戏了。之所以还要继续，只是因为他下不了台了。定然是的。

这一刀，要是割到温布身上，定然是膘一层肉一层，像五花肉。但二炮没那么丰富，毕竟，他在林子里生活了好些天，好膘份没了。便是如此，我忽然恶心了。我对那些神大声说，你们竟然能吃下这么恶心的东西！

神们笑了，声音很大，但我听出了他们的心虚。

阿尼突然扭了头望我，他的眼睛很亮，他好像笑了，却没有笑的动作。我觉得有些奇怪，我好奇他到底是在望我，还是刚好望向我的方向。但他又把头扭了过去。……难道，他能看到我穿越时光的双眼？可当我观察他的心时，却发现那儿是一片大海，海面吹过带着腥味的风，但大海还是一片宁静。他没有念头。……这阿尼，真有意思。

人群已不再兴奋了，红豺的动作，在他们看来已不再新鲜。好些人甚至打起了呵欠。也许是对接下来的未知还有期待，他们才没有散去。这节目的时间，确实有些冗长了。便是寺里的金刚舞学院跳金刚舞，也只有一个多时辰，红豺的表演，已过大半天了。

太阳偏西了。几道血淋淋的光射了来，红红的，腥腥的。我希望红豺早些结束这节目，让二炮少受些罪。我想，要是他晚上之前不结束这节目，我就会动用功能，影响在场观众的脑电波，总有人会顺从那声音，拿起刀子，一刀结果二炮的。我会的。我一定会的。虽然这会让我和那人背上杀生的罪业，但要是红豺继续折磨二炮，我还是会做的——只是，未来的我，其实救不了过去的他。

我看到龙多格热笑了。他朝我竖了竖大拇指。龙多格热的心，也像一片神秘的大海。

8. 妙音是个谜

忽然，一个声音厉厉地响了。

这叫声，一下子惊着了众人。因为，那明明是人的声音，却又不像人的声音。开始，我以为是温布家族的人来了。这是有可能的，但这时，他们便是来救人，也没用了。这时的二炮，只剩下前胸和头部还有肉，别处的肉，早进狗肚子了。这样子，便是佛祖在世，怕也救不了。不过，迟来总比不来好。因为，只要来了，就代表了他们还在乎，这是一种态度。

于是，我望向声音的来处。我看到了一个从远处扑来的人，渐渐地，能看出，那是个女人。

她一边跑，一边哭，还没跑近人群，就摔倒了。有人迎了上去，搀扶起她。我这才认出，那是格热妈。我以为，她是来救二炮呢，就想，你为啥不早点来？没想到，她却叫了声"我的妙音啊——"，然后号啕大哭。她这一哭，好些人就涌向了格热家。

我吃惊地发现，听到格热妈叫出妙音名字的时候，二炮竟扭过头，朝格热妈的方向看去，还露出了一丝微笑。红豺被激怒了。他刀子一旋，剜去了二炮的一只眼睛。

阿柱说，他家的房子叫烧了后，爹就在废墟中起了个新房子。但我在光明境中看到的房子不在那儿，也不像他说的那么简陋。虽然我想不通，短短的十多天，怎么能盖出这么好的房子，但我见到的房子，确实像他以前的家那样，非常气派——它坐落在一面山坡下，风格仍是羌村独有的那种，人们说，叫"外不见木，内不见土"，前墙都是由木头雕的。进了院门，我们就见到了妙音，也许是为了不叫自己倒下，她把自己拦腰绑在了柱子上。但我看到的，早

457

不是妙音了——只有那头油黑的长发和俊俏的脸，能让人想起原来的她——我看到的，是另一个二炮。

她定然听说了二炮此刻正在受的罪，就自己剐自己了。

最让我吃惊的是，她没有扎扎实实地修过行，怎么会有这样的定力，能坚持着把下身的肉几乎全都剐光呢？一般人，别说对自己下不了这个手，就算下得了手，也会很快被疼晕的。可她，却把自己剐成了半副骨架。

不过，此刻，她已经昏迷了——她的身子还在轻微抖动着，说明她还没死。想来，她对自己行刑的时间并不长，不然，她的血早就流光了。

地上确实没汪多少血，但也说不清，因为，院里有好些狗，有些正在舔血，或许，她的血都叫狗们给喝掉了。地上也没有肉，她割下的肉，定然已进了狗们的肚子。但后者显然还不满足，还在期待地望着妙音。要不是有只狗挡在妙音身前，哀嚎似的叫着，不让它们接近，它们定然早就扑向妙音了。看得出，那是格热家的狗。它肯定没吃妙音的肉。它的眼里流着泪，它显然知道眼前正发生着啥事。

看到这景象，村里人倒抽着冷气，甚至忘了问询到底发生了啥事，为啥家里没人劝阻妙音，其他人都去哪儿了，格热妈刚才又在哪儿。他们都被这地狱般的画面吓住了。格热妈发出吓人的哭，但她只是哭，她不知道该做什么，又能做什么。

很快，被吓住的人们回过了神，慌忙着招呼男人们过来帮忙——这阵候，女人是不敢接近的，更别提帮忙了——几个男人便七手八脚把妙音从柱子上解了下来，抬出院落。这时，村里人的焦点，又转到了妙音身上。

我发现，妙音脚趾上的肉剐得最干净，显然，她也是从脚趾剐起的——也许，她亲眼看到了二炮的受剐，也许是听谁转述了。总之，她的意图很明显——她要陪二炮受难。看着她被剐成骨架的双腿，我对她肃然起敬了。能为一份情，对自己下这种狠手的女人，世上真的罕有。

我想，也许妙音真的是太爱二炮了。又想，既然你爱二炮，为啥又跟红豺生活在一起呢？既然你跟红豺生活在一起，为啥又要陪二炮一起死哩？我的心中，还有许多个"为啥"，我很想问妙音，但也知道这是白问。许多东西，是说不清的，便是此刻妙音没受伤，也是白问。

我想，我还是等她清醒时再问吧——我说的清醒，是另一种清醒。

在另一种清醒里，我真的问了，但妙音只是笑了一下。她的笑，有点像贝壳风铃在风中的撞击声。也许她也没办法说得清。

我相信，妙音是爱龙多格热的，她活下来，嫁红豺，引诱二炮，不都是为了替龙多格热报仇吗？——难道她此刻的自剐，源于对龙多格热的愧疚吗？又或者是，源于对二炮和红豺的愧疚，因为她不但让一个阿卡破戒了，还让他和红豺都陷入了地狱？她定然知道，红豺的心要是不在地狱里，是不会对二炮下这种狠手的。

我更想不明白的是，既然温布死了，仇已报了，为啥她还要和二炮相会呢？是因为感恩或补偿，就像她在红豺受难后对红豺更好一样吗？那么，她在二炮受剐的同时剐了自己，到底是要殉情，还是想偿还罪业呢？不知道。我不明白这个女人。

女人呀，真是个谜。

格热妈的哭声很大，利利的，像刀子，一下下剐我的心，也剐着村里人的心。我看到，村里的好些男人都低了头，好些女人也哭了。她们都陪着格热妈哭。但她们大多悄声没气地哭，也有捂了嘴呜呜的。

七十三年前的泪，同样能感动现在的我。

终于，格热爹出现了。此前，我不知他去了哪里。可以肯定的是，他、格热妈和阿斌——尕女和阿机还在牧场——都没有去看二炮受剐。在他们心里，二炮是替他们家受刑的。因为这，他们原谅了二炮和妙音的事。他们不想眼睁睁看着二炮受苦。

看到血肉模糊的妙音，格热爹叹口气，流下了两行浊泪。他啥也没说。我知道，他也说不出啥。说啥，都是多余的。

但他还是想救她。明知道无望了，救只是一种态度，格热爹还是得有这态度。毕竟，妙音是为了给龙多格热报仇，才走到这一步的。

于是，格热爹让男人们将妙音抬上了一架车子——就是那种牛拉的木板车，乘了这种车，好人也会被抖散架的，但村里只有这种车——妙音早成血人了，那块盖着她被剐过的前胸和下肢的床单，马上就红了一大片，渐渐地，整张床单都血一样红了。我很想说，你们不用再折腾了，没法救了，但我知道，救下救不下，看妙音的命，救不救，却是格热爹的心。那就救吧。

我看到，妙音的血仍在流着，时不时地，还能看到妙音的身子在动。格热爹想把妙音拉到凉州府，那儿有一家大些的医院。

拉妙音的车子路过玛尼房时，我看到二炮剩下的那只眼里发出了亮光。这真是奇迹。

在二炮身旁，我看到了红豺。红豺苍白了脸，萎在一旁，他像是累透了那样，提不起一点儿精神了。他的精气神全没了——也许正是因此，他没有继续剐二炮的脑袋——我知道，有人告诉了他妙音自剐的事，是妙音的自剐打倒了他。他虽然用血腥和暴力打倒了二炮，但妙音用另一种力量打倒了他。红豺的眼神空洞洞的，我在里面看不到任何东西。

看到妙音的车子时，二炮的喉间发出了一阵声响。不知道他是不是在哭。那声响虽然算不上哭声，但在我听来，还是很刺心。这声响，是一个前奏，忽然，二炮爆发似的，叫了一声，听不清内容，但声音很大。随后，他的头歪了。

我想，二炮是真的爱妙音。他即使在被剐时，也没后悔和妙音相好。我叹了一口气。问世间情为何物，直教人生死相许。

我看到，二炮死了。他的脸上，挂着一丝笑。那笑，在血淋淋中，显得非常扎眼。

载着妙音的车子远去了。我发现，妙音也死了。我看到，妙音的灵魂从她的身子里飘了出来，飘向二炮。

但车子还在向前走着，赶车的几人并不知道妙音已经死了。他们骑在马上想着自己的心事，没有注意到车上的动静。我当然可以发出思维波，让他们动一个看看妙音的念头，那样，他们就会知道妙音已经死了，但我啥都没做。我想，你们想救，就救去吧。其实，你们最该救的，是你们自己。

我看到，二炮的身上，也飘出了一个影子，它跟妙音的影子拥抱了。两个影子没发出任何声音，但我仍能感觉到它们的幸福。

我还发现，除了那一声见到妙音时的大叫外，在挨打和被剐的整个过程中，二炮真的一直没吭声。他只是眯了眼望远处，又像是啥也没望。

二炮的这模样，所有去旁观的羌村人都看到了，虽然他们表现出了一种看戏般的冷漠，一直没有反对过红豺的暴力，但二炮的从容和坦然，却印在了许多人的心中——直到七十三年后的今天，还有人时不时提起，每逢提起，人们的语气中总是充满敬佩。

敬佩二炮的人中，当然也包括阿柱，但阿柱对二炮不只敬佩，他一直记得二炮在危急时刻救了他，如果不是二炮，他早就被铁棒阿卡弄死了，根本不可能报仇。他一直觉得，二炮的一切遭遇，都跟自己有关，二炮的惨死，自己更是脱不了关系。为了表达对二炮的怀念和感激，他辗转找到了二炮的八个脚指甲——另外两个他一直没有找到——用绿松石跟收藏者进行交换，一直收藏到自己死去。

后来，阿尼的子孙又用绿松石换走了它们；再后来，它们就成了我的藏品。

前面说过，二炮的脚指甲很奇怪，它们刚开始只是寻常的指甲，渐渐地，就越来越像蜜蜡，再后来，就变得跟琥珀一样了。我得到它们时，它们已经变成了琥珀的质地。据说，在那些指甲变成蜜蜡质地时，阿柱曾把它们拿给一位著名的高僧看过，那位高僧一看，便很吃惊地说，这种人，肯定成就了。瞧，他连色身都转了。

阿柱当然不信偷情伤人的二炮会成就，就讲了二炮的事，包括他是如何惨死的，哪知，高僧却越加恭敬了。他说，要是没成就，二炮在被剐时，不可能那样不吭声。他还说，只有修到八地菩萨以上的境界，才能做到"举头迎白刃，犹如沐春风"。

高僧说，二炮的偷情和打伤温布，绝不会像你说的那样，其中定然有某种隐情。他说，也许，二炮在过去世曾伤害过妙音，这一世，他才要用血肉来偿还。至于他帮你杀温布，也许，他只是想借你这个因缘，来终结那温布制度呢。

他这一说，我的脊背冒汗了。要真是这样，那羌村人可就误解二炮了。倒是温布制度真的没了，从此的朱古，就真正地成了寺主。可朱古成了寺主后不久，羌土司就通电起义。这一来，天就变了，一切都变了。别说朱古，连羌土司的家业，也保不住了。接下来，天上下起了一场场的血雨。我听到，钹师长长地叹息了。那声音，像山风吹过了竹林。我还听到钹师苍老的哭声，这是我认识钹师后，第一次见他哭。

他的哭，把我从宿命通的观照中拽了出来。我知道，他跟着我的心绪，又重温了一遍那段他很想忘记的往事。于是，我的心就痛了。我对他说，你不用哭的，过去的你，早就死了。

真是这样的，我在他的身上，已看不到过去那个他的影子了。他早就不是过去的他了。他斩断了跟过去的一切联系，在这尸林里苦修了几十年，忏悔了几十年，为施坛守候和服务了几十年，他的罪业已经清除了。他的每一个细胞，都已经跟当初不一样了。他终将会像阿尼预言的那样，得到善终。

因了他的忏悔和超越，在这个关于龙多格热的故事中，他竟然是结局最圆满的那一个。

尾　声

到这里，关于龙多格热的采访就结束了。

结果是，我认可了龙多格热，也跟他成了朋友，但我写的文章并没能如瘸腿扎西的愿。也就是说，我列出的证据，没能打消长久的教育对一些人的影响，他们没有因为一篇文章，或几篇文章，就认为那个他们从小觉得是厉鬼的存在，其实是神。所以，我不能让整个羌村都接受龙多格热，视他为护法神。

别说那些阿卡，就是一些牧人，也不认为他是神呢。尤其是阴寨那些牧民的子孙，他们从小听闻的版本，定然是龙多格热如何驱逐他们，如何将他们赶出赖以生存的牧场，如何掐断他们的喉咙，换句话说，就是龙多格热有多恶。所以，"英雄"是个相对的词。能够突破种族、立场的局限，感动大部分人的，仅仅是一种舍己为公的精神。

于是，我的调查报告引起了截然不同的两种反响：一是，有些人被龙多格热感动了，觉得他就算没有神通，也值得被建庙供养，因为他的身上有一种英雄的精神；二是，有些人——以延寿寺的阿卡和阴寨的牧民为代表——愤怒了，他们把我当成了瘸腿扎西的喽啰，认为我为了支持行宫项目，不惜说谎骗人。他们不相信我在文章中说的话，他们坚持自己所认为的那段历史——当然，他们的坚持背后还有一个理由，那就是不愿承认自己错了。比如，延寿寺的阿卡不愿承认寺里造成了冤案，阴寨人不愿承认祖先设套害人等。

于是，矛盾进一步激化了。延寿寺的几十个阿卡烧了瘸腿扎西公司的办公楼，这事影响很大。其原因，据说很复杂，除了上述的因素外，也有人说，是国外势力在捣鬼，他们唯恐天下不乱。还有人说，是羌巴行宫占了寺院的地。总之，在多种因素的作用下，矛盾越来越深。

羌巴行宫的项目也只得暂时搁浅了。

对此，瘸腿扎西一脸沮丧。我也有些遗憾。当然，我的遗憾，跟建不建行宫没有关系，我只是觉得，龙多格热是值得被尊重的。因为，他的身上有一些东西，确实是这个时代少见的。比如血性，比如担当，比如牺牲。至于那仇恨和复仇，虽然不适宜提倡，但只要好好引导，好好转化，将它们的对象由外界转向自心，它们就会变成一种对治无明的大力。这也很好。

当然，我的遗憾之中，也有对瘸腿扎西的同情。因为我知道，他虽然重视项目带来的经济效益，但他也是真想为当地做些事情的。为了随喜他的这点善意，我希望自己的报告能帮到他。可惜，结果并不尽如人意。

几天后，瘸腿扎西找到我，他说，老子也不在乎别人承不承认龙多格热是神了。老子眼中，他是，他就是。

我说，这就对了，我的眼中，他也是。他是你的护法神，也是我的护法神，至于别人咋看，那是他们自己的事。那神不神的，跟别人的看法无关，只看你自己的心。

龙多格热却有一点失落。因为他知道，这世上，没人记得厉鬼，能被人记住的，只有神。而且，便是他真的成了神，也需要能记住他的人，需要供奉他的庙宇，需要人们对他口口传颂。否则，就算他有了神的称号，也会很快死去的——所有的神，都在跟人间发生着关系，那关系没了，神也就没了。所以，他还是在乎那个名字和那个建筑的。

我理解龙多格热的失落，他其实也想不朽。他说，听说，你在修书院，顺便修个护法殿如何？我说，护法殿不好听，就叫明伦堂吧。我偷偷供上你的神位，每天供你五雷丹，你一吃，嘿，立马精气十足，空乐充盈，春心荡漾，风光无限。呵呵，当然，你还可以请来你的妙音，一起受供，我每天供她奶格玛护肤品……咦呀，美死了，比待在那施坛强多了。只要你能扶正驱邪，护持一方，善恶有报，聪明正直，自然就成神了。……我还可以写一本书，让世界记住你。

听我这样一说，龙多格热就笑了。他说好。于是，我写了《我知道你是谁》，先在香港的《世界文学》杂志上连载了它。

本来，我不想让它这么快面世的，我还想再打磨一下，让它变得更完善。但各方都在催，催得最凶的，就是那龙多格热。他定然是寂寞了太久，很想在世上能多几个知音。我虽然取笑他耐不住寂寞，但还是让小说在初稿阶段跟读者见面了。也是因为发表得仓促，有些不完善处，只能在连载后再打磨了。

即便如此，龙多格热还是得到了慰藉。因为，他不在乎小说写得怎么样，他只在乎世界能知道他的故事，知道他是如何活过的。

虽说他一直活在流言里，关于他的传说，在羌村有许多，但他希望我能写出真实的他。他更希望我能说出他心中的话。不知道，我的这部《羌村》，能让他满意不？

很多人读了《世界文学》杂志上的连载后，倒是真的认可了龙多格热，他们专门请我写了"摩利支"墨宝。有需求的时候，他们就对着那字，持摩利支咒，据说很灵验。他们眼中，那龙多格热，真成护法神了。

于是，我对龙多格热说，成了成了，你知足吧。要不是我，你早叫岁月尘封了。

龙多格热笑了。他的笑，像山风掠过洞穴。而那个关于羌村的故事，还远远没有结束呢……

二〇一五年三月七日初稿于山东沂山书院
二〇一九年九月十日二稿于广东雪漠文化网
二〇二〇年四月二十六日三稿于北京如学传媒
二〇二一年三月十九日四稿于广东雪漠文化网
二〇二一年七月二十二日定稿于武威雪漠书院

我是谁？（番外篇）

完成《羌村》之后，我总是想起阿柱。每次想到他，我就觉得有些话还没说完。因为，阿柱在还是个孩子的时候，被命运赋予了这样一个沉重的任务，他没有童年，甚至没有纯真、快乐的权利。他在大哥死后的那么多年里，处心积虑地想要复仇，也为此伤害了一些不该伤害的人，尤其是二炮。

二炮是温布培养了做下一任温布的人，是温布的亲人。如果没有阿柱和妙音的设计——当然，就算没有这段设计，历史车轮的运转，同样会碾碎温布，碾碎二炮，碾碎二炮的下一任温布，只是方式不同而已——二炮很可能会有一段光辉的未来，至少不会被凌迟而死。

在《羌村》的后面，我写过一段话："敬佩二炮的人中，当然也包括阿柱，但阿柱对二炮不只敬佩，他一直记得二炮在危急时刻救了他，如果不是二炮，他早就被铁棒阿卡弄死了，根本不可能报仇。他一直觉得，二炮的一切遭遇，都跟自己有关，二炮的惨死，自己更是脱不了关系。"写完这段话的时候，我的心里就有些隐痛，我知道，这段淡淡的叙述背后，是一个孩子沉重的心事——他如何走出回忆？如何走出愧疚？如何能消解午夜梦回时的疼痛，让自己的灵魂不再哭泣？……抱着这种心情，我写下了这部番外篇，并且名之为《我是谁？》。

当然，"我"是阿柱，也是每一个像阿柱那样，被沉重的往事囚禁的人。

你可以将它理解为一种抚慰，甚至可以将它理解为一种救赎。而对我来说，它是一份礼物——是我送给阿柱的礼物，也是我送给每一个走入困境的朋友的礼物。我想告诉他们，困境不可怕，深入骨髓的疼痛也不可怕，它就像一场噩梦,也许会经年累月地缠绕着你,刺痛着你,但当你看破它的时候,你就会像这个故事中的"他"这样,淡淡地笑了,融入灵魂中的星宿湖,从此活得快乐和幸福。

所以,它就是每一个童话故事最后的那句话:"从此,他们幸福地生活在一起。"我希望,所有曾经不幸的人,都能有一个幸福的结局。

1

黑暗中,我看到前面有一线光。忽明,忽暗。

我想伸出手去触摸它,可就在念头一动的瞬间,它消失了。

一切都被黑暗淹没了。

我是谁?

黑暗中有一个声音问道。

我不知道它来自我的心,还是来自另一个生命。

它是如此陌生。

我是谁?

对啊,我是谁?

没有镜子——啥叫镜子?我突然发现,我的脑海和记忆中空空如也。

黑暗中,我就像一团烟,一团雾,我也不知道自己是否存在。我甚至不知道,心里冒出的这个词——"镜子",是什么。

突然,眼前晃过了一个影子,我看不清她的样子,只能隐约听到女人的声音。所以,我想,它大概属于"她"。但,她是谁?

不知道。我甚至不知道自己是谁。

怪的是,有一团温热从眼角流出——假如我有双眼的话。

我能感觉到眼角的温度,还有一缕温热的苦涩。

那影子消失了,我感到心里有些怅然若失。

也许,在那被抹去的生命记忆中,我跟她有过故事。

那么,那是一个怎样的故事呢?它是怎样开始,又是怎样结束?为什么一听到她的声音,我的心头就划过一缕苦涩?

对了，恍惚间，她好像念到一个名字。我甚至能看到她在黑暗中嚅动的双唇。

那抹淡淡的红色很好看，就像一朵花，但我看不见她。

我努力地想要看清她的脸，却只觉得她淡淡地笑了一下。

是凄苦的笑，还是嫣然的笑呢？我不知道。

不知什么地方，冒出了好些声音，听不清内容，就像一群喧嚣的小鬼。虽然我也没什么事，尽可以听他们闹闹架，可不管我怎么听，都还是听不到那内容。

就像我不管怎么看，都看不见我自己。

我的双手在哪里？我的双脚在哪里？——瞧，我还知道手和脚呢。

但我什么也看不到。

我觉得自己晃了晃脑袋，却觉不出风。没有皮肤接触到空气的质感。整个世界陷在一片黑色的死寂里。我想对大脑发出指令，让它牵动我的手，让我的手划破这黑暗，或是牵动我的脚，让我往前走，去找一个有光的地方。这漆黑一团，真叫人心烦——咦？我怎么说出了"人"这个字？我怎么知道自己是人？人又是什么？

黑暗中，还有很多同样黑暗的气团在飘，就像蠕虫一样。

我的脑中蹦出的词，我几乎一个都不明白它们的意思，可它们就这样自己出现了。

我觉得，不是我的脑子出了问题，就是我的记忆出了问题。也许，我的记忆真的被什么东西抹去了。那么，这个黑黝黝的地方，到底是哪儿？我为什么什么都看不到，又好像什么都知道？可奇怪的是，我连自己知道什么，也不知道。只是任由一串又一串的词语和句子，从某个深不见底的地方涌出，就像黑夜里的一眼泉。

哦，泉吗？……对了，前方似乎真有水声了。

我试着望得更远一点，尽量能看到那个叫"泉"的东西。

某一个瞬间，我捕捉到一道若隐若现的波光，我觉得自己看到它了。

那个瞬间，我竟然有点激动了。我甚至觉得，自己也许可以想个办法过去。要么游，要么爬，要么走。假如我能找到双手和双脚的话。

但那波光只是一闪，也消失了。

一切复归黑暗。

我的心又暗了。

我朝黑暗中喊了一声：嘿！

那声音本该有回声的，但没有。

怪事，就算一颗石子投入水中，也该发出"扑通"一声吧？但没有。

这到底是哪里？

就在我凝神的瞬间，那群小鬼又吵了起来。

我明白了，他们能读懂我的心，他们不愿我息灭心神，进入宁静。每次当我静下来，想好好地感受这黑暗，以及我似乎看到了，又似乎没看到东西时，他们就会跳出来，坏我的好事。真的是一群小鬼啊。这对你们又有什么好处呢？

我朝他们吼了一声，他们的声音真的息了。

于是，我觉得自己闭上了眼睛——其实，闭不闭有什么区别呢？闭也好，不闭也好，都在黑暗里。但还是闭吧。你知道，反正在这个空间里，也没啥其他有意思的事，闭上我不知道是啥的这双眼睛，也算是个"啥"了。那就闭吧。

还有一个理由，在我心底里响着——我知道，它对我来说，其实是个仪式。闭上眼睛，眼前的一切没有改变，我却拒绝了一种东西。虽然不知道拒绝了啥，但你知道，很多时候，那个"啥"并不重要，重要的是一种心态。

于是，我闭上了眼睛。

不知道过了多久，似乎也只是一个瞬间，小鬼们没有出来。

黑暗中的一切都消失了，没有忽隐忽现的光，没有神秘的女子，没有流泪的冲动。

只有——轻轻的呼吸声，还有轻轻的心跳声。它们在黑暗中，渐渐地清晰起来。

我惊奇地睁开眼睛，想看看自己，可那声音却息了。

这空间真是奇怪，一切都喜欢跟我做游戏。你说，它们这么磨磨唧唧的有什么意思？既然有话，为啥不能一下子说清楚呢？为啥非要故作深沉，忽而出来，忽而又隐身？

算了，我也不跟他们计较了，我还是闭上眼睛吧。

虽然我看不见眼皮，但分明觉得有两个东西合住了。

这次，我却进入了另一个世界。

我觉得自己在飞。真的，我在飞。虽然我仍然看不见自己的身体，因为这个世界里充满了光，跟刚才的世界刚好相反，那么耀眼的光，那么圣洁，让人很想流泪，可我却什么都看不到。

我这下知道了，当光线强烈到一定程度的时候，我还是什么都看不到。可心，却不由得激动了，我觉得自己好像又流泪了。

我一边飞翔，一边流泪，不知道方向，不知道缘由，不知道——自己是谁。甚至不知道，自己是什么。

我不敢闭上眼睛，因为我太爱这个感觉了，真怕一旦闭上眼睛，又会回到黑暗里。

虽说黑暗也没什么，也是这样静，也是没有声音，但我还是喜欢这个光的世界。

你知道，谁不喜欢光呢？

听说，有人临死时，看到远处有光，就向它走过去，于是就进了天堂。

欸，我是怎么知道的？……真是怪事。

但怪事经历得多了，心也就木了，不想再去探究了。

就这样静静地飞一会儿吧。

我觉得，这光中有一种暖暖的东西，虽然我不知道自己是用什么感知到它的，但它分明存在——不是隐隐约约恍恍惚惚的，是一种包裹着我的东西，仿佛有实体，但又没有边际，好像能延展到无穷远的地方。

它的身体里，好像流淌着一种叫爱的东西。

当然，我依然不知道什么叫爱。

我依然想知道，我是谁？

2

你知道，很多年里，我已经不再做梦了，我常说，要是不祈梦，我是不会做梦的。但那天，我做了一个梦，而且是个很怪的梦，梦里的"我"——姑且称他是"我"吧，其实我更觉得自己进入了一个焦灼的灵魂。这个灵魂似乎被困在光明和黑暗里。一直在纠缠，一直不知道自己是谁——甚至不知道自己是什么。

我在"他"的梦里，听到的最多的，就是"我是谁"。

这是一个奇怪的灵魂。

我为什么会进入他的梦呢？

按老祖宗的说法，这大概是因为他的生命信息留在了我的生命里。也就是说，我在某个自己不知道的时刻，曾经跟他有过相遇。说得再简单一点，就是我认识他。至少，我知道他。

有时，知道也是一种相遇，不管有没有真实的见面。

你知道，我跟很多人相遇过。有男的，有女的，有老的，有少的。无数灵魂都在我的笔下喧嚣，跳出他们自己的舞蹈。而我的生命里，也不可避免地留下了他们的信息。

这些信息就像一个个路标，只要他们想要，就能找到我，进入我的灵魂世界。

这听起来很奇怪，但事实就是这样。

所以我一直不知道，是我找到了"他"，还是"他"找到了我。

我甚至不知道"他"真的是他，还是她。

梦中的语气，让我觉得他是个男性，也许年龄不大——或者说，死去的时候，也许年龄不大。

是的，我的意思是，他也有可能是鬼魂。

你知道，我的生命中有很多奇怪的相遇，有时跟我相遇的，不一定就是人。

也许正是因为我相信这样的存在，所以我的生命中就有了很多这样的故事。有时光怪陆离，不可思议，神乎其神，而有时，却也循规蹈矩。它们是什么样子，取决于它们的主角和配角们。而我，一直都只是一个记录者，和一个旁观者。有时，虽然也会变成参与者，干预我能干预的东西，但更多的时候，我还是在读着那一个个灵魂的心事。

我在梦中见到的他，也许就是我曾读过的某一个灵魂。

如果我猜得没错，他也许有一段沉重的往事，他不想记起。于是，他就被关在了一个心灵的空间里，不断地自我纠斗着。一个他想要知道自己是谁，自己有过怎样的故事和身份，另一个他又在极力地避免这一切，只想得到救赎。

不过，其实我还是有线索的，因为我记得他的气息。

他的气息很独特，有一种青涩纯真，却又世故沧桑的味道。这两种味道融合在他的身体里，给我留下了很深的印象。

不过，在我记录的那个故事里，他只是一个推动剧情发展的配角，没有太多的视线落在他的身上，我也没有为他花费多少笔力。在很多人的心里，他那个带着善意自尽、成全了大哥的哥哥，比他更加鲜活，也更让人心痛。你知道，弱小的孩子更惹人疼，有时不只母亲是这样，广大读者也是这样。

所以，他出现过很多次，很多人的记忆里也有他，但谁都想不起他，也没有人关心他接下来的命运。

除了我。

是的，除了我。

也许，我跟他在梦里的相遇，早就发生在我心里。这个梦，只是那次相遇的影子。它在提醒我，也许你该去看看他，看看那个可怜的、被囚禁的孩子。

3

我点燃了香，开始默默地呼唤那个名字。

于是他出现了。

就是这股熟悉又纠结的气息。

没错，梦中的就是他。

梦中，我看不到他的样子，但现在，我看到了。他的样子永远定格在了那个故事结束的那一年。这也许是他的心使然。

他以为自己能走出那个故事，但事实上没有。

我说过，在那个被尘封的猩红色的故事里，唯一得到善终的，只有曾经最恶的那个人。因为他直面了过去，用了几十年的生命去忏悔，去洗刷，去超度，去行善，去偿还。终于，他超越了过去的自己。那个自己，被升华后的他超度了。

我见到的他，已经是另一个老人。那个老人也在另一个时空里对我笑着，而他已没有了心事。

这个孩子也没有心事，但他只是被心事永远地困在了一个囚笼里。我不知道他来见我，是因为寂寞孤独，还是想要得到救赎。也许两者都有。他是个矛盾的孩子。但他就像那个故事里的每一个人那样，是一个被命运逼得不得不矛盾的孩子。

我问他，这些年里，你还好吗？跟我说说你记得的事吧？

他坐下来，木木地看着我，眼神还是一贯地矛盾，似乎是清澈的，似乎充满了沉重，似乎溢满了疼痛，但更多的是迷茫。

我读懂了他想说的话。

我说，好，那你闭上眼，什么都别想，听我的呼吸。

4

我进入了他尘封的记忆，又或者说，那个血雨腥风的故事的之后。

每个故事都有之后，那个故事也是这样。只是，人们酣畅淋漓地读完那个主要的故事，就会不知不觉地忘了那个"之后"，忘记还有很多角色，仍然活在那个"之后"里。

实际上，每一个故事都在悄悄地发展着，每一个角色都继续着他们的人生。那个孩子也是这样，他的父亲也是这样，还有他的母亲，还有那个躲出红尘、躲出记忆的人。他们的故事，都以另一种方式继续着。

我看到，那天下着雨，雨不大，却足以把一切都打湿。

他和父亲埋葬着那两具骨架，一具显得完整些，一具真的只剩下骨架了。

他和父亲都木着，他的父亲不知道在想着什么，两个人谁都没有说话，只是一人拿一把铁锹，都在铲土。他们本想把妙音和龙多格热葬在一起，但后来改变了主意，也许他们都明白，自己亏欠了另一个人。把他跟妙音葬在一起，也算是对他最后的一份补偿。又或者是，为了让自己的心好过一些。

村里没有来人，雨水把一切多余的声音都洗净了，于是，他们可以静静地铲土，静静地埋葬。既埋葬那两个苦命的人，也埋葬他们的过去。

他不知道父亲有什么想法，能不能用"复仇"两个字，把一切的罪恶和悔疚都抹去。但他不能。

他甚至不知道，这些掩埋了尸体的土，能不能掩埋他的心，掩埋曾经的罪恶。

在"复仇"两个字的光辉下，一切都显得非常合理，尤其还有了妙音的参与。他觉得自己在做一件伟大的事，这件事甚至是他毕生的宿命。在触摸到大哥瘫软的身体，看到昔日的英雄以这样的方式落幕时，他突然撕碎了一种东西。他觉得，这件事总得有人付出代价，尤其是这些罪恶的主导者——温布。

为了向那个万恶源头复仇，他什么都可以牺牲，包括自己的良知。

但复仇的快感过去之后，他的心慢慢地清醒，才终于明白一个事实：什么样的理由，都不能掩盖罪恶的事实。因为在他和妙音的处心积虑下，一个曾经有过大好前途的人，一个曾经可以走向光辉未来的人，成了眼前的这副骨架。

他没有去想红豺会怎么样，也许是红豺挥刀时的凶残，让他忘记了红豺也会像他一样感到痛苦。他不知道红豺的心也像他一样在流泪，而他埋葬了二炮和妙音，红豺埋葬了他自己。

他就像机器一样铲着土，他知道父亲也是这样。

他不知道该不该感谢父亲，毕竟父亲在这个时候陪着他。

他觉得父亲自从这件事后，老了许多。他从来不知道父亲也会变老。

是的，父亲早就有了沧桑，有了白发，有了皱纹，有了很多老人会有的东西，可他心里的父亲还是那么强悍。他知道，有个东西支撑着父亲的心，父亲的心像他一样，在熊熊燃烧着。

温布死的那天，这团火终于熄灭了，他以为自己会觉得兴奋，觉得有一块大石头终于放下了，甚至在刹那间，也真的是这样，但很快，一切都变了。尤其在二炮和妙音死去的那天。

那天，天空似乎是血红色的，秃鹫在很远的地方见证了那一切。

红豺的刀就像纷飞的雪，落下一片，二炮的身体就少了一片，再落下一片，二炮的身体又少了一片。就这样，二炮变成了眼前这具骨架。

这是村里一个看完全程的人说的。这个人无比生动地描述了整个过程，他不知道他怎么能看完这一切。他的眼是冷的，心却沸腾着。或者说，心慢慢被一种东西淹满了。他明明知道，是自己导演了这场戏，二炮只是一个演员。甚至包括红豺，也只是一个演员。

但是，红豺残废的时候，他从来没有想过红豺心里的疼痛。就像红豺挥动刀子的时候，他也不会同情这个跟他一样受伤的灵魂。

哪怕是同一把刀戳在两个心上，这两颗心感受到的，也只有自己的疼。人就是这样。

所以，他忘了红豺，有很长一段时间，他甚至忘了二炮。二炮在当时的他心里，只是一个工具，背后是一串计划和词汇，还有一个闪着黑色光芒的希望。

很多天里，他一直在念诵摩利支咒，想要压住内心汹涌的东西。他也想跟大哥在一起。大哥一旦来到他的身边，他内心那股涌动的东西就息灭了，他甚至会觉得有些幸福。但大哥就像影子，刹那间又消失了，剩下他自己。

奇怪的是，他明明在家里，明明父亲、母亲、姐姐，一切的亲人都在身边，他的心却空空的，里面总是在流淌着某种东西。他觉得自己的心好像碎了。有一种东西就像黏液一样，将他的内心世界慢慢地封存。

他不知道，那个释放黏液的，是他自己，还是那个叫命运的东西？

大哥一生都想打破命运，但他没有成功。大哥对命运所有的复仇，就是通过他和妙音，还是这两个不知名的男人，向屠杀了他的那些人，伸出同样罪恶的手——是的，同样罪恶的手。

谁说不是呢？很难说，他和温布有什么区别。

甚至很难说，妙音跟温布有什么区别。

妙音是一个多么美的女子啊，曾经就像一潭清凌凌的水，一接近她，好像整颗心都通透了。他曾经觉得大哥真幸福，娶到了这样的嫂嫂。他怎么知道，再好的嫂嫂，也挡不住捅向大哥的刀子？

而那刀子，也落到了嫂嫂的头上。

同样落到了他的头上。

他在向命运复仇的同时，也将自己推向了命运，将妙音推向了命运，将二炮推向了命运，或是……将红豺、父亲、母亲等所有人，都一起推向了命运。

他知道自己不是始作俑者，但他也知道自己难逃干系。在他本该是孩子的时候，生活夺走了他纯真的权利——他晃了晃脑袋。他不允许自己对大哥有一丝埋怨。毕竟，大哥也是生活的受害者，但无论是大哥还是他，都不知道那个加害自己的人是谁，不知道为什么总有一些好人受尽伤害，甚至遍体鳞伤。包括二炮。

他望着那具骨架，心里既像沉默着，也在翻江倒海。

二炮为什么会走到这一天？因为和尚不能有爱吗？还是因为他是一个破戒

475

的僧侣？

是那个叫戒的东西，导演了他的命运吗？

他不知道自己同不同情二炮。他只知道，在这个下着雨的日子里，看着眼前这两具如此熟悉，又如此陌生的尸体，他就像在梦里。

多么希望一切都只是梦啊，长一点不要紧，让他受尽折磨也不要紧，只要眼睛一睁，大哥，妙音，还在幸福地笑着就行。他们很快就会有自己的小孩，他和大哥的孩子一样，会有一个纯洁无瑕的童年。他会带着自己的小侄子，在最美丽的草原上奔跑。他会教小侄子唱最好的歌。是的，他会比世界上任何一个叔叔更加疼爱这个小侄子——这个只存在于他无助的期待中的小侄子。还有，远处那个他还不认识的二炮。

他甚至希望，自己永远都不要认识二炮。

也许这就意味着大哥不会死，而二炮，也不会有这样的经历。

他的心狠狠一疼。他不知道自己算不算凶手。

在寺院里，二炮本可以逃走的，但他救了他，就是这一救，让他自己陷入了深渊。

但也许，在他的眼睛落在妙音身上时，也许在更早的时候，比如在他与大哥的那次短暂的碰面之后，他的命运就写在了一张无形的纸上。

要是真有那样的纸，他多么希望把它找到，然后烧掉它，烧掉世上无数苦命人的悲剧啊！

而他，却活成了一个带来悲剧的人。

多么可怕的悲剧。

这世上，本没有任何人应该被剐的。就算死亡，也不该像这样，更不该像大哥那样，被扯断了脊条——一想到这，他的心中又冒起了仇恨的黑气。他觉得那些人真可恶，他们踏不折大哥精神的脊梁，就把大哥肉体的脊梁给扯断。真是卑鄙狠毒啊。他甚至觉得自己理直气壮了。他觉得，是个人，就该为大哥做些事，何况他是大哥最疼爱的弟弟，大哥是他从小到大的英雄。

然而，雨水的寒冷，浇灭了他的思绪，他的视线又回到眼前的泥土和两具骨架上面。他的心就像狠狠被人揍了一锤。他知道，他已经失去了审判那些凶手的资格。他甚至失去了仇恨的资格。

这世界真是奇怪。

5

  画面突然切换，我随着他内心潜在的波动，跟他一起走进了另一个可怕的夜晚。

  这一夜，不知道他多大，好像比那时大了些，他显得更沧桑了，跟我后来见到他时不一样。也许，我见到的，是他最喜欢的样子。他的心执拗地将自己定格在了那个时刻。也许，那是他最喜欢的时刻。

  这一夜，火光照亮了他的村子。到处都是哭叫，到处都是疯狂的笑。

  我随着他的眼睛，看到了当天晚上的月亮——说真的，我有些意外，在这样的夜晚，他却看到了月亮。更奇怪的是，这个夜晚的月亮很美，是满月。星光璀璨。在这样的夜空下，却发生着这样一个罪恶的故事。强烈的反差，让人心里充满沧桑。

  我看到他抱起了路边的一个孩子，那个孩子的父母就躺在他的身边，孩子害怕极了，在无助地哭喊。他虽然很瘦弱，抱着孩子奔跑非常吃力，但他还是抱起了那个孩子。他没有注意孩子是谁，也没有去看孩子的父母是谁，一切都太匆忙了。屠夫的脚步声就在不远的身后。虽然周围很吵，他听不到，但由远而近的惨叫，在催促他加快脚步。

  他的手里也握了刀，那是大哥留下的刀。他必须用这把刀保护父亲，保护母亲，还有别的亲人。他知道，他早就没有权利做个懵懂的孩子了。如果命运非要他握住刀子，那么便握吧。他甚至会将它挥向迎面而来的狰狞的脸。

  父母实在跑不动了，他们毕竟年纪大了，这样的折腾，有多强的求生意志也受不了。他让父母往树林里跑，他跟在父母的身后。两个老人来不及叹气，就站了起来，开始跑向那片树林。

  那片树林，二炮也待过，现在，他和妙音永远地沉睡在那里。

  突然想到这一点时，他的脚步慢了，他觉得有些恍惚：这一切到底是如何发生的？他甚至不知道，这些屠村的人是谁，他们为什么要屠村。

  他突然想到，其实二炮也不知道自己为什么非要杀掉舅舅，更不知道自己为什么要被剐。

他还想到高僧对二炮的评价。他还是觉得有些不可置信。一切都像极了梦。包括这个不断奔跑，却怎么都逃不出的血腥的夜。

　　为什么，本该美妙的月夜里，总在发生这样的故事？

　　他不知道为什么自己要用"总"，只是觉得，生活被血腥填满了，却没有人能告诉他为什么。

　　自己在强大的命运面前，就像个无助的孩子。

　　他多么希望大哥是他背后的山，是他头顶的树冠，为他挡住这一切的风雨。他只要安心地躲在大哥身后，跟在大哥的身边，像崇拜天神那样看着大哥就好。

　　然而，这么强大的大哥，敢跟命运叫板的大哥，战神一样的大哥，将那摩利支咒念了无数遍的大哥，却还是死在了命运的枪口下面。最可笑的是，他不知道是谁开了枪，大哥也不知道。

　　对，可以说是温布，但后来他才知道，命运的出现，永远不只是因为一个人的一个行为。

　　那个叫命运的东西，就像一张大网，是由无数条线织成的，至少他的命运就是这样，妙音的命运也是这样，二炮的命运同样是这样。爹妈的命运当然也是这样。没有人能逃出这样的命去。就像他觉得自己无论怎么跑，都跑不出这个血腥的夜，跑不出笼罩了天地的恐惧。

　　他很难想象，在被杀的那一刻，温布经历过这样的恐惧吗？

　　二炮被剐第一刀的时候，心里有没有生起这样的恐惧？

　　他只知道，他背负着父母的命，所以，他就算成了恐惧的俘虏，也要挣扎着跑出命去。

　　他们找到了山洞，他让父母躲了进去，把怀里的孩子也交给父母看着。孩子已经不哭了。她似乎明白发生了什么。巨大的悲剧和凶险，让这个小小的孩子瞬间懂事了，多么让人心碎的故事。

　　孩子睁着恐惧的大眼睛盯着他，然后把视线移到他父母的脸上，伸手搂住了他母亲的脖子。也许是温暖而柔软的怀抱让她安心，她就这样躺在了母亲怀里。也可能是因为哭累了，她睡着了。她也许还没到足够大的年龄，明白父母已经死去。

　　让孩子和爹妈躲在山洞深处，又找了些树枝挡在爹妈身前之后，他走出山洞，躲在了一边的阴暗处。他已经做好了打算，要是有人想进那山洞，他就跑出去引开他们。

想到死，他有一种奇怪的感觉。虽然充满恐惧和排斥，但又似乎……有一点期待。他不知道自己是想念大哥了，还是厌倦了这样的活着，又或者是想要向二炮和妙音赎罪。

他知道妙音是自愿的，但他清清楚楚地记得，他是如何怂恿妙音，如何出谋划策，如何算计二炮。他甚至认不出记忆中的那个人了。那个人，真是他吗？那他到底是谁？

他晃了晃脑袋，想到，真是可笑，命还不做主呢，他竟开始走神了，一不小心。他不管是谁，都会不再是谁。就算对死有点怪怪的期待，也不能就这样去死吧？他死了，父母怎么走出这个夜晚？

自从埋葬了二炮和妙音，父母明显老了许多，不一定是肉体上的，主要是心里散发的一种味道。他不知道什么是老的味道，但他知道父母老了。他觉得自己好像也老了。他为二炮做过一些事，想为二炮留下一点活过的痕迹。你知道，如果不是他，也许二炮今天会是新一任温布，甚至会是一个好温布。谁知道呢？要是按那高僧的说法，二炮真是修到了八地菩萨以上的境界，他的一切，都只是随顺因缘的示现，那么，自己在这个因缘链中，扮演了怎样的角色？他有些隐隐约约地发抖。他甚至觉得自己走不出这个黑夜了。

但怪的是，远处的火光，还有人们的哀号、枪声、屠夫的声音，好像都远到心外了。他的世界里只有这一个又一个的念头，还有灵魂深处的战栗，还有高大的树木洒下的影子，还有头顶那美丽的月亮，还有一闪一闪的星星。

他多想向月亮祈祷啊，他甚至想向月亮忏悔，就像传说中狐子和狼们常做的那样。如果现在有第三个人看到他，也许会觉得他很像狐子和狼，因为他正仰着头，虔诚地望月。

也许只有在这个时候，在心灵交错的瞬间，人类才能跨越种族，读懂另一种动物的心。而这个刹那，人类一定不会扣下扳机，夺去它们的生命。

那么，人类会在这个瞬间扣下扳机，夺走他的生命吗？

他又怎么能让妙音去做那样的事，怎么能眼睁睁——是的，他没有亲眼看到红豺私自执法，但他没有去阻止，也就等于是眼睁睁了——看着二炮承受那样的私刑呢？也许，他的心是矛盾的，他一门心思想让妙音和二炮发生故事，可他们真的发生了故事之后,他在内心深处却不能接受。在他心里,妙音可以把身体给红豺,他认为这时的妙音仍然是忠诚的,因为她的心还在大哥那里。但二炮……哪怕源于自己的设计,他也很难相信,妙音没有让这个男人走进她心里。虽然他希望大嫂用自己做诱饵,帮大哥复仇,但他仍然希望大嫂保持对大哥的忠贞。也许正是因为这一点,他并没有真正地原谅二炮——瞧,他竟然用到了"原谅"两个字。他知道,他们家的每一个人,包括他的父亲和母亲,都是这样。他们都用一种非常复杂的心情,参与了这场罪行。而且,他们明知自己是罪人,甚至是主犯和从犯,但他们的内心深处,还是把自己当成了受害者,真正的受害者所承受的一切,反而成了一种赎罪。

就是这样,他们"眼睁睁"地看着二炮受苦,却没有干预。虽说他不是红豺的对手——他也是这样安慰自己的——就算有意去阻止,恐怕也改变不了二炮的命运,但成不成,是天的事,做不做,却是他的心。他没有办法欺骗自己。他知道爹妈也一样。只是,他们没想到妙音会做这傻事。妈的心都碎了。

要是妙音没有做傻事,妈能不能放下二炮的悲剧?生活会不会恢复常态?家里人是不是真会因为复仇而得到满足,从此幸福地生活下去?不知道。但他这样一想,竟有些害怕了。更可怕的是,如果这套剧情真的上演,他也许会像复仇时那样,用一个看起来很大的理由,让自己理直气壮地快乐。

妙音的自刭,把一切能用来粉饰太平的东西,都打碎了。

心里一阵疼痛。

但是,他不能就这样死去。

6

那晚困住那孩子的,是马步芳残匪发动暴动引起的余波,当时,羌村下起了血雨。阴寨和阳寨都受到了牵连,这块古老的土地染满了血腥。后来,风波自然是平息了,那块土地也恢复了平静,但有些故事就像时不时刮起的风,留在了这块土地的记忆里。

那天晚上,他有没有死,我不知道,因为他突然消失了。

也许是内心的疼痛让他关闭了通道,这说明,我进入他的生命隧道时,他其实跟我在一起。这也说明，他的生命中有一个他，其实记得这一切，这个他承担了所有痛苦，让另一个他能忘掉一切，像白纸那样"活着"。很像一种叫精神分裂的疾病。灵魂也会分裂吗？不知道，但他显然就是这样。

这次，我选择静静等待，没有再召唤他，因为我想等他自己来找我。

一旦他选择自己来找我，就说明他愿意面对那段往事，也想得到救赎。我知道，他能看出我有这能力。

7

再见到他，是一个月后的某一天，我回到小屋的时候，他正在那里等我。

他静静地坐着，眼神里少了木然和迷茫。但相应的，沧桑和疼痛更重了。当一个人的眼神里充满疼痛时，他的心其实已经病得很重了。

这个孩子就是这样。

他看了我一眼，然后低下头，没有说话。他知道我明白他为啥来。

于是我放好书包，坐下望着他，等他做好准备，自己开口跟我说话。

窗外阳光很好，这是五月的一天，不太热，但显然已经到了夏天。有只小鸟停在窗口，咚咚咚地敲着窗玻璃，我望着它，它也望着我。阳光照在它的头上，它头顶褐色的毛就泛起了白光，像是戴了顶小帽子。很有意思。看起来再普通的小生命，在阳光灿烂的日子里，都会显得生机勃勃，阳光真是好东西。希望阳光也能照进这个孩子心里。

上次那个夜晚，也许是三月或四月的某一天，跟现实中的时间非常接近。我没有注意梦中的天气。你知道，人的注意力一旦被某个东西吸引，全身心地关注它，就会遗忘此外的一切。但我读到的，其实也只是那天晚上他的心——后来，是不是还发生了什么？他为什么关闭那个通道？为什么会被禁锢在那个晚上？他是在那天晚上死去的吗？

我没有问，只是拿起地上的暖水壶，给自己冲了杯茶，喝着茶等他。

我知道，他和我一样，也明白我想知道什么，他今天来找我，定然跟那天晚上的事情有关。

他抬头看着我说，你是不是想知道后来发生了什么？

我说，你愿意说吗？我只听你想说的话。

他淡淡地笑了一下——这是我第一次看到他笑，可那笑中仍然没有笑意，有的只是苦涩。

他说，你还是自己看吧。

8

仍然是那个夜晚，仍然有火光照亮天空。中间发生的一切，都像水泡般消失了。也许，除了禁锢他的几个画面，他的人生也早像水泡般消失了。他是否还记得小时候的美好？他是否还记得龙多格热活着时，他有过的快乐？他是否还记得阳光下奔跑的感觉？总是望着月亮的他，会不会注意到头顶上也有太阳？

那个夜晚，他躲在草丛里，我能通过他的心，感觉到那晚的燥热。

三四月羌村的晚上，已经这么燥热了吗？但也许，那只是他的心造出来的幻象。他的脖子上甚至已经冒汗了。当然，他刚结束了一段漫长的奔跑——我说的是那晚的他。

他躲在离洞口有一段距离的地方，故意没有挨近洞口，他要尽可能保护父母的安全——对，还有那个孩子。他也要保证那个孩子的安全。至于以后怎么办，他顾不上。生死都不做主，谁还能想到当下以外的事情？

就是这样，他就像丛林里的小动物那样，战战兢兢，如临大敌，草木皆兵。

他以前打过猎，但他从来没有想过，有一天自己也会变成猎物。我看到，他的脑海中闪过一个画面，那是某个阳光很好的上午，他跟大哥一起去打猎，大概也是在这一带，他打到了一只兔子。那时，他家已经不缺食物了，但他很开心。他把兔子拿回家里，向每一个人炫耀。每个人都哈哈地笑，只有妙音皱着眉头走了出去。她明显不喜欢这样的画面。

我看了看他，他好像没注意到这段回忆，他只是观察着周围的景象。

不知道过了多久，远处的声音好像息了，马蹄声也远了，只有熊熊火光还烘烤着夜空。

忽然，他看到妈往洞口探了探头，像是在找他，怀里还抱着娃娃。他马上站起来向妈摆手，示意妈妈赶紧躲回去。妈却说没关系，你没听声音都远了，打了这么久，那帮土匪也该走了，你得给娃娃找点吃的，果果也好，水也好，我们大人不吃，小娃娃不能不吃，这么久了不吃东西，她要是哭了，可真要把人给引来了。

妈的话音刚落，草丛里就蹿出几个土匪，他们握着枪，哈哈大笑说，我就说树林里一定躲了人，一找一个准！你看着，我们准比他们宰得多！

妈尖叫了一声，缩回洞里去，小娃娃也醒了，拼命地哭，像是要把危险给哭走。她哪里知道，她的爹妈死时，她怎么哭都哭不走死神，现在，危险也不会因为她的哭或不哭，就放过她，或放过她想保护的人。

死神一旦降临，一定会带走几个活生生的灵魂。

战火，就是最大的死神。

暴乱还没平息，老百姓的命，真的像草芥一样便宜。当然，我说的是在那些好战分子心里。

眼前这几个土匪，也许是马步芳的残余力量，也可能只是一些混混，他们趁火打劫，唯恐天下不乱。哪个年代都有这样的人。他们大多游离在社会边缘，对"社会"这个概念有一种天然的仇恨。他们才不管是谁伤害了自己，他们只管宣泄情绪。那些到幼儿园和学校里枪杀孩子的人，就是这个心理。他们的心里没有孩子，只有"社会"这个庞然大物，老弱妇孺就是这个庞然大物的软肋，他们专打那软肋。

我很想提醒他，你不是从小诵摩利支咒吗？你可以进入明空状态，祈请摩利支加持，调动雷电之力，吓走这些贼人。但我知道，他如果能进入明空状态，就不会被囚禁了这么久。所以我啥也没有说，再说，就算我说了，也改变不了什么——我也许可以发出思维波，去干预那帮土匪的脑波。但效果可能微乎其微，因为，我只是进入了他的灵魂世界，读取他灵魂中最深刻的那些数据。换句话说，我眼前的一切，都只是光影。我不是一个参与者，只是一个观众，我能做的，只是聆听。

于是，我只能看着那几个土匪端了枪，慢悠悠地走到洞口，他们已经发现了这里没人有枪，因此越发地有恃无恐。真是可恶。

他们甚至接近挑衅了，如果他们可以站在那孩子的神经上蹦跶，他们一定会这么做的。他们没有别的目的，就只是想看见别人痛苦。

那孩子没时间想这么多，他疯狂地举了刀冲出去，口中发出的声音，已经不像是人的声音了，就像是一头被激怒的兽。他虽然很瘦，但动作很快。那几个土匪看起来有点吃惊，却并不害怕，一个用枪指了他，两个继续往洞口走。

他的脸涨得通红，眼睛里全是血丝，他知道自己说什么也没用，只是不顾一切地扑上去。他顾不上避开用枪指着他的人了，径直扑向往洞口走去的那两人。我听到巨大的枪响，然后是刺鼻的火药味，还有……血的味道。我知道那孩子中枪了，但他没有倒下，他就像麻木了一样，一刀刀砍向离洞口最近的两个人，他的眼里似乎也只有那两个人。

突然，他一刀砍在了娃娃身上，娃娃的脸上多了一道深深的血口子，他甚至能看到骨头的白光。刹那间，他什么也听不到了，就像全身的力气突然被抽走了一样，跪倒在地。刀从他的手中脱落。他甚至忘了自己还有爹妈要保护。他的最后一丝心气好像消失了。又一声枪响，他倒下了，他听到了声音。娃娃已经没气了，像一个玩具娃娃那样被扔在地上，小小的身子流出了好多血，泥土地很快就湿透了。他又听到了妈的哭声，爹的怒吼，还有那令人愤怒的大笑，但他抬不起头来，他的脖子好像被打断了。他很想拿起刀，去救爹妈，但他知道自己已经做不到了。虽然做不到，但他还是挣扎着捞了几下，却连刀柄也没有摸到。就在这时，两声枪响，然后是重重的扑通两声，爹和妈没声了。温热的鲜血流到了他的脸颊下面，他泪流不止。心气彻底散了。

他很想叫两声爹妈，但他叫不出来，他的意识越来越模糊，匪徒也狂笑着走远了。他依稀听到有个匪徒说，真没意思，再去别处找找。

他知道，除了他看到的三个匪徒之外，还有一个人趁他不注意，绕到山洞里捞出了娃娃。但无论是这个人，还是那三个人，他都没有看清样子。他连仇人是谁都不知道。

很快，整个世界都暗了。

9

我回去的时候是傍晚，看完那天晚上发生的故事时，已是晚上了。他坐在黑暗里，默默地流着泪。那天晚上之后，他就封闭了自己，强行抹去了记忆，成了一个没有过去的游魂。

他在一个灰色的世界里游荡，那里没有月亮，没有星星，也没有太阳。只有无尽的时间，像是无尽的长河，无休无止地向前流淌。直到他找到了我。

他和我采访时见到的他，是不是同一个人？我不知道。我有点相信多重宇宙的说法，就像那部叫《瞬息全宇宙》的电影中说的那样。如果真是这样，另一个宇宙的我，能不能做个超级英雄，去拯救这个苦命的孩子，让他的手上不要染上鲜血？我不知道。至少我现在做不到。

但我能将我的心化成他喜欢的月亮，投射在他头顶的上空，还能让我心中的柔光，我的泪水，就像月光一样洒在他的身上。我知道，现在的他，是可以感受到的。

他确实感受到了，他抬头看着我，眼里满是泪水。

泪水反射着我的心灵之光，他的眼睛闪闪发亮。

我说，孩子，一切都过去了，你看到头顶的月亮了吗？你听到月亮里传来的梵歌吗？那是母亲的呼唤。放下一切，去那个地方吧，将所有的烦恼交给它，将所有的痛苦交给它，让所有罪恶都消融在那圣洁的光芒里，让它洗净你记忆深处的泪痕。你看啊，时光早已走远，那娃娃，或是妙音，还有二炮，都有了新的剧情。还有你的爹妈。你本来就留不住什么，岁月终究会带走一切。洗净自己的罪恶，让自己在梵歌中重生吧。从此以后，你就是一个圣洁的孩子。你听到那梵歌了吗？

我看到他在泪光中笑了，身体也化成了光，一点点消失，最后变成一个小小的白色光团，融入了我的心光。人们说，那所在叫星宿湖，是无数个星星栖息的地方。我也不知道是或不是。但从此以后，这个孩子融入了我的生命，当然，也融入了我的书。他成了我的一部分。

此刻，他正在一个你看不到的地方唱着歌，他的歌声中再也没有了沉重，有的，只是他心中的月亮，还有圣洁的光——

  我曾无数次寻觅，
  在幽暗的深渊里。
  我无声地哭泣，
  不知道哪里可以栖息。

我在时空的隧道里飞啊飞,
飞过了累月经年。
我遇到过无数个面孔,
但我看不到光明的契机。

我以为我累了,
我以为会永远沉睡。
但我突然看到了月亮,
还有那双太阳般的眼睛。

我向他敞开了心扉,
那个连我自己也不敢进去的地方。
那里有深深的伤口,
我已记不清它流血了多久。

他擦干了我的眼泪,
但用的不是双手。
他的心光一波波荡向我,
就像月亮在拥抱着我。

我能看到他心中的大海,
那里有美丽的波光,
有美丽的歌,
还有美丽的景象。

我想化为一滴水,
融化在那片海里。
我也这么做了,
我只是闭上眼,柔了心,
忘掉了自己,下一刻,

我就成了光。

亘古的歌谣,
在我的生命中奏响,
我的灵魂终于开始轻盈。
我在大海中跳舞,
每一个水滴都是我的身心。

我们手拉手向前走,
我们齐了声唱着歌,
我们让爱的海浪,
一波波涌向大千世界,
让无数个像我一样的孩子,
都能看见这片海,
听到那首歌,
沐浴在爱的柔光里,
改变漂泊的命运。

我们叫什么名字?
你可以叫我们光明的孩子,
但,我们其实也是你。

图书在版编目（CIP）数据

羌村 / 雪漠著. -- 北京：作家出版社，2023.8
ISBN 978-7-5212-2310-1

Ⅰ. ①羌… Ⅱ. ①雪… Ⅲ. ①长篇小说 - 中国 - 当代 Ⅳ. ①I247.5

中国国家版本馆CIP数据核字（2023）第080574号

羌　村

作　　者：雪　漠
策划编辑：陈彦瑾
责任编辑：田小爽
装帧设计：李　一
出版发行：作家出版社有限公司
社　　址：北京农展馆南里10号　　邮　　编：100125
电话传真：86-10-65067186（发行中心及邮购部）
　　　　　86-10-65004079（总编室）
E-mail:zuojia@zuojia.net.cn
http://www.zuojiachubanshe.com
印　　刷：河北鹏润印刷有限公司
成品尺寸：170×240
字　　数：505千
印　　张：31
版　　次：2023年8月第1版
印　　次：2023年8月第1次印刷
ISBN 978-7-5212-2310-1
定　　价：68.00元

作家版图书，版权所有，侵权必究。
作家版图书，印装错误可随时退换。